페터 카멘친트 · 게르트루트

Peter Camenzind · Gertrud

헤르만 헤세 ● 박환덕 옮김

범우사

차   례

이 책을 읽는 분에게

헤르만 헤세는 자신의 운명을 순수하고 자유롭게 체험함으로써 자기 자신이 되고자 노력한 시인이다. 인간의 힘으로는 어찌할 수 없는 운명, 삶 자체의 초개체적 힘을 견디어 내고 나아가 사랑하고자 한 삶에 대한 그의 지혜는 그의 거의 모든 작품을 관류하고 있다.

"인간은 누구나 존재하고 있다. 그러나 어떤 인간도 완전하게 자기 자신으로 존재하지 못하며 오직 그렇게 되려고 노력할 뿐이다"라고 헤세 자신이 밝히고 있는 것처럼, 인간은 자신의 법칙을 스스로 만드는 존재이기 때문에 자유로운 동시에 고독한 존재이며 바로 그 점에서 필연적으로 인간의 온갖 고뇌와 번민이 생긴다고 보았다. 그의 작품은 자기 자신의 불완전함에 대한 자각의 기술(記述)이요, 인간의 자기 탐구 바로 그것이다.

〈페터 카멘친트〉(1904)는 전형적인 교양소설(敎養小說)이다. 이 작품은 17세기 《짐플리치시무스》에서 발원하여 18세기 괴테의 《빌헬름 마이스터》를 거쳐 19세기 G. 켈러의 《녹색의 하인리히》로 이어지는 전통적 독일 소설의 주류를 잇고 있다. 전통적 독일 교양소설은 주인공이 그 시대의 사회적·문화적 환경 속에서 자기를 발견하고 정신적으로 성장해 나가는 과정을 종적으로 다룸으로써 보편적 인간 가치를 추구하는 것이 그 일반적 경향이다.

구름에 대한 아름다운 묘사로 시작되는 〈페터 카멘친트〉의 주인공 페터

6

카멘친트는 산수(山水)의 벗이며 구름의 벗이다. 하늘을 정처없이 떠도는 구름처럼 자유로운 것은 없다. 이 작품에서는 끊임없이 순수 자연이 강조되고 있는데, 자연에 대한 동경과 내면 세계의 탐구라는 헤세 특유의 분위기가 작품 전체에 일관되게 흐르는 가운데 루소의 자연에 대한 사랑과 근대 문명에 대하여 일체의 가치를 비판하는 니체의 분위기가 곳곳에 서려 있다.

끝없는 자기 탐구 끝에 무소유(無所有)의 성자(聖者) 프란체스코를 접하게 되는 주인공이 태양뿐만 아니라 술과 죽음까지도 형제로 느끼며 만물과 융합하는 곳에 무한하고 자유로운 생명이 펼쳐짐을 깨닫는 것으로 맺어지는 이 작품은 헤세의 첫 소설이라는 점에서도 그 의미가 깊은 작품이다.

〈게르트루트〉(1910)는 한 수동적인 고독자를 주인공으로 하는 '음악가 소설'이다. 학생 시절 여자 친구의 성화에 못 이겨 위험스런 썰매타기를 감행하다 불구의 몸이 되고 그 후 진정한 연인 게르트루트를 만나게 되나 그 연인 또한 결국에는 친구 무오트에게 빼앗기고 마는 주인공 쿤은 현실 세계에서는 고독과 좌절만을 체험하지만 음악이라는 그 자신만의 세계에서 깊은 위안을 얻고 생의 의미를 긍정적으로 받아들인다.

우리들은 소리나 언어 또는 다른 부서지기 쉬운 무가치한 것들에서 장난감을, 의미와 위안과 친절로 충만된 선율을, 그리고 우연이나 운명의 눈부신 유희에서 아름답고 영원히 꺼지지 않는 곡(曲)을 만들 수가 있다.

아무리 작은 소곡(小曲)일지라도 거기에는 순수함과 조화가 있다. 그러나 인간의 현실의 삶은 허위와 악의, 부조화로 가득할 뿐이다.

창조의 세계와 현실 세계 사이의 대립은 그로 하여금 번민의 늪에서 헤어나지 못하게 한다. 접신술(接神術)에 심취해 보기도 하지만 궁극적인 위안은 어디에서도 찾지 못한다. 내면적 고독과 갈등과의 끝없는 싸움 끝에 외적 운명을 내적인 필연성으로 받아들이는 그는 마침내 '운명은 오직 자신의 내면에 자리하고 있음'을 깨닫게 된다.

한편 격정적이고 파괴적인 성격을 가진 무오트는 자신을 파멸시킴으로써 고독과 갈등에서 벗어나려 한다.

주인공 쿤이 지난 반생을 돌이켜 행·불행에 얽매이는 것은 어리석은 일이요, 좋든 나쁘든 운명을 감수하고 충분히 음미하는 것이 더욱 중요하다는 회상으로 시작되는 〈게르트루트〉는 헤세가 비교적 안정된 생활을 하던 시기에 발표된 작품으로, 외견상의 안정 속에 도사리고 있는 생(生)에 대한 더욱 깊은 탐구와 갈등이 예술가의 내면 세계를 통해 표출되고 있는 작품이다.

끝으로 〈헤르만 헤세론(論)〉을 권말에 싣게 해주신 황윤석 교수님께, 그리고 이 작품을 출판해 주신 범우사 윤형두 사장님께 깊은 감사의 뜻을 전한다.

옮 긴 이

페터 카멘친트

Peter Camenzind

1

태초(太初)에 신화가 있었다. 위대한 신(神)은 인도 사람이나 그리스 사람이나 게르만 사람의 영혼 속에 신화를 창조하고 다듬었듯이, 한 어린이의 영혼 속에도 날마다 새로운 신화를 창조하고 계셨다.

내 고향의 호수와 산, 그리고 시내의 이름이 무엇이었는지는 미처 알지 못했지만 그러나 햇빛을 받아 실낱 같은 광선이 스며드는 넓고 푸른 호수와 그 호수를 첩첩이 둘러싸며 우뚝 솟아 있는 험한 산을 보았다. 가장 높은 산등성이는 언제나 쌓인 눈으로 반짝였으며 골짜기에는 자그마하고 가느다란 폭포가 보였다. 그리고 산기슭 양지바른 목장에는 느릿느릿 움직이는 알프스 산 회색 암소떼 사이로 과일나무와 오두막집이 언뜻언뜻 보였다. 그때 가난한 어린 마음, 텅 빈 채 고요히 무엇인가를 기다리고 있던 어린 마음에 호수와 산의 영혼은 아름답고 강렬한 영상을 새겨 놓았다.

요지부동의 언덕과 절벽은 뻣뻣하면서도 엄숙한 모습으로 태고적 일을 말해 주고 있었다. 그것들은 그 시대의 아들로서 그 상처를 아직도 지니고 있었다. 다시 말하면 대지가 파훼되고 휘어지는 진통 속에 산봉우리와 산허리를 창조하던 그 옛날을 이야기하고 있는 것이다. 천지를 진동시키며 폭발하여 불쑥 튀어올라 하늘을 찌를 듯이 우뚝 솟아 있는 바위투성이의 산은 그만 딱 끊어지기도 하고, 쌍둥이 산은 자리를 다투어 미친 듯이 싸우다가 드디어 이긴 쪽이 우뚝 솟아올라 자기 아우를 밀어던지며 쳐부수기도 했다. 지금도 높은 산골짜기에는 그 옛날 끊어진 봉우리와 밀려서 깨진 바위가 걸려 있다. 눈이 녹을 무렵이면 폭포처럼 흐르는 물은 집채

만한 바위를 굴려 유리 조각처럼 부수기도 하며 평화스러운 목장 한가운데로 힘차게 흘렀다.

바위 산들은 언제나 같은 말만을 되풀이하고 있었으며 그것은 이해하기 쉬웠다. 그 험한 절벽은 층을 이루며 끊어지기도 하고 이그러지기도 했는데, 터진 입을 쩍 벌린 채 상처를 내보일 때면 그 말은 더욱 뚜렷하였다. '우리는 너무 무서워 온몸이 오싹해진 적도 있었다. 우리는 아직 고통을 받고 있다'라고. 그러나 그들은 그 고통을 마치 굽힐 줄 모르는 늙은 투사처럼 거만하면서도 엄숙하게, 그리고 심술궂게 말하는 것이었다.

그렇다. 그들은 투사다. 나는 그들이 싸우는 것을 보았다. 오싹오싹한 어느 이른 봄날 밤 남풍이 천둥치듯 울부짖으며 그들의 늙은 머리를 스쳐 지나갈 때, 그리고 골짜기의 차가운 물결이 그들의 옆구리로부터 울퉁불퉁한 바위 덩어리를 빼앗아 갈 때, 그들이 물과 폭풍우와 싸우는 것을 나는 보았다. 그러한 밤이면 그들은 의연하게 뿌리를 뻗고 죽은 듯이 숨을 죽이며 이를 악물고는 폭풍우를 향하여 갈기갈기 찢기운 절벽과 뾰족한 산봉우리를 내밀면서 웅크린 채 전력을 다해 항거하였다. 상처를 입을 때마다 늙은 투사는 분노와 불안을 참지 못하여 사납게 진동했다. 그의 무서운 신음소리는 성난 듯이 멀리 아득한 골짜기에까지 울려 퍼졌다.

그리고 나는 목장이나 경사지 또는 흙이 들어차 있는 바윗틈이 풀과 꽃과 고사리와 이끼로 덮여 있음도 보았다. 흔히 그것들에는 신기하게도 무슨 깊은 의미가 함축되어 있는 듯한 이름들이 붙어 있었다. 산의 아들이며 딸인 그네들은 별다른 악의 없이 형형색색의 모습으로 각기 자기 자리에서 살고 있었다. 나는 그것들을 만져 보고 향기를 맡아 가며 그 하나하나의 이름들을 외어 보기도 했다. 나무는 내 마음을 더욱 엄숙하고 더욱 깊이 흔들어 놓았다. 한 그루 한 그루의 나무는 서로 고립된 삶을 영위하며 독특한 모습과 관(冠)을 이루어 특징 있는 그림자를 던지고 있었다. 나무야말로 은둔자며 투사이고 운명적으로 산과 인연이 깊은 것처럼 나에게는 생각되었다. 나무, 더욱이 높은 산 위에 서 있는 나무는 생존과 성장을 위해 바람과 기후와 바위에 대하여 조용히 줄기차게 투쟁해야 했다.

때문에 어느 나무는 자기의 무게를 걸머진 채 꼭 붙어 있어야만 했으므로 각각 독특한 모습을 하고 있었으며 각기 다른 상처를 안고 있었다. 소나무들은 폭풍우로 인하여 한쪽으로만 가지를 뻗칠 수밖에 없었으며, 붉은 나무 밑동은 튀어나온 바위 주위를 마치 뱀처럼 휘감고 있어서 서로 껴안고 의지하고 있는 듯했다. 그들은 투사처럼 나를 바라보며 내 마음속에 공포와 경외감을 일깨워 주었다.

이 지방 사람들은 나무를 닮아서 거친 주름이 많고 무뚝뚝하며 말이 적었다. 뛰어난 사람일수록 말이 없었다. 그리하여 나는 사람들을 나무나 바위처럼 바라보면서 움직임이 없는 소나무 못지 않게 그네들을 존경하며 사랑하는 법을 배웠다.

호숫가에 자리잡은 우리의 작은 마을 니미콘은 전면으로 튀어나온 두 산허리에 둘러싸인 비스듬한 평원에 위치하고 있었다.

길 하나는 가까운 수도원으로 통하고 다른 하나는 네 시간 반 거리의 이웃 마을로 통하며 호수 건너편의 마을에 가려면 배를 타야만 했다. 우리들이 살고 있는 낡은 목조 건물은 지어진 연대가 확실치 않다. 새로운 집이 들어서는 일은 거의 없었고 그때그때 필요에 따라 그 작은 집을 수리하는 데 지나지 않았다. 올해에는 마루, 다음해에는 지붕의 일부를 수리하는 정도로 말이다. 이전에 방의 벽으로 쓰였던 중방(中枋)이 지붕 서까래로 쓰이고 있음을 이내 찾아볼 수 있다. 그리고 그것이 쓰일 곳은 아니지만 그렇다고 태워 버리는 것도 아까울 때에는 그 다음해 외양간이나 목초 창고의 바닥 수리, 또는 현관문 빗장으로 이용되었다.

거기 살고 있는 사람들도 매일반이다. 힘이 미치는 동안은 각자 자기 할 바를 남 못지 않게 다 하지만 멀지 않아 그들은 주저하며 쓸모없는 인간들 틈에 끼이게 되고 마지막에는 사람들 눈에 띄지 않은 채 암흑 속으로 빠져 들고 마는 것이다. 오랫동안 타향에 있다가 돌아온 사람들도 몇 채의 지붕이 수리되었거나 비교적 새것이던 몇 채의 지붕이 낡아진 것 이외에는 별다른 변화를 느끼지 못한다. 옛날의 늙은이들은 세상을 떠났지만 다른 노인들이 같은 오두막집에서 같은 이름으로 불리며 똑같이 머리카락이 검은 아이들을 보살피고 있다. 얼굴이나 거동으로 보아 그 동안 죽어간 사람들과 별로 다른 데가 없다.

우리가 사는 마을에 새로운 피나 생명이 외부로부터 흘러 들어오는 일은 거의 없었다. 주민은 어느 정도 건강한 종족이면 거의 모두가 서로 밀접한 혈족 관계에 있기 때문에 사 분의 삼 이상이 카멘친트라는 같은 이름을 갖고 있었다. 이 이름은 교회 명부의 모든 책장을 메우고 묘지의 십자가를 장식하고 있으며 집집마다 페인트로 씌어졌거나 서투른 솜씨로 나무에 새겨져 있어서 보기에도 지루할 정도였다. 차고에 있는 마차나 말먹이통, 호수 위에 떠 있는 보트에서도 발견되는 그 이름은 우리 아버지의 집 현관 위에도 "요스트와 프란치스카 카멘친트가 이 집을 세웠다"라고 씌어져 있다. 그러나 그것은 우리 아버지가 아니라 그 조부, 다시 말해 내 증조부가 세웠다는 뜻이다. 어느 때인가 내가 후손이 없어 죽어갈지라도——이 낡은 집이 그때까지 남아서 지붕만이라도 덮여 있으면——또다시 어떤 다른 카멘친트가 와서 살게 될 것이다.

겉으로는 한결같이 보이지만 그러나 우리 마을 사람들 가운데에도 착한 사람, 악한 사람, 훌륭한 사람, 천한 사람이 있으며, 유력한 사람, 보잘 것없는 사람도 있다. 영리한 사람이 적지 않으나 그와 아울러 백치(白痴)는 아니지만 약간 흥미로운 어리석은 무리들도 있었다. 그것은 어디에서나 볼 수 있듯이 커다란 세계의 조그마한 한 축도였다. 큰 사람과 작은 사람, 빈틈없는 친구와 어리석은 친구들이 서로 끊을 수 없는 가까운 혈족 관계를 이루고 콧대 높은 거만함과 고루한 경솔함이 같은 지붕 밑에서 끊임없이 갈등을 일으키는 우리의 생활은 인간성의 깊이와 희극적 요소를 찾아보기에 매우 적합했다.

다만 무엇인지 뚜렷이 알 수 없고 의식할 수 없는 압박감이 영원한 베일처럼 이 마을을 감싸고 있었다. 언제나 자연의 힘에 의존하여 일을 해야 하는 빈곤은 시간이 지나는 동안 그렇지 않아도 시들어 가는 이 종족에게 우울해지기 쉬운 경향을 불어넣었다. 이 우울한 경향은 날카롭고 엄한 사람의 얼굴에는 약간 부합되는 면도 있었지만 다른 점에 있어서는 별

다른 효과를 나타내지 못했다. 적어도 도움이 될 만한 것은 못 되었다. 바로 그렇기 때문에 비록 얌전하고 착하긴 하지만 몇몇 어리석은 자들이 폭소와 조소를 자아낼 때 사람들은 매우 기뻐했다. 누군가가 또다시 어떤 어리석은 짓을 했다는 소문이 나돌면 니미콘 사람들의 볕에 그을은 주름진 얼굴에는 번개처럼 즐거운 빛이 떠올랐다. 웃음소리에 곁들여 자기가 뛰어나다고 뽐내는 기쁨이 이 섬세한 바리새산(産) 얼굴에 양념으로 나타나게 된다. 그리고 자기는 그런 잘못이나 실책을 결코 범하지 않는다는 듯한 기분으로 혀를 차는 것이다. 나의 아버지는 규칙 바른 사람들과 죄인들 사이에 서서 양편에서 제공하는 재미있고 즐거운 이야기를 함께 즐기는 그런 사람 중의 한 사람이었다. 어떤 어리석은 장난이라도 벌어지게 되면 아버지는 기뻐서 어쩔 줄을 몰랐다. 그런 장난에 불을 지른 사람에게 동정어린 감탄을 보내기도 하며 자기는 아무 결함도 없다는 듯이 의젓한 태도로 우스우리만큼 이리저리 서성거리곤 했다.

나의 삼촌 콘라트는 그러한 어리석은 사람들 중의 한 사람이었다. 그렇다고 해서 어떤 일을 분별하는 데 있어서 아버지나 다른 위인들에 비해 뒤떨어지지는 않았다. 오히려 그는 잽싼 편이었으며 쉬지 않고 무엇이든 찾아내겠다는 생각에 이끌리는 형이었다. 다른 사람들이 그를 마음속으로 부러워할 만도 했으나 그는 무엇 하나 성공하진 못했다. 그러나 그렇다고 해서 용기를 잃고 머리를 떨구거나 깊은 수심에 잠기는 일 따위는 하지 않았으며, 다시 새로운 일을 시작하였다. 그는 자기 계획의 희비극에 대해서도 신기할 정도로 원기를 잃지 않았다. 그것은 확실히 그의 장점이었다. 그러나 그는 재미있고 괴상한 친구라는 평판을 받았으며, 그 때문에 마을에서는 그를 아무런 보수도 못 받는 어릿광대로 취급하고 있었다. 그에 대한 아버지의 태도는 언제나 감탄과 경멸 사이를 오갔다. 그가 새로운 형태의 어떤 안(案)을 생각해 낼 때마다 아버지는 매우 흥분하며 호기심을 걷잡지 못하는 것이었다. 아버지는 그런 속마음을 무엇을 알아내려는 능글맞은 질문이나 추측으로 애써 숨겨 보려 했지만 그렇게 되지는 않았다. 틀림없는 성공을 장담하는 삼촌의 비범한 태도에 마음이 쏠려 투기적 형제애로 그 천재 편에 서는 것이다. 그러나 일이 결국 실패로 돌아가 삼촌이 어깨만 들썩이고 있으면 곧 노하여 그를 경멸하고 헐뜯으며 몇 달이고 말 한 마디 건네지 않았다.

우리 마을에서 처음으로 돛단배를 보게 된 것도 콘라트 삼촌 덕택이었다. 거기에 비하면 아버지의 작은 배는 웃음거리에 지나지 않았다. 삼촌은 돛이나 닻줄 같은 것을 달력에 붙어 있는 목판화를 본떠 깨끗하게 만들었는데, 그 조그마한 배가 돛단배 구실을 하기에는 너무나 비좁게 만들어진 것은 사실이나 그것이 콘라트 탓은 아니었다. 장비를 갖추는 데 몇 주일이 걸렸다. 아버지는 긴장과 희망과 불안으로 어쩔 줄을 몰랐으며 다른 마을 사람들까지도 콘라트 카멘친트의 새로운 계획에 대한 이야기로 꽃을 피웠다. 돛단배가 바람을 싣고 처음으로 호수 위를 달리게 되었던 늦여름의 어느 날 아침은 나로서도 기념할 만한 날이었다. 아버지는 혹시 무슨 사고라도 나지 않을까 염려하여 멀리 떨어져 있었으며 내가 함께 타는 것도 허락하지 않아서 나는 무척이나 실망했다. 빵집 아들 휘슬리만이 범선의 명수(名手)와 함께 탔고 마을 사람들은 모두 자갈밭이나 정원에 서서 전대미문의 그 구경거리를 지켜 보고 있었다. 호수 아래쪽으로 가벼운 동풍이 불고 있었다. 먼저 노를 젓기 시작한 것은 빵집 아들이었다. 그 후 그 작은 배는 이내 실바람을 타고 바람을 가득 실은 돛을 휘날리며 신나게 달렸다. 우리들은 탄성을 지르며 약삭빠른 삼촌이 돌아오면 승리자로 맞이하리라, 비웃던 것을 사과하리라 생각하면서 배가 가까운 산기슭을 돌아 자취를 감추는 것을 보았다. 그러나 밤이 되어서야 배는 갈기갈기 찢긴 돛과 반주검이 된 두 사람을 싣고 돌아왔다. 빵집 아들은 기침을 하면서 이렇게 말했다.

"여러분은 정말 기쁨을 놓치고 말았습니다. 하마터면 두 사람분 초상을 치를 뻔했지요."

아버지는 새로운 판자 두 장으로 그 배를 막아 버리지 않을 수 없었고 그 후로는 두 번 다시 푸른 호수 위에 돛이 비치는 일은 없었다. 그런 일이 있은 후부터 콘라트가 한동안 수선을 떨면 이내 사람들은 그의 뒤에서

"콘라트! 돛을 올려야지!" 하면서 놀렸다. 아버지는 치미는 화를 억지로 누르며 얼마 동안 가련한 삼촌을 만나면 얼굴을 홱 돌리고는 길게 침을 뱉곤 했다. 그것은 더할 나위 없는 모욕의 표시였다. 그런 상태가 무척이나 오래 계속되고 있었는데, 그러던 어느 날 콘라트는 또 내화(耐火) 장치가 달린 새로운 빵 굽는 솥의 고안을 들고 아버지를 찾아왔다. 그 일로 결국 고안자는 한껏 조롱을 받고 아버지는 또 아버지대로 4탈러(15세기 말부터 19세기에 걸쳐 유럽 각지에서 통용되던 은화)의 손해를 입고 말았다. 누군가가 아버지에게 이 4탈러에 대한 이야기를 일깨운다면 그 사람은 정말로 큰일을 당하게 될 것이다. 훨씬 후의 일이지만 가세가 어렵게 되자, 어머니가 지나가는 말로 쓸데없는 일에 처넣은 그 돈이라도 있다면 얼마나 좋겠는가 하고 말한 적이 있었다. 그러자 아버지는 목까지 붉히면서도 꾹 참고는 이렇게 말했었다.

"그 돈을 일요일 하루 동안에 마셔 치워 버렸더라면 좋았을걸 그랬어."

언제나 겨울이 끝날 무렵이면 푄(산을 넘어서 불어 내리는 돌풍적인 건조한 열풍)이 나직이 살랑거리며 찾아왔다. 알프스 사람들은 그것을 두려움에 떨며 듣지만, 타향에 있을 때에는 향수를 싣고 스며드는 그 소리를 그리워하게 마련이다.

푄이 다가올 때면 남자나 여자, 산이나 야스, 가축까지도 몇 시간 전부터 그것을 느끼게 된다. 거의 언제나 미리 차가운 역풍이 불어오고 다음에 따스하고 나직한 바람 소리가 남풍을 알리는 것이다. 검푸른 호수는 먹물을 끼얹은 듯하다가도 금방 거품을 뿜으며 사나운 파도를 일으킨다. 그러면 곧 조금 전까지도 소리 없이 잔잔하게 깔렸던 호수는 바다처럼 사나운 파도를 일으키며 물결을 기슭으로 몰아친다. 그리고 때를 같이하여 주위의 경치는 일제히 겁을 집어먹은 듯이 쑥 다가오곤 했다. 평소엔 멀리 떨어져 가물가물하게 보이던 봉우리 위의 바위들을 셀 수 있고 또 언제나 저 멀리 다갈색 점으로만 보이던 마을들의 지붕이나 추녀, 창문까지도 분간할 수 있다. 산이나 목장이나 집들이 모두 겁에 질린 짐승떼처럼 몰려들고 이어 우렁찬 소리와 대지의 진동이 시작된다. 채찍에 쫓긴 듯한

18

호수의 물결은 일정한 간격을 두고 연기처럼 공중으로 솟구친다. 그리고 끊임없이, 특히 밤에는 폭풍우와 산들이 미친 듯이 울부짖으며 싸우는 소리를 들을 수 있다. 그리고 얼마 후엔 흙에 묻힌 시내나 무너진 집, 부서진 배, 행방불명된 아버지나 형제에 관한 소문이 마을에서 마을로 퍼지게 된다.

어렸을 때 나는 푄을 무서워하고 미워하기까지 했다. 그러나 소년의 거친 성격이 싹튼 후로는 이 반역자이자 영원한 청춘인, 봄을 불러오는 이 대담한 투사 푄을 사랑하게 되었다. 생명과 힘과 희망에 넘친 남풍이 거칠게 웃음짓고 신음하면서 격렬한 싸움을 시작하거나, 울부짖으며 골짜기를 쫓아 이 산 저 산의 눈을 삼키고 억센 노송나무를 그 거친 손으로 휘어잡고 뿌리째 뒤흔드는 것은 실로 장관이었다. 그 후부터 나는 그에 대해서 깊은 애정을 느꼈고, 그로부터 감미롭고 아름다우며 풍요한 남쪽 나라를 맞이하였다. 그 남쪽 나라에서는 즐겁고 따스하고 아름다운 것들이 끊임없이 줄기차게 용솟음치지만 그것은 이 산 저 산에 부딪쳐 부서지고 마침내 평탄하고 차디찬 북쪽에 다다르면 그만 지쳐 시들어 버리고 만다. 남풍이 부는 계절에 산골 사람들, 특히 여자들에게 달려들어 잠을 빼앗고 오관(五官)을 어루만지며 자극하는 남풍열(熱)보다도 신기한 것은 없다. 이것이야말로 남쪽 나라의 호흡이다. 그것은 언제나 설렘과 열로 미칠 듯이 타오르며 보잘것없는 빈약한 북쪽의 품속에 뛰어들어 아직 눈덮인 알프스 지방의 이 마을 저 마을에 가까운 이탈리아의 보랏빛 호숫가에는 이미 앵초와 수선화와 복숭아 가지가 꽃을 피우고 있다는 소식을 전해 준다.

남풍이 지나가고 마지막까지 남았던 눈이 녹아 버리게 되면 그때에는 가장 아름다운 것이 찾아온다. 멀지 않아서 천지는 꽃으로 물들고 누런 목장은 사방에서 산을 향해 퍼진다. 눈 덮인 산봉우리나 빙하는 높고 깨끗하고 엄숙하게 솟아 있고, 호수는 푸르고 맑아 태양과 하늘 높이 흘러가는 구름을 그 수면에 드리운다. 이러한 모든 것들은 어린 시절을 보내기에 넉넉하며 때로는 일생을 충족시키기에도 충분하다. 그것들은 모두 사람들의 입에 아직 오르내리지 못한 신(神)의 이야기를 소리 높이 솔직하게 들려주기 때문이다. 어린 시절에 들었던 그런 소리들은 일생을 통해서 끊임없이 달콤하고 강하게 그리고 무시무시하게 울린다. 그 소리를 들었던 사람은 결코 그 매력으로부터 벗어날 수 없다. 산을 고향으로 삼은 사람은 가령 몇 해를 두고 철학이나 박물학을 연구하며 옛 신(神)을 버리는 일이 있다 하더라도 어느 땐가 또다시 눈사태나 남풍이 나무 사이를 뚫고 지나가는 소리를 듣게 되면 곧 뛰는 가슴으로 신이나 죽음을 생각하게 되는 것이다.

아버지의 작은 집 옆에는 울타리를 두른 자그마한 정원이 있다. 그곳에서는 상추와 당근, 양배추가 잘 자랐으며 그 밖에도 어머니가 마련해 둔 꽃을 심기에는 한심할 정도로 비좁고 초라한 화단이 있었는데 그곳에는 달마다 피는 장미 두 그루와 달리아 한 포기, 물푸레나무 한줌이 쓸쓸하고 초라하게 시든 채 남아 있었다. 정원 옆으로는 그보다도 좁은 자갈밭이 있었는데 그 자갈밭은 호수까지 이어져 있었다. 그곳에는 두 개의 깨진 항아리와 몇 개의 판자, 말뚝이 뒹굴었다. 다시 거기서 조금 더 내려가면 우리들의 자그마한 배가 매여 있었다. 우리는 그것을 그때만 해도 2, 3년마다 수리를 하고 타르를 칠해야 했다.

그 시절은 아직도 나의 기억에 생생하게 남아 있다. 초여름의 어느 무더운 오후, 비좁은 정원에선 노랑나비가 햇살을 받으며 너울너울 날고 기름처럼 부드럽고 푸르고 고요한 호수면은 희미하게 감실감실 반짝이고 있었다. 산봉우리는 옅은 아지랑이에 싸여 있었고, 좁은 자갈밭에서는 타르와 페인트 냄새가 코를 찔렀다. 그 작은 배는 여름 내내 타르의 냄새를 풍겨 여러 해가 지난 뒤에도 어느 바닷가에서 물 향기와 타르의 악취가 섞인 냄새를 맡으면 언제나 이 호숫가의 좁다란 장소가 이내 눈앞에 떠올랐다. 팔을 걷어붙이고 페인트칠을 하던 아버지의 파이프에서는 실연기가 여름 하늘로 조용히 퍼졌고 노랑나비는 겁을 먹은 듯이 하늘하늘 날아다녔다. 그럴 때에 아버지는 평소와 달리 유쾌하고 익숙하게 휘파람을 불었고 때로는 요들 송의 한 소절을 나직한 소리로 들려주기까지 했으며 어머니는 저녁 식사를 위해 맛있는 음식을 장만하시곤 했다. 지금 생각하니 어머니는 그 날 밤만은 아버지가 술집에 가지 않으리라는 은근한 희망으로 그런 요리를 만들었지만 역시 아버지는 그 날도 집을 나가 술집으로 향했다.

자라나는 나의 어린 마음이 양친의 도움을 받았다거나 또는 양친의 나쁜 영향을 받았다고는 말할 수 없다. 어머니의 두 손은 언제나 해야 할 일로 바빴고, 아버지로 말하자면 내 교육 문제보다도 더 등한히 한 것은 없었으니까. 기껏해야 몇 그루의 과수를 키우고 좁은 감자밭을 가꾸며 목초를 마련하는 정도가 아버지가 하는 일의 전부였다. 아버지는 거의 2, 3주에 한 번씩 저녁에 집을 나서기 전에 나의 손을 잡고서 아무 말도 없이 외양간 뒤에 있는 말먹이 창고로 데리고 갔다. 그리고 그곳에서 아버지는 이상하게도 죄와 벌을 씻으려고 했다. 다시 말하면 나는 죽도록 매를 맞았던 것이다. 그러나 아버지 자신도 무엇 때문에 매질을 하는지 알 수가 없었다. 그것은 복수의 여신 네메시스(그리스 신화에 나오는 율법의 여신. 신의 응보〔應報〕를 의인화한 것)의 제단에 오른 무언의 제물이었다. 아버지는 꾸짖는 일이 없었으며 나 또한 울고불고하는 일 없이 신비스러운 힘에 이끌리듯 제물이 되어 희생을 당했다. 훗날 헛된 운명에 관한 이야기를 들을 때마다 나의 머리에는 그 신비스러운 장면이 떠오르곤 했다. 그것은 헛된 운명이라는 관념이 매우 구체적으로 나타난 것으로 여겨졌기 때문이다. 결국 아버지는 무의식 중에 인생 자체가 우리에게 시련을 겪게 한다는 그런 단순한 교육 방법을 따른 것이다.

인생이란 때로는 맑은 날씨에도 소나기를 퍼부어 우리로 하여금 도대체 우리가 어떤 실수를 저질렀기에 하늘을 노하게 했는가 하고 생각케 한다. 유감스럽게도 나는 그런 생각을 하지 않았다. 했다 해도 극히 드문 일이었다. 도리어 나는 여러 차례에 걸친 처벌을 아무런 자기 반성 없이 태연하게 또는 반항적인 태도로 받아들였다. 그리고 그런 밤에는 언제나 이것으로 또 세금을 지불했구나, 다음 처벌을 받기까지는 2, 3주일의 여유가 있겠지 하며 기뻐했다. 일을 가르치려는 아버지의 계획에 대해 나는 어디까지나 혼자서 저항했다.

이해할 수 없는 자연은 나의 마음속에 전혀 상반되는 두 가지 소질을 엮어 놓았다. 즉 뛰어난 체력과 유감스럽게도 거기에 못지 않게 일을 싫어하는 성격을 함께 엮어 놓은 것이다. 아버지는 나를 쓸모있는 자식으로, 도움이 되는 조수로 키우려고 무척이나 애를 썼지만 나는 있는 지혜를 다 짜내어 내게 맡겨진 일을 회피했다. 중학 시절에는 옛 영웅 중에서 어느 누구보다도 헤라클레스에게 심취했었다. 헤라클레스는 그 유명하고도 힘든 일을 굳이 혼자서 맡았기 때문이다. 한때 나는 바위 위나 목장, 또는 바닷가를 아무 생각 없이 이리저리 거닐기를 좋아했다.

산과 호수, 폭풍우와 태양은 나의 친구로서 나에게 무수한 이야기를 들려주며 나를 길러 주었다. 그리하여 그것들은 내게 있어 오랫동안 어떤 인간보다도, 어떤 인간의 운명보다도 더 사랑스럽고 정다운 것이었다. 그러나 반짝이는 호수나 쓸쓸한 소나무, 햇볕을 받고 있는 바위보다도 더욱 내 마음을 끄는 것은 구름이었다. 이 넓은 세상에서 나보다도 더 구름을 잘 알고, 나보다도 더 구름을 사랑하는 사람이 있다면 나는 그 사람을 만나 보고 싶다. '구름보다 더 아름다운 것이 있다면 그것을 나에게 보여다오.' 구름은 흘러다니며 눈에 위안을 준다. 구름은 축복이요, 신의 선물이자 노여움이며 죽음의 힘이다. 구름은 갓난아이의 생명처럼 귀엽고 부드럽고 평화스럽다. 구름은 착한 천사처럼 아름답고 부유하고 은혜롭다. 또한 구름은 죽음의 사자(使者)처럼 더둡고 피할 수 없으며 용서를 모른다. 구름은 엷은 층을 이루어 은빛으로 반쯔이며 떠 있다. 구름은 금빛 테두리를 두르고 하얗게 웃으며 돛단배처럼 달린다. 구름은 노란 빛과 붉은 빛과 푸른 빛을 띠고서 꼼짝도 않은 채 쉬고 있다. 구름은 살인자처럼 엉큼하게 소리 없이 다가온다. 구름은 성난 기사처럼 머리를 쳐들고 바람을 일구며 달린다. 구름은 우울한 은둔자처럼 꿈꾸며 희멀건 하늘에 쓸쓸히 떠 있다. 구름은 축복받은 섬〔島〕의 모습과도, 축복을 내리는 천사의 모습인가 하면 위협하는 손이나 펄럭이는 돛, 방황하는 두루미와도 흡사하다. 구름은 하느님의 천국과 가련한 이 지상 세계의 사이에서, 양편에다 속한 채 모든 사람들의 동경으로서 떠 있다. 말하자면 구름은 지상의 꿈이다. 대지는 때묻은 넋을 구름에 실어 순결한 천국에다 바싹 붙이려 한다. 구름은 방랑과 탐구와 소망과 향수의 영원한 상징이다. 구름이 하늘과 땅 사이에서 방황하면서 떠 있듯이, 인간의 영혼은 시간과 영원 사이에서 망설이며 방황하고 있다.

구름이여! 쉬지 않고 흘러가는 아름다운 구름이여!

나는 철부지 어린아이였지만 구름을 사랑하고 구름을 바라보았다. 그러나 나 역시 한 조각의 구름으로서 방랑길을 떠나 낯선 인간으로 시간과 영원 사이를 흘러다니며 인생을 마치게 될 줄은 몰랐다. 어릴 때부터 구름은 내게 그리운 여자 친구요, 자매였다. 좁은 길을 걸어갈 때면 언제나 구름으로부터 배운 것, 즉 그 모양이나 색깔, 흐름, 유희, 윤무(輪舞), 휴식, 신기한 천상과 지상의 전설들을 나는 아직 잊지 않고 있다.

특히 백설공주(白雪公主)에 대한 이야기를 잊지 않았다. 그 이야기의 무대는 중간 정도 높이의 산이며 아직 산밑에서는 따스한 바람이 불고 있는 초겨울이다. 백설공주는 몇 안 되는 시종들을 거느리고 높은 산에서 내려와 산허리의 널찍한 골짜기와 평평한 산봉우리에서 휴식처를 찾았다. 착하고 아름다운 공주를 심술궂은 북동풍이 부러운 듯이 바라보더니 남 몰래 산을 핥으며 올라가서는 갑자기 미친 듯 공주에게 달려든다. 그는 예쁜 공주를 향하여 검은 조각 구름을 던져 조롱하고 욕설을 퍼부으며 쫓아버리려고 한다. 공주는 잠시 망설이며 불안에 싸이지만 꾹 참는다. 구름은 때로는 머리를 흔들며 희롱하는 듯한 태도를 보이다간 다시 슬며시 높은 곳으로 올라간다. 그러나 때로 공주는 불안에 떠는 친구들을 갑자기 자기 주위에 모아 놓고 눈이 부시도록 거룩한 얼굴을 보이고는 차디찬 손으로 그 괴물을 물리친다. 그러면 당황한 그 괴물은 울부짖으며 도망친다. 공주는 조용히 누워 자기 자리를 희미한 안개로 감싸 버린다. 안개가 걷히면 골짜기와 산봉우리는 맑고 부드러운 첫눈에 덮여 반짝반짝 빛나게 된다.

이 이야기에는 그 어떤 고귀하고 아름다운 영혼의 승리가 깃들여 있었다. 그것은 나를 황홀하게 하고 마치 기쁜 비밀처럼 나의 어린 마음을 들뜨게 했다. 오래지 않아 나도 구름 가까이로 다가가 첩첩이 긴 구름 속에서 많은 것을 바라볼 수 있게 되었다. 처음으로 산봉우리에 기어 올라간 것은 열 살 때였다. 그 산은 우리 마을 니미콘을 굽어볼 수 있는 젠알프스 연봉이었다. 깊숙이 갈라진 계곡은 얼음과 눈 녹은 물과 유리알 같은 빙하와 무시무시한 퇴석(堆石)으로 가득 차 있었고, 그 위를 하나의 종(鍾)처럼 높고 둥근 하늘이 덮고 있었다. 십 년 동안이나 산과 호수 사이에 끼여 살았으며 가까운 산에 빙 둘러싸여 있던 사람이면 누구나 처음으로 넓은 하늘을 바라보며 끝없는 지평선이 눈앞에 가로놓였던 일을 잊을 수 없을 것이다. 오르면서도 나는 이미 밑에서 보았던 낯익은 바위나 절벽이 비길 데 없이 큰 것을 발견하고 놀랐다. 그 순간의 느낌은 불안과 기쁨 속에서 갑자기 무시무시하게 큰 세계가 나에게로 닥쳐오는 것처럼 강렬한 것이었다. 이 세상은 이야기처럼 그렇게 엄청나게 큰 것일까! 저 밑 아득한 곳 어디에 있는지조차 알 수 없는 우리 마을은 전체가 자그마한 하나의 점에 지나지 않았다. 골짜기에서 보면 서로 맞붙은 것처럼 보이던 산봉우리가 몇 리씩이나 서로 떨어져 있었다.

그때 비로소 나는 지금까지 이 세계를 얼핏 훑어보았을 뿐 주의해서 본 일이 없었다는 것과 우뚝 서 있던 산이 무너지기도 하고 여러 가지 끔찍한 일들이 일어나기도 하는 넓은 세상과 동떨어진 이 산속에는 어떠한 소식도 전해지지 않는다는 것을 어슴푸레 느끼게 되었다. 그와 동시에 내 마음속에서는 무언가 컴퍼스의 바늘 같은 것이 멀리 아득한 곳을 향해서 자신도 모르게 몹시 떨고 있었다. 그러고 나서 끝없이 먼 곳으로 흘러가는 구름을 보았을 때 비로소 나는 구름의 아름다움과 우울함을 완전히 이해할 수 있을 것만 같았다. 나의 동반자인 두 사람의 카멘친트는 거침없이 올라가는 나를 칭찬했으며 얼음처럼 차가운 산등성이에서 잠시 쉬는 동안에도 내가 자신도 모르게 기뻐하는 것을 보고 웃었다. 그러나 처음에 몹시 놀랐던 기분이 가라앉자 쾌감과 흥분이 밀려오고 마침내 나는 황소처럼 커다란 목소리로 맑은 하늘을 향해 외쳤다. 그것이 미(美)에 대해서 내가 처음으로 부른 음절 없는 노래였다. 나는 우렁찬 산울림을 기대했으나 나의 목소리는 고요한 산속 어린 새의 지저귐처럼 반향도 없이 사라지고 말았다. 그때 나는 부끄러움에 어쩔 줄을 몰라 그냥 그 자리에 장승처럼 서 있었다.

이 날은 나의 생애에 있어 하나의 얼음장을 깨는 날이었다. 이때부터 여러 가지 사건이 잇따라 일어났기 때문이다. 우선 모두들 아무리 힘든 길이라도 산을 오를 때에는 반드시 나를 데리고 갔다. 나는 기이하게도 숨막히는 기쁨에 가슴을 죄며 높은 산의 깊숙한 신비 속으로 들어갔다. 그러면 그들은 나에게 염소를 지키라고 했다. 흔히 염소를 몰고 가게 되는 산허리에는 바람이 들지 않는 아늑한 곳이 있었다. 그곳에서는 용담(용담과에 속하는 다년초. 줄기 끝에 청자색 꽃이 핀다)과 연분홍 범의귀(범의귀과에 속하는 다년생 상록초)가 무성하게 자라고 있었다. 그곳은 내가 이 세상에서 가장 좋아하는 장소였다. 그곳에서는 마을이 보이지 않았다. 호수도 바위 너머로 가늘게 반짝이는 띠처럼 보일 뿐이었다. 그러나 꽃들은 웃음지으며 맑은 빛깔로 타는 듯이 피어 있고, 푸른 하늘은 우뚝 솟은 눈봉우리 위에 마치 바다처럼 펼쳐져 있었다. 나는 나직한 염소 방울 소리가 가까이에서 끊임없이 떨어지는 폭포 소리에 섞여 들려 오는 그곳 양지에 누워 황홀한 기분으로 떠가는 하얀 조각 구름을 바라보며 나직한 목소리로 요들 송을 불렀다. 나중에는 나의 게으름을 알아차렸던지 염소가 여러 가지 하지 못할 장난을 피우며 재롱을 떨었다. 그렇게 첫 주일이 채 지나기도 전에 도망치는 염소와 함께 그만 골짜기로 떨어지는 바람에 나의 화려한 삶은 심한 타격을 받았다. 염소는 죽고 나는 머리를 다친 데다가 죽도록 매를 맞고 집에서 뛰쳐나왔으나 막상 그 다음날 단단히 맹세를 하고 다시 집으로 들어가야만 했다.

자칫했으면 이 모험은 나의 처음이자 마지막 모험이 될 수도 있었을 것이다. 그랬더라면 이 책은 씌어지지도 않았을 것이고, 그 밖에 여러 가지 고생이나 어리석은 짓을 범하지도 않았을 것이다. 어쩌면 어떤 연분있는 여자를 만나 결혼했거나 사람의 눈에 띄지 않는 빙하 속에서 얼어 죽었을

지도 모른다. 그것도 나쁘지는 않았을 것이다. 그러나 모든 일은 완전히 달라지고 말았다. 이미 벌어진 일을 일어나지도 않은 일과 비교하는 것은 내 성미에 맞지 않는 일이다. 별로 대단치 않는 직(職)이긴 하나 아버지는 그때 뷜스도르프 수도원에서 일하고 계셨는데 어느 날 병으로 일을 나갈 수 없게 되자 내게 수도원에 연락하고 오라는 당부를 하셨다. 그러나 나는 수도원에 가지 않고 대신 옆집에서 종이와 펜을 빌려 공손한 편지를 써서 그것을 수도원에 가는 여자에게 전달해 주기를 부탁해 놓고 그 길로 산으로 들어갔다.

그 다음주 어느 날 내가 집으로 돌아왔을 때, 신부가 그 미문(美文)의 편지를 쓴 사람을 기다리고 있었다. 나는 약간 근심이 되었다. 그러나 신부는 나를 칭찬하며 자기 밑에서 공부할 수 있도록 해달라고 나의 아버지를 설득하고 있었다. 그때 콘라트 삼촌은 아버지와 다시 사이가 좋아져 있었기 때문에 삼촌의 의견은 꽤 영향력이 있었다. 물론 삼촌은 당장 공부를 하여 후에 대학에서 연구하고 학자가 도고, 신사가 되어야만 한다고 하면서 그 자리에서 바로 찬성이었다. 아버지는 그런 삼촌의 말에 따랐다. 그리하여 나의 장래는 내화 장치가 달린 빵솥과 돛단배, 그 밖에 그와 비슷한 공상 같은 삼촌의 위태로운 계획 속에 포함되게 되었다.

나는 곧 열심히 공부하기 시작했다. 특히 라틴어와 성서의 역사와 식물학과 지리학을 연구했다. 무엇을 하든지 매우 재미있었다. 그리고 이러한 이국적인 것에 대한 연구로 고향이나 청춘을 잃어버리게 되리라고는 생각지 않았다. 라틴어를 할 수 있게 되었다고 해서 하는 말은 아니지만 내가 아무리 명문보전(名門寶傳)을 남김없이 외고 있다 해도 아버지는 나를 농부로 만들었을 것이다. 그러나 빈틈없는 아버지는 '걷잡을 수 없는 나태'라는 나쁜 습성을 내포한 나의 본성을 누구보다 잘 알고 있었다. 나는 틈만 있으면 일터를 떠나 산이나 호수로 달려갔다. 남의 눈을 피해 산속에 누워 책을 읽거나 꿈을 꾸거나 또는 아무 하는 일 없이 지내곤 했다. 이러한 점을 알고 있는 아버지는 결국 나를 그냥 내버려 두고 말았다.

이 기회에 부모님에 대해 몇 마디 이야기하겠다. 젊었을 때 어머니는 매우 아름다웠다. 그러나 지금은 튼튼하고 곧은 몸집과 정다운 검은 두 눈에서만이 그 옛모습을 남기고 있을 뿐이다. 어머니는 키가 크고 매우 힘이 강하며 부지런하고 말수가 적은 여인으로 아버지 못지 않게 영리했으며 체력도 아버지보다 강했다. 그렇다고 해서 집안 일을 도맡아 하지는 않았으며 주도권은 어디까지나 남편에게 맡겨 두었다. 아버지는 알맞은 키에 가늘고 날씬한 체구를 갖고 있었으며 완고하고 빈틈없는 그의 머리는 희고 자그마한, 특히 예민해 보이는 주름투성이의 얼굴 위에 덮여 있었다. 게다가 이마에 수직의 짧은 주름이 잡혀 있어 눈썹을 움직일 때마다 아버지의 얼굴에는 까다롭고 괴로운 표정이 떠올랐다. 그럴 때의 아버지는 무슨 중대한 일이라도 생각해 내려는 표정이었지만 도저히 생각해 낼 도리가 없는 것 같았다. 아버지에게서는 어떤 우울한 표정을 찾아볼 수도 있었으리라. 그러나 아무도 주의해 보는 사람은 없었다. 니미콘 주민들은 누구나 어느 정도의 우울한 표정을 띠고 있었기 때문이다. 그것은 긴 겨울, 여러 가지 위험, 곤란한 생활 혹은 세상과 동떨어진 데 기인한 것일 게다.

나는 내 기질 가운데 가장 중요한 점을 아버지로부터 이어받았다. 어머니에게서는 검소한 처세술과 신에 대한 약간의 믿음, 조용하고 말없는 성격을, 아버지에게서는 소심하여 결단을 내리지 못하고, 돈버는 지혜가 부족한 것과 생각에 잠겨 한없이 술을 마시는 버릇을 이어받았다. 마지막 버릇은 물론 어렸을 때에는 아직 나타나지 않았던 것이다. 외면적으로는 아버지로부터 눈과 입을, 어머니로부터는 뚜벅뚜벅 오랫동안 걸을 수 있는 걸음걸이와 체격, 단단한 근육을 이어받았다. 또한 나는 아버지와 우리 종족 전체로부터 빈틈없는 농부의 기질을 이어받는 동시에 고독을 즐기는 성격과 한없이 우수에 잠기는 경향도 갖게 되었다. 그러나 오랫동안 고향을 떠나 다른 사람들 틈에서 이리저리 돌아다닐 운명이었던 나는 우울증 대신 다소라도 경쾌한 기분이나 명랑하고 가벼운 기분을 갖고 태어났더라면 좀더 좋았을 것이다.

이러한 기질을 물려받은 나는 새로운 옷으로 갈아입고 인생의 여정에 올랐다. 세상에 나가서부터 곧 자립할 수가 있었으니까 양친에게서 물려받은 것은 훌륭하게 효과를 나타냈다고 할 수 있을 것이다. 그러나 학문이나 세상 흐름에서 끝내 얻을 수 없는 그 어떤 무엇이 부족했던 것만은 사실이다. 나는 지금도 옛날처럼 산을 정복하고 노를 저을 수도 있으며 또 막상 닥치면 맨손으로 한 사람쯤 죽이는 것도 문제가 아니지만 사회생활에 있어서만은 예나 지금이나 매한가지로 부족한 점이 많기 때문이다. 일찍부터 대지(大地)와 식물과 짐승만을 상대했기 때문에 사회적으로 살아 나가는 능력은 별로 뚜렷하게 나타나지 않았다. 지금도 내가 꾸는 꿈은 유감스럽게도 순수한 동물적인 생활에 얼마나 애착을 갖고 있는가를 보여 주고 있으며 주목할 만한 증거가 되고 있다. 즉 나는 동물, 특히 물개가 되어 바닷가에 누워 있는 꿈을 자주 꾼다. 그때는 기분이 매우 좋기 때문에, 눈을 떴을 때 인간의 가치를 회복했다는 사실이 추호도 즐겁고 자랑스럽게 느껴지지 않았으며 도리어 유감스러운 느낌만 들 뿐이었다.

흔히 볼 수 있는 일이듯이 나는 학비와 식비를 면제받고, 고등학교 교육을 받았으며 그 교육이 끝나면 언어 학자가 되기로 되어 있었다. 그러나 그 이유는 아무도 몰랐다. 그렇게 쓸모없고 지루한 학과는 없었다. 그만큼 인연이 먼 학과도 없었다.

학창 시절은 몹시 빨리 지나갔다. 싸움질과 수업 이외에도 향수에 잠기는 시간이나 대담하게 장래를 꿈꾸는 시간, 학문에의 존경심에 잠기는 시간 등이 닥쳐왔다. 그 이외에 타고난 게으른 버릇으로 인해 여러 가지 불쾌한 일과 벌을 받을 만한 일을 저지르기도 했지만 어떤 새로운 일에 정신이 팔리게 되면 그 게으른 버릇도 곧 사라지고 말았다.

"페터 카멘친트, 너는 고집이 세고 별난 놈인데 언젠가 한번은 그 우둔한 골통이 터져야 할걸" 하고 그리스어 선생이 말했을 때 나는 굵은 테의 안경을 낀 그 선생을 바라보고 그 이야기를 들으면서 참 이상한 사람이라고 생각했다.

"페터 카멘친트, 너는 게으름에 있어서는 천재다. 영점 이하의 점수가 없음이 유감스러운데, 너의 오늘 성적은 마이너스 2.5다"라고 말하는 수학 선생을 쳐다보았을 때에는 그가 흘겨보고 있었기 때문에 나는 섭섭한 마음을 느끼며 매우 답답한 사람이라고 생각했다.

또 어느 때인가 역사학 선생이 말했다.

"페터 카멘친트, 자네는 좋은 학생은 아니지만 앞으로 훌륭한 역사가가 될 거야. 자네는 게으르지만 큰일과 작은 일을 구별할 줄 알아."

나로서는 이것도 별로 중요한 일은 아니었다. 그러나 나는 선생들을 존경하고 있었다. 선생들을 학문의 소유자라고 생각했다. 그리고 나는 학문에 대해서 막연하나마 존경하는 태도를 갖고 있었다. 선생들은 모두 나의 게으른 태도에 대해선 의견이 같았다. 그래도 나는 진급을 하고 중간 이상의 성적을 차지했다. 학교에서 가르치는 것이 불완전하고 단편적이라는 것을 알고 있었지만 그 다음에 나타날 것을 기다리고 있었다. 이러한 준비 단계나 모방 단계가 지나면 순수한 정신적인 것과 의심할 여지 없이 확실한 학문이 나타나리라고 나는 예상하고 있었다. 그때 비로소 역사에 나타난 어두운 혼란이나 민족간의 싸움, 각자의 머릿속에 나타난 불안한 문제의 의미를 알게 되리라고 생각했다.

어떤 다른 동경심이 좀더 강하고 생생하게 나의 마음속에 떠올랐다. 친구가 필요했던 것이다.

나보다 두 살 위이며 갈색 머리를 기른 매우 진지한 소년이 있었는데 그는 바로 카스파르 하우리라는 학생이었다. 그의 거동과 태도는 안정되고 매우 침착했다. 머리는 남자답게 단정히 하고 있었으며 친구들과는 별로 이야기가 없었다. 여러 달 동안 나는 그를 존경하는 마음으로 바라보았으며 길에서도 그의 뒤를 따르면서 그의 눈에 띄기를 원했다. 그와 인사를 나누는 속인(俗人)들이나 그가 드나드는 집들 하나하나까지 나는 모두 부러워했다. 나는 그보다 두 학년 아래였다. 그는 자기 반 아이들에게 대해서도 우월감을 갖고 있는 것 같았다. 결국 우리들 사이는 한마디도 말할 기회가 없었고, 대신 나 자신은 별로 가까이할 생각도 없었는데 키가 자그마한 어떤 불구의 소년이 나를 따르게 되었다. 나보다 나이가 어리고 수줍어하며 별로 재주도 없었지만 매우 예쁜 수심어린 눈과 용모를 갖고 있었다. 그는 몸이 약하고 어깨가 약간 굽어 있었기 때문에 반에서도 따돌림을 받고 있는 소년이었다. 그래서 몸이 강하고 누구나 우러러보던 나에게 보호를 구했던 것이다. 오래지 않아 그는 병이 더해져서 더 이상 학교에 다닐 수 없게 되었다. 그가 없어졌는데도 나는 별달리 생각지 않고 곧 그를 잊어버리고 말았다.

그런데 우리 반에는 금발의 한 장난꾸러기가 있었다. 무슨 장난이든 못하는 것이 없었으며 음악가인 동시에 배우이며 어릿광대이기도 했다. 나는 오랫동안 노력한 끝에 겨우 그와 친구가 되었다. 명랑하고 몸집이 자그마하며 나와 동갑인 이 아이는 언제나 나에 대해서 약간 동정하는 태도였다. 어쨌든 나는 친구를 갖게 되었다. 나는 자그마한 그의 집으로 찾아가서 몇 권의 책을 함께 읽었다. 나는 그를 위해서 그리스어 숙제를 해주고 그 대신 산수를 도와 달라고 했다. 가끔 함께 산책도 했지만 그것은 마치 곰과 족제비가 같이 걸어가는 형상이었을 것이다. 그는 언제나 이야기가 많았으며 명랑하고 영리하며 조금도 고통을 느끼지 않았다. 나는 웃으며 그의 이야기에 귀를 기울였고 이렇게 유쾌한 친구를 갖게 된 것을 기뻐했다.

그런데 어느 날 오후, 키가 작은 이 허풍선이가 학교 입구에서 몇몇 친구들에게 그의 독특한 웃음보를 한바탕 터뜨리고 있을 때 나는 그 옆을 지나가게 되었다. 어느 선생의 흉내를 내고 있던 그는 이번에는 "이것이 누군지 맞춰 봐!" 하고 외치며 커다란 목소리로 호메로스의 시구를 몇 행 낭독하기 시작했다. 그것은 영락없는 내 모습이었다. 나의 당황하는 태도와 더듬더듬 읽는 어조, 시골뜨기 같은 거친 발음, 게다가 무엇에 열중했을 때의 태도, 눈을 깜빡거리며 왼쪽 눈을 감아 보이는 그런 흉내까지 냈다. 그런 태도는 우습기도 하고 재치있어 보이기도 했으며 비할 데 없이 귀엽기도 했다.

그가 책을 덮고 그의 연기에 맞먹는 박수 갈채를 받고 있을 때 나는 뒤에서 그에게 다가가 복수를 가했다. 말문이 막힌 나는 그의 따귀를 힘껏 갈겨서 나의 울분과 부끄러움을 마음껏 표현했다. 곧 수업이 시작되자 선생은 나의 친구가 뺨을 붉히며 훌쩍훌쩍 울고 있는 것을 보았다. 그 선생은 그를 매우 아꼈다.

"너를 이렇게 만든 친구가 누구지?"

"저, 카멘친트예요."

"카멘친트 앞으로 나와! 정말이냐?"

"네, 그렇습니다."

"너는 왜 이 애를 때렸지?"

나는 대답하지 않았다.

"아무 이유도 없이 때렸나?"

"네, 없었습니다."

그래서 나는 심한 벌을 받았지만 스토아 학자다운 냉정한 기분으로 죄 없이 벌받는 기쁨을 누렸다. 그러나 스토아 학파의 학자도 아니요, 성자도 아니며 그저 일개 학생에 지나지 않은 나는 결국 벌을 받고 난 후 나의 원수를 향하여 될 수 있는 대로 길게 혀를 내뽑았다. 어이가 없다는 듯 선생은 나한테로 달려왔다.

"부끄럽지 않니? 그게 무슨 짓이야?"

"저 자식은 비굴한 놈입니다. 그것은 저 자식을 어디까지나 멸시한다는 뜻이지요. 저 자식은 비겁합니다."

이렇게 되어 나는 그 광대와는 관계를 끊고 말았다. 그 후 그는 후임자를 발견하지 못했으며 나는 나대로 성숙기에 달한 소년 시절의 여러 해 동안을 친구 없이 지내지 않을 수 없었다. 그 후 나의 인생관과 인간관은 몇 번이나 달라졌어도 그때 따귀를 친 것을 생각하면 언제나 흐뭇한 만족감을 느낀다. 금발의 소년도 그것을 잊지 않으리라.

열일곱 살 때 나는 어느 변호사의 딸과 연애를 했다. 그 소녀는 예뻤다. 나는 일생 동안 가장 아름다운 여인하고만 연애한 것을 자랑으로 삼고 있다. 그 여인을 위해서, 그리고 또 다른 여인을 위해서 내가 얼마나 고민했는가는 다음 기회에 말하기로 하겠다. 그 여인은 뢰지 기르타너라고 불리었으며 지금 생각하면 나 같은 사람과는 전혀 다른 남자의 사랑을 받기에 합당한 여자였다.

그때 나의 전신에는 싱싱한 청춘의 힘이 부풀어 넘치고 있었다. 나는 어리석게도 친구들과 닥치는 대로 싸웠으며 레슬링이나 테니스, 달리기 경주나 보트놀이에 있어서도 가장 뛰어난 솜씨를 자랑했다. 그러면서도 언제나 우울했다. 그것은 연애 문제와는 아무런 관계도 없었다. 이른 봄의 감미로운 우수가 남보다도 강하게 나를 사로잡는 것뿐이었다. 나는 여러 가지 슬픈 생각과 죽음에 대한 생각, 염세적 관념에서 기쁨을 느꼈다. 물론 하이네의 시집 《노래의 책》의 해적판을 읽으라고 빌려 준 친구도 있었다. 사실 그것은 읽는다기보다는 오히려 공허한 시구 가운데로 넘치는 마음을 기울이며 함께 괴로워하고 함께 시를 지으며 서정적 정열 속에 잠겼다는 것이 정확할 것이다. 돼지한테 던져 준 진주격이랄까? 그때까지만 해도 나는 문학이라는 것을 전혀 몰랐다. 지금은 레나우(1802~1850. 헝가리 태생의 오스트리아 시인)나 실러에 이어서 괴테나 셰익스피어까지 읽게 되었다. 문학이라는 창백한 환영(幻影)이 갑자기 커다란 신(神)으로 변한 것이다.

이러한 책들로부터 나는 지금껏 지상에서 보이진 않았으나 존재하고 있던 그 어떤 것이 감격에 찬 내 가슴에 물결로, 그 운명을 체험하려는 생명의 향기롭고 차가운 생기가 감미로운 전율로 흘러 들어오는 것을 느꼈다. 내가 책을 읽는 고미다락(고미와 보꾹 사이의 빈 곳. 양옥의 애틱과 같은 곳) 방에는 가까이에 있는 탑시계의 종소리와 바로 옆에 있는 새둥주리에서 황새가 파닥거리는 소리 이외에는 아무 소리도 들려 오지 않았다. 그러나 그 방에는 괴테와 셰익스피어 같은 사람들이 드나들었으며 인간적 본질의 모든 엄숙함과 우스꽝스러움이 있었다. 나는 분열되고 억제할 수 없는 우리 마음의 수수께끼, 세계사의 깊은 정체, 강한 정신적 기적 같은 것을 알게 되었다. 이 정신이야말로 짧은 우리 인생을 빛으로 환하게 비춰 주며 인식은 우리의 존재를 필연과 영원의 영역으로 이끌어 올리는 힘이 된다. 광선이 비치는 좁은 창으로 머리를 내밀면 지붕이나 좁은 골목길에 햇빛이 비치는 것이 보이고 업두나 일상 생활의 사소한 소란이 섞여서 들려오는 것이 신기하게 여겨졌다. 위대한 정신에 가득 찬 다락방의 고독과 신비가 의외로 아름다운 동화처럼 나를 둘러싸는 것이었다. 많은 책들을 읽어 감에 따라 점차 지붕이며 좁은 골목길이며 일상 생활에서 이상한 느낌을 받게 되었고 그러면 그럴수록 더욱더 자주 나 자신도 예언자의 한 사람이며 내 앞에 전개되어 있는 세계는 그의 보물 일부——우연한 것과 비천한 것의 베일을 벗기고 발견한——가 신의 힘에 의해서 없어지지 않도록 취(取)하여 영원해지기를 기다리고 있는지도 모른다는 느낌이 가슴을 죄면서 내 마음속에 떠올랐다.

부끄러운 대로 나는 시를 쓰기 시작했다. 몇 권의 노트가 차차 시와 초고(草稿)와 단편으로 가득 차게 되었다. 그것은 이제는 없어지고 별 가치도 없는 것이지만 나의 가슴을 설레게 하며 은근한 기쁨을 주기에는 충분했다. 그러한 시작(詩作)에 이어 속도는 매우 느렸지만 비평과 자기 반성이 나타났으며 마지막 학년이 되어서는 어쩔 수 없는 심한 환멸에 사로잡혀 나는 시를 쓰는 일을 걷어치웠고 이미 써 놓았던 것에 대해서도 의아심을 품게 되었다. 그때 우연히 얻게 된 고트프리트 켈러(1819~1890. 스위스의 독일계 작가. 19세기 독일 사실주의 문학의 걸작인 《녹색의 하인리히》를 남겼다)의 작품을 두 번, 세 번 계속해서 읽었다. 그러자 나의 미숙한 꿈은 순수하고 신랄하고 진실한 예술과 얼마나 거리가 먼 것인가 하는 깨달음이 머리를 쳤다. 나는 내 시와 소설을 모두 태워 버리고 작취 미성(昨醉未醒)한 괴로운 기분으로 수줍고 쓸쓸하게 이 세상을 바라보았다.

2

연애에 대해서 이야기한다면 나는 일생 동안 소년의 범위를 벗어나지 못했다고 해야 할 것 같다. 여성에 대한 나의 사랑은 언제나 한 가닥 깨끗한 연모에 지나지 않았다. 그것은 나의 우수(憂愁) 가운데서 타오르는 한 줄기 불길이며 푸른 하늘을 향해 높이 치켜든 기도자의 손길이었다.

어머니에게 물려받았으며 아직은 분명치 않은 막연한 자기 감정에서 나는 모든 여성을 미지의 아름다운 수수께끼 같은 존재로, 타고난 미와 일치된 성질 때문에 우리들보다 뛰어나고, 별이나 푸른 산봉우리처럼 인간보다는 도리어 신과 가까운 존재로 생각했기 때문에 언제나 신성한 것으로 존경했다. 그러나 거친 생활이 그 사랑에 제멋대로 겨자를 넣어 여자의 사랑은 나로 하여금 감미로우면서도 쓰디쓴 맛을 맛보게 했다. 사실 여자는 언제나 높은 토대 위에 서 있었지만 기도하는 목사에로의 그 거룩한 지향은 너무나 쉽사리 조롱받는 바보 천치의 우스운 역할로 변하고 말았다.

나는 식당에 갈 때마다 거의 매일같이 뢰지 기르타너를 만났다. 그녀는 열여섯 살의 소녀였으며 단단하고 날씬한 몸대를 갖고 있었다. 갸름하고 갈색을 띤 맑은 얼굴에서는 잔잔하면서도 생기 발랄한 아름다운 빛이 피어 올랐다. 그녀의 어머니가 한때 지니고 있었으며 또 그 이전 조모나 증조모 역시 지니고 있었을 그러한 아름다움이었다. 이 전통있고 훌륭한 가문에서는 대대로 수많은 미인을 낳았다. 모두가 조용하고 얌전하고 맑은 맵시에 고귀하며 조금도 흠잡을 데 없는 미인들이었다. 이름은 알 수 없으나 어느 대화가가 솜씨를 발휘하여 그린 푸거(16세기에 번영한 독일 아우크스부르크의 대상인〔大商人〕) 가(家)의 한 소녀의 초상은 내가 본 초상 중 가장 아름다운 것이었다. 기르타너 가문의 부인들은 대개 그 초상을 닮았으며 뢰지도 그 바탕을 닮고 있었다.

그 당시는 이러한 사실을 조금도 몰랐다. 그저 그녀가 조용하고 명랑하게, 얌전한 몸짓으로 걸어가는 모습에서 거짓 없이 고귀한 그녀의 인품을 느꼈을 뿐이었다. 그리고 저녁 무렵 생각에 잠겨 저물어 가는 황혼 속에 홀로 앉아 있으면 그녀의 모습이 뚜렷하게 떠오르곤 했다. 그럴 때면 남 모르는 달콤한 전율이 어린 가슴을 스치고 지나갔다. 그러나 머지않아서 이 즐거운 순간엔 구름이 끼고 나는 쓰디쓴 고통을 맛보게 되었다. 그녀는 나와 아무런 인연도 없으며 나를 알지도 못하고, 찾아 준 일도 없다, 나의 아름다운 몽상은 행복한 그녀에 대한 도둑 행위에 지나지 않는다는 사실을 불현듯 깨닫게 된 것이다. 그런 깨달음이 가슴을 찌를 때마다 언제나 그녀의 모습은 순간적이기는 하지만 정말 호흡이라도 하듯 생생하게 나의 눈앞에 떠올랐다. 그렇게 되면 컴컴하고 뜨거운 물결이 내 가슴 속에 넘쳐서 실핏줄에까지 이상한 고통을 느끼게 했다.

수업이나 급우들과의 싸움질이 한창일 때에도 가끔 이 물결이 밀려오곤 했다. 그렇게 되면 나는 눈을 감고 두 손을 늘어뜨리고는 마치 미적지근한 심연 속으로 빠져 들어가는 듯한 느낌에 젖었다. 그럴 때면 선생의 부름에 의해 한 대 얻어맞고서야 겨우 내 정신으로 돌아왔다. 나는 도망을 치거나 밖으로 뛰어나가서 이상하게도 몽롱한 기분으로 주위를 둘러보았다. 그러면 모든 것이 아름답게 아롱지고 만물은 빛과 호흡으로 넘쳐흐르고 있었으며 맑은 냇물과 붉은 지붕, 푸른 산이 눈에 가득 들어왔다. 그러나 주위의 아름다운 것들은 나의 기분을 가시게 하지 못했다. 나는 그런 것을 조용히 쓸쓸한 기분으로 마음껏 맛보았다. 모든 것은 그것이 아름다울수록 그 참맛을 보지 못한 채 버림받게 되는 것처럼 더욱 거리가 먼 것처럼 여겨졌다. 그러면 나의 무거운 마음은 다시 뢰지에게로 쏠렸다. 내가 지금 죽게 된다면 그녀는 그것을 알지도 못할 것이며 묻지도 않고 슬퍼하지도 않으리라는 생각이 들었기 때문이다.

그러나 그녀가 나를 알아주었으면 하는 생각은 없었다. 그녀를 위해서 지금까지 들어 본 적이 없는 그런 어떤 일을 하거나 그러한 선물이라도 주고 싶은 마음은 들었으나 실상 누가 하는 일인지 그녀한테 알리고 싶지는 않았다.

사실 나는 그녀를 위해서 여러 가지 일을 했다. 그때 짧은 휴가를 얻은 나는 집으로 돌아가 그곳에서 매일같이 힘 닿는 대로 많은 일을 했다. 그러나 그것들은 모두 뢰지에게 경의를 표하기 위한 것이었다. 오르기 힘든 산봉우리를 가장 험한 코스로 올라가기도 하고 호수에서 조각배를 타고 먼 거리를 단시간에 저어 가기도 했다. 그러고 나서 햇볕에 그을은 붉은 얼굴로 주린 배를 움켜잡고 돌아와서는 밤까지 아무것도 마시지도 먹지도 않겠다고 생각하기도 했다. 모두가 뢰지 기르타너를 위해서였다. 나는 그녀의 이름을 부르고 그녀를 찬미하면서 먼 산등성이나 아무도 발을 들여놓지 않은 깊은 계곡을 찾아가기도 했다.

그런 일들이 교실에 쭈그리고 앉아 있던 보잘것없는 나의 청춘에 욕망을 북돋워 주었다. 어깨는 힘차게 펴지고 얼굴과 목은 볕에 검게 탔으며 온몸의 근육은 단단해졌다.

휴가가 끝나기 하루 전 애인을 위해 애써 꽃을 꺾다가 자칫 큰 사고를 당할 뻔도 했다. 여기저기 마음이 쏠리는 높다란 절벽 위에 에델바이스가 피어 있는 것을 나는 알고 있었지만 향기도 없고 빛깔도 없는 그 창백한 은빛의 꽃은 어쩐지 넋을 잃은 것만 같아 그리 아름답게 보이진 않았다. 그 대신 눈앞이 아찔해지는 절벽 우묵한 곳에 피어 있던 몇 송이의 알펜로제(석남과에 속하는 상록 활엽 관목)가 떠올랐다. 그 알펜로제는 늦게 피는 꽃으로 마음에 들었지만 좀처럼 손이 닿을 것 같지가 않았다. 그러나 청춘과 사랑에는 불가능이 없으므로 어떻게 해서든지 꺾어야만 했다. 나는 손이 벗겨지고 무릎이 저린 것을 꾹 참고 끝내 목적을 달성하고야 말았다. 미세한 진동에도 무너져 내릴 듯이 발 디딜 곳이 불안했기 때문에 소리를 지르지는 못했지만 단단한 가지를 조심스레 휘어잡고 그 꽃을 수중에 넣자 기쁨으로 설레는 나의 가슴속에서는 요들 송 곡조가 절로 흘러나왔다. 꽃을 입에 물고 나는 뒷걸음질로 다시 빠져 나오기 시작했다. 위험을 무릅쓰고 어떻게 무사히 절벽 밑으로 내려왔는지는 나도 알 수가 없다. 어느 산을 보나 알펜로제는 이미 그 모습이 보이지 않았다. 그러나 내 손에는 봉오리가 방긋하게 입을 열고 있는 그 해의 마지막 알펜로제 가지가 들려 있었다.

다음날 나는 다섯 시간의 여행 동안 내내 그 꽃을 들고 있었다. 얼마 동안 내 가슴은 뢰지가 있는 아름다운 거리를 향해 달려가며 설레었지만 높은 산이 멀어짐에 따라 타고난 고향에의 애착심이 내 마음을 뒤로 이끌었다. 나는 지금도 그때의 기차 여행을 기억한다. 젠알프스의 봉우리는 어느덧 보이지 않게 되었고 톱니 같은 앞산이 하나씩 하나씩 자취를 감추며 무어라고 말할 수 없는 애절한 기분을 남기곤 내 가슴에서 떠나갔다. 결국 고향의 산들은 모두 자취를 감추고 넓은 평평한 푸른 경치가 눈앞에 나타났다. 처음 여행할 때에는 이러한 일에 조금도 마음이 흔들리지 않았지만 이번에는 더욱 평탄한 지역으로 깊숙이 파고들어 가면서 고향의 산이나 시민권을 고스란히 빼앗겠다는 선언이라도 받는 듯이 나는 불안과 근심과 비애에 잠기게 되었다. 그와 동시에 뢰지의 예쁘고 좁다란 얼굴이 눈앞에 떠올랐다. 그러나 사실 그 얼굴은 아름답지만 낯설고 쌀쌀하며 내게 아무 관심도 없는 얼굴이 아닌가. 나는 화가 치밀어 괴로운 나머지 숨이 막힐 지경이었다. 홀쭉한 탑과 하얀 추녀가 보이는 맑고 깨끗한 마을이 계속해서 차창에 어른거리며 지나갔다. 타는 사람도 있고 내리는 사람도 있었다. 사람들은 인사도 하고 담배도 피우면서 농담을 주고받았다. 온통 명랑한 평지 사람들의 활달하고 솔직하며 깨끗한 모습들뿐이었다. 산골의 우둔한 소년인 나는 그 동안 아무 말도 없이 쓸쓸하게 우두커니 앉아 있었다. 나는 이미 고향을 떠났구나, 저 산들과는 영원히 헤어지고 말았구나 하는 심정으로 역시 나는 평지 사람들처럼 그렇게 즐겁고 활발하고 정답게 자신만만한 태도를 보일 수는 없으리라는 것을 깨달았다. 이런 사람들은 모두 언제나 나를 웃음거리로 삼을 것이다. 저들 가운데 어떤 한 사람이 장차 기르타너와 결혼을 하게 되리라. 그리고 그러한 사람이 언제나 나의 앞길을 막으며 한 걸음 앞설는지도 모른다.

이러한 생각을 하면서 나는 도시에 닿았다. 나는 인사도 하는 둥 마는 둥 다락방으로 올라가 상자를 열고 커다란 종이를 꺼냈다. 그리 좋은 종이는 아니었다. 그 종이로 꽃을 싸고 일부러 꽃을 묶기 위해 집에서부터 가져온 끈으로 그것을 묶었지만 아무리 보아도 사랑의 선물 같아 보이지는 않았다. 엄숙한 마음으로 나는 그 꽃을 들고 기르타너 변호사가 살고 있는 거리로 가서 적당한 기회를 엿보다가 황혼이 짙어 오는 어두컴컴한 무렵에야 열려 있는 문을 지나 현관을 잠깐 돌아보고는 그 볼품없는 종이 봉지를 넓고 으리으리한 계단 위에 놓았다.

나를 본 사람은 아무도 없었다. 뢰지가 내 정성을 알아주었는지도 알 수가 없었다. 그러나 한 송이 꽃을 그 여자의 집 계단에 놓기 위해 나는 온 생명을 걸고 절벽을 기어올랐던 것이다. 그 안에는 무엇인가 달콤하면서도 쓸쓸하고 즐거우면서도 시적인 것이 깃들여 있었다. 나는 그것을 즐겁게 생각했으며 지금도 그렇게 생각하고 있다. 단지 하느님을 잃은 순간에 꽃을 꺾으려던 그 모험이 그 후의 모든 사랑의 이야기들과 마찬가지로 돈 키호테와 같은 무모한 짓으로 여겨지곤 했다.

이 첫사랑은 결코 끝나지 않으리라고 여겼듯이 아무 결실도 맺지 못한 채 나의 청춘 시절에 여운을 남기고 마치 얌전한 누이처럼 그 후의 사랑 문제를 이끌어 주었다. 아직까지 나는 훌륭한 가문에서 태어났으며 얌전한 눈매를 가진 그 젊은 딸보다 더 고귀하고 순결하며 아름다운 여자를 생각해 본 일이 없다. 몇 해가 지난 후 뮌헨의 역사(歷史) 전람회에서 한 무명 화가가 그린 푸거 가(家)의 한 소녀의 신기할 만큼 귀여운 초상을 보았을 때 문득 공상적이고 쓸쓸한 내 청춘 시절 전체가 눈앞에 전개되었다. 그 초상은 깊이 팬 두 눈으로 멍하니 나를 쳐다보고 있는 것 같았다. 그러나 나는 점차 그런 생각에서 벗어나 원만한 청년이 되었다. 그 당시 찍은 사진을 보면 나는 뼈만 남은 키가 멀쑥한 시골 청년이었으며, 허름한 학생복을 입은 흐리멍덩한 눈을 한 아직 기숙하고 시골티 나는 인상이었다. 그러나 머리 모양만은 어딘가 조숙하고 확고한 신념이 있는 듯 비쳤다. 그리하여 나는 소년 시절의 생활 태도에서 벗어나는 자신의 모습을 보고 놀라지 않을 수 없었고 막연하나마 기쁘게 대학 시절을 기다렸다.

나는 취리히 대학에서 공부하게 되었다. 게다가 나의 후견인은 성적이 특히 우수하면 연구 여행까지도 시켜 주겠다고 약속했다. 모든 것이 아름다운 한 폭의 고전적 그림처럼 보였다. 거기에는 호메로스와 플라톤의 반신상이 있고 정말 낯익은 정자가 있었는데 나는 거기 앉아 커다란 책을 들여다보고 있었다. 어디를 보아도 거리, 바다, 산 그리고 끝없이 펼쳐지는 원경(遠景), 모두 아름다운 한 폭의 그림이었다. 한층 더 침착해졌지만 한편으로는 흥분에 잠겨 있기도 했다. 나의 앞날은 행복할 것이며 또 그만한 행복을 누릴 수 있으리라는 확신을 갖게 되었다.

마지막 학년에 가서야 나는 이탈리아어의 연구와 처음으로 알게 된 옛 소설가에게 마음이 끌렸지만, 그것을 좀더 깊이 연구하는 문제는 취리히 대학에서의 첫번째 과제로 남겨 두었다. 머지않아 선생님들과 하숙집 영감에게 작별 인사를 해야 할 날이 닥쳐왔다. 나는 자그마한 상자에 짐을 꾸려서 못을 박고, 기쁘면서도 한편으로는 섭섭한 마음을 품고 뢰지의 집 주위를 시름없이 거닐면서 작별 인사를 나누었다. 마지막 학기의 방학은 나로 하여금 인생의 쓴맛을 맛보게 했으며 그 동안 꿈꾸어 왔던 아름다운 꿈의 날개를 비참하리만큼 갈가리 찢어 버리고 말았다. 무엇보다 어머니가 병석에 누워 계셨다. 자리에 누운 채 내가 왔다고 여쭈어도 아무 말도, 기뻐하는 빛도 나타내지 못했다. 불평은 아니지만 나는 자신의 기쁨과 젊은이의 자랑이라 할 수 있는 것을 반영시킬 데가 없는 허전함에 괴로워했다. 아버지는 내가 대학에서 공부하겠다는 데 대해 별로 반대하지는 않았지만 학비를 대줄 수는 없으며 많지 않은 장학금으로 학비가 부족하다면 나머지 돈은 스스로 벌도록 하라, 네 나이에 나는 이미 내 힘으로 벌어 먹었다는 등의 이야기를 늘어놓았다.

　이번에는 산책하거나 노를 젓거나 등산 같은 것도 별로 하지 않았다. 집에서나 들에서나 아버지와 함께 일을 해야 했으며 간혹 반나절 정도의 여유가 생겨도 아무것도 하고 싶지 않았다. 책을 읽을 기분이 아니었기 때문이다. 평범한 하루하루의 생활이 입을 쩍 벌리고 자기 권리를 요구하며 내가 품고 돌아온 넘치는 자부심을 삼켜 버리는 것을 볼 때에는 화도 났지만 놀라지 않을 수 없었다. 그것은 그렇다치고 아버지는 돈 문제를 대충 이야기하고 나자 여전히 전처럼 사납고 무뚝뚝한 태도였지만 나에게 그렇게 불친절하지는 않았다. 그렇다고 나는 기쁘게 생각되지도 않았다. 내가 받은 학교 교육과 서적이 나도 모르는 사이 아버지에 대해 존경심을 품게 하는 한편 경멸의 마음을 일으키게 했으므로 내 마음은 몹시 씁쓸했다. 그럴 때면 가끔 뢰지를 머릿속에 그려 보았지만 그런 세계에서는 안심하고 활동할 수 없다는 시골뜨기 같은 비굴한 생각이 나를 괴롭혔다. 뿐만 아니라 비참한 고향 생활의 가실 수 없는 우울한 압박감으로 차라리 시골에서 라틴어와 모든 희망을 다 잊어버렸으면 하는 생각도 없지 않았다.

괴로움으로 만사가 다 귀찮다는 듯 나는 이리저리 방황했다. 병석에 누운 어머니 옆에서는 위안이나 안정을 얻을 수가 없었다. 호메로스의 반신상이 서 있는 그 꿈 같은 정자의 광경이 비웃듯이 다시 눈앞에 떠올랐다. 나는 그것을 부숴 버리고 학대받은 나의 울분과 적개심을 그 위에 깡그리 부어 버리고 말았다. 몇 주일 동안은 견딜 수 없이 지루했다. 불만과 분열이 섞인 절망적인 이 기간 때문에 나는 내 청춘의 전부를 잃어버리지나 않을까 하는 생각이 들었다.

인생이 나의 행복스런 꿈을 이렇게도 빨리 송두리째 깨뜨려 버리는 것에 나는 놀라고 분개했지만 나는 지금 뜻밖에도 현재의 고통을 극복하려는 그 무엇이 힘차게 솟구치는 것에 놀라고 있다. 인생은 언제나 어두컴컴한 일상 생활만을 나에게 보여 주었지만 지금 갑자기 한없이 깊은 맛을 보이며 불안한 나의 눈앞에 나타나 청춘 시절에 대하여 평범하면서도 풍부한 경험을 나누어 주는 것이다.

어느 무더운 여름날 아침, 목이 마른 나는 일찍 일어나 부엌으로 가려고 했다. 거기에는 언제나 깨끗한 물이 들어 있는 물통이 놓여 있었다. 그러나 부엌으로 가려면 아무래도 양친의 침실을 지나야만 했는데 그때 어머니의 신음소리가 들려 왔다. 나는 침대로 가까이 가 보았으나 어머니는 나를 거들떠보지도 않은 채 대답도 없이 계속 겁을 집어먹은 듯 떨리는 신음소리를 내며 창백한 얼굴에 눈자위를 실룩거리고 있었다. 나는 다소 불안했지만 별로 놀라지는 않았다. 그러나 그 후 어머니의 두 손이 마치 잠자는 형제 자매처럼 이불 위에 조용히 놓여 있는 것이 보였다. 그 손을 보고 나는 어머니가 죽어간다는 것을 알았다. 살아 있는 사람에게서는 찾아볼 수 없을 정도로 퍽이나 야위고 기운 없는 손이었기 때문이다. 나는 갈증도 잊어버린 채 침대 옆에 무릎을 꿇으며 환자의 이마 위에 손을 얹고 어머니의 눈매를 살펴보려고 했다. 내 눈과 마주친 그 눈은 아무 고통도 느끼지 않는 듯 다정해 보였지만 이미 흐려지고 있었다. 옆에서 무거운 숨을 쉬며 잠자는 아버지를 깨워야겠다는 생각이 들었다. 결국 나는 이럭저럭 두 시간이나 무릎을 꿇고 어머니의 임종을 지켰다. 어머니는 어디까지나 어머니답게 조용하고 엄숙한 태도로 죽음에 임하면서 나에게 훌륭한 모범을 보여 주었다.

고요하고 자그마한 방은 점점 밝아 오는 아침 햇살로 가득 찼으나 집과 마을은 아직 잠들어 있었다. 나는 잠시 조용히 마음속으로 세상을 떠나는 어머니의 영혼을 생각하며 집과 마을과 호수 그리고 눈 덮인 산봉우리를 넘어서 맑은 아침 하늘의 차가운 자유 세계로 들어갔다. 별로 고통스럽지도 않았다. 어려운 수수께끼가 풀리고 일생을 이어 주는 고리가 바르르 떨리며 당겨지는 것을 보고 엄숙한 기분에 잠기게 되었기 때문이다. 아무 불평 없이 세상을 떠나는 사람의 단단한 마음씨가 너무나 숭고했기 때문에 그 쓸쓸한 장면 속에서 찬물처럼 맑은 빛이 내 마음속으로 흘러들었다. 아버지가 옆에서 자고 있다는 것도 천국으로 돌아가는 영혼을 씻어 주는 세례나 기도가 없다는 것도 나는 느끼지 못했다. 훤히 밝아 오는 방에 흐르는 그 한없이 마음을 설레게 하는 숨소리가 내 마음속으로 스며드는 것만을 감지했을 뿐이다.

마지막 순간 눈에서 광채가 사라진 다음에 나는 난생 처음으로 어머니의 시들어 버린 차가운 입술에 키스를 했다. 입술이 닿는 순간 이상하게도 싸늘한 기운이 전신을 스쳐 나도 모르는 사이 온몸에 소름이 돋았다. 그러고서 침대가에 앉아 있으려니 커다란 눈물 방울이 소리 없이 뺨과 턱과 손등으로 하염없이 흘러내렸다.

잠시 후 잠에서 깨어난 아버지는 내가 앉아 있는 것을 보자 아직 잠에서 깨지 못한 채 어찌된 일이냐고 외쳤다. 나는 무어라고 대답할 생각이었지만 아무 말도 나오지 않았기 때문에 그냥 그 방을 나와 몽롱한 기분으로 내 방으로 돌아와서 주섬주섬 옷을 갈아입었다. 잠시 후 아버지가 찾아왔다.

"엄마가 죽었구나. 너는 알고 있었지?" 나는 머리를 끄덕였다.

"왜 나를 깨우지 않았니? 신부님도 오지 못했지! 너를 그냥……." 아버지는 나를 몹시 꾸짖었다.

그 순간 나는 혈관이 터질 듯 머리가 아파 오는 것을 느꼈다. 나는 아

버지 옆으로 다가가 그의 두 손을 꼭 잡았다. 아버지의 손은 나의 손에
비해 어린아이 같았다. 그리고 아버지의 얼굴을 찬찬히 들여다보았다. 나
는 아무 말도 할 수가 없었다. 아버지는 괴로운 듯 말없이 그 자리에 서
있었다. 그리고 두 사람이 어머니에게로 갔을 때 별 수 없이 아버지도 죽
음의 힘에 눌려 이상스러울 정도로 엄숙한 표정을 지었다. 그러나 곧 아
버지는 죽은 어머니 위로 몸을 굽히고 나직한 목소리로 어린아이처럼 울
기 시작했다. 마치 어린 새처럼 높고 가는 돗소리였다. 나는 밖으로 나가
이웃 사람들에게 어머니의 임종을 알렸다. 사람들은 내 이야기를 듣자 아
무 말도 묻지 않은 채 그저 손을 내밀며 의지할 사람이 없어진 우리집 일
을 도와 주겠다고 말했다. 누군가가 신부님을 데리러 수도원으로 달려갔
다. 집으로 돌아와 보니 어느새 이웃집 여인이 외양간에서 암소를 돌보고
있었다.

  곧 신부님이 당도했고 마을 여인들도 거의 다 모여들었다. 모든 일이
마치 혼자서 하듯 차근차근 진행되었다. 관도 이미 만들어져 있었다. 고
향에 있다는 것, 보잘것없는 조그마한 마을이지만 서로 의지할 수 있다는
것이 어려울 때 얼마나 도움이 되는가를 나는 비로소 분명하게 알게 되었
던 것이다. 그 다음날 그런 일에 대해 좀더 깊이 생각해 볼 필요가 있었
는지도 모른다.

  다시 말해 어머니의 관이 축복받으며 무덤 안으로 들어가고, 쓸쓸한 모
습으로 유행에 뒤진 털이 부스스한 실크 중절 모자를 쓴 낯선 무리가 사
라지고, 아버지의 중절 모자도 옷장 안으로 들어가게 되자 불쌍한 아버지
는 갑자기 쓸쓸한 기분을 갖게 되었다. 아버지는 스스로를 불쌍하게 생각
하며 아내를 묻어 버린 지금 아들마저 집을 떠나 보내지 않을 수 없는 자
신의 고독감을 마치 성서 같은 말투로 늘어놓았다. 한없이 계속되는 그런
이야기를 듣고 있으려니 이상한 기분이 되어 집에 계속 머물러 있겠다고
아버지에게 약속해 버릴까 하는 기분마저 들었다.

  그러나 그렇게 말하려는 순간 갑자기 이상한 생각이 떠올랐다. 그저 순
간적인 느낌이었지만 내가 어렸을 때부터 생각하고 원하고 그리워했던 모

든 것들이 한덩어리가 되어 뜻밖에 열린 마음의 눈에 나타났던 것이다. 매우 훌륭한 일과 읽어야 할 책과 써야 할 책들이 나를 기다리고 있는 모습, 남풍이 불어오는 소리, 멀리 내 마음을 이끄는 호수와 남쪽 나라처럼 아롱다롱 아름답게 빛나는 바닷가가 보였다. 영리하고 거룩한 표정을 지닌 사람들과 아름다운 숙녀들, 언덕과 알프스 산을 넘어 이 나라 저 나라로 달리는 기차, 모든 것이 한눈에 들어와 하나하나가 따로따로 분명히 보였다. 그 뒤로 달리는 구름에 가리어 끊어지기는 했지만 맑은 지평선의 아득한 먼 경지가 가로놓여 있었다.

공부, 창작, 관찰, 방랑, 보다 충실한 인생이 은빛처럼 내 눈앞에 나타났다. 그리고 소년 시절처럼 내 마음속에 무엇인가가 억제할 수 없는 힘으로 넓은 세계를 향해서 다시 바르르 떨고 있음을 느꼈다.

나는 입을 다문 채 아버지가 이야기하는 대로 내버려 두기로 하고 가끔 고개를 끄덕여 흥분으로 들뜬 아버지의 마음이 가라앉기를 기다렸다. 저녁이 되어서야 겨우 아버지의 흥분이 누그러졌다. 나는 아버지에게 대학에서 공부하여 미래의 고향을 정신적 세계에서 구할 것이며, 원조를 청하지는 않겠다는 굳은 결심을 선언했다. 아버지는 그 이상 내게 따지지는 않았으나 시름없이 머리를 흔들며 나를 바라보았다. 아마 아버지는 내가 그 날부터 혼자 자신의 길을 걸어가며 아버지의 생활로부터 갑자기 멀어지고 말리라는 것을 깨달은 모양이다. 오늘 이렇게 글을 쓰면서도 그 날 밤 창문 옆 의자에 앉아 있던 아버지의 모습이 눈앞에 선하다. 엄하고 빈틈없는 농부의 얼굴과 가느다란 목, 희뜩희뜩 몹시 희어 보이던 짧은 머리카락을 갖고 있었다. 그 무뚝뚝하고 엄한 표정을 보게 되면 고통을, 그리고 갑자기 다가온 것 같은 늙은 모습에서 끈기있는 남자다운 투지를 읽을 수 있을 것 같았다.

그 당시 아버지와 함께 지내는 동안 그리 대단하지는 않았지만 또 하나 중요한 일을 겸해서 말해 두지 않을 수 없다. 내가 떠나기 전 마지막 주일의 일이었는데 아버지는 어느 날 밤 모자를 쓰고 문고리를 잠그고는 어디론가 가려고 했다.

"어디 가십니까?"

"네가 무슨 상관이냐?" 아버지가 대꾸했다.

"나쁜 일이 아니라면 말씀해 주셔도 좋지 않습니까?" 나는 다시 반문했다.

그러자 아버지는 웃으면서 큰 소리로 말했다.

"함께 가도 좋다. 너도 이제는 어린아이가 아니니까."

그래서 나는 함께 따라 나섰다. 술집이었다. 농부 몇 사람이 할라우산(産) 포도주를 한 병 놓고 앉아 있었다. 젊은 친구들이 둘러앉아 있는 테이블에서는 트럼프가 한창이었다. 나는 가끔 포도주 한 병쯤은 마셨지만 하릴없이 술집에 들어가 보기는 이번이 처음이었다. 아버지가 대단한 애주가라는 것은 소문으로 알고 있는 터였다.

아버지가 술을 마구 마시는 바람에 다른 일들에 대해 그리 등한했는지는 알 수 없지만 집안 살림살이는 어쩔 수 없이 곤란해진 게 사실이었다. 주인이나 손님들이 아버지에게 대단한 경의를 표하는 것이 내 눈에 띄었다. 아버지는 봐틀란트산 포도주 1리터를 주문한 뒤 나더러 부으라고 하며 술 따르는 법을 가르쳐 주었다. 처음에는 병을 낮춰서 따르고 그 다음에는 흘러나오는 술을 어느 정도 따르다가 나중에는 다시 병을 될 수 있는 대로 낮춰야 한다고 말했다. 계속해서 여러 가지 포도주에 대한 이야기도 들려주었다. 자기가 좋아하는 것이라든지 또는 도시나 남쪽 나라에 갔을 때와 같은 그런 기회가 아니면 쉽게 맛볼 수 없던 그러한 여러 가지에 대한 이야기였다. 펠틀린산 빨간 포도주에 대해서는 심각한 표정까지 지으며 대단한 것이라고 말했다. 그리고 그 술에는 세 가지 구별이 있다고 했다. 다음에는 찡하니 울리는 나직한 목소리로 병에 넣은 봐틀란트산 포도주에 대해서 설명했다. 나중에는 속삭이는 듯한 목소리로 무슨 옛이야기나 하듯이 손짓을 하면서 노엔부르크 포도주에 대해서 이야기를 시작했다. 이 술은 만든 연도에 따라서 따를 때 술잔 속에 별 모양의 거품이 생긴다는 것이다. 아버지는 둘째손가락을 적셔서 테이블 위에 별 모양을 그렸다. 그러고 나서 샴페인의 특질이나 맛에 대해서 구구한 억측까지 곁들여 이야기했다. 물론 아버지로서는 그런 술을 아직 한 번도 마신 적이 없지만 한 병만 있으면 술이 센 장사 두 사람도 너끈하게 진탕이 되도록 마실 수 있을 것이라고 믿고 있었다.

그런 뒤 아버지는 입을 다물곤 제법 무슨 사색이나 하듯이 파이프에 불을 붙여 물고는 나에게 ——담배가 없음을 알자—— 담배를 사라고 십 라펜(스위스의 화폐 단위. 100/1프랑켄)을 주었다. 아버지와 나는 마주 앉아서 서로의 얼굴에 담배 연기를 뿜어 가면서 한 모금씩 천천히 그 1리터를 다 마셨다. 마시고 나면 속이 찌릿해지는 누런 봐틀란트산 포도주는 더욱 맛이 좋았다. 옆 테이블에 앉아 있던 농부들이 하나 둘씩 헛기침을 해가면서 공손한 자세로 우리 자리로 건너와 끼여 들었다. 이야기의 중심은 나였다. 그들이 등산가로 이름난 내 평판을 아직도 잊지 않고 있음을 알 수 있었다. 여러 차례 대담하게 산에 올라갔던 일이라든가 미련하게 굴러 떨어졌던 일까지도 신비의 옷을 입고 얼버무려져 있었다. 그 이야기를 믿으려 들지 않는 사람도 있었고 우기면서 적극 변호하는 사람도 있었다. 그러는 동안 우리는 두 번째 나온 됫술도 거의 비우게 되었다. 그제서야 제법 눈에 핏발이 서며 얼얼해 오기 시작했다. 나는 격에 어울리지 않는 큰 목소리로 대담하게도 젠알프스 상봉의 절벽까지 기어 올라가서 뢰지 기르타너를 위해 알펜로제를 꺾어 왔던 사실을 자랑삼아 지껄였다. 아무도 믿으려 들지 않았다. 나는 다시 확언까지 했지만 모두 웃을 뿐이었다. 나는 화가 났다. 그래서 만일 내 이야기를 믿지 않는 자가 있으면 누구든지 결투를 하겠노라고 말하고 필요하다면 그런 자들을 한데 모아서 한꺼번에 해치우고 말겠다고 허풍을 떨었다. 그러자 허리가 굽은 나이 많은 농부가 앞으로 나서더니 커다란 사기 술병을 테이블에 놓으며 말했다.

"자네한테 말이지, 자네가 그렇게 힘이 세거든 어디 주먹으로 이 술병을 깨뜨려 봐. 깨지면 그 안에 든 포도주 값은 우리가 치를 테지만 만일 자네가 깨뜨리지 못한다면 술값은 자네가 치러야 하네."

아버지는 찬성이었다. 나는 일어서서 손수건을 손에 감고 병을 내려쳤다. 두 번이나 내려쳤으나 병은 까딱도 하지 않았다. 세 번째 내려쳤을 때 병은 산산조각이 나고 말았다.

"계산하게!" 아버지는 희색이 만면하여 크게 외쳤다. 농부는 잘 알았다는 듯한 표정을 지었다.

"좋소. 이 병에 들어 있는 만큼의 술값을 치르지, 그러나 그게 뭐 얼마나 돈이 들겠나?"

깨진 병에는 반 병도 되지 않는 술이 들어 있었다. 팔이 아프도록 내려쳤지만 결국 웃음거리가 되고 만 것이다. 아버지도 그제야 나를 비웃었다.

"좋습니다. 그러면 이긴 건 당신이오." 나는 이렇게 외친 다음 깨진 병 조각에 술을 담아 노인의 머리에 뒤집어씌웠다.

그리하여 우리는 다시 승리자가 되어 손님들의 갈채를 받았다.

이런 장난이 얼마간 계속된 후 아버지는 나를 끌고 집으로 돌아왔다. 우리는 어머니의 관(棺)이 나간 지 채 3주일도 지나지 않은 방을 흥분하여 거친 걸음으로 지나갔다.

나는 죽은 듯 깊은 잠에 빠져 들어 디튼날 아침에도 꿈쩍도 할 수 없을 만큼 뻗어 버리고 말았다.

아버지는 그런 나를 놀려대면서 자신이 원기를 잃지 않고 강한 데 대한 우월감으로 분명 기뻐하는 눈치였다.

나는 내심 이후로는 절대 폭음은 하지 않으리라 맹세하고 떠날 날을 초조하게 기다렸다.

마침내 그 날이 되어 나는 고향을 떠나왔다. 그러나 그 맹세는 지키지 못했다. 그 후로 나는 누런 봐틀란트산 포도주와 펠틀린산 빨간 포도주와 노옌부르크의 별 포도주, 그리고 그 밖의 여러 가지 포도주에 맛을 들이게 되었으며 또 그것은 나의 좋은 친구가 되어 주었다.

3

쓸쓸하고 지루한 고향 하늘에서 벗어나자 어떤 기쁨과 해방감이 날개를 활짝 폈다. 일생 동안 나는 다른 점에서는 실패만 거듭한 것이 사실이지만 젊은 시절의 열광적이고 독특한 향락만은 순수한 마음으로 마음껏 향유했다. 꽃피는 숲가에서 쉬는 젊은 용사처럼 싸움과 향락 사이의 불안한 행복을 맛보며 살았던 것이다. 영감이 넘치는 예언자처럼 컴컴한 심연(深淵) 기슭에서 큰 강물이나 폭풍우가 술렁이는 소리에 귀를 기울이며 만물의 화음과 모든 생명의 조화를 알아보려 애쓰기도 했다. 그리고 또 젊음이 넘치는 술잔을 마음 깊숙이 들이켜며 예쁜 여성에 대한 그리움을 달래기도 했고, 유쾌하고 순수한, 남성다운 우정으로 흘러넘치는 청춘의 행복감을 달콤하게 맛보기도 했다.

무늬 있는 새 옷을 입고 책과 그 밖의 소지품을 가득 넣은 상자를 들고 나는 기차를 탔다. 세계의 한구석을 정복하리라. 그리고 고향의 버릇없는 놈들에게 내가 그들과는 다른 카멘친트라는 것을 보여 주리라. 그 멋진 삼 년 동안 나는 전망 좋고 통풍이 잘되는 다락방에서 공부도 하고 시도 짓고 사랑도 하면서 이 땅 위의 모든 아름다운 것들에 의해 따스하고 아늑하게 감싸여 지냈다. 날마다 따뜻한 요리를 먹은 것은 물론 아니지만 내 마음에는 밤낮없이 기쁨이 넘쳐흘러 노래도 하고 웃기도 울기도 하면서 사랑하는 생활을 동경했고 또 그것을 붙들어 매었다.

취리히는 나 같은 애숭이 페터에게는 생소한 대도시여서 처음 몇 주일 동안은 눈이 돌 지경이었다. 그러나 도시 생활을 섣불리 찬미하거나 동경할 수만은 없었다. 그런 점에서 나는 틀림없는 농부였다. 거리나 건물, 여러 유형의 사람들이 나는 재미있었다. 마차를 타고 번화한 거리와 선창가, 광장, 공원 그리고 호화로운 건물과 교회를 구경했다. 부지런한 사람들은 떼를 지어 일터로 발걸음을 재촉하고 있었으며, 기운없이 걸어가는 학생, 한가롭게 마차를 몰고 가는 부유한 사람들, 부자연스럽게 멋을 부린 촌놈들, 그리고 외국 사람들이 오고가는 모습도 보였다. 유행을 따르고 점잖은 척하는 돈 많은 부인들은 닭장에서 나온 공작새처럼 아름답고 훌륭했지만 어쩐지 어색하게 보였다. 소심한 성격은 아니나, 좀 무뚝뚝하고 거만한 내게, 이렇듯 흥청거리는 도회지 생활은——샅샅이 알고 나면——어쩌면 편히 살 수 있는 가장 적합한 것이 될 것이며, 나 또한 그 생활에 가장 적합한 사람임에 틀림없을 것이다.

젊음은 아름다운 청년의 모습을 빌어 내게 다가왔다. 그 청년은 나와 같은 대학에 다니며 같은 건물에 살고 있었다. 이층에 자리한 그의 아담한 방에서는 매일 피아노 소리가 들려 왔는데, 그 피아노 소리를 듣고서야 비로소 나는 가장 여성적이며 감미로운 예술인 음악의 매력을 알게 되었다. 말쑥한 차림의 그가 드나드는 것도 보였다. 왼손에는 책과 악보 같은 것을 들고 다녔으며 오른손에는 담배를 끼고 있었는데, 그 담배 연기가 후리후리하고 늘씬한 그의 뒤를 감돌고 있었다. 나는 그에게 수줍은 애정을 느꼈지만 항상 외롭게 지냈다. 경쾌하고 자유스럽고 부유한 그에 비하면 언제나 나 자신은 너무 초라하게 느껴졌으며 그러한 사람과 교제를 한다는 것이 매우 뻔뻔하고 비굴하게도 여겨졌기 때문에 사귀기를 피했던 것이다. 그러자 그가 먼저 나를 찾아왔다. 어느 날 밤 누군가가 방문을 두드리는 소리가 들렸다. 나는 조금 놀랐다. 내 방에 손님이 찾아오기는 그것이 처음이었기 때문이다. 잘생긴 학생이 들어오더니 악수를 청하고 자기 이름을 대며 서로 옛 친구이기라도 한 듯 조금도 어색한 데가 없이 명랑한 태도를 취했다.

"나와 같이 음악을 좀 해볼 생각이 없나 해서요" 하고 그는 다정스럽게 말했다.

그러나 나는 지금까지 악기를 만져 본 일이 없으며 요들 송 외에는 아무 재주도 없지만 당신이 치는 아름다운 피아노 소리는 나의 마음을 끈다고 대답하였다.

"천만의 말씀을!" 하고 그는 유쾌한 듯이 외쳤다. "난 당신을 음악가라고 생각했는데, 이상하군요! 그렇지만 분명 요들 송은 부르실 수 있다고요? 그렇다면 한번 들려주시지 않겠습니까? 꼭 듣고 싶군요.”

나는 이 부탁에 그만 당황해서 방안에서 요들 송을 부를 수는 없으며 산이나 아니면 밖에서, 그것도 기분이 내키지 않으면 할 수 없다고 말했다.

“그렇다면 산에 가서 하시지요. 내일 어떻습니까? 저녁 무렵 함께 가실까요? 꼭 부탁합니다. 천천히 이야기라도 나누면서 산 위에 올라가 요들 송을 부르기로 하지요. 그리고 부락에 내려가서 저녁 식사도 함께 하고요. 한 시간쯤은 여유가 있으시겠지요?”

사실 시간은 얼마든지 있었다. 나는 곧 찬성했다. 그리고 나에게도 어떤 곡이든 한 곡 들려줄 것을 청하여 함께 아담하고 널찍한 그의 방으로 내려갔다.

액자에 넣어진 몇 장의 현대화와 피아노, 그리고 화려하고 사치스럽기까지 한 여러 장식들 위로 은은한 담배 향기가 감도는 그의 아름다운 방은 조금도 지루한 점이 없었으며 시원하고 상쾌한 기분으로 가득했다. 나로서는 지금까지 한 번도 맛보지 못한 분위기였다. 리하르트는 피아노 앞에 앉아서 몇 소절을 쳤다.

“이건 아시겠지요.” 그가 이렇게 말하며 나에게 머리를 끄덕여 보였다. 피아노를 치던 아름다운 얼굴을 돌려 나를 바라보는 그 모습은 명랑하고 화려했다.

“아니오. 저는 아무것도 몰라요.”

“이것은 바그너의 곡입니다. 〈마이스터징거〉의 한 소절이지요.” 이렇게 뒤돌아보며 곡명을 알려 준 뒤 그는 계속해서 쳤다.

그 소리는 경쾌하고 힘차고, 감미롭고 명쾌해서 마치 철철 넘치는 온탕처럼 포근하게 감싸고 흘렀다. 그 음뿐만 아니라 치고 있는 사람의 늘씬한 목과 등과 음악가다운 하얗고 가는 손에서도 은근한 기쁨 같은 것이 배어 나왔다. 그러자 언젠가 머리가 검은 학생을 바라보았을 때와 같은 애정과 경의와 자신도 모르게 흘러나오는 감탄을 금할 수가 없었다. 그런 기분 속에 이 아름답고 점잖은 청년이 정말 내 친구가 될는지도 모른다, 머리에서 떠나지 않는 내 소망을 이루어 줄는지도 모른다는 예감이 꿈틀거렸다.

그 다음날 나는 그를 데리러 갔다. 우리는 천천히 정담을 나누면서 제법 높은 언덕에 올라 거리와 호수와 공원을 바라보면서 황혼의 아름다운 경치를 마음껏 맛보았다.

"자, 요들 송을 불러 봐요! 여기서도 부끄럽거든 돌아앉아 불러요. 자, 어서 큰 소리로 불러 봐요!"

리하르트가 이렇게 외쳤다. 그는 만족했을지 모르겠다. 나는 분홍색으로 물든 저녁놀을 바라보면서 미칠 듯이 날뛰며 여러 곡의 요들 송을 멋진 가락으로 불렀다. 내가 노래를 그쳤을 때 그는 무슨 말을 하려다 말고 귀를 기울이며 산을 가리켰다. 먼 언덕에서 대답이 있었다. 나직하고 길게 여운을 남기는 소리였다. 그것은 목동이나 방랑객의 인사였을까. 우리는 조용히 귀를 기울였다. 그렇게 함께 서서 귀를 기울이고 있으려니까 처음으로 친구와 함께 나란히 서서 아름다운 장밋빛 구름에 싸인 넓은 인생을 본다는 느낌에 가슴이 뛰며 야릇한 흥분이 나를 사로잡았다. 저녁 호수는 부드러운 색으로 변하기 시작하였다. 일몰(日沒) 직전, 사라지는 노을 속에서 무시무시하게 뾰족뾰족한 알프스의 산봉우리가 쑥쑥 고개를 내밀었다.

"저기가 제 고향입니다. 중간에 있는 절벽이 빨강 벼랑이고 오른쪽이 카이스호른이며 왼쪽으로 아득히 보이는 둥근 봉우리가 젠알프스입니다. 제가 처음으로 저 높고 둥근 봉우리에 올라간 것은 열 살 때였습니다." 나는 이렇게 말하고 좀더 남쪽에 있는 봉우리를 찾아보려고 눈을 크게 떴다. 잠시 후 리하르트가 무슨 말인가를 했는데 나는 듣지 못해 다시 물었다. "무슨 말이지요?"

"당신이 무슨 예술을 하고 있는지 이제 알 것 같다고 말했지요."

"대체 무슨 예술 같소?"

"당신은 시인이군요."

그의 말에 나는 얼굴이 붉어지고 화끈거렸지만 리하르트가 어떻게 그것을 알아냈을까가 궁금했다.

"아닙니다. 저는 시를 쓰는 사람이 아닙니다. 사실 학교 다닐 때 더러 시를 쓴 적도 있지만 벌써 오래 전에 그만두었습니다."

"언제 한번 보여 주시겠소?"

"태워 버리고 말았습니다. 설사 지금 갖고 있다 해도 보여 드리고 싶지도 않고요."

"틀림없이 현대시일 테니 니체와 비슷한 점이 많겠군요."

"그건 무슨 뜻이지요?"

"니체 말입니다. 아아, 당신은 니체를 모르시나요?"

"몰라요, 알 까닭이 없지요."

내가 니체를 모른다고 하니까 그는 우스워서 어쩔 줄을 모르는 것 같았다. 나는 화가 나서 그에게 그러면 당신은 지금까지 빙하를 몇 번이나 넘었는가 하고 물어 보았다. 그리고 그가 한 번도 넘은 일이 없다고 말하자 나는 그가 바로 조금 전에 나에게 취한 것과 똑같이 깜짝 놀라 보이는 표정을 지으며 그를 비웃었다. 그러자 그는 내 팔에 손을 얹으며 매우 심각한 표정으로 이렇게 말했다.

"당신은 쉽게 노하시지만 부러울 정도로 순진한 사람이며 그러한 사람은 그리 흔하지 않다는 것을 당신 자신은 전혀 모르고 있습니다. 한 해나 두 해쯤 지나면 당신도 니체니 무어니 하는 것을 알게 되겠지요. 나보다도 더 많이 말입니다. 당신은 나보다 철저하고 영리하니까요. 그러나 나는 지금 그대로의 당신이 더 좋습니다. 당신은 니체나 바그너를 모르지만 가끔 눈 덮인 산 위에 올라간 일이 있으며 산골 사람같이 튼튼한 얼굴을 하고 있습니다. 틀림없이 당신은 시인이라고 할 수 있어요. 얼굴에 쓰여 있는데 뭘 그래요." 그가 이렇게 서슴지 않고 솔직하게 의견을 피력하는 것이 나에게는 의외였으며 심상치 않은 일로 생각되었다.

그런 뒤 일주일 후 손님이 많은 맥주홀에서 그와 나는 의형제를 맺었다. 많은 사람들이 모인 그 자리에서 그가 나를 끌어안고 키스를 퍼부어

대며 미친 듯이 식탁 주위를 돌며 춤을 추었을 때 나는 더욱 놀라며 어떤 행복감마저 들었다.

"다른 사람들이 어떻게 생각할지 몰라." 나는 부끄러워 쩔쩔 매며 그에게 주의를 주었다.

"그들은 우리들이 참 행복하다고 또는 몹시 취했다고 생각하겠지만 그 외에 별달리 생각지는 않을 거야."

리하르트는 나보다 나이가 많고 대체로 영리하며 집안도 좋을 뿐 아니라 무슨 일에든 아는 게 많고 세련되었지만 어떤 때에는 나에 비해 정말 어린애처럼 순수하다고 생각될 때가 많았다. 거리에서 아직 젖비린내 나는 여학생들에게 굽실거리며 ——어찌 보면 사람을 무시하는 것같이 보일 정도로 ——지나치게 공손한 인사를 하는가 하면 엄숙하게 치던 피아노를 갑자기 중단하는 등 어린아이처럼 행동하는 때가 많았던 것이다. 어느 때인가 장난삼아 교회엘 간 적이 있는데 한참 설교를 듣다가 돌연 정색하면서 무슨 중대한 일이나 일어난 것처럼, "이봐, 저 목사는 꼭 집토끼같이 생겼지?" 하는 것이었다. 비유는 잘했지만 그런 말이라면 나중에 해도 좋을 것 같기에 그런 말은 나중에 하자고 했더니, "정말 그렇다니까 그러네, 모르긴 하지만 그때가 되면 난 다 잊어버리고 말걸" 하고 화난 얼굴로 말하는 것이었다.

그의 희롱은 그렇게 재치있는 것은 아니었으며 그저 부슈의 시를 가끔 인용하는 데 지나지 않았지만 그래도 나나 다른 사람들의 기분에 거슬리는 일은 없었다. 우리가 그를 좋아하고 그에게 탄복하는 것은 그의 재치나 정신 문제라기보다는 언제나 마음속에서 우러나오는 경쾌하고 즐거운 분위기과 그의 밝고 순진한 성격 때문이며 그의 억제할 수 없는 명쾌한 성품 때문이다. 그의 명랑한 기분은 그의 태도나 미소 속에, 또는 맑은 눈동자 속에 나타나 있었으며 좀처럼 숨길 수 없었다. 그는 아마 자면서도 가끔 웃고 유쾌한 몸짓을 할 것이라고 나는 믿고 있었다.

리하르트는 나로 하여금 젊은 사람들, 즉 학생, 음악가, 화가, 문사(文士), 여러 방면의 외국 사람들과 자리를 함께할 기회를 마련해 주었다.

거리를 돌아다니는 조금 색다른 예술가들은 대개 그와 교제를 갖고 있었던 것이다. 그 중에는 철학가나 미학자(美學者) 또는 사회주의자로서 진지한 태도로 논쟁을 즐기는 사람도 있었는데 나는 그들로부터 여러 가지 좋은 점을 배울 수 있었고 단편적이나마 여러 방면의 지식을 얻을 수가 있었다. 그리고 그 지식을 통하여 나는 대체 무엇이 이 시대에서 가장 뛰어난 석학(碩學)들의 두뇌를 괴롭히는가에 대해서 점차 어떤 관념을 얻게 되었다. 그 소원이나 예감, 일, 인상은 내게도 매력이 있었으며 잘 이해할 수 있었다. 적어도 걷잡을 수 없이 강하고 독특한 본능에 이끌려 그 주장에 대해서 반대하거나 다투는 일은 없었다. 사람들은 대개 사상과 정열의 모든 힘을 사회와 국가, 학문, 예술, 교육법 등의 외부적이고 구체적인 목적에 기울이고 있는 것 같았다. 그리고 외부적인 어떤 목적이 아닌, 자기 자신을 쌓아 올리며 시간과 영원에 대한 개인적 존재의 관계를 밝힐 필요를 인식하고 있는 사람은 극히 적은 것같이 생각되었다. 나 역시 이러한 본능에 대해서는 아직 어느 정도 혼돈 상태에 있었다.

오로지 리하르트를 사랑하면서 질투를 느낄 정도였기 때문에 다른 친구를 사귈 겨를이 없었다. 나는 자주 그와 다정하게 교제하고 있는 여자들로부터 그를 떼어놓으려고 노력했다. 그와 약속을 하면 어떤 사소한 일이라도 어김없이 지켰으며 그가 시간을 어기고 기다리게 하는 일이 있으면 나는 화를 버럭 내곤 했다.

언젠가 한번은 그가 시간을 정하고 보트놀이를 가자고 하면서 자기 집으로 와 달라는 부탁을 내게 한 일이 있었다. 나는 제시간에 찾아갔지만 그는 집에 없었다. 그리하여 세 시간이나 기다린 나는 다음날 그의 태도를 몹시 나무랐다.

"왜 혼자서는 못 가나?" 그는 오히려 이상하다는 듯 웃었다. "그만 잊어버렸지 뭐야. 이러나저러나 별로 대단한 일도 아니잖아?"

"나는 약속이라면 꼭 지켜야 하는 걸로 알고 있어" 하고 나는 언성을 높여 말했다. "그런데 자네는 나를 기다리게 해놓고도 눈썹 하나 깜짝하지 않고 그 정도는 약과로 생각하라 이거지. 자네같이 친구가 많다 보면

별수 없을 테고.”

그는 어이가 없다는 듯이 나를 쳐다보았다. “하지만 자네는 하찮은 일을 가지고 그렇게 심각하게 생각할 것까진 없지 않나?”

“나로서는 우정이라는 것이 그리 단순한 것은 아니라고 생각하기 때문이야.”

> 그 말이 그의 심금을 울리자
> 그는 곧 개심을 맹세했도다.

리하르트는 이 시를 그럴듯이 인용하곤 내 머리를 붙잡더니 애정을 표시할 때 동양 사람들이 흔히 하듯 자기 코를 내 코끝에 비벼대며 등을 어루만졌다. 그 뒤로도 우정만은 전과 변함이 없었다.

나의 다락방에는 빌려 온 것이긴 하지만 그래도 매우 값비싼 근대 철학자, 시인, 비평가들의 책과 독일과 프랑스의 문학 평론 잡지, 새로 간행된 각본집, 파리의 문예지, 빈에서 유행되고 있는 감상가들의 책 같은 것이 있었다. 이렇게 쉽사리 읽을 수 있는 책을 비롯해 이탈리아의 고전 소설과 역사 연구에 관한 책 등 많은 책들을 나는 경애하는 마음과 진지한 태도로 즐겨 읽었다. 나의 소망은 될 수 있는 대로 빨리 철학에 접근하고 역사 연구에 전념해 보는 것이었다. 나는 전사(全史)나 역사 연구서에 관한 저서를 읽는 한편 특히 이탈리아나 프랑스의 중세 후기에 관한 자료와 연구 서적을 읽었다. 그때 비로소 나는 모든 사람 가운데서 가장 거룩한, 즉 모든 성자(聖者)들 중 가장 축복받고 거룩한 성자인 성 프란체스코에 대해서 자세히 알게 되었다. 그때까지 꿈속어서만 눈앞에 나타나는 환상적인 것에 머물렀던 풍부한 생활과 정신이 이제 현실로 나타나 야심과 기쁨과 젊음의 자부를 불러일으키며 내 마음을 들뜨게 했다. 강의실에서는 진지하기는 하나 어느 정도 난삽하고 때로는 지루하기까지 한 강의를 듣고 있어야 했지만 집에서는 경건하면서도 한편 몸서리쳐지는 중세의 전설이나 재미있는 고전 소설가의 작품을 읽을 수 있었다. 그 아름답고 즐거운 세계는 마치 그늘이 희미한 동화의 장면처럼 나를 감싸 주었다. 또 근대의 이상과 정열의 사나운 물결이 넘실거리며 나의 머리 위로 스치는 것을 느꼈다. 그러는 한편 나는 음악을 듣기도 하고 리하르트와 즐겁게 지내며 친구들의 모임에 참석하여 프랑스 사람, 독일 사람, 러시아 사람들과 교제를 갖는가 하면 또 조금 색다른 현대 서적의 낭독을 듣고 흥분하기도 하고 정체를 알 수 없는 젊은 친구들이 많이 나타나는 야간 모임에도 나가서 환상적인 사육제 기분에 잠기기도 했다.

어느 일요일, 리하르트는 나를 데리고 새로운 그림이 출품된 자그마한 전람회에 구경을 갔다. 나의 친구는 목장과 몇 마리의 염소가 그려진 그림 앞에서 걸음을 멈추었다. 정성껏 그린 깨끗한 그림이긴 했지만 조금 시대에 뒤떨어진 감이 있었으며 진정한 예술적인 핵심을 찾아볼 수 없었다. 어느 살롱에 가든지 아담하기는 하나 별 의미 없이 걸리는 그런 그림이었다. 그렇지만 고향의 목장을 어느 정도 충실하게 묘사한 점은 마음에 들었다. 나는 이 그림의 어떤 점이 마음이 끌리느냐고 리하르트에게 물었다.

"여기야." 그는 그림 한쪽에 씌어진 화가의 이름을 가리켰다. 진한 갈색 글자는 알아볼 수가 없었다. "이 그림은 물론 그리 대단한 작품은 아니야. 좀더 아름다운 것이 있지. 그러나 이 그림을 그린 사람보다 예쁜 여류 화가는 없단 말이야. 그 여자는 에르미니아 아그리에티라고 부르는데, 생각만 있다면 내일이라도 당장 함께 그 여자에게 가서, '당신은 훌륭한 여류 화가입니다' 하고 말할 수 있단 말이야" 하고 리하르트가 설명했다.

"자네는 이 화가와 아는 사이인가?"

"알고말고. 만일 그 여자의 그림이 그 여자만큼 아름다웠더라면 그 여자는 벌써 부자가 되어서 그림 같은 것은 그리지 않아도 되었을 거야. 결국 그 여자는 그리고 싶어서 그리는 것이 아니고 그리지 않으면 살 길이 없으니까 그리는 것뿐이야." 리하르트는 하던 이야기를 잠시 멈추고는 몇 주일이 지나서 겨우 생각이 난 듯 이렇게 말했다. "어제 아그리에티를 만났어. 사실은 얼마 전부터 그 여자를 찾아가려고 했었지. 그러니까 함께 가 보자구. 그러고 보니 오늘 자네 셔츠깃이 정말 깨끗한데 그 여자는 셔 츠깃을 제일 유심히 보니까 말일세.”

셔츠깃이 깨끗했기 때문에 우리는 함께 아그리에티에게 갔다. 어쩐지 마음이 내키지 않았다. 리하르트나 그의 친구들이 여류 화가나 여학생들과 함께 어울려 다니는 것이 내 기분에는 그다지 맞지 않았기 때문이다.

그런 모임에선 언제나 대부분의 남자들은 염치없게도 서둘러 가면서 희롱하는 일을 서슴지 않았다. 그러나 여자들은 어디까지나 실제적이며 영리하고 약삭빠른 편이었다. 나는 여자를 밝은 불빛 속에서 보기도 하고 숭배하려고 노력도 했지만 도무지 그러한 향기를 느낄 수가 없었다.

나는 머뭇거리며 아틀리에로 들어섰다. 아틀리에의 공기에 나는 어느 정도 익숙한 편이었지만 여자의 아틀리에는 그때가 처음이었다. 너무나 쓸쓸하고 멋없는 방이었다. 완성된 그림이 서너너덧 장 틀에 넣어져 걸려 있었고 또 바탕색도 칠하지 않은 채 캔버스에 걸려 있는 그림도 있었다. 벽의 나머지 부분은 마음을 끄는 깨끗한 몇 장의 연필 스케치와 반쯤 텅 비어 있는 책장으로 가려져 있었다. 여류 화가는 우리들의 인사를 냉정하게 받고는 화필을 놓고 작업복을 입은 채 책장에 몸을 기댔다. 우리들 때문에 시간을 소비하고 싶지 않다는 듯한 태도였다.

리하르트는 전람회에 출품한 그녀의 그림에 대해서 대단한 찬사를 늘어놓았다. 그 여자는 그런 이야기를 일소에 부치고 입에 발린 칭찬 같은 것은 필요없다고 톡 쏘아붙였다.

“그러나 저는 그 그림을 사 둘까 하고 생각했었지요. 그 암소야말로 참으로……. ”

“그건 염소인데요.”

“염소라고요? 그렇지요, 틀림없는 염소였어요! 나는 지금 습작기의 작품에 대해서 말하려고 했던 거예요. 살아 있는 거나 다름없는 염소지요. 그야말로 한 번 더 말해 두지만 그건 틀림없는 염소였습니다. 저 카멘친트 군에게 물어 보세요. 저 사람이야말로 산에서 자란 사람이니까 제 말을 시인할 겁니다.”

이때 여류 화가의 시선이 어리둥절하면서도 흥미를 느끼며 이 이야기에 귀를 기울이고 있던 나에게 향했다. 그 여자는 오랫동안 나를 쳐다보았다.

“산간 지방에서 오셨나요?”

“네, 그렇습니다.”

“그렇게 보이는군요. 그런데 제가 그린 염소는 어떻게 생각하시는지요?”

“참 좋더군요. 적어도 저는 리하르트처럼 암소라고는 생각지 않았습니다.”

“감사합니다. 그런데 당신은 음악가이신가요?”

“아니에요, 학생입니다.”

그 여자는 그 이상 아무 말도 없었다. 그래서 나는 그 여자를 자세히 살펴볼 여유를 얻었다. 긴 작업복에 싸여서 몸매가 이상한 것은 어쩔 수 없다 하더라도 날카롭고 좁은 얼굴이며 매서운 눈매가 돋보였고, 검고 탐스러운 머리카락이 부드럽게 물결쳤다. 무엇보다 눈에 두드러지게 띈 것은 얼굴빛이었다. 마치 고르곤졸라의 치즈를 연상케 했다. 아마 얼굴에 푸른 금이 갔다 해도 나는 놀라지 않았을 것이다. 이렇게 이국적인 창백한 얼굴을 나는 아직 본 적이 없었다. 더욱이 아틀리에로 스며드는 아침 햇살을 받고 있었기 때문에 그 여자는 더욱 창백하고 굳은 얼굴을 하고 있었다. 그것도 대리석이 아닌, 비바람에 색이 바랜 그런 돌같이 보였다. 나는 여자의 얼굴을 두고 이러니저러니 말해 본 일은 없다. 여자의 얼굴이라고 하면 나는 아직 소년다운 생각에서 파릇파릇하고 장미꽃처럼 귀엽고 사랑스러운 것을 연상했다.

리하르트 역시 오늘 찾아온 데 대해서는 그다지 기분이 좋은 것 같지 않았다. 잠시 후 아그리에티가 내 얼굴을 스케치하고 싶어한다고 그가 말했을 때 나는 의외라고 생각되어 놀라지 않을 수 없었다. 그저 몇 장의 스케치를 그릴 생각이지만 얼굴보다는 어깨가 넓은 내 몸에 어떤 전형적인 독특한 점이 있다고 말하더라는 것이었다.

여기에 관한 이야기가 더 진전되기 전에 다른 사소한 사건이 발생하여 내 생활 전체를 변화시키고 여러 해 동안 나의 장래를 결정짓고 말았는데, 어느 날 아침 눈을 떴을 때 나는 작가가 되어 있었던 것이다.

리하르트가 서두르는 바람에 나는 그저 연습하는 셈치고 우리 친구들 가운데 독특한 타입의 인물이나 사소한 체험, 대화 같은 것을 가급적이면 충실하게 묘사해 보았으며 역사나 문학에 관한 논문을 쓰기도 했다.

그런데 어느 날 아침 내가 자리에서 아직 일어나기도 전에 리하르트가 들어오더니 35프랑을 침대 위에 놓으며 "이것은 자네 것일세" 하고 사무적인 어조로 말했다. 여러 가지로 추측도 하고 묻기도 했지만 더 이상 내가 알아맞히지 못하자 그제서야 리하르트는 호주머니에서 신문을 꺼내어 들고는 짧은 내 단편 하나가 인쇄되어 있는 것을 보여 주었다.

사실은 그가 내 원고 몇 편을 베껴서 자기와 가까이 지내고 있던 편집자에게 들고 가 나를 위해 비밀리에 판 것이었다. 나는 처음으로 인쇄된 내 글과 고료를 신기하게 들여다보았다.

그때처럼 기분이 이상한 적은 없었다. 리하르트가 수선을 피운 데 대해 내심 은근히 화도 났지만 처음 느끼는 작가로서의 자부심과 반가운 돈 하며 문사로서 얻을 수 있을지 모르는 사소한 명성 같은 것이 다른 감정을 압도하고 말았다.

리하르트는 곧 어느 카페에서 나를 그 편집자에게 소개했다. 그는 리하르트가 보여 준 다른 원고들도 받아 두겠다며 때때로 새로운 것도 보내 주었으면 좋겠다고 권했다. 내가 쓴 것 중에서도 특히 역사적인 것은 독특한 맛이 있으며 그런 것을 더 받았으면 좋겠다, 고료는 틀림없이 지불하겠다는 등의 이야기를 늘어놓았다. 그러나 처음부터 그렇게 하면 좀 곤란할 것 같은 생각이 들었다. 나는 매일 빠짐없이 식사를 하고 작은 빚을 갚아 가며 억지로라도 하지 않을 수 없는 공부는 내던지고 아마 머지않아 내가 좋아하는 분야에서 일을 하며 순수한 자신의 수입만으로 살아갈 수 있게 되리라.

그러는 동안 그 편집자는 비평을 써 달라고 하면서 새로 나온 책을 잔뜩 보내 왔다. 나는 그것을 붙들고 2, 3주일 동안이나 애를 썼다. 그러나 고료는 3개월이 지난 후에야 나오게 되어 있었는데도 나는 그것을 믿고 전보다도 더 사치한 생활을 했기 때문에 어느 날 땡전 한푼 없게 되어 다시 예전같이 단식 요법을 쓰지 않으면 안 되었다. 며칠 동안은 내 방에서 빵과 커피만으로 만족했지만 나중에는 배가 고파서 견딜 수가 없었다. 나는 식당으로 뛰어갔다. 밥값으로 비평할 책을 남겨 두기 위해 세 권을 들고 나섰다. 그것을 고서점에 팔아 버릴 생각도 해보았지만 제대로 되지 않았다. 식사는 맛이 좋았지만 커피를 마실 때쯤에는 어쩐지 불안해졌다. 나는 여급에게 어물어물 밥값 대신 책을 맡겨 두고 가겠다고 말했다. 그랬더니 그 여급은 이상하다는 듯한 표정으로 그 가운데서 시집 한 권을 뽑아 들고 읽어도 좋으냐고 물어 왔다. 책을 무척 좋아하지만 구할 수가 없다고 말했다. 나는 살았다 싶어 밥값 대신으로 그 책 세 권을 받아 달라고 사정했다.

그 여자는 대찬성이었다. 이리하여 그녀는 나에게서 17프랑어치의 책을 받아 주었다. 나는 자그마한 시집이라면 치즈 바른 빵을 요구하고 장편 소설이라면 거기에다가 포도주까지 청했다. 단편 하나하나는 커피 한 잔과 빵밖에 나오지 않았다. 생각건대 그런 책들은 대부분 일시적인 새로운 유행에 따르는 주제들을 다룬 가치없는 책들이어서 마음씨 좋은 그 소녀는 근대 독일 문학에서 이상한 인상을 받았을 것이다. 내가 오전 중 땀을 흘려 가며 얼른 한 권을 읽고 거기에 대해서 몇 줄 평을 쓰고 나서 정오에는 그걸 팔아 간신히 목구멍에 풀칠을 할 수 있었던 일을 생각하면 정말 우스꽝스럽다. 나는 돈에 쪼들리는 사실을 리하르트에게만은 숨기려고 했다.

나는 그 사실을 지나치게 부끄러워하는 한편 그의 도움은 받고 싶지 않았으며 가끔 그에게 빌린다 해도 언제나 짧은 기간만 빌려 쓰기로 했다.

나는 나 자신을 시인이라고 생각한 적은 없었다. 내가 가끔 쓴 것은 잡문에 지나지 않았으며 결코 시가 아니었다. 그러나 마음속으로는 그래도 언젠가 시다운 시를 쓰며 동경과 생명의 큼직하고 대담한 노래를 쓸 날이 오리라는 은근한 희망을 품고 있었다.

즐겁고 맑은 내 혼의 거울도 가끔 우울한 기분으로 흐려지는 때가 있었지만 그렇다고 해서 심히 흐려지는 일은 없었다. 때때로 우울한 기분이 하루나 하루 반쯤 꿈꾸는 은둔자의 슬픔처럼 떠올랐지만 곧 자취도 없이 사라지고 몇 주일이나 몇 달이 지나서야 다시 떠올랐다. 나는 친한 여자 친구를 가까이하듯 그런 일에 익숙해졌으며 조금도 고통을 느끼지 않았다. 그것은 그것대로 독특한 맛과 불안한 피로가 느껴졌다. 밤중에 그런 기분에 사로잡히게 되면 언제나 잠을 이루지 못하고 몇 시간씩 창문 옆에 누워 검은 호수나 푸른 하늘에 어린 산 그림자들, 그 위에 반짝이는 아름다운 별을 바라보았다. 그처럼 아름다운 밤 경치는 마치 비난이라도 하듯 나를 바라보며 나로 하여금 불안하고 야릇한 벅찬 기분에 사로잡히게 했다. 별이나 산이나 호수는 자기들의 아름다움과 존재의 고민을 아무 말 없이 이해하며 표현해 주는 그러한 사람을 그리워하는 듯했다. 그리고 내가 그런 사람 중의 한 사람인 것처럼 생각되었으며 말없는 자연을 시로 표현하는 것이 진정 나의 천직인 것으로 여겨졌다. 그것이 어떻게 가능하리라는 것은 생각한 적도 없다. 그저 아름답고 엄숙한 밤이 무언의 소원을 품고 가슴을 설레며 나를 기다리고 있음을 느낄 뿐이었다. 그러한 기분으로 무엇인가 쓰는 일은 결코 없었다. 그러한 밤을 경험하게 되면 이 어둠의 소리에 대해서 어떤 책임을 느끼며 언제나 며칠 동안 도보 여행을 떠나곤 했다. 그렇게 함으로써 무언의 소원을 품고 내 품에 안기는 대지에 대해서 작으나마 사랑을 표할 수 있을 것으로 생각되었다. 이러한 공상을 머지않아 비웃게 되었지만 방랑 생활은 그 후로도 내 생활의 토대가 되었다. 그 후의 세월을 나는 대개 방랑인으로 보냈기 때문이다. 몇 주일, 몇 달 동안 여행을 계속하며 여러 나라를 돌아다녔다. 많지 않은 돈과 한 조각의 빵을 호주머니에 넣고 먼길을 걸으며 며칠을 두고 밤낮으로 혼자 방랑의 길을 더듬었다. 때론 방안이 아닌 한데에서 밤을 지새는 일도 있었다. 여류 화가에 대해서는 글을 쓰기 시작하면서부터 고스란히 잊어버리고 말았다.

그런데 그 여자에게서 엽서가 날아왔다.

몇몇 남녀 친구들이 목요일 차 마시는 시간에 오게 되어 있습니다.
친구분과 함께 부디 참석해 주시길 바라나이다.

아그리에티

우리들은 그 초대에 응했다. 거기에는 몇몇 예술가들이 모여 있었으나 거의 대부분은 이름도 없는 친구들이었으며 아무런 업적도 없이 세상에서 잊혀진 사람들뿐이었다. 그것이 어쩐지 내게는 괴로웠다. 무엇보다도 모두가 제멋대로 만족을 느끼며 흥겨워하는 눈치들이었다. 차와 버터 바른 빵과, 햄과 샐러드가 나왔다. 나는 아는 사람도 별로 없고 이야기를 즐겨 하는 편도 아니었기 때문에 다른 사람들이 차를 마시며 이야기하고 있는 동안 내내 연거푸 먹어댔다. 잠시 후 사람들이 음식을 먹으려고 할 때 내가 햄을 다 먹어 치워 하나도 없는 것을 알았다. 적어도 여분으로 또 한 접시쯤은 준비되어 있으리라 생각했는데……. 모두 킥킥 웃으며 나를 비웃는 시선을 보냈다. 나는 화가 치밀어 그 이탈리아의 여류 화가와 햄을 저주했다. 나는 자리에서 일어나 그 여자에게 목례를 한 뒤 이 다음에는 저녁 식사를 지참하고 오겠노라고 솔직하게 말하고는 모자를 집어 들었다. 그러자 아그리에티는 내 손에서 모자를 빼앗더니 놀라는 표정을 감추고 태연한 자세로 가지 말아 달라고 정색하면서 부탁했다. 그때 나는 화난 표정으로 눈이 반쯤 감긴 그 여자의 놀랄 만한 성숙미를 보았다. 그리고는 자신의 무례함을 뉘우쳤다. 그래서 꾸지람을 들은 아이처럼 한쪽 구석에 앉아 꼼짝도 하지 않고 코모 호(湖)의 사진첩을 들춰 보고 있었다. 다른 사람들은 차를 마시며 이야기꽃을 피웠다. 한쪽 구석에서 바이올린과 첼로의 음정 고르는 소리가 들려 왔다. 커튼을 걷자 네 사람이 탁자에 둘러앉아 현악 사중주를 연주할 준비를 하고 있었다.

그때 여류 화가는 내 앞 탁자에 차 한 잔을 놓으며 정다운 인사를 보내고는 내 곁에 앉았다. 사중주는 오래도록 계속되었지만 나는 주의해 듣지 않고 그저 눈을 크게 뜬 채 날씬하고 아름답고 품위있는 그 여자를 보는 데에만 정신이 팔렸다. 그때까지 나는 그 여자의 미를 의심했으며 또 조금 전에는 준비해 놓은 음식을 다 먹어 치웠다. 그 여자가 나를 스케치하겠다던 말과 알프스의 절벽에 기어올랐던 일, 백설공주의 전설 등이 생각났지만 그런 것들은 단지 오늘의 이 순간을 위해 존재했던 사건들에 지나지 않는 것으로 여겨졌다.

음악이 끝났지만 여류 화가는 예상했던 대로 자리를 뜨지 않고 그냥 눌러 앉아 나에게 잡담을 건네기 시작했다. 그 여자는 신문에서 읽은 내 소설에 대해 찬사를 늘어놓았다. 그리고 몇몇 젊은 처녀들에게 둘러싸여 있는 리하르트에게 농담을 걸었다. 리하르트의 염치없이 웃어대는 웃음소리가 다른 여러 사람의 말소리를 가로닥으며 들려 왔다. 이런저런 이야기 중에 그 여자는 나를 스케치해도 좋겠느냐고 다시 물어 왔다. 그 말에 문득 머리에 떠오르는 것이 있었다. 어느새 나는 나도 모르는 사이 이탈리아어로 이야기를 계속하고 있었던 것이다. 그래서 그 여자의 남국적인 눈은 기뻐서 어쩔 줄 몰라하는 빛을 발하였을 뿐 아니라 내가 자기 나라 말을 쓰는 것이 퍽 대견한 모양이었다. 그 여자의 말은 그 여자의 입과 눈과 모습에 알맞는 어조로 아름답고 유창한 토스카나(이탈리아 중앙부 서안 지방)의 말과 테신의 사투리가 적절히 섞인 매혹적이며 가벼운 어조의 이탈리아 말이었다.

나는 비록 아름답고 유창하게 말할 수는 없었지만 그런 점에 구애받지 않았으며 그 다음날 스케치를 위해 다시 오기로 했다.

"아 리베데를라(안녕히 계세요)." 나는 작별 인사를 하며 될 수 있는 대로 허리를 깊숙이 숙였다.

"아 리베데르치(안녕히, 내일 또 만나요)" 하고 그녀도 미소를 지으며 고개를 끄덕였다.

그 여자의 집에서 곧장 앞으로 걸어가 어떤 언덕에 다다르자 눈앞에 어둠에 싸인 조용하고 아름다운 전경이 나타났다. 빨간 등불을 켠 보트 한

척이 호수 위를 스치면서 검은 수면 위에 한 줄기 섬광을 남기고 사라져 갔다. 여기저기 잔잔한 물결이 희미하게 윤곽을 나타내고 있었다. 가까운 뜰에서 만돌린 연주하는 소리와 흥겨운 웃음소리가 들려 왔다. 하늘은 반쯤 구름에 덮이고 언덕에는 훈훈한 바람이 강하게 불어오고 있었다.

바람이 과수 가지나 밤나무 위를 어루만지기도 하고 흔들어 보이기도 하는 것이 마치 나무가 신음하며 웃기도 하고 떨기도 하면서 나와 정열을 다투어 보려는 것 같았다. 나는 언덕 위에서 무릎을 꿇고 엎드려도 보고 벌떡 일어나 소리도 질러 보는가 하면 발로 땅을 구르고 모자를 던지고 얼굴로 풀을 헤치며 나무 밑동을 흔들어 보는 등 울고 웃으며 부끄러움과 행복감에 한참을 뒹굴었다. 한 시간쯤 지나자 늘어질 듯한 피로와 외로움과 찌는 듯한 더위에 숨이 막힐 지경이었다. 아무 생각도 계획도 없이 꿈 속을 헤매듯 언덕을 내려와 다시 거리를 헤맸다. 변두리 길거리에 늦도록 문을 닫지 않은 자그마한 술집이 눈에 띄었다. 나는 자신도 모르게 2리터나 되는 봐틀란트 포도주를 마시고 날이 밝아 올 무렵에야 몹시 취한 채 집으로 돌아왔다.

그 날 오후 아그리에티를 찾아갔을 때 그 여자는 깜짝 놀라며 말했다.

"어머나, 왜 어디가 편치 않으세요? 정말 녹초가 되어 가지고."

"대단치는 않아요. 어젯밤 몹시 취했던 것 같아요. 그것뿐입니다. 그러면 어서 그려 주시지요" 하고 대답했다.

그 여자는 내게 꼼짝 말고 의자에 앉아 있기를 명했으며 나는 그 말에 순응하였다. 나는 곧 잠에 곯아 떨어져 오후 한나절을 아틀리에에서 보냈기 때문이다. 아마 아틀리에에 있는 테르펜틴(송백과〔松柏科〕 식물의 줄기를 벗기면 흘러나오는 끈끈한 함유수지〔含油樹脂〕) 탓인지도 몰랐다. 고향에서 보트를 새로 칠하는 꿈을 꾸었다. 나는 자갈밭에 누워서 아버지가 붓과 기름통을 들고 일하는 것을 보았다. 옆에 어머니가 있었다. 내가 어머니에게 "어머님은 돌아가지 않으셨던가요" 하고 물었더니 어머니는 낮은 목소리로 이렇게 말씀하셨다. "아니, 죽을 리가 있느냐? 내가 없으면 너도 아버지와 똑같은 부랑자가 되지 않겠니."

의자에서 떨어지면서 눈을 떴을 때 에르미니아 아그리에티의 아틀리에인 것을 안 나는 깜짝 놀랐다. 그녀의 모습은 보이지 않았지만 옆방에서 주전자와 나이프, 그리고 포크 등이 덜거덕거리는 소리가 들려 오는 것으로 보아 틀림없이 저녁 식사 시간이 되었다고 생각했다.

"깨셨어요?" 그녀가 저쪽에서 외쳤다.

"네, 제가 오랫동안 잤습니까?"

"네 시간 동안, 부끄럽지 않으세요?"

"그건 그렇지만, 나는 정말 좋은 꿈을 꾸었지요."

"말씀해 보세요."

"그러지요, 당신이 나오셔서 나를 용서해 주신다면."

그 여자는 내가 꿈 이야기를 다 들려줄 때까지는 용서할 수 없다고 말했다. 그래서 나는 이야기를 시작했다. 꿈 이야기를 하는 동안 나는 이미 잊혀진 유년 시절로 깊숙이 빠져 들어갔다. 이야기가 끝났을 때에는 밖은 완전히 어두워져 있었다. 그 동안 나는 그녀에게뿐만 아니라 나 자신에게도 유년 시절의 얘기를 하나도 빠짐없이 모두 들려주었다.

그녀는 내 손을 잡고 꾸깃꾸깃 구겨진 내 상의의 주름을 펴면서 내일 다시 와 주기를 바란다고 했다. 그것으로 나는 그녀가 오늘의 내 불미스런 태도를 이해하고 용서해 준 것이라고 해석했다.

그 다음 며칠 동안이나 나는 그 여자를 위해 몇 시간씩 별다른 이야기도 없이 앉아 있었다. 마치 마술에 걸린 것처럼 꿈쩍하지 않고 한자리에 앉아 있기도 하고 서 있기도 하면서 캔버스 위를 스치는 목탄의 부드러운 소리를 듣고 기름 물감의 냄새를 맡으면서 사랑스런 그녀가 끊임없이 보내는 시선을 느끼며 그녀 곁을 맴돌았다. 하얀 아틀리에의 벽으로 햇빛이 흐르고 몇 마리의 파리가 창문 유리에 붙어 윙윙거리고 있었다. 작은 옆방에서는 알코올 램프 타는 소리가 들려 왔다. 모델로 앉아 있으면 언제나 한 잔의 뜨거운 커피를 대접받을 수 있었다.

집에 와서도 나는 에르미니아를 생각했다. 그녀의 그림이 예술적으로 존경받을 수 없다는 사실이 나의 정열을 흔들어 놓거나 감소시키는 데 영

향을 주지는 못했다. 그 여자는 얼마나 예쁘고 친절하며 명랑하고 믿음직
스러운가! 그 여자의 그림이 무슨 상관인가! 오히려 나는 그녀가 열심히
일하는 모습에서 어떤 엄숙함을 느꼈다. 그 여자는 먹고 살기 위해 싸우
며 모든 것을 참고 조용히 지내는 여자였다. 사랑하는 사람을 두고두고
생각하는 것처럼 부질없는 일도 없을 것이다. 그것은 마치 여러 가지 사
실이 나타나지만 마지막 후렴만은 전혀 맞지 않을 때에도 치근치근 반복
되는 민요나 군가 같은 것이리라.

마찬가지로 내가 알게 된 예쁜 이탈리아 여성의 모습도 사실 분명치 않
은 것은 아니었지만 가까이 있는 사람이었다기보다 전혀 몰랐던 사람처럼
선이나 윤곽, 특징 같은 것이 남아 있지 않다. 그 여자가 어떤 머리를 하
고 있었으며 어떤 옷을 입고 있었는지 분명치 않다. 대체 몸집이 얼마나
컸는지 혹은 작았는지조차 기억할 수가 없다. 다만 그녀를 회상할 때 먼
저 눈앞에 떠오르는 것은 점잖게 손질한 검은 머리와 창백하면서도 생기
가 도는 얼굴에 그리 크지 않으나 예리하게 빛나는 두 눈, 믿어지지 않을
만큼 조숙함과 아름다움을 간직한 가느다란 활 모양의 입술이었다. 그녀
에게 반해 그녀의 아틀리에를 드나들던 일을 생각해 볼 때 언제나 떠오르
는 일이라곤 따스한 바람이 호수를 스치던 언덕 위에서 내가 울며불며 미
쳐 날뛰던 그 날 밤의 일뿐이었다. 그리고 다른 어느 날 밤의 일이지만
이제부터 그 이야기를 해보겠다. 나는 점차 어떻게 해서든지 여류 화가에
게 내 마음을 고백하고 사랑을 구하지 않을 수 없다고 느끼게 되었다. 만
약 그 여자가 멀리 떨어져 있었다면 나는 그 여자를 은근히 사모하며 그
여자의 사랑을 얻으려는 괴로운 심정을 견뎌 냈을 것이다. 그러나 매일같
이 그 여자의 집을 드나들며 그 여자와 만나서 이야기하고 악수도 나누면
서 마음속에 가시를 품고 있다는 것은 참을 수 없는 일이었다.

여름도 한창인 무더운 밤 호숫가의 깨끗한 정원에서 예술가와 그의 친
구들이 간단한 여름 잔치를 베풀게 되었다. 우리는 포도주와 얼음물을 마
시며 음악을 듣기도 하고 나무 사이의 꽃에 매달린 빨간 초롱불을 바라보
기도 했다. 나중에는 잡담과 험담을 나누며 노래를 부르기도 했다. 초라

한 어느 젊은 화가가 베레모를 쓰고 이상한 몸짓을 해가면서 전신을 쭉 뻗고 난간에 누워 목이 기다란 기타로 장난을 치고 있었다. 이름이 알려진 예술가들은 오지 않았으며 나이 많은 축은 한쪽에 앉아 있었다. 젊은 부인들은 더러 산뜻한 옷차림을 하고 있었지만 거의 대부분은 후줄근한 차림으로 이리저리 돌아다녔다. 특히 내 눈에 거슬린 것은 나이 들고 보기 싫은 여대생이었다. 그 여자는 단발머리에 남자들이 쓰는 밀짚모자를 쓰고 담배를 피우는가 하면 술까지 마시면서 커다란 목소리로 줄곧 떠들어댔다. 리하르트는 전과 다름없이 젊은 여자들만을 상대하고 있었다. 나는 매우 흥분해 있었지만 냉정한 태도로 술도 그리 많이 마시지 않은 채 아그리에티를 기다리고 있었다. 그녀는 오늘 나와 함께 보트놀이를 하기로 약속이 되어 있었다. 그녀는 나에게 몇 송이의 꽃을 선사했다. 우리는 함께 보트에 올랐다. 호수는 기름처럼 미끄러웠고 밤이라 깜깜했다. 나는 만족해하며 마주앉아 있는 날씬한 차림의 그녀를 잠시도 놓치지 않고 바라보면서 호수 가운데로 배를 가볍게 저어 나갔다.

높고 푸른 하늘에는 희미하게 빛나는 별이 하나 둘 나타났다. 기슭 이곳저곳에서는 음악 소리와 유쾌한 속삭임이 들려 왔다. 밀려드는 물이 노에 부딪쳐 소리를 내며 부서졌다. 다른 보트들이 잔잔한 물결을 타고 여기저기 까만 점으로 사라져 갔다. 나는 그런 것들을 거들떠볼 겨를도 없이 오직 키를 잡고 있는 그녀만을 뚫어지게 바라보며 마음먹었던 사랑의 고백을 마치 무거운 쇠사슬처럼 두근거리는 가슴에 매달고 있었다. 시정(詩情)을 자아내는 야경(夜景), 작은 배, 별과 잔잔한 호수, 이런 것들이 내 마음을 더욱 설레게 했다. 그것은 마치 무대의 장식처럼 보였으며 감상적인 한 장면을 보고 있는 듯했기 떄문이다. 두근거리는 가슴, 아무 말 없이 지키고 있는 침묵, 마침내 너무나 깊은 정적 때문에 숨이 막힐 지경이 되었다. 나는 그냥 힘껏 노를 저어 나갔다.

"당신은 정말 힘이 센 분이군요?" 그녀가 오랜 침묵을 깨뜨리고 말했다.

"뚱뚱하다는 말씀인가요?"

"아니에요, 근육을 말하는 거예요." 그녀는 웃었다.

"그럼요. 세고말고요."

이렇게 대화는 시작되었지만 그것은 내가 바랐던 말과는 동떨어진 얘기가 아닌가. 나는 화가 나서 계속 노를 저었다. 잠시 후 나는 그녀에게 그녀의 신변 얘기를 좀 해주었으면 좋겠다고 부탁했다.

"무슨 얘기가 듣고 싶으세요?"

"무슨 얘기든지 좋습니다. 그러나 제일 듣고 싶은 것은 연애 얘기입니다. 그래 주시면 다음에는 저의 한 번밖에 없었던 연애담도 들려 드리지요. 극히 짧은 얘기지만 아마 당신도 아름답고 재미있는 얘기로 들으실 겁니다."

"아, 그러세요. 그럼 좀 들려주시겠어요?"

"아닙니다. 우선 당신부터 하셔야죠. 그렇지 않아도 내가 당신에 대해서 알고 있는 것보다 당신이 나에 대해서 훨씬 더 많이 알고 계신데요. 당신이 정말 사랑해 본 경험이 있는지 혹은 당신은 제가 두려워하고 있는 것처럼 사랑을 하기에는 너무 영리하며 자존심이 지나치지는 않는지 하는 것을 알고 싶습니다."

에르미니아는 잠시 동안 생각에 잠기더니 "이런 컴컴한 밤에 더구나 물 위에서 여자더러 이야기를 하라는 것은 당신의 낭만적인 생각이지 뭐예요" 하고는 다시 말을 이어 갔다. "미안하지만 저는 못 하겠어요. 당신들 시인들은 무엇이든 아름다운 것이면 말로 표현하는 습관이 있어서 자기 감정에 대한 표현이 부족하면 곧 실속없는 사람이라고 단정하는 버릇이 있잖아요. 그러나 나는 나만큼 열렬하게 연애할 수 있는 사람은 별로 없으리라고 보아요. 나는 다른 여자에게 매여 있는 남자를 사랑하고 있으며 또 그 사람도 나 못지 않게 나를 사랑하고 있으니까요. 그러나 우리들이 언제 함께 합해질지는 미지수예요. 서로 편지를 주고받으며 가끔 만나기는 하지만……."

"하나 물어 보겠습니다. 그럼 당신은 그 사랑에서 행복을 느끼고 계시나요? 간혹 불행하다고 생각지는 않는지요? 아니면 두 가지 다 느끼고 계신지요?"

"아아, 사랑이라는 것이 행복을 주기 위해서 있는 것은 아니지 않나요? 사랑은 우리가 괴로워하면서도 얼마나 굳세게 참아 나갈 수 있느냐 하는 것을 우리에게 보여 주기 위해서 있다고 생각하는데요."

"그것은 알고 있지만." 나는 대답 대신 가벼운 신음소리를 냈다.

"아아, 당신도 벌써 그것을 아세요? 아직 그러기에는 당신은 어린 나이예요. 솔직히 말씀해 주시겠어요? 아무 때나 생각나실 때라도 좋아요."

"그러면 다음 기회에 말씀드리지요. 아그리에티 씨, 그런데 어쩐지 마음이 허전한데요. 당신의 기분까지 건드렸다면 용서하십시오. 그럼 돌아갈까요?"

나는 더 이상 말하지 않고 요란하게 노를 저으며 물살을 헤치고 방향을 바꾸어 마치 폭풍우라도 닥쳐오듯이 세차게 나아갔다. 보트는 물결을 일으키며 쏜살같이 달렸다. 가슴속에서는 슬픔과 수모가 소용돌이처럼 맴돌고 얼굴에는 땀이 흐르고 전신이 오싹오싹 떨리는 것을 느꼈다. 나는 무릎을 꿇고 애원하고, 그녀는 어머니처럼 정다운 태도로 거절하는 역할을 맡을 뻔했다는 생각을 하니 몸서리가 쳐졌다. 그것만은 겨우 면했지만 쓸쓸한 기분만은 어쩔 수가 없었다.

나는 정신없이 집을 향해서 노를 저었다. 기슭에서 간단한 작별 인사로 그녀를 남기고 떠날 때 그녀도 어딘가 쓸쓸하게 보였다.

호수는 여전히 잠잠했고 음악 소리는 명랑하게 들려 왔으며 초롱불들은 여전히 찬란하게 빛났지만 나에게는 모두가 브질없는 것으로만 여겨졌다. 무엇보다 음악이 더 그랬다. 폭 넓은 명주띠로 기타를 멋있게 짊어지고 벨벳 상의를 입고 있는 그 남자를 흠뻑 두들겨 주었으면 시원할 것 같은 생각이 들었다. 게다가 불꽃놀이까지 할 모양이었다. 얼마나 우스꽝스러운 일인가?

나는 리하르트한테 몇 프랑을 빌려 손에 넣고 모자를 뒤로 젖혀 쓴 채 한없이 걸었다. 교외로 빠져 나와 한 시간 또 한 시간을 걸었다. 자꾸만 졸리고 나중에는 졸음이 몰려와 그만 풀밭에 쓰러져 잠이 들고 말았다.

잠이 깼을 때에는 온몸이 이슬에 젖어 뻣뻣했고 으슬으슬 추웠다. 나는 가까운 마을로 내려갔다. 이른 아침이었다. 토기풀을 베는 사람들이 먼지 나는 좁은 길을 걸어가고 있었다. 아직 잠이 덜 깬 하인이 외양간 문에서 밖을 내다보고 있었다. 이렇게 여름철만 되면 농부들의 바쁜 모습을 어디서나 찾아볼 수 있었다. 나는 농사나 짓고 살아야 했을걸 하고 생각하며 부끄러운 기분으로 마을을 지나 피로한 몸을 이끌고 걸어가는 동안 따스한 아침 햇살을 받으며 어떤 편안한 휴식을 느끼게 되었다. 어린 참나무 숲 기슭에서 시든 잔디밭에 몸을 던지고 햇살을 받으며 오후 늦게까지 잠을 잤다. 잠에서 깨어나자 머리맡에서는 풀내음이 풍기고 육신은 노곤했다. 하느님의 대지에서 오랜 시간 동안 자고 난 다음이 아니면 느낄 수 없는 피로였다. 그러자 여름 잔치나 보트놀이도 모두 이미 몇 달 전에 읽은 소설처럼 쓸쓸하게 멀리 사라진 것처럼 생각되었다.

나는 사흘 동안이나 집을 떠나서 햇볕에 피부를 그을렸다. 그리고 집으로 돌아가 아버지를 도와 드리며 일 년에 두 번 거두는 목초를 베는 것이 좋지 않을까 하는 생각을 하였다.

물론 그렇다고 해서 괴로운 마음이 쉽게 가라앉지는 않을 것이다. 시내로 돌아온 나는 페스트를 피하듯 여류 화가를 피했다. 그러나 그것이 언제까지나 계속될 수는 없었다. 그 후 그 여자가 나타나서 이야기를 걸어올 때마다 쓸쓸한 기분은 어쩔 수가 없었다.

4

그 당시 아버지로서도 할 수 없었던 일을 이 불운한 애정은 해치울 수 있었으니 그것은 나를 대주객으로 만든 것이다.

그것은 내가 지금까지 말한 어떤 것보다도 나의 생활이나 행실에 강한 영향을 끼쳤다. 강하고 달콤한 주신(酒神)은 변함없는 내 벗이 되어서 오늘에까지 이르렀다. 누가 주신처럼 그렇게 강하랴? 누가 그처럼 아름답고, 그처럼 공상적이고 열정적이며, 경랑하며 또 우울하랴? 주신은 영웅이요 마술사다. 유혹자이며 사랑의 신의 형제다. 그는 어떤 불가능한 일이라도 능히 해치운다. 가난한 사람의 마음을 아름답고 훌륭한 시로써 충만시켜 준다. 그는 나처럼 고독한 일개 농사꾼을 왕으로, 시인으로, 성자로 만들었다. 텅 빈 삶의 조각배에 새로운 운명을 실어 주고 난파선(難破船)을 탄 자를 커다란 생명의 물결 속으로 되몰아 주었다.

술은 그런 것이다. 그러한 술은 귀중한 선물이나 예술과 마찬가지다. 그것은 사랑과 요구, 이해 그리고 노력에 의해서 얻어져야만 한다. 그것은 누구나 다 할 수 있는 일은 아니다. 또 그것은 수많은 사람을 죽일 수도 있다. 주신은 사람을 늙게 하고 죽이며 그들의 정신의 불길을 꺼버리는가 하면 또 그가 사랑하는 사람들을 불러서 그들을 위해 행복의 섬으로 무지개 다리를 놓아 주기도 한다. 그들이 피곤을 느끼면 그는 머리에 베개를 받쳐 주고, 그들이 비애의 함정에 빠지게 되면 친구처럼 또는 어머니의 위안처럼 다정하게 안아 주기도 한다. 그는 혼란스런 인생을 커다란 신화로 둔갑시키며 커다란 하프로 창조의 노래를 연주하기도 한다.

주신은 또한 길고 명주실 같은 고수머리와 가녀린 어깨와 부드러운 손발을 갖고 있는 어린아이기도 하다. 그는 님의 품에 안겨서 작은 얼굴을 들어 님의 얼굴을 바라본다. 귀엽고 커다란 눈으로 놀란 나머지 꿈결에서처럼 님을 쳐다본다. 그 눈 속에는 낙원에의 회상과 불멸의 신의 아들의 그림자가 숲속에서 새로 용솟음치는 샘물처럼 반짝이며 촉촉히 젖어 물결치고 있다.

감미로운 주신은 봄날 밤에 살랑거리며 흐르는 강물 같기도 하고 또 차가운 물결 위에 태양이나 폭풍우를 싣고 출렁이는 넓은 바다와도 같다.

그가 사랑하는 아이들과 말할 때면 비밀과 회상과 시와 예감에 미친 듯이 설레는 바다의 전율이 넘실거리는 파도 소리로 그들을 눌러 버리고 이미 다 알게 된 세계는 작아져서 그만 사라지고 만다. 그리고 정신은 불안한 기쁨에 잠기어 길도 없는 넓은 미지의 세계로 뛰어든다. 그러면 모든 것이 낯설면서도 정답게 느껴지며 음악으로 또는 시로써 꿈속의 말을 하게 된다.

나는 지금 말하지 않을 수 없다.

나는 몇 시간 동안만은 자신을 잊고 명랑하게 공부도 하고 쓰기도 하고 리하르트의 음악을 듣는 일도 있었지만, 그러나 아무런 고통도 느끼지 않고 지나는 날은 하루도 없었다. 밤중에 침대에 들어가면 그 고통은 더욱 심해졌다. 그래서 나는 신음도 하고 자다가 벌떡 깨어나 늦게까지 울다가는 잠이 들기도 했다. 어쩌다 아그리에티와 만나게 되면 고통은 다시 배가되었다. 고통은 대개 오후 늦게나 아름답고 따뜻하고 노곤한 여름의 황혼 무렵에 일어났다. 그럴 때면 나는 호숫가로 나가 땀이 나고 지쳐 버릴 때까지 보트를 타고 노를 저어 보지만 도무지 집에 돌아가고픈 생각은 들지 않았다. 그리하여 술집이나 음식점에서 여러 가지 포도주를 마시고 시름에 잠겨 다음날까지 혼미한 상태로 지내는 횟수가 잦아졌다. 그럴 때마다 역겹도록 구역질이 나서 다시는 술을 마시지 않겠다고 결심한 적이 한두 번이 아니었지만 그 다음날도 또 마시게 되었다. 차차 나는 술과 그 효과를 구별하게 되었다. 그리고 전체적으로 보아서는 아직 소박하고 극히 미숙한 것이긴 하지만 일종의 자각을 가지고 술을 즐겼다. 결국 나는 검붉은 펠틀린주(酒)에 한하기로 했다. 이 포도주는 처음 한 잔은 떫고 자극적이지만 오래지 않아서 생각을 아련하게 하며 조용하고 끝없는 몽상 속으로 나를 이끌어 주었다. 나는 마술을 부리듯 자신의 시를 짓기 시작했다. 그러면서 한때 내가 아름답게 생각했던 모든 풍경이 눈부신 조명을 받으며 나를 감싸고 돌았다. 그 가운데를 돌아다니며 노래도 부르고 꿈도 꾸는 귀하고 따스한 생명이 나의 체내에서 돌고 있음을 느꼈다. 바이올린으로 켜는 민요를 듣고 있는 것처럼 그리고 그 옆을 지나치며 놓쳐 버린 커다란 행복이 어디 있는가를 알아내기라도 한 것처럼 그것은 너무나 반가운 비애로 끝을 맺었다.

자연스레 그렇게 되었지만 혼자서 술을 마시는 일은 점차 줄어들고 여러 방면의 친구들과 어울리게 되었다. 사람들에게 둘러싸이게 되자 술의 효력도 달라졌다. 나는 말이 많아졌으며, 흥분 대신 오히려 냉정한 열기

같은 것을 느끼게 되었다. 나 자신에 대해서 지금까지 알지 못했던 면이 하룻밤 사이에 꽃처럼 활짝 피어났지만 그것은 정원의 화초가 아닌, 엉컹퀴나 쐐기풀 같은 쓸모없는 것이었다. 결국 말이 많아지고 예리하고 냉정한 정신이 다가와서는 안정감과 우월감을 갖게 하고, 비판적이고 풍자적인 힘을 북돋워 주었다. 옆에 있어서 도리어 방해가 되는 그러한 사람이 오면 그들이 견디다 못해 나가 버릴 때까지 나는 교묘하게 사납고 짓궂게 놀려대서 그들을 불쾌하게 만들었다. 나는 어렸을 때부터 도무지 사람을 좋아하지도 않았고 필요하다고 생각지도 않았지만 이때부터는 아예 비판적이고 풍자적으로 관찰하게 되었다. 인간간의 관계가 매정하고 또는 사뭇 풍자적으로 표현되어 통쾌한 조소를 받을 만한 사소한 이야기를 생각해 내고는 즐겁게 지껄였다. 그런 모욕적인 어조가 어디서 나오게 되었는지는 나도 몰랐다. 그것은 내 본성에서 곪은 종기처럼 터져 나와서는 오랫동안 그치지 않았다.

그런 어느 날 밤 혼자였을 때, 나는 다시 산과 별과 슬픈 음악에 대한 꿈을 꾸었다.

몇 주일 사이에 나는 현대 사회와 문화와 예술에 관한 관찰을 글로 써 보았다. 독설적인 자그마한 책자로 이것은 주로 술집의 대화에서 얻은 이야기였다. 여러 가지 역사상의 자료를 열심히 첨가시켰지만 그러나 이것은 나의 풍자적인 면에 더욱 딱딱한 배경을 이루어 줄 뿐이었다.

이 글들이 토대가 되어 나는 상당히 큰 신문에 정기적으로 기고할 수 있는 지위를 얻었으며 그것으로 생활할 수 있게 되었다. 그 후 머지않아서 이 수상(隨想)은 자그마한 단행본으로 나와 다소의 성공을 거두었다. 이렇게 되자 나는 언어학을 내던지고 말았다. 이미 상급반에 있었으며 독일 잡지와 관계가 생기게 되었으므로 그때까지의 남 모를 빈곤한 상태에서 벗어나 저명 인사들 사이에 끼이게 된 것이다. 나는 받기 까다로운 장학금을 포기하고 보잘것없지만 직업 문필가로 자리를 굳혀 순풍에 돛을 단 듯이 달렸다.

성공과 허영, 풍자와 사랑의 괴로움이 따랐지만 즐거우나 괴로우나 나의 머리 위에는 청춘의 뜨거운 열기가 넘쳤다. 실컷 비웃기도 하고 조금 침체에 빠지는 일도 있었지만 꿈속에서의 나는 언제나 하나의 목표와 행복과 완성을 바라고 있었다. 그것이 대체 무엇인지는 나 자신도 몰랐다. 나는 그저 인생이 어느 때 한 번 특히 화려한 물결로, 틀림없이 내 발을 적셔 주리라고 예상했다. 그것이 명성인지 사랑인지 동경의 실현인지 내 인격의 향상인지는 알 수 없었으나 어쨌든 나는 아직 귀부인이나 기사, 큰 명예 따위를 바라는 졸장부는 아니었다.

나는 위를 향해 올라가는 궤도의 첨단에 서 있는 것으로 믿었다. 지금까지 체험한 모든 것이 한낱 우열에 지나지 않았으며 자신의 본질이나 생활에 깊숙이 뿌리박힌 독자적인 기준이 결여되어 있음을 느끼지 못했다. 사랑이나 명성은 결국 최후의 만족을 얻을 수 없는 동경에 불과하며 그 점에 대해서 자신이 고민하고 있다는 것도 나는 아직 깨닫지 못하고 있었다.

그러므로 나는 보잘것없고 어느 정도 불쾌한 명성을 청춘의 기쁨과 함께 즐겼다. 좋은 포도주를 마시고 정신적으로 총명한 사람들과 자리를 같이하며 그들이 내 이야기에 열심히 귀 기울여 주는 일 등은 어쨌든 유쾌한 일이었다.

오늘날 이러한 사람들의 마음속에 어떤 동경이 꿈틀거리며 어떠한 신비의 길로 그들을 이끌어 가는가 하는 데 대해서 나는 주의를 기울였다. 신을 믿는다는 것은 어리석고 미련한 일로 여겨지는 반면 그 밖의 여러 가지 가르침이나 이름, 즉 쇼펜하우어나 부처, 차라투스트라(기원전 7세기 후반에서 기원전 6세기 초에 활약한 페르시아의 종교가. 조로아스터교를 창시했다) 같은 이름은 믿음직했다. 젊은 무명 시인으로서 집에 입상(立像)이나 그림을 모시고 예배를 드리는 사람도 있었다. 그네들은 신 앞에서는 머리 숙이기를 부끄러워하면서도 오트리콜리의 주피터 동상 앞에서는 무릎을 꿇었다. 절제로써 스스로를 괴롭히며 코를 쳐들 수 없는 생활을 하는 금욕주의자도 있었다. 그들이 신봉하는 신의 이름은 부처나 톨스토이였다. 잘 선택되어 조화를 이룬 벽지나 음악 또는 요리나 포도주, 향수, 담배

같은 것에 따라 특별한 기분에 잠기는 예술가도 있었다. 그들은 입만 살아서 아는 체하며 음악적인 선(線)이라든가 색의 화음이라든가 하는 그런 엉뚱한 말을 하면서 개성적인 악보를 노리지간 그것은 대개 부질없고 어울리지 않는 환상이나 광채에 지나지 않았다. 사실 자발적인 이 희극 전체가 나에게는 재미있고 우습게 생각되었지만 또한 거기서 얼마나 많은 진지한 동경과 진정한 영혼의 힘이 타오르다가 꺼지고 마는 것인가를 느끼면 이상하게도 몸서리쳐졌다.

속세를 떠난 걸음걸이를 하면서 새로운 유행에 따르는 시인이나 예술가나 철학자들을 알게 되면 나는 놀라는 한편 기뻐했지만 그 중 누구 하나 유명해진 사람은 없었다. 그들 중에 나와 나이가 비슷한 북부 독일 사람이 있었다. 그는 인상이 좋고 자그마한 사람이었지만 예술적인 문제에 대해서는 섬세하고 예민했다. 그는 미래의 대시인(大詩人)으로 통하고 있었다. 그의 시를 몇 수 들은 적이 있는데 그것은 지금까지도 이상하게 넋을 잃을 정도로 아름답고 향기 높은 것으로 기억에서 사라지지 않는다. 아마 그는 우리들 중 누구보다 훌륭한 시인이 될 수 있는 사람이었는지도 모른다. 그 후 어느 때인가 나는 우연히 그의 짧은 신세 타령을 들었다. 너무나 예민한 그는 문학상의 실패에 겁을 집어먹고 세상과는 일체 교제를 끊고 어느 엉터리 문예 보호자의 수중으로 기어 들어갔던 것이다. 그 사람은 그 시인의 그런 불안감을 더욱 부채질하여 이성으로 돌아가게 할 생각은 하지 않고 순식간에 그를 망쳐 버리고 말았다. 그는 어느 부호(富豪)의 별장에서 신경이 날카로운 부인들을 상대로 유미주의자(唯美主義者)처럼 아무 흥미도 없는 넋두리 같은 이야기를 늘어놓으며 불우한 영웅을 가장해 가면서 가엾게도 길을 잘못 들어 쇼팽의 음악이나 라파엘 전파(前派: 19세기 중엽 영국에서 일어난 예술 운동. 라파엘로 이전의 면밀하고 사실적인 수법을 다시 일으키고 진실과 자연의 영감을 중시하였다)의 화가들처럼 황홀경에 빠져 차차 이성을 잃게 되었다.

색다른 옷을 입거나 머리를 이상하게 한 시인들, 빛나는 정신을 가졌다는 애송이 친구들을 생각하면 전율과 함께 동정을 느끼지 않을 수 없었다. 그네들과의 교제가 얼마나 위험했는가를 나는 후에야 깨닫게 되었다. 다만 나는 산골 농민의 기질을 타고났기 때문에 그렇게까지 소란한 분위기에 휩싸이지는 않은 셈이었다.

그런데 명성이나 술, 사랑이나 학문보다 더 귀하고 즐거운 것은 우정이었다. 타고난 나의 우울증을 씻어 주고 젊은 시절을 조금도 건드리지 않으며 생생하게 아침 햇살처럼 지켜 준 것은 오직 우정뿐이었다. 지금도 나는 이 세상에서 남자들의 성실하고 충실한 우정만큼 귀한 것은 없다고 생각한다. 내가 지난날을 회상하고 청춘 시절에 대한 향수에 사로잡히는 것은 오로지 학생 시절의 우정 때문이다.

에르미니아를 사랑하게 된 다음부터 나는 리하르트를 조금 등한시했다. 처음에는 나 자신 의식하지 못했지만 몇 주일 후에는 양심의 가책을 받게 되었다. 나는 그에게 속죄했다. 그는 나의 연애가 실패로 돌아가고 불행이 더해 가는 것을 보고 유감스럽게 생각한다고 말했다. 나는 새로이 진정으로, 그리고 시샘을 갖고서 그와의 우정을 돈독히 했다. 나는 그때 다소 명랑하고 자유스러운, 처세술이라고 할 만한 것을 보이게 되었지만 그것은 모두 그에게서 얻은 것이었다. 그는 심신이 아름답고 명랑해서 그에게 있어서의 인생이란 그림자 하나 없는 것이었다. 물론 그는 총명하고 예민하여 시대의 고민과 부조리에 대해서 잘 알고는 있었지만 그러한 것들은 그에게 아무 피해도 끼치지 않고 그의 옆을 스쳐 지나갔다. 그의 걸음걸이나 이야기할 때의 태도는 모두가 부드럽고 조화를 이루며 귀엽게 보였다. 아아, 그 위에 퍼지는 그의 웃음이야!

그는 내가 술을 마시며 돌아다니는 데 대해 이해하지 못했다. 가끔 그와 함께 가는 일도 있었지만 한두 잔 마시면 끝이었고, 내가 엄청나게 폭음하는 것을 보고 놀라는 눈치였다. 그러나 내가 손발을 가누지 못하고 괴로워하고 슬픔에 잠겨 있으면 그는 나에게 음악을 들려주기도 하고 함께 산책에 나서기도 했다. 가끔 나가는 산책이지만 우리는 어린아이처럼 마냥 기뻐서 어쩔 줄을 몰랐다. 한번은 숲으로 덮인 골짜기에 누워서 한낮의 따사로운 햇볕을 받아 가며 서로 전나무 열매를 던지기도 하고 〈거룩한 헬레네〉의 한 구절을 흥겨운 가락으로 합창하기도 했다. 맑고 급한 시냇물의 찰랑거리는 물소리가 우리를 부르면 우리는 옷을 홀랑 벗어던지고 차가운 물속으로 뛰어들었다. 그는 희극을 해볼 생각이 났던지 이끼 낀 바위에 앉아 아름다운 여인 로렐라이가 되었으며 나는 자그마한 배의 뱃사공이 되어 돛을 달고 아래쪽으로 내려갔다. 그러면 그는 처녀처럼 수줍어하면서 몹시 얼굴을 붉혀 괴로움에 사로잡힌 나의 웃음보를 터뜨리게 하곤 했다. 어디선가 갑자기 인기척이 나고 여행자 무리가 나타나면 우리는 하는 수 없이 벗은 채 불쑥 튀어나온 바위 틈에 몸을 숨겼다. 아무것도 모른 채 일행이 우리 옆을 지나고 있을 때면 리하르트는 투덜거리고 낑낑거리며 쉬쉬하는 등 이상한 소리를 냈다. 그 소리에 깜짝 놀란 여행자들은 주위를 휘둘러보고 물속을 들여다보기도 했다. 우리는 그만 그 사람들 눈에 띄고 말았다. 그러자 리하르트는 숨어 있던 곳에서 상반신만 내놓은 채, 그 일행을 놀려대며 설교라도 하듯이 나직한 소리로 말했다.

“잠자코 지나가요!” 그러고는 다시 몸을 감추고 내 팔을 꼬집으며 이렇게 말했다. “이것도 하나의 기적이야.”

“무슨 기적인데?”

“목자(牧者)의 신(神) 판(그리스 신화에 나오는 숲·목축·수렵의 신. 이마에 뿔이 있고 온몸에 털이 많으며 다리, 꼬리는 염소 모양이다. 목동의 음악을 관장하며 사람으로 하여금 원인 불명의 공포를 일으키게 한다 하여 패닉〔panic〕의 어원이 되었음)이 목동을 놀라게 한 거지 뭐야’ 하며 그는 웃었다.

“그런데 부인들이 있어서 미안한데.’

내가 연구하는 역사에 대해서 그는 별 관심이 없었다. 그러나 내가 아시시의 성 프란체스코에게 애착을 갖고 마음을 기울이고 있는 데 대해서는 머지않아 그도 공명하게 되었다. 사실 그는 가끔 성 프란체스코를 희롱하는 말을 해서 내 기분을 건드려 왔던 것이다. 우리는 축복받은 이 인내자가 다 자란 귀여운 아이처럼 황홀한 기분으로 신을 축복하며 모든 사람에게 어디까지나 겸허한 사랑을 보이며 움브리아(이탈리아 중부 아펜니노 산맥 속의 한 지방. 중세부터 르네상스기까지 이탈리아 정치 문화의 중심지) 광야를 거닐고 있는 모습을 그려 보았다. 우리들은 그의 불후의 명작《태양의 찬가》를 함께 읽었고 그것을 거의 암송할 정도였다. 언젠가 자그마한 증기선으로 호수를 건너갔다가 돌아오면서 저녁 바람이 금빛으로 물든 파도를 흔들고 있는 것을 본 그는 낮은 목소리로 이렇게 물었다.
"이봐, 이런 곳에서 그 성자는 뭐라고 읊었지?"
나는 다음 구절을 라틴어로 인용했다.

오, 오 주님이시여, 정다운 바람도 공기도 맑은 하늘도
온갖 것 모두 당신을 찬양하리로다.

우리가 싸우며 서로 모욕적인 언사를 건넬 때에도 그는 언제나 반농담으로, 그리고 초등학생 같은 말투로 내게 우스운 별명을 붙여 한바탕 늘어놓기 때문에 곧 불쾌했던 일을 잊고, 누그러져 웃지 않을 수 없었다. 그러나 그도 자기가 좋아하는 음악가의 음악을 듣거나 연주할 때에는 비교적 엄숙해졌다. 물론 그럴 때에도 그는 가끔 연주를 중단하고 뭐라고 농담을 하는 적이 많았다. 그러나 그의 예술에 대한 애착은 몹시 강한 것으로 순수한 마음과 온 정신을 거기에 쏟았으며 참된 것과 뜻깊은 것에 대한 그의 감정에는 조금도 거짓이 없었다.
친구 중에 누군가가 곤궁에 빠져 있으면 그는 위로도 하고 동정하는 마음으로 보살펴 주기도 하며 원기를 북돋워 주는 부드럽고 아름다운 그런 마음의 소유자였다. 내가 기분이 좋지 않은 것을 보면 그는 매우 재미있고 짤막한 이야기를 꺼냈다. 그 어조에는 뭔가 마음을 안정시키며 명랑하게 하는 힘이 깃들여 있기 때문에 좀처럼 거역할 수가 없었다.
그는 어느 정도 나를 존경하고 있었다. 내가 그보다 얌전했기 때문이리라. 그뿐 아니라 그는 나의 체력에도 눌렸다. 그는 다른 친구들 앞에서도 그것을 떠들어대며 한 손으로 자기를 눌러 죽일 수 있는 친구가 있다고 뽐냈다. 그는 육체적인 능력이나 경쾌한 태도를 매우 존중하여 나에게 테니스도 가르치고 함께 배도 젓고 수영도 하였으며 나를 승마장으로 데리

고 가기도 했다. 그리고 내가 그만큼 당구를 칠 때까지 열성을 보이기도 했다. 당구는 그가 제일 잘하는 유희이며 예술적인 명수로서의 경지까지 보였을 뿐 아니라 당구를 할 때의 그는 원기가 솟고 재치를 보이며 명랑해지는 것이 보통이었다. 그는 가끔 세 개의 공에 친구들의 이름을 붙여 공이 모이고 헤어지는 위치에 재담이나 추측, 희화적(戲化的)인 비유를 짜 넣으면서 장편 소설을 엮어 갔다. 그러면서도 그는 침착하고 경쾌하게 그리고 멋지게 공을 쳤다. 공을 치는 그를 바라보는 것도 즐거운 일 중의 하나였다.

글을 쓰는 일이라면 그는 나를 나 자신 이상으로 높이 평가하지는 않았다. 그는 어느 땐가 나를 보고 이렇게 말했다.

"이봐, 나는 자네를 언제나 시인으로 알고 있어. 지금도 그렇게 생각하고 있지만, 그것은 신문에 실린 자네의 작품을 읽었대서 하는 말이 아니라 자네 속에 무엇인가 아름답고 깊숙한 것이 살아 있으며 그것이 머지않아 둑을 뚫고 넘쳐 나오리라고 생각하기 때문이야. 그때야말로 그것은 진짜 문학이 되겠지."

그러는 동안 마치 손가락 사이로 잔돈이 새나오듯 학기(學期)는 하루하루 지나 어느덧 리하르트가 집으로 돌아가야 할 때가 왔다. 지나간 몇 주일 동안 우리는 더욱 마음껏 즐겼다. 그러고도 섭섭하여 떠나기 전 화려한 잔치라도 베풀어 즐거웠던 이 시절을 명랑하고 희망에 찬 종막으로 장식하자고 서로 이야기가 되었다. 나는 베른의 알프스로 여행을 하자고 제의했지만 아직 이른 봄이어서 산에 오르기는 너무 빠른 시기였다. 내가 다른 제의를 생각하고 있는 동안 리하르트는 아버지에게 편지를 쓰며 나를 위해 무슨 큼직한 일을 혼자 계획하고 있는 듯했다. 어느 날 그는 거액의 수표를 들고 와서 함께 북부 이탈리아로 가자면서 날더러 안내역을 맡으라고 하였다.

나는 불안과 기쁨에 가슴이 설레었다. 소년 시절부터 품고 있었으며 꿈속에서 여러 번 그리던 소망이 실현되게 된 것이다. 열병에라도 걸린 듯한 기분으로 나는 간단한 준비를 갖추고 그에게 이탈리아어를 가르쳤다. 그리

78

고 마지막 날까지 이 여행에 무슨 탈이나 생기지 않을까 하고 염려했다.

짐을 먼저 보내고 우리들은 차에 몸을 실었다. 푸른 들판과 언덕이 지나갔다. 우른 호(湖)와 고트하르트 언덕에 이르렀는가 하면 어느새 테신 지방의 산촌과 개울과 돌이 깔린 산허리와 눈 덮인 산봉우리가 나타났다. 그리고 평평한 포도밭 한가운데 우중충한 돌집이 처음으로 나타났으며 호수를 따라 롬바르디아의 비옥한 평야를 지나 소란하고 흥청거리며 매혹적이긴 하지만 어쩐지 이상하게도 가고 싶지 않은 밀라노를 향해서 많은 기대를 품고 차를 달렸다.

리하르트는 밀라노의 대사원에 대해서 아는 것이 없었다. 그저 유명한 건물이라고 알고 있는 정도였다. 그가 사원을 보고 실망하며 화를 내는 것이 우스웠다. 차차 실망을 이겨 내고 다시 흥겨운 기분이 되었는지 그는 지붕으로 올라가서 되는 대로 여기저기 흩어져 있는 석상(石像)들 사이를 거닐어 보자고 했다. 고딕식으로 지은 뽀족탑 위에 있는 수많은 성자들의 불운한 석상이 그리 섭섭할 정도의 것이 아닌 데 대해 우리는 다소 안심했다. 석상은 대체로——적어도 새로운 것은 모두——대수롭지 않은 공장 제품이라는 것을 알았기 때문이다. 우리는 4월의 햇볕을 받아 약간 따뜻한 온기가 있는 경사진 넓은 대리석 위에 거의 두 시간 동안이나 누워 있었다.

리하르트는 지루한 줄도 모르고 명랑한 어조로 "이봐, 결국 이 엉터리 대사원에서 느낀 것과 같은 실망을 우리는 앞으로도 더 많이 느끼게 될 것 같은데. 나는 여행하는 동안 여러 가지 웅장한 것을 보고 그만 질려 버리지나 않을까 하는 불안을 품고 있었지 뭐야. 그런데 이렇게 처음부터 가벼운 기분으로 인간적이며 웃음거리에 지나지 않는 것을 보게 되리라고는 생각지 못했었지" 하고 말했다.

그러자 우리 주위에 되는 대로 늘어서 있는 석상들이 그의 마음을 이끌며 여러 가지 신비로운 공상을 일으켜 주었는지 그가 말하기 시작했다.

"저 성단 위에 있는 탑은 가장 높은 탑이니까 아마도 가장 고귀하고 점잖은 성자가 그 위에 서 있을 거야. 돌로 만든 줄타기 어릿광대로서 이

뾰족탑 위에서 영원히 몸의 균형을 취한다는 것은 결코 즐거운 일이 아닐 거야. 그러므로 가끔 가장 높은 곳에 서 있는 성자가 구원을 받고 천국으로 자리를 옮기는 것은 당연하지 뭐야. 그런데 생각 좀 해봐. 그럴 때마다 얼마나 소동이 일어나는지 아나! 그렇게 되면 물론 다른 성자들이 모두 정확한 지위에 따라서 하나씩 자리에 오르게 되고 각각 비약하면서 전임자의 탑으로 오를 테니 말이야. 더구나 제각기 몹시 서두르며 자기 앞에 있는 자보다 앞서려고 하기 때문에 말이지.'

그 후 밀라노를 지날 때마다 그 날 오후의 일이 다시 머리에 떠오르곤 했다. 수많은 대리석 성자가 대담하게도 날아 올라가는 것을 나는 씁쓸한 웃음을 지으며 바라보았다.

제노바에서는 또 하나의 정겨운 정경을 대하고 흐뭇함을 느꼈다. 맑고 바람이 약간 부는 어느 날 정오가 지나서였다. 나는 폭이 넓고 낮은 울타리에 팔을 짚고 있었다. 뒤에는 다채르운 제노바 거리가 가로놓여 있고 밑으론 커다란 푸른 물결이 넘실거리고 있었다. 바다였다. 까닭없이 가슴이 설레며 강한 욕망이 일고, 이 영원 불변한 바다 물결이 나를 향해 밀려드는 것을 느꼈다. 나의 마음속에는 무엇인가 거품을 일구는 이 푸른 파도와 생사를 같이하고 싶은 어떤 친밀감이 솟았다.

아득한 수평선도 역시 내 마음을 끌었다. 또 어렸을 때처럼 아련하게 멀리 가물거리는 경치가 마치 열려 있는 문처럼 나를 기다리고 있는 것도 보았다. 나는 다시 사람들 사이나 거리, 아파트에서 편안하게 태어난 인간이 아니라 타향에서 방황하며 넓은 바다를 떠돌아다니도록 태어났다는 그러한 감정에 사로잡히게 되었다. 신의 품에 몸을 던져 하잘것없는 생명을 무한한 것과 영원한 것에 단단히 매어 보고 싶은, 그런 옛날부터 간직해 온 소망에 다시 한 번 강한 충동을 느꼈다.

라팔로에서는 헤엄을 치며 처음으로 바다를 얼싸안고 찝찔함을 맛보며 파도의 위력을 알았다.

나는 맑고 푸른 파도와 해변의 황갈색 바위 그리고 높고 고요한 하늘과 끊임없이 밀려오는 파도 소리에 둘러싸였다. 가물거리며 사라지는 배의 검은 돛대와 하얀 돛, 멀리 떠나가는 기선에서 가느다란 연기가 나부끼는 광경은 언제나 내 마음을 사로잡았다. 쉴 줄 모르고 흘러가는 구름 이외에는 그러한 배, 다시 말하면 멀리 가물가물 사라지는 배만큼 동경과 방랑의 정을 불러일으키는 것을 나는 알지 못했다.

우리들은 피렌체에 닿았다. 이 거리는 많은 그림에서, 그보다는 꿈속에서 몇십 배나 보았던 터라 너무나 잘 알고 있는 풍경이었다. 맑고 푸른 넓은 강에는 다리가 걸려 있으며 깨끗한 언덕으로 둘러싸인 살맛나는 도시였다. 베치오 궁전의 탑은 맑은 하늘을 향해 대담하게 우뚝 솟아 있었다. 언덕에는 아름다운 피에졸레가 따뜻한 햇볕을 받으며 하얗게 가로놓여 있었으며 언덕이란 언덕은 모두 활짝 핀 과일나무의 흰 꽃과 장밋빛 꽃으로 뒤덮여 있었다. 경쾌하고 명랑하며 소박한 토스카나 지방의 전경이 기적처럼 내 앞에 전개되었다. 마치 집에 있을 때와 같은 아늑한 기분이었다. 며칠 동안 낮이면 사원이나 광장, 시장 골목을 돌아다녔으며 저녁이면 꿈을 꾸며 이미 레몬이 다 익은 언덕을 오르거나 자그마한 술집을 찾아 키얀티산(産) 붉은 포도주를 마시면서 보냈다. 그런 한편 화랑이나 바르젤로의 수도원, 도서관, 성기실(聖器室) 등을 찾아다니며 즐겁고 만족스러운 시간을 보냈는가 하면 오후에는 피에졸레나 상 미니아토, 새티냐노나프라토를 찾기도 했다.

여기서 나는 집을 떠나기 전의 약속대로 일주일 동안 리하르트를 남겨 두고 혼자서 기름지고 푸른 움브리아 고원 지대를 걸으며 내 젊은 시절을 통해 가장 귀중하고 달콤한 여행을 즐길 수 있었다. 나는 성 프란체스코가 걸은 길을 지나면서 몇 번을 그가 나와 나란히 걷고 있다는 착각에 빠져들었는지 모른다. 나는 헤아릴 길 없이 솟아오르는 사랑의 마음으로 작은 새들과 샘물과 무성한 들장미에게 감사와 기쁨에 넘친 인사를 보냈다. 햇빛을 받아 반짝이는 언덕에서 싱그러운 레몬을 따먹고 작은 마을에 머무를 때엔 혼자 노래도 부르고 시도 썼으며 아시시에서는 나의 성자의 사원에서 부활제를 축복하기도 했다.

움브리아 지방을 거닐던 그 일주일 동안은 나의 젊은 시절에서 가장 화려하고 아름다운 저녁놀 같은 시절이었다. 내 마음속에서는 샘물이 용솟음치고 있었다. 신의 부드러운 눈길을 엿보듯이 나는 맑고 화려한 봄경치를 바라보았다.

움브리아에서는 신의 악사인 성 프란체스코를 사모하여 그의 발자취를 더듬었으며 피렌체에서는 언제나 15세기의 생활을 연상하며 즐겼다. 고향에 있을 때 이미 우리들의 오늘날의 생활 양식에 대해 풍자적인 글을 쓴 적도 있었지만 피렌체에 와서야 비로소 근대 문명의 보잘것없는 우스운 면을 느낄 수 있었다. 그리고 처음으로 나는 결국 이 사회의 영원한 이방인이라는 예감에 사로잡혔다. 또한 처음으로 이 사회를 떠나 남쪽 나라에서 살고 싶다는 생각이 싹텄다. 그곳이라면 자연과 더불어 여유있는 생활을 즐길 수 있으리라. 피렌체는 이러한 자연과 고전적인 문화와 역사의 전통이 함께 어울려 숨쉬고 있으며 고귀하고 세련된 영향을 주고 있었다.

화려하고 즐거운 가운데 몇 주일이 지나갔다. 리하르트도 여지껏 그처럼 정열적으로 도취된 적은 없었다며 기뻐했다. 우리는 흐뭇하고 즐거운 마음으로 미와 향락의 술잔을 비웠다. 우리들은 언덕 위에 자리잡고 있는 외딴 마을로 가서 여인숙 주인과 수도승, 시골 처녀와 언제나 만족해하는 자그마한 체구의 그 고을 목사와 가까이 지내며 단조로운 세레나데에 귀를 기울이기도 했다. 또한 볕에 그을은 귀여운 아이들에게 빵이나 과일을 먹이기도 하며 양지바른 언덕에서 봄이 무르익고 있는 토스카나 지방과 리구리아 바다를 바라보며 지냈다. 이 행복하고 풍요로운 새 생활을 앞으로도 계속 함께 누려 보리라 단단히 마음먹었다.

노동과 전쟁, 향락과 명성이 가까운 곳에서 빛을 내며 우리 눈앞에 확실히 있었기 때문에 우리는 조금도 서두르지 않고 행복한 나날을 즐겼다. 머지않아 헤어진다 하더라도 그것은 괴로울 것이 없는 일시적인 작별이라고 생각했다. 우리들은 서로 없어서는 안 될 존재이며 일생을 두고 변치 않을 친구라는 것을 어느 때보다도 확실하게 알게 되었기 때문이다.

이것은 내가 젊었을 때의 이야기다. 곰곰이 뒤돌아보면 여름 밤의 꿈처럼 짧았던 것으로 생각된다. 약간의 음악과 정신과 사랑, 그리고 약간의 허영에 지나지 않았던 것이다. 그러나 그것은 아름답고 풍요롭고 화려했으며 마치 엘레우시스 축제와도 같았다.

그리고 그것은 어느 결에 풍전등화처럼 무참히 꺼지고 말았다. 취리히에서 리하르트는 내게 작별을 고했다.

그는 두 번이나 열차에서 내려와 나에게 키스를 했다. 그리고 보이지 않을 때까지 차창으로 나를 보고 정답게 머리를 끄덕였다.

두 주일이 지난 후 그는 그리 깊지 않은 강에서 헤엄치다가 그만 익사하고 말았다. 나는 그 취리히에서의 작별 이후 그를 다시는 만나지 못했으며 장례 때에도 가 보지 못했다. 며칠이 지나 그가 이미 관 속에 누웠을 때에야 소식을 들었기 때문이다. 나는 방바닥에 쓰러져 신과 인생을 천하고 끔찍스러우며 험상궂은 말로 저주하였다. 그때까지 여러 해 동안 내가 얻은 확실하고 단 하나밖에 없는 재산이란 우정뿐이었다는 깨달음이 가슴을 쳤다. 그러나 그것도 다 부질없는 일이 되고 만 것이 아닌가!

그 도시에 있으면 매일처럼 여러 가지 추억으로 숨이 막힐 지경이어서 더 이상 그곳에 머물러 있을 수가 없었다. 더 이상 어떻게 되든 매한가지라는 생각이 들었다. 내 영혼의 핵심은 병들고 살아 있는 모든 것에서 공포를 느꼈다. 파멸의 구렁텅이에 빠진 나라는 존재가 다시 일어나서 새로 돛을 달고 장년(壯年)의 더 한층 쓰라린 행복을 향해 나아갈 희망 같은 것은 한동안 보이지 않았다. 신(神)은 어쩌면 나라는 인간의 가장 좋은 점을 순결하고 즐거운 우정에 바치기를 원했는지도 모른다. 두 척의 빠른 조각배와 같이 우리는 서로 나란히 달렸다. 리하르트의 배는 화려하고 가볍고 행복하고 귀여운 것이었다. 나는 그 배에 의지하여 그 배가 어느 땐가 나를 아름다운 목적지로 이끌어 주리라고 믿고 있었던 것이다. 지금 그 배가 짤막한 비명을 남기고 침몰하고 말았으며 나는 갑자기 어두워진 물 위에서 길을 잃고 방황하게 된 셈이다.

가혹한 시련 속에서 나의 별을 찾아 방향을 정하고 새로운 항해에 올라 인생의 영광을 얻기 위해 싸우며 방황하는 것이 나의 숙명이었는지 모른다. 내가 의지하던 우정과 여자의 사랑과 젊음이 지금은 하나하나 나를 떠나고 말았다. 왜 나는 신을 믿으며 보다 더 강한 그의 손에 내 몸을 맡기지 않았을까? 그러나 나는 일생을 두고 어린아이처럼 소심하면서도 한편 꿋꿋한 데가 있었다. 언젠가 진정한 생명이 폭풍우처럼 나에게 밀려들어 나를 현명하고 너그럽게 만들며 그 커다란 날개에 싸서 행복이 무르익는 곳으로 데려다 주기를 꿋꿋이 기다리고 있었던 것이다.

그러나 현명하고 약삭빠른 인생은 아무 말 없이 흘러가는 대로 나를 내버려 두었다. 인생은 나에게 폭풍우드 별도 보내 주지 않고 내가 자신을 굽히고 고집을 꺾기를 기다리고 있다. 거만하고 아는 체하는 희극 배우의 역을 시키고서는 모르는 체 방관하면서 길 잃은 어린이가 다시 어머니를 찾게 되기를 기다리고 있었던 것이다.

5

그런데 여기서 그 어느 때보다도 파란곡절이 많고, 어쩌면 짤막한 신파소설 한 편을 이루고도 남을 내 생애의 새로운 막이 열리기 시작했다. 이때 나는 어느 독일 신문의 편집자로 있었는데 붓과 독설을 너무 자유분방하게 휘둘렀기 때문에 많은 사람들로부터 공격을 받게 되었고 거기에다가 주당(酒黨)이라는 평까지 받아 하찮은 싸움 끝에 그 자리를 물러나 통신원의 자격으로 파리에 파견되었다. 그 지긋지긋한 도시에서 떠돌이 생활을 하던, 별로 하는 일 없이 지내며 지나친 처세를 취했던 일들을 이야기하지 않을 수 없을 것 같다.

그러나 독자들 가운데 있을지도 모르는 아니꼬운 자들을 조롱하며 그 짧은 기간을 지냈다고 해서 그것이 비겁한 일은 아닐 것이다. 나는 온갖 더러운 면을 보고 또 그 속에 빠져 방황할 대로 방황하던 일을 털어놓으려는 것이다. 그때부터 나는 낭만적인 경향에 도취되는 몰락한 예술가적 기질을 잃어버리게 되었다. 그러나 남아 있던 순수한 것과 선한 것에 대하여 나는 여전히 애착을 느끼고 있었으며 잃어버린 시대는 잃어버린 그 대로 모두 정리하였음을 여러분은 이해해 주어야만 한다.

어느 날 저녁 나는 숲속에 혼자 앉아서 파리를 떠나느냐, 아니면 이곳 에서 내 인생 자체를 버리느냐 하는 문제를 생각해 보았다. 그러다가 자 신의 생활을 다시 한 번 정리해 보고 지금 죽어도 별로 아깝지 않다는 결 론을 얻었다.

그러나 그때 뜻밖에도 벌써 지나간 일이며 다 잊어버렸던 어느 날의 일 이 선명하게 떠올랐다. 산간 고향에서 어느 여름날 이른 아침, 나는 침대 옆에 무릎을 꿇고 있었고 침대 위에서 어머니가 죽음을 맞이하여 누워 있 던 일이다.

나는 그 날 아침 일을 그처럼 오랫동안 잊고 있었다는 데 대해 놀라움 과 부끄러움을 금할 수 없었다. 자살을 하려던 생각은 어리석게 생각되어 그만 달아나 버리고 말았다. 진실하고 어디까지나 탈선할 수 없는 인간은 ——건강하고 튼튼한 생명이 사라지는 것을 단 한 번이라도 보았다면 —— 스스로 자신의 생명을 끊을 수 없다고 생각했기 때문이다. 나는 어머니가 다시 한 번 세상을 떠나는 것을 보았다. 나는 어머니의 얼굴에서 죽음에 임박했을 때 보았던 고상하고 조용하며 엄숙한 표정을 보았다. 죽음은 괴 로운 것 같았지만 길을 잃은 아이를 집으로 데리고 가는 신중한 아버지처 럼 강하고 정답기도 하였다.

문득 죽음은 어질고 착한 우리 형제이며 적당한 때를 알고 있으므로 마 음놓고 기다리기만 하면 된다는 깨달음을 얻었다. 고통과 실망과 근심이 닥쳐오는 것은 우리를 불쾌하게 만들고 품위와 가치를 상실한 인간으로 만들기 위해서가 아니며 어디까지나 성숙케 하고 앞날을 밝혀 주기위한 것임을 나는 이해하게 되었다.

일주일 후에 짐을 바젤로 보낸 나는 도보로 남부 프랑스 지방을 여행했 다. 고약한 냄새처럼 역겨운 추억을 달고 나를 따라오던 불행한 파리 시 절이 날로 멀어져 가고 흐려짐을 느꼈다. 나는 연애 관계의 재판도 참관 하고 성터 물방앗간 창고 등지에서 자며 이야기 좋아하는 검은 머리의 청년과 함께 따뜻하게 데운 포도주를 마시기도 했다.

지칠 대로 지쳐 깡마르고 햇볕에 그을은 얼굴에 마음까지 변해 버린 나는 두 달 후 바젤에 도착했다. 이런 여행이 나에겐 처음이었으며 가장 지루한 여행이기도 했다. 로카르노와 베로나 사이, 바젤과 브리크 사이, 피렌체와 페루자 사이에서 내가 먼지투성이 구두를 이끌고 두세 번씩 지나지 않은 곳은 거의 없었다. 꿈을 따라 걸었지만 그 꿈은 아직 하나도 실현되지 않았다.

나는 바젤 교외의 한 하숙집에 짐을 풀고 일을 시작했다. 누구 하나 아는 사람이 없는 곳에서의 생활은 무척 즐거웠다. 몇몇 신문이나 평론지와는 아직 거래를 하고 있었으므로 나는 일을 하며 살아갔다. 처음 몇 주일 동안은 편안한 가운데 안정할 수 있었지만 차차 옛날의 쓸쓸한 기분이 다시 떠올라 며칠이고 몇 주일이고 계속 일을 해도 그 기분은 사라지지 않았다. 우울한 기분을 체험하지 못한 사람은 그것을 모를 게다. 그것을 어떻게 표현할 수 있을까? 나는 몹시 고독했다. 나와 타인들, 도시, 광장, 집들, 거리의 생활 등과는 언제나 커다란 간격이 있었다. 큰 사고가 일어나거나 중대한 소식이 신문에 보도되어도——축제가 벌어지고 죽은 사람이 묻히고 시장이 열리고 음악회가 개최되고 있었지만——대체 나와 무슨 상관이 있는가. 나는 밖으로 나가 숲이나 언덕, 그리고 신작로를 이리저리 배회했다. 주위의 풀밭과 나무, 논밭들의 잠잠한 모습은 마치 나에게 애원이라도 하는 듯 나를 반기면서 뭐라고 말하며 다가와 인사라도 하는 것 같았다. 그러나 그것들은 그것들대로 그냥 그 자리를 지킨 채 말이 없었다. 나는 그들을 구해 줄 수 없었으므로 그저 그들의 괴로움을 이해하고 그 괴로움에 동조하는 수밖에 없었다.

나는 나의 증세를 자세히 적어 의사를 찾아갔다. 의사는 그것을 읽고 이것저것 물으며 나를 진찰했다.

"매우 건강합니다. 몸에는 아무 이상도 없습니다. 독서나 음악 감상으로 마음을 명랑하게 갖는 게 필요하겠군요."

"저는 직업상 매일같이 새로운 것을 이것저것 읽고 있는데요."

"그렇다면 밖에서 운동을 하는 게 좋을 것입니다."

"그래요? 저는 매일 서너 시간씩 걷고 있습니다. 더구나 휴가 때에는 그 갑절은 걸었고요."

"그러시면 억지로라도 사람들 사이에 끼여 함께 지내도록 하십시오. 당신은 사람을 매우 꺼리게 될 위험성이 있습니다."

"그것은 관계없습니다."

"관계가 없다니요. 사람들과의 교제가 싫어질수록 당신은 억지로라도 사람들과 만나야 합니다. 당신의 지금 상태는 아직 병이라고까지 말할 수는 없으나 계속 그렇게 소극적으로 나가다가는 언젠가 건강에 지장이 생길지도 모르니까요."

이 의사는 이해심 있고 친절한 사람이었다. 그는 나를 안타깝게 생각해서 학자 한 분을 소개해 주었다. 그 사람은 정신적이며 문학적인 모임을 갖는 사교적인 생활을 하고 있다는 것이다. 나는 그를 찾아 그곳으로 갔다. 모두 내 이름을 알고 있었으며 정답고 친절하게 진심으로 나를 맞아 들였다. 나는 가끔 그 집을 찾게 되었다.

늦가을 어느 추운 날 밤 거기엔 한 젊은 역사가와 매우 날씬한 검은 머리의 한 소녀만 있을 뿐 그 밖의 손님은 없었다. 소녀는 차를 끓이면서 뭐라고 자주 지껄였지만 그 역사가에게는 매우 쌀쌀한 태도를 보였다. 잠시 후 그녀는 피아노를 치기 시작했다. 그리고 나에게 나의 풍자 소설을 읽었지만 조금도 재미있지 않았다고 말을 걸어왔다. 영리한 소녀였지만 내게는 지나치게 영리해 보였다. 잠시 후 나는 집으로 돌아왔다.

그러는 동안 사람들은 차츰 내가 술집을 자주 찾는다는 사실과 숨은 대주객이라는 사실을 알게 되었다. 그러나 나는 그런 소문에는 별로 신경쓰지 않았다. 당시 대학가에는 언제나 즐겨 남의 이야기를 일상 화제로 삼는 치들이 있었기 때문이다. 그런 소문이 도는 것은 부끄러운 일이었지만 그렇다고 교제하는 데 방해가 되지는 않았으며 오히려 인기를 얻었다. 때마침 금주(禁酒) 운동이 벌어지고 있었기 때문에 신사 숙녀들은 모두 금주협회의 회원으로서 비회원을 만나면 누구나 반가워했기 때문이다.

어느 날 나는 처음으로 은근한 공격을 받았다. 그 사람은 음주의 해독과 술집의 추잡한 점 등을 위생적인 면에서나 윤리적·사회적 견지에서 생각해 보라며 설명을 늘어놓았다. 그리고 금주협회가 베푸는 잔치에 참석해 달라고 요청했다. 나는 그러한 협회나 운동에 대해 전혀 아는 바가 없었기 때문에 매우 당황했다. 음악과 종교적인 색채까지 띤 협회의 모임은 우스워 견딜 수가 없었다. 나는 그러한 인상을 굳이 숨기려고 하지 않았다. 몇 주일에 걸쳐 친절하게 설교를 해주었지만 나는 그것만으로도 지쳐서 어느 날 밤 다시 똑같은 설교를 늘어놓고 개심하라고 안타깝게 조를 때에는 자포자기한 태도로 그런 수작은 이제 그만두었으면 좋겠다고 딱 잘라 거절했다. 어린 그 소녀도 그 자리에 있었다. 그 소녀는 귀가 솔깃한 듯 내 이야기를 듣고 있더니 갑자기 "훌륭한데"라고 외치는 것이었다. 그러나 나는 너무 기분이 상해 있었기 때문에 그 말이 귀에 들리지 않았다.

그런 일이 있었으므로 금주가 대회가 성대하게 벌어지고 사소한 웃음거리가 생기면 나는 한층 더 유쾌한 기분으로 그것을 바라볼 수 있었다. 협회는 그 본부에서 수많은 손님들을 초대하곤 회식을 겸해 회의를 열었다. 연설을 하고 합창을 하면서 우정이 두터워지고 기발한 일들이 진행되면 축복이라도 하듯이 만세 소리가 드높았다. 기수(旗手) 역할을 맡은 급사는 금주 지지 연설이 너무 오래 걸리자 오금이 저려 슬며시 가까이에 있는 술집으로 들어갔다. 엄숙한 축하식이 끝나고 가두에서 시위 행렬이 시작되면 주당(酒黨)들은, 구경거리라도 생긴 듯이 몰려와서 감격한 사람들의 행렬 맨 앞에 선 지휘자가 얼큰히 취해 있다든가 그가 든 푸른 십자가의 깃발이 파선된 배 돛폭 모양으로 흔들리는 우스운 광경을 보고 좋아했다.

술에 취한 급사는 쫓겨났지만 여러 경쟁 단체와 위원회 내부에서 벌어지고 있는, 더 한층 유쾌한 화제의 꽃을 피우는 인간적인 허영과 질투와 음모의 혼란만은 몰아낼 수 없었다. 마침내 그 운동은 분열되어 몇몇 야심가들이 명성을 독점하기 위해 그녀들의 이름 앞에 개심하지 않는 주객들을 마구 비난했다. 자기 이익을 떠난 순수한 협력자도 있었지만 그네들은 그저 이용당하고 있을 뿐이었다. 가까이에 있던 사람들은 이상적인 예의 범절을 내세우는 그곳에서도 여러 가지 불미스런 인간성이 악취를 풍기고 있음을 알 수 있었다. 나는 이런 희극을 제삼자로부터 듣고는 은근히 쾌재를 불렀다. 그리고 밤에 술이 취해 돌아오면서도 '그것 봐! 우리 야만인들이 훨씬 좋은 인간이지 뭐야' 하고 생각했다.

라인 강이 바라다보이는 높고 전망 좋은 작은 내 방에서 나는 열심히 공부하며 여러 가지 사색에 잠겼다. 이렇게 인생이 내 옆을 스쳐 지나갈 뿐 나를 앗아가는 거센 물결도, 무엇 하나에 열중할 수 있는 뜨거운 정열도 찾아오지 않고 아무 보람도 없이 덧없는 꿈에서 벗어나지도 못한 채 흘러가는 세월에 나는 절망을 느꼈다. 사실 그 무렵 나는 성 프란체스코파 사람들의 생활을 잠재울 한 작품을 준비하고 있었다. 그러나 그것은 창작이 아니라 전부터 있던 여러 가지 소박한 자료를 모아 보려는 데 지나지 않았으므로 타오르는 나의 상상력을 잠재울 수는 없었다. 나는 취리히와 베를린과 파리 생활을 회상하면서 동시대인(同時代人)들의 공통적인 소망과 정열과 이상을 밝혀 보려고 했다. 어떤 사람들은 종전의 가구와 벽지와 의복을 배척하며 좀더 새롭고 아름다운 환경에서 생활하기를 바랐으며, 어떤 사람들은 헤겔의 일원론(一元論)을 통속적인 책과 강연으로 보급시켜 보려고도 했다. 또 어떤 사람들은 영속적인 세계 평화를 위한 일에 힘쓸 필요가 있다고 주장했으며, 또 다른 사람들은 굶주린 하층 계급을 위해 투쟁하고 민중을 위해 극장과 박물관을 세우고 개관하기 위하여 기부금 모금 운동을 벌이기도 하고 강연도 했다. 그러나 이 바젤에서는 오직 술만이 공격의 대상이었다.

이러한 모든 노력에는 생명과 충격과 운동이 따랐다. 그러나 내게는 그러한 것들이 그리 중요하고 필요하다고는 생각되지 않았다. 그러한 모든 목표가 오늘 달성된다 하더라도 나와 나의 생활에는 아무 관계도 없을 것이다. 희망을 잃어버린 나는 의자에 털썩 주저앉아서 책을 덮고 깊은 생각에 잠기고 말았다. 창밖에는 라인 강이 흐르고, 살랑거리는 바람 소리가 들려 왔다. 나는 그만 감동한 나머지 어디를 가나 나의 뒤를 쫓아다니는 우수와 동경의 속삭임에 귀를 기울였다. 희미한 밤 구름이 뭉실 밀려서 겁먹은 새처럼 공중으로 날개치고, 밤의 정적을 타고 흐르는 라인 강의 물소리까지 듣게 되자, 문득 어머니의 죽음과 성 프란체스코와 눈 덮인 산속의 고향과 물에 빠져 죽은 리하르트가 한데 섞여 머리에 떠올랐다. 뢰지 기르타너를 위해 알펜로제를 꺾으려고 절벽에 올라갔던 일이며 취리히에서 책과 음악과 이야기에 흥분하던 일, 어두운 밤 호수에서 아그리에티와 보트를 타던 자신, 리하르트의 죽음에 실망하고 여행을 떠났다가 다시 돌아와 어느 정도 마음의 상처가 가시기는 했지만 또다시 가련하게 된 자신을 보았다. 무엇 때문에, 무엇을 위해서 그랬을까? 아아, 신이시여! 모든 것은 한낱 장난이며 우연이요, 그려 놓은 그림에 지나지 않았던가? 나는 정신, 우정, 미(美), 진리, 사랑을 구하며 싸웠고 그 정욕의 고뇌를 맛보지 않았던가? 그리움과 사랑의 무더운 파도가 나의 마음속에서 여전히 끓어오르지 않는가? 더구나 모두 나를 괴롭힐 뿐 부질없고 누구 하나 즐겁게 할 수가 없지 않았던가?

결국 나는 술집으로 나가지 않을 수 없었다. 등불을 끄고 낡아 삐걱거리는 계단을 더듬거리며 내려가 펠틀린과 봐틀란트를 찾아 나섰다. 나는 거기서 언제나 콧대가 세고 사나운 편이었지만 좋은 손님으로 환영받고 존경받았다. 나는 읽을 때마다 화가 치미는 풍자 잡지 《짐플리치시무스》를 읽고 포도주를 마시며 그 위안을 찾았다. 항상 정다운 주신(酒神)은 여인 같은 손길로 나의 손발에 적절한 피로를 주고 나의 흐려진 정신을 손님으로 맞아 아름다운 꿈나라로 이끌어 주었다. 나는 가끔 어떻게 남을 사납게 대하고 호령하는 데에서 일종의 위안을 느낄 수 있는지를 생각하곤 한다.

자주 찾는 술집에서는 언제나 나를 불평만 하는 시끄러운 시골뜨기 양반이라며 무서워하고 싫어했다. 다른 남자와 이야기를 시작하면 나의 태도는 항상 비웃는 듯한 어조였고 매우 거칠었다. 물론 상대방도 그런 내 태도를 따랐다. 그럼에도 불구하고 내게는 몇몇 술 친구가 생겼다. 모두

나이도 지긋하고 괴상한 친구들이었다. 나는 그들과 어울려 가끔 술로 날을 지새우기도 하였는데 특히 그 중에는 나이가 많아 보이는 버릇없는 한 친구가 있었다. 그 사람의 직업은 도안화공(圖案畫工)으로서 여자를 싫어하고 음담패설을 잘하며 술에 있어서는 딱지가 붙은 대주객이었다. 밤에 그가 주점에서 혼자 술을 마시고 있을 때 만나게 되면 나는 으레 폭음을 하게 마련이었다. 우리는 잡담이나 농담을 하면서 작은 포도주 한 병을 비우지만 차츰 술마시는 일이 주가 되고 이야기는 자지러지고 만다. 우리들은 아무 말 없이 마주 앉아서 허리를 구부리고 각각 브리사고 담배를 피우며 양껏 마셔댔다. 그렇게 되면 서로 비슷하게 술이 취해서 언제나 동시에 병을 채우게 되고 서로 어느 정도 감탄하면서, 한편 심술궂은 쾌감을 맛보며 서로 쳐다보곤 했다. 늦가을 새 포도주가 나오게 되면 우리들은 짝을 지어 마르크그라프에 있는 포도밭 촌을 돌아다니곤 했다. 키르헨에 있는 히르시 관에서 그는 나에게 신세 타령을 늘어놓았고 그 이야기는 재미도 있으며 독특한 것이라고 생각했는데 다 잊어버리고 말았다. 지금도 기억에 남아 있는 것은 그가 술에 만취되어 어느 시골 축제에서 벌였던 이야기다. 유지들 틈에 끼인 그는 우선 목사와 동장에게 술을 잔뜩 먹였다고 한다. 그런데 그 목사는 다음 차례에 연설을 하게 되어 있었다. 사람들은 겨우 목사를 연단에 끌어올렸지만 연단에 선 목사는 횡설수설했기 때문에 다시 연단에서 끌려 내려오고 말았으며 그 공백을 메우기 위해 이번에는 동장이 뛰어나가 대단한 기세로 연설을 늘어놓았다. 그러나 그 역시 갑작스런 격한 동작으로 말미암은 충격으로 갑자기 기분이 나빠지는 바람에 그만 이상하고 멋쩍은 축사를 하고 말았다는 것이다.

나는 이 이야기와 그 밖에 다른 이야기들을 한 번 더 들려줄 것을 청하였으리라. 그런데 사격제(射擊祭)가 있던 날 밤 우리들 사이에는 도저히 화해할 수 없을 만큼 격렬한 싸움이 벌어져 서로 수염을 쥐어뜯고 끝내 화를 내면서 헤어지고 말았다. 그 후 우리들은 술자리에서 두서너 차례 만난 적이 있지만 물론 원수처럼 따로따로 다른 자리에 앉았다. 습관대로 우리는 서로 아무 말 없이 쳐다보며 술을 마시고 나중에 두 사람만 남게 되어 주인이 일어나 달라고 할 때까지 뻗대고 있기가 일쑤였다. 하지만 결국 화해는 못하고 말았다.

비애와 무능한 생활의 원인은 아무리 생각허 보아도 알 수 없었고 그저 피곤할 뿐이었다. 그렇다고 해서 자신이 완전히 쓸모 없는 인간으로 생각되진 않았으며 도리어 막연한 어떤 충동이 일어나 때만 오면 깊이있고 훌륭한 어떤 일을 해서 비록 뜻대로 되지 않는 인생이라 할지라도 한 가닥 행복을 잡을 수 있지 않을까 하는 기다를 가졌다. 그러나 그러한 때는 언제 돌아올 것인가? 내 속에는 여러 가지 능력이 사용해 보지도 못한 채 도사리고 있었지만 근대적이고 예민한 사람들이 바람직스럽지 못한 여러 가지 자극으로 예술 활동을 채찍질하는 것을 보면 어쩐지 꺼림칙한 생각이 들었다. 그리고 나는 또 강하고 젊은 내 육체 속에 어떤 방해꾼이나 요귀가 숨어 나의 정신을 침체시키며 더 괴롭히고 있는 것은 아닐까 하는 생각에 잠기곤 했다. 그러면 문득 나 자신이 실패만 거듭한 인간이며 이 괴로움은 아무도 모르고 이해할 수도, 동정받을 수도 없다는 생각까지 떠올랐다. 우울한 기분은 사람을 병들게 할 뿐 아니라 자부심과 근시안적인 오만한 태도마저 길러 준다. 이것이 우울증의 좋지 않은 점이다. 마치 하이네의 〈우스꽝스런 아틀라스〉의 아틀라스가 다른 사람들은 고통을 외면하고 그 같은 길을 걷지 않고 있으며 이 세상의 모든 고통과 수수께끼를 혼자 걸머지고 있다는 생각에 휩싸이는 것처럼 나의 기질이나 여러 가지 버릇이 내 것이라기보다는 도리어 카멘친트 가문에서 대대로 내려오는 유산, 아니 악습이라고 생각하는 것은, 나처럼 고향을 떠나 혼자서 생활하다 보면 고스란히 다 잊혀지게 마련이다.

몇 주에 한 번씩 나는 그 친절한 학자의 집을 찾아가 차츰 그 집에 드나드는 사람들을 거의 다 알게 되었다. 대개가 젊은 대학 관계자들이며 그 가운데에는 독일 사람도 더러 섞여 있었다. 여러 학과에 속하는 사람들이지만 화가나 음악가도 몇몇 있고 부인이나 딸을 대동하고 오는 시민도 있었다. 무엇보다도 나를 항상 귀빈처럼 대해 주는 데에는 놀라지 않을 수 없었다. 그들이 매주 몇 번씩 서로 만난다는 것도 알았다. 대체 그들은 무슨 이야기를 하며 무엇을 하는 것일까? 그들은 대부분 아무런 변화가 없는 사교적인 사람들이었다. 내가 갖지 못한 일률적인 사교면에서 그들은 서로 조금씩 닮아 있었다. 그 가운데에는 여러 가지로 우수한 사람도 많았다. 그들은 언제나 사교계에 있으면서도 신선함과 개성을 조금도 잃지 않고 있었다. 잃어버린다 해도 그리 대단할 것도 없겠지만 이런 사람들이라면 함께 오랫동안 재미있게 이야기할 수가 있었다. 그러나 나는 잠시도 제자리에 붙어 있지 못하고 이 사람 저 사람에게로 왔다갔다하면서 여자들에게는 지나치게 아양을 떨고, 차를 마시며 지껄이고 피아노 곡을 감상하는 체 하는, 더구나 만족스럽다는 표정을 짓는 그런 짓은 할 수가 없었다. 문학이나 예술에 대해서 이야기해야 한다는 것은 고역이었다. 그런 분야의 이야기는 대개 느끼는 바가 적고 그저 거짓말을 늘어놓기 일쑤였으며 지루할 정도로 공허한 잡담이었기 때문이다. 나도 결국 아무렇게나 지껄였지만 매우 흥미없는 일이었다. 아무짝에도 소용 없이 그저 지루하기만 한 그런 이야기들은 차라리 모욕이었다. 그보다는 오히려 부인들의 어린아이들에 대한 이야기나 또는 여행이나 일상 생활에서 얻어진 사소한 경험담, 그 밖의 현실적인 이야기가 더 좋았다. 그런 이야기에는 함께 끼여 들어 즐거운 기분을 느낄 수가 있었다. 그러나 그런 하룻밤이 지나면 나는 대개 술집을 찾아가 기갈 들린 목과 따분한 기분을 펠틀린 산 포도주로 씻어 냈다.

그런 날들을 보내던 중 어느 모임에서 나는 머리가 검은 그 어린 소녀를 다시 만났다. 많은 사람들이 모여 음악을 들으면서 전과 같이 떠들고 있었다. 나는 그림책을 들고 한쪽 구석에 있는 등불 옆에 앉아 있었다. 그것들은 토스카나의 풍경화들이었는데 평범하여 아무 데서나 볼 수 있는 그런 그림이 아니라 좀더 아늑하고 독특한 스케치 풍경들로, 거의가 여행 중인 주인의 친구나 그 밖의 다른 친구로부터 받은 선물인 모양이었다. 나는 생 클레멘테의 쓸쓸한 계곡에 자리잡은 문이 좁은 자그마한 돌집의 스케치를 발견했다. 나는 그곳을 여러 번 산보한 일이 있었기 때문에 그것을 쉽게 알아볼 수 있었다. 그 골짜기는 바로 피에졸레 근처에 있었지만 옛 고적이 없기 때문에 그곳을 찾는 손님은 그리 많지 않았다. 그 골짜기는 험하고 특별하게 아름다운 데도 없으며 집도 없고 높고 험한 벌거숭이 산으로 싸여 있어 어딘지 쓸쓸하고 인적이 드문 곳이기도 했다.

소녀는 내 가까이 다가와 어깨 너머로 넘겨다보았다.

"왜 그렇게 언제나 혼자 계시지요, 카멘친트 씨?"

나는 귀찮은 생각이 들었다. 다른 남자들이 상대하지 않으니까 나한테 왔구나 하는 생각이 들었다.

"왜 대답을 안 하시지요?"

"미안합니다, 아가씨. 무슨 대답 말이지요? 나는 그저 혼자 있는 것이 좋아서 혼자 있을 뿐입니다."

"그러면 제가 방해가 되겠군요? 당신은 참 우스운 어른이신데요."

"미안합니다. 하지만 우스운 것은 피차 일반 아닐까요?"

이리하여 그녀는 자리에 앉았다. 나는 보던 그림을 그냥 손에 들고 있었다.

"당신은 산골에서 오셨나요?" 하고 그녀가 다시 말을 걸었다. "산골 이야기가 듣고 싶어요. 오빠 이야기로는 당신이 태어난 마을에는 성(姓)이 하나뿐인데 모두 카멘친트라면서요? 정말이서요?"

"글쎄요." 나는 못마땅하다는 어조로 어물거렸다. "그러나 휘슬리라는 빵집도 있고 니데거라는 요리집도 있지요."

"그 밖엔 모두 카멘친트겠지요? 그리고 모두 친척간이라면서요?"

"그런 사람도 있지요."

나는 스케치를 그녀에게 넘겨 주었다. 그녀는 그림장을 꼭 쥐었다. 그렇게 그림 쥐는 법을 그녀가 바로 알고 있었기 때문에 나는 그 말을 그녀에게 했다.

"칭찬을 하시는 건가요?" 하며 그녀가 웃었다. "그런데 어쩐지 학교 선생 같군요."

"그림은 보지 않을 겁니까?" 하고 나는 무뚝뚝하게 말했다. "보지 않으면 넣어 두겠습니다."

"도대체 무슨 그림이지요?"

"생 클레멘테입니다."

"어디의?"

"피에졸레 옆입니다."

"거기에 가 보신 적이 있어요?"

"그럼요. 여러 번 갔지요."

"골짜기의 경치는 어때요? 이 그림은 그 일부분이군요."

나는 생각에 잠겼다. 엄숙하고 험하고 아름다운 경치가 눈앞에 떠올랐다. 그 영상을 그대로 간직하기 위해 나는 반쯤 눈을 감고 있었다. 그녀가 내 이야기를 기다리고 있다는 것이 기뻤다. 그녀는 내가 생각에 잠겨 있음을 알고 있었다. 잠시 후 나는 입을 열었다.

생 클레멘테의 경치가 여름날 오후의 뜨거운 햇살을 받아 묵묵히 메마르면서도 당당하게 솟아 있는 것을 그려 보았다. 가까운 피에졸레에는 공장이 있어 밀짚모자나 바구니를 엮기도 하고 기념품이나 오렌지를 팔면서 속이기도 하고 애걸도 한다. 훨씬 아래에는 피렌체가 가로질러 있어 신구(新舊) 생활 양식이 공존하고 있는 곳이다. 그러나 생 클레멘테에서 그 두 곳은 보이지 않는다. 거기에는 그림을 그릴 화가도 없고, 로마식 건물도 없다. 역사는 그 외로운 골짜기를 잊어버리고 말았지만 그곳에는 태양과 비가 대지와 투쟁하고 있고 생명을 이어 보려는 쓰러져 가는 소나무의 안간힘이 있으며 엉성한 가지를 공중으로 뻗치고 말라 비틀어진 뿌리로 이어 가는 가냘픈 생명을 위협하는 폭풍우를 원망하는 측백나무의 흐느낌이 있을 것이다. 가끔 가까이에 있는 대농장에서 온 황소 마차가 지나가거나 또는 농부의 가족들이 피에졸레로 순례의 길을 떠난다. 이것은 가끔 지나가는 손님에 불과할 것이다. 즐겁게 펄럭이는 시골 부인들의 치맛자락도 여기서는 눈에 거슬려서 없느니만 못 하다.

나는 어떤 친구와 함께 그곳을 거닐며 측백나무 밑에서 자기도 하고 그 뿌리에 기대기도 하던 일이며 흔히 볼 수 없는 그 골짜기의 슬프고도 아름다운 고독의 매력이 고향의 계곡을 연상케 했었다는 이야기를 그 여자에게 해주었다.

잠시 동안 우리는 아무 말이 없었다.

"당신은 시인이시군요."

나는 얼굴을 찌푸렸다.

"다른 의미에서 말씀드린 거예요" 하며 그녀는 말을 이었다. "당신이 소설 같은 것을 쓴다고 해서 그렇게 말한 게 아니라 당신이 자연을 사랑하고 이해하기 때문입니다. 나무가 흔들리고 햇빛이 빛나는 것이 모든 사람들에게 어떤 의미가 있는 것은 아니니까요. 하지만 당신에게는 그 가운데 생명이 있고 또한 당신은 그것과 함께 살고 계신다고 말할 수 있지 않을까요?"

나는 누구도 '자연을 이해한다'고는 말할 수 없으며 아무리 찾고 알아보려 해도 그것은 오직 수수께끼 같아서 슬프게 될 뿐이라고 대답했다. 양지에 서 있는 나무, 바람에 부서지는 돌, 한 마리의 짐승, 산…… 이런 모든 것은 생명과 역사를 지니고 있다. 살아서 고민하고 항거하며 즐기다가 마침내 죽고 마는 것이다. 그러나 우리는 그것을 모르고 있다.

나는 이야기를 하면서 그녀가 조용히 아무 말 없이 들어 주는 것이 고마워 얼굴을 살펴보았다. 그녀의 시선은 나의 얼굴에 고정되어 빤히 들여다보고 있었으며 내 시선과 마주쳐도 피하지 않았다. 잡념 없이 내 이야기에 귀를 기울이는 그녀의 조용한 얼굴에는 약간 긴장의 빛이 돌고 있었다. 그것은 마치 어린아이들이 내 이야기를 듣고 있는 것 같은 인상이었다. 아니 그런 것이 아니라 어른이 너무 주의해서 듣다 보니 자신을 망각하고 동심의 세계로 빨려든 듯한 인상이었다. 그녀를 바라보고 있는 동안 티없는 마음으로 그녀를 알게 된 발견자의 기쁨과 그녀의 아름다움이 나를 사로잡았다.

내가 입을 다물자 그녀도 아무 말이 없었다. 그러더니 그녀는 갑자기 일어나서 눈이 부신 듯이 등불을 쳐다보며 눈을 깜박거렸다.

"아가씨, 이름이 뭐지요?" 하고 나는 물었다. 별다른 생각이 있어서는 아니었다.

"엘리자베트예요."

그녀가 일어나는 것을 보고 나는 피아노 연주를 한 곡 부탁했다. 연주는 훌륭했다. 그러나 그녀의 얼굴은 가까이에서 보니 그렇게 예쁜 얼굴은 아니었다.

집으로 돌아가려고 구식으로 만든 계단을 내려서려고 할 때 외투 입은 두 화가의 대화가 몇 마디 내 귀에 들렸다.

"이봐, 그 자식이 오늘 저녁에는 엘리자베트만 상대하던데." 한 남자가 이렇게 말하며 웃었다.

"점잖은 강아지가 부뚜막에 먼저 오르는 격이지" 하고 다른 남자가 받았다.

"그래도 눈은 높아서."

원숭이 같은 자식들이 벌써 그런 이야기를 하고 있다니. 나는 처음 만난 그 어린 소녀를 상대로 쓸데없이 나의 정다운 추억과 내면 생활을 고스란히 털어놓았다는 것을 깨달았다. 왜 그런 이야기를 하게 되었는지 알 수가 없었다. 그런데 벌써 그런 험담을 하다니, 나쁜 자식들!

나는 그 날 이후 몇 달 동안 그 집에 다시 발을 들여놓지 않았는데 우연히 그 화가 중 한 사람을 거리에서 만나게 되었다. 그가 먼저 이야기를 끄집어냈다.

"왜 당신은 그 집에 오지 않으시오?"

"쓸데없는 이야기를 하니 어디 견딜 수가 있어야지요."

"정말이지, 그 여자들은 그렇더군요!" 하며 그는 씩 웃었다.

"천만에요" 하고 나는 퉁명스럽게 대답하고 나서 꼬집듯이 다시 말을 꺼냈다. "저는 남자 중에서도, 특히 화가에 대해서 이야기하고 있는 겁니다."

내가 그 수개월 동안 길거리에서 엘리자베트를 만난 것은 그저 한두 번에 지나지 않았다. 한 번은 상점에서 또 한 번은 미술관에서였다. 그녀는 언제나 귀엽기는 했지만 예쁘지는 않았다. 그녀의 홀쭉한 몸매에는 어딘지 이상한 점이 있었고 한편으로는 그런 점이 그녀를 더욱 돋보이게 했지만 너무 지나친 감이 있었으며 허세를 부리는 것 같았다. 미술관에서 만났을 때에는 예뻐 보였다. 그녀는 나를 알아보지 못했다. 나는 한쪽 구석에 앉아 쉬면서 목록을 들추고 있었는데 그녀는 내 옆 큼직한 세간티니 (1858~1899. 이탈리아의 화가. 스위스, 이탈리아, 알프스 지방의 목가적 풍경화를 많이 그렸다)의 그림 앞에 서서 정신을 잃고 있었다. 그것은 알프스의 메마른 목장에서 일하는 두서너 명의 시골 여자를 그린 그림으로 배경에는 스톡홀름의 연봉(連峯)이라도 보는 듯 톱날같이 뾰족뾰족한 험한 산들이 솟아 있었으며 그 위에는 맑은 하늘에 차갑고 형언할 수 없을 만큼 절묘하게 그려진 하얀 구름이 떠 있었다. 이상하게 얽히고 휘감긴 구름 조각은 첫눈에 사람의 마음을 끌었다. 그것은 하늘 높이 떠서 지금 바로 바람에 몰리고 두루 말려서 서서히 흘러가는 듯 보였다.

엘리자베트가 이 그림에 끌린 것을 보면 그녀는 틀림없이 이 그림을 이해하고 있으리라. 전에 보이지 않던 넋이 그녀의 얼굴에 나타나고 큼직하게 뜬 그 눈에서는 한 가닥 가느다란 미소가 흘렀다. 너무나 엷어 보이는 입술을 어린아이처럼 살며시 다물고 있었으며 미간에 지어진 얕은 주름은 보이지 않았다. 훌륭한 예술품의 아름답고 참된 맛에 마음이 이끌려 그녀의 영혼까지 아름답고 진실하게 있는 그대로 나타난 것이었다.

나는 그 옆에 조용히 앉아서 세간티니가 아름답게 그린 구름과 그 구름에 넋을 잃고 있는 예쁜 소녀를 바라보았다. 그러면서 나는 그녀가 돌아서서 나를 발견하고 이야기를 건네어 그녀의 아름다운 모습이 지워질까봐 두려워 조용히 진열실을 나섰다.

그 순간 자연에 대한 나의 기쁨과 태도가 변하기 시작하여 주변의 아름다운 거리를 지나 내가 특히 좋아하는 유라 산 쪽으로 거닌 적이 한두 번이 아니었다. 그럴 때마다 나는 다시 숲속이나 산, 목장, 과수, 수풀들이 무엇인가를 기다리고 있는 것을 알았다. 혹시나 나를 기다리고 있었는지 모르나 어쨌든 애정을 기다리고 있음어는 틀림없었다.

나는 그런 것을 사랑하기 시작했다. 내 마음속에는 말없이 아름다운 자연에 대한 강한 연민의 정이 끓어오르고 있었다. 그리고 끝없는 생명에 대한 동경이 치밀어 올랐으며 알아주고 이해해 주며 사랑해 주기를 원하고 있었다.

사람들은 흔히 "자연을 사랑한다"고 말한다. 그러나 그것은 그들이 자연의 매력을 언제나 달게 받아들일 수 있다는 정도의 이야기다. 그들은 밖에 나가 대지의 아름다움을 즐기고 풀밭을 짓밟다가 여러 가지 꽃이나 가지를 꺾어서 그것을 곧 버리거나 그렇지 않으면 집에서 그것이 시드는 것을 바라볼 것이다. 그들은 자연을 그렇게 사랑한다. 그들은 날씨가 맑은 일요일이면 이러한 사랑을 연상한다. 그리고 자신의 자비에 만족할 것이다. '인간은 자연의 왕자'이기 때문에 사실 그런 것은 필요치 않을지도 모른다. 아아, 정말이지 왕자가 무슨 왕자랴!

나는 언제나 모든 것을 깊이 살펴보았다. 바람이 온갖 소리를 내며 나무 끝에서 울리는 소리, 골짜기에서 시냇물이 출렁거리고, 잔잔하고 고요한 강물이 벌판으로 흐르는 소리, 이러한 소리는 신의 이야기이며 한없이 아름다운 이 심오한 말을 이해하는 것은 낙원을 다시 찾는 것이리라. 물론 책에서는 이러한 말을 찾을 수가 없다. 다만 성서에 생물의 "말할 수 없는 탄식"이라는 훌륭한 말이 있다. 그러므로 어느 시대에든 이해할 수 없는 말에 마음이 끌려, 조물주가 만든 자연의 노래에 귀를 기울이고 오가는 구름을 바라보며 한없는 동경심에 끌려서 영원한 것을 향해 기도의 손을 뻗치는 사람과 은둔자와 참회자와 성자가 있다는 것을 나는 어렴풋이 느꼈다.

너는 피사(이탈리아 서북부 토스카나 지방의 도시)의 묘지를 찾아간 일은 없던가? 그 벽은 지나간 수세기 동안 빛깔이 다 바랜 그림으로 장식되어 있다. 그 하나는 테베(그리스의 보이오티아 지방에 있던 고대 도시) 사막의 은거자의 생활을 묘사하고 있다. 그것은 자연 그대로의 그림이며 빛깔은 낡았지만 아직 그 그림에서는 행복스런 평화의 힘이 흘러넘치고 있다. 너는 갑자기 치미는 고통을 느끼며 속세를 떠나 어느 먼 성지(聖地)에서 눈물로 더러움을 씻고 다시는 돌아오기를 원치 않게 되리라. 수많은 예술가가 성스러운 그림으로 이렇게 향수를 나타내 보려고 했다. 루드비히 리히터(1803~1884. 독일의 화가. 동화집이나 딘화집 등에 목판으로 소박하고 친근한 삽화를 그려서 제일인자가 되었다)가 귀여운 어린아이를 그린 한 장의 그림에서도 피사의 벽화와 똑같은 노래가 흐르고 있다. 현실적인 것과 육감적인 것을 좋아한 티슈바인(1751~1829. 독일의 화가. 고전주의와 네덜란드 풍의 사실주의를 함께 지닌 초상 화가)이 왜 그 맑고 구체적인 그림에서 가끔 아늑한 푸른 하늘을 배경으로 했을까? 그것은 따스한 한 줄기 푸른 빛깔에 지나지 않는다. 티슈바인이 나타내고자 한 것이 먼 산이었는지 혹은 무한한 공간에 지나지 않았는지 그것은 아무도 알 수가 없다.

사실주의 화가인 티슈바인 자신도 그것을 몰랐다. 미술사를 연구하는 사람이 말하듯이 빛깔의 조화를 생각하고 그렇게 그린 것이 아니라 드러나 있지는 않으나 이 명랑하고 행복스러운 사람의 영혼 속에 생생하게 살아 있으며 억제할 수 없는 그 무엇에 대해서 자기대로 바칠 것을 바친 것이다. 이와 같이 예술은 어느 때나 우리 마음속에 들어 있는 성스럽고 말없는 소망을 마치 대변이라도 하려는 듯이 애를 쓴 것이라고 나는 생각한다.

성 프란체스코는 그것을 더욱 능란하고 아름다우면서도 훨씬 순진하게 표현했다. 나는 그때 비로소 그를 충분히 이해하게 되었다. 그는 온 누리를, 식물과 정신과 동물과 바람과 물을 신의 사랑 속에 포함시킴으로써 중세를 넘어섰으며 단테까지 넘어서 시간을 초월한 인간적인 언어를 발견했다. 그는 자연의 모든 힘과 현상을 사랑하는 형제 자매라 불렀다. 만년에 의사들로부터 빨갛게 단 인두로 이마를 지지라는 선고를 받았을 때 몹시 고통받는 중환자의 불안 속에 있으면서도 그는 이 무시무시한 쇠붙이 가운데에서 '사랑하는 형제인 그 불'을 달게 받았다.

자연을 가까이 사랑하여 알아들을 수 없는 말로 이야기하는 친구처럼, 그리고 여행의 길동무처럼 자연에 귀를 기울이기 시작한 다음부터는 나의 우울한 기분이 완전히 가시지는 않았지만 그대도 한결 고귀하고 깨끗해지는 것을 느꼈다. 귀와 눈은 날카로워져 아름다움과 아름다운 어감의 차이점을 분간하게 되었다. 그리고 모든 생명의 고동을 좀더 가까이, 좀더 분명하게 들으며 될 수 있는 대로 그것을 이해하고 그것을 시어(詩語)로 표현할 수 있는 재주가 생기며 그렇게 함으로써 다른 사람들까지도 그 고동소리가 나는 곳으로 좀더 가까이 불러 한층 더 깊은 이해를 바탕으로 모든 원기와 정화와 동심의 원천을 찾아주었으면 하고 바랐다. 그러나 그것은 한때의 희망이요 꿈에 불과했다. 언제 그것이 실현될지 그것은 알 수 없었으나 나는 눈에 보이는 모든 것에 사랑을 바치며 어떠한 것이라도 무관심이나 경멸하는 마음으로 보지 않으려고 노력했고 우선 가까운 것에서부터 시작해 보았다.

이것이 나의 어두운 생활에서 얼마나 기분을 전환시켜 주고 위안을 주었는지 모른다. 이 세상에서 정열을 벗어난 무언(無言) 중의 애정만큼 고귀하고 보다 행복스러운 것은 없을 것이다. 내 글을 읽는 사람 가운데 단 두 사람, 아니 한 사람이라도 자극을 받아 이 순수하고 행복스러운 기술을 배우기를 절실히 바라는 바다. 타고난 재능으로 일생 동안 자신도 모르게 그것을 실행하는 사람도 적지 않다. 그 사람은 신의 은총을 받은 자이고 사람 중에서도 착한 사람이며, 어린아이와 같이 순수한 사람이다. 이 기술을, 괴로운 고통을 겪고 나서 배운 사람도 적지 않다. 여러분들은 불구자나 비참한 사람들 가운데에서 뛰어나고 얌전하며 눈에 정기가 빛나는 그러한 사람을 본 적은 없는가? 만일 당신들이 나와 나의 변변치 않은 권고에 귀를 기울이지 않겠다면 그런 사람들을 찾아가는 게 좋을 것이다. 그 사람들은 욕망이 없는 사랑으로 고통을 극복하고 광명을 얻을 수 있기 때문이다.

나는 이렇게 완숙한 태도를 가끔 가난한 순교자들로부터 발견하고 존경하는 마음을 품어 보지만 내가 그런 경지에 이르는 길은 아직도 너무나 멀다.

그러나 이 몇 해 동안 자신을 완성시킬 수 있는 올바른 길을 알고 있다는 위안을 느끼며 그러한 신념을 잃어 본 적은 한 번도 없었다.

그러면 항상 그 바른 길을 걷고 있었는가? 그렇지 않다. 도리어 나는 도중에 수많은 의자에 앉기도 하고 옳지 못한 길을 걸어간 적도 한두 번이 아니었다. 내 마음속에서는 이기적이고 강한 두 가지 버릇이 진실한 사랑과 싸웠다. 나는 술을 마시고 사람들을 꺼려 했다.

사실 주량은 많이 줄었지만 몇 주일마다 주신(酒神)의 유혹에 넘어가 그의 품에 안기곤 했다. 그러나 길거리에서 잠이 들거나 밤에 그 비슷한 추태를 부리는 일은 없었다. 술이 나를 사랑하여 유혹한다 해도 주신의 영혼이 내 영혼과 이야기를 나누고 있었기 떠문이다. 그리고 술을 마시고 난 다음에는 언제나 얼마 동안 양심의 가책을 받았다. 그러나 결국 술에 대한 강한 애착은 아버지로부터 물려받은 것이라 끝내 끊을 수가 없었다.

몇 해를 두고 나는 아버지로부터 물려받은 이 유산을 정성껏 섬기며 내 것으로 지키고 있었다. 그때 나는 한 가지 방편으로 욕망과 양심 사이에 어느 정도 진정으로, 한편 농담삼아 계약을 맺었다. 결국 아시시의 성자의 찬가 속에 '내가 사랑하는 형제인 포도주'를 첨가해 넣었던 것이다.

6

나는 또 하나의 나쁜 버릇을 갖고 있었는테 그것은 훨씬 더 나쁜 버릇이었다. 즉 사람들을 대하기 싫어서 은둔자로 자처하며 사람들이 하는 일에 언제나 조롱과 경멸을 일삼았던 것이다. 그러나 새로운 생활이 시작되면서부터 그런 일엔 조금도 괘념치 않게 되었다. 사람들은 어쨌거나 내버려 두고 나의 정열과 헌신적인 봉사와 관심을 오직 말없는 자연의 생명을 향해 태우리라 생각했다. 사실 자연을 처음 대할 때에는 가슴이 벅참을 느꼈다.

밤에 잠을 이루려고 하면 언덕과 숲의 기슭, 이미 오랫동안 가 보지 못했지만 좋아했던 한 그루의 나무가 머리에 떠올랐다. 지금쯤 그 나무는 밤바람에 흔들리며 꿈을 꾸고 어쩌면 잠이 들어 잠꼬대라도 하고 있을지도 모른다. 나무는 과연 그런 모양을 하고 있을까? 불현듯 이런 생각들이 일면 나는 밖으로 나와 어둠 속에 희미한 그림자를 드리우고 서 있는 그 나무를 찾아가 애정에 찬 마음으로 바라보다가 그 그림자를 가슴에 안고 돌아오기도 했다.

당신들은 그런 일을 비웃을 것이다. 그러나 이러한 사랑에 빠지는 것은 좀 지나친 일이긴 하지만 헛된 일은 아니리라. 그러면 어떻게 이 사람을 인간의 길로 인도할 수 있을까?

이런 문제는 시작만 하면 언제나 절로 좋은 방안이 나타나게 마련이다. 때로는 대작(大作)의 상(想)이 머지않아 떠오를 것 같은 예감이 들었다. 그러나 만일 어느 때고 나의 애인이 나에게 시인으로서 숲이나 강물의 말을 들려 달라고 한다면 그때 나는 누구를 위해서 어떻게 말해야 좋을까? 단지 내가 사랑하는 자연계의 모든 것뿐만 아니라 무엇보다도 인간을 위해서 말해야 하리라. 나는 인간들의 안내자나 스승이 되려고 하면서도 사납고 비웃는 태도로 인간을 대하였으며 애정을 느끼지 못했다. 이러한 모순 속에서 나는 이 쓸쓸하고 생소한 기분에서 벗어나 타인들도 형제처럼 대해야 한다는 것을 알게 되었다. 그러나 그것은 쉬운 일이 아니었다. 바로 이런 점에 있어서 고립과 여러 가지 운명이 나를 괴롭히고 나의 감정을 건드렸기 때문이다. 집이나 술집에서 좀더 명랑해지려고 노력하고 길가에서 만난 사람에게 친절하게 인사를 건네는 것만으로는 충분하다고 할 수 없었다. 더구나 그런 점에서는 이미 내가 사람들과의 관계를 근본적으로 그르치고 만 것임에 분명했다. 그들은 내가 친절하게 대하려고 해도 그것을 의심쩍게 생각하여 쌀쌀하게 받아들이거나 그렇지 않으면 조롱하는 것으로 생각하고 있지 않은가. 제일 나쁜 것은 아는 집이라고는 단 하나뿐인 그 학자 집마저도 나는 거의 일년 동안 찾아간 일이 없었던 것이다. 그래서 무엇보다도 먼저 그 집을 찾아가 이 지방 풍습에 따르는 사교계에 나갈 수 있는 방법을 강구하지 않으면 안 되겠다고 생각했다.

이럴 때에는 지금껏 내가 비웃고 있던 나의 성격이 나에게 많은 도움을 준 것 같았다. 그 집을 생각하자 동시에 세간티니의 구름 앞에 서 있던 엘리자베트의 아름다운 모습이 떠올랐다. 나는 비로소 나의 그리움과 우수가 그녀와 얼마나 관계가 깊은 것인가를 깨달았다. 그리고 그때 처음으로 그녀에게 사랑을 구해 보리라는 생각이 진심에서 우러나왔다. 그때까지 나는 결혼 생활 같은 것은 나와는 인연이 없는 것으로 치부하고 환멸을 느끼며 단념하고 있었다. 나는 시인이요 방랑자인 동시에 애주가며 독신자였다. 그런 나의 운명이 이제 사랑이란 것이 결혼으로 귀결되어 나를 위해 인간 세계로 건너가는 다리가 되어 줄 것이라고 예시했다. 모든 일이 매력있고 확실하게 보였다. 엘리자베트가 나를 동정하고 있으며 또 예민하고 고상한 성품을 갖고 있다는 것은 벌써 오래 전부터 느꼈고 보아 오지 않았던가. 생 클레멘테에 대한 이야기를 들려주었을 때, 그리고 세간티니의 그림 앞에 서 있을 때 그녀의 아름다운 모습은 얼마나 생생한 빛을 띠고 있었던가. 그 동안 나는 여술이나 자연에서 풍부한 내면적인 부를 모아 두고 있었다. 그녀는 나에게서 어디서나 잠들어 있는 미를 보는 법을 배우게 될지도 모른다. 그리고 그런 아름다움과 진실로 그녀를 감싸 주면 그녀의 얼굴과 마음에 깔려 있는 어떠한 우울한 기분은 모두 잊어버리고 자기 능력을 충분히 발휘하여 꽃을 피울 수도 있을 것이다. 내가 갑자기 변하고 있다는 것을 나 자신 깨닫지는 못했으나 나는 하룻밤 사이에 인간을 애모하는 멋쟁이가 되어 결혼 생활의 행복과 신접 살림의 세간살이를 꾸미는 꿈을 꾸게 되었다.

그 사교적인 집을 다시 찾아갔을 때 정에 넘친 비난의 영접이 나를 기다리고 있었다. 몇 번 그 집을 드나드는 동안 거기서 또 엘리자베트를 만날 수 있었다. 아아! 그녀는 정말 아름다웠다. 나의 연인으로 머릿속에 그리던 그대로 아름답고 행복스럽게 보였다. 나는 한 시간 동안이나 그녀의 즐겁고 예쁜 모습을 지켜 보았다. 그녀는 정답고 허물없이 진심으로 친절한 태도로 나를 맞이해 주었다. 나는 행복감에 푹 젖었다.

호수 위에 보트를 띄우던 일을 여러분은 아직도 기억하고 있을까? 오색 초롱으로 장식되고 음악 소리가 울려 오던 그 날 밤의 일이며, 내가 사랑의 실마리를 풀다가 그만 질려 버리고 만 그 날 밤의 일을 아직도 기억하고 있을지 모르겠다. 사랑을 알게 된 소년의 슬프고도 어이없는 이야기였다.

사랑에 눈뜬 페터 카멘친트의 이야기는 보다 더 어이없고 보다 더 슬프다.

잠시 후 나는 엘리자베트가 얼마 전에 약혼했다는 이야기를 들었다. 나는 그녀와 그녀를 데리고 온 약혼자에게 축하의 말을 했다. 그 하룻밤 내내 호의에 넘치는 보호자의 미소를 띄고 있었지만, 그것은 괴로운 가면이었다. 그 후 나는 숲속에도 술집에도 들어가지 않고 침대에 멍하니 앉아 그곳에서 받은 충격을 달래느라 등불만 바라보고 있었다. 알코올 냄새를 남기고 등불이 꺼졌을 때에야 나는 겨우 제정신으로 돌아왔다. 그러자 고통과 절망이 검은 날개를 펴고 내 머리 위에 다가왔다. 나는 넋을 잃고 발기발기 찢기운 마음의 상처 때문에 소년처럼 흐느껴 울었다.

그 다음날 나는 배낭을 꾸려 짊어지고 고향으로 돌아왔다. 다시 젠알프스로 기어 올라가 어린 시절을 회상하자 문득 아버지가 아직도 건강한지 몹시 궁금해졌다.

우리는 서로 서먹서먹한 기분이었다.

아버지는 검은 머리가 하나도 남지 않은 데다가 약간 허리가 굽고 꺼칠한 모습이었다. 아버지는 정답게 나를 대해 주었으며 어떤 말도 묻는 것을 사양하고 당신의 침대를 양보하려 했다.

아버지는 내가 집에 돌아온 데 대해 놀랄 뿐 아니라 조금 당황한 듯했다. 집은 지니고 있었으나 목장과 가축은 팔아 치우고 대신 많지 않은 이자를 받고 있었다. 그리고 여기저기서 가벼운 일을 하고 있었다.

아버지가 밖으로 나가고 혼자 남게 되자 나는 전에 어머니의 침대가 놓여 있던 방으로 갔다. 지난날의 영상들이 넓고 고요한 강물처럼 내 옆을 흘렀다. 나는 이미 젊은이가 아니었다. 세월은 정말 빨리도 지나갔다. 머지않아 나도 허리가 굽고 초라한 백발 노인이 되어서 죽음을 맞이할 자리에 눕게 될 것이다. 내가 어린 시절을 보내고 라틴어를 배우고 어머니의 임종을 본 낡고 쓸쓸한 방은 거의 변함이 없었다. 여기서 이런 일들을 생각하고 있자니 어쩐지 마음을 안정시켜 주는 자연스런 힘이 스며드는 듯했다. 나는 감사한 마음에 무엇 하나 부족함 없는 청춘 시절을 남김없이 머리 속에 그려 보았다. 그리고 피렌체에서 배운 로렌초 데 메디치 (1449~1492. 이탈리아 문예 부흥기의 피렌체 통치자. 학문과 예술을 장려했다)의 시구를 읊조려 보았다.

아름다운 청춘이여!
그대 덧없이 지나가는구나.
마음껏 즐기세
예측할 수 없는 내일이기에.

동시에 이탈리아와 역사와 정신적 세계에 대한 성찰을 고향의 이 낡은 방으로 끌어온 것이 이상하게 여겨지기도 했다.

나는 아버지에게 약간의 돈을 드렸다. 저녁때 우리는 함께 술집으로 나 갔다. 그곳은 모든 것이 전과 다름없었다. 그저 변한 것이라면 이번에는 술값을 내가 치르게 된 것과 별표 포도주와 샴페인의 이야기를 할 때 이 제는 내가 아버지보다 더 많이 마시게 되었다는 정도였다.

옛날에 초라한 농부의 벗겨진 머리 위에 포도주를 뒤집어씌운 일이 있 었는데 그 노인은 어떻게 되었을까? 그 노인은 재치있는 사람이었으며 간 지 (奸智)의 천재였지만 이미 세상을 더났고 농담을 좋아하던 그의 무덤에 는 잡초가 무성하다는 것이다. 나는 봐틀란트주를 마시며 다른 사람들의 이야기에 귀를 기울이기도 하면서 나도 조금씩 이야기를 했다. 달빛이 찬 연한 밤길을 걸어 돌아오는 길에 아버지는 술에 취해 손짓 발짓을 해가면 서 이야기를 했다. 나는 지금까지 그렇게 황홀한 기분을 느껴 본 적이 없 었다. 콘라트 삼촌과 뢰지 기르타너, 어머니와 리하르트, 아그리에티의 옛 모습에 싸여 아름다운 그림책이라도 보는 듯한 기분이었다. 실물은 그 반만큼도 아름답지 못하지만 그림책에서는 무엇이든 아름답고 훌륭하게 보인다는 것이 새삼 이상스러웠다. 모든 것은 흘러 지나가고 잊혀지게 마 련이라지만 내 마음속에는 맑고 분명한 기륵이 있다. 원한 것도 아닌데 내 반생 (半生)이 기억에 보존되어 있는 것이다.

아버지가 잠이 들자 내겐 또 엘리자베트에 대한 생각이 떠올랐다. 그녀의 인사를 받고 그녀를 칭찬하고 그녀의 약혼자에게 축하의 뜻을 표한 것이 바로 어제인데도 벌써 오랜 시간이 흐른 것처럼 느껴졌다. 그러나 잠에서 깨자 뒤얽힌 추억의 밀물에 휩쓸린 고통이 마치 남풍의 갈퀴에 부서진 목장의 오두막집을 흔들듯이 나를 발가벗기고 쓰린 내 마음을 흔들어 놓았다. 나는 집에 있을 수가 없어서 낮은 창문을 통해 작은 뜰을 지나 호숫가로 갔다. 내버려진 채로 놓여 있는 작은 배를 풀어 희미한 호수의 어둠 속으로 조용히 저어 나갔다. 은빛 같은 놀이 퍼져 있는 주위의 산들은 엄숙한 자태로 침묵을 지키고 있었으며 거의 만월에 가까운 달이 푸른 밤하늘에 걸려 있었다. 어둠에 싸인 산봉우리의 끝은 달을 찌를 듯이 솟아 있었다. 사방은 고요하여 멀리 젠알프스의 폭포 소리까지 희미하게 들렸다. 고향의 혼과 청춘 시절의 넋이 푸른 나래로 나를 에워싸고 나의 작은 배를 가득 채우며 괴로운 듯이 두 손을 벌리고 애원의 뜻을 표했다.

그런데 지금까지의 나의 생활은 무엇을 의미하는가? 무엇 때문에 이렇게 많은 기쁨과 괴로움이 내 머리 위를 스쳐 지나가야만 하는가? 아직도 갈증을 풀지 못한 인간이라면 나는 왜 지금껏 진실과 아름다운 것을 갈망하며 지내 왔을까? 어째서 나는 그리워하던 그녀를 위해 고집을 부리고 눈물을 흘리며 사랑과 괴로움을 참고 지내야만 하는 걸까? 오늘도 나는 애정과 괴로움을 참으며, 부끄러움과 눈물 속에서 사랑의 슬픔을 맛보며 머리를 숙이고 있어야만 하는가? 감지할 수 없는 신(神)은 사랑을 받아 보지 못하는 고독자의 생애를 나에게 마련하면서 왜 사랑에 대한 불타는 향수를 내 마음속에 일으키는 것일까?

뱃머리는 나직한 소리를 내고 은빛 같은 물살을 가르며 헤쳐 나아가고, 주위의 산들은 소리 없이 다가오며, 차가운 달빛이 골짜기를 흐르고 있었다. 내 젊은 시절의 넋이 말없이 나를 둘러싸고 깊은 눈으로 무엇을 알아보려는 듯이 나를 지켜 보고 있다. 엘리자베트가 사랑의 눈길로 나를 보고 있는 듯했으며 시기만 놓치지 않았더라면 내 사랑은 틀림없이 이루어졌으리라는 생각이 들었다.

나는 푸른 호수 속으로 뛰어들고 싶었다. 그렇게 되면 아무도 나에 대해서 묻는 일도 없게 될 것이다. 그러나 정작 부서진 낡은 배 안으로 물이 들어오는 것을 보자 겁이 났다. 나는 노를 빨리 저어 갔다. 갑자기 오한이 전신에 퍼져서 급히 집으로 돌아와 침대에 누웠다. 피로한 몸으로 침대에 누웠으나 내 생애에 대한 생각으로 잠을 이룰 수 없었다. 좀더 행복하고 진실하게 살며 좀더 인생의 핵심에 가까워지는 데 무엇이 부족하며 무엇이 필요한지를 찾아보려고 애썼다.

모든 선(善)과 기쁨의 핵심은 사랑이다. 엘리자베트에 대한 연민의 정이 아직도 나의 머리에서 떠나지 않고 있지만 나는 진심으로 누군가를 사랑하지 않으면 안 된다는 것을 깨달았다. 그러나 누구를 어떻게 사랑하면 좋을 것인가?

그때 아버지의 구부정한 모습이 떠올랐고 비로소 그때까지 정말 아버지를 사랑하지 못했다는 것을 깨달았다. 어렸을 때에는 괴로움만 끼쳤고 그 후에는 집을 떠나 어머니가 세상을 떠난 후에도 아버지를 혼자 내버려 두지 않았던가? 가끔 아버지에게 화를 내고 마침내는 아버지를 고스란히 잊어버리고 말지 않았던가? 지금 아버지는 임종의 자리에 누워 있고 나는 혼자 고아처럼 그 옆에 서서 끝내 가까워지지 못한 아버지의 넋, 나로서도 그때까지 그 사랑을 구한 일이 없는 아버지의 넋이 사라지는 것을 보고 있다. 이런 장면을 나는 상상하고 있었다.

이리하여 나는 찬양의 대상이었던 아름다운 연인 대신 초라하고 늙어빠진 주정뱅이를 상대로 사랑한다는 어렵고도 달콤한 기술을 배우기 시작했다. 나는 아버지에게 공손하게 대답하고, 될 수 있는 대로 아버지의 상대가 되어 달력에 적혀 있는 이야기를 읽어 드리기도 하고, 이탈리아와 프랑스에서 마신 포도주에 대한 이야기도 해드렸다. 그렇다고 해서 얼마 되지 않는 아버지의 일을 빼앗지는 않았다. 일이 없으면 아버지는 너무 심심할 것이다. 밤에는 술집에서 술을 마시는 대신 집에서 나와 함께 마시도록 종용해 보았으나 잘되지가 않았다. 나는 포도주와 담배를 들고 노인의 지루한 기분을 씻어 주려고 애쓰기도 했다. 나흘인가 닷새째 되는 날 밤에 아버지는 아무 말 없이 비꼬는 태도를 보였다. 무엇이 부족하시냐고 여쭈었다.

"너는 이제 나를 술집에 못 가게 할 작정이냐?" 하고 아버지는 불평을 했다.

"천만의 말씀입니다" 하고 나는 대답했다. "당신은 아버지시고 저는 아들입니다. 어떻게 하시든 그것은 아버지의 마음에 달린 겁니다."

아버지는 무엇을 살피듯 실낱같이 가는 눈으로 나를 쳐다보더니 만족한 듯이 모자를 벗었다. 우리는 다시 함께 술집에 드나들었다.

아무 말씀도 하지 않았지만 내가 너무 오랫동안 아버지와 함께 있는 것은 아버지의 기분을 거슬리게 할 것임에 틀림없었다. 나는 어딘가 다른 곳에서 나의 분열된 상태가 진정되기를 기다리는 것이 낫다는 생각이 들었다.

"며칠 안에 다시 떠나려고 생각합니다만 아버지께서는 어떻게 생각하십니까?" 하고 나는 아버지에게 물었다.

아버지는 머리를 긁적거리며 홀쭉한 어깨를 들썩이더니 나의 태도를 빈틈없이 살피려는 듯이 가느다란 미소를 지었다.

"좋을 대로 하려무나."

나는 떠나기 전에 몇몇 이웃 사람들과 함께 수도원을 찾아가서 아버지를 보살펴 줄 것을 부탁했다. 그리고 청명한 날을 택해 젠알프스 꼭대기에 올랐다. 반원형의 널찍한 산꼭대기에서 나는 산맥과 푸른 골짜기, 하얗게 반짝이는 물줄기, 먼 거리에서 피어 오르는 가느다란 연기를 바라보았다. 이 모든 것은 내가 어렸을 때부터 어떤 강렬한 힘으로 내 마음을 벅차게 했었다. 나는 아름답고 넓은 세계를 정복하려고 집을 떠났던 것이다. 그 세계는 아직도 변함없이 아름답고 마치 기적같이 눈앞에 가로놓여 있다. 나는 다시 한 번 행복의 나라를 찾아 떠나볼 결심을 했다.

나의 연구를 위해 언제고 한 번 상당히 오랜 기간 아시시에 가 보려고 벌써부터 나는 마음먹고 있었다. 나는 우선 바젤로 돌아가 꼭 필요한 일만을 마치고 간단한 짐을 꾸려 먼저 페루자로 보내고 나 자신은 피렌체까지 가서 거기서부터 천천히 편한 기분으로 걸어 남쪽으로 순례를 했다. 이 남쪽에서는 사람들과 교제할 때 별다른 기교가 필요치 않았다. 그들의 생활은 언제나 표면으로 드러나는 매우 단순하고 자유스럽고 소박한 것이기 때문에 이 거리 저 거리에서도 터놓고 여러 사람들과 친할 수 있었으며 고향에 있는 듯 편안한 기분을 주었다. 그리하여 이후 바젤에서도 인간다운 생활의 따스한 친절미를 사교계에서 구하는 것이 아니라 소박한 사람들 틈에서 구해 보리라 마음먹었다.

페루자와 아시시에서 나는 다시 역사 연구에 대한 흥미와 기운을 회복하게 되었다. 거기에서의 하루하루의 생활은 기쁨이었기 때문에 상처입었던 나의 본성도 얼마 가지 않아 회복되었고 인생의 새로운 가교를 놓기 시작했다. 아시시의 하숙집 주인은 말이 많고 믿음직한 야채 장수 마누라였다.

성 프란체스코에 대해서 두서너 번 이야기한 것이 계기가 되어 그 여자는 나와 친하게 되었으며 내가 엄격한 구교도라는 소문을 퍼뜨렸다. 나에게는 이런 평판이 전혀 당치도 않은 것이었지만 그 탓으로 나는 사람들과 친밀한 관계를 맺을 수가 있었다. 흔히 타국 사람들에게 따르기 쉬운 이교도라는 의혹을 면할 수 있었던 것이다. 주인 마누라는 아눈치아타 나르디니라고 불렸으며 서른네 살의 과부로 몸집이 크고 태도가 매우 정숙했다. 일요일에는 꽃무늬의 밝은 색 옷을 입었으며 마치 무슨 축제라도 있는 듯 귀걸이와 목걸이까지 하였는데 그 고리에 달려 있는 금판의 메달이 소리를 내며 반짝거렸다. 그리고 또 은박이 찍힌 묵직한 기도서를 들고 다녔으나 그것은 사용하기가 매우 힘든 모양이었다. 가느다란 은 사슬에 달린 아름다운 흑백 진주도 갖고 있었지만 그것은 훨씬 가볍게 다룰 수 있었다. 그리고 그 여자가 교회 복도 사이에 있는 발코니에 앉아 감탄하고 있는 이웃 여자들에게 성당에 나오지 않은 친구들의 죄악을 헤아릴 차례가 되면 그 뚱뚱하고 믿음직한 얼굴에는 신(神)과 융합된 혼(魂)의 감동적인 표정이 나타나 있었다.

그 지방 사람들은 내 이름을 발음할 수 없었기 때문에 간단히 시뇨르

피에트로라고 불렀다. 맑고 아름다운 밤이면 우리들은 곧잘 좁은 발코니에 함께 앉아 있었는데 그 자리에는 이웃 사람들과 고양이까지 동석했다. 또 상점에서는 과일과 바구니, 씨앗 상자, 걸어 놓은 삶은 순대 사이에 앉아 있기도 했다. 서로의 경험을 이야기하고 수확에 대한 절망을 말하며 담배도 피우고 각각 마른 빵 조각을 씹기도 했다. 나는 성 프란체스코와 그의 예배당이었던 포르티운쿨라, 성자의 사원의 역사, 그리고 성녀(聖女) 클라라(1194~1253. 이탈리아의 성녀. 성 프란체스코의 지도하에 여자 수도회를 창립)와, 처음 만난 형제들에 대해서 말했다. 모두 심각한 표정으로 귀를 기울이더니 여러 가지 질문도 하고 성자를 찬양하며 얼마 전 소문이 자자했던 사건에 대해 이야기를 하면서 그 해설까지 곁들였다. 그런 이야기 중에서는 도둑에 대한 이야기와 정치적 싸움이 무엇보다 흥미를 끌었다. 우리들 사이에서는 고양이와 아이들, 강아지가 희롱하며 서로 재롱을 부리고 있었다. 나 자신 취미도 있었지만 한편으론 좋은 평판을 유지하기 위해 성도전을 들추어 교훈적이고 감동적인 이야기를 찾아 들려줄 수 있었으므로 몇 권의 책과 함께 아르놀트의 성부성도전(聖父聖道傳)을 가지고 온 것은 무척 다행스런 일이었다. 나는 그 중에서 성실한 일화 몇 개를 고쳐서 알기 쉬운 이탈리아어로 번역했다. 지나가던 사람이 갑자기 걷던 걸음을 멈추고 귀를 기울이며 이야기에 끼여 들었다. 이렇게 이야기 상대가 하룻밤 사이에도 세 번, 네 번 바뀌었지만 나르디니 부인과 나는 그냥 그 자리에 앉아서 한 번도 빠지는 적이 없었다.

나는 품질이 그리 좋지 못한 포도주 한 병을 항상 옆에 놓고 있었다. 내가 멋지게 포도주를 마셨기 때문에 넉넉지 못한 살림을 하고 있는 가난한 사람들은 그만 질려 버린 눈치였다. 처음에는 수줍어하던 이웃 소녀들도 차츰 터놓고 이야기를 나누게 되었다. 소녀들은 내게서 그림 엽서를 받고 나의 성자다운 태도를 믿게 되었다. 그렇게 된 것은 내가 지나친 농담을 하려는 것도 아니요 그 여자들과 무리하게 가까워지려고 하지 않는 것이 엿보였기 때문이다. 그 여자들 중에는 페루자의 그림 속에서 튀어나온 듯 눈이 큼직하고 환상적인 미인도 몇 있었다. 나는 그 여자들 모두를 좋아했고 다정스럽고 장난기있는 그녀들을 기쁘게 상대해 주었다. 그러나 그녀들 중 어느 한 여자에게 애정 같은 것을 느낀 적은 결코 없었다. 아름다운 그 처녀들은 서로 닮아 내 생각으로는 그 아름다운 점이 종족적인 것이지 개인적인 특징이라고 생각되진 않았기 때문이다.

가끔 마테오 스피넬리도 왔다. 그는 빵집 아들이며 빈틈이 없고 재치있는 아이였다. 그는 여러 짐승의 흉내내기를 좋아하며 좋지 못한 소문이라면 무엇이든지 알고 있었고 여러 가지 간사한 계획을 꾸미는 그런 아이였다. 내가 성자전을 얘기하면 그는 아주 얌전하고 공손한 태도로 듣고 있지만 이야기가 끝나면 순진해 보이면서도 지나치게 앙큼한 질문과 비유와 추측으로 성자를 놀려서 과일점 아주머니를 깜짝 놀라게 하기도 하고 수많은 청중들을 즐겁게도 했다.

나는 또 가끔 혼자 나르디니 부인 옆에 앉아 있을 때 그녀의 유익한 이야기와 인간미 넘치는 태도에 무척 마음이 끌리기도 했다. 그녀는 자기와 가까이 지내는 사람들의 결점이나 죄악을 조금도 놓치지 않았다. 그녀는 그러한 사람들이 지옥에 가게 되면 어떠한 자리에 있게 되리라는 것을 곰곰이 생각하며 예언해 나갔다. 그리고 내게 대해서는 나쁘게 생각지 않았으며 아무리 사소한 경험과 관찰이라도 숨김없이 자세히 말해 주었다. 또 그녀는 내가 무슨 간단한 물건이라도 사 오면 그때마다 얼마를 주었느냐고 물으며 속지 않도록 주의를 주었고 성자의 전기(傳記)를 듣는 대신 과일이나 야채 장사에 대한 이야기와 부엌의 비밀을 알려 주기도 했다. 어느 날 밤 우리는 부서져 가는 홀에 앉아 있었다. 내가 스위스의 노래를 부르고 요들 송을 외치자 어린아이들과 처녀들은 미칠 듯이 날뛰며 기뻐했다. 그들은 재미있어 몸을 비틀며 외국어 발음을 흉내내기도 하고 요들 송을 부를 때 오르내리는 목젖이 우스웠던지 그 흉내를 내보이기도 했다. 그리고 누군가가 연애담을 얘기하기 시작했다. 처녀들은 킬킬거리고 나르디니 부인은 눈동자를 휘둥거리며 감상적인 한숨을 내쉬었다. 결국 그들이 조르는 바람에 나는 내 연애담을 들려주지 않을 수 없게 되었다. 엘리자베트에 대한 이야기는 입 밖에도 나지 않고 아그리에티와 보트를 타고 사랑을 고백하려다가 실패한 이야기를 했다. 리하르트 이외에는 어느 누구한테도 입 밖에 내지 않았던 그 이야기를 남쪽 나라의 좁은 돌길과 붉은 저녁놀이 짙어 가는 언덕을 바라보며 호기심에 가득 찬 움브리아 사람들에게 말하게 된 것은 참으로 이상스런 노릇이었다. 나는 별로 힘들이지 않고 옛날 소설식으로 말했지만 그만 그 이야기에 신명이 나 있었기 때문에 듣는 사람들이 웃으며 나를 놀리지나 않을까 은근히 겁이 나기도 했다.

이야기가 끝나자 그들은 쓸쓸한 표정으로 나에게 동정의 시선을 보냈다.

"저렇게 미남인데!" 어느 처녀가 크게 말했다.

"저런 미남이 실연을 하다니!" 또 누군가가 이렇게 외쳤다.

그러나 나르디니 부인은 그 통통하고 부드러운 손으로 내 머리를 어루만지면서 말했다. "정말 가련하게도!"

어떤 처녀는 나에게 커다란 배를 깎아 주었다. 내가 그 여자에게 먼저 한 입 베어먹으라고 했더니 그 여자는 정말 그렇게 하면서 나를 유심히 쳐다보았다. 내가 다른 처녀들에게도 한 번씩 베어먹으라고 권하자 그 여자는 어림도 없다는 듯이 말했다. "안 돼요. 당신이 드셔야지. 당신이 연애 실패담을 말한 대가로 드린 거니까."

"그러나 당신은 지금 틀림없이 다른 사람을 사랑하고 있으시겠지요?" 하고 햇볕에 검게 탄 포도원 농부가 말했다.

"천만에요."

"그러면 당신은 아직도 그 심술궂은 에르미니아를 사랑하고 있습니까?"

"저는 지금 성 프란체스코를 사랑하고 있습니다. 성 프란체스코는 모든 사람, 다시 말해 당신들이나 페루자 사람, 여기 있는 어린아이, 에르미니아의 애인까지도 사랑할 것을 나에게 가르쳐 주었습니다."

마음씨 좋은 나르디니 부인이 내가 그냥 여기 머물러 있으면서 자기와 결혼해 주었으면 하는 안타까운 염원으로 가슴이 설레고 있다는 것을 내가 알게 되었을 때부터 이 목가적(牧歌的)인 우리 생활 속에는 어떤 혼란과 위험이 다가왔으며 이 사소한 사건은 나를 간사한 외교관으로 만들어 버렸다. 우리들 사이의 조화를 깨뜨리지 않고 즐거운 우정에 금이 가지 않게 하면서 그 여자의 꿈을 깨뜨리는 것은 그리 용이한 일이 아니었다. 더구나 나는 다시 집으로 돌아갈 생각을 하지 않을 수 없었다. 만약 창작에 대한 꿈이 조금만 덜 절박했었다면 나는 그곳에 머물러 있었을지도 모른다. 그렇지 않으면 호주머니 형편 때문에라도 나르디니 부인과 결혼했을지도 모른다. 그러나 그렇게 하지 않은 것은 엘리자베트한테서 받은 상처가 아직 아물지 않았기 때문이며 그녀를 한 번 더 만나 보고 싶었기 때문이다.

뚱뚱한 그 과부는 뜻밖에도 어쩔 수 없는 운명이라고 단념했고 나에게 실망의 앙갚음은 하지 않았다. 떠날 때 느낀 이별의 고통은 아마 그녀보다 내가 훨씬 더 심했을 것이다. 나는 이전에 고향을 떠날 때보다 훨씬 더 많은 미련을 느꼈다. 떠나던 날 정든 사람들과 진심으로 애끓는 악수를 나누었는데, 그것은 일찍이 나눈 적이 없는 애틋한 악수였다. 그들은 과일과 포도주, 달콤한 소주와 빵, 순대 같은 것을 차 안에 넣어 주었다. 내가 떠나는 데 대해서 무관심할 수 없는 친구들과 이별한다는 야릇한 기분마저 들었다. 아눈치아타 나르디니 부인은 작별할 때 나의 양쪽 볼에 키스를 하며 눈물까지 머금었다.

전에는 자신을 사랑하지 않으면서 남에게 사랑받는 사람은 무엇보다 행복한 사람일 것이라고 믿었다. 그러나 지금 나는 이렇게 사랑받으면서도 그것을 보답할 수 없다는 것이 얼마나 괴로운 일인가를 절감하고 있다. 그러나 남이 나를 사랑하며 남편으로 삼으려고 한 데 대해서는 나 역시 흐뭇한 기분을 느끼지 않을 수 없었다.

이러한 약간의 허영심은 이미 나로서는 한 가닥 의욕의 회복을 말하는 것이었다. 나르디니 부인에게는 미안한 일이었지만 나는 이런 일이 일어나지 말았으면 하는 생각은 없었다. 외부적으로 행복한 일이 이루어지는 것과는 아무 관계도 없으며 여자의 사랑으로 인한 고민은 그것이 아무리 괴로운 것이라 해도 슬플 것이 없다는 것을 차츰 알게 된 것이다. 그러나 사실 엘리자베트를 손에 넣을 수 없다는 것은 확실히 슬픈 일이었다. 그러나 나의 생활과 자유와 일, 사고 방식에는 조금도 지장을 주지 않았다. 멀리서 나는 전과 다름없이 마음껏 그녀를 사랑할 수 있었고 이러한 생각, 더구나 움브리아에서 지낸 몇 달 동안의 명랑하고 소박한 생활은 내 마음에 위안을 주는 데 많은 효과가 있었다.

전부터 나는 웃음거리와 익살맞은 짓을 즐기는 버릇이 있었지만 지금은 그런 버릇을 고치고 깨우쳐 버리고 말았다. 지금 나는 유머를 대하는 눈이 차차 열리게 되어 자기 운명의 별과 화해하고 앞으로 인생의 식탁에서 이것저것 맛난 음식을 가벼운 기분으로 마음껏 먹을 수 있을 것같이 생각되었다.

물론 이탈리아에서 돌아오면 누구나 다 그럴 것이다. 원칙과 편견 같은 것은 일소에 부치고 너그러운 미소를 띠며 바지 주머니에 양손을 넣고 처세에 능한 빈틈없는 사람처럼 보일 것이다. 잠시 동안 남쪽 나라 사람들의 기분에 맞는 아늑한 생활에 잠겼기 때문에 고향에서도 틀림없이 그러리라고 생각했다. 이탈리아에서 돌아오면 언제나 그랬지만 이번에는 더욱 그러했다. 바젤로 돌아와서 옛날부터의 답답한 생활이 신선한 맛을 회복시켜 주지 못하고 조금도 변화 없는 생활이 계속되는 것을 보자 나는 명랑하고 높은 경지에서 차츰차츰 무기력하고 불쾌한 기분에 잠기게 되었다. 그러나 거기서 얻은 것은 일부나마 계속 싹이 텄다. 그 후 나의 자그마한 배는 맑은 물을 달리든 흐린 물을 달리든, 아롱진 깃발은 적어도 대담하고 믿음직하게 휘날렸다.

그 외에도 내 생각은 점점 변하게 되었다. 별다른 비애도 느끼지 않고 청춘 시절을 벗어나고 있었던 것이다. 그리고 자신의 생애를 하나의 짧은 과정으로, 자신을 방랑객으로 생각하게 되었으며 이 방랑객이 어떠한 길을 걷든 나중에 사라져 없어지든 그렇게 세상을 소란하게 하거나 괴롭히지 않으리라는 것을 깨달을 수 있는 시기까지 성숙해 간다는 것을 알 수 있었다. 인생의 목표나 즐거운 꿈을 놓쳐서도 안 되지만 자기 자신이 반드시 없어서는 안 될 것이라고 생각되지도 않았다. 그리고 가끔 여가를 즐기며 아무 양심의 가책 없이 하루를 게으르게 풀밭에 누워 휘파람으로 시의 한 구절을 읊으며, 아무 근심 없이 즐거운 현재를 보냈다. 지금까지 한 번도 차라투스트라에게 애원한 적이 없었으며 원래 나는 신사적인 인간으로 자신을 존중하며 하찮은 인간에 대해 경멸을 느끼지 않은 적이 없었다. 지금 나는 인간 사회에 어떤 움직일 수 없는 한계를 두는 것이 아니라 보잘것없는 사람이나 압박받는 사람, 가난한 사람 사이에도 생활은 다채로울 뿐 아니라 도리어 대개는 부자나 호화로운 생활보다 한층 더 인정있고 진실하고 모범적이라는 것을 차츰 깨닫고 있었다.

어쨌든 나는 때마침 바젤로 돌아와서 그 동안 결혼한 엘리자베트의 집에서 열린 첫 번째 저녁 모임에 나갔다. 나는 여행 끝이라 얼굴이 좀 탔으며 기운을 잃지 않고 명랑했다. 또한 작으나마 즐거운 추억도 가지가지 갖고 있었다. 아름다운 부인은 있는 친절을 다하여 세심하게 나를 대해 주었다. 그때 나는 시기에 늦게 구혼을 하려다 간신히 수치를 면한 나의 행운을 그 하룻밤 동안 내내 기쁘게 생각했다. 이탈리아에서도 그런 경험이 있었지만, 여자란 자기에게 애정을 품고 있던 남자가 절망적인 고통에 빠져 있을 때 가혹할 정도의 기쁨을 느끼는 것이라고, 나는 여성에게 이런 막연한 불신을 품고 있었기 때문이다.

언젠가 다섯 살 난 아이에게서 들었던 유치원 생활의 사소한 이야기가 그처럼 불명예스럽고 괴로운 심정을 생생하게 그려 보는 데 도움이 될 줄은 몰랐다. 그 아이가 다니던 유치원에서는 다음과 같은 신기하고도 상징적인 습관이 있었다. 남자 아이가 너무 지나친 장난을 하게 되면 벌로 볼기짝을 얻어맞게 되어 있는데 이에 항거하면 걸상에 엎어 놓고 여자 아이들로 하여금 그 벌에 적합한 괴로운 자세를 지시하도록 했다고 한다. 이렇게 기합을 주라는 명령을 받는 일은 무엇보다 즐거운 명예로 생각되었기 때문에 그때마다 여섯 명 중에서 가장 얌전한 모범생만이 이 가혹한 기쁨에 참여할 수 있었다. 어린아이들의 이러한 우스운 이야기에 대해서 나는 생각지 않을 수 없었으며 이것이 꿈속에까지 나타난 적이 한두 번이 아니었다. 그래서 꿈속의 경험에 따라 그러한 꼴을 당한 자는 얼마나 처량한 생각이 들겠는가 하는 생각을 가끔 하게 되었다.

7

나의 문필 생활에 대해서는 나 스스로도 여전히 탐탁지 않게 생각했다. 물론 나 스스로 일을 해 살아가면서 약간의 저축도 하고 가끔 아버지에게 송금도 할 수 있었다. 그러면 아버지는 그 돈을 들고 술집으로 가서 별별 이야기를 다 늘어놓으면서 아들 자랑을 하고 나의 호의에 보답해야겠다고까지 생각했다. 그것은 언젠가 한번 내가 대개 신문에 원고를 실어서 돈을 번다고 말했던 데서 연유했다. 아버지는 지방 신문에서 보듯이 나를 편집인이나 통신원으로 생각하고 나에게 아버지다운 편지를 세 번이나 보냈는데 그 가운데에는 나에게 중요한 돈벌이가 될 것같이 여겨지는 사건도 있었다. 한 번은 창고의 화재 사건이었고 다음은 두 명의 등산객이 추락한 사고였으며 세 번째는 동장 선거의 결과였다. 그러한 보고는 이상한 신문 기사체로 씌어 있어 매우 흥미로웠다. 어쨌든 그것은 아버지와 나 사이의 친밀한 결합의 표시였으며 수년 이래 내가 고향에서 받은 첫 번째 편지였다. 또 그런 편지는 고의는 아닐지라도 나의 문필업을 비웃는 것이라고 나 나름대로 생각했다. 또 나는 매달 몇 권의 책에 대해서 비평을 썼지만 그 간행의 중요성과 결과로 보아 그 시골 사건보다 훨씬 뒤떨어지는 것이기 때문이다.

바로 그때 취리히 시대에 조금 색다른 서정적인 청년으로서 내가 알게 된 두 작가의 책이 발행되었다. 한 사람은 지금 베를린에 살고 있는데 큰 도시의 카페와 유곽의 추악상을 그렸다. 또 한 사람은 뮌헨 교회에 화려한 저택을 마련하고 신경 쇠약에서 나오는 자기 반성과 심령주의적(心靈主義的)인 자극 사이를 경멸과 절망을 느끼면서 이리저리 비틀거리고 있었다. 나는 그들의 책을 비평하지 않을 수 없었고 그 글은 내 솔직한 심경에서 나온 신랄한 것이었다. 그러자 곧 신경 쇠약증 환자에게서는 엄숙한 문체의 경멸에 가득 찬 편지가 날아왔고, 베를린 작가는 한 잡지에다 자기의 참다운 의도를 오해하고 있다고 지적하면서 졸라를 인용하여 나의 이해할 수 없는 비평을 토대로 내게 대해서뿐만 아니라 스위스 사람 전체의 공상적인 산문 정신에 대해 마구 비난을 가했다. 그는 아마 취리히에 있을 그 당시에는 그래도 한때 문사로서 건전하고 진실한 문학 생활을 했을 것이다.

그러나 나는 무슨 특별한 애국자는 아니었지만 그 남자가 다소 베를린 냄새가 심하게 풍기는 사람이었으므로 불만을 품고 있는 그 남자에게 장문의 편지로써 회답을 보냈다. 그 회답 속에 나는 대도시의 오만한 근대파에 대한 경멸의 뜻을 숨김없이 토로했다.

이 논쟁은 나에게 도움이 되었으며 나는 어쩔 수 없이 자신의 근대 문화 생활관을 다시 한 번 생각해 보게 되었다. 그것은 쉬운 일이 아니었으며 한없이 계속되었지만 별로 신통한 결론은 얻지 못했다. 그러나 내가 이러한 이야기를 하지 않는다고 해서 나의 이 자그마한 책자에 별로 마이너스가 될 것도 없을 것이다.

이러한 생각 끝에 역시 오랫동안, 일생을 두고 계획하던 작품에 대해 좀더 깊이 생각지 않을 수 없게 되었다.

누구나 알다시피 나는 상당히 방대한 작품으로 현대인에게 말없는 자연의 생명에의 친화와 애정을 느낄 수 있도록 하려는, 그러한 소망을 품고 있었다. 대지의 고통을 느끼고 전체적인 생명에 참여하며 또 보잘것없는 운명에 억눌려 있는 동안 우리는 신도 아니요 우리 스스로가 존재하는 것도 아니요 대지와 전우주의 자손이며 일부분이라는 것을 잊지 않도록 그들에게 일깨워 주려고 생각했다. 시인의 노래와 우리가 밤에 꾸는 꿈과 함께 강과 바다와 하늘 높이 흐르는 구름과 폭풍우 등이 역시 동경을 상징하고 대신하는 것이며 이 동경은 천지간에 날개를 펼치고 있고, 그 목표는 뭇 생명의 시민권과 불멸성을 어디까지나 확신하는 것이라는 것을 상기시키려고 생각했다. 모든 생물 속 깊숙이 들어 있는 그 핵심은 이 권리를 확보하고 있으며 신의 아들로서 아무런 불안도 없이 영원의 품속에

서 쉬고 있다. 반대로 우리가 품고 있는 악한 것과 병적인 것, 타락한 것
은 모두 그것을 거역하며 죽음을 믿고 있다.

나는 또 자연에 대한 형제애 가운데서 기쁨의 샘터와 생명의 흐름을 발
견하도록 사람들에게 가르칠 작정이었다. 그리고 또 자연을 보는 법, 방
랑하는 법, 즐기는 법과 눈앞에 나타난 사물에 대한 기쁨을 설명하려고
생각했다. 산맥이나 넓은 바다, 푸른 섬으로 하여금 매력적이며 힘찬 말
로써 여러분들에게 말하게 하고 여러분들의 집이나 도시 밖에서도 날마다
무한하고 풍성한 꽃을 피우고 있다는 것을 보여 주려고 했다. 당신들은
교외에서 제멋대로 피어나며 약동하는 봄에 관해서 그리고 당신의 철교
밑으로 흐르는 강물에 대해서 또한 그 사이로 여러분의 철도가 달리는 숲
속과 아름다운 초원에 대해서보다 외국의 전쟁과 유행, 헛소문, 문학, 예
술에 대해서 더 많이 알고 있는 것을 부끄럽게 생각하라고 말할 작정이었
다. 고독하고 처세에 서투른 내가 아름답고 지속적이며 잊을 수 없는 기
쁨을 이 세상에서 발견했다는 사실을 말하려고 했다. 아마 나보다 행복하
고 명랑한 당신들이 좀더 커다란 기쁨을 느낄 수 있는 이 세상을 발견해
주기를 바라고 있는지도 모른다. 무엇보다 나는 사랑의 아름다운 비밀을
당신들 마음속에 심어 주려고 했다. 거의 모든 생물의 형제로서 이미 고
민과 죽음을 두려워하지 않으며 당신들에게로 다가오는 그것을 충실한 형
제답게 맞이할 수 있을 만큼 넘치는 애정을 발휘하도록 당신들에게 가르
쳐 주려고 했다.

이러한 여러 가지 일들을 나는 찬가와 고상한 노래로서가 아닌 고향에
돌아온 나그네가 친구들에게 정담을 나누듯이 있는 그대로 성실하고 구체
적이며 진실하게, 농담을 섞어 가며 표현하려고 했다.

하고자 했다——원했다——희망했다. 물론 이러한 말은 듣기에도 우스
울 것이다. 그러나 나는 이런 여러 가지 욕망에 계획과 윤곽이 생길 날을
기다리고 있었으며 사실 많은 자료를 모으기도 했다. 머릿속에서뿐만 아
니라 여행이나 소풍을 갔을 때 호주머니에 넣고 있던 수첩에도 메모를 해
두었다. 이 주일이나 삼 주일이면 수첩이 빽빽하게 되었다. 나는 눈앞에

보이는 모든 것을 아무런 반성도 연결도 없이 간결하게 적어 넣었다. 그 것은 화가의 스케치북 같은 것이며 짧은 말로서 실질적인 것만 적었다. 그것은 좁은 길이나 가로의 풍경, 산악이나 도시의 윤곽, 농부나 직공, 시장 여인들의 이야기, 거기에다 기상법칙이나 명암, 바람이나 비, 바위, 식물이나 동물, 나는 새나 물줄기, 가물거리는 바다 빛깔이나 구름의 모양 등에 관한 메모였다. 나는 가끔 그런 이야기를 짤막한 습작으로 써서 발표했다. 어느 것이나 사람과는 관계가 없었다. 나무 한 그루의 역사나 짐승의 생활, 흐르는 구름 같은 데 사람이 끼이지 않아도 그것만으로 충분히 흥미를 느낄 수 있는 이야기였다.

어쨌든 인물이 전혀 등장하지 않는 대규모의 문학 작품이란 무의미하다는 것이 지금까지 나의 문학관이었지만 나는 몇 해 동안 이 생각에 잠기면서 꼭 한 번 영감(靈感)이 일어 이 불가능한 일을 이룩해 줄 것이라는 막연한 희망을 품고 있었다. 지금부터 최후로 아름다운 자연 속에 살고 있는 인간을 묘사하고 싶었으나 어디까지나 그 인간이 자연스럽고 충실하게 표현되기 힘듦을 깨달았다. 그러기 위해서는 많은 것을 보완해야 했다. 보충될 때까지 인간이란 모두 하나의 전체이며 결국 나에게는 아무 인연도 없는 것이었다. 요즈음 나는 추상적인 인간 대신 개개의 인간에 대해서 알아보고 연구하는 것이 얼마나 가치있는 일인가를 절실히 깨닫고 있다. 내 수첩의 기록은 전혀 새로운 모습의 기록으로 가득 차게 되었다.

처음 이렇게 연구할 때에는 매우 즐거웠다. 나는 무관심에서 벗어나 여러 소박한 유형의 인간에 대해 흥미를 갖게 되었다. 뻔한 일이면서도 알지 못하는 가운데 지나온 일들이 얼마나 많았는가! 그러나 그와 동시에 여기저기 돌아다니며 여러 가지를 봄으로써 눈을 뜨게 되었고 시선을 날카롭게 할 수 있었음도 인정해야 했다. 전부터 나는 어린아이들을 좋아하며 마음이 끌렸기 때문에 특히 어린아이들을 상대하는 것을 좋아했다.

구름이나 파도를 바라보는 것은 인간에 대한 연구보다 즐거운 일이었다. 인간이란 무엇보다도 거짓이라는 매끄러운 가면에 싸여 있는 점으로 인해 자연과 다르다는 것을 깨닫고 나는 놀랐다. 얼마 가지 않아 나는 나의 모든 친지들에게서도 똑같은 현상을 찾아볼 수 있었다. 다시 말하면 그 가면의 결과로 인간은 제각기 자기 본래의 정체를 알지 못한 채 각자 하나의 인격자 또는 뛰어난 인물로 가장하게 되는 것이다. 그러한 점을 인정하자 이상한 느낌이 들어 사람들의 본질을 알아보려는 나의 생각을 단념하고 말았다. 사람들은 대개 이 가면의 보호가 더 필요했던 것이다. 그러한 점은 이미 여러 번 어디에서나 경험했던 바이며 어린아이들에게서 까지 발견했다. 어린아이들도 숨김없이 본능적으로 자기를 나타내기를 좋아했고 의식적이든 또는 무의식적이든 어떠한 역할을 하기 좋아했다.

나는 조금도 진보가 없는, 한낱 장난거리 같은 일에 빠져 있다는 생각이 들었다. 무엇보다 우선 나는 내 자신에게서 무엇이 잘못인지 찾아내려고 했다. 그러나 머지않아 나 스스로 환멸을 느끼고 내 주위에서는 내가 바라는 사람을 구할 수가 없다는 것을 인정하지 않을 수 없었다. 내가 찾고자 하는 사람은 흥미있는 사람이 아니라 전형적인 인간이었다. 그러나 대학 시절의 사람들이나 사교계의 친구들도 그런 유형은 아니었다. 나는 이탈리아를 그리워했다. 가끔 도보 여행을 할 때의 유일한 친구이자 길동무였던 직공을 생각하고 그리워했다. 나는 그들과 사방으로 돌아다녔고 그들 중에서는 훌륭한 청년도 얼마든지 발견할 수 있었다.

고향의 하숙집과 황폐한 공동 합숙소를 이리저리 찾아보았지만 아무 소용이 없었다. 정처없이 떠도는 유랑자의 무리도 나에게는 도움이 되지 않았다. 그래서 나는 잠시 동안 어찌할 바를 모르고 어린아이들을 상대하거나 이리저리 술집을 돌아다니며 술을 마시기도 하면서 무엇인가 찾아보려 했지만 얻은 것은 아무것도 없었다. 쓸쓸한 몇 주일이 계속되었다. 그러는 동안 나는 자신을 믿을 수 없게 되었고 희망이나 소망 같은 것은 어리석을 정도로 과장된 것이라는 생각에 한바탕 밖을 돌아다니다가 밤이 되면 술을 마시고 생각에 잠기곤 했다.

나의 책상 위에는 다시 몇 무더기의 책들이 쌓이게 되었다. 헌책방에 팔지 않고 그냥 옆에 놓아 두고 싶었지만 책장에는 빈 자리가 없었다. 그러나 어떻게든 치워 버리고 싶어 조그마한 가구상을 찾아 집에 와서 책장

치수를 재어 달라고 주인에게 부탁했다.

그는 찾아왔다. 신중하고 침착하며 동작이 느린 자그마한 남자였다. 그가 자리를 재고 마루 위에 무릎을 꿇고서 미터자를 천장으로 쭉 내밀자 아교 냄새가 약간 났다. 한 치 가량이나 되어 보이는 큼직한 글씨로 치수 하나하나를 정성껏 수첩에 적어 넣었다. 그리고 있는 동안 우연히 그가 책을 쌓아 놓은 의자에 부딪쳐 책 몇 권이 바닥에 떨어졌다. 그는 허리를 굽혀 그 책을 주워 올리려고 했다. 떨어진 책 중에는 직공들이 쓰는 작은 사전도 있었다. 표지가 두텁고 작은 책으로서 독일에서 직공들이 모이는 하숙집에서라면 어디에나 있음직한 재미있고 유익한 것이었다.

가구상은 낯익은 그 작은 책을 보자 반갑고 의아스러운 듯 호기심에 찬 시선으로 나를 바라보았다.

"왜 그러시지요?"

"미안합니다. 저도 아는 책이 눈에 띄기에, 정말 당신은 그런 공부를 하셨나요?"

"항간에 유행되는 속어(俗語)를 연구했지요" 하고 나는 대답했다. "말투를 조사하는 것은 참 재미있으니까요."

"사실입니다" 하며 그는 큰 소리로 말했다. "그러면 당신도 여행을 하신 적이 있으신가요?"

"당신이 이야기하시는 그런 여행은 아니었지만 상당히 여러 곳을 돌아다니면서 공동 숙박소에도 여러 번 머물렀지요."

그러는 사이 그는 책을 다시 쌓아 놓고 집으로 돌아가려고 했다.

"그런데 당신은 그 당시 어디로 돌아다녔나요?" 하고 나는 그에게 물었다.

"여기서 코플렌츠까지는 걷고 그 후 제네바까지 내려갔지요. 그렇게 나쁜 시절은 아니었습니다."

"몇 번 감옥에 들어간 적도 있겠지요?"

"단 한 번. 두르라하에서였지요."

"괜찮으시다면 그 이야기를 좀 들려주십시오. 언제 한번 술집에서 만납

시다.”

 “무슨 자랑이라고 그런 이야기를 하겠습니까? 주인 어른, 그 대신 일과가 끝나면 저의 가게에 나오셔서 ‘안녕하십니까? 어떻게 지내십니까?’ 하고 물어 주신다면 그것으로 그만입니다. 그저 저를 놀리시려는 것이 아니라면 말입니다.”

 며칠 후 엘리자베트의 집에서 모임이 있는 날 밤 거리에서 걸음을 멈추고 가구상에나 들러 보는 것이 낫지 않을까 생각한 나는 그 길로 발길을 돌려 예복을 벗어 버리고 그를 찾았다. 일터는 이미 어두웠다. 나는 발부리를 채이면서 컴컴한 현관과 좁은 뜰을 지나 안쪽 건물 계단을 오르내리다가 겨우 주인의 이름이 씌어 있는 문패를 발견했다. 안으로 들어서자 작은 부엌과 마주쳤다. 깡마른 안주인이 저녁 준비를 하면서 좁은 구석에서 한창 떠들고 있는 세 아이들을 돌보고 있는 모습이 보였다. 의아스런 표정으로 그 여자는 나를 방으로 안내했다. 가구상은 어두컴컴한 창문 곁에서 신문을 읽고 있었다. 어두웠기 때문에 나를 알아보지 못하고 염치없는 주문객으로 생각한 그는 투덜거렸으나 곧 나라는 것을 알고는 악수를 청했다.

 그는 나의 뜻하지 않은 방문에 당황해서 어쩔 줄을 몰라했다. 나는 아이들 쪽을 바라보았다. 아이들은 부엌 쪽으로 뛰어나갔다. 나는 뒤따랐다. 거기에서는 그의 부인이 밥을 짓고 있었다. 나는——움브리아의 그 부인의 부엌을 연상하며——요리하는 것을 도왔다. 고향에서는 대개 멀쩡한 쌀을 마구 쪄서 풀처럼 만들어 버리기 때문에 맛이 없고 또한 지저분해서 먹어도 어쩐지 기분이 좋지 않았다. 여기서도 역시 음식은 좋지 못했다. 나는 음식이 그렇게 될까봐 냄비와 주걱을 들고 재빨리 요리를 도맡았다. 그 부인은 어이없어 하면서도 내가 하는 대로 내버려 두었다. 밥은 그런대로 잘되었다. 우리는 그것을 식탁에 놓고 불을 켰다. 나에게도 한 접시가 돌아왔다.

 이 날 밤은 주로 그의 부인이 요리에 대한 이야기를 했기 때문에 주인은 입을 열 틈이 없었으므로 그의 여행 중의 모험담은 다음으로 미루지 않을 수 없었다. 그리고 이 다정한 부부는 내가 신사처럼 보이지만 사실은 농부의 아들이며 서민이라는 것을 깨닫게 되었다. 그래서 우리들은 첫날 밤에 곧 친해졌고 그들이 나를 같은 태생이라고 생각했듯이 나도 그 초라한 세간살이에서 고향 냄새를 맡을 수 있었다. 이곳 사람들은 점잖은 체하거나 허세를 부리거나 연극을 할 여가는 없었다. 고양이나 고상한 취미를 가장하지 않아도 그들에게는 괴롭고 가난한 살림 그 자체가 마음에 맞고 매우 즐거웠기 때문에 번드레한 말꾸밈 같은 것은 필요치 않았다.

나는 차츰 그 집을 자주 찾아가게 되었으며 그 가구상 집에서 사교적인 자질구레한 일뿐만 아니라 자신의 슬픔과 괴로움을 모두 잊었다. 여기서 나는 어린 시절의 한때가 나를 위해 보존되어 있다는 것을 발견하였고 신부들이 나를 학교에 보냈을 때에 중단되었던 나의 생활이 여기서 다시 계속되기나 하는 것처럼 생각되었다.

다 찢어지고 땀으로 누르스름하게 변색된 옛 지도 위에 몸을 굽히고 주인과 나는 함께 지난 발자취를 더듬었다. 두 사람이 알고 있는 거리와 골목길이 나오면 우리는 기뻐하며 직공의 재치있는 이야기에 그만 마음이 들떠서 한번은 영원히 새로운 유랑 직공의 노래까지 불렀다. 우리는 직공살이의 고통과 세간살이, 어린아이, 거리에 대한 이야기를 주고받았다. 그러는 사이 어느덧 주인과 나의 입장은 차츰 바뀌어 내가 감사하는 사람이 되고 그가 나에게 여러 가지를 제공하며 가르쳐 주는 사람이 되었다. 여기에서는 살롱의 분위기가 아닌, 현실이 내 자신을 감싸 주고 있다는 느낌에 항상 흐뭇했다.

그의 아이들 중에는 다섯 살 먹은 계집아이가 특히 온순한 성격을 갖고 있는 것이 눈에 띄었다. 그 아이는 아그네스라는 이름을 가졌지만 누구나 그 아이를 '애기야' 라고 불렀다. 금발 머리에 큼직한 눈에는 수줍음이 감돌고 있었으며 어딘지 약하면서도 불안스러운 데가 있어 보였다.

어느 일요일 그 가족들과 산책이나 갈까 하고 찾아갔더니 그 애기가 병을 앓고 있었다. 어머니는 아기 옆에 남아 있고 우리는 천천히 교외로 나갔다. 성 마르그레텐 교회 뒤에서 우리는 벤치에 앉았다. 아이들은 돌과

꽃, 딱정벌레를 찾아 뛰어다니고 어른들은 풀밭과 비닝거의 묘지, 유라의 푸르고 아름다운 산등성이를 바라보았다. 가구상은 피로했던지 원기를 잃고 아무 말도 없었으며 무슨 근심이 있는 것 같았다.

"아저씨, 어디가 편찮으세요?" 나는 아이들과 멀리 떨어져 있을 때 이렇게 물어 보았다.

그는 기운없는 얼굴로 나를 쳐다보았다. "보시지 않았어요?" 하고 그는 말을 이었다. "아무래도 아이가 죽을 것 같아요. 저는 벌써부터 알고 있었어요. 그렇게 다 큰 아이가, 글쎄 그 애의 눈에는 언제나 죽음의 그림자가 보이고 있었어요. 이번엔 꼭 죽을 것만 같은 생각이 들어요. 이상하지요?"

나는 위로를 하려고 했지만 이내 그만두고 말았다.

"제 말씀 좀 들어 보세요" 하며 그는 쓸쓸한 웃음을 지었다. "아마 당신도 그 아이가 살아나리라고 생각지는 않겠지요. 아시다시피 저는 그렇게 마음이 굳세지 못해요. 그리고 아무리 좋은 일이 있어도 아직 교회에도 한 번 나가지 못했거든요. 그러나 이번에는 하느님께서 저에게 무슨 말씀이 계실 것 같아요. 사실 그 애는 아직 어리고 지금까지 한 번도 편안할 날이 없었으니까요. 하지만 정말이지 다른 애들을 다 모아 놓아도 그 애만큼 귀여운 애는 없어요."

떠들썩하니 뛰어온 아이들은 별로 신기하지도 않은 여러 가지 일들을 떠들어대며 나를 둘러싸더니 꽃 이름과 풀 이름을 물으며 조르기 시작했다. 그래서 나는 아이들에게 꽃나무, 수풀도 모두 아이들처럼 혼(魂)이 있으며 천사를 모시고 있다고 말해 주었다. 아이들 아버지도 솔깃해서 귀를 기울이며 가끔 미소를 띄고 사실 그렇다고 말하곤 했다. 우리들은 산이 한층 더 푸르러짐을 바라보고, 저녁 종소리를 들으며 집으로 발길을 돌렸다. 목장 위에는 붉은 저녁놀이 깔려 있고, 멀리 작게 보이는 뾰족탑은 따스한 대기 속에 우뚝 솟아 있었다. 여름철의 푸른 하늘빛은 아름다운 금빛으로 변하고 나무 그림자는 더욱 길어졌다. 아이들은 그만 지쳐서 아무 말도 없었다. 그들은 양귀비꽃과 패랭이꽃, 방울꽃 천사를 생각하고, 우리 어른들은 어린 아기 천사에 대해 생각했다. 아이의 영혼은 이미 그 날개를 펴고 근심에 잠긴 우리들의 곁을 떠날 준비를 하고 있었다.

두 주일 지나자 아이의 병세는 조금 나아졌다. 그 아이는 회복되고 있는 것같이 보였다. 몇 시간 동안이라도 침대를 떠날 수 있을 것 같았으며 차가운 베개를 베고도 전보다 더 귀엽고 명랑하게 보였다. 그 후에도 하루 이틀 밤 열이 계속되었다. 우리는 말은 하지 않았지만 그 아이가 몇 주일 또는 며칠밖에 살지 못하리라는 것을 알고 있었다. 어쩌다가 그 아이 아버지도 그런 말을 한 번 했다. 일터에서였다. 나는 그가 쌓아 놓았던 판자를 들추는 것을 보고 아이의 곤(棺)을 만들려고 한다는 것을 직감으로 알았다.

"아무래도 머지않아서 만들어야 할 테니까. 일이 끝난 다음 혼자서 만드는 것이 좋겠지" 하고 혼자 중얼거리는 것을 나는 들었다.

그가 한쪽 대패 밑판에서 일을 하고 있을 때 나는 다른 쪽에 앉아 있었다. 판자를 깨끗이 밀자 그는 자랑이라도 하듯이 나에게 그것을 보였다. 그것은 잘 자란 흠 하나 없는 깨끗한 전나무 관자였다.

"못은 박지 않고 어떻게 잘 맞춰서 오래 갈 수 있는 관을 하나 만들어야겠습니다. 그러나 오늘은 이만하고 마누라에게 가 봐야겠습니다."

며칠 동안 무더운 날씨가 계속되었다. 나는 날마다 한두 시간씩 어린아이의 베갯머리에 앉아서 아름다운 풀밭이나 숲에 대한 이야기를 들려주고 그 아이의 앙상한 손을 내 큼직한 손에 담아 쥐고 마지막 날까지 그 아이 주위에 떠돌던 귀엽고 아름다운 모습을 마음껏 맛보았다.

마침내 어느 날 우리들은 불안하고 쓸쓸한 마음으로 그 아이 옆에 서서 자그마하고 깡마른 그 육체가 다시 한 번 있는 힘을 다해 모진 죽음과 싸우는 것을 보았다. 그러나 죽음은 그 아이를 쉽게 정복하고 말았다. 아이 어머니는 꾹 참고 아무 말도 없었으나 아이 아버지는 침대에 몸을 던져 몇 번이고 죽은 아이의 금발을 쓸어 올리며 사별의 말을 했다.

검소하고 간단한 장례식이 있은 뒤 다른 아이들까지 나란히 침대에 누워서 울었기 때문에 더욱 서글픈 며칠 밤이 흘러갔다. 그러고는 맑은 기분으로 성묘를 했다. 우리는 거기서 새 무덤을 나무로 장식하고 서로 아무 말 없이 묘지 옆에 나란히 앉아서 아기의 모습과, 전과는 다른 눈으로 그리운 아이가 잠들어 있는 대지를 바라보았다. 그리고 또 묘지 위에 자란 나무와 잔디, 거침없이 묘지의 정적을 헤치고 날아가는 새들을 바라보았다.

그러고는 고달픈 하루하루가 계속되었다. 어린아이들은 어느덧 다시 노래를 부르고 싸우기도 하고 웃기도 하며 이야기를 듣고 싶어했다. 우리들은 모두 자기도 모르는 사이 다시는 아기를 만나지 못하며, 그 아름다운 천사는 하늘나라에 가 있으리라고 생각하게 되었다.

이런 일 때문에 나는 교수 집에서의 모임에 전혀 참석하지 못했고 엘리자베트의 집에도 한두 번 찾아갔을 뿐이었다. 그렇게 가끔 찾아가면 미적지근한 이야기가 계속되는 가운데 나는 답답함을 참을 수가 없었다. 어느 날인가는 그 두 곳을 방문했지만 모두 다 문이 닫혀 있었다. 벌써 피서를 떠난 모양이었다. 이때 비로소 나는 가구상 집안 사람들과 가까이 지내며 어린아이의 병 때문에 무더운 여름철도 잊고 휴양을 떠날 생각도 못했다는 것을 깨닫고 놀랐다. 전 같으면 7, 8월에 도시에서 지낸다는 것은 생각지도 못할 일이었다.

나는 잠시 작별을 고하고 슈바르츠발트와 베르크슈크라세, 오덴발트로 도보 여행을 떠났다. 도중에 나는 어느 아름다운 지방에서 바젤에 있는 가구상의 아이들에게 그림 엽서를 보내기도 하고, 어디를 가나 돌아가서 아이들과 그들 아버지에게 여행에 대해서 무슨 이야기를 들려줄까 하는 생각에 다시 없는 즐거운 기분을 느꼈다.

프랑크푸르트에서는 여행 일정을 며칠 더 연기하려고 했다. 아샤펜부르크와 뉘른베르크, 아헨과 울름에서는 새로운 기쁨으로 옛 미술품을 감상했으며 취리히에서는 피곤한 다리를 쉬었다. 지난 몇 해 동안을 두고 무덤처럼 피해 왔던 도시, 그 도시를 지금은 이리저리 거닐며 오래된 주막과 정원을 찾기도 하고 지난 몇 해의 일을 편안한 기분으로 회상할 수 있었다. 여류 화가 아그리에티는 결혼을 했다. 저녁 나절엔 그 주소를 알아내서 찾아갔지만 문에 붙어 있는 그녀의 남편 이름 때문에 들어가기가 몹시 망설여졌다. 그러자 그리운 지난날의 여러 가지 일들이 머리에 떠오르고, 잠자던 청춘 시절의 일들이 가벼운 몸트림을 하며 반쯤 눈을 뜨기 시작했다. 나는 그만 돌아오고 말았다. 그리하여 사랑하는 부인의 얼굴을 다시 만남으로 인해 추억을 더럽히지 않고 그대로 지낼 수가 있었다. 계속 발걸음을 옮기며 한때 예술가들이 여름 밤 잔치를 베풀었던 호숫가의 정원을 찾았다. 그리고 또 3년 동안 즐겁게 지내던 다락방이 있는 집을 바라보았다. 그러자 뜻밖에도 엘리자베트의 이름이 입술에 맴돌았다. 새로운 사랑은 역시 오래된 사랑보다 강했다. 그것은 더욱 조용하고 겸손하고 고마운 사랑이었다.

이 즐거운 기분을 놓치지 않으려고 나는 보트를 빌려 타고 흐뭇한 기분으로 따스하고 맑은 호수 위를 저어 갔다. 해질 무렵 하늘에는 한 가닥 아름다운 하얀 구름이 떠 있었다. 나는 어렸을 때 그리던 구름을 놓치지 않으려 그 구름에서 눈을 떼지 않고 가벼운 인사를 보냈다. 그리고 엘리자베트와 그녀가 정말로 아름다운 마음으로 정신없이 바라보던 세간티니의 구름을 생각해 보았다. 헛된 말과 불순한 욕망으로 조금도 흐려지지 않은 그녀의 사랑을, 이때처럼 나 자신 행복하고 순수하게 느껴 본 적은 없다. 구름을 바라보며 내 일생 동안 일어났던 모든 즐거운 일이 사라지고 옛날의 혼란이나 정열 대신 어린 시절의 오랜 동경심만을 느끼게 되었기 때문이다. 이 동경심도 역시 한층 더 성숙하고 안정된 것이었다.

내겐 전부터 보트를 저을 때 평화스러운 박자에 맞춰 뭐라고 중얼거리며 노래하는 습관이 있었다. 나는 여전히 무심결에 나직한 소리로 노래를 부르고 있었다. 노래를 부르며 비로소 그것이 시(詩)라는 것을 깨달았다. 집으로 돌아온 즉시 기억을 되살려 그것에 '아름다운 취리히 호반의 저녁의 추억'이라는 제목을 붙였다.

하늘 높이 흐르는
흰 구름처럼

맑고 아름답고 아득한
그대 엘리자베트여!

구름은 방랑의 길을 가며
그대는 거들떠보지 않으나
어두운 밤이 되면
그대의 꿈나라를 지나갑니다.

가는 구름 행복에 빛나기에
언제나 쉴새없이
그대 하얀 구름을 보고
달콤한 향수를 느끼나니.

바젤에 돌아오자 아시시에서 온 편지가 놓여 있었다. 아눈치아타 나르디니 부인의 편지였는데, 그것은 반가운 사연으로 가득 차 있었다. 그 여자도 역시 두 번째 남편을 맞이했다. 어쨌든 그 편지를 그대로 알리는 것이 좋을 것 같다.

경애하고 사랑하는 페터 씨!
이렇게 당신에게 편지를 보낼 수 있는 자유를 당신의 여자 친구에게 허용해 주시기 바랍니다. 하느님의 뜻으로 저는 대단한 행복을 맞게 되었습니다. 4월 12일 저의 결혼식에 당신을 초대하고 싶습니다.
남편은 메노티라고 부르며 돈은 없지만 이전에 과일 장사를 한 적이 있습니다. 다정한 사람이지만 페터 씨만큼 키도 크지 않고 미남이라고도 할 수 없습니다. 제가 가게를 지키고 남편은 광장에서 과일을 팔게 될 것입니다. 이웃에 사는 마리에타도 결혼을 하게 되었지요. 그 남자는 외국 사람으로 미장이라고 합니다.
저는 매일같이 당신을 생각하며 여러 사람들에게 당신의 이야기를 했습니다.

저는 성 프란체스코도 좋지만 당신이 참 좋아요. 당신을 생각하며서 초를 네 자루나 성 프란체스코에게 바쳤답니다. 당신께서 결혼식에 와 주시면 메노티도 참 기뻐할 것입니다. 만에 하나라도 당신에게 불친절하게 군다면 제가 막아 드리겠습니다. 한 가지 섭섭한 일은, 제가 언제나 말씀드렸던 바이지만, 꼬마 마테오 스피넬리는 나쁜 사람이란 것입니다. 그는 가끔 저의 상점에서 레몬을 훔쳤어요. 그리고 또 빵장사를 하고 있는 자기 아버지한테서 12리라를 훔쳤으며 거지 지안지아코모의 개를 독살했기 때문에 지금은 경찰에 끌려가 있지요.

하느님과 성자들의 축복이 당신에게 있으시길 빌며 당신이 얼마나 그리워지는지 모르겠습니다.

삼가 당신의 진정한 여자 친구

아눈치아타 나르디니 드림

추신

수확은 그저 중간 정도가 될 것 같습니다. 포도가 제일 나쁘고 배도 충분하다고는 할 수 없습니다. 레몬은 매우 풍작입니다. 스펠로에서는 매우 불행한 일이 생겼습니다. 어떤 젊은이가 형제를 괭이르 때려 죽였습니다. 그 이유는 알 수 없습니다만 자기의 친형제인 것으로 보아 틀림없이 질투에서 나온 것 같습니다.

유감스럽게도 나는 마음을 끄는 이 초대를 받아들일 수가 없었다. 나는 축하의 말과 아울러 이듬해 봄에 방문할 것을 약속했다. 그리고 그 편지와 어린아이들에게 줄 뉘른베르크의 선물을 들고 가구상 주인에게로 갔다. 커다란 벽화가 나를 기다리고 있었다. 티이블에서 좀 떨어진 창가에 이상하리만큼 파리한 차림의 사람이 가슴 받침대가 달린 의자에 상체를 구부리고 앉아 있었다. 그는 가구상 아내의 동생인 보피였으며 반신불수의 불쌍한 꼽추였다. 그는 늙은 어머니가 세상을 떠나자 몸둘 곳이 없게 되었다고 한다. 가구상은 할 수 없이 그를 자기 집에 받아들였지만 병든 불구자가 집에 있다는 것은 기울어진 가세에 한층 불안을 주는 것 같았다. 아직 누구 하나 가까이하는 사람 없이 아이들은 그를 무서워하고 아이들 어머니는 동정은 했지만 어쩔 줄 모른 채 우울한 상태였으며 아이들 아버지도 불쾌한 기분을 숨기지 못했다.

보피는 목에 들러붙는 두 개의 보기 싫은 혹 위에 큼직하고 거북스러운 머리를 달고 있었다. 이마는 넓고 코는 세어 보였으며 입은 예쁘면서도 쓸쓸한 빛을 띠고 있었다. 눈은 맑고 조용하며 겁을 집어먹은 듯했다. 특별히 작아 보이는 하얀 손은 언제나 가슴 받침대 위에 가만히 놓여 있었다. 나에게도 이 집에 뛰어든 가련한 남자가 눈에 거슬리고 불쾌하게 생각되었다. 동시에 그가 옆에 앉아서 누구 하나 상대해 주는 사람 없이 자기 두 손만 내려다보고 있는데도 가구상이 이 환자에 대한 이야기를 꺼내면 나는 그만 견딜 수가 없었다. 그는 나면서부터 불구자였지만 초등학교를 마치고 몇 해 동안은 그런대로 밀짚으로 세공품을 만들기도 했다고 한다.

그러나 가끔 일어나는 풍증으로 몸 한쪽을 쓰지 못하게 되어, 벌써 몇 해 전부터 침대에 눕거나 쿠션 사이에 끼인 이상스런 의자에 앉아만 있다고 했다. 또한 그 부인의 말에 의하면 전에는 혼자서 아름다운 노래도 불렀다고 하는데 이곳에 와 있는 몇 해 동안은 한 번도 들을 수가 없었다. 이런 이야기가 화제가 되고 있는 동안 그는 자리에 앉은 채 앞만 보고 있었다. 나는 그리 기분이 유쾌하지 못했다. 나는 곧 거기에서 나와 그 후 며칠 동안 그 집에 가지 않았다.

나는 일평생 건강한 몸으로 별로 중한 병을 앓아 본 일 없이 환자나 특히 불구자에게 동정심과 함께 어느 정도 멸시하는 마음을 품고 있었다. 그런데 가구상의 가정에서 우러나는 유쾌하고 명랑한 분위기가 불쌍한 이 존재 때문에 산산이 망가뜨려진 것이 견딜 수 없었다. 그래서 나는 다음 방문을 하루하루 미루며 어떻게 하면 불구자인 이 보피라는 방해물을 없앨 수 있을까 하는 쓸데없는 생각을 해보았다. 많지 않은 비용으로도 병원이나 요양원에 보낼 수 있는 무슨 방법이 있을 것 같았다. 나는 여러 번 가구상을 찾아가서 그 문제를 의논하려고 했지만 묻지도 않는 그런 말을 꺼내기가 어쩐지 쑥스러웠다. 게다가 환자를 만나면 어린아이 같은 공포심마저 생겼다. 그를 만나 악수를 나누는 것도 싫었다.

이렇게 해서 일요일을 그냥 넘기고 말았다. 그리고 그 다음 일요일에는 아침 차로 유라 산에 소풍을 갈 생각이었지만 비겁한 자신의 태도가 부끄러워 계획을 바꾸어 식사가 끝나는 대로 가구상을 찾아갔다.

나는 억지로 보피와 악수를 했다. 가구상은 불쾌했던지 산책을 가자고 제의했다. 이렇게 비참한 상태가 언제까지나 계속된다면 그는 질색이라고 말했다. 나는 그가 나의 제안을 받아들일 것 같은 생각이 들어 기뻤다. 부인은 집에 남아 있겠다고 했지만 불구자는 자기가 혼자서 집을 볼 테니 함께 떠나라고 애원하며 책 한 권과 물 한 컵만 자기 옆에 있으면 자물쇠를 잠그고 떠나도 좋다고 했다.

우리들은 모두 그를 친절한 사람이라고 말하고 그를 남겨 둔 채 자물쇠를 채우고 산책을 나갔다. 우리들은 즐거운 기분으로 아이들과 장난을 하면서 가을의 아름다운 금빛 태양을 즐겼다. 불구자를 혼자 남겨 두고 온 데 대해 누구 하나 염려하거나 부끄럽게 생각지 않았다. 도리어 잠시나마 그를 떠날 수 있는 것을 기뻐하면서 맑고 따뜻한 공기를 마음껏 들이마셨다. 그리고 성스러운 일요일에 감사를 표하며 즐기는, 성실하고 은혜를 아는 가족들처럼 행세했다.

그렌츠아허의 휘른리에서 포도주를 한 잔 마시려고 음식점 뜰의 식탁에 앉았을 때 아이들의 아버지가 비로소 보피에 대한 이야기를 끄집어냈다. 그는 성가신 그 손님에 대해서 불평을 하며 집안이 옹색하고 돈이 들게 된 것을 한탄했다. 그리고 웃으면서 말했다. "아아, 이렇게 집을 나오니 그 자식의 시끄러운 꼴을 보지 않고 한 시간이라도 즐길 수 있지 뭐야!"

이렇게 되는 대로 내뱉는 말을 듣자 불쌍한 그 불구자가 눈앞에 떠올랐다. 애원하고 괴로워하는 그가, 우리들의 미움을 받고 있는 그가, 어떻게 해서든지 내쫓으려고 하는 그가, 지금 우리들에게 버림을 받고 어두컴컴한 방안에 혼자 쓸쓸히 앉아 있는 그가 눈앞에 떠올랐다. 머지않아 어두워질 텐데 그는 등불을 켜지도 못하고 창문 곁으로 가지도 못하리라. 그는 책을 옆에 놓고 어두운 방에서 꼼짝도 못하고 이야기 상대도, 아무 위안될 일도 없이 웅크리고 앉아 있으리라. 그런데 우리들은 이곳에서 포도주를 마시며 흥겹게 웃고 있다. 나는 아시시의 이웃 사람들에게 성 프란체스코의 이야기를 해주며 성자는 나에게 모든 사람을 사랑하라고 가르쳐 주었다고 장담한 일을 생각해 보았다. 무엇 때문에 나는 성자의 생활을 연구하고 그 훌륭한 사랑의 노래를 외며 움브리아의 언덕에서 그의 자취를 더듬었을까? 의지할 곳 없이 가련한 사람은 그렇게 혼자서 괴로워해야만 하는가? 그를 위로해 주어야 옳지 않은가?

눈에 보이지 않는 강한 손길이 나의 가슴을 조이며 부끄러움과 고통을 안겨 주었기 때문에 나는 떨리는 몸으로 그 자리에 엎드리고 말았다. 하느님께서 속삭이는 것을 나는 들었다.

"그대 시인이여!" 하고 신은 말했다. "그대 움브리아 사람의 제자여! 사람을 사랑할 것을 가르치고 행복스럽게 하려는 그대 예언자여! 바람과 물속에서 내 목소리를 들으려 하는 몽상가여! 그대는 그대에게 친절하고 그곳에서 유쾌한 시간을 보낼 수 있는 집을 사랑한다. 더구나 내가 이 집을 보살펴 주려고 하는 날 그대는 도망치고 나를 쫓아 버리려고 생각한다. 그대 성자여! 그대 예언자여! 그대 시인이여!"

마치 맑고 바로 보이는 거울 앞에 선 기분이었다. 그 거울 속에는 거짓말쟁이고 큰소리만 치며 비겁한 혓바닥을 두 개나 갖고 있는 한 사나이가 있었다. 그것은 슬프고 쓰라리고 괴롭고 두려운 일이었다. 그러나 이 순간 나의 마음속에서 우쭐거리는 그것은 그만 파괴되고 멸망해야 마땅했다.

나는 서둘러 작별을 고하고 술잔에 포도주를 남긴 채, 뜯고 있던 빵을 식탁에 둔 채로 시내로 돌아왔다. 흥분한 가운데 나는 어떤 불행한 일이 일어났을지도 모른다는, 그런 견딜 수 없는 불안에 사로잡히고 말았다. 혹시 집에 불이 나서 의지할 곳 없는 보피는 의자에서 굴러떨어진 채 괴로워하다가 죽었을지도 모른다. 그가 쓰러져 있는 것이 눈앞에 보이는 것 같았으며 그 불구자의 눈에서 흘러나오는 말없는 비난의 소리가 들리는 것 같았다.

숨을 헐떡이면서 그 집에 이르자 쏜살같이 계단을 올라갔다. 그때 비로소 열쇠가 없다는 것을 깨달았다. 그러나 나의 불안은 곧 사라졌다. 부엌 문에 이르기도 전에 방안에서 노랫소리가 들렸기 때문이다. 그것은 극적인 순간이었다. 나는 그만 숨을 죽이고 중간 계단에 서서 차츰 마음을 진정시키며 갇혀 있는 불구자의 노래에 귀를 기울였다. 그는 애절하면서도 호소하는 듯한 나직한 목소리로 〈희고 붉은 작은 꽃〉이라는 속된 애정 민요를 부르고 있었다. 그가 이미 오랫동안 노래를 부르지 않았다는 것을 알고 있었기 때문에 조용한 시간을 이용해서 제멋대로 즐겁게 부르고 있는 그의 노래에 가슴이 뭉클함을 느꼈다.

한때는 이러한 일도 있었던 것이다. 인생이란 진지한 문제나 깊은 감동을 주는 한편 우스운 면을 보이기를 즐겨한다. 그 순간의 나도 좀 우습고 부끄러움을 느꼈다. 나는 갑자기 솟아난 불안에 한 시간이나 벌판 길을 뛰어 열쇠도 없이 돌아와 부엌문 앞에 서 있는 게 아닌가. 그대로 돌아서든지 그렇지 않으면 잠겨 있는 두 짝의 문을 통해서 불구자에게 나의 호의를 커다란 목소리로 알리는 수밖에 도리가 없었다. 불쌍한 그를 위로하리라, 동정을 표시하리라, 지루한 그의 기분을 가셔 주리라고 결심하고 계단에 서 있었다. 그러나 상대방은 그런 줄도 모르고 앉아서 노래만 부르고 있는 것이다. 만일 내가 외치거나 노크를 하면서 내 존재를 알리면 틀림없이 그는 놀랄 것이다.

나는 그 자리를 물러서는 수밖에 없었다. 나는 흥청거리는 일요일의 좁은 골목을 한 시간이나 거닐었다. 그러고 나서 다시 찾아가 보았더니 가구상 가족이 돌아와 있었다. 나는 보피와 악수를 하면서도 별로 불쾌하지 않았다. 나는 그의 옆에 앉아 이런저런 이야기를 나누며 그때까지 무엇을 읽었느냐고 물었다. 그러면서 책을 빌려 주겠다고 했다. 그는 매우 감사하게 여겼다. 내가 그에게 고트헬프(1799~1854. 스위스의 목사. 독일어 작가. 방언을 살려 농민 생활을 사실적으로 묘사)의 작품을 권했을 때 그가 그 작품을 벌써 다 읽었다는 것을 알게 되었다. 그러나 켈러(1819~1890. 스위스의 독일계 작가)는 아직 모르고 있었기에 그의 책을 빌려 주겠노라고 했다.

그 다음날 책을 갖고 갔을 때 부인은 막 외출하려 하고 있었으며 주인은 일터에 있었으므로 나는 보피와 단둘이 자리를 할 기회를 얻을 수 있었다. 그래서 나는 어제 그를 혼자 내버려 둔 것을 매우 부끄럽게 생각하며 앞으로는 그의 친구가 되어 그의 옆에서 자리를 함께하고 싶다고 말했다.

키가 작은 불구자는 머리를 나에게 돌려 나의 얼굴을 한참 들여다보더니 "매우 감사합니다" 하고 말했다. 그뿐이었다. 그러나 이렇게 머리를 돌리는 일만 해도 그에게는 고통이었으며 건강한 사람이 열 번이나 포옹해 준 것만큼 나에게는 기뻤다. 매우 맑고 어린아이같이 순진한 그의 눈에 나는 부끄러운 나머지 얼굴을 붉혔다.

아직 가구상과 담판을 지어야 할 어려운 문제가 남아 있었다. 어제 내가 느낀 불안과 부끄러움을 솔직히 참회하는 것이 가장 좋으리라. 그에게 나의 기분이 통하지 않는 것이 유감이었지만 그래도 어느 정도 이해는 해 주었다. 그는 환자를 나와 같은 손님으로 그대로 집에 머물게 할 것에 동의했다. 따라서 그를 부양하기 위한 비용을 서로 분담하기로 하고 나는 보피한테 마음대로 드나들며 그를 친형제같이 생각해도 좋다는 허가를 얻었다.

가을철은 전과 달리 날씨가 좋고 따뜻했다. 무엇보다도 먼저 보피를 위해서 한 일은, 그를 위해 이동식 의자를 사서 아이들과 함께 매일같이 그를 밖으로 데리고 나가는 일이었다.

8

언제나 나의 운명은 그러했다. 나의 인생이나 친구들로부터 내가 줄 수 있는 것보다 훨씬 더 많은 것을 받았다. 리하르트, 엘리자베트, 나르디니 부인, 가구상 등과의 관계가 모두 그러했다. 이제 나이가 들고 강한 자존심도 아직은 남았지만 불쌍한 꼽추의 제자가 되어 경탄과 감사한 마음을

갖고 이상한 체험을 하고 있는 것이다. 내가 훨씬 전에 시작했던 창작을
완성해서 언제고 이 세상에 내놓게 되어 그 가운데 훌륭한 점이 있다면
그것은 모두 보피로부터 배운 것이라고 말해야 할 것이다. 보람있고 즐거
운 한때가 시작되었다. 나는 평생을 두고 이 시기를 마음껏 즐겼다. 질병
과 고독, 빈곤, 학대 등이 거침없이 흘러가는 구름처럼 가볍게 녹아 없어
지는 훌륭한 인간의 영혼 깊은 곳을 분명하게 엿볼 수 있었다.

　이러한 영혼에 있어서는 우리들의 아름답고 짧은 인생의 쾌감을 가로막
고 망쳐 놓는 사소하고 나쁜 여러 가지 버릇, 즉 분노, 초조, 불신, 허위
등 우리들을 추악하게 만드는 불쾌하고 불결한 곪은 상처가 오히려 그 근
본적인 고통의 뿌리를 사르는 초연 속에 용해되어 버리는가! 그는 성자도
아니요, 천사도 아니며 그저 지혜와 헌신적인 마음이 가득 찬 사람으로
무시무시하고 커다란 고민과 부자유를 맛보는 동안 부끄러움도 잊고 자기
의 약점을 그대로 신의 손에 맡기는 법을 배웠다.

　언젠가 한번은 그렇게 고통스럽고 무력한 육체로 어떻게 만족할 수 있
느냐고 그에게 물은 적이 있었다.

　"그것은 매우 간단합니다" 하며 그는 매우 정답게 웃었다. "나와 질병
사이에는 끝없는 싸움이 벌어지고 있습니다. 그 어느 때는 내가 이기기도
하고 어느 때는 지기도 합니다. 이와 같이 우리는 계속해서 싸우며 때로
는 쌍방이 조용히 휴전을 맺기도 하지만, 또 어느 한쪽이 체면없이 다시
싸움을 걸어올 때까지 서로 감시하며 잠복하고 있습니다."

　그때까지 나는 확실한 눈을 가지고 언제나 뛰어난 관찰을 하고 있다고
자부해 왔었다. 그러나 그러한 점에서도 보피는 훌륭한 스승이 되어 주었
다. 그는 자연에 대하여, 특히 동물에 대하여 흥미를 가지고 있었기 때문
에 나는 가끔 그를 동물원에 데리고 갔다. 거기서 우리는 즐거운 시간을
보냈다. 보피는 얼마 후 동물 하나하나를 모두 알게 되었다. 우리들은 언
제나 빵과 과자를 가지고 갔기 때문에 동물들도 우리들을 알아보는 일이
적지 않았다. 우리는 여러 동물들과 우정을 맺고 있었는데 특히 맥(貘 :
맥과에 속하는 동물의 총칭)을 좋아했다. 맥의 유일한 미점(美點)은 다른 동

물에서는 찾아볼 수 없는 독특한 결백성이었다. 그러나 그놈은 자부심이 대단하고 머리가 둔하며 다정한 맛이 없었고 은혜를 모르며 매우 탐스럽게 먹는 놈이기도 했다. 그 이외의 동물, 특히 코끼리, 사슴, 염소, 더러운 들소 등은 과자를 던져 주면 고맙다는 표정으로 우리를 쳐다보거나 또는 우리가 어루만져 주는 것을 달게 받으며 감사함을 나타냈지만 맥이란 놈은 그런 데가 하나도 없었다. 우리가 가까이 가면 그놈은 재빨리 창살 옆으로 나타나 우리들로부터 받은 물건을 다 먹어치우고 더 이상 자기에게 던져 줄 것이 없다는 것을 눈치채면 소리 없이 물러서고 말았다. 우리는 그런 점에서 그것이 자존심과 특성을 지닌 짐승이란 걸 알았다. 자기에게 주는 물건을 굽실거리면서 받지 않으며 감사할 줄도 모르고 당연한 선물로 알며 서슴없이 받아들이는 그놈에게 우리는 수금원(收金員)이라는 이름을 붙여 주었다. 보피는 자기가 직접 먹이를 던져 줄 수가 없었기 때문에 맥에게 그만하면 됐다느니, 한 조각 더 주어야 한다느니 말참견을 했다. 우리는 무슨 국가적인 대사(大事)나 되는 듯이 그 일을 구체적으로 고려했다. 한번은 우리들이 맥 옆을 지나게 되었을 때 보피가 맥에게 모난 각사탕을 하나 주어야 한다고 말했다. 그러고는 그곳을 떠났지만 볏짚을 간 잠자리에 들어간 맥은 거만스레 이쪽을 한 번 힐끔 쳐다볼 뿐 창살 옆으로 나오지 않았다.

"미안합니다. 수금원님" 하고 보피는 맥을 향해서 외쳤다. "그만 사탕 한 개만 놓친 것 같은데."

그리고 우리는 코끼리한테로 갔다. 코끼리는 벌써부터 기다리고 있었다는 듯이 이리저리 걸어다니면서 마음대로 움직이는 훈훈한 코를 쑥 내밀었다. 보피는 코끼리한테는 혼자서도 먹이를 줄 수가 있었다. 커다란 코끼리가 낙낙한 긴 코로 손바닥에 놓인 빵 조각을 낚아채고는 기쁜 듯 감사하다는 듯 그 자그마한 눈으로 정답게 우리들을 쳐다보는 것을 보피는 어린아이처럼 기뻐하며 지켜 보았다.

내가 보피 곁에 붙어 있을 수 없을 때에는 동물원지기에게 그를 이동식 의자에 앉혀서 들에 데려다 줄 것을 부탁해 놓았기 때문에 그는 그러한 날이라도 양지에서 동물들을 지켜 볼 수가 있었다. 그런 다음에 그는 나에게 자기가 본 것을 남김없이 이야기해 주었다. 무엇보다 사자가 암놈을 소중하게 다루는 것이 그의 마음에 드는 모양이었다. 암사자가 누워 쉬고 있으면 수놈은 끊임없이 오락가락하면서도 암놈에게 방해가 되지 않도록 그 허리를 넘지 않는 방향으로 걸어다니고 있었다. 그러나 보피를 가장 즐겁게 한 것은 물개였다. 그는 지루한 줄도 모르고 이 재빠른 동물의 날쌘 수영 기술과 운동을 바라보며 ——자신은 의자에 앉아서 움직이지도 못하고 머리나 팔 하나 움직이는 데도 상당한 힘을 들여야 했지만——매우 즐거워했다.

내가 보피에게 내 연애담 두 가지를 들려준 것은 그 해 가을 날씨가 매우 맑은 날이었다. 우리는 서로 매우 가깝게 느꼈기 때문에 나는 별로 즐겁지도 달갑지도 않은 그 이야기를 하지 않을 수 없었다. 그는 매우 다정하고 심각한 표정으로 듣고 있을 뿐 아무 말도 없었다. 그러나 그 후 그는 하얀 구름에 비유한 엘리자베트를 한번 만나고 싶다고 말했다. 그리고 만일 거리에서 그녀를 만나는 일이 있으면 자기에게도 틀림없이 소개해 줄 것을 당부하는 것이었다.

도무지 그런 일이 일어날 것 같지도 않고 날씨도 쌀쌀해졌으므로 나는 엘리자베트를 찾아가서 불쌍한 꼽추를 위해 그 기쁨을 안겨 주었으면 좋겠다는 부탁을 했다. 그녀는 친절하게 내 부탁을 들어 주었으며 약속한 날 나의 영접을 받으며 동물원으로 나와 주었다. 보피는 이동식 의자에 앉아 기다리고 있었다. 아름답고 훌륭한 차림을 한 점잖은 부인은 불구자에게 손을 내밀며 그의 쪽으로 약간 몸을 굽혔다. 불쌍한 보피는 기쁨에 빛나는 얼굴과 감사한 마음으로 약간의 애정을 담은 큼직하고 부드러운 시선을 그녀에게 보냈다.

그 순간 두 사람 중 어느 쪽이 더 아름답고 내 마음에 더 가까운지 분간할 수가 없을 정도였다. 그녀는 부드러운 말씨로 이야기를 건네고 불구자는 빛나는 시선을 그녀에게 던졌다. 나는 옆에 서서 내가 가장 사랑하는 두 사람이, 더구나 인생의 넓은 도랑을 사이에 두고 서로 떨어져 있던 그 두 사람이 잠시 손을 마주잡는 것을 보고 이상한 느낌을 받았다. 그 날 오후 보피는 그저 엘리자베트에 대한 이야기뿐이었다. 그 여자의 아름 다움이나 점잖고 부드러운 용모며 옷, 노란 장갑과 파란 구두, 걸음걸이 와 눈매, 목소리, 예쁜 모자를 칭찬하기에 바빴다. 한편 나는 내 애인이 나의 친애하는 친구에게 자선금을 주는 것을 보고 괴롭기도 하고 또한 고 맙기도 했다.

그 동안 보피는 《녹색의 하인리히》와 《젤드빌러 사람들》을 독파했다. 이런 귀한 책의 세계에 젖어 《노한 팡크라츠》, 《알베르투스 츠뷔한》, 《정 의의 빗장수》 같은 소설에서 우리는 서로 공통된 벗을 찾을 수가 있었다. 나는 한동안 그에게 마이어(1825~1898. 스위스의 독일계 시인·역사가·소설 가)의 책을 하나 빌려 줄까 하고 생각했지만 마이어의 너무나 팽팽한 문 장 속에 나타나 있는 라틴어식의 함축미를 보피가 그리 높이 평가하지 않 을 것 같아 망설였다. 게다가 그의 명랑하고 고요한 눈앞에 역사의 심연 을 열어 놓는다는 것이 염려가 되기도 했다. 마이어 대신 나는 성 프란체 스코의 이야기도 들려주고 뫼리케(1804~1875. 독일의 시인·소설가)의 단편 을 읽어 주기도 했다. 그처럼 물개우리 기슭에 서서 물에 나타나는 여러 가지 전설 같은 환상에 잠기지 않았더라면, 아름다운 물귀신 라우의 이야 기를 즐길 수 없었을 것이라는 그의 고백은 나에게 깊은 감명을 주었다.

우리가 이렇게 차츰 서로를 너라고 부르며, 형제나 다름없이 지낼 수 있게 된 것이 기뻤다. 내가 그렇게 대하려고 한 것도 아니고, 또 그렇게 했다 해도 그는 받아주지 않았을 것이다. 그러나 자연스럽게 서로 너라고 부르는 경우가 많았으며 어느 날 문득 그것을 깨달은 우리는 한바탕 웃지 않을 수 없었다. 그리고 계속 그렇게 부르기로 했다.

초겨울이 다가오면서 산보도 할 수 없게 되었다. 나는 다시 저녁이면 보피의 매부인 가구상의 살림방에서 오랫동안 지내게 되었다. 그렇게 지 냄으로써 나는 내가 새로이 얻을 수 있었던 우정이 아무 희생도 없이 거 저 얻은 게 아님을 늦게나마 알게 되었다. 다시 말하면 가구상 주인은 언 제나 얼굴을 찌푸리고 불친절하며 말이 없는 것이었다. 아무 소용도 없는, 눈에 거슬리는 식객이 항상 옆에 있는 것이 몹시 화가 나는 듯 언젠가는 밤늦게까지 보피와 내가 즐겁게 이야기를 하고 있으려니까 옆에서 신문을 읽고 있던 그는 갑자기 화를 벌컥 냈다. 남다른 인내심을 갖고 있던 부인도 그만 참지 못하고 싸움을 대판 벌였다. 보피를 다른 곳으로 보내려고 하는데 부인이 끝까지 고집을 부려 반대했기 때문이다. 나는 그의 기분을 돌리며 그에게 몇 가지 새로운 제안을 해보려 했으나 뭐라고 이야기를 꺼내야 좋을지 몰랐다. 그뿐만 아니라 그는 거친 말투로 꼽추와 나의 우정을 조롱하며 보피를 더욱 괴롭히는 것이었다. 물론 그에게는 환자뿐 아니라 매일 그의 옆에 앉아 있는 나까지도 그렇지 않아도 시끄러운 집에 귀찮고 무거운 짐이었을 것이다.

나는 여전히 주인이 우리와 가까이 지내며 환자를 보살펴 주었으면 했다. 그러나 결국 무슨 일을 하든 주인의 기분을 상하게 하고 보피를 불리하게 할 뿐이지 그 이상 아무것도 도움이 되진 않았다. 그렇다고 무리하게 어떤 결심을 할 수는 없었다. 이미 취리히 시절에 리하르트는 나를 "쓸모 없는 페트루스"라고 부르지 않았던가. 나는 몇 주일 동안 관망만 하면서 언제나 한쪽 우정을 잃어버리지나 않을까 하는 우려를 했다.

이렇게 트릿한 관계 때문에 기분이 언짢아진 나는 다시 술집에 드나들게 되었다. 어느 날 밤인가는 불쾌한 일로 화가 치밀어 나는 조그마한 술집을 찾아가 봐틀란트주를 몇 리터나 들이켜고 괴로움을 잊어 보려고 했다. 2년 만에 처음 마신 술이라 몹시 취했다. 나는 자세를 가다듬고 집으로 돌아왔다. 그러나 그 다음날엔 기분이 안정되고 이성을 되찾을 수 있었기 때문에 용기를 내어 이 연극의 마지막 막을 내리기 위해 가구상을 찾았다. 나는 그에게 보피를 그만 나에게 맡겨 주는 게 어떻겠느냐고 물었다. 그는 싫어하는 표정은 아니었지만 며칠 생각해 본 뒤에 승낙했다.

그 후 얼마 되지 않아 나는 불쌍한 꼽추를 데리고 새로 얻은 셋집으로 이사를 했다. 독신으로 하숙 생활을 해오던 내게는 작으나마 둘만의 본격적인 살림살이의 시작은 마치 신혼 생활처럼 느껴졌다. 처음에는 서투르기만 하던 살림살이가 여러 가지 경험을 얻어 가며 그런대로 해나갈 수 있게 되었다. 집안 정리나 빨래는 식모에게 맡기고 식사는 배달을 해서 먹었다. 우리들은 이 공동 생활을 즐겁게 보냈다. 길거나 짧거나 간에 아무 근심 없이 즐기던 여행을 단념해야 하는 그 부자유스런 상태도 그리 나쁘진 않다고 생각되었다. 내가 일을 할 때에도 친구가 조용히 옆에 앉아 있었기 때문에 도리어 마음이 안정되고 일이 잘되는 것 같았다. 대수롭지 않지만 내가 환자를 돌보아 주는 것은 이번이 처음이었으며, 그리 쉬운 일은 아니라고 생각했다. 무엇보다 옷을 갈아입힐 때 더욱 그랬다. 그러나 친구는 정말 참을성이 많고 내가 베푼 은혜를 감사하게 생각했으므로 나중에는 도리어 내가 부끄럽게 생각되어 더욱 정성껏 그를 보살펴 주려고 마음먹게 되었다.

교수를 찾아가는 일은 매우 드물게 되었지만 엘리자베트는 가끔 찾아갔다. 그녀의 집에는 변함없이 마음을 끄는 그 무엇이 있었다. 그녀의 집에 앉아서 차 또는 포도주 잔을 기울이며 그녀가 주부 역할을 하는 것을 보고 있으면 비록 있을 법한 모든 베르테르적인 심정에 대해 끊임없는 비웃음으로 마음속에서 싸우고 있으면서도 때때로 감상적인 기분이 되어 마음이 허전해지는 것을 느꼈다. 물론 나의 내심에는 사랑에 대한 이기적인 생각은 이미 사라지고 없었다. 이와 같이 우리들 사이의 아름답고 친밀한 전쟁 상태는 올바른 관계에 있었다. 우리는 만나면 싸우기 일쑤였다. 현명한 부인의 능란하면서도 여자답고 아양 부리는 마음씨는 싫지 않으면서 나의 거친 성격과 매우 잘 어울렸다. 마음속으로 우리는 서로 사모하고 있었기 때문에 사소한 일에 대해서도 그렇게 서로 물고 늘어지게 마련이었다. 그녀에 대해서 ——내가 얼마 전까지 생명을 걸고라도 결혼하려고 했던—— 독신 생활을 변호한다는 것은 더할 수 없는 아이러니였다. 뿐만 아니라 나는 자기 부인을 자랑하는, 호남이며 재치있는 그녀의 남편과 함께 그녀를 놀려대기까지 했다.

옛사랑은 내 마음속에서 남 몰래 여전히 타고 있었다. 그러나 그것은 이미 청춘 시절에 나를 태우던 불순한 정염 (情炎)이 아닌, 포근하고 영원히 계속되는 뜨거운 불이며, 언제나 마음을 젊게 하고, 아무 희망도 없는 독신자에게 추운 겨울 밤 가끔 손을 녹일 수 있는 따스한 불이 되어 주는 것이었다. 보피가 꼬박 내 옆에 있어 주면 언제나 진정으로 사랑받고 있다는 이상한 의식이 머리를 떠나지 않아 나는 내 사랑을 아무런 위험 없이 한 가닥 청춘과 함께 고스란히 살릴 수 있었다.

가련한 보피가 내 집에 같이 있게 된 다음브터 나는 차츰 엘리자베트의 집을 멀리하게 되었다. 나는 보피와 함께 책도 읽고 여행 앨범이나 일기를 들추기도 하면서 숫자놀이도 했다. 우리는 심심풀이로 복슬강아지도 키웠다. 창문으로 초겨울 경치를 바라보며 매일같이 재담이나 농담을 주고받으며 시간을 보냈다. 환자는 훌륭한 세계관을 지니고 있었다. 구체적으로 인생을 관조하고 구수한 유머로 아늑한 기분을 느낄 수 있는 세계관이었다. 그 후로도 나는 매일같이 그에게서 배우는 것이 많았다.

눈이 펑펑 내리고 창밖으로 맑고 아름다운 겨울 풍경이 나타났다. 우리들은 소년처럼 기뻐하며 난로 옆에서 방안의 아늑한 목가적인 기분에 잠겼다. 구두가 닳도록 오랫동안 돌아다니면서도 배우지 못했던 인간을 알아보는 기술을 이 기회에 터득할 수 있었다. 다시 말하면 보피는 조용하고 예리한 방관자로서 여러 가지 옛 생활에 대한 인상을 지니고 있었기 때문에 한 번 시작하면 그의 이야기는 끝이 없었다. 이 불구자는 일생 동안 40명도 채 못 되는 사람만을 알고 있었으며, 그렇다고 해서 무슨 커다란 조류에 휩쓸린 것도 아니었다. 그럼에도 불구하고 그는 나보다 인생을 훨씬 더 깊이 알고 있었다. 그것은 그가 아무리 적은 것이라도 통찰하고 어느 때 어떠한 사람들 사이에서도 체험과 기쁨과 인식의 샘터를 찾을 수 있었기 때문이다.

우리들이 가장 좋아하며 즐긴 것은 역시 동물 세계에 대한 기쁨이었다. 이제 동물원의 동물들은 찾아갈 수 없는 계절이지만 동물에 관해 여러 가지 이야기나 비유를 생각해 내곤 했다. 그 대부분은 들은 이야기를 한다기보다는 즉석에서 엮어지는 대화였다. 말하자면 두 마리의 앵무새가 서로 사랑을 고백하는 것이나 들소 사이에 벌어지는 가정 싸움, 멧돼지의 밤 이야기 같은 것이었다.

"안녕하십니까? 족제비님."

"감사합니다, 여우님. 그저 그렇게 지냈지요. 아시는 바와 같이 저는 붙들렸을 때 그만 젊은 아내를 잃어버렸습니다. 그는 핀젤슈판츠라는 이름이었어요. 전에 말씀드린 대로 참으로 진주같이 예뻤지요…….."

"아아, 그런데 옛날이야기는 그만둡시다. 이웃 양반, 내 기억이 틀림없다면 당신은 이미 진주에 대한 이야기를 여러 번 했습니다. 아아, 결국 우리는 그저 한 번밖에 살 수 없는 목숨이니까요. 그러니까 사소한 즐거움이라도 잡치는 일이 있어서는 안 될 것입니다."

"미안합니다, 여우님. 저의 아내를 아신다면 그래도 저의 기분을 이해하실 텐데요?"

"그럼요, 그렇고말고요. 여부가 있겠습니까? 그런데 아주머니는 핀젤슈판츠라고 하셨지요? 아름다운 이름인데, 한번 어루만지고 싶군요. 그런데 대체 내가 지금 무슨 말을 하려고 했더라? 옳지. 그래 그래, 성가신 참새의 장난이 다시 심해진 것을 알고 계신지, 그래서 저는 자그마한 계획을 세웠습니다."

"참새 때문입니까?"

"예, 참새 때문입니다. 어떻습니까? 저는 이렇게 생각했는데요, 결국 창밖에 빵을 좀 놓아 둔다 그 말입니다. 그리고 꼼짝 않고 누워서 그놈들을 기다리는 거지요. 그러고서도 그놈들을 붙잡지 못한다면 그야 할 수 없고요. 당신의 생각은 어떠신지요?"

"그럼 어서 빵을 좀 놓아 두세요. 네, 그렇습니다. 좋습니다. 그런데 좀더 오른쪽으로 밀어 놓아 주시겠습니까? 그래야 우리들에게 어느 쪽이나 이로울 것 같군요. 왜냐하면 저는 지금 미끼를 가진 것이 없거든요. 그만하면 됐습니다. 그럼 자, 정신을 바짝 차리시고, 자, 여기 누워서 눈을 감으시지요……. 쉬, 조용히 하십시오. 벌써 한 마리 날아왔습니다."

잠시 후에, "그런데 여우님 아직 못 잡았나요?"

"참 성미도 급하시지 원! 새잡이를 처음 해보시는 것 같군요. 새를 잡으려면 그저 기다리는 인내가 필요하지요. 자. 그러면 한 번 더 감으실까요?”

“그런데 대체 빵은 어디로 갔지요?”

“천만에 어디로 갈 리가 있나요. 뭐요? 정말 빵이 없어졌다구요? 정말 없어졌군요! 이게 어떻게 된 일일까! 물론 그 빌어먹을 바람이 불어서 그만……”

“아아, 그러니까 생각이 나는군요. 조금 전에 당신이 무엇인지 먹는 소리가 났었는데 그게 혹시?”

“뭐라구요. 내가 무엇을 먹었다구요? 대체 무엇을 먹었단 말입니까?”

“아마 그 빵이었겠지요.”

“그런 억측은 남을 앞에 두고 모욕하는 거나 다름없어요, 족제비님. 이웃 이야기라면 조금 참아야겠지만 그것은 너무 심한데요. 아시겠어요. 제가 빵을 먹었다 그 말씀이시지요? 대체 저를 어떻게 생각하십니까? 나는 당신의 진주에 대한 싱거운 이야기를 천 번이나 듣고 그러곤 좋은 생각이 떠올라 빵을 내놓고……”

“그건 접니다. 제가 빵을 내놓았지요.”

“우리는 빵을 밖에 내놓고 누워서 즈의를 기울였어요. 모든 일이 잘되어 가는데 당신이 쓸데없는 이야기를 하지 않았어요. 물론 참새는 도망치고 말았지요. 사냥은 틀려 버렸고 게다가 나는 빵을 먹었다는 누명까지 뒤집어썼으니…… 자, 저는 당신 같은 친구와는 당분간 교제를 끊겠어요.”

이런 이야기를 하면서 낮과 밤이 지났다. 나는 유쾌한 기분으로 신명나게 일을 하며 내가 언제 그렇게 게으르고, 퉅쾌하고 우울했던가 하는 생각을 해보았다. 리하르트와 같이 지내격 한참 즐거웠을 때에도 이렇게 조용하고 명랑한 하루하루를 지낸 적은 없었다. 밖에는 눈이 펄펄 날리고 우리들은 옆에서 복슬이와 함께 즐거운 시간을 보내고 있으니 말이다.

그런데 사랑하는 보피는 처음이자 마지막이 될 그런 어리석은 짓을 했다. 모든 것을 만족하게 생각하던 나는 그가 전보다 괴로워하는 것도 모르고 있었다. 그는 항상 겸손하고 나를 사랑하는 마음에서 전에 없이 유쾌한 얼굴로, 그의 괴로움을 호소하기보다는 내가 담배를 피워도 막으려고 하지 않았다. 그리고 밤에 잠이 들더니 가슴 깊은 곳에서 끓어오르는 기침을 하면서 신음소리를 냈다. 그저 우연한 일이었지만 어느 날 밤 늦게까지 옆방에서 글을 쓰고 있자니까 ──그는 내가 이미 잠들었거니 생각했던지 ──마음 놓고 신음소리를 내고 있었다. 내가 램프를 켜들고 그의 침실로 들어가자 그는 깜짝 놀라 소리를 질렀다. 나는 등불을 한쪽에 놓고 그의 침대에 걸터앉아서 하나하나 캐묻기 시작했다. 오랫동안 그는 숨기려고 입을 다물었지만 끝내 털어놓고 말았다.

"그렇게까지 불편한 것은 아니지만" 하고 그는 더듬거리며 이야기를 이었다. "이리저리 몸을 움직이면 꼭 심장에 경련이라도 일어날 것 같고, 그리고 숨이 가쁘고…….".

그는 병이 심해지는 것이 무슨 죄나 되는 듯 사죄했다.

그 다음날 아침 나는 의사를 찾아갔다. 추웠지만 날은 맑아 가는 중이어서 나의 근심과 괴로움은 다 씻긴 듯했다. 돌아오는 크리스마스에는 보피를 즐겁게 하기 위해 무엇을 해주어야 할 것인가 곰곰이 생각했다. 의사는 집에 있었으며 나의 간청에 못 이겨 함께 와 주었다. 편안한 그의 마차를 이용하여 재빨리 집까지 도착한 우리는 보피의 방으로 들어갔다. 의사는 두들기고, 만져도 보고, 청진도 하더니 정색을 하면서 부드러운 목소리로 진찰 결과를 말했다. 순간 나는 섬뜩해졌다.

풍증 신경 쇠약 중태 ──나는 주의해서 하나하나 적었다.

의사가 입원하라고 권했을 때, 나 자신 조금도 반대하지 않았다는 것이 이상스러울 지경이었다.

오후에 구급차가 와서 그를 싣고 갔다. 병원에서 돌아온 나는 혼자 집에 있기가 어쩐지 어수선하고 무서운 생각이 들었다. 복슬이가 나에게 달려들고, 환자의 큼직한 의자만 덩그렇게 텅 빈 방을 지키고 있었다.

애정이란 이런 것이다. 사랑에는 고통이 따르게 마련이어서 나는 그 후 여러 가지 고통을 겪었다. 그러나 그따위 고통쯤은 문제가 아니었다. 굳

세계 함께 살아갈 사람이 있고 사랑하는 모든 것이 우리와 연계를 갖고, 생명으로 통하는 끈을 느끼면서 사랑이 식지 않는다면 얼마나 다행한 일이랴! 옛날과 같이 가장 신성한 것을 다시 한 번 느낄 수만 있다면 나는 내가 맛본 명랑한 모든 연애와 창작 계획을 전부 포기하리라. 눈과 마음이 고통을 받고 자랑과 자부심에도 심한 상처를 입었다. 그러나 그 후로 사람들은 매우 조용해지고 훨씬 성숙해져서 다음속에서는 더 한층 활기를 띠고 있었다.

이미 나의 낡은 사고의 일부는 자그마한 금발의 아기와 함께 죽고 말았으며 지금 내가 나의 모든 사랑을 쏟으며 함께 생활해 온 꼽추가 괴로워하며 서서히 죽어 가고 있는 것을 매일같이 지켜 보고 있다. 괴로워하며 죽음의 모든 공포와 거룩함을 그래도 내 딴에는 같이 해온 셈이다. 사랑하는 방법에 있어서 아직 애송이인 내가 어느새 죽는 법의 엄숙한 장(章)을 배우지 않으면 안 되었다. 이 시절에 대해서, 나는 파리에 대해서 침묵을 지켰던 것처럼 가만히 있지는 않으리라. 여자가 약혼 시절을 말하고 노인이 소년 시절을 말하듯이 이 시절을 소리 높여 말하리라.

나는 일생 동안 번민과 사랑으로 일관해 온 사람의 죽음을 지켜 보았다. 그가 죽음을 통감하면서도 어린아이처럼 농담하는 것을 들었다. 그의 시선은 열심히 나를 찾고 있었다. 그것은 나에게 동정을 구하기 위해서가 아니라 나에게 용기를 북돋워 주며, 이런 경련과 고통 속에서도 그의 마음속의 가장 귀한 것은 하나도 상처입지 않고 있음을 보여 주기 위해서였으리라. 그의 두 눈은 점점 커지고, 그의 얼굴은 시들어 보이지 않게 되었으며 오직 큼직한 두 눈만이 반짝여 보일 뿐이다.

"무슨 부탁이 있어, 보피?"

"이야기 좀 해주었으면, 맥의 이야기라도."

나는 맥의 이야기를 시작했다. 그는 눈을 감았다. 나는 전처럼 이야기할 수는 없었다. 자꾸 울음이 나왔기 때문이다. 그가 듣지 않고 있거나 자고 있다고 생각되면 나는 곧 입을 다물었다. 그러면 그는 눈을 떴다.

"그리고 그 다음은?"

　나는 이야기를 계속해야 했다. 맥에 대해서, 복슬이 또는 아버지, 키가 작은 악동 마테오 스피넬리나 엘리자베트에 대해서.

　"그 여자는 참 바보 같은 얼간이와 결혼했더군. 세상이란 그런 거야, 페터!"

　그는 뜻밖에도 죽음에 대해서 이야기하기 시작했다. "농담이 아니야, 페터. 아무리 힘든 일이라도 죽음처럼 괴롭지는 않아. 하지만 우리는 지나가야 하거든."

　혹은 이런 말도 했다.

　"이 고통을 이겨 낼 수만 있다면 나는 꼭 웃어 보일 테야. 나 같은 삶은 죽어 마땅하지만, 꼽추의 혹과 짧은 다리와 마비된 허리에서 해방될 수도 있겠지…… 너와 같이 넓은 어깨와 훌륭한 다리를 갖고 있으면 그야 죽는 것도 애석하다 하겠지만 말야."

　최후를 며칠 앞둔 어느 날, 잠시 엷은 잠에서 깨어난 그는 큰 소리로 말했다. "목사가 말한 그런 지옥 같은 천국은 없어. 천국은 훨씬 아름다운 거야. 훨씬 아름다워."

　가끔 가구상 아내가 찾아와 매우 약삭빠르게 동정의 뜻을 표하며 도와 줄 용의가 있다고 했지만 내가 섭섭하게 생각한 것은 가구상이 한 번도 오지 않았다는 것이다.

　"어떻게 생각하나. 천국에도 맥이 있을까?" 나는 무심코 이렇게 물었다.

　"있고 말고." 그는 단호히 말하고 머리를 끄덕이기까지 했다. "천국에는 어떤 동물이라도 다 있지. 염소도 있고."

　크리스마스가 다가왔다. 우리는 그의 침대 옆에서 간단한 축하 파티를 가졌다. 날씨가 추워져 서리가 내리고 땅 위엔 첫눈이 쌓였다. 그러나 나는 그런 변화를 전혀 느끼지 못했다. 엘리자베트가 사내아이를 낳았다는 이야기도 들었지만 그것조차 잊고 지냈다. 나르디니 부인한테서는 재미있는 편지가 왔지만 나는 얼핏 한 번 읽어 보고는 던져 버렸다. 그것들이 나와 환자한테서 한 시간 한 시간을 빼앗기나 하듯 그러한 생각이 자꾸만 머리에 떠올랐기 때문에 하던 일도 접어 두고 말았다. 그리고 쫓기는 듯한 초조한 기분으로 병원으로 달려갔다. 거기에는 다소 밝고 조용한 정적이 흐르고 있었다. 나는 꿈속처럼 아득한 평화 속에 잠기며 보피의 침대 옆에 반나절이나 앉아 있었다.

그는 죽기 바로 전 며칠 동안 다소 회복되었다. 그때의 그는 현재 일은 모두 망각하고 옛 추억에 잠겨 사는 사람 같았다. 이틀 동안 그는 자기 어머니에 대한 이야기뿐이었다. 물론 오랫동안 이야기할 수는 없었지만 몇 시간 동안 가만히 앉아 있을 때에도 그가 어머니를 생각하고 있다는 것을 알 수 있었다.

"너한테 어머니에 대한 이야기를 너무 안 했던 것 같아" 하고 그는 못마땅한 듯이 말했다. "어머니에 대한 이야기는 잊지 말아 줘, 응. 그렇지 않으면 어머니에 대해서 알고 어머니에게 감사한 사람이 머지않아서 한 사람도 없어지고 말 테니 말이야. 페터, 누구나 다 그런 어머니가 있으면 얼마나 좋을까? 내가 일을 못 하게 되어도 나를 구호소에 넣지는 않았어." 그는 누워 있었지만 숨이 가쁜 듯 한참을 쉬었다가 한 시간쯤 후 다시 이야기를 계속했다. "어머니는 여러 아이들 중에서도 나를 제일 귀여워하며 세상을 떠나실 때까지 옆에 꼭 데리고 있었지. 형제들은 품팔이를 나가고 누나는 가구상과 결혼을 했지만 나는 집에 남아 있었어. 우리는 몹시 가난했었지. 하지만 어머니는 곁코 나를 구박한 일은 없었어. 우리 어머니를 잊을 수가 없다, 페터. 어머니는 몸집이 작은 분이셨어. 어쩌면 나보다 더 작았는지도 모르지. 나하고 악수라도 하면 마치 작은 새가 날아와 앉은 기분이었거든. 돌아가신 다음에 어린애 관(棺)으로도 충분할 것 같다고 이웃집 뤼티만이 말할 정도였으니까."

보피도 어린아이의 관으로 족할는지 모른다. 그는 깨끗한 병원 침대에 푹 박혀 누워 있었다. 그의 손은 병든 여자의 손마냥 길고 가늘며 하얗게 보였다. 어머니의 꿈이 사라지자 다음에는 내 차례가 되었다. 내가 있다는 것을 잊기나 한 것처럼 내 이야기를 하는 것이었다.

"물론 그는 불행한 남자야. 그렇다고 무슨 별다른 일은 없었지. 그저 그의 어머니가 너무 일찍 세상을 떠났어.”

“아직 나를 알아보겠나, 보피!” 하고 나는 물었다.

“그럼요. 알고말고요. 카멘친트 씨” 하고 그는 반농조로 말을 받더니 나직이 웃었다. “노래라도 좀 불렀으면 좋을 텐데.” 마지막 날에는 그는 이런 것까지 물었다. “이봐, 이 병원은 비용이 많이 드나? 매우 비쌀걸.”

그러나 그는 그 대답을 기다리지는 않았다. 그의 백지장같이 하얀 얼굴에는 약간 붉은 빛이 감돌았다. 그는 매우 행복한 듯이 눈을 감았다.

“운명하십니다.” 간호사가 말했다.

그러나 그는 다시 한 번 눈을 뜨더니 나를 쳐다보곤 마치 마지막 인사라도 하는 듯이 눈썹을 씰룩거렸다. 나는 일어서서 그의 왼쪽 어깨 밑에 손을 넣어서 그를 조금 안아 일으켰다. 그러면 그는 그때마다 기분이 좋은 것같이 느긋했다. 그는 이렇게 나의 품안에서 잠시 머물다가 다시 괴로운 듯 입을 삐죽거리고는 머리를 조금 돌려서 갑자기 오한을 일으키며 전신을 부르르 떨었다. 이것이 극락왕생이었다.

“기분이 좋은가, 보피?” 나는 또 물었다. 그러나 그는 이미 괴로움에서 벗어나 나의 품안에서 식어 가고 있었다.

1월 7일 오후 1시였다. 저녁 무렵에 모든 일이 끝났다. 조그마한 꼽추의 육체는 더 이상 이지러질 것도 없이 평화스럽고 깨끗하게 운반되어 매장될 때까지 거기에 놓여 있었다. 이 이틀 동안 내가 별로 슬퍼하지도 당황하지도 울지도 않은 것이 언제나 이상하게 생각되었다. 병석에 누워 있는 동안 나는 그와 머지않아 헤어지게 되리라는 것을 예감하고 있었기 때문에 지금은 조금도 그런 생각 없이 내 고통이 담겨서 흔들리는 천평의 접시는 가벼워져 다시 천천히 높이 솟아오르고 있었다.

그럼에도 불구하고 이제 조용히 그 도시를 떠나 어디선가 ──될 수 있으면 남쪽 나라가 좋겠지만 ──실컷 쉬면서 어렴풋이 착상되었던 내 창작의 실마리를 진지한 태도로 베틀에 걸 때라는 생각이 들었다. 다소 돈이 남아 있었기 때문에 나는 창작의 의무를 벗어버리고 봄이 다가오자마자 곧 짐을 꾸려 여행 떠날 준비를 했다. 우선 나를 기다리고 있는 아시시의 채소 장수 마누라에게 갔다가 일을 착실하게 할 수 있는 조용한 산촌으로 들어갈 계획이었다.

이제 죽음과 삶을 충분히 보았으므로 거기에 대해 소감을 피력하고 다른 사람에게도 내 이야기를 들어 달라고 요구해도 무방할 것이라고 생각하였다. 즐거운 기대를 품고 나는 3월이 다가오기를 기다렸다. 미리부터 나는 이탈리아어의 힘찬 어휘들을 귀에 못이 박히도록 듣는 듯했고 코에서는 리소토 요리와 오렌지, 키얀티(이탈리아산 적포도주)주 등의 향기로운 냄새가 스며들었다.

계획은 더 말할 나위 없이 생각하면 할수록 더욱 나에게 만족을 주었다. 미리 키얀티주를 마셔 둔 것은 잘한 일이었다. 모든 계획이 전혀 달라졌기 때문이다.

2월에는 음식점을 경영하던 니데거로부터 감동적이고 감상적인 문체로 씌어진 편지를 받았다. 눈이 많이 내리고 마을의 가축과 사람이 모두 전같지 않으며 특히 무엇보다 아버지께서 위독한 상태라는 내용이었다. 결국 돈을 보내 주든지 내가 직접 오는 게 좋겠다는 것이었다. 송금할 형편도 못 되었고 사실 노인이 걱정되어서 나는 집으로 돌아갈 수밖에 없었다. 바람 불고 눈이 몹시 내리는 날, 고향에 도착했지만 산이나 집들은 날씨 탓으로 보이지 않았다. 길은 눈을 감고서라도 갈 수 있는 고향 길이었다. 늙은 카멘친트는 생각과는 달리 누워 있는 것이 아니라 난로 한쪽 구석에 초라한 꼴로 기운없이 앉아 있었다. 우유를 가져온 이웃 아주머니는 아버지에게 다짐을 받고 있었다. 그 여자는 악화된 아버지의 병 조리에 대해 철저하고 끈질기게 훈계하고 있었다. 내가 들어가도 그 여자는 조금도 양보하지 않았다.

"아이구, 페터가 돌아왔구나." 백발의 노인은 이렇게 말하고 왼쪽 눈을 깜박거리며 나를 쳐다보았다.

그러나 이웃 여자는 주저없이 설교를 계속했다. 나는 의자에 앉아 그 여자의 애정의 샘이 마르기를 기다리고 있었다. 그 여자의 얘기 중에는 내가 들어서 도움이 될 만한 이야기도 있었다. 나는 외투와 장화에 묻은 눈이 녹아 처음에는 의자 주위에 점을 이루고, 나중에는 축축하게 물이 괴는 과정을 묵묵히 지켜 보고 있었다. 그 아주머니의 설교가 끝난 후에야 겨우 정식으로 인사를 하고 그 여자도 정답게 한자리에 끼이게 되었다.

아버지는 눈에 띌 만큼 병약해 보였다. 나는 아버지를 잘 모셔야겠다고 생각했던 지난날의 짧은 기간을 생각지 않을 수 없었다. 그때 집을 떠난 것은 어쩔 수 없었다 치더라도 지금은 아버지를 극진히 모시는 것이 더욱 필요할 것 같았기 때문에 책임을 다해야겠다고 생각했다.

그러나 한창이던 시절에도 결코 도덕의 거울이라고는 할 수 없었던 이 억센 농부에게 노환이 계속되는 동안만이라도 너그러운 태도로써 아들의 애정의 연극을 감격과 기쁨으로 보아 줄 것을 부탁하는 것은 무리한 일이었다. 아버지는 그럴 생각이 조금도 없는 모양이었다. 병세가 악화되면 될수록 아버지는 더욱 난폭해지고 이전에 내가 그를 괴롭혔던 일을, 이자까지 붙이지는 않았지만 고스란히 하나도 남김 없이 갚아 주었다. 기실 말로는 나에게 사양하고 삼가는 눈치였지만 단호한 수단을 사용하여 무언 중 불만과 쓴맛과 쓸쓸한 기분을 나타냈다. 나도 늙으면 저렇게 불쾌하고 다루기 힘든 변태가 되지나 않을까 걱정이 될 지경이었다. 술은 끊은 거나 다름없었다. 내가 하루에 두 번씩 따라 주는 남쪽 나라의 고급 포도주를 그는 얼굴을 찌푸리며 마셨다. 술병은 텅 빈 지하실에 넣어 두고 결코 아버지에게 열쇠를 맡기지 않았다.

2월 말이 되고 고산(高山) 지대의 겨울을 그토록 화려하게 만드는 맑은 날씨가 몇 주일 계속되었다. 눈 덮인 산의 절벽은 센토레아(엉거싯과에 속하는 일년초로 국화의 일종)처럼 푸른 하늘로 덮여 있었으며 투명한 대기 속에서 거짓말처럼 가까이 보였다. 목장과 산비탈도 눈 속에 덮여 있었다. 평지에서는 볼 수 없을 정도로 희고 투명하고 강한 냄새를 풍기는 산 지방 특유의 눈이었다. 대지가 조금 두드러진 곳에서는 대낮에 햇빛이 화려한 축제를 벌이고 분지나 경사진 곳에서는 파란 그림자가 어른거리며 몇 주일 동안 눈이 내리는 바람에 공기가 맑아져서 숨을 들이마실 때마다 그지없이 상쾌했다. 낮은 산허리에서는 소년들의 썰매타기가 한창이고 정오가 지나면 노인들이 길가에 서서 햇볕을 마음껏 즐기고 있었다. 그러다가 밤이 되면 지붕의 대들보가 바람에 삐걱거렸다. 눈 덮인 하얀 벌판 가운데에 자리잡고도 얼지 않는 호수는 여름어는 볼 수 없을 정도의 파란 빛을 띤 채 아름답고 잔잔하게 가로놓여 있었다.

오전 중엔 날마다 아버지를 부축하고 밖으로 나왔다. 그리고 볕에 그을리고 울퉁불퉁하게 굽은 손바닥을 노곤한 기분으로 햇볕에 쪼이고 있는 아버지를 지켜 보았다. 아버지는 잠시 그러고 있다가 으레 기침을 하며 춥다고 불평했다. 그러나 이것은 내게서 술 한 잔을 얻어내기 위한 술책의 하나였을 뿐 기침이나 추위가 그리 대단한 것은 아니었다. 그런 술책으로 아버지는 늘 한 잔의 엔치안과 아프친트를 약간 얻을 수 있었다. 그리고 교묘하게 가감을 해가며 기침을 그치곤 나를 기술적으로 속여넘긴 것을 매우 기뻐하는 눈치였다. 식사가 끝난 후 나는 아버지를 혼자 남겨둔 채 부츠를 신고 몇 시간 동안 갈 수 있는 데까지 산에 올라갔다가 돌아오는 길에는 가지고 갔던 과일 푸대를 타고 눈 덮인 벌판 길을 기분좋게 미끄러져 내려왔다.

아시시로 떠나려고 생각했던 시기가 가까워 와도 눈은 미터자로 젤 만큼 깊게 쌓여 있었다. 4월이 되면서부터 봄 기운이 다가오기 시작했다. 몇 해 동안 볼 수 없었던 사납고 급격한 눈더미가 우리 부락으로 밀려들었다. 낮이나 밤이나 남풍의 울부짖음과 멀리서 눈사태가 나는 소리, 급한 물결이 내리치는 소리가 들렸다. 무시무시한 봄의 전투가 벌어지는 사나운 때에 나는 다시 전에 극복했던 연애병에 걸려, 밤중에 일어나 출입문 옆에 있는 창문에 기대어 괴로운 가슴을 달래며 엘리자베트에 대한 사랑의 정담을 술렁거리는 밤을 향해 외쳤다. 그 이탈리아 여류 화가의 집 위 언덕에서 사랑에 미쳤던 취리히에서의 그 날 밤 이후 지금까지 이처럼 무섭고 어쩔 수 없는 정열에 사로잡힌 적은 없었다. 아름다운 여성이 바로 내 곁에서 나에게 미소를 던지고 서 있지만 내가 한 발짝만 다가가도 그녀는 뒤로 물러설 것 같은 생각이 한두 번이 아니었다. 그 생각이 어디서 오는지는 몰라도 끝내는 환상에 멈추게 되는 것이다. 마치 상처입은 사람들이 그 가려운 상처를 계속해서 긁지 않으면 견디지 못하는 것 같았다. 자신을 부끄럽게 생각해 보기도 했지만 괴로울 뿐 소용이 없었다. 나는 또 남풍을 저주했지만 한편으론 모든 고통과 함께 남 모를 쾌감을 느끼는 즐거움도 없는 것은 아니었다. 바로 소년 시절에 귀여운 뢰지를 생각하며 미적지근하고 막연한 사랑의 물결에 휩싸이던 시절과 흡사했다.

이 병은 좀처럼 고칠 약이 없다는 것을 알고 있었기 때문에 어떤 일이든 좀 해보려고 했다. 그리고 작품을 시작할 생각도 했다. 몇 편의 습작을 쓰기 시작했지만 곧 때가 아니라는 것을 깨닫고 그만두고 말았다. 그러는 동안 사방에서 남풍의 피해 상황이 들려 오기 시작했다. 우리 부락에서도 피해가 점점 심해 갔다. 개천 둑이 반이나 무너지고 가옥과 가축 우리에 심한 피해를 입은 사람도 적지 않았다. 마을 어귀에는 집을 잃은 사람들이 몰려들었다. 어디를 가든 탄식과 절망의 이야기뿐이고 어디나 빈궁이 몰아쳤다. 이때 동장이 나를 회의실로 부르더니 일반 구호대책 위원에 가입해 일할 생각이 없느냐고 물었다. 고마운 일이었다. 마을의 실정을 상급 관청에 보고하고, 특히 신문을 통해서 전국에 걸친 호소로 의연금을 얻어내는 일을 나에게 맡기겠다는 것이다. 때가 때이니만큼 개인의 쓸데없는 고민을 좀더 가치있고 참다운 일로 잊을 수 있다는 게 무엇보다 내게는 다행스런 일이었다. 나는 바쁘게 나날을 보냈다. 바젤에 편지를 내서 곧 몇 명의 기부금 모집원을 얻게 되었다. 도청에서는 예상한 대로 구호금은 없었으나 몇 명의 협조원을 보내 주었다. 나는 신문을 움직여 호소도 하고 참상(慘狀) 보고도 쓰기 시작했다. 나는 집필을 하는 한편 딱딱한 농민들과 동회에서 의논도 하며 싸워 나가야만 했다.

분주하고 불가피한 일에 매이고 보니 몇 주일 내에 건강도 좋아졌다. 일이 차차 본 궤도에 오르고 일손이 다소 한가해지자 주위의 장목은 푸르게 물들기 시작하고 호수는 눈 녹은 산허리를 둘러서 맑고 파란 모습을 드러냈다. 아버지는 우선 아무 일 없이 하루하루를 보내고 내 사랑의 번민은 검게 남아 있는 눈덩이처럼 녹아 흘러 버리고 말았다. 옛날 아버지가 배에 칠을 한 것이 바로 이 계절이었다. 어머니는 그것을 뜰에서 바라 보고 나는 아버지의 일하는 모습이나 파이프의 연기, 그리고 노랑나비들 을 바라보고 있었다. 이제는 칠하려고 해도 칠할 배가 없으며 어머니는 이미 세상을 떠나고 없지 않은가. 아버지는 여기저기 어지러진 집 뜰에 웅크리고 앉아 있었다. 콘라트 삼촌만이 지난 옛날을 생각나게 하는 존재 였다. 나는 때때로 아버지의 눈을 피혀 삼촌을 모시고 한잔 하러 가서 그 가 여러 가지 계획을 자랑스러운 듯 회상하는 것을 호의에 가득 찬 웃음 을 지으며 듣곤 했다. 지금 삼촌에겐 새로운 계획이란 없었다. 삼촌은 눈 에 띄게 늙었지만 아직도 그의 얼굴, 특히 웃을 때의 그의 얼굴은 어딘지 소년 같고 청년다운 데가 있어서 그것이 나를 즐겁게 했다. 집에서 아버 지 옆에 있기가 거북스러우면 나는 가끔 그를 찾아가서 위안과 무료를 달 래는 말동무가 되어 주었다. 술을 마시러 함께 나가면 그는 나와 나란히 걷기 위해 숨가쁜 걸음을 참으며 바삐 따라왔다.

　"돛을 달아야지요, 삼촌" 하고 나는 그의 기분을 북돋워 주었다. 돛이 라고 하면 우리는 곧 우리의 낡은 배가 머리에 떠올랐다. 그 작은 배는 없었지만 삼촌은 좋아하는 고인을 그리기나 하듯 그리운 모양이었다. 나 도 그 낡은 배가 생각났지만 지금은 이미 없어졌기 때문에 우리는 배나 거기에 관련된 일을 남김없이 작은 것 하나까지도 생각해 냈다.

　호수는 예나 다름없이 푸르고 태양은 전여 없이 맑고 따스했다. 젊은 나는 언제나 노랑나비를 바라보며 정말 그때와 다름없이 풀밭에 누워 소 년의 꿈을 생각해 낼 것만 같은 기분이었다. 그러나 실제의 나는 이미 일 생의 상당한 기간을 소비했으며 다시는 그 시간들을 찾아볼 수 없게 되었 음을 매일 얼굴을 씻을 때마다 녹슨 놋대야에 비친 억센 코와 이지러진 입 언저리에서 깨달을 수 있었다. 만일 내가 현재의 자기로 돌아가려고 한다면 내 방에 있는 좁다란 서랍을 열기만 하면 그만이었다. 거기에는 나의 미래의 작품이 잠자고 있다. 그것은 어렸을 때 그린 스케치가 든 봉 투와 사절지에 씌어 있는 예닐곱 가지의 초안이었다. 그러나 나는 좀처럼 그것을 펴보지 않았다.

　노인을 간호하는 한편 쓰러져 가는 우리집을 수리하는 데 할 일이 많았다. 마루에는 구멍이 커다랗게 입을 벌리고 있고 난로와 솥은 깨져 연기가 나고 이상한 냄새가 났으며 문은 잘 닫혀지지도 않았다. 한때 아버지가 병으로 누워 있던 다락방으로 올라가는 계단은 생명에 관계되리만큼 위태로웠다. 그 일에 착수하기 전에 우선 도끼날을 갈고 톱을 수리하며 망치를 빌려 오고 못을 찾아 모아야만 했다. 그 다음에는 전부터 저장해 두었던 썩다 남은 재목 가운데 쓸 만한 것을 정리할 필요가 있었다. 도구와 숫돌을 준비하는 데에는 콘라트 삼촌의 손을 다소 빌렸지만 너무 나이가 들고 허리가 굽었기 때문에 별로 큰 도움은 되지 못했다. 그래서 나는 글을 쓰던 부드러운 손으로 무겁고 거친 재목을 다루다가 상처를 입기도 하고 숫돌에 발이 채이기도 했다. 여기저기 틈이 생긴 지붕을 기어다니면서 망치를 휘두르고 못을 박기도 했으며 끌로 깎아내리기도 했다. 그 덕분에 약간 뚱뚱한 나의 몸에서는 자꾸 땀이 흘러내렸다. 특히 지붕을 고칠 때에는 손에 익지 않은 망치를 휘두르다가 잠깐 멈추고 바로 앉아서 반쯤 꺼져 간 담배를 다시 피워 물곤 짙푸른 하늘을 쳐다보았다. 그 푸른 하늘로 동글동글한 연기를 피워 올리면서 지금은 아버지에게 재촉받을 염려도 꾸중들을 일도 없다는 것을 생각하며 게으름을 즐겼다. 여자나 노인, 학생 등 이웃 사람들이 지나가면 나는 나의 게으름을 변명이라도 하듯 그들과 터놓고 얘기를 했다. 그리하여 차차 정담을 나눌 수 있는 사람이라는 평판을 듣게 되었다.

　"오늘은 날씨가 따스한데요, 리스베트."

　"정말, 페터, 무얼하고 있지?"

　"지붕을 좀 고치느라고."

　"할 수 없지. 벌써 수리를 했어야 하는 건데."

　"그렇고말고요."

　"아버지는 뭘하고 계시지요?"

　"팔십이야, 리스베트. 팔십, 우리도 그 나이가 되면 어떨까?"

　"사실이야, 페터. 자, 그럼 나는 이만 가야겠어. 주인이 점심을 기다리고 있으니까. 그러면 어서 일해요.”

“잘 가요. 리스베트.”

그 여자가 밥그릇을 보자기에 싸 들고 걸어가는 것을 계속 바라보며 공중으로 담배 연기를 날리면서 사람들이 모두 저렇게 자기 일에 힘쓰고 있는데 만 이틀씩이나 같은 판자에 못을 박고 있는 나는 대체 어떻게 된 노릇인가 생각해 보았다. 이래저래 지붕 수리는 끝났다. 아버지는 이상할 정도로 이 일에 관심을 기울이고 있었지만 그를 지붕 위로 끌어올릴 수는 없었기 때문에 나는 판자 한 장 한 장마다에 자세히 설명을 붙이며 내 자랑도 약간 섞었다.

“좋아.” 아버지는 퍽 만족한 모양이었다. ‘좋아. 그러나 네가 금년 안으로 끝마치리라고는 생각지 못했는걸.”

나의 경력이나 생활 계획은 조용히 회고해 보면 고기는 물에 있을 것이요, 농부는 시골에 있으며, 니미콘의 카멘친트는 아무리 재주를 부려 보아도 도회인이나 사회인은 될 수 없다는 옛 경험을 스스로 체험한 것이 기쁘기도 하면서 한편으론 서글프기도 했다. 지난 일은 그렇다치고 어리석게도 이 세상의 행복을 구하려다 끝내 이루지 못하고 호수와 산이 있는 이전의 고향 집으로 돌아온 게 한편 기쁘기도 했다. 나는 본래 이 옛집 사람이므로 여기라면 나의 좋은 버릇, 또는 특히 나쁜 버릇은 조상 대대로 물려받은 것이라고 당연시 여기며 마음 편히 지낼 수 있었다. 밖에 나가면 나는 고향을 잊어버리고 스스로 나 자신 불가사의한 식물로 여겨졌다. 지금에 와서 나는 다름 아닌 니미콘의 정신이 내 마음속에 뿌리박혀 외부 세계의 풍습에 따를 수 없었다는 것을 깨닫게 되었다. 여기서는 누구도 나를 이상한 사람으로 생각지 않았다. 늙은 아버지나 콘라트 삼촌을 보고 있으면 나도 그런대로 그들의 아들이요 조카라는 생각이 들었다. 정신과 소위 교양의 세계에 띄엄띄엄 몰두해 본 일은 마치 삼촌의 그 유명한 뱃놀이에 비유해도 좋을 것이다. 그저 돈과 노력과 아름다운 세월을 희생한 점으로 보아 내 것이 좀더 비싸게 먹힌 것이 다를 뿐, 사촌인 쿠

오니가 수염을 짧게 깎아 주고 나 역시 가죽 끈이 달린 바지를 입고 팔을 걷어붙이고 뛰어다니게 된 다음부터는 외모로도 어디까지나 이 지방 사람이 되었다. 나도 언젠가 늙어서 백발이 되면 아버지의 자리를 점령하고 마을에서도 아버지가 하고 있던 적은 역할을 물려받게 될 것이다. 이 지방 사람들은 내가 몇 해 동안 타향에서 지냈다는 것밖에 모른다. 내가 타향에서 얼마나 부끄러운 일을 했으며 얼마나 자주 웅덩이에 빠졌는지를 그들에게 말하지 않으려고 나는 주의를 기울이고 있었다. 그런 말을 듣고 나면 그들은 나를 곧 어리석은 자로 취급할 것이며 어떤 별명을 붙일 것임에 분명했다.

독일이나 이탈리아, 파리의 이야기를 할 때에는 나도 다소 큰 소리로 말했다. 그래서 가장 정직한 말을 할 때에도 가끔 자신의 진실성을 의심하기도 했다.

이처럼 헤매고 돌아다니며 헛되이 세월을 보낸 결과는 대체 무엇인가? 내가 사랑하던 여자, 아니 아직도 사랑하고 있는 여자는 바젤에서 귀여운 두 아이를 낳아 기르고 있다. 나를 사랑하던 또 다른 여자는 나를 단념하고 과일이나 야채, 씨앗 같은 것을 놓고 계속 장사를 하고 있다. 나는 아버지 때문에 산촌으로 돌아왔지만 아버지는 돌아가시지도 않고 회복되지도 않은 채 나와 침대를 나란히 하고 앉아서 내가 지하실 열쇠를 내놓지 않는 것이 불만인 듯 쏘아보고 있다.

그러나 물론 이것이 전부는 아니다. 어머니와 물에 빠져 죽은 청년 시절의 친구 외에도 금발의 아기와 키가 작은 꼽추 보피는 천사가 되어 천국에 살고 있다. 마을에서는 집집마다 수리를 하며 돌 제방이 두 개씩이나 쌓아지고 있었다. 그러한 기분이라면 동회의 어느 한 자리를 차지할 수도 있었을 것이다. 그러나 거기에는 너무나 많은 카멘친트 사람들이 자리를 차지하고 있었다.

그런데 얼마 전 나에게는 다른 전망이 보이게 되었다. 술집 주인인 니데거의 집에서 아버지와 내가 펜들린산 포도주나 젤리스산 또는 봐틀란트산 포도주를 가끔 몇 리터씩이나 마셔 주었지만 이제는 살림이 기울어져 그는 더 이상 장사를 계속할 용기를 잃고 말았다. 이때 그는 나에게 궁한 신세 타령을 하면서 가장 곤란한 점은 이 지방 사람으로서는 그 사업을 인계시킬 만한 사람이 없으며 그러면 다른 양조장에서 이 집을 매수하여 운영하게 되는 것을 피할 수 없다고 했다. 또한 그렇게 되면 그것은 마지막이라는 것이다. 니미콘의 분위기를 살릴 술집은 없어지고 마는 셈이다. 어떤 다른 인수자가 들어와도 물론 포도주나 객주는 소매할 것이다. 그러면 니데거의 지하실 창고는 비게 되고 술을 마실 수 없게 된다. 이런 사실을 알고 난 다음부터 나는 방관만 하고 있을 수는 없었다. 나에게는 바젤의 은행에 약간의 돈이 남아 있었다. 나라면 니데거도 그렇게 나쁜 후계자라고 생각지는 않을 것이다. 다만 한 가지 걱정은 아버지가 생존해 있는 동안 술집 주인이 되고 싶은 생각은 추호도 없었다. 그렇게 되면 도저히 노인을 술독에서 멀리하게 할 수가 없을 것이며, 무엇보다도 아버지는 내가 라틴어다 연구다 하고 아무리 떠들어대봤자 결국 니미콘의 술집 주인으로 낙착된 것에 대해서 틀림없이 개가를 올릴 것이기 때문이다. 그럴 수는 없었다. 그리하여 나는 노인이 돌아가실 때까지 기다리기로 했다. 서두르는 것은 아니지만 일이 순조롭게 되기를 바랄 뿐이었다.

콘라트 삼촌은 여러 해 동안 조용하더니 근래엔 다시 사업욕에 빠져서 흥분하고 있었다. 그런데 그게 나는 못마땅해 보였다. 삼촌은 항상 둘째 손가락을 입게 물고 이마에는 사색의 주름을 짓고 방안을 잦은 걸음으로 걸어 다녔다. 날씨가 좋은 날이면 마냥 호수를 바라보고 있었다.

"또 배를 하나 만들어 볼 생각인 거야" 하고 젠치네 할머니가 말했다. 사실 그는 근래에 보지 못할 만큼 생기있고 긴장되어 있었다. 이번에야말로 어떻게든지 시작해야 한다는 것을 잘 알고 있는 것처럼 빈틈없고 떳떳한 표정이었다. 그러나 나는 그것을 별로 신통한 일로 생각지 않았으며 피로한 그의 영혼이 머지않아 고향으로 돌아가기 위해 지금 날개를 찾고 있다고 생각했다.

"늙은 삼촌, 돛을 올려야지요!"

그러나 삼촌이 정말 그렇게 되면 니미콘 양반들은 아직 들어 보지도 못한 이상한 체험을 하게 될 게 뻔했다. 나는 삼촌의 무덤 앞에선 신부다음으로 조사(弔辭)를 올리려고 내심 작정하고 있었기 때문이다. 이런 예는 아직 이 지방에서는 없었던 일이다. 나는 삼촌을 신의 은총을 받은 행복한 사람으로 추모하게 될 것이다. 그리고 이러한 고마움에 대한 인사로 친애하는 조객들을 위해 약간의 소금과 한줌의 후추를 내놓을 예정이다. 그것을 들으면 그들은 좀처럼 잊어버리지 않고 언제까지나 섭섭하게 생각할 것이다. 우리 아버지에게도 어서 그런 날이 돌아왔으면 좋겠는데 어떨지?

서랍에는 내가 시작했던 대작(大作)이 들어 있다. 지금까지 내 생애의 유일한 작품이라고 할 수 있는, 그러나 너무 거창하게 들리게 될까 싶어 그렇게 말하지는 않겠다. 이 작품의 진행과 완성은 확실치 않기 때문이다. 다시 집필을 시작해서 계속하다 보면 완성될 날이 오게 될지도 모른다. 그렇게 되면 나의 젊은 날의 동경은 옳은 것이었으며 역시 나는 시인이었던 것일 게다.

그것은 나에게 동회 의원이나 돌 제방 이상의 가치가 있을 것이다. 그러나 그것은 날씬한 뢰지 기르타너로부터 보피에 이르기까지 그리운 모든 사람들의 환상과 함께 나의 생애에 있어 —— 다 지나가기는 했지만 —— 영원히 남을 것까지는 못 되는 성싶다.

게르트루트

Gertrud

1

　나 자신의 일생을 객관적으로 회고해 보니 그다지 행복해 보이지는 않는다. 그러나——방황은 많았지만——불행했었다고도 말할 수 없다. 행불행을 이러쿵저러쿵 말하는 것은, 결국 매우 어리석은 일이다. 왜냐하면 가장 불행한 때일지라도, 그것을 포기해 버린다는 것은 모든 즐거웠던 때를 버리는 것보다도 더 괴로운 생각이 드니까. 피할 수 없는 운명을 감수하고, 좋은 일이든 궂은 일이든 충분히 맛을 보아, 외적(外的)인 운명과 더불어 우연이 아닌 내적(內的)인 본래의 운명을 맞이하는 일이야말로 인생의 중요한 일이라고 한다면, 나의 일생은 가난하지도 나쁘지도 않았다. 외적인 운명이 피할 수 없는 신의 뜻에 따라 내 위를, 다른 모든 사람의 위와 똑같이 지나갔다고 한다면, 나의 내적인 운명은 어디까지나 나 자신이 만든 것이고, 그 달고 쓴 것은 모두 나의 몫이므로 거기에 대해서는 전적으로 나 혼자서 책임져야 한다고 생각한다.

　어렸을 때 나는 곧잘 시인(詩人)이 되고 싶다고 말했다. 시인이라면, 유년 시절의 부드러운 음영(陰影)이라든지 가장 오래된 추억의 애착을 갖고 있는 그리운 샘물에까지, 자신의 생활을 더듬어 가고픈 유혹을 거역할 수가 없을 것이다. 그러나 나에게 있어서 이 보물은 너무나도 그립고 신성하기 때문에, 행여 그것을 손상시킬까 두려워 그저 나의 유년 시절을 아름답고 즐거웠다고 말할 수 있을 뿐이다. 나는 자신이 좋아하는 것과 천분을 스스로 발견하고, 가장 깊은 기쁨과 고통도 스스로 만들고, 장래 또한 위로부터의 무연(無緣)한 힘으로서가 아닌 희망으로서 자기 자신의 획득물이어야 한다는 생각을 품고 있었다. 그리하여 나는 간섭받지 않고 환영받지 못한, 별로 천분(天分)이 없는 학생으로서 몇 군데의 학교를 거쳤다. 그러나 다른 사람으로부터의 강한 작용도 달가워하지 않았으므로 결국 뜻대로 맡겨진 방치된 학생으로서였다.

예닐곱 살 무렵부터 나는 눈에 보이지 않는 어떤 힘에 의해 음악에 강하게 사로잡히고 지배당하도록 태어났음을 알았다. 그때부터 나는 내 고유의 세계와 숨을 장소와 천국(天國)을 가졌다. 나에게서 이것을 빼앗거나 축소시키는 일은 그 누구에게도 불가능했다. 그것을 다른 사람과 나누는 것조차도 나는 원하지 않았다. 나는 음악가였다. 그러나 열두 살 이전에는 악기를 연주하는 법을 배운 일도 없으며 또 후일 음악으로 밥벌이를 하리라고는 생각지도 않았다.

그 후 본질적인 변화 없이 그대로의 상태가 계속되었다. 그러므로 이제 되돌아보는 나의 생활은 다채롭지도 다양하지도 않은 생활로서, 처음부터 하나의 기조(基調)에 맞추어져 있었으며 오직 하나의 별을 목표로 삼고 있었다. 다른 점에서 형편이 좋기도 하고 나쁘기도 한 적은 있었지만, 나의 깊은 내면 생활에는 아무 변화가 없었다. 나는 오랫동안 마음이 들떠 한눈을 팔면서 악보나 악기를 만지기를 원하지 않았지만, 언제나 그 어떤 선율(旋律)이 나의 혈관과 입술 위를 감돌았으며 박자와 리듬이 호흡과 생명 속에 흐르고 있었다. 나는 여러 가지 다른 방법으로 구원과 망각과 해방을 몹시 애타게 갈구했고, 또 신(神)과 인식과 평화에 몹시 목말랐지만, 그러한 모든 것들을 언제나 오로지 음악 속에서만 구하려 했다. 그것은 베토벤이나 바흐일 필요는 없었다. 애당초 음악이 세상에 있다는 사실, 인간은 때때로 마음속까지 박자와 조화된 리듬으로 충만될 수 있다는 사실 그 자체가 내게는 끊임없이 깊은 위안과 일체의 생활의 시인(是認)을 의미했다.

아아, 음악(音樂)! 어떤 선율이 너의 마음에 떠오른다. 소리를 내지 않고 마음속으로 그것을 노래한다. 너의 심신은 그 선율에 젖어, 너의 모든 힘과 움직임은 그 선율에 빠져 그것이 네 속에 살아 있는 동안은, 네 속의 일체의 우연한 것, 나쁜 것, 거추장스러운 것, 슬픈 것들이 사라지고 세상을 공명(共鳴)시키며 무거운 것을 가볍게 하며 단단한 것까지도 부드럽게 만든다. 하나의 선율도 그처럼 갖가지 일을 이룩하는데 화성(和聲)에 이르러서야! 예를 들자면 종소리처럼 순수한 가락의 기분 좋은 울림만으로도 모든 마음을 아름다움과 쾌감으로 충만시키며 그 쾌감은 음(音)이 이어져 울릴 때마다 높아져, 때로는 가슴을 불타 오르게 하고 그 어떤 다른 쾌락도 이룰 수 없을 정도로 가슴 벅차게 만들 수가 있다.

모든 사람들, 그리고 시인들이 꿈꾼 맑고 조촐한 행복 중에서, 가장 높고 또한 가장 깊은 것은 천체(天體)의 운행에 따르는 조화된 리듬을 청취하는 것이리라고 나는 생각해 왔다. 그런데 나의 가장 깊고 빛나는 꿈은 바로 그것에 접한 적이 있다. 심장이 고동치는 그 짧은 사이, 우주의 구조와 일체 생명의 총체가 모조리 숨겨진 그 본래의 조화된 리듬 속에 울리는 소리를 들었던 것이다. 아아, 도대체 생활이라는 것은 어찌하여 이다지도 혼란되고, 불규칙적이며, 허위에 가득 차 있는가. 어찌하여 인간 사이에는 허위와 악의와 질투와 증오만이 있는 것인가. 아무리 희미한 소리일지라도, 아무리 짧은 노래일지라도 그 맑게 갠 가락의 순수함과 조화된 리듬과 친숙한 유희는 천국(天國)의 문을 확실하게 설명하고 있는데! 온갖 선(善)한 의지로도, 나 자신의 생활에서 그 어떤 노래도 그 어떤 순수한 음악도 만들어 내지 못했으니, 어떻게 스스로 타박하고 화를 내겠는가? 가슴속에서는 거역할 수 없는 경고자(警告者), 즉 순수하고 기분좋고 내적인 행복스러운 음(音)과 여운(餘韻)에 대한 갈망이 꿈틀거리고 있는데도 밖으로 드러난 나의 생활은 우연과 부조화로 가득 차 있다. 어느 쪽을 보고, 어느 곳을 두드려 봐도 순수하고 맑은 소리는 울려 오지 않는다.

거기에 대해서는 더 이상 아무 말도 하지 말자. 다른 이야기로 넘어가는 것이 좋으리라. 누구를 위해서 이 원고를 쓰는 것인지 도대체 누가 나에게 고백을 요구하고 있으며, 나의 고독을 달래 줄 수 있을 정도로 나에 대해서 힘을 지니고 있는지, 그것을 생각하면 떠오르는 한 그리운 여성의 이름을 지울 수가 없다. 그 이름은 나의 운명과 체험의 커다란 부분을 차지하고 있을 뿐 아니라, 하나의 별로서 높은 상징으로 일체의 것 위에 빛나고 있다고 말할 수 있다.

2

　학창 시절이 끝날 무렵, 친구들이 모두 장래의 직업에 대해서 이야기하기 시작했을 때에야 비로소 나도 그 일을 생각하기 시작했다. 음악을 하나의 직업, 생업(生業)으로 삼는다는 것이 나에게는 몹시 낯설게 느껴졌지만 그러나 나를 즐겁게 해줄 다른 직업은 생각할 수가 없었다. 장사에 대해서도, 아버지가 제의한 다른 사업에 대해서도 나는 반감을 갖지는 않았다. 그렇다고 해서 그런 일을 좋아했다는 뜻은 아니다. 그것은 일종의 무관심에 지나지 않았다. 그런데 친구들은 각자 선택한 직업을 자랑스러워하고 있었으며, 따라서 나의 마음속에도 다분히 자신의 것을 옹호하는 소리가 일었기 때문에——그것이 아니어도 머리를 가득 채우고 있었으며, 나에게 진짜 기쁨을 주는 유일한 것이었기 때문에——음악을 직업으로 삼는 것은 역시 좋은 일이며 옳은 일이라고 생각되었다. 내가 열두 살 때부터 바이올린을 켜기 시작했고 훌륭한 선생 밑에서 정식으로 배우기 시작한 것은 참으로 잘한 일이었다. 아버지는 외아들이 예술가라는 불안정한 행로로 내딛는 것을 불안하게 여기고 반대했지만, 그 반대로 나의 의지는 더욱 강해졌다. 나를 사랑하던 선생도 나의 소원을 극력 옹호해 주었다. 마침내 아버지는 꺾였다. 다만 나의 끈기를 시험하기 위해서, 또 마음이 변할지도 모른다는 한 가닥 기대로 학교를 한 해 더 다닐 것을 선고했다. 그러나 그것을 어찌 어찌 견뎌 내는 동안 나의 소망은 점점 더 굳어질 뿐이었다.
　이 학창 시절의 최후의 일년, 나는 어느 어여쁜 소녀와 처음으로 실로 처음으로 사랑을 하였다. 이따금 만나거나 만나고 싶다고 강렬하게 원한 것은 아니었지만, 첫사랑의 달콤한 흥분을 꿈속에서처럼 맛보면서 괴로워하며 지냈다. 종일 음악과 사랑에 대한 것을 생각했고 밤에는 화려한 흥분 때문에 잠을 이루지 못했다. 그 무렵 나는 마음속에 떠오른 두 개의 짤막한 노래의 선율을 의식적으로 확실하게 포착하여 기록하려고 처음으로 시도했다. 그것은 마음속 기분이기는 했지만, 스며드는 듯한 쾌감으로 나의 마음을 가득 채웠다. 그것으로 나는 유희적(遊戱的) 사랑의 괴로움을 거의 잊었다. 그러는 동안 나는 나의 연인, 나의 소녀가 노래 교습을 받고 있다는 말을 듣고 그녀의 노래를 한 번만이라도 듣고 싶은 열망에 사로잡혔다. 수개월 후 그녀의 집에서 있었던 저녁 모임 때 나의 소원은 이루어졌다. 노래를 부르라는 사람들의 재촉에 그 소녀는 심하게 거역했지만, 결국 노래를 부르지 않으면 안 되었다. 나는 이상한 긴장감을 갖고 기다렸다. 한 신사가 벽 쪽으로 놓여 있는 작고 기다란 피아노 앞에 앉아 반주를 맡았다. 그가 두세 소절을 연주하자 그녀가 노래를 부르기 시작했다. 아아, 그러나 그녀의 노래는 서툴렀다. 비참하리만큼 서툴렀다. 그녀가 노래를 부르고 있는 동안 나의 당혹감과 괴로움은 동정으로 바뀌고, 이윽고 유머로 변했으며 나의 사랑의 꿈은 산산이 깨져 버렸다.

나는 그런대로 끈기도 있고 또 공부를 아주 싫어하는 학생은 아니었지만, 그렇다고 모범적인 학생도 아니었다. 게다가 마지막 일년간은 거의 전혀 노력도 하지 않았다. 그러나 그것은 나태나 사랑 탓은 아니었다. 그것은 소년다운 몽상과 방심 상태에 있었고 또 감각과 머리가 몽롱해졌기 때문이다. 그러한 상태는 아주 드물게, 에테르처럼 나를 에워싸는 창작욕의 섬광 같은 순간을 갑자기, 더욱이 심하게 중단시켰다. 그러한 때에 나는 극도로 맑은 수정(水晶) 같은 공기에 둘러싸이는 것을 느꼈다. 그러한 순간엔 꿈을 꿀 수도 멍청하게 지낼 수도 없이 모든 감각이 예민해져서 방심하지 않고 무언가 떠오르기만을 기다리고 있었을 뿐이다. 그러한 순간에 할 수 있는 일은 극히 드물었다. 아마도 열 마디의 멜로디와 화성적(和聲的) 구성의 실마리 정도를 잡을 수 있었을 것이다. 그러나 이때의 공기를 나는 결코 잊지 않았다. 이 극도로 맑게 갠 가득 찬 공기, 그 속에서 태어나 하나의 멜로디에 이미 우연이 아닌 정확하고 유일한 운동을 부여하기 위한 긴장된 사고(思考)의 집중을 나는 결코 잊지 않았다. 그러한 작은 성과에 나는 만족하지 않았다. 나는 그것이 무엇인가 가치있는 것, 좋은 것이라고는 결코 생각지 않았다. 그러나 그러한 명징과 창조의 시간이 다시 되돌아오는 것만큼 바람직스럽고 중요한 것이 내가 살아 있는 동안 없으리라는 점은 분명했다.

동시에 바이올린으로 즉흥곡을 연주하며 순간적인 착상(着想)이나 다채로운 기분에 도취되고 열중하는 날도 있었다. 그러나 오래지 않아 그것은 창작이 아니며 경계해야 할 유희요, 탐닉이라는 것을 알았다. 꿈을 좇고 도취적인 시간을 맛보는 것과, 적과 싸우듯 예술적 형식의 비밀을 상대로 가차없이 확실하게 서로 맞붙는 것은 별개의 것임을 깨달았다. 그 당시 나는 이미 진짜 창작은 인간을 고독하게 만들며 인생의 쾌락에 대해서는 담을 쌓을 것을 요구하는 것임을 다소나마 깨닫고 있었다.

마침내 나는 자유로워졌다. 학교를 끝마치고 양친에게 작별을 고하고, 수도(首都)의 어느 음악학교 학생으로서 새로운 생활을 시작했던 것이다. 음악학교에서는 훌륭한 학생이 될 수 있을 것이라 확신하고 큰 기대를 품고 있었다. 그러나 가엾게도 전혀 다른 결과가 나타났다. 수업만큼은 어디까지나 따라가려고 애를 썼지만 필수 과목인 피아노 수업에서 커다란 고통이 따랐다. 그리하여 이윽고 수업 전체가 올라가기 어려운 산처럼 자신의 앞에 가로놓여 있는 것을 보았다. 단념할 마음은 없었지만, 역시 나는 환멸을 느끼고 당황하지 않을 수 없었다. 그 동안——아주 겸손한 생각으로도——자신을 일종의 천재로 착각해 왔으며 예술에의 길에 따르는 노고와 곤란을 경시하고 있었음을 그제야 깨달았고 좋아하던 작곡(作曲)도 싫어졌다. 아주 작은 과제에도 산과 같은 장해와 벽 같은 규칙이 보일 뿐 내 자신의 감정에 대한 신뢰는 완전히 상실했다. 도대체 창조력의 불꽃이 아직도 내 가슴속에 남아 있는지조차 의심스러워졌던 것이다. 그리하여 마침내 스스로에 대한 체념으로 매우 위축된 나는 비참한 기분으로 카운터에서나 다른 학교에서 하던 것과 별반 다르지 않게, 아주 근면하게, 그러나 아무런 기쁨도 없이 나의 일을 해나갔다. 불평을 입 밖에 낼 수는 없었다. 특히 집으로 보내는 편지에서는 더욱 그러했다. 나는 내가 원해서 걷기 시작한 길을 환멸 속에서 계속 걸으며 최소한 훌륭한 바이올린 연주자가 되려고 결심했다. 나는 교사(教師)의 무례와 놀림을 참고 견디며 연습에 연습을 쌓았다. 그러나 그런 능력이 있으리라고는 믿기지 않는 많은 동료들이 쉽사리 앞으로 전진하고 칭찬받는 것을 보아야만 했다. 나는 나의 목표를 점점 낮추었다. 바이올린에 있어서도 자만할 수 없을 정도여서 명인(名人)이 된다는 생각은 할 수도 없는 상태였기 때문이다. 열심히 하면 겨우 그런대로 쓸모있는 바이올린 연주자가 되어 어딘가 작은 오케스트라에서 명예스럽지도, 부끄럽지도 않을 정도로 얌전하게 바이올린을 연주하여, 그것으로 생활을 이어갈 수 있을 정도밖에는 되지 못했다.

이리하여 내가 그토록 동경하고 일체의 기대를 걸고 있었던 그 시절은, 결국 일생 중 음악에서 버림받고 기쁨이 없는 길을 울림도 박자도 없이 걸어야 했던 유일한 시절이 되고 말았다. 향락과 고양(高揚)과 빛과 미(美)를 구해도, 내겐 단지 요구와 규칙과 의무와 어려움과 위험이 다가올 뿐이었다. 무엇인가 음악적인 것이 머리에 떠올라도 그것은 평범하고 흔히 있는 것이거나 또는 분명히 예술의 법칙과 모순되어 전혀 가치가 있을 수 없는 것이었다. 그때에 나는 커다란 포부와 희망 등은 일체 선반 위에 올려놓아 버렸다. 나는 젊음의 대담성을 갖고 예술로 향했지만 신중해야 할 때에 이르면 역부족이 되는, 흔히 있는 사람들 중의 한 사람이었다.

이 상태는 근 3년 동안이나 계속되었으며 어느덧 나는 스무 살을 넘고 있었다. 나는 직업을 잘못 선택한 것임에 분경했다. 단지 내가 원해서 시작한 길이라는 의무의 감정에서 아무 재미없는, 고통스럽기까지 한 길을 계속 걷고 있을 뿐이었다. 이미 음악에 대한 열정은 완전히 사그라들었으며 단지 손가락의 연습, 어려운 과제, 화성학(和聲學)의 금제(禁制), 나의 모든 노력을 오직 시간의 낭비라고 힐난하는, 입이 사나운 교사의 힘든 피아노 과제 같은 것만을 나는 알고 있을 뿐이었다.

옛날의 이상이 남 모르게 나의 내부 깊숙이 계속 살아 있지 않았다면,

그 무렵 나는 그런대로 즐겁게 생활할 수 있었을 것이다. 나에게는 자유와 친구들이 있었으며, 또 나는 유복한 양친의 아들로서 아름답고 훌륭한 청년이었으니까. 때로는 그러한 모든 것을 즐기고, 유쾌한 나날과 사랑의 유희, 통음(痛飮), 휴가 여행 같은 것도 맛보았다. 그러나 그것으로 자신을 위로하고 자신의 의무를 간단히 처리하며 특히 젊은 날을 즐긴다고 말할 수는 없었다. 의식하진 못했지만 넋을 잃고 있을 때에는, 언제나 나의 고향에 대해 품은 마음은 예술가가 된다는, 지금은 가라앉은 희망의 별을 살피고 있었다. 환멸을 잊고 잠재우는 일은 불가능했다. 오직 한 번 그것에 완전히 성공한 적이 있었다.

그 날은 나의 어리석은 청년 시절 중 가장 어리석은 날이었다. 그 무렵 나는 유명한 성악가인 H선생의 여제자의 뒤를 쫓고 있었다. 그녀도 나와 똑같은 상태에 놓여 있는 것 같았다. 커다란 희망을 품고 왔으나, 엄격한 선생에게 부딪쳐 공부는 따라가기 힘겹고 마침내 목소리마저도 버리게 될 듯한 상태에 있다고 생각되었다. 그리하여 마음이 들뜬 그녀는 동료들에게 시시덕거리기 시작했다. 그녀는 우리들을 흥분시키는 방법을 알고 있었다. 물론 그것은 아주 쉬운 일이었다. 그녀는 불타는 듯한 생생하고 화려한 아름다움을 지니고 있었는데, 그것은 사그라지기 쉬운 것이었다.

이 아름다운 리디는 만날 때마다 순진한 교태로 나를 사로잡았다. 내가 그녀 생각에 빠져 있었던 시간은 길지 않았으며 보통은 완전히 잊어버리고 있었지만, 그녀의 곁에 있으면 언제나 연심(戀心)에 휩싸이게 되었다. 그녀는 나를 다른 사람들과 똑같이 대하여 초조하게 만들었다. 자신의 힘을 향락하면서 자신은 오직 자신의 젊음의 호기적(好奇的) 관능(官能)으로서 상대가 되고 있을 뿐이었다. 그녀는 매우 아름다웠다. 그러나 그것은 그녀가 이야기를 하거나 어떤 움직임을 보일 때, 다정하고 깊은 목소리로 웃을 때, 춤을 추거나 애인의 질투를 불러일으킬 때뿐이었다. 그녀를 모임에서 만난 후 돌아올 때마다 나는 나 자신을 조소하며 나 같은 성격은 이런 바람기있고 처세에 능한 여자를 진지하게 사랑하는 것이 불가능하다고 스스로를 타일렀다. 그러나 때때로 나는 그녀의 몸짓이나 다정한 속삭임에 완전히 흥분되어 밤이 깊을 때까지 미칠 듯 떨리는 가슴으로 그녀의 집 근처를 거닐기도 했다.

그 무렵 짧은 기간이긴 하나 거의 의식적으로 들뜨고 난폭해진 시기가 있었다. 며칠 동안 의기소침하여 침울하게 있노라면 나의 젊음은 격렬한 움직임과 뭔가에 대한 도취를 요구했다. 그럴 때면 나는 같은 연배의 친구들과 도에 지나친 향락에 빠졌다. 우리들은 명랑하고 방일(放逸)한, 뿐만 아니라 위험하고 시끄러운 존재로 비쳐지고 있었다——나에게는 해당되지 않았지만——우리들은 리디와 그 작은 서클에는 어울리지 않는, 그러나 달콤하고 영웅적인 명성을 떨치고 있었다. 그러한 행등 중에서 과연 얼마만큼이 진짜 청춘의 기쁨이고, 얼마만큼이 의식적인 망아(忘我)였는지, 그것을 이제 와서 규정할 수는 없다. 나는 그런 상태 또는 일체의 외면적인 객기(客氣)에서는 이미 오래 전에 완전히 벗어나 버렸다. 거기에 도를 지나친 것이 있었다면 나는 그 벌을 받고 있다.

수업이 없던 어느 겨울날, 우리들은 함께 교외로 나갔다. 여덟 명 내지 열 명의 젊은 친구들, 그 중에는 세 명의 여자 친구와 리디도 끼여 있었다. 우리들은 활주(滑走) 썰매를 갖고 있었다. 그 당시 활주 썰매는 어린아이의 오락 정도로만 여겨지고 있었으나, 우리들은 산이 많은 교외에서 활주에 적당한 길과 초원(草原)의 사면(斜面)을 찾았다. 나는 그 날을 잘 기억하고 있다. 적당한 추위에 때때로 태양이 반 시간쯤 나왔다. 쌀쌀한 공기가 눈의 기운을 강하게 돋워 주었다. 갖가지 빛깔의 옷을 입고 스카프를 두른 처녀들은 하얀 지면에 눈부시도록 아름다운 모습으로 서 있었다. 옷 속으로 스며드는 공기는 마음을 취하게 했다. 그처럼 상쾌한 곳에서 격렬하게 움직이는 것은 완전히 하나의 기쁨이었다. 우리들 작은 일행은 매우 즐거운 기분이 되어 별명이며 놀리는 말들을 서로 주고받았으며, 눈싸움을 벌이기도 했다. 마지막에는 모두가 열이 오르고 눈투성이가 되어 잠시 숨을 돌리지 않으면 새로이 시작할 수 없을 정도였다. 우리는 커다란 눈의 성곽을 쌓아 서로를 포위하고 습격했다. 그러고 나서 작은 초원 여기저기에서 사면을 썰매로 미끄러져 내려갔다.

낮에 마음껏 뛰놀아 몹시 배가 고파진 우리들은 마을로 내려가 좋은 음식점을 찾아냈다. 거기에서 차와 고기를 주문한 뒤 피아노를 점령하여, 노래를 부르기도 하고 소리를 지르기도 하면서 포도주와 뜨거운 람주(酒)를 마셨다. 식사가 준비되어 떠들썩하게 먹었다. 좋은 포도주도 많이 마셨다. 그 후 처녀들은 커피를 청했고, 우리들은 리큐르(각종 발효액이나 그 증류액, 또는 알코올에 설탕, 식물성 향료, 색소 등을 합성하여 만든 재제주(再製酒)의 하나)를 시음했다. 작은 방안은 온통 떠들썩한 외침과 축제와 같은 소란으로 가득 찼다. 나는 시종 리디 옆에 있었다. 그 날 그녀는 기분이 몹시 좋았으며, 특별한 호의로써 나를 대해 주었다. 환락에 도취된 그 분위기 속에서 그녀는 눈부시게 아름다웠으며, 그 사랑스러운 눈을 빛내면서 많은 사람들이 얼마쯤은 대담하게 또 얼마쯤은 수줍어 하며 자신에게 표시하는 애정을 받아들였다. 벌금놀이가 시작되었다. 벌금은 우리 음악학교 선생들 중의 어느 한 사람을 피아노로 흉내내는 것으로 지불해야만 되었다. 그러나 개중에는 키스로써 지불하는 아이들도 있었는데 그 키스의 횟수와 기교는 엄밀하게 주목당했다.

와글와글 떠들면서 음식점을 나와 귀로에 오른 것은 아직 이른 오후였지만 어둠이 소리 없이 깔리기 시작했고 석양이 서서히 넘어가고 있었다. 서둘지 않고 시내로 돌아오면서 우리들은 다시 정신없이 기뻐하는 어린아이들처럼 눈 속을 뛰어다녔다. 나는 계속 리디 옆에 있을 수가 있었다. 다른 사람들의 따가운 눈총을 받았지만 나는 자진해서 그녀의 기사(騎士)가 되었다. 그리고 그녀를 나의 썰매에 태우고 곳곳에서 잡아당기면서 끊임없이 되풀이되는 눈덩이의 공격에서 결사적으로 지켰다. 마침내 모두들 리디와 내가 하는 대로 맡기고, 각자 짝을 지었다. 상대를 찾지 못한 청년 두 명만이 장난을 치면서 도전적으로 계속 따라왔다. 그때만큼 흥분하고, 미칠 듯이 그녀에게 홀딱 반한 적은 일찍이 없었다. 리디는 나의 팔을 잡고 있었는데, 걸으면서 내가 살짝 껴안는 것을 거부하지 않았다. 그리하여 그녀는 어둠 속을 향해서 재잘거리기도 하고, 혹은 행복스러운 듯이 ——내가 보기에 희망을 걸어도 되겠다 싶게—— 내게 바짝 다가서서 말없이 걷기도 했다. 나는 연심(戀心)에 불타 이 기회를 최대한 이용하리라, 따스한 애정이 담긴 이 호젓한 상태를 될 수 있는 대로 확보하리라 결심했다. 시내 조금 못 미처 다시 한 번 길을 돌아가자는 나의 제의에 따라 아름다운 언덕 위의 길로 들어섰을 때에도 그녀는 반대하지 않았다. 그 길은 골짜기 위로 반원형의 급경사를 이루며 뻗어 있어 골짜기와 시가지가 훤히 내려다보이는 전망 좋은 길이었다. 시가지는 이미 번쩍번쩍 빛나는 가로등의 행렬과 무수한 빨간 등불로 골짜기 밑바닥에서 빛나고 있었다.

리디가 여전히 나의 팔에 매달려, 내게 많은 이야기를 시키고 불타 오르는 나의 열정을 시종 웃음으로 받아들이는 품이 그녀 자신도 몹시 흥분해 있는 듯 보였다. 그러나 내가 팔에 힘을 주어 그녀를 바짝 끌어당겨 키스를 하려고 하자 그녀는 몸을 흔들거 슬쩍 빠져나갔다.

"저것 보세요." 그녀가 깊은 숨을 내쉬며 말했다. "우리 저 초원을 썰매로 미끄러져 내려가요. 당신, 무서워하진 않겠지요? 나의 영웅님."

나는 아래를 내려다보고 놀랐다. 경사가 너무나도 급하기 때문에, 잠시 이 대담한 활주에 두려움을 느끼지 않을 수 없었다.

"그것은 안 돼" 하고 나는 솔직하게 말했다. "날이 너무 어두워."

그녀는 갑자기 비웃음과 노여움의 어조로 내게 덤벼들었다. 나를 겁쟁이라고 부르면서 함께 미끄러져 내려가지 않을 정도의 겁쟁이라면 그녀 혼자서 언덕을 미끄러져 내려가겠다고 분명하게 잘라 말했다.

"물론 넘어질 수도 있겠지요. 그렇지만 그것이야말로 가장 재미있는 일이 아니겠어요?" 그녀가 깔깔거리며 말했다.

그녀의 부추김에 따라 나는 한 가지 생각을 떠올렸다.

"리디." 나는 작은 소리로 말했다. "미끄러져 내려갑시다. 넘어지면 나를 눈으로 문질러도 좋아요. 그 대신 제대로 미끄러져 내려가면 보수를 줘야 해요."

그녀는 말없이 그저 웃으면서 썰매에 올라탔다. 나는 그녀의 눈을 들여다보았다. 그 눈은 몹시 즐거운 듯 뜨겁게 빛나고 있었다. 나는 썰매 앞부분에 바짝 다가앉고 그녀는 나를 꼭 붙잡은 채 미끄러져 내려가기 시작했다. 내 가슴 위에 깍지 끼고 나를 껴안은 그녀의 팔과 손의 따스함이 느껴졌다. 나는 다시 무엇인가 큰 소리로 말하려 했지만 아무 말도 할 수가 없었다. 경사는 몹시 급하여 허공 속으로 떨어져 내려가는 느낌이 들었다. 나는 급히 양쪽 발바닥으로 지면을 더듬으면서 멈추려고 시도했다. 리디가 몹시 걱정스러웠기 때문이다. 그러나 이미 늦었다. 썰매는 빠른 속도로 곧바로 내려갔다. 뼛속까지 스밀 듯 차가운 비말(飛沫)의 물결이 얼굴에 느껴질 뿐이었다. 그리고 리디의 비명이 들렸다. 그것뿐이었다. 나는 대장간의 망치로 얻어맞은 것 같은 심한 타격을 머리에 받았다. 어딘가 몸이 잘린 듯한 고통이 느껴졌다. 그리고 최후의 기억은 춥다는 느낌뿐이었다.

이 짧은 썰매타기로 인해 나는 청춘의 쾌락과 어리석음의 보상을 혹독히 받아야만 했다. 그 후 여러 가지 다른 일들과 함께 리디에 대한 나의 사랑도 완전히 사라져 버렸다.

그 진기한 사건에 이어서 일어난 소동과 불안한 분주함은 내가 알 바 아니었으나 다른 사람들에게는 고통스러운 한때였다. 그들은 리디가 소리치는 것을 듣고 처음에는 웃고 떠들며 어둠 속을 향해서 우리를 놀려댔으나 마침내 무엇인가 나쁜 일이 생긴 것을 알고는 모두 아래로 내려왔다. 그들이 도취와 명랑한 기분에서 벗어나 사태에 대한 분별심을 갖게 되기까지에는 약간의 시간이 소요되었다. 리디는 창백해지고 거의 정신을 잃고 있었지만 다친 곳은 전혀 없었다. 다만 장갑이 찢어지고 가느다란 흰 손에 찰과상을 입어 약간의 출혈이 있을 뿐이었다. 그러나 나는 마치 죽은 사람처럼 운반되었다. 썰매와 부딪쳐 나의 뼈를 박살냈던 사과나무인지 배나무는 후에 찾아보았지만 찾을 수가 없었다.

모두들 내가 뇌진탕으로 죽은 것이라고 생각하고 있었지만, 그렇게 심하지는 않았다. 물론 머리에 충격을 받아, 병원에서 정신이 들기까지는 꽤 오랜 시간이 걸렸다. 그러나 상처는 곧 나았다. 머리도 치유되었다. 하지만 몇 군데 뼈가 부러진 왼쪽 다리는 쉽게 원상회복이 되지 않았다.

그 이후로 나는 불구가 되어 다리를 절고, 정상적으로 걸을 수도 달릴 수도 춤을 출 수도 없게 되었다. 그리하여 뜻밖에도 나의 청춘에는 조용한 나라에로의 길이 주어졌다. 나는 부끄러워하면서 본의 아니게도 그 길을 걸어야 했다. 결국 그 길 외에는 없었던 것이다. 때때로 그 날 석양의 썰매타기와 그 결과를 일생에서 잊어버려서는 안 된다고 생각하기도 했다.

물론 그럴 때에 나는 부러진 다리보다는 그 재난으로 인한 다른 여러 가지 결과에 대해서 생각하는 것이다. 그것은 훨씬 바람직하고 기쁜 것이었다. 그것이 공포와 암흑에의 응시(凝視)를 수반하는 불행 그 자체 탓이었는지, 또는 부워서 지낸 수개월 동안 조용히 생각하는 습성이 밴 탓이었는지는 분명치 않으나 어쨌든 치료는 나에게 좋은 결과를 가져다 주었다.

그 긴 병상(病床)의 초기, 거의 일주일의 시간은 나의 기억에서 완전히 사라졌다. 의식이 없을 때가 많았으며, 의식을 완전히 회복한 후에도 아직 쇠약하여 매사에 무관심한 상태였다. 어머니가 찾아와 매일 충실하게 내 침대 옆을 지켰다. 내가 어머니에게 한두 마디의 이야기를 하면, 어머니의 얼굴은 금방 생기가 돌고 아주 쾌활해 보이기까지 했다. 후에 들은 이야기지만 어머니는 그때 내 생명이 위태롭다고까지는 생각하지 않았어도 정신에 어떤 이상이 오지나 않을까 하고 걱정하고 있었던 것이다. 때때로 어머니와 나는 조용하고 밝은 작은 병실에서 오랫동안 잡담을 나누었다. 그러나 우리들의 관계는 별로 깊어지지 않았다. 나는 언제나 아버지 쪽에 보다 많은 애정을 느끼고 있었다. 다만 그때 어머니는 다친 나에 대한 동정심으로, 나는 어머니의 간호에 대한 감사한 마음으로 새로운 애정이 싹텄지만 두 사람은 너무나도 오랫동안 상대방의 태도에 따라 그때그때 내키는 대로 인정하는 데 익숙해져 있었기 때문에 이제서야 싹튼 애정을 말로 표현하기는 힘들었다. 우리들은 서로 만족하여 얼굴을 바라볼 뿐, 말로 언급하지는 않았다. 어머니는 병상의 나를 간병함으로써 다시 나의 어머니가 되었으며 나도 다시 소년의 감정으로 돌아가 그 외의 모든 일을 잠시 동안 잊었다. 물론 후에 옛날의 상태는 되돌아왔다. 우리들에게 무엇인가 거북한 느낌을 떠올리는 그 병상 생활에 대해서는 서로 별로 이야기하지 않게 되었다.

나는 차츰 자신의 처지를 확인하기 시작했다. 열이 나는 시기를 넘어 어느 정도 회복 상태로 호전되었을 때 의사는 이미 나의 그 전복(顚覆)의 흔적이 아마도 영원히 남으리라는 것을 비밀로 하지는 않았다. 나는 얼마 맛보지도 못한 나의 청춘이 무참하게 절단되고 비참하게 부서져 있는 모습을 보았다. 그러나 병상 생활은 3개월이나 더 계속되었으므로 그것을 체념하기 위한 시간은 충분했다.

나는 머릿속에서 열심히 자신의 처지를 포착하고 장래의 모습을 그려내려고 노력했지만 별 효과는 없었다. 이리저리 머리를 썼지만 아무런 소용이 없었다. 언제나 피곤으로 축 늘어져 어렴풋이 몽상에 잠기는 것이었다. 이렇게 해서 자연은 불안과 절망으로부터 나를 지키고, 치유를 위한 휴식을 싫든 좋든 취하게 했다. 그러나 마음을 진정시켜 주는 어떤 다른 위안을 생각해 낼 수 없을 때에는 몇 시간이고 또는 한밤중까지 불행에 대한 생각으로 괴로워하곤 했다.

그 무렵의 어느 날 밤, 두세 시간 가볍게 졸다가 눈을 떴을 때의 일이었다. 무언가 좋은 일을 꿈꾸었다는 생각에 그것을 상기해 내려고 노력했지만 헛일이었다. 그러나 좋지 않은 일들을 완전히 극복하고 뛰어넘어 버린 듯한, 신기할 정도로 기분이 좋은 느긋한 기분이었다. 누운 채로 무언가를 생각하고, 완쾌(完快)와 구원의 잔잔한 흐름에 몸을 맡기자 하나의 선율이 거의 소리도 없이 입술 위로 감돌아 왔다. 그것을 나는 언제까지나 계속 흥얼거렸다. 그러자 뜻밖에 오랫동안 멀리하고 있던 음악이 구름을 헤치고 나타난 별처럼 나를 지켜 보았다. 내 가슴은 음악의 박자로 고동쳤다. 젊어진 나의 온 마음과 온몸이 새로운 맑은 공기를 흠뻑 들이마셨다. 눈으로 볼 수는 없었지만 그것은 실제로 일어난 일이었다. 마치 희미한 합창 소리가 먼 곳으로부터 나를 향해 울려 오는 것처럼, 조용히 내 심신으로 스며들었다.

이러한 상쾌한 기분 속에 나는 다시 잠이 들었다. 다음날 아침은 오랫동안 맛본 적이 없는, 즐겁고 가벼운 기분이었다. 그것을 눈치챈 어머니는 무엇이 그리 기쁘냐고 물었다. 나는 잠시 생각한 후에 오랫동안 잊고 있었던 바이올린을 생각해 냈으며 그것이 바로 기쁨이라고 대답했다.

"하지만 아직은 제대로 연주하기 힘들 텐데……" 하고 어머니는 다소 근심스럽게 말했다.

"그런 것은 상관없어요. 설사 이제 전혀 연주할 수 없다 해도."

어머니로서는 나의 기분을 이해하기 힘들었으리라. 나도 설명할 수가 없었으니까. 그러나 어머니는 나의 상태가 좋아졌으며 근거없는 그 즐거움 뒤에 적의가 숨어 있지 않음을 확인했다. 며칠 후 어머니는 음악 이야기를 신중하게 꺼내었다.

"그래, 너의 음악은 도대체 어떤 것이냐? 우리는 네가 음악에 싫증이 난 것이라고 생각하고 있었단다. 아버지가 네 선생님들과 말씀을 나누셨지. 특별히 너를 간섭하려는 것은 아니란다. 특히 지금은 말이다. 하지만 실망하고, 단념하고 싶은 생각이라면 그렇게 해도 좋단다. 자부심이나 체면 때문에 고집을 부릴 것은 없다. 어떠냐?"

음악에 환멸을 느끼고 벗어나고 싶어하던 시절이 머리에 떠올랐다. 나는 그때의 그러한 심경을 어머니에게 설명하려고 생각했다. 그녀로서도 어느 정도 이해하는 것 같았다. 그러나 바로 그 즈음에 나는 다시 음악에 대한 확신을 되찾았던 것이다. 어찌 되었든 그런 식으로 도망쳐 버리고 싶지는 않았다. 최후까지 공부해 보겠다고 말했으며 일단 그렇게 하기로 했다. 그 누구도 엿볼 수 없는 내 마음 속 밑바닥에는 오직 음악이 있을 뿐이었다. 바이올린으로 성공할 수 있을지 어떨지는 알 수 없었지만, 나는 다시 세상이 훌륭한 예술품처럼 울리는 것을 들을 수 있었으며 나에게 음악 이외에 구원의 길은 없다는 것을 알았다. 이제 신체적 결함으로 바이올린이 허용되지 않는다면 그것을 포기하지 않으면 안 될 것이다. 어쩌면 다른 직업을 찾아 장사꾼이라도 되지 않으면 안 될 것이다. 그러나 그런 것은 그리 중요하지 않았다. 장사꾼 또는 다른 그 어떤 것이 되어도, 나는 변함없이 음악을 느끼고, 음악 속에 살고 호흡할 것이다. 나는 다시

작곡을 할 것이다. 나의 즐거움은 어머니에게 말한 것처럼 바이올린만은 아니었다. 내가 손을 떨면서 찾고 있던 것은 음악을 한다는 것 자체, 바로 창작이었다. 이미 나는 옛날의 가장 좋았을 때와 마찬가지로 때때로 다시 맑게 갠 공간의 높은 진동(振動)과 응집되는 사상(思想)의 긴장을 느꼈다. 또 그것에 비하면 불구인 다리나 그 밖의 재난은 대수로운 것이 아니라고 느꼈다.

그때 이후로 나는 승리자였다. 때로 건강과 청춘의 쾌락의 나라를 동경하는 일은 있었어도, 또 수치심으로 불유쾌하고 화가 치밀어 자신의 불구를 증오하고 저주하는 일은 있었어도 나는 그 괴로움에 의해 그처럼 쉽게 패배감에 젖어 있지만은 않았다. 무엇인가 위로해 주고 광명을 주는 것이 존재하고 있었다.

때때로 어머니와 나를 보기 위해 찾아오던 아버지는 내가 이미 곤란을 겪지 않을 정도로 회복되자, 어느 날 어머니를 데리고 돌아갔다. 처음 며칠 동안은 다소 적적했다. 그리하여 거의 어머니와 마음을 터놓고 이야기하지 않았으며 또 어머니의 생각이나 걱정에 무관심했던 것이 후회스러웠다. 그러나 또 다른 기분으로 내 마음은 가득 차 있었기 때문에 이 유감스러운 생각도 호의적인 변덕과 감상(感傷) 이상으로 발전하지는 않았다.

어느 날인가 뜻밖의 방문객이 찾아왔다. 그 사람은 어머니가 있는 동안 찾아오기를 삼가고 있었던 리디였다.

그녀를 본 최초의 순간 나는 그녀와 최근까지 얼마나 가까웠으며 그녀를 얼마나 사랑하고 있었는지는 전혀 머리에 떠오르지 않았다. 그녀는 커다란 곤혹감(困惑感)을 그대로 드러낸 채 찾아왔다. 나의 불행에 대해서 책임을 느끼고 있었기 때문에 그녀는 어머니에 대해서, 뿐만 아니라 법원(法院)에 대해서도 두려움을 품고 있었다. 그러나 그녀는 점차 사태가 그렇게 심한 것도 아니며 또 자기와 결국 아무런 관계가 없음을 이해하고 안도의 숨을 내쉬었지만 약간의 가책은 피할 수 없었던 것이다. 그녀는 여러 가지 가책을 느끼고 있었지만, 선량한 여심(女心)의 밑바닥에서는 그 사건 전체에 의해서, 상심한 불행에 의해서 깊이 마음을 썻기고 있었다. 그녀는 종종 비극적이라는 말까지 사용했다. 나는 거기에 대해서 웃음을 참을 수가 없었다. 그녀는 그처럼 생기발랄하고 자신의 불행을 그처럼 개의치 않는 내 모습을 전혀 예기치 못하고 있었다. 그녀는 내게 용서를 빌고——그녀를 용서하는 일은 연인인 내게도 크게 만족할 만한 일임에 틀림없을 것이므로——그 감동적인 장면을 바탕으로 나의 마음을 새로이 자랑스럽게 획득하려고 생각하고 있었던 것이다.

내가 그토록 쾌활한 것이 한편으론 일체의 죄의식에서 벗어나게 되었다는 얕은 생각으로 적잖이 안심되는 일이기는 했지만 그녀는 그것을 기뻐하진 않았다. 양심의 진통이 가라앉고, 가지고 온 걱정이 사라지면 사라질수록 기운을 잃고 차가워져 가는 것을 나는 확인했다. 나의 불행에 대한 그녀의 상관도(相關度)를 내가 너두나 낮게 보고 있었으며 아니, 아예 잊어버리고 있는 것처럼 보였고, 그녀의 사죄(謝罪)를 미연에 눌러 버림으로써 감격스런 장면을 허사로 만들어 버린 일이 뒤늦게나마 그녀의 마음을 적잖이 다치게 했다. 내가 이미 그녀를 조금도 사랑하고 있지 않다는 것을, 내가 매우 정중하게 대했음에도 불구하고 그녀는 느낄 수 있었던 것이다. 그것이 가장 잘못된 일이었다. 설사 팔과 다리를 잃었다 해도 내가 여전히 그녀의 열애자(熱愛者)이기를 그녀는 바랐던 것이다. 그녀 자신은 열애자를 사랑하지도, 행복하게 하지도 않으면서, 상대가 비참해지면 비참해질수록 상대의 여윈 모습에서 더 한층 커다란 만족을 찾아냈을 것이다. 그런데 그 기대가 완전히 빗나간 것을 그녀는 너무나도 똑똑히 깨달았다. 그녀의 예쁜 얼굴에서 동정에 넘치는 문병객의 온정과 근심의 표정은 차츰 사라지고 굳어지는 것을 나는 보았다. 마침내 그녀는 상냥한 목소리로 작별 인사를 하고 떠나갔다. 그리고 다시 오겠다는 약속에도 불구하고 그 후로 다시는 오지 않았다.

지난날의 사랑이 몹시 경시당하고 조롱당하고 있는 것을 보는 것은 나에게 있어서도 매우 고통스러운 일이며, 자존심에 거슬리는 일이긴 했지만 그녀의 문병은 역시 나에게 도움이 되었다. 열망했던 아름다운 아가씨를 처음으로 연심(戀心)이라는 안경을 벗고 봄으로써 그 동안 그녀에 대해 전혀 제대로 알지 못했었다는 것을 깨닫고 나는 몹시 놀랐다. 세 살때 껴안고 귀여워했던 인형을 다시 본다 해도 그처럼 서먹서먹하지는 않았을 것이며 이때만큼 놀라지도 않았을 것이다. 수주일 전까지도 열애하고 있었던 그녀를 바로 눈앞에서 완전히 타인으로 보았기 때문이다.

그 겨울 일요일의 소풍에 동행했던 친구들 중 두 명이 두세 번 문병을 왔었지만 서로 많은 이야기를 나눈 적은 거의 없었다. 쾌유되어 가고 있으니 나 때문에 마음쓰지 말라는 나의 부탁에 그들이 안심하는 것을 엿볼 수 있었다. 그 후 그들과도 더 이상 만나지 않았다. 그 청년 시절, 나의 일상 생활에 속해 있던 모든 것이 내게서 멀어지고 서먹해져서 마침내 상실되어 가는 것은 슬프고도 기묘한 인상을 나에게 주었다. 나는 그런 느낌들을 통해서 문득 그 동안 내가 얼마나 그릇된 슬픈 생활을 해왔던가를 깨달았다. 그 무렵의 사랑과 친구들과 습관과 기쁨들이, 조잡한 의복처럼 나의 몸에서 벗겨져 아무 고통 없이 떨어져 나갔기 때문에 그때까지 어떻게 그러한 의복들을 걸치고 참을 수 있었는지, 또는 그러한 것이 나를 상대로 어떻게 참을 수 있었는지 그것이 신기할 뿐이었다.

그리고 또 얼마 후, 전혀 생각지도 않은 사람의 방문이 나를 기다리고 있었다. 입이 사나운 엄격한 피아노 선생이 찾아와 준 것이다. 그는 장갑을 낀 채, 한 손에 지팡이를 들고 평소의 밉살스러운, 거의 신랄한 어조 그대로 이야기를 했다. 그는 어리석은 썰매타기를 '여자를 위한 마부놀음'이라고 규정지으며——그의 말투에 의하면——내가 당한 불행을 고소하게 생각하고 있는 것 같았다. 그럼에도 불구하고 그가 찾아온 것은 매우 놀랄 만한 일이었다. 그의 태도는 달라지지 않았지만 악의에서 찾아온 것이 아님은 분명했다. 그는 나에게 "아둔하기는 하지만 기대는 할 수 있는 학생이다. 나의 동료인 바이올린 교사도 같은 의견이다. 빨리 건강해져서 돌아와 우리를 기쁘게 해달라"는 말을 하기 위해서 왔던 것이었다. 예전에 심하게 대했던 데 대한 사과로 보이는 이 말조차도 예전과 조금도 다름없는, 가차없이 예리한 어조로 말했지만 그것은 내게 사랑의 선언처럼 들렸다. 나는 그토록 싫어했던 그 피아노 선생에게 감사의 손을 내밀었다. 그리고 그에게 신뢰를 나타내기 위해서 지난 수년 간 나 자신의 상태가 어떠했으며 음악에 대한 어릴 때부터의 소망이 지금 어떻게 되살아나고 있는지를 분명히 나타내려고 시드했다.

"저런, 자네는 작곡가가 되겠다는 것인가?" 하고 선생은 머리를 흔들며 비웃는 듯 혀를 찼다.

"가능하다면." 나는 당혹해서 말했다.

"음, 성공을 빌겠다. 그러지 않아도 네가 새로운 열성을 갖고 연습을 시작할 것이라고 생각하고 있었다. 그러나 작곡가로서는…….

"아아, 그럴 생각이 아니었습니다."

"그렇다면, 어쩔 계획이냐? 음악학교 학생들은 흔히 게을러지고 공부가 싫어지면 작곡을 하겠다고들 하지. 그것이라면 누구나 할 수 있을 것 같고, 또 누구나가 스스로 천재이니까 말이야."

"실제로 그럴 생각은 아닙니다. 선생님, 저는 피아니스트가 되면 좋을까요?"

"아니, 그것은 무리일 거야. 그러니 틀림없이 상당한 수준의 바이올린 연주자는 될 수 있을 것이다."

"그럼, 그렇게 하겠습니다."

"진심이겠지? 오랫동안 있는 것은 사양하겠다. 그럼 쾌차를…… 안녕."

그렇게 말하고, 그는 약간의 흥분으로 상기된 나를 남겨 놓고 떠나갔다. 나는 공부하기 위해 돌아가는 일은 아직 거의 생각지 못하고 있었다. 이번에도 또 힘에 겨워 제대로 해내지 못하고 결국 전과 같은 상태가 되지나 않을까 하는 두려움이 앞섰던 것이다. 그러나 그런 두려움이 오래 지속되지는 않았다. 성미가 까다로운 선생의 방문은 호의적인 것으로서 진정한 친절의 표시라는 것도 알았다.

완쾌된 후 나는 보양(保養) 여행을 떠날 여정이었지만, 그것은 긴 휴가 때로 미루고 지금은 차라리 열성을 다해 공부를 하기로 했다. 그때 비로소 나는 휴양 기간, 특히 부득이했던 휴양 기간이 얼마나 놀라운 효력이 있는 것인가를 실감했다. 자신감없이 수업과 연습을 시작했지만 모두가 전보다 잘되었다. 물론 결코 명수(名手)가 될 수 없으리라는 것은 분명했다. 그러나 그렇게 깨달았어도 그렇게 고통스럽지는 않았다. 어쨌든 학업은 순조롭게 진행되었다. 특히 오랜 휴지(休止) 동안에 음악이론, 화성학, 작곡학 등의 높기만 하던 수풀이 접근하기 쉬운 화원으로 완전히 변해 있었다. 그리고 그 기간 이전에 내가 했던 착상이나 시도들이 규칙이나 법칙에 얽매였던 것임을, 또 엄격한 학생으로서의 복종 속에 자유에의──좁기는 하지만 어김없는──길이 있다는 사실을 나는 깨달았다. 모든 것이 가시가 있는 울타리처럼 눈앞에 가로놓여 그 가시에 상처 입은 머리를 안고 모순과 결함으로 괴로워할 때가 밤낮없이 이어지긴 했지만 절망은 두 번 다시 오지 않았다. 좁은 길은 내 눈앞에 확실하게, 걷기 쉽게 주어졌다.

학기가 끝나갈 무렵, 이론 선생님이 종강사에서 뜻밖에도 나를 향해 이렇게 말했다.

"너는 금년 수강생 중에서 다소나마 음악을 이해하고 있다고 생각되는 유일한 학생이다. 무엇이든 곡을 만들어 오면 기꺼이 보아 주겠다."

이 위로의 말을 듣고 나는 휴가 여행길에 올랐다. 기차 여행 중 오랫동안 가 보지 못한 고향이 떠올라, 나의 첫사랑과 유년 시절, 소년 시절 초기의, 지금은 거의 사라진 추억들이 밀물처럼 밀려왔다.

고향 정거장에는 아버지가 나와 있었다. 우리를 태운 역마차는 뽀얀 먼지를 일으키며 집으로 달렸다. 다음날 아침, 나는 옛 거리들을 일순(一巡)하고 싶은 생각에 쫓겼다. 그러나 거리에 나선 나는 곧 그 옛날 그처럼 빛나던 청춘을 잃어버린 슬픔에 휩싸였다. 구부러진 다리를 지팡이에 의지한 채 절면서 골목길을 걸으며 길모퉁이에서마다 사라져 버린 유희와 기쁨을 회상하는 것은 하나의 큰 고통이었다. 나는 우울한 기분으로 집에 돌아왔다. 누구를 만나도, 누구의 목소리를 들어도, 무엇을 생각해도 옛날과 대비되는 현재의 불구를 극명하게 드러내 줄 뿐이었다. 게다가 어머니가 노골적으로 말하지는 않았지만, 나의 직업 선택에 대해 지금까지 보다도 더욱 반대하고 있었기 때문에 나는 괴로웠다. 어머니는 같은 음악가라 할지라도 명수(名手)로서, 또는 활달한 지휘자로서 맵시 좋은 모습을 나타내는 것이라면 그런대로 인정할 수가 있었을 것이다. 그러나 몸을 제대로 쓰지도 못하는 사나이가 그저 그런 수준으로, 더욱이 소심한 성격으로 어떻게 바이올리니스트로서 출세할 수 있다는 것인지, 어머니로서는 도저히 이해할 수가 없었다. 이 문제에 있어 어머니는 먼 친척뻘인 옛 친구 분의 지지도 받았다. 예전에 아버지는 그 부인의 우리집 출입을 금한 적이 있다. 그 일로 해서 그녀는 아버지에게 심한 증오심을 품고 있었다. 그러나 그녀는 물론 멀어지지는 않았다. 아버지가 사무실에 나가 계시는 사이 종종 어머니를 찾아왔었으니까. 소년 시절에도 그녀는 나와 거의 말을 주고받은 적이 없었다. 그녀는 나를 싫어하는 것 같았으며, 나의 직업 선택에 대해서도 유감스럽지만 그것은 타락의 길이라는 듯, 또 나의 불행은 섭리에 의한 벌이요 응징이라는 듯한 표정을 짓고 있었다.

그리고 아버지는 나를 기쁘게 하기 위해 고향 음악협회가 주최하는 연주회에서 내가 독주(獨奏)를 맡을 수 있도록 손을 쓰고 있었다. 하지만 나는 그에 응할 수가 없었다. 나는 모든 것을 거절하고 며칠 동안 내 소년 시절의 꿈들이 익어 갔던 작은 방에 틀어박혀 있었다. 특히 끝도 없이 반복되는 질문과 대답은 몹시 고통스러운 것이었다. 때문에 나는 전혀 외출을 하지 않고 창에서 거리의 생활이며 어린 학생들, 특히 처녀들을 한참씩 바라보곤 했다. 그러다가 문득 불행한 질투심에 불타고 있는 자신을 깨닫고 깜짝 놀라는 것이었다.

언제 또다시 아름다운 여인에게 사랑을 고백할 수 있는 날이 있을 것인가. 춤을 출 때마다 나는 한쪽 구석에 떨어져 서 있을 것이다. 그렇게 방관하고 있지 않으면 안 되고, 처녀들에게 완전한 사나이로 인정받지 못할 것이다. 어쩌다 혹시 나에게 친절하게 대하는 처녀가 있다면 그것은 동정에서겠지? 아아, 동정이란 말은 생각만 해도 이미 가슴이 울렁거릴 정도로 싫다.

이러한 상태로는 집에 있을 수가 없었다. 양친도 나의 안절부절 못하는 우울에 적지 않게 고민하고 있었기 때문에 오랫동안 계획하고 있던 여행을 떠나고 싶다고 말하자, 아버지도 거의 반대하지 않았다. 그 후에도 또 신체의 결함 때문에 고통받고, 절실한 소망이 무너져 내리는 듯한 절망을 종종 느끼곤 했지만 그 당시만큼 내 자신의 연약함과 불구를 고통스럽게 느낀 적은 없었다. 그 무렵에는 건강한 청년이나 아름다운 여성만봐도 온몸이 굴욕감과 고통에 휩싸이곤 했었다.

그러나 지팡이와 절름거리며 걷는 일에 차츰 익숙해져서 거의 아무런 불편을 느끼지 않게 된 것처럼, 나는 세월이 지남에 따라 체념으로 불구자라는 사실에도 태연할 수 있고, 오히려 유머로까지 받아넘길 수 있도록 익숙해지지 않으면 안 되었다.

다행히 특별히 시중을 들지 않아도 혼자서 여행할 수가 있었다. 어떤 길동무도 나는 원치 않았다. 그 누구도 나의 내적인 완쾌에는 방해가 될 것임에 분명했다. 기차 안에는 나를 신기하게 또는 동정의 눈으로 보는 사람은 한 사람도 없었다. 나는 편안한 기분이 되었다. 낮이나 밤이나 완전히 탈출하는 듯한 기분으로 계속 기차를 탔다. 그리하여 이틀째 되는 날 흐린 창 너머로 석양 빛에 붉게 빛나는 높은 산을 보고 깊은 안도의 숨을 쉬었다. 어두워질 무렵 종착역에 닿은 나는 이미 조금 지쳐 있었지만 그라우뷘덴이라는 작은 도시의 어둡고 좁은 길을 걸어 첫 번째 호텔에서 빨간 포도주를 한 잔 마시고 내리 열 시간을 잤다. 그 길고 깊은 잠은 여행의 피로와 짊어지고 온 근심과 고뇌의 대부분을 씻어 주기에 충분했다.

아침에는 하얗게 물거품이 이는 시냇물을 따라 좁은 골짜기를 누비며 산속을 통과하는 등산(登山) 열차를 탔다. 그리고 어느 작고 한적한 정거장에서 내려 마차로 갈아탔다. 그리하여 정오 무렵에는 이 나라에서 가장 높은 곳에 있는 마을에 도착할 수 있었다.

조용하고 가난한 마을에 있는 단 하나의 여관에, 때로는 오직 한 사람의 손님으로서 나는 가을까지 묵었다. 원래는 이곳에서 잠시 휴식을 취한 뒤 곧바로 넓은 세상과 외국을 구경하기 위해 스위스로 떠날 계획이었다. 그런데 이 고지(高地)에 부는 바람이 세차지만 맑고 숭고함으로 충만된 공기를 몰고 왔기 때문에 나는 그곳을 떠나고 싶은 생각이 없어졌던 것이다. 높은 골짜기의 일면은 그 꼭대기까지 전나무 숲으로 덮이고, 다른 한 면은 바위투성이의 불모(不毛) 지대였다. 나는 줄곧 볕이 내리쪼이는 바위 사이와 기세 좋게 흐르는 가파른 시냇물 옆에서 나날을 보냈다. 밤이면 시냇물이 흐르는 소리가 마을 안까지 울렸다. 처음에 고독은 차가운 물약처럼 찾아왔다. 누구 한 사람 나를 지켜 보는 사람도, 나에게 호기심이나 동정심을 드러내 보이는 사람도 없었다. 나는 높은 곳에 있는 새처럼 자유스럽고 혼자였다. 그래서 곧 고통과 병적인 질투심을 잊었다. 단지 때때로 산속 깊숙이 들어가지 못하는 것과, 미지의 골짜기와 알프스를 찾아가지 못하고, 위험한 길을 올라가지 못하는 것이 나를 슬프게 했을 뿐이었다. 마음 밑바닥까지 대단히 좋은 상태였다. 지난 수개월 동안의 체험과 흥분 뒤에 고독의 조용함이 안전한 성(城)처럼 나를 감싸 주었다. 흐트러진 마음의 안정을 되찾고 신체상의 결함에 쾌활하다고는 할 수 없을지라도, 체념으로서 순응하는 법을 나는 익혔다.

그 고지에서의 수주일 동안은 내 일생의 가장 아름다웠던 한때였다고 할 수 있다. 나는 맑게 갠 공기를 호흡하고, 얼음처럼 차가운 시냇물을 손으로 떠 마시며, 가파른 비탈에서 꿈을 꾸는 듯 조용한 검은 머리의 목인(牧人)이 지켜보는 가운데 산양떼가 풀을 뜯고 있는 광경을 내려다보곤 했다. 때로는 폭풍이 골짜기를 달리는 소리가 들릴 정도로 가까운 곳에서 안개와 두터운 구름을 직시했다. 갈라진 바위 틈새에서는 작고 부드러운 색채의 초화류(草花類)와 보기 좋게 바위를 덮고 있는 이끼를 관찰했다. 맑게 갠 날에는 한 시간씩이나 산에 올라 건너편 높은 곳, 푸른 그림자와 행복스럽게 빛나는 은빛 설원(雪原)이 펼쳐져 있는 높은 산 멀리 우뚝 솟은 선단(先端)을 바라보았다. 작은 샘에서 흘러내리는 가는 물줄기로 젖어 있는 샛길에서는 맑게 갠 날이면 언제나 수백 마리의 푸른 나비떼가 물을 마시며 그 위에 앉아 있는 것을 발견할 수 있었다. 나비들은 나를 피하지 않았다. 내가 팔이라도 휘저어 놀래 주기라도 하면 얇은 비단처럼 가느다란 날개 소리를 내면서 내 주위를 훨훨 날아다녔다. 이 나비들과 만난 후로 나는 맑은 날만큼은 반드시 그 길을 걸었다. 그곳에는 언제나 푸른 무리들이 밀집해 있어서 마치 축제일 같았다.

그러나 곰곰이 회상해 보면, 언제나 완전히 푸른 하늘이요, 태양이 빛나는 축제일 같지만은 않았던 게 틀림없다. 안개 낀 날이나 비 내리는 날도 있었을 뿐만 아니라, 눈이나 혹독한 한기가 찾아왔던 적도 많았고 내 마음속에도 폭풍과 비바람이 몰아친 날들이 많았다.

나는 혼자 있는 일에 익숙지 못했다. 최초의 휴식과 탐닉이 지나가자 때때로 힘들게 빠져 나온 고뇌가 문득 눈앞에서 나를 찬찬히 쳐다보았다. 추운 밤이면 곧잘 작은 방에 앉아서 여행용 담요를 무릎에 얹어 놓고, 지친 나는 아무 저항 없이 어리석은 생각에 잠기곤 했다. 젊은 피가 갈구하는 모든 것, 이를테면 축연(祝宴)이나 춤의 즐거움, 여인의 사랑, 모험, 힘과 승리 같은 것은 이제 나에게서 떨어져 나가 영원히 도달할 수 없는 피안(彼岸)에 가로놓여 있는가. 한때의 들뜬 기분으로 그 위험한 썰매놀이를 했던, 그 분별없이 도를 벗어났을 때의 일까지도 나의 기억 속에서는 잃어버린 기쁨의 나라, 아름다운 낙원으로 그려졌다. 그 기쁨의 여운은 이제 마치 사라져 가는 주신(酒神)의 흥얼거림처럼 먼 곳으로부터 울려 오는 것에 지나지 않았다. 때때로 낙하하는 물이 바위에 부딪치는 소리가 세찬 폭풍우에 흔들리는 전나무 숲의 심한 비명에 지워지는 밤이나 폐허가 된 건물의 지붕에서 잠을 이루지 못하고 우짖는 여름 밤의 정체 모를 무수한 소리들이 높아지는 밤이면, 나는 삶과 사랑의 폭풍우에 절망하고 뜨거운 꿈에 쫓겨 신을 욕하면서 엎치락뒤치락했다. 그리하여 도처에서는 무수한 사람들이 청춘을 구가하며 생명을 향해 두 손을 내밀어 환호하지만 나는 초라한 시인이요, 불쌍한 몽상가에 불과하다고 느꼈다. 그 꿈은 가장 아름다운 경우에도 결국 덧없는 비누 방울에 지나지 않았다.

그러나 산들의 신성한 아름다움과 날마다 감각적으로 맛보고 있는 모든 것들이 베일을 통해서 나를 보고, 신기하게 먼 곳으로부터 나를 향해 말을 걸어오고 있는 것과 같이 종종 심하게 입을 벌리는 고뇌와 나 사이에도, 하나의 베일과 그 어떤 희미한 서먹서먹함이 끼여 들었다. 나는 곧

낮의 빛과 밤의 슬픔을 태연하게 맞을 수 있고, 그 소리들을 단지 외부로 부터의 소리로 들을 수 있을 만큼 진정되었다. 또한 나는 나 자신을 구름이 왕래하는 하늘로, 또 싸우는 병사들로 가득 찬 전장(戰場)으로 느꼈다. 환희(歡喜)와 열락(悅樂), 고뇌와 우수(憂愁)의 대립된 감정들이 한층 더 확실하고 알기 쉽게 나의 영혼으로부터 흘러나와서는 하모니와 선율을 이루며 나에게 접근했다. 그 하모니와 선율은 꿈결같이 다가와 나를 꼼짝 못하게 사로잡았다.

그러한 일체의 것을 처음으로 확실하게 감지한 것은 어느 날인가 바위가 있는 곳에서 돌아오던 길, 석양의 정적 속에서였다. 여러 가지 일들에 대한 깊은 생각으로 나 자신이 하나의 수수께끼가 되었을 때, 그것이 무엇을 의미하고 있는지를 문득 깨달았다. 그것은 훨씬 이전에 어렴풋이 맛본 적이 있는 이상한 망아적인 시간의 재래(再來)였던 것이다. 이 회상과 더불어 그 빛나는 명징성과 감정의 유리와 같은 밝음과 투명함이 되살아났다. 이 감정은 가면을 쓰고 있지 않았다. 이미 고통이니, 행복이니 하는 옷들을 걸치지 않은 본래대로의 모습으로 오직 힘, 울림, 흐름을 의미하고 있었다. 이러한 고양된 감각의 활동, 그 색채의 변화, 그 싸움에서 바로 음악이 탄생한 것이다.

그로부터 나는 마음이 맑은 날에는 태양과 숲, 갈색 바위와 은빛으로 빛나는 먼산들을 행복하고 따스한 감정으로 바라보았으며 또 어둡고 우울한 날에는 병든 마음이 높은 열에 시달리며 격동하는 것을 느꼈다. 나는 이미 쾌락과 괴로움을 구별하지 않았다. 그것들은 모두 내게 고통을 주고, 또한 모두 감미로웠다. 내 마음이 즐거울 때나 슬플 때나 나의 내부 깊숙한 곳에 자리잡은 힘은 조용히 그 모든 감정들 위에 서서 방관하고, 밝음과 어두움은 형제라는 것을, 고뇌와 평화는 똑같이 위대한 음악의 박자요 힘으로서 한 부분이라는 것을 내게 일깨워 주고 있었다.

나는 그 선율을 기록할 수는 없었다. 그것은 아직 서먹서먹했으며, 또 그 한계를 알지 못했기 때문이다. 그러나 들을 수는 있었다. 나는 내 마음속의 세계를 완전한 것으로 느낄 수 있었을 뿐만 아니라 어떤 것의 축소되고 번역된 작은 부분과 반향(反響)을 확고하게 포착할 수도 있었다. 나는 그것을 생각하면서 며칠 동안을 거기에 매달렸다. 그리하여 두 개의 바이올린으로 그것을 표현할 수 있음을 확신한 나는 둥지를 떠나는 새끼 새처럼 순수한 기분으로 최초의 소나타를 쓰기 시작했다.

어느 날 아침, 나는 방에서 바이올린으로 제1악장을 켜 보았다. 물론 설레임과 두려움이 따랐지만 한 음 한 음의 박자가 전율처럼 내 마음에 흘러 넘쳤다. 그 작품이 훌륭한 것인지는 나로서도 알 수 없었다. 그러나 어디까지나 내 마음속 체험을 바탕으로 창조된 것이고, 이제까지 아무 데서도 들은 적이 없는, 나의 음악이라는 것만은 확실했다.

고드름처럼 머리카락이 흰 여관 주인의 아버지는 날이면 날마다 꼼짝도 하지 않고 아래층 거실에 앉아 있었다. 이미 여든 살이 넘은 그 노인은 한 마디 말도 하지 않고, 다만 주의 깊게 안정된 눈으로 주위를 둘러보고 있었다. 엄숙하게 입을 다물고 있는 그 노인이 초인간적인 깨달음과 조용한 영혼의 소유자인지, 또는 정신력의 상실자인지는 하나의 비밀이었다. 그 날 아침 나는 바이올린을 들고 그 노인에게로 내려갔다. 나는 그 노인이 항상 나의 바이올린과 음악에 관심을 품고 있다는 것을 눈치채고 있었기 때문이다. 그 노인이 혼자 있는 것을 안 나는 그의 앞에 서서 바이올린의 음조(音調)를 고르고 나의 제1악장을 연주했다. 고령의 노인은 흰자위가 누래지고 눈꺼풀 가장자리가 붉어진 눈을 내게로 향한 채 조용히 듣고 있었다. 지금도 제1악장을 생각하면 조용한 시선으로 나를 지켜보고 있던 그 노인의 표정없는, 돌 같은 그의 얼굴이 떠오른다. 연주를 마치고 나는 그에게 가볍게 머리를 숙였다. 그는 모든 것을 알고 있다는 듯 교활하게 눈을 깜박거리고, 누런 눈을 나의 시선과 교차시켰다. 그러고는 곧 그 눈길을 돌려 약간 머리를 숙이며 다시 본래의 경직된 모습으로 돌아갔다.

그 고지(高地)의 가을은 빨리 찾아왔다. 내가 그곳을 떠나던 날 아침에는 짙은 안개가 끼고 차가운 이슬비가 물보라처럼 내리고 있었다. 나는 행복한 날의 태양과 감사하는 마음 외에도 눈앞에 놓인 길의 설레임을 안고 출발했다.

3

　음악학교의 마지막 학기 동안 나는 시(市)에서 상당히 훌륭한 평판을 얻고 있던 가수 무오트와 사귀게 되었다. 그는 4년 전 연구를 끝내자마자 궁정(宮廷) 오페라 가수로 고용되었다. 특히 그 당시 그는 아직 조연 정도의 역할밖에 맡지 못했기 때문에 인기 절정의 단원들처럼 정말로 빛이 나고 있었던 것은 아니었지만, 많은 사람들로부터 이제 한 걸음만 더 나가면 명성을 떨칠 게 분명한 미래의 스타라는 평판을 듣고 있었다. 나는 그가 분장했던 두세 가지 역(役)에서 강한 인상을 받았다. 그러나 특별히 순수한 인상이라고는 말할 수 없다.

　우리가 사귀게 된 동기는 이러했다. 학교로 돌아간 나는 내게 세심한 배려를 베풀었던 선생에게 작곡한 바이올린 소나타와 두 편의 노래를 들고 찾아갔다. 그 선생은 나의 작품을 살펴본 후에 의견을 말해 주겠다고 약속했다. 그러나 오랫동안 그로부터 아무런 말이 없었으므로 선생을 만날 때마다 그 선생의 행동에서 나는 그 어떤 당혹을 엿볼 수 있었다. 한참이 지난 어느 날 아침 선생은 나를 불러 악보를 돌려주었다.

　"자, 이제 자네의 작품을 돌려주겠다. 지나치게 큰 기대를 품고 있었던 것은 아니겠지? 물론 전혀 못쓸 정도의 작품은 아니다. 자네는 상당한 인물이 될 수 있는 충분한 가능성을 지녔지만, 솔직히 말해 좀더 성숙하고 안정되어 있기를 바랐다. 도대체 자네의 어느 곳에 그러한 정열이 숨어 있는지 모르겠군. 기술적으로 좀더 안정되어 기술상의 토론을 할 수 있는 정도의 향상을 나는 기대하고 있었다. 그런데 자네의 작품은 기술적으론 실패야. 그러기 때문에 나로서는 뭐라고 말할 수가 없다. 그 대신 자네의 시도는 퍽 대담한 것이었지만 자네의 선생으로서 그것을 칭찬할 수는 없다. 너는 내가 기대하고 있던 것 이하의 것과 이상의 것을 표현했다. 그래서 나는 당황했었다. 나는 언제나 어디까지나 교사이어야 하기 때문에 양식상(樣式上)의 오류만큼은 묵과할 수가 없다. 다만 그 오류가 독창성에 의해 보상되는지를 결정하는 일은 삼가고 싶다. 그럼, 자네가 또 무엇인가를 할 수 있을 때까지 기다리기로 하자. 성공을 빈다. 작곡을 계속하겠지? 그것만은 미루어 헤아릴 수 있었다만."

나는 그 자리를 물러나와 단정(斷定)이라고 말하기엔 좀 모호한 이 단정에 접해 어떻게 할 것인지를 알지 못했다. 나는 어떤 작품이 장난으로, 마음의 위로를 위해 만들어진 것인지 아니면 내심(內心)의 요구에서 탄생된 것인지는 곧 분간할 수 있으리라고 생각했다. 나는 이 마지막 학기 동안 열심히 공부하기 위해 악보를 치워놓고, 그 모든 일들을 잠시 잊기로 결심했다. 그 무렵 나는 어떤 음악 가정에 초대를 받은 적이 있었다. 양친과 잘 아는 집안이었기 때문에 나는 그 가정을 일년에 한두 번씩 방문하기로 되어 있었다. 그 날은 흔히 있는 사교(社交) 모임의 밤으로서 오페라 극장의 유명한 사람들이 여러 명 와 있었다. 그 사람들은 모두 한두 번 정도는 본 적이 있는 사람들이었다. 가수인 무오트도 와 있었다. 그가 누구보다도 나의 흥미를 끌었다. 그리고 그를 그렇게 가까이에서 본 것은 그것이 처음이었다. 그는 키가 큰 미남에 거동이 활발했지만, 다소 우쭐거리는 듯한 풍채좋고 얼굴의 선이 뚜렷한 사나이였다. 그가 부인들에게 인기가 높다는 것은 한눈에 알 수 있었다. 그러나 그러한 몸짓 이외에서는 뽐내고 있는 것 같지도 만족해하는 것 같지도 않아 보였다. 그의 눈길과 얼굴에는 무언가 모색적(模索的)인 표정과 불만스러운 표정이 적지 않게 나타나 있었다.

누군가 나를 그와 인사시켰을 때 그는 아무 말 없이 그저 딱딱하게 고개를 끄덕여 인사했을 뿐이었다. 그러나 잠시 후 그는 살며시 내게로 다가와서 말했다.

"혹시 당신은 쿤 씨가 아닌지요? 그렇다면 당신을 이미 어느 정도 알고 있습니다. 그 S교수가 내게 당신의 작품을 보여 준 적이 있었습니다. 그 교수는 사려 깊은 분이니까 기분 나쁘게 생각해서는 안 됩니다. 당신의 작품을 검토하고 있을 때에 마침 내가 가게 되어 그 교수의 허락을 받고 얻어보게 되었던 것이니까요.”

나는 깜짝 놀라 당황했다.

“어떻게 그럴 수가? 그 노래는 교수님의 마음에 들지 않았을 텐데요.”

“그것이 당신에게는 고통스러웠습니까? 그런데 나는 그 노래가 매우 마음에 들었습니다. 반주만 있으면 노래를 부르고 싶은데…… 반주를 부탁해도 될는지요?”

“마음에 드셨다고요? 그렇다면 정말로 노래할 수 있을까요?”

“틀림없이 노래할 수 있습니다. 물론 모든 연주회에서 노래할 수 있다는 것은 아닙니다만, 실은 그 노래를 나의 노래로 하고 싶습니다.”

“그렇다면 정서해 드리겠습니다. 그렇지만 무슨 이유로 그것을 원하시는지요?”

“재미가 있기 때문입니다. 그것이야말로 진짜 음악이지요. 당신 자신도 알고 있는 바와 같이 진짜 노래지요.”

나는 그를 빤히 들여다보았다. 사람을 뚫어져라 쳐다보는 그의 눈길에 나는 그만 입을 다물지 않을 수 없었다. 그는 냉정하게 거의 연구라도 하듯 내 얼굴을 정면에서 들여다보았던 것이다. 그의 눈은 호기심으로 가득 차 있었다.

“당신은 생각했던 것보다 젊어 보이지만 틀림없이 여러 가지 쓰라린 경험을 많이 한 것 같군요. 그렇지 않습니까?”

“네” 하고 나는 대답했다. “그렇지만 거기에 대해서는 이야기할 수가 없습니다.”

“그것은 그렇지요. 나로서도 꼬치꼬치 캐어 묻고 싶지는 않습니다.”

그의 눈길은 나를 당황하게 만들었다. 그가 명사(名士)인 데 비해 나는 일개 학생에 지나지 않았기 때문에, 그의 묻는 태도가 전혀 마음에 들지 않았음에도 불구하고 나는 단지 허약하게 마음속으로 저항할 뿐이었다. 그는 거만하지는 않았지만 웬일인지 나의 수치심을 불러일으켰다. 그렇다고 해서 심한 반감이 일어나는 것도 다니었기 때문에 조용히 참는 도리밖에는 어떻게 할 수가 없었다. 그 자신 불행하기 때문에 자신을 위안시켜 주는 것을 빼앗듯이 타인을 사로잡는, 마음에도 없는 폭력적인 성벽(性癖)을 갖고 있는 것이라는 느낌이 들었다. 그의 탐색하는 듯한 눈은 슬프게 보임과 동시에 무례해 보였다. 그리고 그의 얼굴은 실제보다도 훨씬 늙어 보였다. 그가 한 말이 아직도 내 머리에 가득 차 있는 사이, 그는 어느새 이 집 딸과 친밀하고 쾌활하게 이야기하고 있었다. 그 처녀는 황홀한 듯 그의 이야기에 귀를 기울이고, 마치 신기한 것이라도 보는 것처럼 그를 쳐다보고 있었다.

그 겨울의 재난 이래로 줄곧 고독하게 지내온 내게 이 해후는 며칠을 두고 여운으로 나의 마음을 어지럽혔다. 나는 그 사나이를 두려워하지 않을 정도로 자신이 있었던 것은 아니었지만, 너무나도 고독하고 비참했기 때문에 그의 접근을 기쁘게 생각지 않을 수 없었다. 그러나 결국 나는, 그가 그 날 밤의 나에 대해서, 또 들뜬 기분으로 했던 말들에 대해서도 모두 잊어버렸을 것이라고 결정지었다. 그러나 어느 날 뜻밖에도 그가 나의 숙소에 나타났다.

그것은 12월의 어느 날 석양 무렵으로 겨울의 짧은 해가 어느덧 넘어가고 완전한 어둠이 깔리기 시작했을 때였다. 가수 무오트는 문을 노크하곤 자신의 방문이 조금도 특별한 일이 아니라는 듯 쑥 들어와서는 서론(序論)이나 인사는 아예 제쳐 놓고 곧바로 이야기의 중심으로 들어갔다. 나는 그에게 악보를 넘겨 주어야만 했다. 그는 방에 피아노가 있는 것을 보자 곧 노래를 부르고 싶다고 말했다. 나는 앉아서 반주를 하지 않으면 안 되었다. 이렇게 해서 나는 처음으로 내 작품이 정말로 불려지는 것을 들었다. 슬펐다. 무언가 가슴을 찌르는 것만 같았다. 그는 그 노래를 가수처럼 부르지 않고 낮게 혼자서 흥얼거리듯 불렀다. 가사는 전해에 어떤 잡지에서 베껴 놓은 것으로 다음과 같은 문구였다.

남풍이 불어오면
눈덩이 굴러떨어지며
죽음의 만가(挽歌) 울려 퍼진다.

저것은 신의 뜻이런가.

인간의 대지에
아무 아는 사람 없이,
홀로 방황하는 내 운명은
진정 신의 뜻이런가.

고통은 나의 몫
납처럼 무거운 이 마음
과연 신은 죽었는가. 그럼에도,
나 이렇게 살아야 하는가?

그의 노래를 들으며, 나는 그가 진심으로 내 노래를 좋아하고 있음을
느낄 수 있었다.

우리는 잠시 아무 말 없이 있었다. 짧은 침묵을 깨고 나는, 결점을 말
해 주지 않겠느냐, 고쳐야 할 부분이 있으면 지적해 주지 않겠느냐고 그
에게 물었다.

무오트는 그 특유의 눈으로 나를 쳐다보면서 머리를 흔들었다.

"고쳐야 할 점은 하나도 없습니다." 그는 계속 말했다. "작곡이 좋은지
는 나로서도 모릅니다. 그쪽은 전혀 모릅니다. 그러나 이 노래에는 체험
과 마음이 담겨 있습니다. 나는 나 자신 작사나 작곡을 하지 못하기 때문
에, 남의 곡이라도 내 것처럼 생각되고, 불러 보고 싶은 곡을 발견하면
매우 기뻐진답니다."

"그렇지만 가사는 내 것이 아닙니다." 나는 이의를 제기했다.

"그렇습니까? 그래요, 그것은 아무래도 좋아요. 문구는 어차피 지엽적
인 일이니까요. 하지만 그것은 틀림없이 당신의 체험일 것입니다. 그렇지
않으면 그 시에 곡을 붙이고 싶은 생각은 들지 않았을 테니까요."

나는 이미 며칠 전부터 준비해 놓았던 악보의 사본을 그에게 건네 주었

다. 그는 그 사본을 말아서 외투 주머니 속에 넣었다.

"마음이 내키시면 한번 우리집에 와 주십시오" 하고 말하면서 그가 나에게 손을 내밀었다. "당신의 고독한 생활을 방해하고 싶지는 않지만, 때때로 진실한 인간의 얼굴을 보는 것은 나쁘지 않습니다."

그가 떠난 후에도 그 마지막 말과 미소가 내 마음속에 어른거렸다. 그것은 그가 부른 노래와 그때까지 들어서 알고 있었던 그에 대한 모든 것들과 함께 어우러져 울렸다. 그 일체의 것들을 끝까지 분석해 나가는 동안 차츰 그가 풍기는 그 미묘한 분위기들이 확실해지기 시작했다. 그리고 마침내 나는 그라는 인간을 이해할 수 있었다. 그가 왜 나를 찾아왔었는지, 왜 나의 노래가 그의 마음에 들었는지, 또 왜 그가 그렇게 뻔뻔스러울 정도로 나에게 다가왔는지, 왜 나의 눈에 반은 내성적으로 또 반은 대담하게 보였는지 그 이유를 이해할 수 있었다. 무거운 고통을 짊어지고 괴로워하는 그는 한 마리 굶주린 이리였던 것이다. 이 고민하는 사나이는 홀로 고립되어 빛나는 자부심과 차가운 고독을 즐기려고 시도했지만 그의 내부에 잠복해 있는 따뜻한 인간애, 타인에 대한 이해의 숨결은 누를 수가 없었던 것이다. 그리하여 그것에 몸을 굽힐 각오를 하고 있었던 것이다. 나는 그렇게 생각했다.

하인리히 무오트에 대한 나의 감정은 그리 명료한 것은 아니었다. 그의 요구는 내게 무거운 고뇌를 안겨 주었던 것이다. 나를 이용만 하고 차버릴지도 모르는, 잔혹한 인간일지도 모르는 그의 요구를 나는 두려워하고 있었다. 나는 아직 어렸으며 인간이라는 것을 거의 맛보지 못하고 있었기 때문에, 왜 그가 껍질을 벗고 '벌거숭이'가 되어 뛰어 들어왔는지, 또 왜 수치심을 무릅쓰고 괴로움을 노골적으로 드러내 보이는 태도를 취했는지를 진심으로 이해하고 받아들일 수가 없었다. 그렇지만 아주 내성적인 한 인간이 쓸쓸하게 괴로워하고 있는 것만은 알 수 있었다. 무오트에 대해 항간에 떠돌고 있는 소문이 자연히 머리에 떠올랐다. 확실치 않은, 남의 말하기 좋아하는 학생들이 재잘거리던 그 소문의 내용은 이미 잊어버렸지만 그 색조(色調)와 음조(音調)만은 나의 기억 속에 아직 보존되어 있었다. 그것은 상궤(常軌)를 벗어난 여자 사건과 정사(情事)였다. 그 하나 하나에 대해 명료하게 기억하고 있는 것은 아니었지만, 그러나 그가 살인 또는 자살 사건에 깊이 관계된 듯한 그 어떤 피비린내나는 사건이었던 것 같다.

그 후 크게 마음먹고 어떤 친구에게 물어 본 결과 그 사건은 내가 생각하고 있던 것처럼 그리 큰 사건은 아니라는 것을 알았다. 그 이야기에 의하면 무오트는 상류 사회의 어떤 젊은 부인과 연애 관계에 있었는데, 그 여인이 2년 전에 자살을 했다. 그리고 가수 무오트가 그 사건에 연루되어 있었다는 데 대해서는 그저 조심스런 풍문이 돌고 있을 뿐이었다. 아마도 약간 기분이 좋지 못한 독특한 인간과의 해후에 자극받은 나 자신의 공상이 그런 공포의 분위기를 만들어 냈을 것이다. 어쨌든 그는 그 연인에 대해서 꺼림칙한 일을 경험한 것만은 틀림없을 것이다.

나는 그를 찾아갈 용기가 없었다. 하인리히 무오트가 괴로워하고, 절망하고 있는 사나이로서, 내게로 손을 내밀어 나를 붙잡으려 하고 있다는 것은 아무래도 부정할 수가 없었다. 때로는 그가 부르는 소리에 응당 응답을 하고 가야만 할 것 같은, 가지 않으면 나는 나쁜 사람이라는 생각까지 들 때도 있었다. 그럼에도 불구하고 나는 찾아가지 않았다. 어떤 다른 감정이 나를 방해했던 것이다. 나는 무오트가 내게서 원하는 것을 제공할 수가 없었다. 나는 그와는 전혀 다른 인간이었다. 나 또한 많은 점에서 고독하고, 다른 사람들의 이해에 굶주리고 있으며, 또 다른 사람들과 매우 다르고, 운명과 소질면에서 대부분의 사람들과 떨어져 있었지만, 그 사실을 과장해서 말할 생각은 없었다. 그 가수는 얼마나 마성적(魔性的)인 인간이었던가. 그러나 나는 그런 인간이 못 되며 내적인 요구에 의해서 남의 이목을 끄는 행위나 특이한 행위를 가급적 피하는 그런 유의 인간이었다. 나는 무오트의 과격한 몸짓이 싫었다. 그는 무대와 불행한 사건의 사나이로서, 아마도 비극적이고 센세이셔널한 일생을 보내야 할 운명을 타고났는지도 모른다. 그와 반대로 나는 조용한 세계에 있기를 원했다. 과격한 몸짓이나 대담한 말은 나에게는 어울리지 않았다. 나는 체념의 운명을 짊어지고 있었던 것이다. 진정되지 않는 마음을 달래기 위해 나는 그런 식의 여러 가지 생각을 했다. 어느 면으론 불쌍하게 생각되지만 그러나 당연히 나보다 우월하다고 보아야 할 사람이 내 집 문을 두들겼는데 나는 조용한 것을 지키고자 그 사람을 안으로 들여놓으려고 하지 않았다. 나는 자신의 일에 몰두했으나, 누군가가 나의 배후에 서서 내게 손을 내밀고 있다는 괴로운 관념에서 벗어날 수는 없었다.

내가 그를 찾아가지 않자 무오트 편에서 다시 어떤 신호가 왔다. 나는 그에게서 짧은 편지를 받았다. 거기에는 선이 굵고 큼직큼직한 필적으로 다음과 같이 적혀 있었다.

1월 11일은 전례에 따라 몇 사람의 친구들과 함께 본인의 생일을 축하하기로 되어 있습니다. 귀하를 초대해도 좋을는지요. 귀하의 바이올린 소나타를 들을 수 있다면 더욱 뜻깊은 자리가 될 것입니다. 함께 연주할 수 있는 친구가 있는지요? 없다면 귀하에게 누군가를 천거할까요? 슈레만 크란츨이라면 괜찮으시겠지요. 승낙해 주신다면 기쁘게 생각하겠습니다.

하인리히 무오트

그것은 뜻밖의 일이었다. 아직 아무 이름도 없으며, 아무에게도 알려지지 않은 나의 작품을 전문가 앞에서, 더욱이 크란츨과 함께 연주하게 된다는 것은! 나는 한편으론 부끄럽게 또 한편으론 고맙게 생각하면서 참석할 것을 승낙했는데, 이틀 후 벌써 크란츨로부터 악보를 보내 달라는 재촉을 받았다. 그로부터 또 2, 3일 후에 그는 나를 초청했다. 인기있는 바이올리니스트 크란츨은 아직 젊고, 좀 여윈 편이었으나 날씬하고 창백하게 생긴 명인형(名人型)의 사나이였다.

"야아." 내가 들어서자마자 그는 환호성을 질렀다. "당신이 바로 무오트 군의 친구로군요. 그럼, 곧 시작합시다. 주의해서 하면 두세 번에 맞출 수 있을 것입니다."

그렇게 말하며 그는 나를 위해 의자를 내주고, 제2바이올린의 악보를 내 앞에 펼쳐 놓았다. 그리고 박자를 잡은 후 경쾌하고 정교하게 연주하기 시작했다. 나는 그 옆에서 손도 발도 전혀 꼼짝하지 못한 채 있었다.

"그렇게 위축당하지 말고!" 하고 그는 연주를 계속하면서 나를 향해 소리쳤다. 우리들은 전악장을 연주했다.

"그것 보아요, 연주할 수 있지 않아요. 좀더 좋은 바이올린을 갖지 못한 것이 유감입니다만, 그렇지만 그것은 상관없어요. 그럼, 이번에는 장례식 행진곡처럼 들리지 않도록 알레그로를 좀더 빨리 합시다. 자, 시작!"

이렇게 해서 나는 대가(大家)와 함께 무난히 나의 작품을 연주했다. 내 조잡한 바이올린이, 마치 그렇게 되는 것이 당연하다는 듯, 그의 값비싼 바이올린과 어울려 멋진 화음(和音)을 만들어 냈다. 나는 유명한 이 대가가 이렇게 관대하고 소박한 데 대해 퍽 놀랐다. 나는 상기되어 약간 용기가 생겼을 때, 주저하면서 내 작품에 대한 비평을 물어 보았다.

"그것은 다른 사람에게 물어 보아요. 나는 작곡에 대해서는 잘 모르니까요. 약간 어색한 곳도 있긴 하지만 일반에게는 물론 환영받을 거예요. 주문이 몹시 까다로운 무오트의 마음에 든 것이라면 이미 상당한 것이라고 생각해도 좋을 것입니다."

그는 연주 기법상의 문제를 나에게 충고하고, 변화를 요하는 두세 군데를 지적해 주었다. 그리고 내일 다시 연습하기로 약속했다. 그러고 나서 나는 집으로 돌아오게 되었다.

그 바이올리니스트가 그렇게 성실하고 소탈한 것은 내게 하나의 위안이 되었다. 그런 그가 무오트의 친구라면, 나 또한 어떻게든 무오트를 친구로서 사귀지 못할 이유는 없었다. 물론 그는 이미 완벽한 경지에 도달한 예술가이고, 나는 별 가망도 없는 초심자인데도 나의 작품에 대해서 솔직하게 의견을 말하려고 하지 않는 것에 대해서는 고통스러웠다. 그 호인다운, 내용이 없는 문구보다는 엄격한 비판이 니게는 바람직스러웠다.

그 무렵은 몹시 추워서 난로를 피워도 별로 따뜻해지지 않았다. 나의 친구들은 열심히 스케이트를 탔다. 리디와의 그 소풍날로부터 일년이 지났다. 그때는 결코 행복한 시기는 아니었다. 별다른 기대도 없었으며 이미 오랫동안 친구들과의 연락도 끊고 유쾌한 일도 생기지 않았었기 때문에 나는 무오트의 집에서 있을 저녁 시간을 즐겁게 기다리고 있었다. 1월 11일의 전날 밤, 나는 귀에 익지 않은 어떤 소리와 거의 깜짝 놀랄 정도의 따뜻해진 공기에 눈을 떴다. 나는 일어나 창가로 갔다. 조금도 춥지 않았다. 갑자기 남풍이 불어온 것이었다.

미지근하고 약간 습기찬 바람이 기세좋게 불었다. 하늘 높은 곳에서는 답답해 보일 만큼 커다랗게 줄지은 구름을 바람이 이동시키고 있었으며, 그 가느다란 구름장 사이로 드문드문 별들이 크게 반짝반짝 빛나고 있었다. 눈 덮인 지붕들에도 드문드문 검은 반점(斑點)이 드러나기 시작했다. 아침이 되어 밖으로 나가 보니 눈은 완전히 사라져 버리고 없었다. 거리와 사람들의 얼굴이 묘하게 변해 보였으며 모든 것들 위에 지나치게 빠른 봄의 숨결이 감돌고 있었다.

그 날 나는, 남풍의 발효(醱酵)하는 듯한 공기와 저녁 모임에 대한 야릇한 흥분과 기대 때문에, 약간의 열과 가벼운 취기를 느끼면서 돌아다녔다. 나는 나의 소나타 악보를 꺼내서 몇 차례고 연주해 보고는 또 던져 버렸다. 나의 소나타가 정말로 훌륭한 것으로 생각되어 자랑스러운 기쁨에 젖는가 싶다가도 갑자기 하찮은 사분오열된 트릿한 것으로 생각되기도 했다. 나는 이런 흥분과 불안을 오래 견디지 못할 것 같았다. 결국 다가오는 저녁을 즐거워하고 있는 것인지, 아니면 두려워하고 있는 것인지 알 수가 없었다.

그래도 저녁은 어김없이 찾아왔다. 나는 프록 코트를 걸쳤다. 그리고 바이올린 케이스를 들고 무오트의 집을 방문했다. 멀리 떨어져 있는 변두리, 들어 본 적도 없고 인적도 드문 거리의 어둠 속에서 나는 겨우 그 집을 찾아냈다. 집은 전혀 돌보지 않은 듯 황폐한 커다란 정원 속에 쓸쓸하게 서 있었다. 열려진 뜰의 문 안에서 커다란 개가 달려 나왔으나 창 쪽에서 누군가 휘파람으로 불러들이자 불평스러운 듯 으르렁거리면서 입구까지 나를 따라왔다. 입구에서 키 작은 노파가 나를 의아스러운 시선으로 맞았다. 그녀는 내 외투를 받아들고 불빛 밝은 복도를 지나 나를 안으로 안내했다.

바이올리니스트 크란츨의 집이 매우 고급스러웠기 때문에, 부유하다는 평을 듣고 있는 무오트의 집은 꽤 훌륭할 것으로 예상하고 있었는데 집에 있는 일이 드문 독신자에게 지나치게 커 보이는 넓은 방 외에는 모든 것이 매우 검소했다. 검소하다기보다는 방치되어 단정치가 못했다. 어떤 가구들은 너무 낡아서 마치 집에 달려 있는 붙박이 같았으며 그 사이사이에는 별로 신경써서 고르지 않은 듯한 통일성 없는 새 가구들이 잡다하게 놓여 있었다. 응접실에는 샹들리에가 있었는데 그것은 많은 초를 세운 간소한 놋쇠 고리였다. 그 불빛 아래 매우 훌륭해 보이는 그랜드 피아노가 의젓하게 놓여 있었다.

내가 안내된 방에는 서너 명의 신사가 서서 이야기를 하고 있었다. 바이올린 케이스를 내려놓고 인사를 하자 그들도 내게 인사를 했으나 곧 자기들끼리 다시 마주보았다. 나는 상대도 없이 한참을 홀로 서 있었다. 일찍부터 그곳에 도착해 있었으나 나를 보지 못했던 크란츨이 이윽고 내게로 다가와 악수를 청한 후 그의 친구들에게 나를 소개했다.

"이쪽은 신인 바이올리니스트입니다. 물론 바이올린도 가져오셨겠지요?" 그러고는 다음 방을 향해서 그는 소리쳤다. "이봐, 무오트 군. 소나타를 갖고 오셨다."

그러자 하인리히 무오트가 들어와서 매우 우쾌하게 나를 맞이하더니 그랜드 피아노가 있는 방으로 데리고 갔다. 그 방은 훌륭하고 따뜻해 보였다. 흰옷을 입은 아름다운 부인이 컵에 셰리(백포도주)를 따라 주었다. 그녀는 궁정극장의 여배우였는데 이는 매우 놀라운 일이었다. 그녀 이외에 무오트의 극장 동료는 아무도 초대되지 않은 데다가 여자 또한 그녀 한 사람뿐이었기 때문이다.

다소 당황하고 또 습기찬 밤길을 걸은 뒤라 무의식중에 따뜻한 것을 원하고 있던 내가 컵을 단숨에 비워 버리자 그녀는 마다하는 내 손짓을 물리치고 다시 셰리를 따라 주었다.

“자아, 드세요. 이 정도는 아무렇지도 않아요. 식사는 음악을 들은 후에 먹기로 되어 있으니까요. 바이올린과 소나타는 가지고 오셨겠지요?”

나는 망설이면서 조심스럽게 대답했다. 그녀가 무오트와 어떤 관계에 있는지는 알 수 없었다. 그녀는 아마도 주부 역을 맡고 있는 것으로 생각되었다. 그렇지만 그녀는 눈을 즐겁게 해주기에 충분한 존재였다. 나는 그 후에도 나의 새로운 친구가 언제나 전형적인 미인하고만 교제하는 것을 보았다.

그 사이 일동은 음악실로 모였다. 무오트가 악보대(樂譜臺)를 세우자 모두들 자리에 앉았다. 나는 곧 크란츨과 음악에 몰두했다. 나는 정신없이 연주했으나 몹시 비참한 기분이 들었다. ‘지금 나는 크란츨과 함께 연주하고 있다, 이것이 바로 겁을 먹으면서 기다리던 그 위대한 밤이다, 그리고 저쪽에 앉아 있는 일단의 전문가와 귀가 뛰어난 음악가들을 향해 나의 소나타를 연주하고 있는 것이다’ 라는 의식이 질주하는 전광(電光)처럼 때때로 수초 동안 나의 마음속을 스쳐갔다. 론도(rondo) 사이에 흐르는 크란츨의 훌륭한 연주가 겨우 귀에 들리기 시작했으나 나는 여전히 무언가에 속박당하고 있었으며, 음악 속에 들어가지 못하고 계속 다른 일을 생각하고 있었다. 문득 아직 무오트에게 생일 축하의 말을 하지 않았다는 생각이 떠오르기도 했다.

소나타 연주가 끝나자 아름다운 그 여인이 일어서서 나와 크란츨에게 악수를 청하고, 약간 작은 방으로 통하는 문을 열었다. 그곳은 이미 꽃과 포도주 병으로 장식되고, 식사 준비가 된 테이블이 우리들을 기다리고 있었다.

“이제야 겨우 때가 되었군!” 하고 신사들 중의 한 사람이 외쳤다. “나는 이미 굶어 죽을 지경이야.”

여인이 말했다. “저런, 어처구니없는 분이로군요. 작곡하신 분이 어떻게 생각하시겠어요?”

“작곡가라니, 와 있습니까?”

그녀는 나를 가리켰다.

"저기에 앉아 계시지 않아요."

그는 나를 보고 웃었다.

"미리 그렇게 말해 주었더라면 좋았을 것을. 어쨌든 음악은 참으로 훌륭했습니다. 다만 배가 고프면……."

우리는 식사를 시작했다. 수프를 마신 뒤 백포도주가 따라지자 크란츨이 무오트의 생일을 축하하며 건배하는 인사말을 했다. 술잔을 부딪친 후에 곧 무오트가 일어섰다.

"크란츨 군, 자네의 축사에 답해서 내가 연설을 하리라고 생각했다면 그것은 자네의 착각일세. 연설 따위는 이제 하지 말기로 하세. 그렇게 무탁하고 싶네. 모쪼록 필요하다고 생각되는 단 한 가지 사실만을 거론하겠네. 나는 우리들의 젊은 친구의 소나타에 감사하는 바이네. 나는 그것을 훌륭한 작품이라고 생각하고 있네. 아마도 우리 크란츨 군은 훗날 나의 젊은 친구의 작품을 연주할 수 있게 되면 기뻐할 걸세. 그는 소나타를 진정으로 이해했으므로, 그것을 다할 의무가 있지. 그럼, 작곡가와 그와의 깊은 우정을 축하하여 건배합시다."

일동은 술잔을 부딪치고 웃으며, 나를 조금 놀려댔다. 곧 고급 포도주의 술기운이 돌아 연회의 분위기는 유쾌하게 고조되었다. 나도 아무 격의 없이 동화되었다. 나는 이미 오랫동안, 실제로 만 일년 동안을 이렇게 흥겨워한 적도, 마음이 편했던 적도 없었다. 떠들썩한 웃음과 포도주, 컵이 부딪치는 소리, 약간 톤이 높은 이야기 소리의 어울림, 아름답고 명랑한 부인의 모습 같은 것이 기쁨에 대해 꽉 닫힌 내 마음의 문을 열어 주었다. 나는 마음이 풀려 가볍고 쾌활한 대화와 웃는 얼굴의 해방된 명랑한 분위기 속으로 끌려 들어갔다.

일동은 테이블에서 일어나 음악실로 되돌아갔다. 그곳에서 사람들은 포도주나 잎담배를 들고 구석구석으로 흩어졌다. 나는 별로 많은 이야기는 하지 않았다. 이름을 모르는 한 조용한 신사가 내게로 다가와서, 이미 완전히 잊고 있던 나의 소나타에 대해 호의적인 말을 했다. 그리고 여배우가 나를 대화 속으로 이끌었으며 무오트도 우리들 옆에 앉았다. 우리는 다시 우리들의 우정을 축하하며 포도주를 마셨다. 갑자기 무오트가 음험하게 눈을 반짝이며 말했다.

"나는 당신 사건을 알고 있어요." 그러고는 아름다운 여배우를 향해 말했다. "이 사람은 썰매를 타다가 골절상을 당한 것입니다. 예쁜 아가씨 때문에." 그리고 다시 나를 향해서는 이렇게 말했다. "멋있어요. 사랑이 아름다운 극치에 이르러, 아직 아무런 오점도 생기지 않은 순간에, 산에서 거꾸로 떨어지는 것은. 그건 확실히 다리 하나쯤 부러뜨릴 만한 가치가 있죠." 그는 웃으면서 컵을 마저 비웠다. 그러나 "어떻게 작곡 같은 것을 할 생각이 들었나요"라고 그가 말했을 때에는 다시 어두움에 잠긴 얼굴 표정을 짓고 있었다.

나는 어렸을 때부터 맺은 음악과의 관계며, 지난 여름의 일, 산으로의 도피 생활, 노래와 소나타에 대해서 이야기했다.

"과연." 하지만 그는 천천히 말했다. "그러나 어떻게 작곡하는 것이 기쁨이 될 수 있을까요? 그 괴로움을 종이에 써 놓는다고 해서 괴로움으로부터 벗어날 수 있는 것은 아니지 않아요?"

"나도 물론 그럴 수 있다고 생각지는 않았습니다." 나는 이렇게 말했다. "약함이나 부자유스러움이라면 또 몰라도, 괴로움에서 도망치려고는 생각지 않습니다. 오히려 나는 괴로움과 기쁨은 한뿌리에서 나오는 것으로서, 같은 힘의 작용이며 같은 음악의 박자라는 것을 느끼고 있습니다. 그리고 그 어느 쪽도 아름답고 필요하다는 것을."

"훌륭해." 그는 격렬하게 소리쳤다. "하지만 한쪽 다리를 잃고도, 도대체 그 사실을 어떻게 음악으로 잊을 수가 있습니까?"

"아닙니다. 어떻게 그럴 수가 있겠습니까? 하지만 달리 어떻게 할 방법이 없지 않습니까?"

"그렇지만 당신은 절망에 빠지지 않았는지요?"

"보시다시피, 유쾌하지 않습니까. 절망에 빠지는 적은 없다고 생각합니다."

"그렇다면 다행입니다. 나라면 그런 행복을 위해서 다리를 희생시키지는 않을 것입니다. 그럼, 당신은 음악도 그런 기분으로 하는 겁니까? 보아요, 마리온, 흔히 책에 씌어 있는 예술의 마력이란 바로 이런 거야.”

나는 화가 나서 그를 향해 소리쳤다. “그런 말씀은 삼가 주십시오. 당신도 단지 급료 때문에 노래를 하는 것은 아니지 않습니까. 노래하는 일에 기쁨이나 위안을 느끼고 계시지 않습니까! 무엇 때문에 나를, 그리고 자기 자신을 비웃는 것입니까. 그것은 실례입니다.”

“자아, 조용히 하세요.” 마리온이 말했다. “그렇지 않으면 저 사람이 화를 내니까요.”

무오트는 나를 보았다. “나는 화내지 않아요. 하지만 저 사람이 말하는 것은 사실입니다. 물론 다리에 대해서는 그렇지 않겠지요. 그렇지 않다면, 작곡으로 그것을 위로할 수는 없을 것입니다. 당신은 어떤 일이 일어나도 언제나 만족해할 수 있는 사람입니다. 그러나 나로서는 그런 일은 믿을 수 없군요.” 그리고 그는 몹시 흥분하여 벌떡 일어났다. “그렇지 않아요. 당신은 눈사태의 노래를 작곡했는데, 그것은 위안도 만족도 아닌 절망입니다. 자아, 들어 보세요!”

그는 갑자기 그랜드 피아노 앞에 앉았다. 실내는 한층 조용해졌다. 그는 나의 소나타를 연주하기 시작했으나, 혼란되어 전주(前奏)를 빼먹고 노래를 불렀다. 그의 노래 솜씨는 우리집에서 노래했을 때와는 달랐다. 그 후로도 그 노래를 여러 차례 불렀다는 것을 짐작할 수 있었다. 이번에는 무대에서 들은 기억이 있는 그 예의 높은 바리톤을 잔뜩 높여서 불렀다. 그 힘과 넘쳐흐르는 열정은 그의 노래의 불순한 딱딱함을 잊게 했다.

“여러분, 이 작자는 이것을 순수하게 즐기기 위해서 썼다고 합니다. 그는 절망을 조금도 모르고, 자신의 운명에 어디까지나 만족하고 있다고 말합니다!”

그는 외치면서 나를 가리켰다. 나는 수치와 분노의 눈물이 고여, 일체의 것이 베일에 싸여 흔들리는 것을 보면서 그만 나가려고 일어섰다.

그때 부드러운, 그러나 힘찬 손이 나를 붙잡아 안락의자에 다시 앉혔다. 그리고 말없이 나의 머리카락을 정답게 쓰다듬어 주었다. 나는 미묘한 뜨거운 물결에 씻기우면서 눈을 감고 눈물을 억눌렀다. 그러고서 얼굴을 들자, 하인리히 무오트가 내 앞에 서 있었다. 다른 사람들은 나의 격동과 우리의 이런 장면에 주의를 기울이고 있지 않았던 모양이다. 포도주를 마시면서 떠들썩하게 웃고 있었다.

"그래, 자네!" 무오트가 작은 목소리로 말했다. "이런 노래를 쓴 사람은 그러한 일에 초연해 있을 것이오. 그러나 유감스러운 일이오. 좋아하는 사람끼리도 함께 있으면, 곧 싸움을 시작하다니."

"이제 됐습니다." 나는 무뚝뚝하게 말했다. "그러나 나는 이제 돌아가고 싶습니다. 오늘 밤의 가장 즐거운 일은 끝났으니까."

"좋습니다. 무리하게 붙잡고 싶지는 않으니까요. 다른 사람들은 이제부터 많이 마시리라고 생각합니다. 그럼, 부디 이 아름다운 마리온을 집까지 바래다 주세요. 마리온은 인너 그라벤에 살고 있으니까, 당신으로서도 길을 돌지 않아도 될 것입니다."

아름다운 마리온은 탐색하듯 잠시 그를 쳐다보았다. 그리고 그녀는 나를 향해서, "가시겠어요?" 하고 경쾌하게 말했다.

나는 일어섰다. 우리는 무오트에게만 작별 인사를 했다. 대기실에서 임시로 고용된 사환이 외투 입는 것을 도와 주었으며 몸집이 작은 노파가 잠이 덜 깬 얼굴로 나타나서 커다란 초롱불로 문까지 길을 비춰 주었다. 바람은 여전히 부드럽고 미지근하게 불어, 기다란 검은 구름장을 멀리 쫓고 벌거벗은 나뭇가지를 휘젓고 있었다.

나는 마리온에게 팔을 잡히지 않으려고 하였다. 그러나 그녀는 묻지도 않고 내 팔에 매달렸다. 그러고는 머리를 뒤로 젖혀 밤 공기를 들이마신 후에 무엇인가 묻고 싶은 듯한 친밀한 시선으로 나를 몹시 높은 곳으로부터 굽어보았다. 여전히 그녀의 가벼운 손길이 머리 위에 느껴지는 듯한 기분이 들었다. 그녀는 마치 안내라도 하듯이 천천히 걸었다.

"저쪽에 역마차가 있어요." 나는 이렇게 말했다. 나의 절름거리는 걸음에 그녀가 보조를 맞추려고 하는 것이 나에게는 몹시 괴로웠다. 몸이 따뜻한 원기 왕성한 늘씬한 여인과 나란히 서서 다리를 절면서 걷는다는 것은 일종의 고통이었다.

"아니에요, 괜찮아요. 저 앞길까지 걷기로 해요."

그녀는 애써 천천히 걸으려고 했다. 자신의 욕구대로 할 수 있는 일이라면, 나는 그녀를 좀더 내 몸 가까이 끌어당겼을 것이다. 그러나 나는 괴로움과 노여움으로 가슴이 찢기는 듯한 통증을 겨우 참아내며 그녀의 팔을 풀었다. 놀란 그녀가 나를 보았다. 나는 말했다.

"그렇게 하시면 잘 걷지를 못합니다. 혼자 걷지 않으면. 용서하세요."

그녀는 세심한 신경을 쓰면서 동정심을 갖고 나와 나란히 걸었다. 만일 나에게 결여되어 있는 것이, 똑바른 보행(步行)과 육체상의 불안정뿐이었다면 나는 행동과 말 모두를 지금과 반대되게 했을 것이다. 나는 무뚝뚝해졌다. 그럴 수밖에는 어찌할 도리가 없었던 것이다. 그렇게 하지 않으면 내 눈에서는 다시 눈물이 솟아오르고 머리 위에서는 그녀의 손길을 간절히 바랐을 것이다. 무엇보다도 가까운 골목으로 도망치고 싶은 심정이었다. 그녀가 천천히 걸어 나와 보조를 맞춤으로써 나를 위로하고, 내게 동정을 보여 주는 것은 견디기 힘들 만큼 싫었다.

"그 사람에 대해서 아직 노여워하고 있나요?" 하고 마침내 그녀가 말을 시작했다.

"아닙니다. 내가 바보였어요. 나는 아직 그 사람을 잘 몰랐습니다."

"그런 행동을 할 때, 저는 그 사람이 가장 불쌍해 보입니다. 그에게는 누구든 아주 무서워하지 않으면 안 될 날이 있어요."

"당신에게도 말입니까?"

"무서운 것은 누구보다도 나예요. 하지만 그렇게 해서 결국 그 사람은 자기 자신을 가장 괴롭히는 거예요. 그래서 자신을 미워하는 일이 흔히 있지요."

"아아, 그렇게 해서 스스로 즐기고 있군요."

"무슨 말씀이신지요?" 그녀는 놀라 소리쳤다.

"그 사람은 희극 배우라는 말입니다. 무엇 때문에 자신이나 다른 사람을 비웃습니까? 무엇 때문에 다른 사람의 체험이나 비밀을 파헤쳐서 웃음거리로 만듭니까? 잔혹한 사람입니다!"

이야기를 하는 동안 가라앉았던 노여움이 다시 되살아났다. 나는 자신을 괴롭힌 사나이, 그럼에도 불구하고 질투의 대상이요 부러움의 대상인 그 사나이를 헐뜯으려고 생각했던 것이다. 그러나 그녀는 그를 변호하고, 내 앞에서 노골적으로 그 사나이 편을 들었기 때문에 나는 그녀에 대해서도 존경심을 잃었다. 오늘 밤처럼 포도주로 유쾌하게 지내자는 독신자의 저녁 모임에, 단 한 사람의 부인으로서 참석하기를 기꺼이 떠맡았다는 것이 이미 잘못된 일이 아니었던가. 나는 이런 종류의 자유에는 그다지 너그럽지도 익숙지도 못했다. 그럼에도 불구하고 이 아름다운 여인에게 마음이 끌리고 있다는 것이 부끄럽게 여겨졌기 때문에, 나는 이 이상 그녀의 동정을 느끼기보다는 차라리 흥분한 채로 다투고 싶어졌다. 나로서는 그녀가 나를 난폭한 사나이라고 생각하고 이 자리에서 도망친다 할지라도, 그 편이 옆에 있으면서 친절하게 대해 주는 것보다는 고마웠던 것이다. 그러나 그녀는 다시 내 팔을 붙잡았다.

"기다려 주세요." 그녀는 흥분해서 외쳤다. 그 목소리는 뭐라고 해도 내 마음에 스며들었다. "이제 더 이상 말씀하지 마세요. 도대체 무슨 짓을 하시는 거예요? 당신은 무오트 씨의 단 두 마디 말에 기분이 상하셨나요? 그것은 자신이 잘 받아넘기거나 대담하게 받아서 되돌릴 수 없었기 때문이 아닌가요? 그곳을 이미 물러나온 지금에 와서, 내 앞에서 그 사람을 더럽게 욕하다니! 당신을 혼자 두고 가 버리는 편이 낫겠어요."

"제발. 나는 단지 내 생각을 말했을 뿐입니다."

"거짓말하지 마세요! 그 사람의 초대를 받아 그 사람의 집에서 연주하고, 당신의 음악을 그 사람이 얼마나 사랑하고 있는지를 보고 그것에 기뻐하고 용기를 얻었으면서, 이제 와서 화를 내고 그 사람의 한마디를 참을 수 없다고 욕을 하기 시작하다니! 그런 짓을 해서는 안 됩니다. 술 탓으로 돌리고 용서해 드리겠습니다."

그녀는 갑자기 내가 어떤 기분으로 있으며, 그리고 그것이 술 탓이 아니라는 사실을 깨달은 모양이었다. 내가 조금도 변명을 하려 하지 않자 그녀는 어조를 바꾸었다. 나는 그녀에게 대항할 방법을 알지 못했다.

"당신은 무오트 씨를 아직 모르십니다" 하고 그녀는 말을 이었다. "그 사람이 노래하는 것을 들으신 적이 없나요? 그 사람은 바로 그대로예요. 난폭하고 잔혹하고. 그렇지만 자기 자신에 대해서 가장 심하답니다. 그 사람은 힘만 있고 목적이 없는 불쌍한 사람이랍니다. 그 사람은 순간순간 온세계를 들이마시려고 하지요. 더욱이 자신이 갖는 것, 하는 것은 언제나 단 한 방울에 지나지 않아요. 술을 마셔도 취하지 않고 여자가 있어도 행복해지지 못하며, 그렇게 훌륭하게 노래를 불러도 예술가라고 생각지를 않아요. 누군가 사랑하는 사람이 있어도 그 사람을 괴롭힐 뿐입니다. 그리하여 만족해하는 사람이면 누구나 할 것 없이 업신여기는 듯한 태도를 취하는 것이지요. 그렇지만 그것은 그 사람 자신에 대한 증오입니다. 자신이 만족하지 못하기 때문에 그 사람은 그러는 거예요. 당신에게는 그래도 최대의 친절을 다한 것입니다."

나는 완고하게 입을 다물고 있었다.

"어쩌면 당신에게는 그 사람 따위는 필요없는지도 모릅니다." 그녀는 다시 말을 시작했다. "당신에게는 달리 친구들이 있을 테니까요. 그렇지만 누군가가 고통과 괴로움으로 난폭해진 것을 보면, 그 사람을 위로하고 조금은 관대하게 보아 주는 것이 도리일 것입니다."

그렇다, 그렇게 해야 한다고 나는 생각했다. 밤길이라 차츰 추워짐에 따라 나의 상처가 입을 벌리고 구원을 찾아 외치기 시작했지만, 마리온의 말과 오늘 밤의 어리석은 행동을 다시 생각한 나는 마침내 자신이 가련한 개임을 깨닫고 마음속으로 용서를 빌지 않으면 안 되었다. 술 기운이 가시자 그 어떤 불쾌한 느낌이 강렬하게 엄습해 왔다. 그것을 저지시키려고 나는 싸웠다. 그러나 흥분과 불안한 마음으로 어두운 거리를 나와 함께 걷고 있는 이 아름다운 여인에게 말을 하고 싶지는 않았다. 한적한 길의 촉촉한 새까만 노면에 갑자기 가로등이 비쳐 번쩍거렸다. 순간 나는 바이올린을 무오트의 집에 두고 온 것이 생각났다. 그리고 와락 잠에서 깨어나 일체의 것에 놀라움과 두려움을 느꼈다.

오늘 밤에 있었던 여러 가지 일들이 다른 모습으로 다가왔다. 그 하인 리히 무오트나 바이올리니스트인 크란츨이나, 또 여왕의 역을 맡았던 아름다운 마리온 등, 모든 사람들이 그들의 자리에서 내려섰다. 올림포스 (마케도니아와 테살리아의 경계에 위치한 그리스 최고〔最高〕의 산)의 테이블을 향해 앉아 있는 것은 여러 신들도, 천국에 있는 사람들도 아닌 불쌍한 사람들이었다. 한 사람은 작은 몸에 장난을 치고 다른 한 사람은 괴로워하면서 겉치장을 하고 있었다. 무오트는 어리석게도 자신을 꾸짖고 비참하게 흥분해 있는가 하면, 키가 큰 여인은 우울하고 격렬한 한 향락자로서 작고 초라했으며, 더욱이 겸손하고 온순하여 고뇌를 잘 이해할 줄 알았다. 나까지도 변한 것처럼 생각되었다. 나는 더 이상 고립된 인간이 아니며, 모든 사람들과 똑같이 되어 모든 사람들에게서 형제애와 적의를 동시에 품고 있음을 확인했다.

어떤 것은 절대 사랑할 수 없으며 또 어떤 것은 절대 미워할 수 없다든지, 이곳에서는 증오, 저곳에서는 사랑, 이곳에서는 존경, 저곳에서는 경멸이라는 식으로 그렇게 단순하게 생활이나 인간 사이를 건너갈 수 있는 것이 아님을, 모든 것은 뒤엉켜서 함께 존재하는 것이요, 잘라 낼 수도, 순간적으로 구별할 수도 없다는 것을 이해 부족과 경솔한 청년 시절을 되돌아보고 비로소 확실하게 느꼈던 것이다.

나는 완전히 침묵을 지키고 내 옆에서 걷고 있는 여성을 쳐다보았다. 그녀는 마음속으로, 여러 가지 일들이 지금까지 생각하고 말한 것과는 다른 상태에 있다는 것을 깨달은 모양이었다.

마침내 우리들이 그녀의 집 앞에 이르렀을 때 그녀는 내게 손을 내밀었다. 나는 조용히 그 손을 잡고 입을 맞추었다.

"안녕히 가세요." 그녀는 정답게 말했으나 미소는 짓지 않았다.

나도 똑같이 인사를 하고 집으로 돌아와 잠자리에 들었지만, 거기까지 어떻게 왔는지 기억이 없었다. 나는 곧 잠이 들어 평소와는 달리 아침 늦게까지 잤다. 그리고 종이 상자에서 나오는 난쟁이처럼 일어나, 평소처럼 체조를 한 뒤, 얼굴을 씻고 옷걸이로 손을 뻗었다. 그리고 의자에 걸쳐져 있는 플록 코트를 보고서야 바이올린 케이스가 없는 것을 깨달았으며 연이어 어젯밤의 일들이 다시 떠올랐다. 그러나 숙면을 한 탓인지 어제 저녁과는 사뭇 기분이 달랐으며 어젯밤의 그 우울한 기분으로 되돌아가는 일은 없었다. 단지 묘하게도 내부를 향해서만 강렬하게 작용되는 체험에의 기억과 겉으로는 조금도 변함없이 평소와 똑같은 모습으로 서 있다는 데 대한 놀라움만이 남아 있을 뿐이었다.

곧 일을 하려고 했으나 바이올린이 없었다. 그래서 나는 밖으로 나갔다. 처음에는 좀 망설였으나 곧 마음을 정하고 무오트의 집으로 찾아갔다. 뜰의 문 앞에서부터 그의 노랫소리가 들렸다. 안뜰을 지키는 그 개가 덤벼들었으나 재빨리 나온 노파에 의해서 불려갔다. 노파는 나를 안으로 안내했다. 나는 바이올린을 가지러 왔을 뿐 주인을 번거롭게 하고 싶지는 않다고 그녀에게 말했다. 바이올린 케이스는 대기실에 있었다. 바이올린과 함께 악보도 들어 있었다. 무오트가 그렇게 가지런히 넣어 놓은 게 분명했다. 그는 나에 대한 생각을 한 것이다. 그는 옆방에서 커다란 소리로 노래를 부르고 있었다. 때때로 피아노를 치다가는, 펠트 덧신이라도 신고 있는지 이러저리 걷는 소리가 부드럽게 들려 왔다. 그의 목소리는 시원하게 트여 있었으며, 무대에서 듣던 목소리보다 억제되어 있었다. 그는 내가 알지 못하는 역할의 노래를 몇 차례씩 반복하기도 하고, 실내를 빠른 걸음으로 왔다갔다하기도 했다.

나는 바이올린 케이스를 들고 곧 나가려고 했다. 이미 상당히 진정되어 있었기 때문에 어젯밤의 일로 인해 마음이 동요되지는 않았다. 그러나 나는 그를 만나 그가 변했는지 확인하고 싶어 견딜 수가 없었다. 나는 문 가까이로 다가갔다. 그리고 무의식중에 갑자기 손잡이를 밀었고 이내 열린 입구에 서 있었다.

무오트가 노래를 부르면서 돌아보았다. 그는 흰 천의 매우 긴 고급스런 셔츠를 입고 있었는데 마치 방금 목욕통에서 나온 것처럼 상쾌해 보였다. 그를 불시에 놀라게 한 사실에 대해서 스스로도 놀랐지만 이미 때는 늦었다. 그러나 그는 내가 노크도 하지 않고 들어온 데 대해서 그다지 놀란 것 같지도, 또 자신이 옷을 입고 있지 않은 것에 신경을 쓰고 있는 것 같지도 않았다. 마치 모든 일이 당연한 일이기라도 한 것처럼, 그는 나에게 악수를 청하면서 물었다. "벌써 아침 식사를 하셨나요?"

내가 먹었다고 말하자 그는 피아노로 향했다.

"이 역(役)을 노래해야만 해요. 지금 들은 것은 아리아입니다. 야채(野菜) 같은 것이지요. 뷔트너와 두엘리 양 등과 함께 왕립궁정 오페라에서 공연할 것입니다. 그렇지만 당신에게는 흥미없을 거예요. 사실 나도 재미가 없어요. 기분은 어때요? 잘 쉬었어요? 어젯밤에 떠나실 때에는 녹초가 된 듯한 얼굴을 하고 있었는데, 내게 화를 내고 있었지요. 당연해요. 이젠 어리석은 짓을 하지 않겠어요." 내가 아무 말도 하지 못하자 그는 곧 말을 이었다. "크란츨은 재미없는 놈이에요. 당신의 소나타를 연주하려고 하지 않아요."

"그래도 어젯밤에는 연주하지 않았습니까?"

"내가 말하는 것은 음악회 얘기입니다. 당신의 소나타를 밀어붙이려고 생각했는데, 싫어합니다. 다음 겨울의 마티네(낮 흥행)에서라도 할 수 있으면 좋을 텐데요. 크란츨은 바보는 아니지만 게으르단 말입니다. 그 친구는 언제나, 그 무슨 인스키라든가 오프스키라고 하는 폴란드인의 음악만을 연주하면서 새로운 것을 익히려고 하지 않아요."

그때서야 나는 입을 열었다. "그 소나타가 음악회에 어울린다고는 생각지 않습니다. 그런 우쭐한 생각은 해본 적도 없습니다. 그 작품은 기술적으로 아직 때를 벗지 못한 매우 미흡한 작품입니다."

"그런 것은 아무래도 상관이 없습니다. 당신은 굉장히 예술가적인 양심을 갖고 있군요. 그렇지만 우리들은 교사(教師)가 아닙니다. 더 나쁜 것도 연주되고 있어요. 더욱이 바로 그 크란츨에 의해서. 그렇지만 나에게는 달리 생각하고 있는 일이 있습니다. 부디 그 노래를 내게 주십시오. 그리고 가까운 시일내에 좀더 작곡을 해주세요. 봄이 오면 나는 이곳을 떠날 것입니다. 계약 해제를 신청해서 장기 휴가를 얻을 예정이거든요. 그 동안 나는 두세 번의 음악회를 열려고 계획하고 있습니다. 특히 슈베

르트, 볼프(1860~1903. 슈베르트, 슈만을 이은 오스트리아 최대의 가극 작곡가),
뢰베(1796~869. 독일의 작곡가 겸 지휘자), 그리고 매일 밤 들을 수 있는 유
행 음악이 아닌, 아직 사람들에게 알려지지 않은 새로운 음악을 소개하는
음악회를 말입니다. 그 눈사태의 노래 같은 것을 최소한 두세 곡 삽입시
킬 계획이지요. 어떨까요?"

무오트가 내 노래를 공개석상에서 불러 준다는 것은 내게 있어서는 미
래에의 하나의 문이었다. 그 문의 틈을 통해 보이는 것은 오직 찬란한 빛
뿐이었다. 때문에 나는 더욱 신중한 태도로 무오트의 친절을 남용하려고
도, 또 너무 지나치게 부담을 느끼려고도 하지 않았다. 그런 나를 그는
강하게 끌어당겨 현혹시키고, 어떻게 하든 나를 그 무대에 참여케 하려는
것 같았다. 그래서 나는 그 일에 대해서 쉽사리 동의하지 않았다.

"생각해 보겠습니다" 하고 나는 말했다. "대단히 친절하게 대해 주시는
것은 알겠습니다만 나는 아무것도 약속할 수가 없습니다. 졸업도 가까워
졌습니다. 지금은 좋은 성적을 얻기 위해 신경을 쓰지 않으면 안 됩니다.
장래 작곡가로서 사회에 나갈 수 있을지 아직은 불확실합니다. 우선은 당
장 바이올리니스트로서 어떻게 하면 보다 빨리 직장을 얻을 수 있을까를
생각지 않으면 안 됩니다."

"아아, 그렇군요. 그런 것은 당신의 자유입니다. 그렇지만 새로운 노래
가 만들어지면 내게 주시겠지요?"

"네에, 물론 그것은 그렇게 하고말고요. 하지만 왜 나를 그처럼 돌봐주
시는 것인지 나로서는 이해가 되지 않습니다."

"내게 대해서 불안감을 갖고 계십니까? 나는 단지 당신의 음악이 좋을
뿐입니다. 당신의 작품을 부르고 싶을 뿐인 것이지요. 나는 거기에 큰 기
대를 걸고 있습니다. 이건 순전히 제 이기심인지도 모르겠습니다만."

"좋습니다. 하지만 어젯밤엔 어째서 내게 그같은 말씀을 하셨는지요?"

"아아, 아직도 마음이 풀리지 않으셨군요. 대체 내가 무슨 말을 했습니
까? 나는 전혀 생각이 나질 않는군요. 어떻게 보였는지 모르겠습니다만
어쨌든 나는 당신을 모욕할 생각은 아니었습니다. 그러나 제가 당신을 모

욕했다면 그 자리에서 강하게 대항하셨어야 합니다. 누구든지 자신의 실제 있는 그대로의, 또 있을 수 있는 그대로의 모습을 드러내야 합니다. 또 그것이 바로 인간입니다. 인간은 서로 있는 그대로를 인정하지 않으면 안 됩니다."

"나도 그렇게 생각하고 있습니다. 그렇지만 당신이 하시는 일은 그 반대입니다. 당신은 나를 화나게 만들고, 내가 하는 말은 전혀 인정해 주시지 않습니다. 당신은 어젯밤, 생각하기도 싫어 나 자신 비밀로 삼고 있는 일을 끄집어내서, 그것을 마치 비난하듯 내 앞에 던졌습니다. 당신은 나의 움직이지 못하는 다리에 대해서까지 조소하셨습니다."

하인리히 무오트는 천천히 말했다. "그래요, 그래, 그래. 인간은 정말로 천차 만별입니다. 진실을 듣고 화를 내는 사람도 있고, 인사 치레의 말에도 참지 못하는 사람도 있습니다. 당신은 내가 당신을 궁정극장의 감독 식으로 대하지 않았기 때문에 화를 냈고, 나는 또 당신이 본심을 감추고, 예술의 위안에 관한 명문구(名文句)를 나에게 강요하려 했기 때문에 화가 났던 겁니다."

"방금 전에도 말한 것처럼 나도 그렇게 생각했습니다. 그러나 이제까지 한 번도 남에게 이야기를 한 적이 없었습니다. 또, 또 한 가지 일에 대해서는 정말 이야기하고 싶지 않습니다. 내 마음속이 어떤 상태인지, 슬퍼하고 있는지, 절망적인지, 또 내 다리가 불구인 것을 어떻게 생각하고 있는지……. 그러한 일들은 가슴속에만 담아 두고, 그 누구로부터든 이러쿵저러쿵 말을 하거나 놀림당하고 싶지는 않습니다."

그는 일어섰다.

"나는 아직 옷을 갈아입지 못했으니 급히 갈아입겠습니다. 당신은 예의가 바른 분인데, 유감스럽게도 나는 그렇지가 못해요. 그런 일에 대해서는 너무 신경 쓰지 마십시오. 정말로 당신은 깨닫지 못했나요? 내가 당신을 좋아하고 있다는 것을. 잠시 기다려 주세요. 준비가 될 때까지 피아노 앞에 앉아 노래를 하면 어떨가요? 싫은가요? 단 6분이면 됩니다."

실제로 그는 재빠르게 옷을 입고 곧 옆방에서 돌아왔다.

"이제부터 시내로 나가서 함께 식사를 합시다" 하고 그는 내 형편 같은 것은 묻지도 않고 기분 좋게 말했다. "갑시다."

우리는 출발했다. 그의 행동에 대해서 몹시 화가 났음에도 불구하고 나는 이 사나이에게 어떤 존경심을 느꼈기 때문이다. 그는 나보다 강한 사람이었다. 동시에 그는 대화나 거동 속에 변덕스러운 순진성도 보여 주었다. 그것이 몸에 완전히 배어 있어서 매우 마력적이었다.

그때부터 나는 무오트와 자주 만났다. 그는 곧잘 내게 오페라의 입장권을 보내 주기도 하고, 바이올린을 연주해 달라며 자기 집으로 초대하기도 했다. 그의 모든 것이 내 마음에 들었던 것은 아니지만 그는 나의 비평을 즐겁게 들어 주었다. 이렇게 해서 우리들 사이에는 우정이 싹텄다. 당시 나에게 그것은 유일한 것이었다. 나는 그가 없어졌을 때를 두려워할 정도였다. 실제로 그는 극장과의 계약 해제를 예고하지 않았던가. 뜻을 번복시키려는 극장측의 노력과 양보도 다소 행해졌지만 그는 도무지 듣지 않았다. 때때로 그는, 아마도 가을에는 큰 극장에 초대받게 될 것이라고 슬쩍 비췄지만 그것은 아무 문제가 되지 않았다. 그러는 사이 봄이 다가왔다.

마침내 어느 날 나는 무오트의 집에서 벌어진 마지막 야회(夜會)에 참석했다. 우리들의 재회와 미래를 위하여 술잔을 맞부딪쳤다. 연회에는 한 사람의 부인도 보이지 않았다. 이른 아침 무오트는 대문까지 우리들을 배웅하며 작별의 손짓을 한 후 추위로 곱은 손을 문지르며 이미 거의 정리가 되어 가고 있는 집으로 되돌아갔다. 아침 이슬이 옷깃을 적시고 개가 덤벼들고 짖기도 하면서 그를 따라갔다. 나는 생활과 경험의 한 조각이 일단 떨어져 나간 것 같은 느낌에 사로잡혔다. 나는 머지않아 그가 우리 모두에 대해서 잊으리라는 것을 확신할 수 있을 정도로 무오트를 속속들이 알고 있다고 생각했다. 그리고 그가 떠나고 없는 지금에 와서 어둡고 변덕스러우며 거만한 그 사나이를 내가 정말로 사랑하고 있다는 것을 확연하게 느꼈다.

나에게도 작별이 찾아왔다. 나는 기분 좋은 추억으로 남겨 두고 싶은 장소나 사람들을 찾아 최후의 방문을 했다. 나는 다시 한 번 산길을 올라가서, 그렇지 않아도 잊기 어려운 그 고개를 내려다보았다.

그리고 고향으로 출발했다. 미지의, 아마도 지루할 미래를 향해서. 나는 일정한 직업도 갖지 못했으며 음악회를 독자적으로 개최할 수도 없었다. 다만 놀라운 사실은 서너 명의 학생이 고향에서 나를 기다리고 있다는 일이었다. 나는 그 학생들에게 바이올린을 가르치기로 되어 있었다. 물론 양친도 나를 기다리고 있었다. 양친은 내가 아무런 걱정 없이 지낼 수 있을 정도로 부유하게 살고 있었다. 또 앞으로 어떻게 할 계획인가를 다그쳐 묻지도 않았다. 양친은 이해심이 많고 친절했다. 그러나 언제까지나 고향에 머물 수만은 없었다. 견디지 못하리라는 것은 처음부터 예상할 수 있는 일이었다.

어찌되었든 세 명의 학생에게 바이올린을 가르치면서, 불행하지 않게 지낸 10개월 동안의 일에 대해서는 별로 이야기할 것이 없다. 거기에도 인간의 생활은 있었다. 매일 무슨 일인가 일어나기도 했다. 그러나 그러한 모든 일들에 대한 나의 관심은, 단지 의례적인 정중함으로 무관심을 벗어나지 않는 정도였다. 어떤 일도 나의 마음에 스며들지 않았으며, 어떤 일도 나를 끌어당기지 못했다. 그 대신 나는 완전한 고요 속에서 생활했다. 그리고 음악에 마음을 빼앗긴 이상 몇 시간이고 모든 일상 생활은 경직되어 자신으로부터 멀어지고 음악에 대한 갈망만이 남았다. 이 갈망은 종종 바이올린 교습을 하고 있을 때에 엄습해 와서 나를 참을 수 없도록 괴롭혔다. 그 때문에 나는 분명 좋은 교사는 못 되었다. 그러나 나의 의무를 수행한 후, 또는 적당히, 소홀하게 교습을 마친 후에는 화려한 비현실의 몽상에 잠겨 나는 몽유병자처럼 대담한 음(音)의 구성에 매달렸다. 또한 대담한 탑(塔)을 공중에 구축하고, 깊은 그림자를 던지는 둥근 지붕을 그려 유희적인 장식을 가볍게, 즐겁게 비누 방울처럼 올라가게 했다.

사람들과 가까이 지내지 않는 무감각한 상태로 돌아다니고, 옛친구들을 멀리함으로써 양친에게 걱정을 끼치고 있는 동안, 내 속의 파묻혀 있던 샘물이 일년 전의 그 산속에서보다도 한층 더 강렬하고 풍부하게 다시 솟아 올라왔다. 부질없는 꿈을 꾸면서 제작에 낭비해 버린 것처럼 생각되던 세월의 과실(果實)이 눈에 보이지 않는 사이 이내 익어서, 조용하고 부드럽게 하나하나 떨어졌다. 그것에는 향기와 광택이 있었다. 그리고 거의 고통스러울 정도로 풍부하게 나를 에워쌌다. 나는 이 풍요로움을 주저하고 당황하면서 받아들였다. 한 곡의 노래로부터 시작되어, 바이올린 환상곡과 현악 사중주가 이어졌다. 그리고 수개월 동안 두세 곡의 노래와 교향악에 대한 많은 구상이 떠오르기도 했으나 나는 그 모든 것들을 하나의 출발, 하나의 시도(試圖)로 생각했다. 그리그 마음속으로는 대교향악을 구상해 보기도 했고 몹시 흥분되었을 때에는 오페라에 대한 구상도 했다. 그리고 그 동안 틈틈이 악장(樂長)이나 극장 앞으로 교수의 추천장을 넣은 겸손한 글월을 보내 바이올리니스트 자리가 비는 대로 선처해 달라고 조심스럽게 주의를 환기시켜 두었다. 때때로 “대단히 존경하는 선생”이라는 경어로 시작되는 짧고 정중한 회답이 오기도 했지만 오지 않는 경우가 많았으며 취직은 되지 않았다. 그럴 때마다 나는 하루 이틀 동안 좀 위축되어 바이올린 교습에 열중하고, 그러다가 마음이 진정되면 새로이 겸손한 편지를 썼다. 그러나 또다시 기록해야 할 악상이 머릿속 가득히 떠오르는 것을 깨닫곤 했다. 그리하여 다시 그 작업에 달라붙으면, 편지니 극장이니 오케스트라니 악장이니 존경하는 선생이니 하는 것들은 자취를 감추었다. 나는 작업에 만족하고 있는 고독한 자신의 모습을 볼 수 있었다.

그러나 고향에서도 다른 여러 가지 추억처럼 이야기할 수 없는 추억이 하나 있었다. 인간은 무엇이며 무엇을 체험하는가, 또 인간은 어떻게 성장하고 병들며 죽어가는가 하는 문제들은 단순히 말로 설명하기 힘든 일이다. 일하는 사람의 생활은 싫증이 나게 마련이다. 재미있는 것은 빈둥거리면서 노는 자의 행상(行狀)과 운명이다. 그 시절은 뚜렷하게 기억에 남아 있지만, 나는 그 시절에 대해서는 아무래도 할 이야기가 없다. 나는 일상적·사회적 생활 밖에 서 있었기 때문이다. 오직 한 번, 아주 짧은 시간이었지만 잊기 힘든 사람과의 재회가 있었다. 로에 선생을 만난 일이었다.

　이미 늦가을에 들어선 어느 날 나는 산책을 나갔다. 시내 남쪽에 눈에 잘 띄지 않는 별장지가 있었는데 그곳에는 부자는 아니지만 돈을 조금 모은 사람이나 연금으로 생활하는 사람들이 작은 뜰이 있는 값싸고 아담한 주택에서 살고 있었다. 어느 솜씨 뛰어난 젊은 건축가가 이 땅에 작은 집들을 많이 짓는 기발한 착상을 했던 것이다. 나는 그곳에 한번 가 보고 싶었다.

　따뜻한 오후였다. 여기저기 뒤늦게 익은 호도 열매를 따는 손길들이 바삐 움직이고 있는 가운데 뜰과 조그마한 신축 건물들이 싱싱한 양지에 늘어서 있었다. 경쾌하고 간소한 건물이 내 마음에 들었다. 흔히 집이라든지 고향, 가정, 휴식, 휴식 시기 등에 관한 생각과는 아직 거리가 먼 젊은 사람들이 품기 쉬운 단순한 외형상의 유쾌한 흥미를 품고, 나는 그것들을 바라보고 있었다. 평화스러운 전원의 길이 호감이 가고 인상 깊었다. 나는 그쪽으로 천천히 걸어갔다. 느릿느릿 걷는 동안 나는 정원의 문마다 걸려 있는 조그맣고 번쩍번쩍 빛나는 놋쇠 표찰(標札)에 씌어진 집주인의 이름을 읽어 보기로 마음먹었다.

　그 표찰들 중에 '콘라트 로에'라는 이름이 씌어 있었다. 전부터 알고 있었던 이름이라는 생각이 들었다. 나는 잠시 멈춰 서서 생각해 보았다. 라틴어 학교의 선생 중 그런 이름의 선생이 있었던 것이 떠올랐다. 잠시 옛날이 되살아나, 나를 수상쩍게 바라보며 순간적인 파도 위로 일단의 얼굴들, 선생, 동료들, 별명, 그리고 자잘한 사건들이 굴러갔다. 그렇게 멈춰 서서 놋쇠 표찰 위에 시선을 고정시킨 채 미소를 짓고 있자, 바로 근처의 까치밥나무 건너편에서 허리를 구부리고 일하던 사람이 다가와 나를 똑바로 쳐다보았다.

　"내게 무슨 용무라도?" 그가 이렇게 물었는데 그 사람이야말로 바로 우리가 로에 그린이라고 불렀던 로에 선생이었다.

　"특별히 용무가 있는 것은 아닙니다만" 하고 말하면서 나는 모자를 벗었다. "이곳에 사시리라고는 미처 몰랐습니다. 저는 옛날 선생님으로부터 배웠던 사람입니다."

그는 눈을 한층 날카롭게 크게 뜨면서 내 지팡이까지 훑어본 후 내 이름을 말했다. 얼굴이 아닌 부자유스러운 다리로 나라는 것을 알아보았던 것이다. 말할 것도 없이 그는 나의 재난을 알고 있었기 때문이다. 그는 나를 자기 집으로 데리고 들어갔다.

그는 소매를 걷어 올리고 녹색 원예용 앞치마를 걸쳤다. 그는 조금도 늙은 것같이 보이지 않았으며 밝은 얼굴을 하고 있었다. 잠시 깨끗한 뜰을 이리저리 거닐다가 그는 옥외의 베란다로 나를 안내했다. 우리는 거기에 앉았다.

"그래, 자네이리라고는 전혀 생각도 못했었네. 예전의 나에 대해서는 좋은 추억을 지니고 있겠지?"

"그렇지만도 않습니다." 나는 미소를 지으면서 말했다. "언젠가 한 번 무엇인가를 하지 않은 탓으로 선생님께 벌을 받고, 저의 맹세는 거짓이라고 하신 말씀을 들은 적이 있습니다. 4학년 때의 일입니다."

그는 슬픈 표정으로 위를 쳐다보았다.

"그런 일을 나쁘게 받아들이지는 말아 주게나, 나도 괴로우니까. 교사 노릇을 하다 보면, 아무리 선량한 의지(意志)를 갖고 임해도 잘되지 않는 때가 흔히 있어서 부당한 일도 행하게 마련이지. 나는 더욱 나쁜 경우를 알고 있네. 사실 내가 자리를 그만둔 것도 일부는 그 때문이지만."

"그렇다면, 지금은 그만두셨다는 말씀이신지요?"

"이미 오래 전에 그만두었네. 앓고 있었는데 회복이 되자 생각이 완전히 변해 퇴직을 했지. 훌륭한 교사가 되려고 노력했는데 역시 못 되었네. 훌륭한 교사는 천성적이 아니면 안 되는 것 같네. 그런 이유에서 단념했지만, 그 이후로 나는 행복하다네."

그는 정말 그런 것처럼 보였다. 나는 다시 그에 대해서 물었지만, 그는 오히려 내 이야기를 듣고 싶어했기 때문에 바로 내 이야기를 해야 했다. 내가 음악가가 되었다는 것이 그다지 그의 마음에 드는 것 같지는 않았다. 그렇지만 나의 재난에 대해서는 부담을 즈지 않을 정도의 호의적이고 부드러운 동정을 품고 있었다. 그는 신중하게 내가 어떻게 스스로의 마음을 위로하는 데 성공했는지를 캐어 물으려고 신중하게 시도했다. 그리고 나의 거의 회피적인 답변에 만족하지 않았다. 그는 주저하면서도 조급하게, 약간 신비스런 몸짓을 해보이며 자신은 한 가지 위안을 알고 있으며, 성실한 탐구자(探求者)라면 그 누구에게라도 열려 있는 완전한 깨달음을 안다며 우물쭈물 빙빙 돌려서 말했다.

"이미 알고 있습니다" 하고 나는 말했다. "성서를 말씀하시려는 것이지요?"

로에 선생은 교활하게 미소지었다.

"성서는 좋은 책이네. 깨달음에 이르는 하나의 길이지. 하지만 깨달음 그 자체는 아니야."

"그럼, 깨달음 그 자체는 어디에 있습니까?"

"발견하려고만 한다면 문제없이 찾을 수 있네. 내가 읽고 있는 것을 주지. 입문서(入門書)가 될 만한 것을. 자네 카르마(불교의 업보〔業報〕)의 학설에 대해 들은 적이 있나?"

"카르마라고요? 들어 본 적 없습니다. 그것은 무엇입니까?"

"보여 주지. 잠깐 기다리게."

그는 달려가서 한동안 돌아오지 않았다. 그 동안 나는 불안한 기대감과 의아스러움을 품은 채 뜰을 내려다보고 있었다. 뜰에는 과수 분재(盆栽)가 나무랄 데 없이 정연하게 놓여 있었다. 이윽고 다시 돌아온 로에 선생은 눈빛을 빛내며 한 권의 작은 책을 내게로 내밀었다. 그것에는 불가사의한 선화(線畵) 복판에 〈초심자를 위한 접신교(接神敎) 문답서〉라는 표제가 적혀 있었다.

"그것을 가지고 가게나. 가져도 좋네. 연구를 계속하고 싶다면 더 빌려 주겠네. 이것은 단지 입문서일 뿐이야. 나는 하나에서 열까지 이 학설(學說)의 덕을 보고 있지. 그 덕분에 육체도 정신도 건전해졌네. 자네도 그렇게 될 수 있을 것이네."

나는 그 작은 책을 받아 호주머니 속에 넣었다. 로에 선생은 뜰을 지나

큰길까지 나를 전송하고, 기분 좋게 작별인사를 하면서 다시 오라고 말했다. 나는 그의 얼굴을 똑바로 보았다. 선량하고 쾌활한 얼굴이었다. 그러한 행복에 이르는 방법을 시험삼아 해보는 것도 나쁘지는 않을 것 같은 생각이 들었다. 이렇게 해서 나는 작은 책을 호주머니 속에 넣고, 지복(至福)에 이르는 샛길의 제1보에 호기심을 품으면서 집으로 돌아왔다.

그러나 이 샛길에 첫발을 내디딘 것은 그로부터 2, 3일이 지난 후였다. 귀가 도중 악상(樂想)이 또다시 나를 강렬하게 끌어당겼다. 나는 그 속으로 뛰어들어 음악에 젖으면서, 폭풍우가 지나가고 냉정을 되찾아 일상 생활로 되돌아올 때까지 작곡하고 탄주(彈奏)했다. 그런 뒤 나는 다시 그 새로운 학설을 연구하고 싶은 욕구를 느끼고 곧 들이마실 듯 그 작은 책에 덤벼들었다.

그러나 그것은 그리 쉽지는 않았다. 작은 책은 내 손 안에서 부풀어 올라 마침내는 정복하기 어려운 것이 되었다. 그것은 모두가 가치를 지니고 있는 많은 지혜로의 길과, 자유 속에 깨달음과 내적 완성을 얻으려고 노력하는 사람들과, 어떤 신앙도 신성시하고 광명으로 통하는 길이라면 어떤 샛길도 환영하는 사람들의 접신교적 교리에 관한 훌륭하고도 흥미있는 서문(序文)으로 시작되고 있었다. 그 바로 다음 장엔 우주발생론(宇宙發生論)이 나왔는데 그 부분을 나는 이해할 수가 없었다. 그것은 세계를 갖가지 '평면(平面)'으로 분류하고, 내가 생각하기에는 역사를 미지의 기묘한 시대로 분류하고 있었다. 거기에서는 침몰한 나라 아틀란티스도 일역을 맡고 있었다. 나는 이 부분을 잠시 덮어 놓고, 신생(神生)의 학설(學說)이 기술되어 있는 다른 장을 보기 시작했다. 그 장은 비교적 잘 이해할 수 있었지만 그 설 전체를 하나의 신화학(神話學)과 문학상의 우화(寓話)라고 받아들이는 것인지 아니면 말 그대로 진리로 받아들이는 것인지는 나 자신도 확실치 않았다. 도무지 이해가 가진 않았지만 후자인 것 같았다. 마침내 카르마 학설 부분이 나왔다. 내가 보기에 그 설은 일종의 인과율(因果律)의 종교적 숭배였다. 이것이 내 마음에 안 드는 것은 아니었다. 그런 식으로 오래지 않아 나는, 이 설 전체는 가능한 한 그것을 문자 그대로, 사실 그대로 받아들이고, 마음으로부터 신앙하는 자에게만 위안이 되고 보물일 수 있다는 것을 깨달았다. 이를테면 나처럼 이 학설을 어떤 부분은 아름답게, 또 어떤 부분은 혼란스런 상징, 즉 신화학적(神話學的) 세계의 해석 정도로 간주하는 자는 배우거나 존경을 바칠 수는 있을지라도, 거기에서 어떤 생명력이나 힘을 얻을 수는 없었다. 사람들은 정신과 품위를 갖춘 접신론자(接神論者)가 될 수 있을지도 모른다. 그러나 그 최후의 위안은 정신 같은 것은 갖고 있지 않고 단순히 신앙하는 자만을 불러들이는 것이었다. 그것은 나에게 당장 도움이 되지는 못했다.

그렇지만 나는 여러 차례 로에 선생을 찾아갔다. 12년 전에 선생은 서로를 그리스어로 괴롭혔고, 지금은 또 다른 방법으로 괴롭히며 나의 교사 겸 지도자가 되려고 노력하였지만 결국 두 번 모두 성공하지 못한 셈이 되었다. 우리는 친구가 되지는 못했지만 나는 즐겨 그를 찾아갔다. 그는 한동안 나의 생활상의 중요 문제에 대한 유일한 상담자였다. 동시에 나는 이러한 상담은 결국 무가치한 것으로서, 가장 좋은 경우에도 현명한 판정(判定)밖에 이르지 못한다는 것을 경험했다. 그러나 교회와 과학으로부터 냉정하게 버림받고, 이제 인생의 후반기에 기묘하게 날조된 학설을 소박하게 믿으며, 평화와 존경의 존엄성을 체험한 이 경건한 사람은 나에게 감동적이고 존경할 만한 대상이었다고 말해도 좋을 것이다.

많은 애를 써보았지만 결국 오늘에 이르기까지 나로서는 이 길에 접근하기가 어려웠다. 나는 경건한, 무엇인가에의 신앙에서 안정을 찾고 만족하고 있는 사람들에게는 찬탄과 경애의 마음을 품고 있지만, 그 사람들이 그와 같은 기분을 나에게 줄 수는 없었다.

4

경건한 접신론자이며 과수 재배자인 로에 선생의 집을 찾아다니던 짧은 기간 동안의 어느 날 나는 발송인 불명의 환어음을 받았다. 이 환어음은 아직 한 번도 관계한 일이 없는 어느 유명한 북부 독일의 음악회 대리업자로부터 날아온 것이었다. 나의 문의 편지에 대해서 온 회답에 의하면, 그 환어음은 하인리히 무오트 씨의 의뢰에 의한 것으로 그가 여섯 차례의 음악회에서 내 작곡으로 된 노래를 부른 것에 대한 보수라는 것이었다.

그리하여 나는 무오트에게 편지를 보내 감사를 표하고 자세한 내용을 알려 주기를 요청했다. 특히 내가 알그 싶었던 점은 내 노래가 음악회에서 어떤 반응을 불러일으켰는가 하는 점이었다. 무오트의 연주 여행에 대해서는 이미 듣고 있었으며, 한두 번 신문에 실린 짧은 기사를 읽었지만 내 노래에 대해서는 아무것도 씌어 있지 않았다. 나는 편지 속에 고독자답게 자신의 생활과 작업에 대한 것을 상세하게 보고하고, 동시에 신작(新作)의 노래 한 곡을 함께 넣어 보냈다. 그로부터 2주일, 3주일, 4주일 동안 회답을 기다렸지만 소식이 없었기 때문에 나는 그 일을 완전히 잊어버렸다. 여전히 나는 거의 매일 꿈속에서처럼 솟아나는 악상을 악보에 옮겨 적는 일로 바빴다. 그 일을 하고 나면 온몸에서 힘이 빠져 나가는 듯한 기분이 들었다. 개인교수를 하는 것이 몹시 괴롭고, 더 이상은 끈기가 계속될 것 같지 않은 생각이 들었다.

그런 상태였으므로 무오트의 편지가 도착했을 때에 나는 마치 마법(魔法)으로부터 해방되기라도 한 것 같은 느낌이 들었다. 그는 다음과 같이 쓰고 있었다.

쿤 선생! 본인은 편지쓰기 싫어하는 사람이 되어서 여지껏 선생의 편지에 적당한 회답을 드리지 못하고 있었습니다. 그런데 이번에 실질적인 제의를 할 수가 있게 되었습니다. 본인은 지금 R시(市)의 가극단에 고용되어 있습니다. 당신도 함께 일하실 수 있으면 좋으리라고 생각합니다. 당장 제2바이올리니스트의 지위에 앉을 수 있을 것입니다. 악장(樂長)은 이해심이 많고 싹싹한 사람입니다. 좀 무례한 면이 있기는 하지만. 당신의 작품을 연주할 기회도 있을 것입니다. 이곳에는 훌륭한 실내악단이 있습니다. 노래에 대해서도 몇 마디 할 이야기가 있습니다. 특히 노래를 사고 싶다는 출판업자가 있습니다. 그러나 모든 상세한 이야기를 다 쓸 수 없습니다. 당신이 와 주십시오! 되도록이면 급히. 그리고 일자리에 대한 답은 전보로 알려 주십시오. 급하니까.

무오트로부터

그 편지로 인해 나는 갑자기 한거(閒居)와 무위(無爲)에서 빠져 나와 다시 일상의 흐름에서 활동하고, 희망과 걱정과 불안과 기쁨을 느꼈다. 나를 붙잡는 것은 아무것도 없었다. 양친은 내가 궤도에 올라 인생에의 중대한 첫걸음을 내딛는 것을 보고 기뻐했다. 나는 곧 전보를 쳤다. 그리고 3일 후에는 무오트를 만나기 위해 이미 R시에 와 있었다.

나는 어느 호텔에 투숙한 뒤 그를 방문하려고 했지만 어디 있는지를 몰랐다. 그런데 뜻밖에 그가 호텔로 찾아와서 내 앞에 섰다. 그는 아무 질문도, 아무 말도 하지 않은 채 손을 내밀며 악수를 청했다. 나의 흥분에는 무관심했다. 그는 여전히 마음 내키는 대로 행동하고 현재의 순간에만 진지하게 임하고 즐기는 데 습관화되어 있었다. 그는 나에게 옷을 갈아입을 여유도 주지 않으면서 서둘러 악장 뢰슬러에게 데리고 갔다.

"이쪽은 쿤 씨입니다."

뢰슬러는 약간 고개를 숙였다. "어서 오십시오. 그런데 무슨 일이십니까?"

"실은" 하고 무오트가 외쳤다. "이 사람이 바로 제2바이올리니스트입니다."

악장은 놀라 나를 쳐다보다가 다시 무오트를 향해서 난폭하게 말했다. "다리가 나쁘다는 말을 자네는 한마디도 하지 않았어. 수족이 똑바른 사람이 아니면 안 돼요.”

나는 얼굴이 빨개졌지만, 무오트는 침착했다. 그는 단지 웃고 있었다.

“뢰슬러 씨, 도대체 이 사람에게 무용을 시킬 생각이십니까? 나는 바이올린을 연주시킬 것이라고 생각하고 있었어요. 그것이 안 된다면 돌아가도록 해야지요. 그렇지만 우선 시험해 보시지 않겠어요?”

“그건 좋아요. 쿤 씨, 내일 아침 내게로, 그래요, 아홉 시 지나서 다시 와 주세요. 이 집으로. 다리 이야기 때문에 화가 나셨습니까? 그렇지만 그 일은 무오트 씨가 사전에 말해 주었더라면 좋았을 거예요. 그럼, 또. 안녕히 가세요.”

돌아가는 길에 나는 그 일에 대해서 무오트를 비난했다. 그는 어깨를 들썩이며 처음부터 내가 불구라고 이야기했더라면 악장은 쉽게 찬성하지 않았을 것이라고 했다. 그러나 내가 한번 찾아가서 어찌 되었든 뢰슬러가 간접적으로나마 승낙했으니까, 머지않아 좀더 좋은 방면에서 그를 알게 될 것이라고 했다.

“그러나 도대체 어떻게 나를 추천할 수가 있었습니까?” 하고 내가 물었다. “내가 무엇을 할 수 있을지도 전혀 모르면서.”

“그것은 당신의 문제요. 나는 당신이 반드시 할 수 있을 것이다, 불가능하지는 않을 것이다라고 생각했습니다. 당신은 누군가가 때때로 자극을 주지 않으면 발전해 나가지 못하는 연약한 집토끼와 같습니다. 한 번 자극받을 때마다 비틀거리면서라도 전진을 하지요. 걱정할 것은 없습니다. 지금까지 했던 사람들도 별다른 기량은 없었으니까.”

저녁에는 그의 집에서 지냈다. 그는 이곳에서도 시내 변두리에 두세 개의 방을 세내어 지내고 있었다. 뜰이 있는 조용한 환경이었다. 그의 큰 개가 그에게 달려들었다. 자리에 앉아 미처 따뜻해지기도 전에 초인종이 울리고, 굉장히 아름답고 키가 큰 여인이 찾아와 함께 어울렸다. 헤어지기 전과 같은 분위기였다. 그의 연인은 나무랄 데 없는, 왕비(王妃)와 같은 모습을 하고 있었다. 그는 극히 당연한 일인 것처럼 아름다운 부인들을 거칠게 침범하고 있는 것 같았다. 나는 이 새로운 여성을 흥미와 수줍음을 갖고 지켜 보았다. 그러한 느낌은 성숙한 여인 앞에서는 언제나 느끼는 기분이었다. 나는 여전히 희망도 없고 사랑도 받지 못하며 다리를 절면서 걷고 있었기 때문에, 그 기분에는 일종의 질투심이 섞여 있지 않은 것도 아니었다.

예전처럼 이번에도 무오트의 집에서 좋은 포도주를 많이 마셨다. 그는 폭군적이고, 기분 나쁘게 하는 음울한 명랑성으로 우리들을 억압하면서도 우리들의 마음을 빼앗았다. 그는 멋지게 불렀다. 내가 작곡한 노래도 한 곡 불렀다. 어느새 우리 세 사람은 친해지고, 상기되어 가까이 다가서고, 서로 숨김없는 시선을 교환하면서, 열이 식지 않은 동안은 함께 있었다. 키 큰 여인은 이름이 로테라고 했다. 온화하고 애교가 있어 내 마음을 끌었다. 아름답고 따스한 애정이 있는 여인이 동정과 특별한 신뢰로서 나를 맞아 주는 것이 처음 있는 일은 아니었고 이번에도 고통과 쾌감이 엇갈렸지만, 그러나 이러한 멜로디는 이미 다소 알고 있었기 때문에 그다지 진지하게 받아들여지지는 않았다. 사랑에 빠져 있는 여인들이 내게 특별한 친절을 보여 주는 일은 여러 차례 경험했다. 그 여자들은 모두 나를 사랑도 질투도 할 줄 모르는 사나이라고 생각하고 있었다. 게다가 거기에 달갑지 않은 동정이 가해졌다. 그리하여 그녀들은 반쯤은 어머니와 같은 친밀감을 갖고 나에게 마음을 허용했던 것이다.

그러나 유감스럽게도 나는 그 방면에는 전혀 경험이 없었으며 또 가까운 사람들이 서로 나누는 사랑의 행복을 보면, 어쩔 수 없이 나의 일을 생각하게 되고 또 한 번쯤 나 자신도 그런 입장이 되어 보고 싶은 생각이 들었다. 그런 느낌이 어느 정도 나의 기쁨을 감소시켰지만, 자신을 헌신하고 있는 아름다운 여인과 검게 눈을 빛내고 있는 힘세고 무뚝뚝한 사나이 곁에서 보낸 시간은 그런대로 즐거운 하루 저녁이었다. 무오트는 나를 보살펴 주고 좋아했지만 내게도 역시 그가 여자들에게 하는 것과 똑같은 식으로 난폭하고 변덕스럽게밖에는 애정을 나타내지 못했다.

작별을 고하기 전 마지막 술잔을 맞부딪칠 때, 그는 가볍게 머리를 숙이고 나에게 인사를 하면서 말했다. "실은 당신과 형제의 의리를 맺기를 이 자리에서 제의하고 싶은데, 어떨는지요. 나는 기꺼이 그렇게 하고 싶습니다. 그러나 보류해 둡시다. 어쨌든 그렇게 될 것이니까. 아시다시피 전에 나는 마음에 든 사람이면 누구에게나 곧바로 '너'라고 말을 놓았는데 그것은 안 좋아요. 특히 동료 사이에서는 더욱 좋지 않아요. 그래서 곧잘 사람들과 다투곤 했지요."

이번에는 친구의 애인을 집까지 바래다주는 쑥쓰레한 행복은 갖지 않았다. 그녀는 뒤에 남았다. 그 편이 나에게는 으히려 다행이었다. 여행, 악장 방문, 내일에 대한 긴장, 무오트의 새로운 교제, 모두가 나에게는 유쾌했다. 비로소 나는 홀로 쓸쓸하게 무언가를 기다리며 지낸 긴 일년 동안, 나 자신 얼마나 잊혀지고 위축되고 사람들과 멀어져 있었는지를 느꼈다. 그리고 겨우 다시 사람들 사이에서 활동하며, 다시 세상의 일원이 된 흥분을 즐겁고 유쾌한 긴장감 속에서 맛볼 수 있었다.

다음날 아침 일찍 나는 악장 뢰슬러의 집을 방문했다. 그는 잠옷 바람에 머리에 빗질도 하지 않고 있었으나 기분 좋게 맞아 주며, 내 앞에 육필의 악보를 놓고는, 피아노 앞에 마주 앉으면서 어제보다는 친절한 어투로 연주해 보라고 했다. 나는 될 수 있는 대로 용감하게 연주했지만, 조잡하게 씌어진 악보를 읽는 데에는 다소 힘이 들었다. 연주를 끝내자 그는 말없이 다른 악보를 올려놓고 반주 없이 나에게 연주를 시켰다. 그리고 또 제3의 악보를 놓았다.

"좋아요" 하고 그는 말했다. "악보를 읽는 법에 좀더 익숙해질 필요가 있군요. 악보가 언제나 활자처럼 깨끗하게 씌어 있지는 않으니까. 오늘 밤에 극장으로 와 주세요. 자리는 내가 만들어 드리겠어요. 거기에서 임시 고용인과 함께 당신의 분보(分譜)를 연주해 보도록 합시다. 약간 거북할는지도 모르니까 미리 악보를 잘 보아 두십시오. 오늘 연습은 없습니다. 적은 것을 드릴 터이니 그것을 갖고 열한 시 지나 극장에서 악보를 받도록 하십시오."

나는 어찌해야 좋을지 확실히 알지 못했지만, 뢰슬러 씨가 질문을 싫어하는 것같이 보였기 때문에 그대로 나왔다. 그러나 극장에서는 악보 같은 것은 아무도 모른다면서 내 말을 들어 주려고 하지 않았다. 극장의 요지경에 아직 익숙지 못한 나는 분개하여, 무오트에게 급히 심부름꾼을 보냈다. 그가 오자 곧 만사가 해결되었다. 그 날 밤 처음으로 나는 극장에서 연주했다. 그 동안 악장 뢰슬러는 나를 날카롭게 지켜 보고 있었다. 다음 날 나는 고용되었다.

인간이란 실로 묘한 것이다. 나는 새로운 생활과 충만된 희망의 한복판에 있으면서, 때때로 고독에 대해서뿐만 아니라 무료하고 공허하게 보낸 나날에 대해서 이상하게도 베일 너머로 어렴풋이 느껴지는 듯한 향수에 젖었던 것이다. 그럴 때마다 눈앞에 무엇인가 소망스러운 것처럼 나타난 것은 고향 마을에서 보낸 세월이었다. 그 슬프도록 평온 무사한 단조로움에서 나는 마치 해방된 것처럼 감사하면서 빠져 나왔는데 지금 나는 특히 그 향수에 젖어, 2년 전 산속에서 지낸 수주일 동안의 일을 생각하고 있었다. 일생 동안 무사 안일하고 행복하게 지낼 수 있도록 태어나지 못했으며, 약자로서 그리고 남의 밑에서 생활해야만 될 운명을 타고난 것이다. 더욱이 이 음영(陰影)과 희생이 없었다면, 내게서 흘러나오는 창작의 샘물은 더욱 활기차지 못하며 빈약할 것임에 분명했다. 나는 그런 식으로 느껴 왔다. 실제로 조용한 시간과 창작상의 작업은 문제가 되지 않았으나 순조롭고 풍부한 생활 속에서도 파묻힌 샘이 마음속 깊숙한 곳에서 희미하게 탄식하는 소리가 언제나 들리는 것같이 생각되었다.

오케스트라에서 바이올린을 연주하는 일은 나에게 기쁨을 주었다. 나는 열심히 악보를 보고, 이 세계로 몰두하려고 모색했다. 단지 이론적으로만 알고 있었던 일, 개개 악기의 종류나 음색(音色), 의의 같은 것을 밑에서부터 점차적으로 이해하게 되었다. 동시에 또 무대 음악을 보기도 하고, 연구도 하여 언젠가 나 자신의 오페라를 시도할 날이 올 것을 차츰 진지하게 고대하였다.

오페라에서 가장 명예스러운 제1의 지위 중의 하나를 차지하고 있는 무오트와의 친밀한 교제는 음악계 전체를 신속하게 이해하는 데에는 크게 도움이 되었지만 오케스트라 동료들 사이에서는 그것이 오히려 나쁘게 작용하여 내가 원하는 것처럼 그들과 친밀하게 격의없는 사이로 발전하지는 못했다. 다만 슈타이에르마르크 출신의 타이저라는 제1바이올리니스트만이 나에게 친절하게 대해 주며 친구가 되었을 뿐이었다. 그는 나보다 열 살 정도 연상인 것 같았다. 솔직한 사람으로서, 곧잘 얼굴을 붉히는 온화하고 델리키트한 심성의 소유자였다. 그리고 놀라울 정도로 음악적이고, 특히 그 귀는 믿을 수 없을 만큼 섬세하고 예민했다. 그는 자신이 중요한 역을 맡으려는 욕망을 갖지 않고, 오직 자신의 예술에서 만족을 찾아내는 사람들 중의 한 사람이었다. 그는 대가(大家)도 아니거니와 작곡한 일도 없었다. 자신의 바이올린 연주에 만족하고, 그 작업을 근본적으로 이해하는 일에서 기쁨을 느끼고 있었다. 그는 어떤 지휘자도 따르지 못할 정도로 모든 전주곡(前奏曲)에 통달하고 있었다. 그리고 음악의 묘처(妙處), 정점에 다다르면, 또 어떤 악기가 울리기 시작하여 아름답고 독창적으로 광채를 내는 부분에 오면 그는 얼굴을 빛내면서 전악단의 어느 누구보다도 더욱 그것을 즐겼다. 그는 거의 모든 악기를 다룰 줄 알았기 때문에, 나는 매일 그에게 배우기도 하고 물을 수도 있었다.

수개월 동안 우리는 본업(本業) 이외의 일에 대해서는 아무 이야기도 나눈 적이 없었지만 나는 그가 좋았다. 그리고 그도 내가 무엇인가를 진지하게 배우려는 것을 알았기 때문에 무언(無言)의 양해가 이루어져 우정의 일보 전까지 이르렀다. 마침내 나는 그에게 나의 바이올린 소나타에 대해서 이야기하고 함께 연주해 주기를 청했다. 그는 쾌히 승낙하고 약속한 날 내 숙소로 찾아왔다. 나는 그를 기쁘게 해주기 위해 그의 고향산 포도주를 준비해 놓았다. 그것을 한 잔 마신 후, 우리는 악보를 대(臺) 위에 올려놓고 연주하기 시작했다. 그는 악보를 슬쩍 보고도 훌륭하게 연주했으나 갑자기 연주하는 것을 중단하고는 활을 내려놓았다.

“쿤 씨” 하고 그가 말했다. “대단히 아름다운 곡이로군요. 이 곡을 이렇게 아무렇게나 연주할 수는 없어요. 우선 연구를 해야겠어요. 악보를 집으로 가져가도 괜찮겠는지요?”

그렇게 해서 다시 그가 왔을 때, 우리는 소나타 전부를 두 번 연주했다. 그것이 끝나자 그는 내 어깨를 치면서 외쳤다. "당신이라는 사람은 정말 아무래도 속을 알 수 없는 사람이로군요! 항상 어린아이 같은 모습을 하고 있으면서 남모르게 이런 작품을 만들고 있다니! 물론 긴 이야기는 하지 않겠어요. 나는 교수(敎授)가 아니니까요. 그렇지만, 밉살스러울 정도로 아름답습니다!"

내가 참으로 신뢰하고 있는 사람이 내 작품을 칭찬해 준 것은 그것이 처음이었다. 나는 그에게 악보 전부를 보여 주었다. 그리고 그 당시 인쇄 중이었으며 그로부터 오래지 않아서 출판된 노래 악보도 그에게 보여 주었지만, 대담하게도 오페라를 생각하고 있다는 것까지 이야기할 용기는 생기지 않았다.

이 즐거운 시절에 나를 아주 놀라게 한 한 가지 작은 체험을 나는 도저히 잊을 수가 없다. 빈번하게 드나들던 무오트의 집에서 한동안 그 아름다운 로테를 만날 수 없었으나 나는 그 일에 대해서는 아무것도 생각지 않았다. 나는 그의 연애 사건에 관여할 마음이 없었으며 모르는 사이 끝나게 되면 무엇보다 다행이라고 생각하고 있었기 때문이다. 그러므로 나는 단 한 번도 그녀에 대해서 물은 적이 없다. 무오트 또한 그녀의 일에 대해 내게 한 번도 이야기한 적이 없었다.

그런데 방에 앉아 악보 연구를 하고 있던 어느 날 오후, 방울 소리를 내던 나의 검은 고양이도 창가에서 햇볕을 쬐며 잠들어 집 안 전체가 고요 속에 잠겨 있었는데 밖의 문이 열리고 누군가가 들어오는 소리, 누구냐고 물으며 제지하는 주인 아주머니의 소리, 이것을 뿌리치는 소리들이 어수선하게 들려 오더니 곧 다급한 노크 소리가 났다. 나는 일어서서 문을 열었다. 그러자 얼굴을 베일로 감싼 우아한 여인이 들어서더니, 뒤의 문을 닫았다. 그녀는 서너 걸음 안으로 들어와서 깊이 숨을 내쉰 후에야 겨우 베일을 벗었다. 로테였다. 그녀는 흥분하고 있었다. 나는 그녀가 찾아온 이유를 바로 짐작할 수 있었다. 내가 권하는 대로 그녀는 앉았다. 그리고 나에게 악수를 청했지만 말은 한 마디도 하지 않았다. 내가 당황해 있는 것을 깨닫자, 그녀는 비로소 안심을 한 듯했다. 아마 내가 쫓아

내지나 않을까 두려워하고 있었던 모양이다.

"하인리히 무오트 씨 일로 오셨습니까?" 하고 나는 마침내 물었다.

그녀는 고개를 끄덕였다.

"이미 무엇인가 알고 계시나요?"

"아무것도 모릅니다. 다만 그렇게 추측했을 뿐입니다."

그녀는 환자가 의사를 향해서 하는 것처럼, 내 얼굴을 똑바로 쳐다보면서 말없이 천천히 장갑을 벗었다. 그리고 갑자기 내가 일어서자 두 손을 내 양 어깨에 올려놓고 큰 눈으로 나를 응시했다.

"나는 어떻게 하면 좋을까요? 그 사람은 집에 있는 일이 없어요. 편지도 주지 않거니와 내 편지를 열어 보려고도 하지 않아요. 벌써 그 사람과 이야기할 수 없게 된 지가 3주일이나 되었어요. 어제는 안에 있으면서도 문을 열어 주지 않았어요. 휘파람으로 개를 불러들이지도 않아서 옷을 찢겼어요. 개까지도 이제 나 같은 것은 모른다는 식이에요."

"도대체 무오트 씨와 어떻게 된 겁니까, 다투기라도 하셨습니까?" 나는 입을 다물고만 있을 수도 없어서 그렇게 물었다. 그녀는 어이없다는 듯 웃었다.

"싸움이라고요? 싸움이라면 몇 차례 했는지도 몰라요. 처음부터인걸요! 싸움에는 이미 이골이 났어요. 그렇지만 최근 그 사람은, 내 쪽에서 기분이 나빠질 정도로 정중했어요. 한 번은 자기가 나를 불러내 놓고는 나오지 않았어요. 또 한 번은 자기가 오겠다고 하고선 나타나지 않았지요. 그리고 마지막에는 갑자기 나를 '당신' 어쩌고 하는 거예요. 아아, 차라리 그 사람이 나를 다시 때려 주었으면 좋겠어요."

나는 몹시 놀랐다.

"때리다니⋯⋯?"

그녀는 다시 웃었다.

"모르세요? 저런, 그 사람은 종종 나를 때렸어요. 하지만 요즈음은 때리지 않았지요. 오히려 점잖은 체 나를 '당신'이라고 부르더군요. 그리고 이번에는 나 같은 것은 상대를 하지 않는 거예요. 틀림없이 달리 좋은 사람이 생긴 거예요. 그래서 당신을 찾아왔어요. 제발 말씀해 주세요. 그 사람에게 달리 좋은 사람이 있는 거지요? 당신은 알고 계시지요? 알고 계실 거예요."

막을 새도 없이 그녀는 이미 내 두 손을 잡고 있었다. 나는 몸이 굳는 것을 느꼈다. 나는 이 장면을 어떻게든 간단히 끝내려고 바라는 한편 그녀가 나에게 전혀 말할 기회를 주지 않는 것을 오히려 기쁘게 생각했다. 사실 뭐라고 위로의 말을 해야 할지 몰랐으니까.

슬픔에 싸인 그녀는 그저 내가 경청해 주는 것에 만족하고, 발작적인 열정으로 탄원하고, 애처롭게 호소했다. 그러나 나는 끊임없는 눈물로 범벅이 된 이 성숙한 아름다운 얼굴을 쳐다보고만 있었을 뿐이다. 그리고 그가 이 여자를 때렸다고 하는 말 이외에는 아무것도 생각할 수가 없었다. 그의 주먹이 보이는 듯했으며 그가 몹시 미워졌다. 또 맞기도 하고 경멸을 당했는데도 거절당한 후 계속 그의 곁으로, 그 굴욕으로 돌아갈 길을 찾는 이외에 아무런 생각도 소원도 갖고 있지 않은 그녀가 어리석고 불쌍하게 보였다.

마침내 고조된 감정에서 진정된 로테의 이야기는 완만해졌다. 그녀는 문득 주위 사정을 의식한 듯 좀 당황스런 표정으로 입을 다물고 내 손을 놓았다.

"그 사람에게는 달리 여자는 없습니다." 나는 작은 소리로 말했다. "적어도 나는 그 일에 대해서는 아무것도 모릅니다. 또 그럴 리가 없다고 생각합니다."

그녀는 감사하다는 듯한 눈길로 나를 쳐다보았다.

"그러나 당신을 도울 수는 없습니다." 나는 계속해서 말했다. "그런 일에 대해서 그와 이야기한 적이 없으니까요."

잠시 동안 침묵이 흘렀다. 나는 그 아름다운 마리온에 대한 일이며, 그녀와 팔짱을 끼고 훈훈한 남풍이 불어오는 길을 함께 걷던 저녁의 일을 회상하지 않을 수 없었다. 그녀는 그처럼 용감하게 연인에 대한 사랑을 고백했는데, 그는 그 마리온도 때렸을까? 그랬는데도 그녀 역시 그의 뒤를 쫓고 있었을까?

"도대체 어떻게 나를 찾아오셨습니까?"

"나도 모르겠어요. 하지만 어떻게든 하지 않고서는 배길 수가 없었어요. 그 사람은 아직도 나를 생각하고 있을까요? 당신은 좋은 분이에요. 제발 나를 도와 주세요. 한번 그 사람에게 물어봐 주실 수 있지 않아요. 그리고 내 이야기를 해주시면……."

"아니, 그런 일은 할 수 없습니다. 그 사람이 당신을 아직 사랑하고 있다면, 스스로 당신에게로 돌아올 것입니다. 하지만 만일 사랑하고 있지 않다면……."

"그렇다면?"

"그렇다면 내버려 두십시오. 당신이 그토록 굴종하실 가치가 없는 사나이입니다."

그 말에 그녀는 갑자기 미소를 지었다.

"저런, 당신은 정말 사랑이라는 것을 전혀 모르시는군요."

그녀가 하는 말은 당연하다고 생각했지만, 그래도 서글픈 생각이 들었다. 사랑은 내게로 오려 하지 않고, 이제 나는 이미 사랑의 울타리 밖에서 있다고 한다면, 무엇 때문에 내가 다른 사람을 위한 상담역이나 구원자의 역할을 맡아야 한다는 말인가? 나는 이 여성에게 동정이 가기도 했지만 그 이상으로 경멸했다. 한편으로는 잔혹해지고, 다른 한편으로는 굴욕을 참고 견뎌야 하는 것이 사랑이라면, 사랑 같은 것은 하지 않는 편이 오히려 훌륭한 생활을 할 수 있을 것이다.

"나는 싸우는 일은 싫어합니다." 나는 냉정하게 말했다. "나는 그런 식의 사랑은 모릅니다."

로테는 다시 베일을 썼다.

"네에, 이젠 돌아가겠어요."

그러자 그녀가 또 불쌍해졌지만, 어리석은 장면을 다시 되풀이하고 싶지도 않았기 때문에 나는 잠자코 문을 열어 주었다. 그녀는 문 쪽으로 걸어갔다. 나는 호기심 많고 무례한 주인 여자의 옆을 지나서 계단까지 그녀를 전송했다. 그곳에서 내가 인사를 하자, 그녀는 더 이상 아무 말도 없이 나를 돌아보려고도 하지 않고 곧장 나갔다.

나는 서글픈 기분으로 그녀를 전송했다. 그 광경이 언제까지나 눈에 아른거렸다. 나는 실제로 마리온이나 로테, 무오트 같은 사람들과 전혀 다른 인간일까? 그들의 교유가 정말로 사랑이었을까. 나는 그들 정열적인 사람들이 모두 폭풍우에 쫓기듯 비틀거리고, 정처없이 날려가고 있는 것을 보았다. 사나이는 오늘은 욕망으로, 내일은 권태로 괴로움을 당하고, 음울하게 사랑하고 잔인하게 절교하면서, 어떤 애정에도 확신이 없고, 어떤 사랑에도 기쁨을 찾지 못한다. 또 여자들은 모욕당하고 매를 맞으면서 끌려다니며, 최후에 버림을 받고도 아직 남자에게 집착하며, 질투와 멸시 당한 사랑으로 그 품위를 떨어뜨려도 개처럼 충실한 것이다. 나는 그 날 정말 오래간만에 처음으로 울었다. 친구인 무오트와 그의 연인들, 그들의 생활과 사랑 때문에, 화가 치미는 눈물을 흘리며 울었다. 또 그러한 사람들 틈에 섞여 마치 다른 천계의 사람이기라도 한 듯 생활하고 있는 자신, 인생을 모르고 사랑을 동경하면서, 더욱이 사랑을 두려워하지 않으면 안 될 자신 때문에 조용하고 쓸쓸한 눈물을 흘렸다.

나는 오랫동안 하인리히 무오트의 집에 가지 않았다. 그 무렵 그는 바그너 가수로서 인기를 떨치며 '스타'로 인정되어 가고 있었다. 동시에 나도 조심스럽게 세상에 드러나기 시작했다. 몇 곡의 내 작품이 출판되어 호평을 받았으며, 실내악(室內樂)을 위한 두 개의 작품이 음악회에서 연주되었다. 친구들로부터는 조용한 격려와 칭찬을 받았다. 평론계는 앞날을 기대하면서 정관했다. 혹자는 우선 나를 신인으로서 관대하게 인정해 주었다.

나는 바이올리니스트인 타이저와 자주 어울렸다. 그는 나를 좋아했다. 친구다운 기쁨을 나타내면서 내 작품을 칭찬하고, 큰 성공을 예언했으며, 언제나 귀찮아하지 않고 내 음악 상대를 해주었다. 그럼에도 불구하고 나는 무엇인가 부족함을 느꼈다. 무오트에게는 마음이 끌렸지만 나는 여전히 그를 피하고 있었다. 로테에 대해서는 더 이상 아무것도 듣지 못했다.

나는 무엇이 불만스러운 걸까? 나는 성실하고 훌륭한 타이저에게 만족하지 못하는 나 자신을 비난했지만, 그래도 역시 무엇인가 부족함을 느꼈다. 그는 너무나 쾌활하고 밝고 만족해하는 사나이로 심연(深淵)이라는 것을 모르는 사나이처럼 생각되었다. 그는 무오트를 좋게 말하지 않았다. 극장에서 무오트가 노래할 때에는 곧잘 나에게 이렇게 속삭였다.

"저것 봐, 또 얼마나 서투르게 부르고 있는지. 완전히 응석꾸러기가 되어 버린 사내야! 저 친구, 모차르트 작품은 아무것도 부르지를 않는데, 그 이유는 자신이 알고 있을 거야."

나는 그의 말을 옳다고 인정하지 않으면 안 되었지만, 내심으로는 그렇게 생각지 않았다. 나는 무오트에게 대착을 느끼고 있었지만 그를 변호하려고는 하지 않았다. 무오트는 타이저가 갖지 못한 것, 알지 못하는 것, 또 나와 그를 맺어 주는 어떤 끈 같은 것을 갖고 있었다. 그것은 무한한 욕구요, 동경이며, 불만이었다. 그것이 나를 연구와 창작으로 채찍질한 것이다. 또 그것이 나로 하여금 같은 불만에 다른 형태로 자극되고, 괴롭힘을 당하고 있던 무오트와 같은——나에게 떨어져 간——사람들에게 손을 내밀게 했던 것이다. 나는 영원히 작곡을 할 것이라는 예감을 갖고 있었다. 그것은 동경과 채워지지 않는 다음에서의 창작이 아니고, 언젠가는 행복과 넘치는 마음과 깨뜨려지지 않는 기쁨 속에서 창작하고 싶다는 욕구였다. 아아, 나는 왜 자신의 음악에 의해 행복해지지를 못하는 것일까? 또 무오트는 왜 그가 지니고 있는 야성적인 생활력과 그 애인들에 의해 행복해지지 못하는 것일까?

그러나 타이저는 행복했다. 그는 도달할 수 없는 것에 대한 욕구에 의해 괴로움을 당하지는 않았다. 예술에서 그 나름대로의 아름다움과 몰아적(沒我的)인 기쁨을 발견하고 있었다. 그리고 예술이 그에게 주는 것 이상의 것을 그는 요구하지 않았다. 또 예술 이외에서는 한층 만족을 아는 사나이였다. 그가 필요로 하는 것은 두세 명의 친한 사람들, 때에 따라서는 마실 수 있는 한 잔의 맛있는 포도주, 휴일에 야외로 소풍 가는 일 같은 것으로 충분했다. 그는 여행자였으며 신선한 공기를 사랑하는 인간이었기 때문이다. 만일 접신론자의 학설에 가치가 있다고 한다면, 이 사나이야말로 거의 완성된 사람임에 분명했다. 그 정도로 그의 사람됨은 선량했고, 열정이라든지 불만 같은 것으로 마음에 동요를 일으키진 않았다. 그럼에도 불구하고 나는 입으로 말했는지는 모르지만, 실제 그와 같이 되는 것을 원하지 않았다. 나는 다른 사람이 되는 것을 바라지 않았다. 답답하기는 하지만, 나는 나 자신의 껍질을 벗어나려고는 생각지 않았다. 몇 작품이 서서히 반응을 일으키게 된 이후로 나는 힘을 느끼기 시작했다. 나는 어느새 자만에까지 이르려 하고 있었다. 나는 일반 사람들과 통하는 그 어떤 다리를 찾아내지 않으면 안 되었다. 언제까지나 남과 떨어져 홀로 지낼 수만은 없는 일이다. 어떻게 해서든지 그들과 함께 생활할 수 있을 것이다. 달리 수단이 없을지라도, 음악이 나를 그곳으로 이끌어 줄지도 모를 일이었다. 그들은 나를 사랑하려고 하지 않을지 모르지만, 나의 작품을 사랑하지 않을 수는 없게 될 것이다.

이와 같은 어리석은 생각에서 나는 벗어나지를 못했다. 그러나 나는 누군가가 정말로 나를 요구하고 나를 이해해 주기만 한다면 언제든지 몸을 바쳐 희생할 각오가 되어 있었다. 음악은 이 우주의 신비스러운 법칙이 아닌가. 지구와 별은 조화롭게 윤무(輪舞)하고 있지 않은가. 그런데 나 홀로 영원히 고독해야만 하고, 그 본질에 있어서 나의 본질과 순수하고 아름답게 잘 어울리는 인간을 찾아서는 안 된다는 말인가.

일년 동안 나는 다른 도시에서 보냈다. 당초 나는 무오트, 타이저, 악장 뢰슬러 이외의 사람들과는 거의 교제를 하지 않았으나, 마지막 무렵에는 마음에 들지도 않았지만 그렇다고 그렇게 싫지도 않은 사람들과 꽤 넓은 교제를 하고 있었다. 실내악을 위한 나의 작품이 연주된 덕택으로, 나는 극장 이외의 일반 음악가들과도 사귀게 되었으며 좁은 범위 안에서 서서히 열매를 맺어 가는 명성에 대한 가볍고 기분 좋은 걱정을 감수했다. 나는 사람들에게 알려지고 주목받는다는 것을 깨닫게 되었다. 명성 중에서도 아직 커다란 성공을 바라지 않으며, 질시를 받지 않는, 고립되지 않은 명성은 가장 감미로운 것이다. 그 정도의 명성을 떨치고 있는 사람은 여기저기에서 주목을 받고 이름을 불리우며 칭찬받고 있다는 것을 느끼면서 돌아다니고, 친한 사람을 만나기도 한다. 그리고 명사들로부터 호의적인 인사를 받게 되고, 젊은 사람들로부터는 존경심에서 우러나오는 인사를 받게 된다. 또 그러한 사람은 시종 가장 좋은 일은 이제부터라는 남모르는 감정을 품고 있는 것이다. 모든 젊은이들이 가장 좋은 것이 지나가 버리는 것을 보기까지 그러하듯이. 그러나 나의 쾌감은 사람들의 칭찬 속에 언제나 스며 있는 다소의 동정으로 인해 가장 많이 손상당했다. 그들이 나를 위로하고, 내게 그처럼 친절하게 대해 주는 것은 나 자신 사람들이 기꺼이 그 어떤 위안을 주고 싶은 불쌍한 존재, 불구자이기 때문이라는 생각을 떨칠 수가 없었다.

나의 바이올린 이중주가 연주된 어느 음악회에서 나는 부자인 공장주 임토르와 사귀게 되었다. 그는 열성적인 음악 애호가로서, 또 재능있는 젊은이의 후원자로서 통하고 있었다. 키가 상당히 큰 침착한 사람으로 머리는 이미 반백이었다. 겉으로 보기에는 전혀 부자인 것 같지도, 음악에 깊은 관계가 있는 사람 같지도 않았다. 그러나 나는 그의 몇 마디 말을 듣고 곧 그의 음악에 대한 이해가 얼마나 깊은지를 간파할 수 있었다. 그는 막연하게 칭찬하는 것이 아니라 침착하게 전문가적인 칭찬을 했다. 그러는 편이 훨씬 가치가 있었다. 그는 종종 자기 집에서 '신구(新舊) 음악의 밤'을 개최한다는 이야기를 해주었다. 그것은 이미 오래 전에 어디선가 들어 나도 알고 있는 일이었다. 그는 나를 초대하며 이렇게 덧붙였다.

"당신 노래는 우리집에도 있어요. 우리는 당신의 노래를 좋아합니다. 딸아이도 기뻐할 것입니다."

내가 미처 그의 집을 방문하지 못하고 있을 때 그가 나를 초대한 것이다. 임토르 씨는 나의 내림 마장조의 삼중주곡을 그의 집에서 연주할 수 있도록 허락해 줄 것을 원하고 있었다. 뛰어난 아마추어 바이올리니스트와 첼로 주자(奏者)가 각각 동원되는데 그들과 공연할 의향이 있다면 나를 위해 제1바이올린을 마련해 두겠다는 내용도 덧붙여 씌어 있었다. 나는 임토르 씨가 평소 그의 집에서 연즈하는 직업 음악가들에게 매우 높은 사례를 해왔음을 알고 있었다. 그것이라면 받고 싶지 않았고, 그의 초대가 어떤 의미인지 잘 알지 못했지만 결국 나는 그 청을 수락했다. 두 사람의 공연자가 우리집으로 찾아와서 각각 악보를 가져가고, 두세 차례의 연습도 했다. 그 동안 나는 임토르 씨 집을 방문했으나 아무도 만나지 못했다. 그러던 중 약속된 저녁이 왔다.

임토르 씨는 홀아비였다. 그는 고풍스런 간소하고 훌륭한 주택에 살고 있었다. 그 주택은 커다란 시가지 한복판에 위치하고, 고풍의 뜰을 옛날 그대로의 넓이로 간직하고 있는 소수의 저택 중 하나였다. 석양에는 뜰 쪽이 잘 보이지 않았다. 다만 가로등 불빛에 나무 줄기가 밝은 반점으로 드러난 높은 플라타너스의 잎들과 그 사이로 두서너 기(基)의 검은 옛 석상(石像)이 보일 뿐이었다. 그리고 커다란 수목(樹木) 안쪽에 나지막하나 넓은 고풍의 집이 얌전하게 가로놓여 있었다. 현관을 지나자 복도, 계단, 그리고 모든 방의 벽에 고풍스런 그림이 가득 걸려 있는 것을 볼 수 있었다. 가족들의 초상화며, 검은 빛을 띤 풍경화, 고풍의 풍경화들, 동물 그림 같은 액자들이 많이 걸려 있었다. 나는 마침 다른 손님들과 만나 그들과 함께 가정부의 안내를 받으며 안으로 들어갔다.

많은 사람들이 모인 것은 아니었지만 그다지 넓지 않은 실내는 약간 혼잡하여 음악실과 통하는 문이 열릴 때까지는 시끄러웠다. 넓은 음악실은 그랜드 피아노, 악보대, 램프, 의자 등으로 집 안의 다른 곳과는 달리 모두 새로운 느낌이었으며 다만 벽에 걸려 있는 그림만은 역시 고풍스러웠다.

나의 공연자들은 이미 와 있었다. 우리들은 악보대를 세우고 음조(音調)를 고르기 시작했다. 그때 홀의 제일 안쪽 문이 열렸다. 그리고 밝은 의상의 한 숙녀가 약간 어슴푸레한 방을 지나서 들어왔다. 공연자 두 사람이 그녀에게 공손하게 인사를 했다. 임토르 씨의 딸이라는 것을 나는 직감했다. 그녀는 무언가 말을 걸고 싶은 듯한 시선으로 나를 본 후 소개를 받기 전에 미리 악수를 청하면서 말했다. "전, 이미 당신을 알고 있습니다. 쿤 씨죠? 잘 오셨습니다."

그 아름다운 소녀는 들어올 때부터 이미 나에게 감명을 주었는데 목소리 또한 맑고 고왔다. 나는 내민 손을 잡고 그녀의 눈을 보았다. 그녀도 부드럽고 친절하게 인사를 했다.

"삼중주곡을 좋아합니다." 그녀는 눈앞에 서 있는 내가 그녀가 예상한 대로이며 만족했다는 듯 미소를 지으면서 말했다.

"나도 그렇습니다" 하고 나는 나 자신 무슨 말을 하고 있는지 모르는 채 대답했다. 그리고 다시 그녀를 보자 그녀는 고개를 끄덕였다. 곧 그녀는 홀에서 나갔다. 나는 그녀의 뒷모습을 지켜 보았다. 오래지 않아 그녀는 아버지의 손을 잡고 나타났으며 그들의 뒤를 초대받은 손님들이 따르고 있었다. 우리 세 사람은 이미 악보대 옆에 앉아서 연주를 준비하고 있었다. 손님들이 자리에 앉았다. 두세 명의 낯익은 사람들은 내게 가볍게 머리를 숙였고, 임토르 씨도 내게 악수를 청했다. 일동이 자리에 앉자 이윽고 실내등이 꺼지고, 악보대 위의 높은 촛불만이 계속 타고 있었다.

나는 음악에 대한 것을 거의 의식하지 못하고 오직 홀 안쪽에 있는 아가씨 게르트루트를 찾았다. 그녀는 서가(書架)에 기대어 어둠침침한 곳에 앉아 있었다. 그녀의 짙은 블론드의 머리카락은 거의 검게 보였다. 그녀의 눈은 보이지 않았다. 그녀를 확인한 뒤 나는 조용히 박자를 계산하고 가볍게 머리를 숙였다. 순간 우리는 동시에 활을 크게 당겨 안단테를 연주하기 시작했다.

첫음이 터지는 것과 동시에 나는 기분좋게 연주에 몰두하기 시작했다. 박자와 더불어 몸을 흔들고, 해조(諧調)의 흐름을 자유롭게 떠돌았다. 그 모든 것이 나로서는 전혀 새롭게, 이 순간에 생각나기라도 한 것처럼 생각되었다. 음악에 대한 생각과 게르트루트 임토르에 대한 생각이 순수하게, 조금의 어긋남도 없이 융합되어 흘렀다. 나는 바이올린의 활을 당기면서 눈으로 지휘를 했다. 음악은 멈춤없이 아름답게 흘러, 이미 보이지 않고 또 보려고 생각지도 않던 게르트루트를 향해서 황금의 길로 나를 데리고 갔다. 마치 아침의 나그네가, 질문을 받지도 않고 자기 자신을 잃지도 않으면서 이른 아침의 연한 하늘색과 맑게 갠 초지(草地)의 빛에 몸을 맡기듯이, 나는 나의 음악과 호흡과 사상(思想)과 심장의 고동을 그녀에게 바쳤다. 쾌감과 중첩되어 넘쳐흐르는 음조와 동시에, 갑자기 사랑의 정체를 알았다는 신기한 행복감이 나를 높이 떠받들었다. 그것은 결코 새로운 느낌이 아니었다. 매우 오랫동안 어떤 예감으로 뚜렷하게 나타나던 것이며 옛날, 모국으로의 복귀에 지나지 않았다.

제1악장이 끝나자 잠시 1분 동안 휴식을 취했다. 바이올린 현의 소리가 낮고 부드럽게 울렸다. 나는 한 순간, 고개를 끄덕이고 있는 사람들의 얼굴 너머로 짙은 블론드의 머리와 부드럽고 밝은 이마, 담홍색의 꼭 다문 입술을 볼 수 있었다. 그리고 나는 조용히 악보대를 두들겼다. 우리들은 경쾌한 음향을 전할 제2악장을 연주했다. 연주자들은 몰두하기 시작했다. 노래의 높아지는 곡조는 불안한 날개를 펴고, 충족되지 못한 채 날아올라 탐색을 하면서 비탄하는 불안 속으로 사라졌다. 첼로는 이 뜨겁게 달아오른 선율을 받아 강하게, 간절하게, 두드러지게 호소한 뒤 한층 어두운 새로운 음조 속으로 사라지도록 절망적으로, 거의 화를 내고 있는 듯한 베이스 속을 녹였다.

이 제2악장은 나의 참회이자, 나의 동경과 불만의 고백이었다. 제3악장은 당연히 구원과 실현이 그 주제였다. 그러나 이 날 밤 이후, 나는 그 3악장은 무가치하다는 것을 알았다. 나는 그것이 내 과거에 가로놓여 있는 것으로 여기고 마음 편하게 연주했었다. 그러나 지금 나는 해방은 어떤 소리를 내야만 하는가를, 빛과 평화는 얼마나 격렬한 소리의 비등(沸騰) 속에서, 얼마나 무거운 구름 속에서 나오지 않으면 안 되는가를 확실하게 감지한 듯한 생각이 들었다. 그러한 것들은 모두 나의 제3악장 속에는 없었다. 그것은 쌓여 온 불협화음의 부드러운 용해(溶解)에 지나지 않았고, 낡은 기본적 선율을 약간 깨끗하게 높이는 하나의 시도에 지나지 않았다. 지금 나 자신의 마음속에서 울리고 있는 소리도, 빛도 그 속에는 포함되어 있지 않았다. 아무도 그것을 깨닫지 못하는 것이 나로서는 이상하게 생각되었다.

나의 삼중주는 끝났다. 나는 공연자들을 향해서 고개를 숙이고 바이올린을 어깨에서 내려놓았다. 다시 불이 환하게 켜졌다. 숨소리 하나 없이 조용하게 듣고 있던 사람들이 웅성거렸다. 흔히 하는 인사치레며 칭찬, 비평을 갖고 내 곁으로 다가와서 스스로 음악통(音樂通)임을 나타내려고 하는 사람도 적지 않았다. 그러나 작품의 중요한 결함을 책망하는 사람은 한 명도 없었다.

모두들 여러 개의 방으로 흩어졌다. 차와 포도주와 비스킷 등이 나왔다. 남자들 방에서는 담배 연기가 피어 올랐다. 한 시간이 지나고, 다시 한 시간이 지났다. 그때——거의 예기치 못하고 있던 일인데——게르트루트가 내 곁으로 다가와 손을 내밀었다.

“마음에 드셨습니까?” 나는 물었다.

“네에, 좋았어요.” 그녀는 고개를 끄덕이면서 말했다.

그러나 나는 그녀가 좀더 깊이 간파하고 있다는 것을 알았기 때문에, “제2악장을 말하는 것이겠지요. 다른 것은 전혀 틀렸어요”라고 말했다.

그러자 그녀는 또 신기하다는 듯이, 성숙한 부인처럼 온화하고 지적인 눈빛으로 내 눈을 보면서 매우 델리키트하게 말했다. “그럼, 당신 자신도 알고 계시는군요. 제1악장은 좋은 음악이 아닌가요. 제2악장은 웅대하지만, 제3악장에 너무나 의지하고 있어요. 연주하고 계시는 동안에도 어느 부분에 당신이 정말로 열중하고 있는지, 또 어느 부분에 열중하고 있지 않은지를 알 수 있었어요.”

나는 알지 못했지만, 그녀의 맑고 다정하고 부드러운 눈빛이 줄곧 나를 지켜 보고 있었다는 사실을 듣는 것은 기분 좋은 일이었다. 우리가 서로 알게 된 그 첫날 밤에 나는 이미 이 아름답고 성실한 눈길 아래에서 나의 온 시간을 보낼 수 있다면 얼마나 기쁘고 얼마나 행복할 것인가, 그렇게 되면 나쁜 짓을 생각지도 않게 될 것이라고 생각했던 것이다. 그 날 밤 이후 나는 융합과 더없이 섬세한 조화에 대한 나의 소망이 어디에선가 충족될 수 있다는 것, 그 사람의 눈길과 목소리에 내 체내의 맥박 하나하나의 호흡이 깨끗하고 깊게 호응하는 누군가가 이 지상에 살고 있다는 것을 알았다.

그녀도 그 자리에서 그녀의 본성(本性)이 나와 격의없이 깨끗하게 서로 반향(反響)하는 것을 느끼고, 내게 처음부터 마음을 털어놓고 꾸밈없는 모습을 보일 수 있었으며, 오해도 배신도 걱정할 필요가 없는 안정된 신뢰감을 가졌다. 그녀는 때묻지 않은 젊은 사람들에게만 가능한 신속성과 자연스러움으로 곧 나와 친해졌다. 그때까지 나는 때때로 사랑한 적은 있었지만, 언제나——특히 불구가 된 후로는——소심하게 초조와 불안한 기분을 동반하고 있었다. 이제 그런 연정(戀情)이 아닌 사랑, 사랑이 찾아왔다. 그리고 엷은 회색 베일이 내 눈에서 떨어져 나가 나에게 있어서 세상은 어린아이 앞에 또 우리들의 천국의 꿈 앞에 가로놓여 있기라도 한 것처럼 본래의 신성한 빛 속에 반짝이는 것처럼 생각되었다.

게르트루트는 그 무렵 스무 살 전후의, 아름다운 어린 나무처럼 늘씬하고 건강했다. 보통 소녀들이 흔히 열중하는 시시한 것에 물들지 않고 자라난 그녀는, 위태롭지 않게 진행되는 멜로디처럼 자신의 고상한 본성에 따르고 있었다. 불안전한 세상에 그녀와 같은 사람이 살고 있다는 것을 알게 된 것은, 가슴속 깊숙이까지 유쾌해지는 일이었다. 그녀를 자신만이 독점한다는 것은 생각할 수도 없었다. 그녀의 아름다운 청춘에 조금이나마 접할 수 있고, 처음부터 그녀의 좋은 친구가 될 수 있다는 것만으로도 나는 기뻤다.

그 날 밤 나는 오랫동안 잠들지 못했다. 열이 나거나 불안한 마음으로 괴로웠기 때문이 아니라 나의 봄이 오고, 내 마음이 오랜 열정적인 방랑과 겨울을 거쳐 올바른 길로 들어선 것을 알았기 때문에 잠들고 싶지 않았던 것이다. 눈을 뜬 채 그 환희를 간직하고 싶었던 것이다. 방안으로 엷은 밤빛이 흘러들었다. 생활과 예술의 목표 전부가 남풍이 불 무렵의 청명한 언덕처럼 뚜렷하게 가까이 있었다. 일상 생활 속에서 완전히 사라져 버린 소리와 숨겨진 가락들이 전설과 같은 유년 시절에까지 거슬러올라가서 남김없이 되살아왔다. 감정의 이 환상적인 명랑성과 압축된 충실성을 유지하고 응집시켜서 무어라 이름짓고 싶을 때에는 게르트루트라는 이름을 붙였다. 그 이름을 안고, 이내 날이 밝을 무렵에야 겨우 잠이 들었으나 긴 잠을 자고 난 후처럼 아침 일찍 상쾌하고 힘차게 일어났다.

최근에 나를 둘러쌌던 침울한 생각과 거만한 생각들이 머리에 떠올랐다. 그리고 어디에 부족함이 있었는지를 알았다. 이제는 이미 나를 괴롭히고, 불쾌하게 하고, 화나게 만드는 것들은 아무것도 없었다. 나는 귓속에 커다란 조화를 회복하고, 하늘로부터 얻은 화음에 대한 청춘의 꿈을 꾸었다. 나는 다시 숨겨진 멜로디를 따라서 걸음과 사상과 호흡을 옮겼다. 생활은 다시 의의로 가득 차고 전도(前途)는 새벽의 황금빛으로 물들었다. 그러나 아무도 그 변화를 깨닫지 못했다. 그 정도로 친한 사람이 없었던 것이다. 순진한 타이저만이 극장에서의 연습 때 명랑하게 나를 찌르면서 “어젯밤은 잘 잤겠지요?” 하고 갈했다.

나는 어떻게 말하면 그를 기쁘게 할 수 있을 것인가를 생각했다. 그래서 휴식 시간에 “타이저 씨, 이번 여름에는 어디로 여행하실 건가요?” 하고 물었다. 그러자 그는 수줍게 웃으면서 결혼날을 질문당한 새색시처럼 얼굴을 붉혔다.

“농담 말아요, 그때까지는 아직 멀었어요! 그렇지만 이것 봐요. 나는 이미 지도를 구해 놓았지요” 하고 말하며 그는 가슴의 호주머니를 두들겼다. “이번에는 보덴 호에서부터 출발합니다. 라인의 계곡, 리히텐슈타인 공국, 쿠르, 알프스, 상부 엔가딘, 말로야, 베르겔, 코모호……. 돌아오는 길은 아직 몰라요.”

그는 다시 바이올린을 집어 들고, 모종의 음모와 기쁨을 담아 회청색의 어린애다운 눈으로 나를 힐끗 보았다. 그 눈은 이 세상의 더러움과 괴로움 같은 것은 전혀 본 적이 없는 것처럼 보였다. 나는 그와 형제가 된 것처럼 느껴졌다. 그가 수주일에 걸치는 대도보(大徒步) 여행과 자유, 그리고 태양, 대기, 대지와의 한가로운 사귐을 기대하고 있는 것과 마찬가지로, 나도 싱싱하고 새로운 태양을 쬐고 있기라도 한 것처럼 내 앞에 가로놓여 있는 인생의 행로를 새롭게 기대하고 있었다. 이 행로를 나는 밝은 눈과 맑은 마음으로 똑바로 서서 걸어가리라 다짐했다.

오늘에 와서 그 무렵을 회상해 보니, 모든 것은 이미 멀리 사라져 저 멀리 동쪽에 놓여 있지만, 아직도 그처럼 싱싱하게 웃는 얼굴, 빛나는 모습은 아니지만, 그 당시의 빛이 약간이나마 나의 행로 위에 남아 있다. 오늘도 게르트루트라는 이름과 그녀가 아버지의 음악실에서 새처럼 경쾌하게, 친구처럼 친절하게 나를 맞아 주던 모습을 회상하는 것은 나의 커다란 위안이고, 풀이 죽었을 때의 나에게 용기를 주며 내 마음에서 먼지를 제거해 준다.

게르트루트를 알게 된 얼마 후 나는 다시 무오트를 찾아갔다. 아름다운 로테의 가련한 참회 이후로 나는 그를 될 수 있는 대로 피하고 있었다. 그도 그것을 눈치채고 있었지만 자진해서 나에게 접근하려고 했으므로 그는 아주 거만하고 무관심한 성격의 소유자라는 것을 나는 알 수 있었다. 그래서 우리는 수개월 동안 단둘이서 함께 어울린 적은 없었다. 그러나 나는 인생에 대한 새로운 신뢰와 새로운 의도로 넘쳐 있었기 때문에, 소원해진 친구와 가까워지는 것이 무엇보다도 필요하다고 생각했다. 내가 작곡한 새 노래가 그 계기를 만들어 주었다. 나는 그것을 그에게 바치려고 결심했다. 그것은 그의 마음에 들었던 〈눈사태의 노래〉와 비슷했다. 그 가사는 다음과 같았다.

> 늦은 시각 촛불을 끄면
> 밤은 열린 창으로
> 흘러들어와 부드럽게
> 나를 감싸 주며
> 내 슬픈 운명에 우정을 맹세하네.
>
> 똑같은 열망으로 괴로워하는
> 우리, 꿈은 깊고 우울해
> 지나간 청춘과 청춘의 꿈을
> 속삭여 보네.

나는 그 악보를 정서하여 그 위에 '나의 벗 하인리히 무오트에게 바침'
이라고 썼다.

악보를 든 나는, 그가 확실하게 집에 있을 시각에 찾아갔다. 과연 그의
노랫소리가 들려 왔다. 그는 방안을 왔다갔다하면서 연습하고 있었다. 그
는 나를 조용하게 맞았다.

"이봐, 쿤 씨! 당신은 이젠 절대로 찾아오지 않을 것이라고 생각하고
있었는데."

"천만에요. 이렇게 오지 않았습니까? 형편은 어때요?"

"여전하지. 당신이 자진해서 와 준 것은 고마운데."

"그래요, 최근에는 좀 소홀했지요……."

"그뿐인가. 나는 그 이유도 알고 있어요. 극히 분명하지."

"그것은 믿을 수가 없군요."

"알고 있고말고, 로테가 당신을 찾아갔었지요?"

"그건 사실입니다. 그러나 그 이야기는 하고 싶지 않군요."

"필요없어요. 아무튼 당신이 와 주었으니까."

"가지고 온 것이 있습니다."

나는 그에게 악보를 넘겨 주었다.

"오오! 새 노래인가! 이건, 좋아요. 당신이 답답한 현악(絃樂)에 틀어박
혀 있는 것이 아닌가 하고 걱정하고 있었는데. 여기에 바친다고 적혀 있
군. 내게 말인가요? 이건 진심인가?"

그 말이 그처럼 그를 기쁘게 해주고 있는 것은 의외였다. 나는 오히려
바친다는 그 말을 놀릴지도 모른다고 계상하고 있었던 것이다.

"정말로 기쁘군." 그는 솔직하게 말했다. "훌륭한 사람, 특히 당신 같
은 사람에게 인정받는 것은 언제나 기뻐요. 나는 당신을 남 모르게 이미
죽은 사람의 명단에 올려놓고 있었지요."

"무오트 씨. 당신은 그런 것을 기록하고 있나요?"

"그래요. 나처럼 지금이나 옛날이나 친구가 많으면…… 훌륭한 카탈로
그가 되는 법이오. 나는 언제나 도덕적인 사람을 가장 존경해 왔지만 그

런 사람일수록 모두가 나에게서 슬쩍 멀어져 버리지요. 룸펜 속에서는 언제라도 친구를 찾을 수 있지만, 이상가(理想家)나 정상적인 시민들 사이에서는 평판이 나쁘면 친구를 얻기가 힘듭니다. 현재로서는 당신이 거의 유일한 친구입니다. 잘된 일이지요. 가장 손에 넣기 어려운 것일수록, 우리들은 가장 깊이 사랑하는 법이니까. 당신도 그렇게 느끼지 않습니까? 나에게 있어서는 언제나 친구가 중요한데 여자들만이 몰려드는 겁니다."

"그 일부분은 당신 자신의 책임입니다. 무오트 씨."

"도대체 왜?"

"당신은 모든 사람을 여자 대하듯이 하고 싶어합니다. 친구를 그렇게 대해서는 안 됩니다. 그러니까 모두가 당신에게서 멀어지는 것이지요. 당신은 에고이스트입니다."

"고맙게도, 정확히 보셨군요. 나는 에고이스트입니다. 그러나 당신도 별로 다를 것이 없어요. 두려움에 떨고 있던 로테가 당신에게 괴로움을 호소했을 때 당신은 조금도 돕지 않았어요. 그리고 나를 개심시키기 위해서 그 기회를 이용하지도 않았어요. 거기에 대해서는 감사하고 있지만. 당신은 그 사건에서 꽁무니를 뺀 것이오."

"하지만 나는 다시 찾아왔어요. 당신 말대로 나는 로테를 돌봐 주었어야 했지요. 그러나 나는 그런 일에 대해서는 아는 것이 없어요. 그녀도 나를 비웃으면서, 내가 연애에 대한 것을 전혀 모른다고 말했지요."

"그렇다면 우정을 꼭 붙잡아요! 그것도 아름다운 세계이니까. 자아, 이쪽으로 앉아서 반주를 해주어요. 이 노래를 연습해요. 아아, 당신은 아직 기억하고 있습니까? 당신의 첫 노래를? 당신도 점차로 유명한 인물이 되는 것 같소."

"그렇기는 하지만 당신과 비교하면 나 같은 것은 아직 멀었지요."

"천만에! 당신은 작곡가이고, 창작가이며 어린 신(神)이오. 당신에게는 명성 같은 것은 문제가 아니야. 우리들은 무엇이 되려고 생각하면 급히 서둘러야만 해요. 우리 가수들이나 줄타기 곡예사는 여자와 마찬가지로 피부가 아름답고 매끄러운 동안 빨리 매물(賣物)로 내놓지 않으면 안 되지요. 명성과 돈과 여자와 샴페인! 잡지에 나오는 사진과 월계관! 내가 오늘 싫증이 나거나 가벼운 폐렴이라도 앓기 시작한다면 내일로 이미 모든 것은 끝나 버리니까, 명성도 월계관도 장사도 끝장이야.”

“그거야, 아직도 먼 이야기입니다.”

“아아, 나는 나이를 먹는 일에 매우 호기심을 갖고 있어요. 청춘이란 속임수지. 신문이나 독본(讀本)에서 찬양되는 완전한 속임수예요. 인생의 가장 아름다운 때라니! 그런 어리석은 일이! 노인이야말로 내게는 훨씬 행복한 인상을 줍니다. 청춘은 일생의 가장 어려운 시절이오. 예를 들면 나이를 먹은 후에는 자살이란 거의 생기지 않지요.”

나는 연주하기 시작했다. 그는 곧 멜로디를 포착했다. 그리고 단조(短調)에서 장조(長調)로 의미 심장하게 되돌아오는 부분에서는 무릎으로 나를 찌르면서 칭찬의 뜻을 표시했다.

저녁에 집으로 돌아온 나는 내심 불안하게 생각하고 있던 일이 실제로 일어났음을 보았다. 임토르 씨로부터 보내 온 봉투를 발견한 것이다. 안에는 짤막한 친절의 말과 함께 과분한 사례금이 들어 있었다. 나는 돈을 반송하면서 그 뜻에는 감사하지만 돈에는 곤란을 겪지 않으므로 그의 집에 친구로서 출입할 수 있게 되기만을 원한다고 덧붙였다. 그 후 그를 만나자, 그는 가까운 시일내에 다시 와 달라고 나를 초대하면서 말했다.

“이렇게 되리라고 나도 생각하고 있었습니다. 당신에게 아무것도 보내서는 안 된다고 게르트루트가 말했거든요. 하지만 나는 역시 일단 그렇게 하는 것이 도리라고 생각했습니다.”

그때부터 나는 빈번하게 임토르 씨 댁의 손님이 되었다. 종종 열리던 가정 연주회 때마다 나는 제1바이올린을 맡았다. 또 내 작품이든 다른 사람의 작품이든 새로운 음악은 모두 그곳으로 가지고 갔다. 나의 작은 작품은 대개 그곳에서 최초로 연주되었다.

봄의 어느 날 오후, 나는 게르트루트가 한 여자 친구와 단둘이서 집에 있는 것을 발견했다. 내리는 비로 길이 미끄러웠기 때문에 나는 밖의 계단에서 미끄러졌다. 그녀는 나를 돌아가지 못하도록 했다. 우리는 음악에

244

대해서 많은 이야기를 나누었다. 나는 특히 최초의 노래를 작곡한 그라우뷔덴 시절의 이야기를 무의식중에 하고 말았다. 그러는 동안 나는 부끄러운 생각이 들고, 이 소녀 앞에서 참회하는 것이 옳은지 어떤지도 알 수 없었다. 그러자 게르트루트가 좀 망설이면서 말했다.

"난 당신에게 고백할 일이 있는데, 나쁘게 받아들이지 말아 주세요. 나, 당신 노래 두 곡을 고쳐서 외었어요."

"그래요? 당신도 노래를 부르십니까?" 나는 놀라움에 크게 외쳤다. 동시에 이상하게도 소년 시절 최초의 연인에게 경험했던 일이 머리에 떠올랐다. 지독히도 서툴던 소녀의 그 노래가. 게르트루트는 유쾌하다는 듯이 미소를 짓고 고개를 끄덕였다.

"네, 나 혼자서나 두세 명의 친구들을 위해서 부를 뿐이지만 당신이 반주해 주신다면 그 노래를 불러 드리겠어요."

우리들은 피아노 옆으로 갔다. 그녀는 아름다운 여자의 손으로 깨끗하게 정서된 악보를 내게 건네 주었다. 그녀의 목소리를 충분히 잘 듣기 위해서 나는 낮게 반주를 시작했다. 그녀는 그 노래를 불렀다. 계속해서 두 번째 노래를 불렀다. 나는 귀를 기울이고, 이상하게 변해 버린 내 곡을 들었다. 그녀는 높은 새처럼 가볍게 감미롭게 떨리는 목소리로 나의 곡을 불렀다. 그렇게 아름다운 목소리는 내가 태어난 후로 들어 본 적이 없었다. 그 목소리는 눈으로 막힌 꼴짜기에 불어오는 남풍처럼 내 마음에 스며들었다. 한 음 한 음이 내 마음의 덮개를 벗겨 냈다. 행복한 기분에 감싸였지만 마음을 강하게 먹지 않으면 안 되었다. 눈에 눈물이 맺혀 악보가 잘 보이지 않았기 때문이다.

나는 사랑이란 무엇인가에 대해 나 스스로 잘 알고 있다고 생각해 왔으며 그 점에서만은 현명하다고 생각해 왔다. 새로운 눈으로 세상을 보고, 만족을 느끼며 모든 생활에 친밀하게 깊은 관심을 품고 있었던 것이다. 그런데 그것이 일변해 버렸다. 이미 그것은 밝음과 위안과 쾌활이 아닌 폭풍우와 화염(火焰)이었다. 내 가슴은 환성을 지르고 떨면서 자신을 집어던지고, 일상의 편린 따위는 더 이상 문제삼지 않으며 오직 화염 속으

로 뛰어들려고만 했다. 지금 사랑이란 무엇이냐고 누군가가 나에게 묻는
다면, 나는 그것을 잘 알고 있다고 말할 수도 있었겠지만, 그것은 활활
타오르는 검은 불꽃의 끓는 소리처럼 들렸을 것이다.

그 사이에도 게르트루트의 가볍고 행복한 목소리는 화염과 폭풍을 넘어
높이 감돌며 명랑하게 나를 부르고, 오로지 나의 기쁨만을 간절히 원하는
듯 청량하게 울렸다. 그리고 동시에 그 목소리는 아주 높은 곳으로 날아
가 내게서 멀어지고 닿을 수 없는 것같이 느껴지기도 했다.

아아, 나는 지금 겨우 내가 어떠한 상태에 있는지를 알았다. 그녀가 내
노래를 부르든, 친절하게 대하든, 호의를 갖든, 그것은 모두 내가 진정으
로 바라는 바가 아니라는 것을 알았다. 그녀가 완전히, 영원히 내 것으
로, 나만의 것으로 되지 않는다면 내 생활은 공허할 뿐이다. 내가 가지고
있는 좋은 것, 미묘한 것, 독특한 것들도 모두 무의미할 뿐이다.

나는 어깨에 그녀의 손길을 느끼고 깜짝 놀라 돌아보았다. 그녀의 맑은
눈은 진지했다. 내가 가만히 들여다보자 그녀는 얼굴을 붉히며 겨우 부드
럽게 미소지었다.

나는 오직 감사할 뿐이었다. 그녀는 내가 어떤 기분이었는지는 알지 못
했지만 단지 내가 감동하고 있다는 것만은 느낀 듯했다. 그녀는 곧 조금
전 이야기할 때의 쾌활함과 자유로운 분위기로 이끌어 갔다. 오래지 않아
서 나는 그녀의 집에서 나왔다.

나는 집으로 돌아가지 않았다. 아직 비가 내리고 있었으나 그것도 의식
하지 못했다. 지팡이를 의지하고 도로를 걸었지만, 그것은 걷는 것이 아
니었으며, 시가지 또한 평소의 그 길이 아니었다. 나는 미친 듯이 소용돌
이치는 폭풍우의 구름을 타고 하늘을 날고 있는 것이었다. 나는 폭풍우와
이야기를 나누었다. 아니, 나 자신이 폭풍우였다. 끝없이 먼 곳으로 무엇
인가 유혹하는 듯한 소리가 울려 오는 것이 들렸다. 그것은 맑게 갠 하늘
높이 떠 있는 새처럼 가벼운 여자의 목소리였다. 그것은 세속적인 생각이
나 욕망에는 전혀 물들지 않았지만 그 중심에 정열의 온갖 감미(甘味)를
지닌 목소리였다.

그 날 밤 나는 불을 켜지 않은 채 내 방의 어둠 속에 앉아 있었다. 혼자서는 더 이상 견딜 수 없게 된 나는, 꽤 늦은 시각이었지만 무오트를 찾아갔다. 그러나 무오트의 창은 어둠 속에 잠겨 있어 되돌아오지 않을 수 없었다. 오랫동안 어둠 속을 뛰어다니다가 마침내 꿈에서 깨어난 나는 지쳐서 임토르 씨 댁의 뜰 앞에 와 있는 자신을 보고 깜짝 놀랐다. 집 둘레에 엄숙하게 서 있는 늙은 나무의 잎들이 소곤거리는 소리가 들렸을 뿐 집 안에서는 아무 소리도 들리지 않았으며 불빛도 새나오지 않았다. 여기저기 구름 사이로 희미하게 빛나는 별들이 나타났다 사라지곤 했다.

용기를 내어 다시 게르트루트를 찾아갈 때까지는 2, 3일이 걸렸다. 그때 내 곡에 시를 붙여 주는 작사자로부터 편지가 왔다. 2년 전부터 우리는 자유로운 관계를 맺고 있었다. 때때로 그로부터 주목할 만한 편지가 날아 왔다. 내가 그에게 곡을 보내 주면, 그는 그의 시를 보내 왔다. 이번 편지에는 이렇게 씌어 있었다.

친애하는 선생. 오랫동안 소식을 전해 드리지 못했습니다. 나는 부지런히 일을 했습니다만 당신 음악을 손에 넣고 이해한 후에, 당신을 위한 가사(歌詞)가 계속 눈앞에 어른거리면서도 나오지를 않았습니다. 그러나 이제 그것이 거의 완성되었습니다. 그것은 오페라의 가사입니다. 그것을 작곡해 주십시오. 당신은 분명 매우 행복한 사람일 수는 없습니다. 그것이 당신의 음악 속에 나타나 있습니다. 내 이야기는 하고 싶지 않습니다. 그러나 이것은 당신을 위한 가사입니다. 우리들에게는 달리 아무것도 기쁜 일이 없기 때문에, 적어도 인생은 피상적(皮相的)인 것만은 아니라는 것을 둔감한 사람들에게도——잠시 동안일지라도——보여 줄 아름다운 곡을 몇 가지 들려주기로 합시다. 그러나 우리들 자신이 훌륭한 일을 할 방법을 모르면서 다른 사람들에게 인간의 무력함을 깨우치는 것은 참으로 고통스러운 일입니다.

한스 A. 드림

그것은 내 마음의 화약고에 불꽃처럼 떨어졌다. 나는 가사를 요청하는 편지를 썼으나, 기다릴 수가 없어서 편지를 찢고 전보를 쳤다. 일주일 후 원고가 왔다. 시(詩) 형태의 짤막한 열렬한 연애극으로 아직 미완의 부분이 있었지만 우선은 충분했다. 나는 그것을 읽고, 시 구절을 머릿속에 넣고 걸어다니면서 낮이나 밤이나 노래를 부르기도 하고 바이올린으로 연주하기도 했다. 그리고 곧 게르트루트에게로 달려갔다.

"꼭 도와 주세요" 하고 나는 외쳤다. "오페라를 만들고 있습니다. 당신 목소리에 맞춘 작은 곡이 셋 있습니다. 보아 주십시오. 그리고 한번 불러 주시겠습니까?"

그녀는 기뻐하면서 악보를 훑어보고는 당장 연습하겠다고 약속했다. 열렬한, 극도로 충실한 시기가 왔다. 나는 사랑과 음악에 취해 다른 일에는 완전히 무능해져 돌아다녔다. 게르트르트는 나의 비밀을 알고 있는 유일한 사람이었다. 그녀에게 악보를 갖고 가면 그녀는 여러 차례 연습을 한 뒤 노래를 불렀으며 나는 일일이 반주해 주었다. 그녀는 나와 함께 열중하고 연구하고 노래하며 조언하고 도와 주었다. 그리고 우리의 이 비밀에서, 곧 완성될 우리 두 사람만의 작품에서 향기로운 기쁨을 보았다. 어떤 암시도 제의도 그녀는 곧 이해하고 받아들였으며 연습이 끝난 후에는 아름다운 글씨로 스스로 베껴 주고 고쳐 쓰는 것을 도와 주었다. 나는 극장에서 병가(病暇)를 얻었다.

게르트루트와 나 사이에는 어떤 곤혹감(困惑感)도 일어나지 않았다. 우리들은 같은 흐름을 탔다. 나와 마찬가지로 그녀에게 있어서도 그것은 성숙된 청춘의 힘의 개화(開花)요, 행복이며 매혹이었다. 그 속에서 나의 정열은, 비록 눈에는 보이지 않지만 함께 불타올랐다. 그녀는 나의 작품과 나를 구별하지 않았다. 그녀는 이 둘을 모두 사랑했으며 양자를 일체로 보았다. 사랑과 일, 음악과 생활은 내게도 또한 이미 가를 수 없는 일체였다. 나는 자주 경탄의 마음으로 아름다운 소녀를 보았다. 그녀는 나의 시선에 응답했다. 내가 오거나 돌아갈 때, 그녀는 내가 그녀의 손을 쥐는 것보다도 더 뜨겁고 강하게 내 손을 쥐었다. 따뜻한 봄날 뜰을 지나서 그녀의 집으로 들어갈 때마다, 나를 움직이고 흥분시키고 있는 것이 작품인지, 사랑인지 나로서도 알 수가 없었다.

그러한 시기가 오래 계속되지는 않았다. 그 종말은 너무나도 빨리 다가왔다. 내 마음의 불길은 다시 오로지 맹목적인 사랑에의 소망으로 불타오르기 시작했다. 나는 피아노 앞에 앉아 있었다. 그녀는 나의 오페라의 마지막 막(幕)을 불렀다. 소프라노 역은 완성되어 있었다. 그녀는 훌륭하고 멋지게 불렀다. 나는 열정에 불타고 있는 요즘의 일을 생각했다. 게르트루트는 아직 고조 상태에 있었지만, 나는 열정의 햇빛이 서서히 퇴색해 가는 것을 느꼈다. 또 다른 냉각된 해가 어쩔 수 없이 다가오고 있는 것을 느꼈다. 그녀는 여전히 미소지었다. 그러나 악보를 보기 위해 내게로 몸을 숙이다가 내 눈길에서 슬픔을 감지하곤 내 눈을 들여다보았다. 나는 말없이 일어서서 그녀의 얼굴을 두 손으로 가만히 감싸고, 그 이마와 입술에 입맞춘 뒤 다시 앉았다. 그녀는 이상하게 여기거나 싫어하지 않고, 조용히 거의 엄숙하게 내가 하는 대로 맡겨 두고 있었다. 내 눈에서 눈물을 확인한 그녀는 자그마하고 투명한 손으로 달래듯이 내 머리와 이마와 어깨를 쓰다듬었다.

나는 다시 피아노를 치기 시작했다. 그녀는 노래를 불렀다. 입맞춤과 부드러운 손길의 신비스런 이 한때는, 두 사람 모두 입밖에 내지 않았지만 우리들의 마지막 비밀로서 언제까지나 잊혀지지 않았다.

그러나 또 하나의 비밀은 오랫동안 두 사람만의 것으로 남아 있을 수는 없었다. 오페라는 다른 사람들에게도 밝히고, 조력을 청하지 않으면 안 되었다. 그리고 그 최초의 사람은 무오트이어야만 했다. 주역으로서 나는 그를 생각하고 있었기 때문이다. 주역의 격렬함과 통렬한 정열은 완전히 그의 노래와 그의 성격 그대로였다. 다만 나는 잠시 망설였다. 나의 작품은 아직 나와 게르트루트간의 협약으로서 우리 두 사람만의 것이다. 두 사람에게 걱정과 기쁨을 주는, 이를테면 아무도 모르는 하나의 화원이자 두 사람만이 타고 태양을 건너야 할 배였다.

자기로서는 더 이상 도울 수가 없음을 깨달은 그녀는 자진해서 물었다.

"주역은 누가 맡게 되나요?"

"하인리히 무오트예요."

그녀는 놀란 모양이었다. "어머, 그게 사실이에요? 난, 그분 싫어요."

"그는 내 친구입니다, 게르트루트 양. 이 역은 그에게 매우 잘 어울립니다."

"그렇군요."

이것으로 우리들 사이에는 이미 다른 사람이 끼여든 것이었다.

5

그러나 나는 무오트의 휴가와 여행벽(旅行癖)을 잊고 있었다. 그는 나의 오페라에 대한 계획을 듣고 몹시 기뻐하며 모든 조력을 약속했으나 이미 여행 계획이 짜여져 있기 때문에 가을까지 그의 역을 연구해 둔다는 약속을 하는 데 그쳤다. 나는 그의 역 중에서 완성된 일부분만 악보를 베껴 주었다. 그는 그것을 가져간 뒤 예전의 버릇대로 몇 달 동안이나 아무런 소식도 전해 오지 않았다.

그래서 우리들만을 위한 시간은 연장되었다. 게르트루트와 나 사이에는 우정 관계가 지속되었다. 피아노 옆에서의 그 한때 이후, 내 마음속에서 일어났던 불길을 그녀는 확실히 알고 있었던 것으로 생각된다. 그러나 그녀는 한마디도 하지 않고 나에 대해서도 조금도 달라지지 않았다. 그녀는 내 음악을 사랑하고 있었을 뿐 아니라 나 자신도 좋아했다. 그리고 나와 마찬가지로 우리들 사이에 자연의 조화가 있다는 것, 서로의 감정을 통해 서로를 이해하고 받아들이고 있다는 것을 느끼고 있었다. 이렇듯 그녀는 정열적이라고 할 수는 없었지만 화합과 우정 속에 나와 함께 했다. 때로 나는 그것으로 만족했다. 나는 그녀 곁에서 조용한 감사의 날들을 보냈다. 그러나 끊임없이 정열이 뚫고 들어왔다. 정열은 그녀의 모든 친절을 단순한 시혜(施惠)에 지나지 않는 것으로 여기고 그것에 만족하지 못했다. 나를 뒤흔드는 사랑과 욕망의 폭풍우가 그녀에게는 남의 일이고, 원치 않는 일임을 깨닫는 것은 고통이었다. 나는 자주 자신을 속여 그녀는 평형(平衡)을 잃은 조용한 성격이라고, 나 자신 그렇게 믿으려고 노력했다. 그러나 그것이 거짓이라는 것을 내 감정은 잘 알고 있었다. 그리고 게르트루트도 사랑의 폭풍우와 위험에 빠져들고 있음을 알 수 있을 만큼 그녀에 대해서도 알고 있었다. 자주 나는 그것을 생각했다. 그 무렵 그녀를 강하게, 전력을 다해 끌어당겼다면, 그녀는 나를 따라 영원히 나와 행로를 같이했을지도 모른다. 그러나 나는 그녀의 쾌활함을 믿지 않았다. 그녀가 나에게 보이는 애정과 섬세한 호의를 나는 그리도 싫어하는 동정으로 받아들였다. 그녀가 건강하고 외모가 빼어난 다른 남자를 나 정도로 좋아하고 있었다면 그렇게 오랫동안 안정된 우정 관계로만 머물러 있지는 않았을 것이라는 생각을 나는 떨쳐 버릴 수가 없었다. 내 음악이나, 내 속에 살아 있던 일체의 것을 던져서라도 똑바른 다리와 수려한 자태를 얻고 싶은 욕망이 자주 일었다.

그 무렵 타이저가 다시 나에게 접근해 왔다. 그는 내 일에 없어서는 안 될 인물이었다. 그리하여 내 비밀, 나의 오페라의 가사와 복안을 알게 된 제2의 인물이 되었다. 그는 집에서 곡을 연구하기 위해 모든 악보를 조심스럽게 받아 갔다. 다시 찾아왔을 때에는 황금빛 수염이 난 그의 동안(童顔)은 만족과 음악에 대한 정열로 빨갛게 달아올라 있었다.

"대단한 무대가 될 것이오, 당신의 오페라는!" 그는 흥분해서 외쳤다. "이것의 전주곡 때문에 벌써 손가락 끝이 근질거려요. 자아, 멋지게 한잔 하러 갑시다. 뻔뻔스럽다고 생각지 않는다면 형제의 의(義)를 위해서 축배를 들자는 것이오. 그렇지만 억지로 하자는 것이 아니오."

나는 기꺼이 그의 초대를 받아들였다. 그것은 즐거운 하룻밤이 되었다. 타이저는 처음으로 나를 그의 집에 초대했다. 최근 어머니가 돌아가신 후 혼자 남은 누이동생과 함께 지내고 있는 그는 오랜 독신 생활 끝에 새로 이룬 세대(世帶)가 얼마나 기분좋은지를 지칠 줄 모르고 자랑했다. 그 누이동생은 소박하고 쾌활하며 순진한 처녀로서 오빠처럼 천진 난만한, 밝고 선량한 눈을 가지고 있었다. 그녀의 이름은 브리기테였다. 그녀는 케이크와 연녹색의 오스트리아산(産) 포도주, 기다란 버지니아 잎담배가 든 작은 상자를 가지고 들어왔다. 우리들은, 첫 잔은 그녀의 건강을 위해서, 두 번째 잔은 형제의 의리를 위해서 마셨다. 우리가 케이크를 먹고, 포도주를 마시고, 담배를 피우는 동안에도 선량한 타이저는 진심으로 기쁜 듯 작은 방안을 거닐면서 피아노 앞에 앉기도 하고, 기타를 메고 긴 의자에 앉는가 하면 바이올린을 들고 테이블 구석에 앉기도 했다. 그리고 머리에 떠오르는 대로 아름다운 곡을 연주하기도 하고, 노래를 부르기도 하면서 눈을 빛냈다. 모두가 나와 나의 오페라에 대해 경의를 표하기 위해서였다. 그의 누이동생도 같은 핏줄을 이어받은 탓인지 그와 똑같이 모차르트의 신봉자였다. 〈마적(魔笛)〉에 나오는 아리아와 〈돈 조반니〉의 일부분이 간간이 대화와 컵 부딪치는 소리에 중단되면서 작은 집 안에 빛을 발했다. 바이올린과 피아노, 기타 그리고 타이저의 휘파람 소리가 어우러져 더없이 깨끗하고 정확한 반주에 맞추어졌다.

짧은 여름 기간 동안 오케스트라의 바이올린 주자로서 근무하지 않으면 안 되었으나, 나는 가을이면 나 자신의 일에 시간과 정신을 집중시키고 싶었기 때문에 극장에 해약 신청을 해두었다. 내 걸음걸이를 내내 못마땅하게 여기던 악장 뢰슬러는 마지막에는 내게 마음놓고 난폭하게 대했다. 그러나 그 사태를 교묘하게 얼버무려 일소에 부치도록 타이저가 도와 주었다. 이 충실한 사나이와 함께 나는 나의 오페라의 기악(器樂) 부분을 완성시켰다. 그는 매우 조심스럽게 내 생각을 받아들였지만, 관현악법의 결점만은 일일이 가차없이 지적했다. 그는 곧잘 화를 내고, 무례한 지휘자처럼 혹평하면서 내가 정신없이 열중하고 있는 의문스러운 부분을 삭제시키거나 고쳐 버렸다. 내가 의아해하거나 흔들리면 그는 언제나 그 자리에서 당장 실례(實例)를 보여 주었다. 내가 실수한 곳을 관철시키려 하거나 결심한 것을 하지 않으려 하면, 그는 악보를 들고 달려와서 모차르트나 로르칭(1801~1851. 독일의 작곡가이며 〈두 명의 사냥꾼〉, 〈러시아 황제와 목수〉 등의 작품이 있다)이 어떻게 하고 있는지를 보여 주고, 나의 주저함은 비겁이며 내 고집은, 즉 '황소의 우둔' 일 뿐이라고 지적했다. 우리들은 서로 소리지르고, 붙잡고 싸우면서 소란을 피웠다. 그것이 타이저의 집일 경우, 브리기테는 열심히 포도주나 잎담배를 나르며 엉망으로 구겨진 악보를 갸륵하게도 정성들여 펴곤 했다. 오빠에 대한 그녀의 사랑과 나에 대한 그녀의 경탄은 거의 대등한 정도였으며 그녀에게 있어서 나는 명인(名人)이었다. 나는 일요일마다 타이저의 집으로 식사 초대를 받았다. 식후에 조금이라도 푸른 하늘이 보이면 전차를 타고 교외로 나가 언덕이나 숲을 산책하고, 잡담을 하거나 노래를 불렀다. 그들 오누이는 곧잘 자진해서 고향의 요들 송을 반복해서 하늘 높이 띄웠다.

어느 날 간식을 먹으려고 마을의 음식점을 찾아갔을 때 열린 창으로 촌스러운 무도곡(舞蹈曲)이 요란스럽게 들려 왔다. 우리는 그 집에서 간식을 먹은 후 뜰에서 사과주를 마시며 쉬었다. 브리기테는 집 쪽으로 살그머니 다가가 안으로 들어갔다. 그것을 눈치챈 우리가 그녀 쪽을 보자 여름 아침처럼 싱싱한 그녀가 춤을 추면서 창 옆을 지나가는 것이 보였다. 누이동생이 돌아오자 타이저는 손가락으로 나를 가리키며 함께 추었더라면 좋았을 거라고 말했다. 그러자 그녀는 당황해서 얼굴을 붉히고, 오빠를 제지시키는 듯이 눈짓을 하며 나를 보았다.

"왜 그래?" 하고 타이저가 물었다.

"그만두어요!"라고만 그녀가 말했다. 그러나 그녀가 눈짓으로 나에 대한 주의를 촉구시키는 것을 나는 알아차렸다.

타이저는 뒤늦게 "아아, 그래" 하고 말했다.

나는 아무 말도 하지 않았지만, 그녀가 내 앞에서 춤을 추었다는 사실만으로도 당황해하는 것을 보고 묘한 기분이 들었다. 그리고 비로소 그들의 산책도 나라는 방해되는 동행자가 없으면 좀더 빨리, 멀리 다른 형태로 행해졌으리라는 것을 깨달았다. 그 이후로 나는 그들의 일요일 산책에 아주 가끔씩 참가하게 됐다.

게르트루트는 소프라노 역을 마스터해 버리자, 내가 이제는 그녀를 자주 방문하고, 피아노 옆에서 스스럼없이 함께 지내는 일을 단념하지 않으면 안 되는 일을 고통스럽게 생각하고 있지만 지금까지처럼 계속해 나갈 구실을 찾는 일을 삼가고 있는 것을 깨닫고 있었다. 그래서 그녀는 내게 규칙적으로 그녀의 노래 반주를 해줄 것을 제의했다. 나는 그녀의 세심한 마음 씀씀이에 경탄을 금할 수 없었다. 일주일에 두세 번 오후에 그녀의 집으로 가게 되었다. 임토르 씨는 나에 대한 그녀의 우정을 호의적으로 보고 있었다. 그렇지 않아도 일찍 어머니를 여의고, 어엿한 부인으로서 집안을 관리하고 있는 그녀를 믿고 만사 승인하고 있었다.

뜰은 초여름의 화창한 기운으로 넘쳐 있었다. 도처에 꽃이 있는 조용한 집을 새들이 둘러싸고 노래하고 있었다. 거리에서 뜰로 들어가 가로수길의 거무스름한 옛 석상(石像) 옆을 지나, 푸른 나무로 둘러싸인 집 가까이로 가면 언제나 어떤 신성한 장소에 들어가는 듯한 기분이 들었다. 속세의 소리들과 사물들은 아주 희미하게 희석되어 들어올 뿐이었다. 창 앞의 꽃 수풀 속에서는 꿀벌이 노래하고 있었다. 태양과 가볍게 흔들리는 활엽(闊葉)의 그림자가 방안까지 비쳐 들어왔다. 나는 피아노 앞에 앉아 게르트루트의 노래를 듣고, 가볍게 날아올라 안락하게 떠돌고 있는 그녀의 목소리를 뒤쫓았다. 한 곡을 마치고 서로 얼굴을 마주보고, 미소를 교환할 때에는 오누이처럼 하나로 융합되었다. 그럴 때마다 나는 몇 차례고 지금이야말로 손을 뻗어 이 행복을 살짝 붙잡기만 해도 그것을 영원히 얻을 수 있으리라 생각했다. 그러나 나는 끝내 그렇게 하지 않았다. 언젠가 그녀 편에서 열광과 그리움을 나타낼 때까지 기다리리라 마음먹었던 것이다. 그러나 게르트루트는 깨끗한 만족 속에서 호흡하고, 그 이상의 것은 원하고 있지 않은 듯 보였다. 뿐만 아니라 이 조용한 화합을 깨뜨리지 말기를, 우리들의 봄을 흐트러뜨리지 말기를 내게 간절히 원하는 것처럼 보이는 적도 많았다.

때로 나는 거기에 환멸을 느꼈으나, 얼마나 깊이 그녀가 나의 음악 속에 살고 있으며 얼마나 깊이 나를 이해하고 또한 그것을 자랑으로 여기고 있는가를 느끼고, 그것으로 위안을 삼았다.

그런 날들은 6월까지 계속되었다. 그리고 게르트루트는 아버지와 함께 산으로 여행을 떠났다. 나는 뒤에 남았다. 그녀의 집을 지나칠 때마다 플

254

라타너스 뒤로 서 있는 그 고풍스런 저택의 문이 닫혀 있고 인적없이 비어 있음에 고통이 되살아나고, 그것은 더욱 쌓여 밤 늦게까지 나를 괴롭혔다.

그래서 밤이면 대개 악보를 호주머니 속에 넣고, 타이저의 집으로 달려가 그들의 명랑하고 만족스러운 생활 속에 끼여 오스트리아산(産) 포도주를 마시며 함께 모차르트를 연주했다. 그러나 조용한 밤길의 귀로에 올라, 몇 쌍의 연인들이 산책하고 있는 것을 보고 지쳐 잠자리에 들면 역시 잠을 이루기 힘들었다.

지금 돌아보면 금제(禁制)를 범하지 않고, 그녀를 끌어당기지도, 강제로 정복하지도 않으면서, 오직 오누이처럼 사귀는 일이 어떻게 가능했었는지 이해가 가지 않는다. 담청색이나 회색 옷을 입고 쾌활하게, 혹은 엄숙하게 있는 그녀가 눈에 아른거리고 그녀의 목소리가 귀에 들려 온다. 그 목소리를 들으면서 정염(情炎)과 구애(求愛)를 털어놓지 못했던 일이 도저히 이해가 가지 않는다.

술에 취해 들뜬 기분으로 일어나서 불을 켜고 일을 시작했다. 목소리와 악기로 사랑을 고백하고 새로운 뜨거운 선율로 그리움을 노래했다. 그러나 종종 이 위안이 끊기는 일이 있었다. 그러면 나는 무서운 불면증에 사로잡혀 몸을 뒹굴면서 괴로워하고, "게르트루트, 게르트루트" 하고 외쳤다. 갈피를 잡지 못하며 위안과 소망을 포기하고, 욕망의 실신 상태인 무서운 절망에 몸을 맡겼다. 나는 신(神)을 불러 왜 나를 이렇게 만들었는가, 왜 나를 불구로 만들었는가, 아무리 가난한 사람일지라도 소유하고 있는 행복 대신 소리를 휘젓고, 실체가 없는 소리의 공상 속에 손을 넣을 수 없는 것을 반복해서 욕망 앞에 그려 내야 하는 잔혹한 위안만을 주었느냐고 물었다.

낮에는 그래도 열정을 억제할 수가 있었다. 나는 이를 악물고 이른 아침부터 일에 매달렸으며, 무리하게 긴 산책에 의한 피로에서 안정을 찾고, 냉수욕(冷水浴)으로 기운을 회복했다. 석양에는 다가오는 밤의 그림자를 피해 타이저 남매의 명랑한 몸 가까이로 도망쳤다. 그곳에서 몇 시간 동안의 안정이, 때로는 휴식이 얻어졌다. 타이저는 내가 괴로움에 시달리고 있는 것을 잘 알고 있었지만, 그것을 일 탓으로 돌리고 무리하지 않도록 권했다. 특히 그 자신 이 작업에 열중하였기 때문에 마음속에서는 나와 똑같이 나의 오페라의 성장을 흥분과 초조를 갖고 지켜 보고 있었다. 때로는 그와 단둘이 있기 위해 밖으로 나오기도 했으며 시원한 주점(酒店)의 뜰에서 저녁 시간을 보내기도 했으나 언제나 그곳에는 몇 쌍의 연인들, 푸른 밤하늘, 초롱불, 불꽃, 도시 사람들의 여름 밤의 부수물인 욕정(欲情)의 냄새 같은 것들이 나에게 유쾌한 느낌을 주지 못했다.

타이저마저 브리기테와 함께 휴가 동안 산을 유랑하며 지내기 위해 여행을 떠나자 나는 완전히 비참해졌다. 그는 내게 동행할 것을 권했다. 내 신체적 부자유로 인해 그의 즐거움을 수없이 희생시킬 것임에도 불구하고 그는 진심으로 권했다. 그러나 나는 받아들일 수가 없었다. 두 주일 동안 나는 외롭게 혼자서 잠을 이루지 못하고 지칠 대로 지쳐서 도시에 남아 있었다. 일도 더 이상 진척되지 않았다.

그때 게르트루트가 발리스의 어느 마을에서 알펜로제(석남과에 속하는 상록 활엽 관목)를 가득 채운 작은 상자를 보내 주었다. 그녀의 필적을 보고, 갈색이 감도는 약간 시든 꽃을 상자에서 꺼내었다. 그녀의 사랑스러운 눈길이 내 위에 활짝 퍼지는 것 같았다. 나는 그 동안의 방황과 그녀에의 의심이 부끄러웠다. 내 상태를 그녀가 아는 편이 나으리라 생각한 나는 다음날 아침 당신에게 짤막한 편지를 썼다. 나는 그 속에 전혀 잠을 이루지 못한다, 그것은 당신에 대한 그리움 때문이다, 내 기분은 사랑이기 때문에 그녀의 우정은 이제 받아들일 수 없노라는 고백을 반농담조로 털어놓았다. 이 편지를 쓰는 동안 나는 격정으로 끓어올라 조용히 반농담조로 시작된 이 편지가 마지막에는 격렬하고도 열정적인 것이 되어 버렸다.

집배원은 거의 매일 타이저 남매로부터의 그림 엽서를 가져다 주었다. 나는 다른 사람으로부터 날아오는 다른 우편물을 기대하고 있었기 때문에 그들의 그 엽서나 편지가 빈번히 내게 실망을 안겨 주었다는 사실을 그들은 알 턱이 없었다.

그러나 마침내 그것이 왔다. 게르트루트의 경쾌한 필적이 실린 회색 봉투 안에는 다음과 같은 말들이 씌어 있었다.

친애하는 친구여! 당신의 편지는 나를 당황하게 만들고 있습니다. 당신이 괴로워하고, 고통스런 때를 당하고 계신 것을 압니다. 그렇지 않다면, 이런 갑작스런 행동을 하시는 것을 나무라지 않을 수 없을 것입니다. 나 또한 당신을 얼마나 좋아하고 있는지 모릅니다. 그렇지만 지금 상태 그대로가 나에게는 좋습니다. 그것을 바꾸고 싶은 생각은 아직 없습니다. 당신을 잃게 될 위험에 직면하게 되면, 당신을 붙잡기 위해서 어떤 짓이라도 할 것입니다. 그렇지만 당신의 열렬한 편지에 대해서는 대답할 수가 없습니다. 참아 주십시오. 다시 뵙고, 이야기를 나눌 수 있을 때까지 우리 두 사람 사이는 지금 이대로 놓아 두시기를 바랍니다. 그러면 모든 것이 편해질 것입니다. 우정을 갖고.

당신의 게르트루트

이 편지로 나아진 것은 하나도 없었다. 그러나 편지는 고마웠다. 그것은 어쨌든 그녀로부터의 인사였다. 그녀는 참고, 나의 구애(求愛)를 내하는 대로 맡기고 거절하지는 않았던 것이다. 게다가 그 편지는 그녀의 인품을, 거의 차갑고 밝고 맑은 면을 엿보게 했다. 나의 그리움이 만들고 있던 모습 대신 그녀 자신이 다시 내 마음 앞에 나타났다. 그녀의 눈은 내게 신뢰를 요구했다. 나는 그녀를 가까이에서 느꼈다. 그러자 곧 수치심과 자부심이 동시에 일어, 몸을 태우는 연정(戀情)을 정복하고, 불타오르는 욕망을 억제하는 것을 도왔다. 위로를 받지는 못했지만 용기를 얻고, 저항력을 얻어 나는 다시 똑바로 섰다. 나는 악보를 들고 시내에서 두 시간 정도 떨어진 어느 마을의 음식점에 묵기로 했다. 그곳에서 이미 시든 라일락꽃 그림자가 드리운 정자(亭子)에 틀어박혀 생각을 정리하고자 하는 나 자신이 스스로 의아스럽게 느껴졌다. 어디로 가는지 확실하게 알지 못하면서, 나는 얼마나 고독하게, 서먹서먹하게 나의 길을 걷고 있

었던 것인가. 나는 어디에도 뿌리를 내리지 못하고, 어디에도 향토권(鄕
土權)을 획득하지 못했다. 양친과는 공손한 편지만을 교환하는 외면적인
관계를 유지하고 있을 뿐이었다. 안정된 직업을 버리고 험난한 창작자의
공상에 몰두하려 했지만, 그것도 나를 만족시키진 못했다. 친구들은 나를
알지 못했다. 게르트루트는 서로 충분히 이해하고 완전히 조화를 이룰 수
있는 유일한 사람이었다. 나의 일——그것만을 위해서 나는 살아 있고,
그것만이 내 생활에 의미를 줄 수 있는 것이었지만——은 결국 환영(幻影)
의 추구이며, 공중 누각(樓閣)의 축조(築造)에 지나지 않는 것이 아닐까.
음(音)을 줄지어 쌓아 올리는 일이나, 잘 쌓아 보았자 사람들의 한 시간
의 쾌락에 불과한 환영을 만지작거리는 흥분된 '유희'가 정말로 어떤 의
미를 가질 수 있을 것인가. 한 사람의 인간의 생활을 시인하고 충실하게
만들 수 있을 것인가.

그러나 나는 열심히 일했다. 그리고 그 여름 동안 외형적으로는 아직
부족한 곳이 많고 극히 일부분만이 씌어진 것에 불과했지만, 내면적으로
는 오페라를 완성시켰다. 나는 종종 명랑한 기쁨을 느끼고, 내 작품이 사
람들에게 어떤 힘을 미칠 것인가, 가수나 악사(樂士), 악장이나 합창이
어떻게 내 뜻대로 움직일 것인가, 나의 의지가 수천 명의 사람들에게 어
떻게 작용될 것인가 하는 것을 마음속에 떠올리고 자랑스러워졌다. 그러
나 때로는 그러한 모든 감동이나 힘이 모든 사람들로부터 가엾게 여겨지
는 한 불쌍하고 고독한 인간의 무력한 꿈과 공상에서 나오고 있다는, 아
주 무섭고 기분 나쁜 생각이 들었다. 그런가 하면 때로는 완전히 용기를
잃고, 내 작품은 상연이 불가능하다, 모든 것은 거짓이고 과장이라는 생
각에 휩싸일 때도 있었다. 그러나 그것은 드문 일로서, 마음속 밑바닥에
서는 내 작품의 생명과 힘을 확신하고 있었다. 그것은 진지하고 열렬하게
체험으로 느낀 것이며 그 혈관에는 피가 흐르고 있었다.

그러나 오늘, 그 작품을 듣고 싶은 생각은 없으며, 또 전혀 다른 곡을
쓰고 있지만 그 오페라 속에 나의 모든 청춘이 담겨 있는 것만은 부인할
수 없었다. 그 속의 수많은 박자를 만나면 미지근한 봄의 폭풍우가 청춘

과 정열의 쓸쓸한 골짜기로부터 불어오는 것만 같았다.

인간의 마음에 미치는 그 격정과 힘이 모두 약점과 결핍과 동경에서 생겨나는 것을 생각하자, 그 당시의 내 생활 전체가, 그리고 또 지금의 생활이 과연 바람직한 것인가, 그렇지 못한 것인가를 알 수 없게 된다.

여름이 거의 지나갔다. 정열적으로 흐느껴 울 듯 소나기가 내리는 어두운 밤에 나는 전주곡을 모두 썼다. 아침에는 차가운 비가 잠시 멈추고, 온통 잿빛인 하늘 아래 뜰엔 가을 기운이 감돌고 있었다. 나는 짐을 꾸려 시내로 돌아왔다.

내가 아는 사람들 중 타이저만이 누이동생과 함께 돌아와 있었다. 두 사람 모두 산의 햇볕에 그을은 건강한 얼굴을 하고 있었다. 그들은 여행 중 놀라울 정도로 여러 가지 일들을 체험했지만 그들에게는 나의 오페라가 어떻게 되었는지에 대한 관심과 긴장이 넘치고 있었다. 우리는 전주곡을 검토했다.

타이저가 내 어깨에 손을 올려놓고 누이동생에게 "브리기테, 이분을 보아라, 이분이야말로 대음악가다!" 하고 말했다. 그때 나는 장중(莊重)한 기분이 되었다.

게르트루트의 도착을, 나는 갈망과 흥분으로 가득 차 있었음에도 불구하고 신뢰를 가지고 조용히 기다렸다. 나는 그녀에게 상당한 작품을 보일 수가 있었던 것이다. 그녀라면 내 작품을 자기 자신의 것처럼 느끼고, 이해하고 맛보리라는 것을 나는 잘 알고 있었다. 그리고 나는 하인리히 무오트에게 최대의 기대를 걸고 있었다. 그의 조력(助力)은 없어서는 안 될 것이었지만 그는 몇 달 동안 한마디 소식도 없었다. 마침내 그는 게르트루트의 귀가에 앞서 나타났다. 어느 날 아침 불쑥 내 방으로 들어온 그는 오랫동안 내 얼굴을 보았다.

"당신, 안색이 몹시 나쁘군!" 그는 머리를 흔들면서 말했다. "하기야 그런 대작을 쓰고 있으면 그렇겠지만!"

"그 역을 좀 보셨나요?"

"보았느냐고? 나는 아예 암기를 하고 있소. 당신만 좋다면, 부르겠소.

정말로 무서운 음악이야!"

"그렇게 생각하십니까?"

"당신 눈으로 볼 때가 올 거요. 당신은 가장 아름다운 시기를 보낸 거요. 기다려요. 이 오페라가 상연되면 이 다락방의 명성은 작별이오. 이것은 완전히 당신 것이오. 언제 불러 볼까요? 두세 군데 떠오른 생각을 말하고 싶소. 나머지는 어디까지 진행되었나요?"

나는 보일 수 있는 대로 모두 보여 주었다. 그는 당장 나를 그의 집으로 데리고 갔다. 그곳에서 처음으로 그가 이 역을 노래하는 것을 듣고, 내 음악과 그의 목소리의 힘을 느꼈다. 이 역에 대해서 나는 온 정열을 쏟아 언제나 그의 목소리를 생각하고 있었던 것이다. 이저 비로소 나는 오페라 전체를 머릿속의 무대 위에 그려 볼 수가 있었다. 비로소 나 자신의 불길이 자신을 향해서 타오르며 그 열기의 정도를 내게 느끼게 했다. 그러나 그것은 이미 내 것도 내 작품도 아니요, 그것 자처의 생명을 갖고, 외부의 힘으로서 내게 작용했다. 작자와 작품과의 분리를 나는 비로소 느꼈다. 그때까지는 그 분리를 정말로 믿고 있지 않았던 것이다. 내 작품은 독립해서 움직이며 그 생명력을 나타내기 시작했다. 바로 조금 전까지 내 손안에 있던 것이 지금은 이미 내 짓이 아니었다. 성장해서 아버지에게서 떨어지는 어린아이처럼, 혼자 힘으로 살고 힘을 발휘하고 있었다. 그리고 독립적인 존재가 되어 다른 사람의 눈으로 나를 보고 있었다. 그러나 역시 그 이마에는 내 이름과 표시가 씌어져 있었다. 분열된, 때로는 움찔하게 만드는 똑같은 느낌을 나는 후에 상연시에 받았다.

무오트는 이 역을 열심히 연습하고 있었다. 그가 바꿨으던 좋겠다는 부분은 충분히 승인할 수가 있었다. 그리고 그는 절반밖에 모르는 소프라노 역에 대해서 호기심을 갖고 물었다. 이미 누군가에 의해서 불려졌는지, 그렇다면 그 가수는 누구인지 몹시 알고 싶어 했다. 나는 게르트루트에 대해서 그에게 이야기하지 않으면 안 되었다. 그러나 조용히, 과장하지 않고 이야기할 수 있었다. 그는 그녀의 이름은 이미 들어 잘 알고 있었던 모양이었지만 임토르 씨 집에 출입한 적이 없어 게르트루트가 이 역을 완전히 소화해 부를 수 있다는 말을 듣고는 깜짝 놀랐다.

"그렇다면, 틀림없이 아름다운 목소리를 갖고 있겠군. 아주 높고 가벼운……" 하고 그는 맞장구를 치면서 말했다. "나를 한번 그곳으로 데리고 가주지 않겠소?"

"이쪽에서 부탁하고 싶었습니다. 당신이 임토르 양과 함께 부르는 것을 듣고 싶습니다. 고칠 필요도 있을 것입니다. 그쪽이 돌아오면 부탁해 보겠습니다."

"쿤 선생. 당신은 역시 행운아야. 관현악에도 타이저라는 조력자가 있으니. 두고 보세요, 이건 분명 성공할 테니까."

나는 아무 말도 하지 않았다. 앞으로의 일이나 오페라의 운명에 대해서는 아직 생각할 여유가 없었다. 우선 그것은 완성이 되지 않으면 안 되었다. 그러나 그가 노래하는 것을 들은 후로는 나도 내 작품의 힘을 믿을 수 있게 되었다.

타이저에게 이 사실을 이야기하자 그는 통렬하게 말했다. "그렇겠지. 무오트란 친구는 무서운 힘을 갖고 있어. 다만 그렇게 서투르지 않으면 좋으련만. 그 친구로서는 자신만이 문제이고, 음악 같은 것은 아무래도 좋은 거야. 그 친구는 어디를 가나 아무렇게나 날뛰는 사람이에요!"

돌아온 게르트루트를 방문하기 위해, 이미 소리없이 잎이 떨어지기 시작한 뜰을 지나 임토르 씨 댁을 찾아간 날, 내 가슴은 답답하게 고동쳤다.

그러나 한결 아름다워진 그녀는 약간 그을은 얼굴에 미소를 머금고 나를 맞아 손을 내밀었다. 우리는 악수했다. 그리고 곧 평소의 사랑스러운 목소리와, 맑게 갠 시선과 고상하고 자연스러운 자태 그대로의 그녀를 확인한 나는 행복한 기분이 되어 솟구치는 욕망을 일시적으로 잊고 마음을 온화하게 해주는 그녀 곁에 있을 수 있음에 만족했다. 그녀는 나로 하여금 조금의 거북스러움도 느끼게 하지 않았다. 내 편지나 소망에 대해 언급할 기회가 나지 않았기 때문에, 그녀도 그 문제에 대해서는 일체 아무 말도 하지 않았다. 우리들의 우정이 흐려지고 위태로워졌다는 눈치도 보이지 않았다. 그녀는 나에게서 멀어지려고 하지 않았다. 그녀의 의지를 존중하고, 그녀 자신이 나를 원할 때까지는 내가 구애를 되풀이하지 않을 것이라는 것을 믿고 있었다. 그녀는 자주 나와 단둘이 지내게 됐다. 지난 2,3개월 동안 만들어진 부분들을 우리는 당장 연습하기 시작했다. 나는 무오트가 상대역을 맡았으며 그녀를 칭찬하고 있다는 이야기를 해주었다. 그리고 두 주역이 함께 연습하는 일은 절대로 필요하므로 무오트를 데리고 올 수 있도록 허락해 줄 것도 요청했다. 그녀는 이에 동의했다.

"마음이 썩 내키는 것은 아니에요" 하고 그녀는 말했다. "그것은 당신도 잘 아실 거예요. 나는 평소 다른 사람 앞에서는 노래를 부르지 않아요. 무오트 씨 앞에서는 몇 배나 더 고통스러울 거예요. 그분이 유명한 가수라고 해서 그런 것만은 아니에요. 그분에게는 어딘가 무서운 데가 있어요. 적어도 무대에서는. 그렇지만 해보겠어요. 어떻게 되겠지요."

그녀를 더 이상 겁먹게 해서는 안 되기 때문에, 나는 아예 무오트를 변호하는 말도, 칭찬하는 말도 하지 않았다. 한번 해보면 기꺼이 함께 계속해서 노래하게 될 것임을 나는 확신했다.

며칠 후, 나와 무오트는 마차를 타고 임토르 씨 댁으로 갔다. 우리들은 기다리고 있던 임토르 부녀의 마중을 받았다. 임토르 씨는 지극히 정중하기는 했지만 차가웠다. 그는 내가 빈번하게 찾아가 게르트루트와 친하게 지내는 데 대해서는 아무렇지도 않게 생각하고 있었다. 또 누군가 주의를 촉구하는 사람이 있었다면 그는 오히려 웃었을 것이다. 그러나 무오트가 가세한 것은 그의 마음에 들지 않았다. 그런데 무오트가 아주 우아하고 깔끔했기 때문에 임토르 부녀는 기분 좋게 배신당한 듯 씁쓸한 표정이었다. 난폭하고 거만하다는 악평이 나 있는 가수 무오트는 훌륭하게 예의범절을 익히고 있었으며, 겉치장이 요란한 사람도 아닐 뿐만 아니라 대화도 신중하고 확신에 차 있지 않은가!

"불러 볼까요?" 하고 잠시 후에 게르트루트가 물었다. 우리는 일어서서 음악실로 갔다. 나는 피아노 앞에 앉아서 서곡(序曲)과 장면(場面)을 간단하게 쳐 보이고, 설명을 한 후 마침내 게르트루트에게 시작하도록 부탁했다. 그녀는 좀 거북한 듯 신중하게 중간 정도의 목소리로 불렀다. 그와 반대로 자신의 차례가 되자 무오트는 망설임도 적당한 조절도 없이 목청껏 시원시원하게 불러 분위기를 고조시켰기 때문에 게르트루트도 어색함에서 벗어나 그 분위기에 어울리기 시작했다. 언제나 상류 가정 부인들을 단정하게 대하던 무오트는 이제 비로소 게르트루트에게 마음이 끌려 그녀의 노래에 관심을 갖고 쫓아 과장 아닌, 진심에서의 동료다운 말로 그녀에 대한 자신의 놀라움을 털어놓았다.

그 이후로 모든 거리낌은 사라졌다. 음악은 우리들을 가깝게 해주고 일치시켰다. 그리고 정리가 되지 않고 반은 죽어 있던 나의 작품은 차츰 성장하고 정리되어 갔다. 비로소 주요 부분은 완성되고 염려할 것 없다는 생각에 안심이 되었다.

나는 감동의 기쁨을 감추지 못하고 두 친구에게 감사했다. 축제처럼 즐겁게 작별을 하고 우리는 그 고풍스런 집을 뒤로 하였다. 하인리히 무오트는 자신의 단골 술집으로 나를 인도하여 즉흥적인 축연(祝宴)을 베풀었다. 그는 샴페인을 마시며 예전에는 하지 않던 어투로 나에게 너라는 반말을 쓰며 내내 그렇게 통했다. 나는 기뻐하며 그가 하는 대로 맡겼다.

"자아, 유쾌하게 축하하자" 하고 그는 웃었다. "미리 축하를 해도 틀림없어. 미리 하는 축하가 제일 좋은 것이니까. 시간이 흐르면 모양도 달라지지. 이봐, 너는 마침내 극장의 영광을 얻을 거야. 그것으로 대부분의 사람들이 그렇듯 타락하지 않도록 건배하자."

그 후에도 게르트루트는 한동안 무오트에 대해서 조심스러워하고 있었으나 노래를 할 때만은 자유롭고 솔직했다. 무오트도 몹시 조심스럽고 겸손하게 행동했다. 게르트루트는 점차로 무오트가 오는 것을 기뻐하게 되었고 언제나 거리낌없는 친밀감으로, 내게 하는 그대로 그에게 다시 오라고 말했다. 그러나 우리 세 사람만의 시간은 드물어졌다. 여러 역들이 일일이 불려지고 충분히 비판되었으며 임토르 씨 댁에서 정기적으로 열리는 음악의 밤에 따르는 겨울의 사교가 시작되었던 것이다. 무오트는 종종 참석했지만 연주에는 참가하지 않았다.

　때때로 게르트루트는 어딘가 서먹서먹한 몸짓으로 나를 대하고 약간은 나를 피하는 듯한 느낌을 주었다. 그러나 나는 언제나 그렇게 느끼는 나 자신을 나무라고, 자신의 의심스러운 생각을 부끄러워했다. 나는 게르트루트가 집에서 열리는 사교 모임의 호스테스로서 매우 바쁘게 움직이고 있는 것을 보았다. 그리고 그녀가 부드럽고 고상한, 더욱이 우아한 자태로 객실을 돌며 시중들고 있는 모습은 내게 기쁨을 주었다.

　수주일이 분주하게 지나갔다. 나는 일에 매달려, 겨울 동안에 오페라를 완성시키려고 마음먹었다.

　타이저와 만나기도 하고, 그와 그의 누이동생 옆에서 밤을 보내기도 했으며, 갖가지 편지 왕래며 사건이 이어졌다. 사방에서 내 노래가 불려졌다. 현악을 위해서 만든 작품 전체가 베를린에서 연주되었기 때문이다. 문의 전화와 신문의 비평이 연달았으며 게르트루트와 타이저 남매, 그리고 무오트 외에 그 누구에게도 말한 적이 없는 내 오페라에 대한 소문이 떠돌았다. 모든 사람들에게 널리 알려진 모양이었다. 이제는 이미 어찌되든 상관이 없었다. 나는 이 성공의 표시를 내심으로 기뻐했다. 마침내 그것도 지나치게 빠를 정도로 내 앞에 길이 열린 것처럼 보였다.

　만 일년 동안 부모님을 한 번도 찾아 뵙지 못하다가 크리스마스에 처음으로 찾아갔다. 어머니는 친절했지만 소년 시절부터 계속되던 그 오래된 거리감을 벗어나지는 못하고 있었다. 그것은 나로서는 나에 대한 이해 부족의 두려움이었고, 어머니로서는 예술가라는 직업에 대한 불신과 내 노력의 진실성에 대한 의혹이었다. 어머니는 나에 대해서 듣고 읽은 것을 떠들썩하게 이야기했지만, 그것을 정말로 믿고 있기 때문이라기보다는 나를 기쁘게 해주기 위함이었다. 어머니는 내심으로는 나의 예술 전체와 마찬가지로 이 외관상의 성공도 믿고 있지 않았다. 어머니는 음악을 좋아하지 않는 것은 아니었지만——예전에는 노래를 좀 불렀지만——음악가란 그녀의 눈에는 결국 비참한 것이었다. 나의 작품에 대해서도 다소 듣고는 있었지만 결국 그녀에게는 이해되지 않는, 또는 납득되지 않는 것에 불과했다.

　아버지가 보다 깊은 신뢰를 보여 주었다. 상인(商人)답게 아버지는 무엇보다도 나의 외적인 생계를 염려했다. 불평하지 않고 계속 나를 충분히 보조해 주었으며, 특히 오케스트라를 그만두고 난 후로는 나의 생활비 전액을 보내 주었는데, 이제 내가 돈을 벌기 시작하고 언젠가 스스로의 소득으로 생활해 나갈 수 있는 가능성을 얻은 것을 보고 몹시 기뻐했다. 아버지는 현재 아무리 부유하다 할지라도, 자립은 훌륭한 생활에 있어서 반드시 필요한 기초라고 여기고 있었다. 그건 그렇고, 아버지는 누워 있었다. 내가 도착하기 바로 전날 넘어져서 다리를 다쳤던 것이다.

　병상 생활이 아버지를 명상적으로 변하게 했다. 나는 전과 달리 아버지와 가까워지고, 그 시련을 거친 실생활 철학에서 기쁨을 느꼈다. 전에는 부끄러워서 결코 털어놓지 못했던 자신의 여러 가지 고민을 아버지에게 호소할 수가 있었다. 그때 무오트의 말이 생각나서 아버지에게 이야기했다. 무오트는 어느 땐가 진정이 아니었는지 모르지만, 청춘은 일생의 가장 괴로운 시기이다, 노인은 대부분의 경우 젊은 사람보다 훨씬 명랑하고 만족에 차 있다고 말한 적이 있었다.

　아버지는 그 말에 대해서 웃고, 명상적으로 말했다. "우리 노인들은 물론 그 반대라고 주장한다. 그러나 너의 친구 역시 진상의 일면을 느끼고 있다고 해야겠지. 나는 인간의 일생이 청춘과 노년으로 확실하게 경계가 설정되듯 그렇게 구분된다고 생각한다. 청춘은 이기주의(利己主義)로서 끝나고, 노년은 다른 생활로 시작된다. 결국 젊은 사람들은 자신만을 위해서 살기 때문에 생활에서 많은 향락과 고뇌를 받는다. 따라서 모든 소망이나 착상(着想)이 중요한 의미를 띠며 온갖 기쁨을 맛보게 되는 동시에 온갖 고뇌도 맛보게 된다. 그리고 자신의 소망이 실현되지 못하는 것을 보면 곧 모든 생활을 포기해 버리는 성향이 강하다. 그것이 청년이다. 그러나 대다수 사람들의 경우 그것이 변해 의식적으로 쌓는 덕(德)은 아니지만, 다른 사람을 위해서 사는 시기가 자연적으로 찾아온다. 대개의 경우 그것을 가져오게 하는 것은 가정이다. 자식이 있으면 자기 자신이나 자신의 소망을 생각하는 일이 적어진다. 직무(職務)나 정치, 예술 혹은 학문을 위해서 이기주의를 없애는 사람도 있다. 청년은 쾌락을 원하고 노년은 일을 원한다. 자식을 낳기 위해 결혼하는 사람은 없지만, 자식이 생기면 자식으로 인해 서서히 변화가 오게 되며 마침내는 만사가 오로지 자식을 위해서 행해졌다는 것을 깨닫게 된다. 그것은, 청년은 곧잘 죽음을 이야기하지만 결코 죽음을 생각하는 일은 없는 것과도 관계된다. 노인의 경우는 그와 반대다. 젊은 사람들은 영원히 살 것으로 생각하고 있다. 따라서 모든 소망이나 사상을 자기 본위로 이끌어 갈 수가 있다. 그러나 노인이 되면 어디엔가 끝이 있고, 자기 자신만을 위해서 소유하거나 행하는 일이 결국 공(空)으로 돌아가 헛수고라는 것을 깨닫게 된다. 따라서 다른 어떤 영원한 세계와, 단순히 벌레 같은 존재를 위해서 일하고 있는 것이 아니라는 신앙이 필요하게 된다. 그 때문에 처자나 사업이나 조국이 있는 것이다. 그것으로 누구를 위해서 나날의 고통과 안타까움, 괴로운 생활을 영위해야 하는가를 알게 된다. 그 점에서 네 친구의 말은 옳다. 즉 인생은 자신만을 위해서 사는 것보다 다른 사람을 위해서 사는 편이 보다 만족스러운 것이다. 다만 노인은 그것을 너무 영웅적인 일로 여겨서는 안 될 것이야. 실제로 그런 것이 아니니까. 가장 근면한 청년이 가장 훌륭한 노인이 되는 것이지. 학교 시절에 이미 할아버지처럼 행동하는 인간이 가장 훌륭한 노인이 되는 것은 아니다."

나는 일주일 동안 집에 머물면서 아버지의 병상에서 많은 시간을 보냈다. 아버지는 물론 다리에 약간의 부상을 입고 있는 것 이외에는 지극히 건강했기 때문에 참을성있는 환자는 아니었다. 나는 좀더 일찍 아버지의 말씀을 듣고, 가까이하지 못한 것이 유감이라고 고백했다. 그러자 아버지는, 그것은 서로 마찬가지다, 그러나 서로 이해하겠다고 급히 서두르는 시도(試圖)는 좀처럼 성공하지 못하는 법이니까, 그런 시도를 하지 않았던 편이 앞으로의 정의(情誼)를 위해서 좋을 것이라고 말했다. 그리고 아버지는 여자와의 관계는 어떠냐고 조심스러우면서도 부드럽게 덧붙였다. 나는 게르트루트에 대해서는 아무 말도 하고 싶지 않았다. 달리 털어놓은 이야기는 지극히 간단했다.

“안심해라!” 아버지는 미소를 지으면서 말했다. “너는 훌륭한 남편이 될 소질을 갖고 있다. 현명한 여자라면 곧 그것을 깨달을 것이다. 다만 너무 가난한 여자를 믿어서는 안 된다. 그런 여자는 네 돈에 눈독을 들일 것이다. 이 사람이다싶게 마음이 끌리는 여자가 발견되지 않아도 절망할 것은 없다. 젊은 사람들 사이의 사랑과 긴 결혼 생활의 사랑은 같은 것이 아니니까. 젊었을 때에는 모두 자신의 일을 생각하고, 자신의 일을 걱정하고 있다. 그러나 한 세대(世帶)를 이루게 되면 다른 걱정이 생긴다. 나도 그랬다. 잘 알아 두는 것이 좋을 것이다. 나는 너의 어머니에게 몹시 반했었지. 진짜 연애 결혼이었다. 그러나 그 감정은 1년인가 2년밖에 지속되지 않았다. 열정에 들떴던 마음도 가라앉고, 곧 완전히 사라져 버렸다. 우리는 서로 어떻게 해야 좋을지를 몰랐지. 그때 마침 어린아이가 생겼다. 너의 두 누님으로 일찍 죽었지만 우리에게는 보살펴 줄 사람이 생겼던 거지. 그 때문에 우리 상호간의 요구는 적어지고, 냉담했던 관계에서 갑자기 다시 사랑이 나타났다. 물론 옛날의 사랑이 아닌 전혀 다른 사랑이다. 그것이 그 후 별다른 변화 없이 30년 이상 계속되었다. 모든 연애가 그렇게 잘되어 가지만은 않는 거란다. 아니 잘되는 것은 극히 드물다는 편이 정확할 것이다.”

물론 그런 말들이 나에게 도움이 되지는 않았지만 아버지와의 새로운 친밀한 관계는 바람직했다. 그것은 또 지난 수년 동안 거의 무관심했었던 고향에 다시 애착을 갖게 했다. 집을 떠나면서 나는 이번 귀성(歸省)을 후회하지 않았고, 앞으로 양친과 좀더 좋은 관계를 맺겠다고 결심했다.

현악 연주를 위한 연주 여행과 일 때문에 나는 한동안 임토르 씨 댁에 방문하지 못하고 있었다. 오래간만에 찾아간 그 고풍스런 집에는 무오트가——나와 함께가 아니면 초대받지 못했는데——가장 빈번하게 초대받고 있는 손님 중의 한 사람이 되어 있었다. 임토르 씨는 무오트에 대해서 여전히 냉담하고 다소 기피하는 태도를 취하고 있었으나, 게르트루트는 그와 절친한 친구가 되어 있는 듯 보였다. 그것은 나에게도 다행이었다. 질투할 이유는 없었다. 무오트와 게르트루트같이 그 성격이 전혀 다른 사람들은 서로 흥미를 느끼고 끌릴지는 모르나 만족하고 사랑하지는 못할 것이라고 나는 확신하고 있었다. 그래서 그가 그녀와 함께 노래를 부르고, 그 두 사람이 아름다운 목소리를 맞추고 있는 것을 보아도 나는 나쁘게 생각지 않았다. 두 사람 모두 크고 맵시가 좋고 우아해 보였다. 그는 어둡고 엄숙했으며 그녀는 밝고 명랑했다. 그러나 때때로 그녀는 전과 달리 천성적인 명랑성을 오래 유지하지 못하고 지쳐 흐트러져 있는 듯한 모습을 드러내기도 하였다. 그녀는 고민하고 있는 사람처럼 나를 진지하게 살펴보는 일이 종종 있었다. 그럴 때에 내가 그녀를 향해서 고개를 끄덕이며 즐거운 눈길로 답하면 그녀는 애써 미소짓곤 했다. 그것이 나로서는 몹시 고통스러웠다.

그러나 그러한 일은 극히 드물었다. 게르트루트는 옛날처럼 극히 명랑하고 시원한 얼굴을 하고 있었으므로, 그러한 느낌은 나 자신의 지나친 생각이거나 일시적인 불쾌감의 탓으로 돌렸다. 단 한 번 나는 몹시 놀란 적이 있다. 매우 친한 한 친구가 베토벤을 연주하고 있는 동안 그녀는 어둠침침한 곳에서 홀로 의자에 기대 앉아 있었는데, 아무도 보고 있는 사람이 없다고 생각했던 모양이었다. 방금 전 밝은 방에서 손님을 접대하고 있을 때 그렇게 밝고 명랑해 보이던 그녀가 생각에 잠겨서——분명히 음악에도 마음이 끌리지 않고 사교를 위해 애써 짓는 미소나 부드러운 표정이 아닌——마치 쫓기면서 난처한 처지에 놓인 어린아이와 같은 피로와 불안과 두려움의 표정을 드러내 보이고 있었다. 그 표정은 몇 분 동안 계속되었다. 그것을 보는 순간 내 심장의 고동은 멈출 것만 같았다. 그녀는 고민하고 있는 것이다. 그것만으로도 나는 그녀가 염려스러웠는데, 내게 명랑을 가장하고 만사를 감추고 있는 것은 나를 더욱 불안하게 했다. 연주가 끝나자 나는 곧 그녀 옆으로 가서 나란히 앉아 거리낌없이 이야기를 시작했다. 나는 아무렇지도 않게 농담조로 이번 겨울은 그녀에게 있어서와 마찬가지로 내게도 마음이 안정되지 않고 불안한 계절이라고 말했다. 그리고 말 끝에 우리가 오페라 첫부분을 함께 연주하고, 노래하고, 서로 상의했던 봄 무렵의 일을 회상시켰다.

그러자 그녀는 "정말로 그 무렵은 즐거웠어요"라고 할 뿐 그 이상 아무 말도 하지 않았지만 그것은 하나의 고백이었다. 무의식중에 진심으로 말한 것이다. 나는 그 속에서 나 자신의 희망을 읽고 마음속으로 그녀에게 감사했다.

나는 그녀에게 지난 여름의 그 물음을 반복하고 싶은 생각이 들었다. 그녀의 태도 변화나 그녀가 이따금 나에게 보여 주는 어색함과 허둥거리는 소심증(小心症)은, 아무리 조심스럽게 보아도 내게는 바람직한 현상으로 받아들이기에 충분한 것이라 생각되었다. 그녀의 소녀적 자만심이 풀죽어 애절하게 싸우고 있는 듯한 모습이 내 마음을 움직였다. 그러나 나는 일부러 아무 말도 하지 않았다. 동요하고 있는 그녀가 불쌍하게 생각되었다. 나는 숨겨 둔 약속을 지켜야만 한다고 생각했다. 나는 여성과 사귀는 법을 전혀 몰랐던 것이다. 나는 하인리히 무오트와는 반대의 잘못을 저질렀다. 즉 나는 여성을 마치 친구들과 사귀듯이 사귀었던 것이다. 게르트루트에 대한 느낌이 어디까지나 착각이라고 생각할 수도 없고, 게르트루트의 달라진 태도도 절반밖엔 납득할 수 없었기 때문에 나는 조심스럽게 행동하면서 되도록 방문 횟수도 다소 줄이고 그녀와의 단둘만의 대화도 피하려 했다. 그녀의 마음이 흔들리고, 고민하고 있음이 분명히 보였으므로 나는 그녀로 하여금 더 이상 두려움이나 불안에 시달리게 해서는 안 되겠다고 생각했던 것이다. 그녀도 그것을 깨닫고, 나의 깊은 뜻을 다행스럽게 여기고 있는 것 같았다. 겨울과 더불어 떠들썩한 사교 모임이 끝나면 우리 두 사람에겐 다시 조용하고 아름다운 시기가 올 것이다. 그때까지 기다리자. 그러나 이 아름다운 소녀가 가련하고 불쌍하게 생각되는 일이 잦아지고 나 자신도 왠지 점차로 불안해지고, 무엇인가 심상치 않은 기미를 느껴야 했다.

2월이 왔다. 나는 그런 긴장 아래 고민하며 봄이 오기를 고대했다. 무오트도 우리집에 모습을 거의 나타내지 않았다. 그는 오페라로 힘겨운 겨울을 보내고 있었으며, 특히 최근에는 두 군데의 큰 극장으로부터 받은 명예로운 초청의 선택에 망설이고 있었다. 이젠 애인도 없는 모양이었다.

적어도 로테와의 결렬 이후로 그의 집에서 여자를 본 일은 없었다.

최근 그의 생일 축하 파티 이후 나는 그를 만나지 못했다.

그러는 동안 문득 그를 만나고 싶은 생각이 간절했다. 게르트루트와의 관계에 대한 변화와 과로, 겨울의 피로로 괴로워지기 시작한 나는 그와 여러 가지 이야기를 나누고 싶어 그를 찾아갔다. 그는 셰리주(酒)를 내놓고 무대에 대한 이야기를 했으나 어딘가 지쳐서 흐리멍덩한 상태였으며, 묘하게 조용했다. 방안을 둘러보며 그의 말을 듣고 있던 나는 그에게 임토르 씨 댁에 또 갔었느냐고 물으려고 했다. 그때 무심히 눈길이 간 책상 위에 게르트루트의 필적이 분명한 봉투가 놓여 있는 것이 눈에 띄었다. 생각할 새도 없이 놀라움과 불쾌감이 솟아올랐다. 그것은 초대의 글이거나 아니면 간단한 의례적인 편지였는지도 모른다. 그러나 이유는 나 자신 알 수 없었지만 나는 그렇게 생각되지 않았다.

그래도 끝까지 침착성을 잃지 않고 나는 곧 돌아왔다. 뜻밖에도 나는 순간에 모든 것을 알아 버렸다. 그것은 초대거나 사소한 일이거나 우연일 수도 있을 것이다. 그러나 그렇지 않다는 것을 나는 알고 있었다. 나는 근래의 여러 사태의 전모를 갑자기 깨달았다. 자세히 알아보고, 진행 과정을 기다려 보려던 생각은 모두 구실과 현혹(眩惑)에 지나지 않았다. 결국 화살은 살갗을 뚫고 들어와 핏속에서 곪고 있었다. 집으로 돌아와서 방안에 홀로 앉자, 격정의 혼미(昏迷)가 점차 걷히고 이미 내 생활은 파괴되고 신앙과 희망이 산산이 부서졌다는 느낌이 무서우리만큼 또렷한 인식으로 얼음처럼 차갑게 나를 관류(貫流)했다.

며칠 동안 나는 눈물도 고통도 느끼지 않았다. 아무것도 생각지 않을 것이며 더 이상 살지 않겠다고 결심하고 있었다. 내 속의 생활 의지가 꺾여서 사라져 버렸다고 생각되었다. 꼭 하지 않으면 안 될——즐거운지 어떤지조차 이미 따질 수가 없게 된——하나의 업무처럼 나는 죽는 것만을 생각했다.

그러나 그 이전에 이행하지 않으면 안 될, 실제로 이행한 일 중에는 무엇보다도 게르트루트를 방문한 것을 들 수 있다. 그것은 말하자면 순서를 밝기 위해서였으며, 아무래도 상관없는 일이지만 사실은 확인하고 싶었기 때문이다. 확인은 무오트에게서도 가능한 것이었을 것이다. 그러나 게르트루트보다 죄가 가볍다고 여겨졌음에도 불구하고 나는 그를 찾아갈 수가 없었다. 얼마 후 임토르 씨 댁을 찾아갔으나 게르트루트를 만나지 못했다. 다음날 다시 찾아갔을 때에는 그녀와 그녀의 아버지와 함께 몇 분 동안 이야기를 나눌 수 있었다. 잠시 후 우리가 음악 연습을 할 것으로 생각한 임토르 씨가 자리를 떴기 때문에 그녀와 단둘이 있을 기회가 왔다. 나는 그녀를 다시 한 번 유심히 보았다. 그녀는 약간 변해 있었지만 예전 못지 않게 아름다웠다.

"미안해요, 게르트루트 양." 나는 단호하게 말했다. "다시 한 번 당신을 괴롭히지 않으면 안 되는 것을 용서하세요. 나는 당신에게 작년 여름에 편지를 드렸었지요. 지금 그 대답을 들을 순 없을까요? 나는 어쩌면 오랫동안 여행을 떠나지 않으면 안 될 것 같습니다. 그렇지 않으면 기다렸을 것입니다. 당신 편에서 먼저……."

그녀가 창백한 얼굴로 나를 바라보았기 때문에 내 편에서 말을 이었다. "노라고 말씀하셔야만 되겠지요! 그럴 것이라고 생각하고 있었습니다만 단지 확인해 보고 싶었습니다."

그녀는 말없이 고개를 끄덕였다.

"하인리히로군요?" 나는 물었다.

그녀는 다시 고개를 끄덕였다. 갑자기 그녀는 움찔하면서 내 손을 잡았다. "용서하세요! 하지만 그분에게는 아무 짓도 하지 마세요!"

"그런 일은 생각하고 있지 않습니다. 안심하세요" 하고 말하고 나는 실소를 머금지 않을 수 없었다. 그에게 얻어맞으면서도 그처럼 어쩔 수 없이 무오트에게 집착하던 여인들, 마리온이나 로테의 일이 머리에 떠올랐기 때문이다. 아마도 그는 게르트루트 또한 때려, 그녀의 고귀함과 신뢰에 차 있는 인품(人品)을 완전히 파괴해 버릴 것이다.

"게르트루트 양." 나는 다시 말을 꺼냈다. "좀더 생각해 주십시오! 나를 위해서가 아닙니다. 사정은 알고 있습니다. 하지만 무오트는 당신을 행복하게 하지는 않을 것입니다. 안녕, 게르트루트 양.”

　나는 게르트루트가 겨우 무어라 내게 말을 꺼내기 전까지는 냉정을 잃지 않았다. 로테에게서 들어 익히 알고 있는 음색과 같은 어조로 병자처럼 “그렇게 하고 가지 마세요. 너무 심하군요!”라고 말했다.

　그녀의 말에 비로소 내 가슴은 갈가리 찢기고, 억제하기 힘들어졌다. 나는 그녀의 손을 쥐고 말했다.

　“나는 당신을 괴롭히고 싶지는 않습니다. 또 하인리히를 상처 입히려고 생각지도 않습니다. 그렇지만 보류해 주십시으. 그에게 사로잡히면 안 됩니다. 그는 사랑하는 것을 모두 파괴해 버립니다.”

　그녀는 머리를 흔들고 내 손을 놓았다. “안녕!” 하고 그녀는 작은 목소리로 말했다. “내가 나쁜 것이 아니에요. 나와 하인리히에 대해서 나쁘게 생각지 말아 주세요!”

　그것으로 마지막이었다. 나는 집으로 돌아와 남은 일들을 사무적으로 정리해 나갔다. 그 동안에도 슬픔으로 목이 메이고, 피를 토하는 듯한 고통에 휩싸였지만 먼 곳에 있는 방관자처럼 염두에 두지 않았다. 남아 있는 시일 동안 형편이 좋든 나쁘든 그것은 문제가 아니었다. 반쯤 만들어진 오페라를 적은 다량의 악보를 정리해야 했던 것이다. 최소한 이 작품만은 남길 수 있도록 해달라고, 타이저에게 보내는 편지를 첨부해 놓았다. 한편으로 나는 어떤 식으로 죽을 것인가를 열심히 생각했다. 양친을 위로하고 싶다는 생각이 들었으나, 가능한 방법을 생각해 낼 수가 없었다. 결국 그것은 중대한 일이 아니었다. 나는 피스톨로 결정했다. 그러나 그러한 모든 구체적인 문제들은 환상처럼 비현실적으로 눈앞에 떠오를 뿐 살아 있어서는 안 된다는 인식만이 확실했다. 결의의 차가운 외피(外皮) 뒤에 희미하게 비춰 오는, 오래 살게 되었을 경우의 생의 무서움을 느끼고 있었기 때문이다. 그 생활은 몽롱한 눈으로 기분 나쁘게 나를 보았다. 그것은 죽음의 어둡고 무관심한 관념보다도 더없이 추하고 무서운 것이었다.

　이틀째 오후에 모든 정리를 끝마쳤다. 나는 마지막으로 다시 한 번 시내를 한 바퀴 돌려고 생각했다. 도서관에 반환해야 할 두세 권의 책이 있었던 것이다. 밤이면 이미 살아 있지 않으리라는 생각에 마음이 안정되었다. 재해로 부상을 입은 사람이 거의 마취 상태로 누워 있을 때 고통 그 자체는 느끼지 않지만 고뇌의 예감에 전율하는 것과 비슷한 기분이었다. 부상자는 예감된 고통이 실제로 일어나기 전에, 완전히 무의식 상태로 빠지게 되기를 간절히 바라는 것이다. 나도 그렇게 되기를 원하고 있었다. 실제의 고통에 시달리기 전 다시 한 번 맑은 정신으로 돌아온 나는 자진해서 선택한 죽음이 줄 잔을 남김없이 비우지 않으면 안 될지도 모른다는 통렬한 공포 때문에 괴로웠다. 그래서 급히 돌아다니면서 용무를 마치고 곧바로 집으로 돌아왔다. 단지 게르트루트의 집 앞을 지나지 않기 위해 약간 돌았을 뿐이었다. 거기까지는 생각할 수 없었지만, 그 집을 보면 자신이 벗어나려고 하는 견딜 수 없는 고뇌에 휩싸여 쓰러질지도 모른다는 예감이 들었기 때문이다.

이렇게 해서 집으로 돌아온 나는 비로소 안도의 숨을 쉬고, 가벼운 마음으로 계단을 올라갔다. 아직은 슬픔이 뒤따라와서 내게 그 손톱을 내밀고, 무서운 고통이 어딘가 나의 마음속을 휘젓고 있지만 이 모든 고통의 사슬과 해방 사이에는 불과 몇 걸음, 몇 초가 남아 있을 뿐이다.

제복을 입은 사나이가 나를 향해 계단을 내려오고 있었다. 나는 혹 붙잡히지나 않을까 하는 두려움에 가득 차 그를 피하기 위해서 서둘렀다. 그러나 그는 모자에 손을 대고 내 이름을 불렀다. 비틀거리면서 나는 그를 쳐다보았다. 부르는 소리, 멈춤, 그리고 두려워하던 것의 실현, 그러한 것들 때문에 온몸이 부들부들 떨렸다. 갑자기 밀려오는 피로에 쓰러진 나는 몇 걸음만 더 걸어 내 방에 다다를 희망은 없는가 하고 생각했다.

그러나 나는 고통 속에서도 낯선 사나이를 쳐다보았다. 녹초가 되어 버렸기 때문에 나는 계단에 걸터앉았다. 그는 나에게 아프냐고 물었다. 나는 머리를 흔들었다. 그는 손에 들고 있는 무엇인가를 내게 건네 주려고 했지만 나는 손을 내저었다. 마침내 그는 거의 완력으로 그것을 내 손안에 밀어 넣었다. 나는 몸부림치며 "싫어요"라고 말했다.

그가 숙소의 주인을 불렀지만 주인은 외출 중이었다. 그러자 그는 내 겨드랑이에 손을 넣어 나를 부축해 올라가려고 했다. 더 이상 그에게서 빠져 나갈 수도 없으며 또 그가 날 방치해 두지도 않을 것이라는 생각에 나는 정신을 차리고 앞장서서 방안으로 들어갔다. 그도 따라왔다. 그가 의심의 눈초리로 나를 보고 있는 것 같았으므로, 나는 불구의 다리를 가리키며 그것이 아프다는 시늉을 했다. 그는 그것을 믿었다. 나는 지갑을 찾아 그에게 1마르크를 주었다. 그는 고마워했다. 그리고 내가 받으려고 하지 않던 것을 최종적으로 내 손에 쥐어 주었다. 그것은 전보였다.

지칠 대로 지쳐서 나는 책상 옆에 선 채로 생각했다. 역시 나는 붙잡혔다. 나의 결의는 깨뜨려졌다. 그것은 무엇인가. 전보. 누구에게서? 아무래도 좋다. 나와는 관계없는 일이다. 이 순간 내게 전보를 가져오다니, 잔혹한 짓이다. 만사를 정리해 버린 지금, 최후의 순간에 전보를 보내다니. 돌아다보니 책상 위에 편지도 한 통 놓여 있었다.

편지는 호주머니 속에 넣었다. 그런 것엔 구애받지 않았으나 전보는 나를 괴롭히고, 머릿속에 걸려 어지럽혔다. 나는 전보를 앞에 놓고 의자에 앉아 그것을 읽을 것인가 말 것인가를 생각했다. 물론 그것은 나의 자유에 대한 방해였다. 나는 그것을 의심하지 않았다. 누군가가 내 결의를 흐트러뜨리고자 시도한 것이다. 고뇌로부터의 도망을 허용하지 않고, 내게 고뇌를 맛보게 하려고 하며 가차없이 나를 물어 뜯고 찌르려 하고 있는 것이었다.

전보가 왜 이렇게도 나를 괴롭혔는지 모른다. 오랫동안 책상에 마주 앉은 채로 전보 속에 나를 붙잡고, 그것으로부터 도망치려고 원했던 견딜 수 없는 것들을 견디게 하려는 음모와 강요가 숨어 있는 듯한 생각이 들어, 펼칠 엄두를 내지 못하고 있었다. 마침내 펼쳐 본 그 안에는 글자들이 춤추듯 떨고 있었다. 낯선 외국어를 번역이라도 하듯 나는 천천히 판독(判讀) 했다.

"아버지 위독. 빨리 와라. 어머니."

차츰 그 뜻을 알게 되었다. 어제는 아직 양친에 대해서 생각하고 양친을 슬프게 하지 않으면 안 될 것이 유감스럽게 생각되었는데, 그것은 피상적인 생각에 지나지 않았다. 지금 양친은 항의를 하며 나를 억지로 붙잡고, 양친의 권리를 주장하고 있다. 나는 곧 크리스마스 때 아버지와 나눈 대화를 생각해 냈다. 젊은 사람들은 이기주의와 독립감에 쫓겨 소망이 충족되지 않으면 생명을 포기하게 된다. 그러나 반대로 자신의 생명이 다른 생명과 연결되어 있는 것을 아는 사람은, 자신의 욕망에 그렇게까지 쫓기지는 않는다고 아버지는 말했었다.

나도 그러한 고삐에 매어 있는 것이었다. 아버지는 위독하고, 어머니 혼자서 아버지 곁에 매달려 나를 부른 것이다. 아버지의 죽음과 어머니의 어려움이 금방은 가슴에 와 닿지 않았다. 자신은 좀더 심한 괴로움을 안고 있다고 생각되었다. 그러나 지금 자기 자신의 무거운 짐까지 양친에게 떠넘기고, 양친의 소원을 듣지 않고 도망치는 일은 허용되지 않았다. 그것은 나도 잘 알고 있었다.

저녁때 나는 여행 준비를 하고 정거장으로 갔다. 별로 내키지 않았지만 정확히 필요한 일을 마치고, 차표를 사고, 거스름돈을 호주머니 속에 쑤셔 넣은 뒤 플랫폼에서 기차에 올라탔다. 긴 밤 여행을 생각하고, 나는 한쪽 구석 자리에 앉았다. 젊은 사나이가 들어와 주위를 둘러보고 인사를 하면서 내 맞은편 자리에 앉았다. 그는 무엇인가 물었지만, 나는 단지 혼자 있게 해주기를 바라는 것 외에는 아무것도 생각지 않고 그를 쳐다보았다. 그는 기침을 하고 일어나 노란 가죽 가방을 들고 다른 자리로 옮겨 앉았다.

기차는 어둠을 뚫고 마치 나처럼 무엇인가를 놓치기라도 할 것처럼 또는 무엇인가를 구출하기라도 할 것처럼 거의 무감각하게 똑같은 속도로 달렸다. 몇 시간이 지난 후 호주머니에 손을 넣자 편지가 손에 닿았다. 아직 이것이 있었구나.

출판업자가 연주회와 부수에 대해서 알려 온 편지로서, 형편이 나아지고 있다, 뮌헨의 대비평가가 나에 대해서 평을 쓰고 있다, 축하의 뜻을 표한다는 등의 보고였다. 그리고 내 이름과 표제(標題)가 붙은 신문 기사

스크랩이 들어 있었다. 오늘날의 음악 형태와 바그너, 브람스에 대한 길다란 문구가 있고, 그리고 나의 현악곡과 가곡에 대한 평을 쓴 뒤 한참 칭찬을 늘어놓고 끝으로 행운을 빈다고 되어 있었다.

작고 검은 활자를 읽고 있는 동안 그것이 나에 대해서 말하고 있는 것이며, 세상의 명성이 내게 손을 내밀고 있다는 것이 차츰 분명해졌다. 나는 순간 웃지 않을 수 없었다.

편지와 기사는 나의 눈가리개를 느슨하게 했다. 예기치 않게 나는 세상을 돌아다보게 된 것이다. 나는 소멸되지도 몰락하지도 않았으며, 세상 한복판에 그 일원으로서 당당하게 존재하고 있었다. 나는 살지 않으면 안 되었다. 그것을 감수하지 않으면 안 되었다. 어떻게 그것이 가능한가. 아아, 지난 5일 동안의 일, 그저 멍청하게 느끼고 있던 일, 도망치려고 생각했던 일, 그 모든 것이 되살아났다. 모든 것이 싫고 불쾌하고 부끄러워서 견딜 수가 없었다. 그 모든 것이 죽음의 선고였으나 나는 그것을 수행하지 않았다. 또 미수로 끝내지 않으면 안 되었다.

덜커덩거리는 기차 바퀴 소리. 나는 창을 열어 어두운 들, 검은 가지가 쓸쓸한 벌거벗은 나무, 커다란 지붕 밑의 농가, 멀리 보이는 언덕 같은 것이 웅크리고 앉아 스쳐 지나가는 것을 보았다. 그것을 아름답다고 보는 사람도 있겠지만 내게는 오직 슬프게만 생각되었다. 〈신(神)의 뜻이런가?〉라는 노래가 머리에 떠올랐다.

창밖의 수목이며 밭이며 지붕을 관찰하려고 아무리 애써도, 차륜(車輪)의 박자에 아무리 귀를 기울여도, 머릿속에서 절망하지 않고 생각할 수 있는 무엇인가에 아무리 맹렬하게 매달려 보아도 그것은 오래 지속되지 않았다. 아버지에 대해서도 거의 생각할 수 없었다. 아버지는 벌거벗은 나무나 어두운 들과 더불어 망각 속으로 사라졌다. 나 자신의 의지와 노력을 등지고, 내 생각은 가서는 안 될 방향으로 되돌아왔다.

그곳에는 늙은 나무가 자라고 있는 뜰이 있고, 뜰 안쪽으로 집이 있으며 입구에는 종려나무가 있었다. 벽마다 낡고 좀 어두운 색조의 고풍스런 그림이 걸려 있었다. 나는 안으로 들어가 계단을 올라가서 낡은 그림 옆을 지나쳤다. 아무에게도 발견되지 않고 그림자처럼 빠져 나갔다. 그러자 늘씬한 여인이 나타났는데 내 쪽으로 등을 돌렸다. 짙은 금발 머리였다. 그녀가 어떤 사나이와 껴안고 있는 모습이 보였다. 하인리히 무오트는 곧 잘 하듯이 우울하고 잔혹한 미소를 띠고 있었다. 그가 이미 이 금발의 여인을 더럽히고 학대하는 것을 안다 해도 어쩔 수가 없었다. 더없이 아름다운 여인들이 모두 사랑을, 행복을 파괴하는 이 불쌍한 사나이의 손아귀에 들어가는 반면, 내게는 일체의 사랑, 일체의 호의도 없는 공허만이 남는 것, 그것은 어리석고 무의미한 일이었다. 그것은 참으로 어리석고 무의미한 일이었지만 그것은 사실이었다.

잠인지 무의식인지도 모르는 상태에서 눈을 뜨자, 창밖으로 희부연 아침 안개와 납빛 하늘의 희미한 빛이 보였다. 나는 굳어진 팔다리를 뻗어 보았다. 맥이 풀리면서 불안이 몰려왔다. 눈앞의 풍경들이 슬프고 울적하게 보였다. 우선 부모님에 대한 생각이 났다.

아직 희부연 새벽, 고향의 다리와 집들이 가까워지고 있었다. 정거장 특유의 냄새와 소란 속에서 나는 심한 피로와 불쾌감에 휩싸여 하차하기도 싫은 느낌이 들 정도였다. 가벼운 짐을 들고 마차를 탔다. 마차는 미끄러운 아스팔트 위를 달렸다. 이윽고 가볍게 얼어붙은 흙과 자갈이 깔린 길 위를 덜컹거리며 달려 우리집의 넓은 문 앞에 정차했다. 문은 닫혀 있었다. 나는 그 문이 닫혀 있는 것을 한 번도 본 적이 없다.

그런데 그 문이 닫혀 있었다. 놀라고 허둥거리며 종을 당겼으나 아무도 나오지 않았으며 아무 대답도 없었다. 집을 올려다보자 나는 완전히 닫혀 있어 지붕을 넘지 않으면 안 될 것만 같은 불쾌하고 어리석은 꿈속에 있는 듯한 기분이 들었다. 마부는 수상쩍다는 듯이 방관하면서 기다리고 있었다. 나는 가슴이 답답해져서 다른 쪽 출입문으로 갔다. 그 출입문을 드나드는 일은 극히 드물어서, 지난 수년 동안 전혀 드나든 적이 없었다. 그곳은 열려 있는 곳이었다. 그 안에는 아버지의 사무실이 있었다. 들어가 보니 평소처럼 쥐색 저고리를 입은 사무원들이 조용히 먼지 속에 앉아 있었다. 내가 들어가자 모두들 일어서서 인사를 했다. 나는 후계자였다.

20년 전의 모습과 변함이 없는 서기(書記) 클렘이 인사를 하고 슬픈 눈으로 나를 지켜 보았다.

"왜 앞문은 닫혀 있지요?"

"아무도 안 계십니다."

"아버님은 도대체 어디에 계시지요?"

"병원입니다. 마님도."

"아직 살아 계시기는 한가요?"

"오늘 아침까지는 살아 계셨습니다만, 언제…….

"그래요. 도대체 어떻게 된 거요?"

"네에? 아아, 그렇습니다. 역시 다리 때문이지요. 치료가 잘못되었다고 모두들 말하고 있습니다. 갑자기 통증이 와서 주인 어른께서는 몹시 신음하셨습니다. 그래서 입원을 하셨습니다. 패혈증(敗血症)이라고 합니다. 어제 2시 반에 전보를 드린 것입니다.'

"그래요, 고마워요. 버터 빵과 포도주를 한 잔 가져다 주지 않겠소? 그리고 마차를 부탁해요."

모두들 달려가고, 속삭이곤 했다. 다시 조용해졌다. 누군가가 접시와 컵을 가져왔다. 나는 빵을 먹고 포도주를 마셨다. 그리고 마차에 올라탔다. 히힝거리며 말은 달렸다. 나는 곧 병원 입구에 도착했다. 흰 모자를 쓴 간호사와 푸른 무늬의 마직(麻織) 옷을 입은 간호사가 복도를 걸어가고 있었다. 나는 병실로 인도되었다. 눈을 들어보니 어머니가 눈물이 가득한 눈길을 보내고 있었다. 낮은 쇠침대 속에 아버지가 작게 변해 있었다. 아버지의 짧고 희끗희끗한 수염이 이상하게 꼿꼿이 서 있었다.

아버지는 아직 살아 있었고 눈을 떴다. 열이 있음에도 불구하고 나를 알아봤다.

"여전히 음악을 하고 있느냐?" 아버지는 희미한 목소리로 말했다. 목소리와 눈길에는 놀림과 호의를 똑같이 담고 있었다. 이미 아무것도 할 말이 없는 지치고 비꼬인 지혜를 다해, 아버지는 눈을 가늘게 뜨고 나를 보았다. 그 눈길은 내 마음속을 들여다보고 모든 것을 간파하고 알고 있는 것 같았다.

"아버님."

그러나 아버지는 미소를 지었을 뿐 다시 한 번 거의 놀라듯이, 그러나 이미 방심한 눈길로 나를 보곤 다시 눈을 감았다.

"왜 그런 표정을 짓고 있느냐?" 어머니는 나를 끌어안으면서 말했다. "너는 그렇게 충격을 받았느냐?"

나는 아무 말도 하지 못했다. 곧 젊은 의사가 오고, 이어서 그의 뒤를 따라 나이 든 의사가 왔다. 모르핀 주사를 놓았으나 위독한 병자는 이내 그 총명한 눈을 뜨지 않았다. 방금 전 그처럼 뛰어난 전지(全知)의 시선이었는데. 우리는 아버지 옆에 앉아서 잠들어 있는 아버지의 서서히 이승의 고뇌에서 벗어나는, 평온해지는 얼굴을 보면서 최후를 기다렸다. 아버지는 계속 몇 시간 동안 더 살아 있다가 오후 늦게 운명했다. 나는 무감각한 슬픔과 깊은 피로말고는 아무것도 느낄 수가 없었다.

메마른 눈을 붉히고 밤새 고인의 침상 옆에 앉은 채 잠이 들었다.

6

인생이 살기 힘든 것이라는 것은 지금까지도 때때로 막연하나마 느껴 온 일이지만 지금 좀더 깊숙이 생각해 보아야 될 새로운 국면이 찾아왔다. 그 인식 깊숙이 뿌리내리고 있는 모순된 감정은 오늘날까지 결코 사라진 적이 없다.

가난하고 힘겨운 내 생활이 다른 사람들에게는——때로는 나 자신에게도——풍부하고 훌륭하게 보이는 모순. 인간의 생활이란 결국 깊고 슬픈 밤과 같은 것은 아닐까. 이따금 번갯불이라도 번쩍거리지 않는다면 견디기 힘든 것은 아닐까. 번갯불의 순간적인 광선은 매우 훌륭한 위안이 되기 때문에 불과 몇 초 동안에 수년 동안의 어둠을 씻어 주고 쓰다듬어 줄 수가 있는 것이다.

어둠, 위안이 없는 암흑, 그것은 일상의 무서운 순환을 말한다. 무엇 때문에 아침에 일어나서 먹고, 마시고 그리고 또 자는가. 어린아이나 야만인, 건강한 젊은이나 동물은 이러한 생리적 현상이나 활동의 순환으로 괴로워하지는 않는다. 사색(思索)으로 괴로워하지 않는 사람은 아침의 기상이나 음식을 즐기고, 거기에서 만족을 찾아내며 특별한 변화를 원하지 않는다.

그러나 그것이 이미 당연한 일이라고만 받아들일 수 없게 된 사람은 되풀이되는 나날 속에 푹 빠져들거나 방심하지 않고 진실된 생활의 순간──그 빛이 인간을 행복하게 만들며, 시간의 감정을, 전체의 의의와 목적에 대한 일체의 생각과 함께 씻어 내리는 순간──을 찾는 것이다. 그러한 순간은 창조자와의 일체감을 가져다 준다고 여겨지며, 또 그러한 순간엔 일체의 것들이 보통때라면 우연한 것까지도 의도되었던 것으로 느껴지기 때문에, 그것을 창조적인 순간이라고 부를 수 있다. 그것은 신비주의가 신과의 결합이라고 부르는 것과 같다. 다른 일체의 순간을 그토록 어둡게 만드는 것은 아마도 이 순간의 지나치게 밝은 빛일 것이다. 다른 생활이 그토록 무겁게 달라붙어서 우리를 끌어내리는 것 같은 느낌은 아마도 그 순간의 해방된 매혹적인 경쾌함과 띄우는 듯한 쾌감에서 오는 것이리라. 나로서는 그런 것은 모르고, 사색과 철학(哲學)에 그다지 친숙하지는 않지만 그러나 만일 영원한 행복이라든지 천국 같은 것이 있다고 한다면 그것은 그와 같은 순간의 방해받지 않는 지속이 아니면 안 되리라. 또 이 영원의 행복이 고뇌와 고통의 승화에 의해서 얻어지는 것이라 한다면 어떠한 고뇌와 고통도 피해야 할 만큼 큰 것은 아니리라.

아버지의 장례를 마치고 2, 3일이 지난 후 나는──아직 무감각한, 정신적인 이완 상태에서 돌아다니고 있었다──정처없이 교외의 전원가도(田園街道)를 걸었다. 조그마하고 깨끗한 집들이 희미해진 기억을 되살렸다. 생각에 잠기면서 기억을 더듬어 가니 수년 전 나를 접신론자로 개종(改宗)시키려고 했던 옛 스승의 뜰과 집이 나타났다. 내가 들어가자 나를 알아본 로에 선생은 친절하게 맞으며 방으로 안내했다. 책과 화분 주위에 담배 연기의 옅은 냄새가 기분좋게 감돌고 있었다.

"어떤가?" 하고 로에 선생이 물었다. "아아, 자네 아버님께서 돌아가셨지! 슬픈 얼굴을 하고 있군. 그처럼 충격을 받았는가?"

"아닙니다. 아버님과의 사이가 전과 같이 소원했더라면, 아버님의 죽음은 나를 더욱 슬프게 했을 것입니다. 그러나 마지막 귀성(歸省) 때 나는 아버님과 친해졌었습니다. 그래서 양친에게 드릴 수 있는 이상의 사랑을 양친으로부터 받고 있다는——훌륭한 양친에 대해서 품게 되는——괴로운 빚을 지는 듯한 기분을 모면했습니다."

"그것은 잘된 일이네."

"선생님의 접신론은 어떻습니까? 저는 아무래도 심경이 좋지 못해서 말씀을 듣고 싶습니다."

"도대체 어디가 나쁜가?"

"어디라고 할 것 없이 모두가 그렇습니다. 저는 살 수도 죽을 수도 없습니다. 모든 것이 잘못되고 어리석고 못난 놈입니다."

선량하고 만족해하는 꽃집 주인 로에 선생이 얼굴을 괴로운 듯이 찡그렸다. 이 선량하고, 다소 퉁퉁한 얼굴이 나를 불쾌하게 만든 것을 고백하지 않을 수 없다. 더욱이 그와 그의 지혜에서 어떤 위안을 기대하고 있었던 것도 아니었다. 나는 단지 그의 이야기를 듣고, 그의 지혜의 무력함을 보여 주고, 약간 모자라는 듯한 그와 낙천적인 그의 신앙을 공격해 주려고 마음먹고 있었다. 나는 그에게나 그 누구에게도 호의적인 감정은 갖고 있지 않았다.

그러나 로에 선생은, 내가 예상하고 있던 것처럼 자랑스럽게 자신의 교양에 틀어박혀 있지는 않았다. 그는 정말로 슬픈 듯이, 위로하듯 다정스럽게 내 얼굴을 보고 유감스럽다는 듯 금발 머리를 흔들었다.

"자네는 병이 들었어." 그는 분명하게 말했다. "아마도 몸이 좀 나쁠 뿐이라면 곧 나을 거야. 그렇다면 시골로 가서 힘껏 일을 해야 되겠지. 그리고 고기를 먹어서는 안 돼. 하지만 그것만이 아닌 것 같군. 자네는 정신병이야."

"그럴까요?"

"응, 자네는 유감스럽게도 지식 계급의 사람들 사이에서 매일처럼 만날 수 있는 유행병에 걸려 있어. 의사는 물론 거기에 대해서는 아무것도 모르지. 그것은 일종의 패덕광과 비슷해서 개인주의 또는 망상적인 고독이라고 불러도 될 거야. 모던한 책들은 그러한 내용으로 가득 차 있어. 자네의 마음에도 '나는 고립되어 있다. 어떠한 인간도 나와는 관계가 없다. 어떠한 인간도 나를 이해하지 못한다'라고 하는 망상이 스며든 거야. 그렇지 않은가?"

"대체로 그렇습니다." 나는 놀라면서 시인했다.

"그것 보게. 이 병에 한번 걸린 사람이 두세 번 실망하게 되면 자신과 다른 사람들 사이에는 아무런 관계도 없으며, 기껏해야 오해가 있을 뿐이야. 사람마다 모두 절대적인 고독 속을 방황하고 있으며, 자신을 타인에게 정말로 이해시킬 수는 없다, 그 어떤 것도 타인과 함께 나누어 가질 수는 없다고 굳게 믿어 버리지. 그러한 병자는 우쭐거리면서 서로 이해하고 서로 사랑할 수 있는 건전한 사람들을 모두 어리석은 무리라고 몰아붙이기 일쑤라네. 이 병이 일반적으로 퍼지게 되면 인류는 사멸(死滅)할 수밖에 없을 거야. 그러나 다행히 그것은 중부 유럽과 상류 계급에서만 보이는 병이네. 젊은 사람은 그 병에 걸린다 해도 치유가 가능하지. 그 병은 이제 차라리 심신 전환기인 청년기의 피할 수 없는 병으로까지 되어 있지."

그의 다소 풍자적으로까지 들리는 강의조에 나는 약간 화가 났다. 내가 미소도 짓지 않고, 자기 변호의 기색도 보이지 않자 그의 얼굴에는 유감스럽다는 듯한 표정이 되돌아왔다.

"이건 실례인걸" 하고 그는 말했다. "자네의 증상은 병 그 자체이지, 그것의 유행적인 캐리커처는 아니야. 그러나 치료법은 있지. 나와 타인과의 사이에 다리가 없다고 말하는 것은, 또 사람마다 모두 고독하고 이해받지 못한 채 각자의 길을 걷고 있다는 생각은 망상이야. 그 반대로 사람들이 공통으로 갖고 있는 것은, 각 가인 또한 개별적으로 보지하고 있게 마련이며 그 공통점들은 타인과 자기를 구별하는 표준으로 삼는 것보다 훨씬 많고 또한 중대하지."

"물론 그런 일은 있을 수 있습니다. 그러나 그것을 알았다고 한들 무슨 소용이 있을까요? 저는 철학자가 아닙니다. 저의 고민은 진리를 발견할 수 없다는 점에 있는 것은 아닙니다. 저는 성현(聖賢)이나 사상가가 되고 싶지는 않습니다. 다만 좀더 만족하고, 편안하게 살고 싶을 뿐입니다."

"그럼, 해보게나! 책을 읽거나 이론을 주워 섬기거나 해서는 안 되겠지만 병자인 이상 의사를 믿지 않아서도 안 돼. 그렇게 해보겠나?"

"기꺼이 시도해 보겠습니다."

"좋아. 만일 자네가 육체적 병이 들었다고 해서, 의사가 자네에게 온천 요법 실시나 약을 먹는 것, 또는 바닷가에서 요양할 것을 권했다고 하면, 자네는 아마도 이러이러한 수단이 어떻게 그 병에 효과가 있는가를 알지 못해도 일단 그것을 시도하고 지켜 보겠지. 내가 자네에게 권하는 일에 대해서도 똑같이 해보게나. 자기 자신에 대한 것보다도 다른 사람들에 대한 것을 더 많이 생각하도록 수련을 쌓아 보게나! 그것이 치유를 위한 유일한 길이니까."

"하지만 어떻게 그런 식으로 할 수 있습니까? 누구나 먼저 자기 자신에 대한 것을 생각할 것입니다."

"그것을 이겨 내지 않으면 안 돼. 자신의 행복에 대해 어느 정도 무관심해지지 않으면 안 되지. 나 따위가 무엇이냐고 생각하는 법을 배우지 않으면 안 돼. 거기에 도움이 될 방법이 단 한 가지 있네. 자네는 자신의 행복보다 상대방의 행복이 더 중요하다고 할 정도로 누군가를 사랑하는 수업을 받지 않으면 안 돼. 그렇다고 해서 사랑을 하라는 것은 아니야! 그것과는 정반대지."

"알겠습니다. 그렇지만 도대체 그것을 누구에게 시도해 볼까요?"

"주변에서, 친구들이나 가족으로부터 시작하게나. 먼저 어머니가 계시지. 어머님은 많은 것을 잃고 혼자가 되셨네. 위로를 필요로 하고 계시지. 어머님을 보살피고 그 편이 되어 의지할 수 있도록 해보게나."

"하지만 어머니와 나는 서로를 깊이 이해하지는 못하고 있어요. 그러면 힘들지 않을까요?"

"물론 그렇지. 자네의 착한 의지(意志)가 그 이상으로 미치지 않는다면 물론 안 되겠지. 그러나 이해를 받지 못한다는 것은 흔히 진부한 구실에 지나지 않는 것이네. 누구누구가 자신을 잘 이해하지 못한다든지, 자신을 정당하게 대하지 않는다든지, 그런 것을 생각해서는 안 되네. 먼저 자기 편에서 다른 사람들을 이해하고 기쁘게 해주고 정당하게 대하도록 시도하지 않으면 안 돼. 그렇게 하게나. 그렇게 어머님으로부터 시작하는 거야. 그리고 자기 자신을 타이르게나. 아무튼 생활이란 재미가 없다, 그런데 왜 이 방법을 시도해 보지 않으면 안 될까라고. 자네는 자신의 생활에 대한 애착을 잃어버렸어. 그렇다면 사정없이 무거운 짐을 짊어지고 잠시 안락(安樂)을 단념해 보게나."

"옳은 말씀입니다. 해보겠습니다. 무엇을 하느냐 안 하느냐 하는 것은 결국 똑같은 문제입니다. 선생님이 권하시는 일을 안 한다 해서 좋아질 이유도 없을 테니까요."

그의 말이 내 마음을 움직이고 놀라게 한 까닭은 내가 아버지와 최후로 이야기를 나누었을 때, 아버지가 처세 철학(處世哲學)으로서 지적하신 것과 일치하고 있었기 때문이다. 즉 다른 사람을 위해서 생활할 것, 자기 자신을 너무 중요하게 생각지 말 것…… 그러한 가르침들은 물론 내 기분에는 몹시 거슬릴 뿐만 아니라 약간 종교 문답서나 견진 성사(堅振聖事)를 위한 성서 강독 같은 냄새도 풍기고, 그런 일에 대해 젊은 사람 누구나 그러하듯, 경멸심이 솟구치는 말들이었다. 그러나 결국 추상적 의견이나 세계관의 문제가 아닌, 괴로운 생활을 견디고 극복해 나가기 위한, 전혀 실제적인 시도의 문제가 아닌가. 나는 그러한 가르침을 시도해 보리라 마음먹었다.

야릇한 기분으로 나는 로에 선생의 눈을 들여다보았다. 여태껏 한 번도 정말로, 진지하게 받아들인 적이 없던 이 사람의 말을 지금은 충고로서, 뿐만 아니라 의사로서 인정하고 있다. 실제로 그 역시 그가 나에게 권한

바 있는, 그 사랑의 어떤 것을 기다리고 있는 것처럼 생각되었다. 그는 나의 괴로움을 나누고, 진심으로 나를 위해서 바라고 있는 것 같았다. 그렇지 않아도 나는 이미 나 자신이 다시 다른 사람들처럼 살고 호흡할 수 있게 되기 위해서는 효험있는 치료가 필요함을 스스로 인정하고 있었다. 나는 산속에서의 길고 고독한 생활, 또는 그보다 더 심한 일들을 생각한 일도 있었지만, 아무래도 내 경험이나 지혜만으로는 어떤 한계를 느끼지 않을 수 없었기 때문에 충고자의 말에 따르려고 생각했던 것이다.

그러나 어머니를 혼자 있게 하고 싶지는 않아서, 나 있는 곳으로 옮겨 함께 생활하고 싶다는 나의 의중을 털어놓았을 때 어머니는 슬픈 듯이 고개를 흔들었다.

"무슨 생각을 하고 있느냐! 그렇게 간단한 일이 아니다. 내게는 오랫동안 몸에 밴 습관이 있어서 새로운 시작은 불가능하다. 네 생활은 자유스러워야 하지 않니? 나 같은 것을 짊어져서는 안 된다." 어머니는 거절했다.

"한번 해볼 수는 있지 않아요. 아마도 어머님이 생각하시는 것보다는 편안하게 될 것입니다."

처음에는 고민하거나 절망할 여지가 없을 정도로 해결해야 할 일들이 많았다. 우선 집과 채권, 채무를 수반하는 광범위한 사업이 있었다. 장부와 회계가 있었으며, 대출과 차입이 있었다. 그것들을 어떻게 할 것인가가 문제였다. 나는 물론 처음부터 모두 팔아 버릴 생각이었지만, 그렇게 손쉽게 되지는 않았다. 거기에다 어머니는 집에 강한 집착을 갖고 있었으며, 아버지의 유언 역시 여러 가지 장해와 귀찮은 일이 따라도 실행하지 않으면 안 되었다. 앞서의 서기와 공증인(公證人) 한 사람이 도와 주었다. 며칠 몇 주일 동안을 상담과 돈과 차용금을 위한 편지 왕래, 계획과 실망 속에서 보내야 했다. 오래지 않아 많은 계산서와 관청의 서식(書式)에 완전히 지쳐 버린 나는 공증인에게 또 한 사람의 변호사를 붙여 그들에게 모든 정리를 맡겼다.

어머니는 그런 문제에 있어 손해를 보는 일이 많았다. 나는 어머니가 이 시기를 보다 편안하게 보낼 수 있도록 될 수 있는 대로 사업에 관한 것을 일체 멀리했다. 대신 시 낭독을 해드리거나 함께 마차로 산책길을 달리기도 했다. 모든 것을 팽개치고 도망쳐 버리고 싶은 마음을 억제하기가 힘들 때도 가끔 있었다. 그러나 수치심과 어떻게 되어 갈 것인가 하는 그 어떤 호기심이 나를 붙잡았다.

어머니는 고인과 관련된 것 이외에는 아무 생각도 하지 않았다. 그러나 그 슬픔은 오로지 극히 사소하고 여자다운, 나에게는 때로는 하찮다고 생각되는 점에 나타났다. 처음에는 식사때 비어 있는 아버지 자리에 나를 앉혔으나, 오래지 않아 어머니는 다시 역시 그 자리는 아버지의 자리일 뿐이라고 생각했는지 그 자리를 공석으로 놓아 두기를 주장했다. 때로는 아무리 아버지에 대한 것을 이야기해도 부족해하는가 하면 또 때로는 아버지의 이름을 꺼내기만 해도 입을 다물고 괴로운 듯이 내 얼굴을 보았다. 무엇보다도 나는 음악에의 결핍으로 목이 말랐다. 그러나 한 시간의 바이올린 연주를 위해서 나는 아마 크게 보상을 치르지 않으면 안 되었을 것이다. 몇 주일이 지나서야 겨우 연주할 수가 있었다. 그때에도 어머니는 한숨을 내쉬며, 그것은 도리에 어긋나는 일이라고 느꼈다. 나라는 존재와 내 생활을 어머니에게 이해시키고 어머니와 친해지겠다는 나의 마음 내키지 않은 노력에도 어머니는 응해 오지 않았다.

그래서 나는 자주 고민하고 그것을 단념하려고 생각했지만, 반복해서 자신을 억제하고 반향(反響)이 없는 나날에 순응해 갔다. 나 자신의 생활은 돌아볼 틈도 없이 생명을 잃어 갔다. 단지 아주 가끔 꿈속에서 게르트루트의 목소리가 들려 오거나 또는 공허한 때에 나의 오페라 선율이 절로 머리에 떠오르거나 하면 지나간 일들이 어렴풋이 울려 왔다.

숙소를 퇴거하고 이삿짐을 싸기 위해 R시(市)로 되돌아왔을 때 그곳의 일들은 모두 몇 년이나 멀리 흘러간 것처럼 느껴졌다. 나는 타이저만을 방문했다. 그는 여전히 성실하게 나를 도와 주었다. 게르트루트에 대해서는 아예 묻지도 않았다.

어머니의 조심스럽고 체념한 태도는 날이 갈수록 나를 억눌렀다. 그리하여 나는 점차 남 모르게 정식 싸움을 개시하지 않으면 안 되었다. 어머니의 바람과 나에 대한 불만을 털어놓고 말씀해 달라고 부탁하면 어머니는 슬픈 듯이 미소지으면서 이렇게 말할 뿐이었다.

"상관하지 말아라! 나는 늙은이니까."

그리하여 나는 그러한 어머니의 체념의 근원을 자력으로 탐색하기 시작했다. 그 일을 하는 데 있어 서기와 사환에게 묻는 것도 꺼리지 않았다.

여러 가지 일들을 알 수 있었다. 즉 어머니의 종매(從妹)가 시내에 살고 있었는데 그녀는 노처녀로서 교제 같은 것은 일체 하지 않고 있었으나, 어머니와는 매우 친밀한 우정을 맺고 있었다. 이 슈니벨 양은 전부터 아버지를 싫어하고 있었으며, 나에 대해서도 심한 반감을 품어 최근에 와서는 우리집에 오는 일을 꺼리고 있었다. 그러나 어머니는 아버지보다 오래 살게 되는 일이 있다면 그녀와 함께 살겠다고 전부터 약속했던 모양이었다. 그 희망이 내가 주저앉게 됨으로써 물거품이 된 것으로 생각되었던 것이다. 그 사실을 점차로 탐지하게 된 나는 노부인을 방문해서 그녀의 마음에 들기 위해 노력했다. 변덕스러운 언행이며 자잘한 음모를 다루는 일들이 몹시 신기하고 유쾌한 생각까지 들었다. 나는 노처녀를 집으로 데려오기로 하는 데 성공했다. 거기에 대해서 어머니는 내게 고마워하시고 즐거워하셨다. 그녀들은 낡은 집을 처분하려는 나의 계획을 저지하기 위해 협력하였으며 그것은 실제로 성공했다. 그 성공에 이어진 노처녀의 목표는 집안에서의 나의 위치를 끌어내려 오랫동안 나로 인해 방해받고 동경하던 일, 즉 지내기 좋은 은거(隱居)의 자리를 확보하는 것이었다. 그녀에게 있어서나 나에게 있어서나 타협할 여지는 충분했으나 그녀는 자신 이외의 또 다른 주인이 있는 것을 원하지 않았기 때문에 우리집으로 이사 오는 것을 극구 거부했다. 그 대신 부지런히 찾아와서 여러 가지 작은 일들을 하는 데 자신이 없어서는 안 될 존재로 만들어 가면서, 나를 외교상의 위험한 대국(大國)처럼 취급하고 가정 고문(顧問)의 지위를 점령했다. 나도 그 권리를 다툴 수는 없었다.

가엾은 어머니는 그녀의 편도 나의 편도 들지 않았다. 어머니는 생활의 변화 때문에 몹시 지치고 고통스러워하고 있었다. 아버지의 부재(不在)가 어머니에게 얼마나 큰 타격인지를 그제야 나는 겨우 서서히 깨닫게 되었다. 어느 땐가는 외출한 것으로 생각했던 어머니가 장롱 옆에서 무엇인가 하고 계시는 것을 우연히 보게 되었는데 내가 들어온 것을 알고 어머니는 깜짝 놀랐다. 나는 못 본 체 급히 지나쳐 갔지만, 어머니가 고인의 옷을 조사하고 계셨던 것을 금방 알 수 있었다. 후에 어머니는 눈시울이 붉어져 있었던 것이다.

여름이 오자 새로운 싸움이 시작되었다. 나는 어떻게 해서든지 어머니와 여행을 떠날 심산이었다. 사실 어머니와 내게 휴양은 절대적으로 필요한 것이었다. 그리고 그 동안에 어머니에게 원기를 북돋워 드리고 어머니에 대한 나의 영향력도 증가시키려고 마음먹었다. 어머니는 여행할 뜻을 거의 비치지 않았으나, 반대도 하지 않았다. 그만큼 슈니벨 양은 열심히 어머니는 남고 나 혼자서 여행을 하도록 중재했던 것이다. 그러나 나는 이 일에 있어서만큼은 절대로 양보하지 않을 생각이었으며 그 여행에 커다란 기대를 걸고 있었다. 낡은 집 안에서 초조해하고 괴로워하는 가련한 어머니와 함께 있는 일이 더 이상 견디기 힘들었으며 다른 곳으로 가면 좀더 어머니를 보살펴 드릴 수 있고 또 나 자신의 생각이나 기분도 좀더 억제할 수가 있으리라는 생각이었다.

그리하여 6월 말경 나의 여행 계획은 관철되었다. 우리들은 짧은 일정으로 콘스탄차(루마니아 동부 흑해안의 항구도시)와 취리히를 구경하고, 브뤼니히 고개를 넘어 베른 고지(高地)르 향했다. 어머니는 가만히 지친 모습으로 여행을 견디고 있었다. 흥미가 없는 것처럼 보이더니 마침내 어머니는 인터라켄(스위스 베른 주의 도시. 기후가 온화하여 휴양지로 유명하다)에서는 잠이 안 온다고 호소하기 시작했다. 나는 그린델발트에 가면 쉴 수 있으니까 그곳까지 함께 가도록 설득했다. 이 즐겁지 않은 어리석은, 지루한 여행 동안에 나는 내 불행에서 도망칠 길이 없음을 충분히 깨달았다.

아름다운 녹색의 호수에 비친 오래된 훌륭한 도시, 하얗고 또 푸르게 솟아 있는 산, 햇빛을 받아 빛나는 청록색의 빙하(氷河). 그러나 우리 두 사람은 모든 것의 옆을 잠자코 흥미없이 지나가며, 모든 것에 대해서 단지 괴로움과 피로를 느낄 뿐이었다. 산책을 하고, 산을 올려다보며 상쾌하고 달콤한 공기를 마시고, 산속의 목장에서 울려 오는 암소의 방울 소리를 들어도 "이건 아름답다!"라고 말했을 뿐 서로의 눈을 바라보는 일은 없었다.

우리는 그린델발트에서 일주일 동안 참고 견뎠다. 어느 날 아침 마침내 어머니가 말했다. "얘야, 이런 짓을 해도 아무 소용이 없구나. 돌아가자. 하룻밤이라도 푹 자고 싶어. 병이 들어 죽게 된다면 집에서 죽고 싶다."

나는 묵묵히 가방을 챙기고, 내심 어머니의 말씀이 당연하다고 생각하면서 올 때보다도 빨리 돌아갔다. 그러나 고향으로 돌아간다기보다는 감옥으로 돌아가는 듯한 기분이 들었다. 어머니도 간신히 만족하는 뜻을 표시할 뿐이었다.

집으로 돌아온 날 밤 나는 어머니에게 말했다. "저 혼자 여행을 떠나는 것은 어떨까요? 다시 R시로 가려고 생각합니다. 네에, 제가 어머님 곁에 있어서 어떤 도움이라도 된다면 기꺼이 이곳에 있겠습니다. 하지만 우리 모두 병이 들어 즐겁지 못하고, 서로 전염을 시키고 있을 뿐입니다. 그 친구분을 집안으로 들이세요. 그분이 저보다 잘 위로해 줄 것입니다."

어머니는 평소처럼 내 손을 잡고 쓰다듬었다. 그리고 고개를 끄덕이더니, 미소를 지으면서 내 얼굴을 보았다. 그 미소는 분명히, '응, 가거라!' 하고 말하고 있었다.

선의를 가지고 노력했음에도 불구하고 그 결과는 수개월 동안 어머니와 나 자신을 괴롭히고, 어머니와의 관계를 한층 더 서먹서먹하게 만든 것에 지나지 않았다. 함께 생활은 했지만 각자 혼자서 짐을 지고, 서로 나누어 갖지 않았다. 각자 자신의 괴로움과 병에 한층 깊이 빠져들었을 뿐이었다. 나의 시도는 아무런 효과도 없었다. 나는 내가 집을 나가고 슈니벨 양에게 명도(明渡)를 해주는 일보다 더 좋은 방법을 알지 못했다.

실제로 나는 당장 그렇게 실행했다. 다른 지방은 아는 곳이 없었으므로

나는 다시 R시로 돌아갔다. 떠날 때 이제 내게는 고향이 없다는 것을 절
감했다. 태어난 도시, 유년 시절을 보내고 아버지를 묻은 도시, 그러나
이미 나와는 아무런 관계도 없게 된, 추억 이외엔 아무것도 요구할 수도
줄 수도 없게 된 도시였다. 작별할 때 나는 그 사실을 로에 선생에게 이
야기하지 않았지만, 그의 처방은 결국 효력이 없었던 것이다.

R시에서 내가 머물던 집은 우연히도 아직 비어 있었다. 그 사실이 내게
는 아무리 과거와의 연결을 단절시키고 자신의 운명으로부터 도망치려 해
도 소용이 없다는 증거로만 여겨졌다. 나는 다시 같은 도시의 같은 집,
같은 방에 살게 되었다. 바이올린과 작곡 보따리를 펼쳤다. 모두가 그대
로였다. 다만 무오트는 뮌헨으로 가고 없었으며 게르트루트는 무오트의
약혼녀가 되어 있었다.

나는 오페라의 각 부분을 그것이 마치 과거의 잔해(殘骸)인 양 손에 들
고 그것을 어떻게든 완성해 보려고 생각했다. 그러나 굳어진 마음속에서
음악은 느릿느릿 움직일 뿐이었다. 겨우 내 곡에 가사를 붙여 주는 작가
가 새로운 노래를 보내 주었을 때 비로소 음악은 잠을 깼다. 저녁이 되면
곧잘 예전의 불안이 가슴속에 일어 부끄러움과 헤아릴 수 없는 방황의 빛
을 담고 임토르 씨 댁의 뜰 주위를 해맸다. 바로 그 무렵에 그 노래는 도
착했다. 그 가사는 다음과 같다.

뮌이 노호(怒號)하는 밤
습하고 훈훈한 공중에서
도요새는 서둘러 날개를 치고
잠은 사라졌다.
뮌을 따라 이 밤에
봄이 왔다.

잠 못 이루는 이 밤
가슴 가득 청춘과 강렬함이 일어

추억은
기쁨과 찬가의 시절로 데려가나,
놀라 곧 뒷걸음질친다.

고요히, 고통에서 벗어나라
마음이여!
이제, 정열이 혈관 속에 솟구쳐
다시 옛길로 이끈다 해도
그것은 부질없는 것
청춘은 이미 가 버렸도다.

이 시는 내 가슴 깊숙이 다가와서 음향과 생명을 일깨웠다. 오랫동안 억눌리고 현혹되어 왔던 고통이 녹아 강렬하게 불타면서 박자와 음 속으로 흘러들었다. 나는 이 노래로부터 출발하여 잃었던 오페라의 실마리를 다시 찾아냈다. 오랜 황폐 후에 다시 넘쳐 흘러나오는 뜨거운 감정에 깊이 도취되어 고통과 환희가 이미 구별되지 않았으며, 영혼의 모든 불길과 힘이 나누어지지 않은 채 유일한 수직의 불길이 되어 타오르는 감정의 자유로운 정점에까지 뛰어올랐다.

새로운 노래를 타이저에게 보인 날 밤 나는 새로운 작업에 대한 솟아오르는 힘으로 충만되어, 카스타니엔(밤나무과에 속하는 상수리 나무의 일종) 가로수길을 따라 거닐었다. 지나간 수개월이 다시 그 절망적인 공허감으로 마치 가면(假面)의 눈 속에서처럼 나를 지켜 보았다. 내 가슴은 강한 욕정으로 심하게 고동쳤다. 그리고 왜 그 고뇌에서 벗어나려 원했던가를 이해하려고 하지 않았다. 게르트루트의 모습이 뿌연 먼지 속에서 뚜렷하게 아름답게 나타났다. 나는 그 밝은 눈동자를 지지 않고 똑바로 응시한 채 온 가슴을 온갖 고통을 향해서 넓게 열었다. 아아, 그녀가 비록 내 괴로움의 샘이며 상처 깊은 곳을 찌르는 가시라 해도 그녀를 멀리하고 또 참된 생활에서 멀리 떠나 환상 같은 시간을 멍청하게 보내는 것보다는 좋은 일이었다. 옆으로 퍼져 있는 카스타니엔의 거무스름하고 무성하게 자란 가지 끝 사이로 보이는 짙푸른 하늘엔 별이 총총했다. 별들은 모두 엄숙하게 황금빛으로 떠올라 넓은 세계를 향해서 무심하게 빛나고 있었으며, 나무들은 꽃봉오리와 꽃과 주두(柱頭)를 한가로이 자랑하고 있었다. 설사 그것들이 기쁨 또는 슬픔을 의미한다 할지라도, 별이나 나무는 커다란 생활 의지에 몸을 맡기고 있었으며 하루살이들은 한들한들 죽음을 향해서 떼를 지어 갔다. 어떤 생활에도 제각기 빛과 아름다움이 있었다. 나는 한순간 그것을 정신없이 바라보면서 그것을 이해하고 시인하고 나 자신의 생활과 고민도 또한 시인했다.

그 가을에 나의 오페라는 완성되었다. 그 무렵 나는 어느 연주회에서 임토르 씨를 만났다. 그는 내가 이곳에 돌아온 것을 몰랐기 때문에 다소 놀랐지만 진심으로 나를 반가이 맞아 주었다. 그는 나의 아버지가 돌아가셨으며, 그 후론 줄곧 고향에서 지내고 있다는 소식만을 듣고 있었을 뿐이었다.

"게르트루트 양은 잘 있습니까?" 나는 될 수 있는 대로 침착하게 물었다.

"아아, 그거야 와서 보아 주시오. 11월 초에 결혼식을 올릴 예정이니까요. 물론 그때 당신을 기다리겠소."

"감사합니다. 임토르 씨, 무오트 군에 다해서는 소식을 듣고 계십니까?"

"그 사람도 잘 있습니다. 아시다시피 나는 이 결혼에 대해서 완전히 동의하고 있지는 않습니다. 이미 오래 전부터 무오트 씨에 대한 이야기를 당신한테 듣고 싶었습니다. 내가 아는 범위에서는, 그 사람에게 불평은 할 수 없지만 참으로 여러 가지 말들이 많더군요. 여자 관계가 많았었다느니……. 거기에 대해서 무슨 들은 이야기가 있으신가요?"

"아닙니다, 임토르 씨. 더욱이 이제는 그런 말을 해도 아무런 소용이 없을 것입니다. 따님께서는 소문 같은 것으로 결심을 바꾸는 일은 없을 테니까요. 무오트 군은 제 친구입니다. 그가 행복을 찾아낸다면, 그것을 손에 넣도록 해주고 싶습니다.”

“참으로 당연한 말씀입니다. 가까운 시일내로 우리집에 와 주시겠습니까?”

“가고말고요. 안녕히 가세요, 임토르 씨.”

바로 얼마 전의 나였더라면, 두 사람의 결합을 방해하기 위해 어떤 짓이라도 했을 것이다. 그것은 질투나 게르트루트가 내게로 기울어져 돌아올지도 모른다는 희망에서가 아니라 그들 두 사람의 결혼은 결코 행복이 되지는 않을 것이라는 것에 대한 확신과 예감 때문에, 자기 자신을 괴롭히는 무오트의 우울증과 그의 정신 과민과 게르트루트의 섬세함을 생각했기 때문에, 그리고 마리온과 로테의 일이 아직 내 기억에 뚜렷이 남아 있었기 때문이다.

그러나 생각이 달라져 있었다. 나의 온 생명의 동요와, 내적인 고독으로 얼룩진 지난 반 년과, 청춘으로부터의 자각적인 작별이 나를 변하게 만들었다. 지금의 내게는 다른 사람의 운명을 향해 손을 뻗는 것은 어리석고, 위험한 일로 여겨질 뿐이었다. 또 같은 유의 시도에서 나는 실패를 맛보지 않았던가. 나의 재능이 뛰어나다거나 나 자신 구원의 손이나 세정(世情)에 밝은 사람이라고 생각할 이유는 없었다. 그리고 또한 나는 인간에게 과연 자신의 생활이든 다른 사람의 생활이든 그것을 의식적으로 형성시킬 능력이 있는 것일까 하고 의심하고 있다. 돈이나 명예나 훈장을 획득할 수는 있다. 그러나 행복 또는 불행을 획득하는 일은, 자신을 위해서도 또 다른 사람을 위해서도 불가능한 일이다. 다만 인간은 찾아오는 것을 받아들일 수 있을 뿐이다. 물론 여러 가지 다른 방법으로 받아들일 수는 있다. 나로서는 생활을 남향(南向)으로 옮기려는 무리한 시도는 더 이상 하고 싶지 않았으며 주어진 운명을 받아들여 견뎌 내며, 가능한 한 좋은 방향으로 돌리려고 생각할 뿐이었다.

비록 생활은 그러한 명상에 좌우되지 않고, 그런 것을 가볍게 처리해 나간다 할지라도 진정한 결심이나 사상은 역시 마음속에 평화를 남기고, 바꾸기 어려운 운명을 견디는 데 도움이 된다.

때늦은 감은 있으나 내가 본 바로는, 인내심과 개인적인 안부에 대한 초연한 마음을 깨닫고 얻은 후로 생활은 적어도 지금까지보다는 부드러운 손길로 나를 끌어안아 주었다.

아무리 원하고 노력한다 해도 손에 들어오지 않던 것이, 왕왕 뜻하지 않게 저절로 찾아오는 것을, 그 후 오래지 않아 어머니로부터 경험했다. 나는 매달 어머니에게 편지를 쓰고 있었는데, 얼마 가지 않아 회답이 오지 않게 되었다. 어머니의 건강이 나쁘시다면 소식이 있을 것이라는 생각에 별로 개의치 않고 계속해서 편지를 보냈다. 내 생활에 관한 간단한 보고로서, 그때마다 슈니벨 양에 대해서도 안부를 전해 달라고 덧붙이는 것을 잊지 않았었다.

그러나 그 인사는 최근에는 더 이상 전해지지 않았다. 두 노부인 사이는 지나치게 잘 진행되어, 자신들의 소망의 완벽한 실현을 견디어 낼 수 없게 되었던 것이다. 특히 슈니벨 양은 정신없이 기뻐하고 있었다. 그녀는 내가 떠나자 곧 쾌재를 부르며 승리의 장소로 입성하여 우리집에 거처를 정했다. 이렇게 해서 그녀는 옛친구인 사촌언니 집에서 살면서, 훌륭한 살림살이의 공동의 여주인으로서 풍요와 자랑스러움을, 다년간의 부자유를 참고 얻은 당연한 행복으로 느꼈다. 그러나 사치스러운 습관을 익혀 낭비를 시작했다거나 하는 것은 아니었다. 그렇게 하기에는 그녀가 너무나도 오랫동안 가난하고 옹색한 처지에 있었던 것이다. 그녀는 지금까지보다 고급 옷을 입은 것도, 특별한 리넨 위에서 잠을 잔 것도 아니었다. 오히려 그녀는 이제야 비로소 살림다운 살림을 꾸려 나가는 일과 절약에 재미를 느끼기 시작했다. 거기에는 브람이 있었으며, 절약할 수 있는 것이 있었기 때문이다. 그러나 그녀가 결코 단념하려고 하지 않았던 것은 권력과 세력을 휘두르는 일이었다. 두 명의 하녀는 어머니에게 대하는 것과 똑같이 그녀의 명령에 따르지 않으면 안 되었다. 하인이나 직원이나 우편 배달부에 대해서도 그녀는 주인 대접을 해주지 않으면 용서하지 않았다. 강한 욕망이라는 것은 실현에 의해서 없어지는 것이 아니기 때문에 그녀는 점차로 지배욕을, 나의 어머니가 양보할 마음이 들지 않는 일에까지 펼쳐 나갔다. 그녀는 어머니를 찾아오는 손님에게도 깊이 관여하려 했고, 그녀의 동석 없이 손님에게 접대하는 것도 허용치 않았다. 또한 편지, 특히 내게서 오는 편지의 요점만을 듣는 것으로 만족하지 않고 자신이 직접 읽으려고 했다. 마침내는 집안의 여러 가지 일들이, 그녀가 납득할 수 있도록 보존되고 배려되고 정리되어 있지 않은 것을 발견했다. 특히 그녀는 하인들의 감독이 엄중하지 못하다고 생각하였다.

한 하녀가 저녁때 밖으로 나간다거나, 또는 하녀가 우편 배달부와 너무 오랫동안 이야기하고 있다거나, 식모가 일요일을 쉬게 해달라고 한다거나 하면, 그녀는 우리 어머니의 소극적인 태도를 심하게 책망하고 살림살이를 올바르게 꾸려 가는 방법에 대해서 장황한 설교를 했다. 절약의 법도가 종종 심하게 어겨지는 것을 본다는 것은 그녀에게 있어서는 심한 고통이었다. 석탄을 들여놓았다느니, 식모의 계산서에서 계란이 너무 많이 적혀 있다느니 하면서 그녀는 흥분하여 크게 반대했다. 이리하여 두 노부인 사이에는 불화가 싹트기 시작했다.

이제까지의 정도는 어머니로서도 감수할 수 있었다. 물론 모든 일에 동의하고 있었던 것은 아니며, 상대방의 태도를 좀더 다른 것으로 생각하고 있었던 모양이어서 실망한 적도 적지 않았었다. 그런데 지금 오래된, 신성한 집안의 습관이 위험에 빠져, 그녀의 하루하루의 안락과 집안의 평화가 깨뜨려지기 시작하는 터에, 어머니는 더 이상 이의를 억제할 수만은 없어 방어에 힘썼다. 그러나 물론 그 점에서 슈니벨 양과 서로 다툴 수는 없었다. 사소한 의론과 친구다운 언쟁이 벌어졌다. 발단은 그만두겠다는 식모 문제였다. 어머니의 노력과 여러 가지 약속, 아니 거의 사죄에 의해서 겨우 만류가 되었을 때부터 집안의 권력 문제로 전쟁은 진짜 일어나기 시작했다.

슈니벨 양은 그녀의 지식과 경험, 검약, 여러 가지 경제적인 장점을 자랑으로 삼고 있었기 때문에 그런 그녀의 성격을 아무도 고맙게 생각하고 있지 않다는 것을 깨달을 수 없었다. 그리고 자기에게 정당한 권리가 있다고 느끼고 있었으므로 지금까지의 경제적인 운영 방법에 대한 비평과

어머니의 주부로서의 솜씨에 대한 비난, 집안 전체의 습관과 특색에 대한
동정적인 경멸을 숨길 수가 없었다. 그리하여 어머니는 아버지를 증인으
로 내세워, 오랫동안 아버지의 관리와 방법으로 집안은 잘되어 나갔다며
자기 변호를 했다. 아버지는 사소한 일에 구애당하는 일이나 자질구레한
절약을 싫어하며, 하인들에게도 자유와 권리를 기꺼이 주었고, 하녀들의
말다툼이나 짜증스런 얼굴도 싫어했었다. 이전에는 어머니도 때때로 사소
한 일로 아버지를 비난했으나, 이제 그분이 돌아가신 후 어머니에게 있어
서 아버지는 성자(聖者)가 되어 있었다. 어머니가 자기 변호를 위해 아버
지를 방패로 내세우자, 슈니벨 양은 가만히 있지 못하고 오래 전부터 고
인에 대해서 품고 있던 생각을 날카롭게 상기시키며, 지금은 구폐(舊弊)
를 없애고 이성(理性)으로 지배할 시기라고 말했다. 그녀는 친구에 대한
위로로 적어도 고인(故人)의 추억에 대해서는 언급하지 않으려 했으나 어
머니가 고인을 방패로 내세운다면, 집안의 여러 가지 불합리의 책임자는
노주인이라는 것을, 그러나 지금은 두 사람에게 자유 행동이 허용되고 있
으므로 이러한 현상을 방임해도 좋다는 이유를 알아차리지 못하고 있음을
자백하지 않으면 안 된다고 말했다.

　그것은 어머니로서는 따귀를 맞은 것과 같았다. 어머니는 종매의 이 처
사를 잊지 못했다. 때때로 이 친밀한 종매와 이야기를 나누면서 한탄을
늘어놓는다거나 아버지의 결점을 다소 타박하는 일 등은, 어머니 스스로
원하는 것이기도 했고 과거를 회상하는 즐거움이기도 했다. 그러나 지금
은 아버지의 성화(聖化) 된 모습에 조그마한 그림자를 드리우는 것도 참을
수가 없었다. 그래서 집안의 혁명의 시작은, 방해일 뿐만 아니라 특히 고
인에 대한 죄업이라고 느끼기 시작했다.

　내가 모르는 사이 두 노부인의 사이는 거기까지 진행되고 있었던 것이
다. 처음으로 어머니의 편지에 조심스럽고 신중하기는 하지만, 새장 속의
이 불화를 흘렸을 때 나는 웃었다. 다음 편지에서 나는 노처녀에 대한 인
사는 생략했으나, 그 건에 대해서는 개입하지 않았다. 내가 개입하지 않
는 편이 여자들끼리 잘 처리할 수 있도록 해주는 것이라고 생각했으며 또

내게는 훨씬 긴요한 일이 그 동안에 일어났기 때문이다.

10월이 되었다. 게르트루트의 결혼이 다가오고 있다는 생각이 나의 뇌리에서 떠나질 않았다. 나는 그녀의 집을 더 이상 방문하지 않았고, 그녀를 만나지도 않았다. 결혼식 후 그녀가 집을 떠나면 그녀의 아버지와의 교제를 다시 시작하려고 생각하고 있었다. 동시에 또 시간이 흐르면 그녀와 나 사이도 격의없는 관계가 다시 회복될 것이라 생각했다. 간단히 과거를 씻어 버리기에는, 우리들은 너무나 접근해 있었다. 무엇보다도 그녀를 만날 용기가 나에게는 없었다. 만나려고만 했다면, 그녀는 아마도 피하지는 않았을 것이다.

그러던 어느 날 귀에 익은 노크 소리가 들려 왔다. 두근거리는 가슴을 안고 뛰어 일어나 문을 열자, 거기에 하인리히 무오트가 내게 손을 내밀며 서 있었다.

"무오트!" 하고 나는 소리치면서 그의 손을 굳게 잡았다. 그의 눈을 보자, 모든 일들이 마음속에 되살아났다. 예의 편지, 그의 책상 위에 놓여 있던 게르트루트 필체의 편지가 다시 눈앞에 떠올랐으며, 그녀에게 작별을 고하고 죽음을 선택하려 했던 자신이 다시 눈앞에 떠올랐다. 무오트는 우뚝 선 채 찬찬히 나를 보고 있었다. 약간 여위었지만 여전히 아름답고 훌륭해 보였다.

"자네가 오다니, 정말 뜻밖이군." 나는 작은 소리로 말했다.

"그런가? 자네가 게르트루트를 찾아가지 않게 되었다는 것을 알고 있네. 그것은 아무래도 좋아. 거기에 대해서는 일체 언급하지 말기로 하지. 자네가 어떻게 지내고 있는지, 자네 일이 어떻게 되어 가고 있는지 그것을 보러 왔네. 오페라는 어떻게 되었나?"

"다 되었네. 그런데 그것보다 게르트루트는 어떤가?"

"잘 있어. 우리는 곧 결혼식을 올릴 것이네."

"알고 있어."

"그래. 가까운 시일내로 그녀를 찾아가겠나?"

"좀더 뒤로 미루겠네. 그녀가 자네에게로 가서 행복해질지 어떨지 두고 보겠네."

"흠."

"하인리히, 실례지만 나는 자네에게 학대당하고, 얻어맞은 로테에 대한 일을 때때로 생각지 않을 수 없어."

"로테 이야기는 그만해 주게. 그녀가 얻어맞은 것은 당연해. 얻어맞지 않으려고 생각하는 여자는 얻어맞지 않아."

"그래. 그렇다면 오페라에 대한 일인데, 더디로 먼저 가져가야 좋을지 전혀 모르겠네. 좋은 무대가 있어야겠는데…… 그런 것을 받아 줄는지."

"문제없어. 그렇지 않아도 거기에 대해서 이야기하려고 생각했네. 뮌헨으로 가지고 가게. 틀림없이 받아 줄 거야. 자네에 대해서 관심을 갖고 있으니까 말이야. 필요하다면 나도 발벗고 나서겠네. 내 역을 나보다 먼저 다른 사람이 부르게 하고 싶지는 않네."

그것은 고마웠다. 나는 기꺼이 승낙하고, 당장 복사판을 만들 것을 약속했다. 우리들은 세부 사항을 상의하고, 마치 생사 문제라도 걸린 것처럼 괴로워하면서 이야기를 계속했다. 그러나 실제로는 시간을 보내고, 우리들 사이에 벌어진 강물을 의식하지 않으려는 몸부림에 지나지 않았다. 무오트가 먼저 그 거북스러움을 깨뜨렸다. 그는 말했다.

"자네, 나를 임토르 씨 댁으로 데리고 갔었을 때의 일을 기억하고 있나? 만 일년이 되는군."

"기억하고 있네" 하고 내가 말했다. "상기시켜 주지 않아도 좋네. 그런 일이라면 돌아가 주게!"

"싫네. 그럼, 아직 기억하고 있군. 그 무렵에 이미 자네가 그녀를 사랑하고 있었다면, 왜 한마디도 내게 하지 않았었나. '그녀에게 신경쓰지 말라, 나에게 맡겨 주게!' 하고 왜 말하지 않았나. 그것으로 충분했을 것인데, 암시만 했어도 나는 이해했을 텐데."

"그런 짓을 해서는 안 되었어."

"안 되었다고? 왜? 누가, 시기를 놓칠 때까지 방관하고 잠자코 있으라고 자네에게 명령이라도 했나?"

"그녀가 나를 좋아하고 있는지 몰랐었네. 좋아하고 있다 할지라도 자네 쪽을 한층 더 좋아하고 있다면, 나로서는 어쩔 수 없는 일이야."

"자네는 아직 어린애로군! 그녀는 자네와 함께 있는 편이 아마도 행복했을 텐데! 누구에게나 여자를 내 것으로 만들 권리는 있는 법이야. 처음에 한마디라도, 눈짓이라도 해주었더라면 나는 접근하지 않았을 거야. 물론 나중에는 이미 늦었지만."

이 말은 나에게는 몹시 고통스러웠다.

"나는 그렇게 생각지 않아. 자네는 만족하고 있겠지. 그렇다면 내게 신경쓰지 말아 주게! 그녀에게 안부나 전해 주게. 뮌헨으로 당신들을 방문하겠네."

"결혼식에는 오고 싶지 않은가?"

"응, 무오트. 그것은 악취미야. 그런데 교회에서 식을 올리는가?"

"물론, 본당(本堂)에서 올려."

"그건 잘됐네. 그때를 위해서 준비해 둔 것이 있네. 오르간 전주곡이야. 걱정 안 해도 돼. 극히 짧은 것이니까."

"자네는 사랑스런 친구로군! 자네에게 이렇게 불운을 안겨 주다니, 그런 일이 없어졌으면!"

"행운을 빌어 줘야 하지 않겠나, 무오트."

"아니야, 다투지는 말세. 이제 가 봐야만 돼. 아직도 여러 가지 구입해야 할 것이 있어. 오페라는 곧 보내 주겠지? 내게로 직접 보내 주면, 내가 지휘자에게 갖다 주겠네. 그래, 결혼식 전에 다시 한 번 하룻밤 둘이서 지내세. 내일이라도 말이야. 좋지? 안녕."

이렇게 해서 나는 다시 이전의 세계로 되돌아가서, 수없이 되풀이했던 생각과 맛보았던 고뇌 속에서 또다시 하룻밤을 보냈다. 다음날 나는 친숙한 오르간 연주자를 찾아가서 무오트의 결혼식에 나의 전주곡을 맡아 주도록 부탁했다. 오후에는 타이저와 함께 전주곡을 마지막으로 검토하고, 저녁때 무오트의 숙소로 찾아갔다.

난로를 피우고, 촛불을 밝힌 방이 우리들을 위해 준비되어 있었다. 거기에다 꽃과 은(銀) 식기가 놓여진 하얀 식탁. 무오트는 벌써부터 나를 기다리고 있었다.

"그럼, 자네 이별의 축하를 하세. 자네를 위해서라기보다 나를 위해서지만. 게르트루트가 자네에게 안부를. 오늘은 그녀의 건강을 축하하면서 마시세."

우리는 잔이 철철 넘치도록 술을 따라, 잠자코 마셨다.

"그럼, 이번에는 우리들 자신의 일단을 생각하세. 우리의 청춘은 끝나려 하고 있어. 어때, 자네는 그것을 느끼지 않나? 청춘은 인생의 가장 아름다운 것이어야 하지. 이러한 모든 인기있는 격언(格言)과 마찬가지로, 그것은 하나의 환혹(幻惑)이었으면 하고 나는 바라고 있네. 최상의 것은 이제부터 오는 것이 아니면 안 돼. 그렇지 않으면 전체가 노력할 가치가 없게 되지. 자네의 오페라가 상연될 때 이 이야기를 계속하세."

우리들은 기분좋게 먹고, 독한 라인 포도주를 마셨다. 그 뒤에 잎담배와 샴페인을 갖고 한쪽 구석의 깊숙한 의자에 기댔다. 나에게도 그에게도 그리운 옛날과 앞으로의 계획에 대한 달콤하고도 떠들썩한 기쁨이 되살아났다. 우리는 불안이 없는 깊은 생각을 담아 정직한 눈으로 서로를 바라보고, 서로 만족스러운 기분이 되었다. 그럴 때에 하인리히는 평소보다는 친절하고 정답게 ——그러한 기쁨은 쉽게 사라진다는 것을 분명히 알고 있으므로——그 기분이 생생하게 계속되는 동안은 그것을 꼭 붙잡고 있으면서 조심스럽게 손 안에서 어루만졌다. 작은 소리로 미소지으면서 그는 뮌헨에 관한 이야기와 무대에서 일어난 자질구레한 일들을 이야기하며, 인간이나 상황을 간명한 말로 스케치하는, 예의 그의 용의 주도한 기교를 보였다.

그가 그런 식으로 그의 지휘자와 장인(丈人), 그외 주변 사람들의 특색을 경쾌하고도 날카롭게, 그러나 악의없이 묘사할 때에 나는 그를 향해서 건배를 하고 물었다. "그런데 자네는 나에 대해서는 뭐라고 말하나? 나 같은 종류의 인간에게도 공식적인 상투어가 있나?"

"응, 있고말고." 그는 고개를 끄덕이며, 검은 눈을 내게 돌렸다. "자네는 결국 예술가 타입이야. 예술가란 흔히 속인들이 생각하는 것처럼 단순히 감흥의 횡일에서 때때로 예술품을 집어던지는 쾌활한 신사가 아니라, 유감스럽게도 대개 무용(無用)의 부(富) 때문에 절실한 것처럼 되고, 또 그 때문에 무엇인가를 토해 내지 않으면 안 되는 불쌍한 인간인 것이야. 행복한 예술가라는 말은 거짓말이지. 그런 것은 속인들의 실없는 소리에 불과한 것이네. 쾌활한 모차르트는 샴페인으로 원기를 차리는 대신, 빵의 결핍으로 고통을 당했지. 베토벤이 젊었을 때 자살하지 않고 어떻게 그러한 훌륭한 작품을 썼느냐 하는 것은 아무도 모르지. 어쨌든 훌륭한 예술가는 생활면에서는 불행한 거야. 예술가가 배가 고파서 자신의 주머니를 열어 보니 속에 있는 것은 언제나 진주(眞珠)뿐이었어."

"그래, 약간의 기쁨과 따뜻함과 생활에 대한 배당을 원할 경우, 오페라니 삼중주니 하는, 그런 것은 한 다스가 있어도 별다른 보탬이 되지 않는 것이 사실이야."

"바로 그거야. 친구가 있으면 친구와 포도주를 마시고 한때를 지내면서 이 기묘한 인생에 대한 순진한 이야기를 나누지. 그것이야말로 실제로는 인간이 지닐 수 있는 최상의 것이야. 틀림없이 그런 것임에 분명해. 우리는 그것을 갖고 있다는 것을 기뻐해야만 돼. 불쌍한 녀석이 아무리 오랫동안 불꽃을 살리려 애를 써보았자 그 기쁨은 1분도 채 지속되지 않을 거야! 그러니까 기쁨과 마음의 안정과 선(善)한 양심을 남기기 위해 우리는 이따금 있을 아름다운 시간을 위해서 대비하지 않으면 안 돼. 건배, 친구여!"

나는 그의 철학에 마음속으로는 전혀 동감하지 않았으나, 그것은 아무래도 좋았다. 잃어버리면 어쩌나 하고 두려워했던 친구, 이제는 이미 의지할 수 없게 된 친구와 이렇게 하룻밤을 보낸다는 것은 아무튼 기분좋은 일이었다. 아직 멀리 가 버린 것은 아니지만 이미 나의 청춘을 에워싸고 있는 과거를 향해서 나는 수심에 잠겨 작별의 인사를 보냈다. 청춘의 소탈과 순진함은 이제 돌아올 수 없는 것이었다.

적당한 때에 우리는 이야기를 끝마쳤다. 무오트는 우리집까지 함께 가겠다고 고집했다. 그러나 나는 그에게 따라오지 말도록 강력하게 말했다. 그가 나와 함께 거리를 걷는 것을 좋아하지 않는다는 것을, 다리를 절면서 느릿느릿 걷는 내가 그에게 괴로움을 주게 되고, 그를 조급하게 만든다는 것을 나는 잘 알고 있었다. 그는 희생할 줄을 모르는 인간이었다. 그리고 이러한 작은 희생조차 그에겐 가장 곤란한 것이었다.

나의 작은 오르간 곡이 내게 기쁨을 주었다. 그것은 일종의 서곡(序曲)으로서, 내게는 과거로부터의 이탈이었으며 신혼 부부에 대한 감사와 축하였고 그녀와 그에 대한 나의 우정의 여운이기도 했다.

결혼식 날, 나는 좀 일찍 교회로 가서 파이프 오르간 그늘에 숨어 식을 내려다보았다. 오르간 주자(奏者)가 내 소곡(小曲)을 연주하자 게르트루트가 얼굴을 들고 신랑을 향해서 고개를 끄덕였다. 나는 최근에 한 번도 그녀를 만나지 못했다. 흰 드레스를 입은 그녀는 한층 늘씬하고 우아한 자태로 몸을 약간 뒤로 젖힌 채 자랑스럽게 걷는 그녀의 남편과 나란히 음악에 맞춰 꽃으로 장식된 좁은 길을 따라 제단을 향해 행진했다. 무오트가 아닌, 몸이 구부러진 불구자인 내가 이 엄숙한 길을 행진했다면 이처럼 훌륭하게 돋보이지는 않았을 것이다.

7

친구의 결혼식에 대해서 오래 생각하지 않도록, 나의 관심과 소망과 자학(自虐)이 그 방향을 취하지 않도록 운명은 미리 배려되어 있었다.

그 무렵 나는 어머니에 관한 일을 그다지 생각지 않고 있었다. 물론 어머니의 최근의 답신에서, 집안의 안락과 평화가 그리 재미있는 상태가 아니라는 것은 알고 있었지만, 노부인들의 싸움에 간섭할 이유도, 흥미도 없었으므로 다소 좋은 경향이라고 생각하면서, 나의 비판이 미치지 못하는 하나의 사실로서 방임해 두었다. 그 후 한동안 편지를 보내도 회답이 오지 않았다. 오페라의 복사본을 만들고 고치고 하는 일에 바빠 나는 슈니벨 양에 대한 것을 생각할 여유가 없었다.

그때 어머니로부터 편지가 왔다. 그것은 보통을 넘는, 그 분량만으로도 이미 나를 놀라게 했지만, 과연 그것은 그녀의 동거인에 대한 통렬한 탄핵장이었다. 그것으로써 나는 집안과 어머니의 마음의 평화에 대한 노처녀의 부당한 행위를 자세하게 알았다. 그것을 쓰는 일 자체가 어머니에겐 고통이었다. 어머니는 품위와 신중성을 잃지 않으려 최대한 노력했지만 그것은 오랜 친구인 종매에 대해서 맛본 실망의 숨김없는 고백으로 가득 차 있었다. 어머니는 슈니벨 양에 대한 나와 돌아가신 아버지의 반감을 완전히 긍정하고, 내가 아직도 그럴 생각이라면 집을 팔고 이사를 할 용의도 있음을 표하였다. 더욱이 그것은 모두가 오직 슈니벨 양에게서 벗어나기 위한 생각에서였다.

"네가 직접 와 주었으면 좋겠다. 루치에는 내 생각이나 계획을 이미 알고 있단다. 그 사람은 그 점에 매우 민감하단다. 하지만 우리는 너무나 사이가 나빠져서, 나로서는 정당한 상태에서 필요한 말을 할 수가 없다. 다시 혼자 살고 싶으며, 당신은 같이 있어 주지 않아도 좋다는 암시를 해도 그 사람은 모른 체할 뿐이란다. 나는 크게 싸우고 싶지는 않다. 내가 직접 그 사람에게 나가 달라고 말하면, 그 사람은 더러운 상소리로 욕을 퍼부으며 완강하게 거절할 것이다. 그러니까 네가 와서 결말을 짓는 것이 좋을 것이다. 소란스럽게 하고 싶지 않으며, 그 사람에게 손해를 끼쳐서도 안 된다. 하지만 단호하게 말해 버리지 않으면 안 된다."

어머니의 소원이라면, 나는 용(龍)이라도 때려 잡을 각오를 했을 것이다. 기꺼이 여행 준비를 하고 나는 집으로 돌아갔다. 오래된 우리집에 들어섰을 때, 나는 새로운 정신이 집 안을 지배하고 있다는 것을 곧 깨달을 수 있었다. 특히 넓고 쾌적한 거실이 불유쾌하고 음산하게 가라앉은 초라한 모습으로 변해 있었다. 모든 것이 세심하게 감독되고 소중하게 다루어지고 있는 것 같았다. 오래된 튼튼한 마루에는, 마루 판자를 소중하게 하고 걸레질을 생략하기 위해 값싸고 보기 흉한 천으로 만든 가늘고 긴 조기(弔旗)와 같은, 소위 '로이퍼(복도 등에 까는 좁고 긴 융단)'가 깔려 있었다. 오랫동안 사용하지 않고 응접실에 놓여 있던 낡고 네모진 피아노에도 똑같은 덮개가 덮여 있었다. 나의 도착을 맞기 위해 어머니는 차와 케이크를 준비하고 모든 것을 다소 기분좋게 만들려고 했지만, 역시 올드 미스적인 인색함과 나프탈린 냄새만은 씻을 수가 없었기 때문에 나는 들어서자 곧 어머니에게 미소를 지어 보이고 코를 찡그렸다. 어머니는 곧 그것을 알아차렸다.

자리에 앉자마자 용이 아닌 잔소리꾼이 들어왔다. 그녀는 깔개 위를 빠른 걸음으로 걸어와서 내게 경의를 표할 것을 요구했다. 나는 정중히 경의를 표하며 그녀의 안부를 자세하게 묻고, 그녀는 익숙해진 쾌적함을 충분히 충족시키기엔 좀 낡은 듯한 집에 대해 변명했다. 그녀는 어머니를 완전히 따돌려 버리고, 주부 역할을 수행하면서 차 시중을 들고, 나의 인사말에 열심히 응답하는 품이 만족해하고 있는 것 같기는 했지만 나의 지나친 친절에 필요 이상으로 불안과 의심에 빠져 있었다. 그녀는 배신을 느끼고 있었으나, 원활한 분위기를 따라 부득이 다소 진부한 은근한 태도를 보이지 않을 수 없었다. 서로 정중하게 경의를 표하고 있는 동안 밤이 되었다. 서로 진심에서 정중하게 인사를 하고, 구식 외교관처럼 헤어졌다. 그런데 그 작은 악마는 달콤한 인사치레를 받기는 했지만 그 날 밤 잠을 거의 이루지 못한 모양이었다. 한편 나는 만족하게 푹 잤다. 불쌍한 어머니도 치미는 화와 슬픔으로 몇 날 밤을 보내다가 처음으로 자기 집에서 느긋한 주부의 감정을 갖고 잠이 든 모양이었다.

다음날 아침 식사 때에도 똑같이 가장된 유희가 시작되었다. 지난 밤에는 단지 조용하게 긴장하고 듣고 있던 어머니가 이번에는 자진해서 끼여들었다. 우리는 슈니벨 양을 굴복시키고 슬프게 만드는 은근하고 부드러운 태도로 응대했다. 그런 태도가 어머니의 본심에서 나오지 않았다는 것을 노처녀는 충분히 깨달았다. 그녀가 불안하여 겸손해지려 애쓰고 만사를 칭찬하며 시인하고 있는 것을 보자 문득 불쌍한 생각이 들기 시작했지만, 쫓겨난 잔심부름하던 계집애나 순전히 어머니만을 위해 아직 남아 있는 불만스러워 보이는 찬모(饌母), 입이 봉해져 버린 피아노, 예전에 명랑했던 아버지의 집이 음산하고 초라한 냄새로 변해 버린 것이 나의 결심을 굳히게 해주었다.

식사 후 나는 어머니를 잠시 쉬게 하고 노처녀와 단둘이 남았다.

"식사 후에 쉬시는 습관이십니까?" 하고 나는 정중하게 물었다. "그렇다면 방해하고 싶지 않습니다만 잠깐 아주머니에게 드릴 말씀이 있습니다. 그렇게 급할 것은 없습니다만."

"괜찮아요. 나는 낮에는 절대로 쉬지 않아. 덕택에 그렇게 늙지는 않았어요. 얼마든지 상대해 드리지."

"죄송합니다. 우리 어머님께 보여 주신 친절에 대해서 감사를 드리고 싶었습니다. 아주머니의 친절이 없었다면 어머니는 빈집에서 몹시 쓸쓸하셨을 것입니다. 그런데 이번에 형편이 달라져서……."

"뭐라구요?" 그녀는 뛰쳐 일어나면서 외쳤다. "무엇이 달라지는 건가요?"

"아직 모르십니까? 어머니는 마침내 저의 오랜 소망을 받아들여, 제가 있는 곳으로 이사할 결심을 하셨습니다. 그렇게 되면 물론 이 집을 비어 둘 수는 없습니다. 그래서 곧 팔기로 한 것이지요."

노처녀는 침착성을 잃고 나를 응시했다.

"참으로 애석하게 생각합니다." 나는 유감스러운 듯이 말을 계속했다. "지금까지는 아주머니도 꽤 힘이 드셨을 것입니다. 집안을 친절하고 정성스럽게 보살펴 주셔서 뭐라고 감사를 드려야 할지 모르겠습니다."

"그렇지만 나는 어떻게…… 어디로 나는……."

"그거야, 어떻게 되겠지요. 다시 거처를 찾으셔야겠지만, 물론 그렇게 서두르실 필요는 없습니다. 다시 조용히 지내게 된 것을 기뻐하시게 될 것입니다."

그녀는 일어서 있었다. 그 태도는 아직 공손했지만, 더없이 날카로워 보였다.

"뭐라고 말을 해야 좋을지 모르겠는데……." 그녀는 격분해서 계속 외쳤다. "당신 어머니는 나를 이곳에 살게 하겠다고 약속하셨어. 그것은 굳은 결정이에요. 내가 이 집안을 보살피고, 당신 어머니를 매사에 도와 온 지금에 와서 나를 쫓아내는군!"

그녀는 훌쩍거리면서 달려나가려고 했다. 그러나 나는 그녀의 여윈 팔을 붙잡아 다시 긴 의자에 앉혔다.

"그런 가혹한 짓은 하지 않습니다.' 나는 미소지으면서 그녀에게 말했다. "저의 어머니가 이곳에서 이사를 하시겠다고 한다면 사정은 조금 달라집니다. 그건 그렇고, 이 집을 파는 것은 어머니가 아니고 제가 결정한 것입니다. 제가 주인이니까요. 아주머니가 새 거처를 구하실 경우, 부자유스럽지 않으시도록 어머니는 처음부터 생각하고 계십니다. 문제는 어머니에게 맡기시도록 하세요. 그렇게 되면 아주머니도 지금까지보다 편해지시고 더욱이 여전히, 말하자면 어머님의 손님이십니다."

그리고 예기되었던 항의, 위세, 눈물 전술, 간원(懇願)과 번갈아 나오는 허세 끝에 마침내 앵돌아진 그녀는 양보가 가장 현명한 방법임을 깨달았다. 그러나 그녀는 자기 방에 틀어박혀 커피 시간에도 모습을 보이지 않았다. 어머니는 커피를 방으로 날라다 주자고 말했으나, 복수를 해주고 싶은 생각이 들어 슈니벨 양이 저녁때까지 그집을 부리도록 내버려 두었다. 저녁이 되자 그녀는 조용히 원망스런 태도로, 그러나 시간에 맞추어 식사를 하러 나왔다.

"유감스럽지만 저는 내일이면 R시로 돌아가야만 합니다" 하고 나는 저녁 식사 중에 말했다. "그렇지만 일이 있으시면 어머니, 언제라도 급히 돌아오겠습니다."

그렇게 말하면서 나는 어머니를 보지 않고 노처녀를 보았다. 그것이 무슨 뜻인지를 그녀는 바로 깨달았다. 그녀로부터의 나에 대한 고별은 간단하기는 하나, 나로서는 상당히 의미가 담긴 것이었다.

"애야, 참 잘해 주었다." 어머니는 후에 이렇게 말했다. "고맙다는 말을 해야 되겠구나. 너의 오페라 중에서 무엇이든지 연주해 주지 않겠니?"

물론 연주에까지는 이르지 못했지만, 하나의 쇠사슬의 고리가 끊겨 노모와 나 사이는 밝아지기 시작했다. 그것이 이번 일에 있어서 가장 좋은 일이었고, 어머니는 나에게 신뢰를 가졌다. 나는 머지않아 어머니와 작은 살림을 차리고 오랫동안의 유랑에서 벗어나는 기쁨을 생각했다. 만족감을 갖고, 노처녀에게 거듭 인사를 한 뒤 나는 출발했다. 그리고 R시로 돌아와서, 여기저기 깨끗하고 조그마한 집을 찾기 시작했다. 그것을 타이저가 도와 주었다. 대부분 그의 누이동생도 함께였다. 두 사람은 나와 기쁨을 같이하면서, 두 가정의 즐거운 공동 생활을 소망하고 있었다.

그 사이 나의 오페라는 뮌헨으로 보내졌다. 2개월 후 어머니의 도착 직전, 무오트에게서 편지가 왔다. 오페라는 채택되었지만 이번 시즌에는 연습을 할 수 없으며, 다음 겨울 초에는 상연될 것이라고 알려 왔다. 그것으로 어머니를 맞을 길보(吉報)가 생겼다. 그 말을 듣자 타이저는 기쁨의 춤잔치를 벌였다.

아름다운 정원이 있는 우리집에 들어설 때, 어머니는 울면서 나이 들어 타향으로 옮기는 것은 좋지 못하다고 말했지만 나는, 그리고 타이저 남매는 매우 좋다고 말했다. 브리기테는 보는 사람의 눈에도 기쁠 정도로 어머니를 도왔다. 시내에 아는 사람이 거의 없는 데다가 오빠가 극장에 나가 있는 동안 내색은 하지 않았지만, 쓸쓸하게 집에 있는 일이 많았던 그녀는 이때부터 자주 우리집으로 찾아와서, 집안 정리며 새살림을 차리는 일을 도왔을 뿐만 아니라, 안정된 공동 생활에의 어려운 길에 순응할 수 있도록 나와 어머니를 도와 주었다. 내가 휴식을 필요로 하고 혼자 있지 않으면 안 될 때에는, 그녀가 어머니에게 그 뜻을 가르칠 수가 있었다. 그리고 나를 위해 자진해서 손을 썼다. 또 어머니가 나에게 이야기하지 않고, 나도 깨닫지 못하고 있던 어머니의 욕구나 소망도 브리기테는 나에게 설명해 주었다. 이렇게 해서 우리들 사이에는 보잘것없는 고향과 고향의 평화가 이루어졌다. 예전에 내가 생각하고 있던 것과는 다른 조촐한 집이기는 했지만, 나처럼 성공하지 못한 사람에게 있어서는 더할 나위 없이 아름다운 집이었다.

어머니도 내 음악을 알게 되었다. 어머니는 모든 것을 시인하지는 않았으나 ——대부분의 경우 입을 다물고 있었지만—— 모든 것이 오락이나 유희에 불과한 것이 아니며 진지한 작업이라는 것을 느끼고, 또 믿었다. 그리고 곡예사적(曲藝師的)인 것이라고 생각하고 있던 우리들 음악가의 생활이 돌아가신 아버지가 영위하고 있던 생활에 뒤지지 않는, 서민적이며 근면한 것을 보고 놀랐다. 돌아가신 아버지에 대해서도 지금은 편안하게 이야기할 수가 있었다. 점차로 나는 부모, 조부모, 나 자신의 유년 시절에 대해서 여러 가지 이야기를 들었다. 과거와 가정에 대한 호감, 흥미가 되살아났다. 나는 이미 가정의 외부에 있는 것은 아니라는 느낌이 들었다. 어머니는 내가 설사 작업실에 틀어박혀서 신경질적으로 되어 있어도 방임해 두고, 내게 대한 신뢰를 잃지 않았다. 아버지와 매우 행복하게만 지냈던 만큼 슈니벨 양과 보낸 시련의 시절은 어머니에게 있어서 괴롭고 귀한 경험이었다. 지금은 신뢰를 되찾아 나이를 먹는다든가, 쓸쓸해진다든가 하는 말을 입 밖에 내지는 않았다.

이러한 유쾌함과 알뜰한 행복 속에 오랫동안 내 생활을 감싸고 있던 괴로운 기분과 불만은 자취를 감추었다. 그러나 그것은 완전히 해소되어 버린 것은 아니었으며, 마음속 깊숙이 더불러 때때로 한밤중에 수상쩍게 나를 보고, 자신의 정당성을 주장하고 있었다. 과거가 멀리 자취를 감추면 감출수록 나의 사랑과 고뇌의 모습은 뚜렷하게 나타나서, 내 옆에 앉아 남 모르는 독촉자가 되었다.

사랑이란 무엇인가. 때로는 알 수 있다는 기분도 들었다. 예쁘고 명랑한 리디에게 정신없이 팔려 있던 소년 시절에 이미 나는 사랑을 알고 있다고 생각했었다. 그리고 또 게르트루트를 처음 보고, 그녀야말로 풀 길 없는 질문에 대한 해답이며, 어렴풋한 소망에 대한 위안이라고 느꼈을 때에도, 그리고 또 괴로움이 시작되고, 우정과 맑음이 정열과 암흑이 되어 결국은 그녀를 잃었을 때에도 사랑이라는 것을 알았다고 생각했다. 그녀는 잃었어도 사랑은 남아 언제나 나를 따라다니고 있었다. 동시에 게르트루트를 마음속에 품은 이후로, 나는 욕망을 품고 여자를 쫓으며, 여자에게 키스를 원하는 일이 절대로 불가능하다는 것을 알았다.

때때로 나는 그녀의 아버지를 방문했는데, 그는 나와 그녀의 관계를 알고 있는 것 같았다. 그녀의 결혼식을 위해서 내가 만든 서곡을 원하는 등, 그는 내게 남 모르는 호의를 나타냈다. 그는 내가 그녀에 대한 것을 얼마나 듣고 싶어하는지, 그리고 묻는 것을 얼마나 억제하고 있는지를 느 낀 것처럼 그녀의 편지 속의 부분부분을 읽어 주었다. 그 속에는 나에 대 한 이야기, 특히 나의 오페라에 대한 이야기가 종종 적혀 있었다. 소프라 노 역에 좋은 가수가 발견되었다는 소식, 그녀와 친숙했던 작품을 마침내 전부 들을 수 있게 된 것을 매우 기대하고 있다는 말도 적혀 있었다. 어 머니가 내 곁으로 온 일에 대해서도 그녀는 기뻐하고 있었다. 그러나 무 오트에 대해서는 어떤 이야기가 적혀 있었는지 나는 모른다.

내 생활은 조용히 흘러갔다. 밑바닥의 흐름은 위쪽으로 나오지 않은 채 나는 미사곡을 만들고, 종교 음악을 생각하고 있었다. 거기에는 아직 텍 스트가 없었다. 오페라에 쫓기게 되면, 그것은 곧 낯선 세계가 되어 있었 다. 내 음악은 새로운 길을 걸어, 단순하고 냉정해졌다. 그것은 위로를 원하고 흥분을 원하지 않았다.

그 시절, 나에게는 타이저 남매가 매우 소중했다. 거의 매일 얼굴을 마 주보고, 독서와 음악과 산책을 함께 하였으며, 축하 모임과 소풍도 함께 했다. 여름에만은 건강한 여행가 남매를 번거롭게 해주고 싶지 않았기 때 문에, 몇 주일 동안 헤어져 있었다. 타이저 남매는 다시 티롤(알프스 동부 지방)과 포르알베르크를 여행하며 에델바이스가 든 작은 상자를 보내 주 었다. 나는 어머니를 몇 해 전부터 초대를 받고 있었던 북부 독일의 친척 집으로 모셔다 드리고 북해(北海)로 갔다. 낮이나 밤이나 바다의 옛 노래 를 듣고 신선한 바닷바람 속에서 사색과 멜로디에 잠겼다. 비로소 뮌헨의 게르트루트에게 편지를 쓸 마음이 생겼다——무오트 부인에게 보내는 것 이 아니고——친구로서의 게르트루트에게 음악과 꿈에 대해서 이야기했던 것이다. 그것은 아마도 그녀를 기쁘게 할 것이다, 위로와 친구로서의 인 사는 그녀에게도 나쁘지는 않을 것이라고 나는 생각했다. 본의는 아니지 만 나는 친구인 무오트를 신뢰할 수 없었으므로 언제나 게르트루트에 대 해서 남 모르게 걱정하지 않을 수 없었다. 그라는 제멋대로 사는 우울증 환자, 변덕스러운 생활, 희생 정신이라곤 조금도 없이 오로지 감추어진 충동에 쫓기고 지배당하며, 겨우 가라앉을 때에는 자신의 생활을 비극처럼 바라보고 있는 사나이를 나는 너무나도 잘 알고 있었다. 고독하다는 것, 이해받지 못한다는 생각이 저 선량한 로에 선생의 설명처럼 실제로 하나의 병이라고 친다면, 무오트야말로 다른 누구보다도 그 병을 심하게 앓고 있는 사나이였다.

그러나 그의 소식은 전혀 들을 수가 없었다. 그는 편지를 쓰지 않았다. 게르트루트 또한 간단한 인사말 끝에 시즌 개시와 동시에 나의 오페라 연습이 계속될 것이니까, 가을이 되면 빨리 뮌헨으로 올 것을 촉구했을 뿐이었다.

9월 초, 여행에서 돌아와 평상적인 생활로 돌아온 우리는 어느 날 밤, 여름 동안의 나의 작업을 검토하기 의해 모두 우리집으로 모였다. 주된 작품은 두 개의 바이올린과 피아노를 위한 서정적인 소곡(小曲)이었다. 브리기테 타이저가 피아노 앞에 앉았다. 금빛을 땋아 동그랗게 말아 올린 머리가 악보 너머로 보였다. 머리카락 주위는 촛불의 빛을 받아 황금빛으로 타고 있었다. 타이저는 그녀 옆에 서서 제1바이올린을 연주했다. 그것은 단순한 가요풍의 음악으로 희미하게 탄식하면서 여름날의 석양처럼 사라져 가며, 명랑하지도 슬프지도 않지만 일몰(日沒) 후의 식어 가는 구름처럼 어둠침침한 석양의 기분 속에 감돌고 있었다. 이 소곡은 타이저 남매, 특히 브리기테의 마음에 들었다. 그녀는 내 작품에 대해서 나에게 무슨 말을 하는 일은 드물었다. 단지 소녀다운 일종의 외경심을 갖고 지켜 보는 것이 고작이었다. 그녀는 나를 대예술가라고 생각하고 있었던 것이다. 그런 그녀가 그 날은 용기를 내서 특별히 공명하는 심정을 표했다. 담청색 눈을 반짝이며 진지하게 나를 지켜 보고, 고개를 끄덕이는 그녀의 금발 위에서 빛이 춤을 추었다. 그녀는 참으로 사랑스럽고, 미인이라고 해도 부족하지 않을 만큼 아름다웠다.

그녀를 기쁘게 해주기 위해 나는 그녀의 악보 위에 "나의 벗 브리기테 타이저에게"라는 헌사를 써서 그녀에게 돌려주었다.

“이것을 항상 이 작은 노래 위에다 올려놓으세요.” 나는 이렇게 은근하게 말하고, 정다운 표정을 지었다. 헌사를 읽는 그녀의 얼굴이 차츰 붉어졌다. 그리고 힘이 담긴 조그마한 손을 내게로 내밀었고 눈엔 눈물이 가득 고였다.

“정말이에요?” 그녀가 작은 소리로 물었다.

“그렇고말고요” 하고 나는 웃었다. “이 소곡은 당신에게 매우 어울린다고 생각해요, 브리기테 양.”

아직도 눈물을 가득 담고 있는 그녀의 눈길은 나를 놀라게 했다. 그만큼 그녀의 눈길은 매우 여성답고 진지했다. 그러나 나는 그것에 더 이상 주의를 주지 않았다. 타이저는 바이올린을 내려놓았다. 그의 주문을 이미 알고 있던 어머니가 잔에 포도주를 따랐다. 이야기가 활기를 띠었다. 우리들은 수주일 전에 상연되었던 새로운 오페레타에 대해서 논의했다. 브리기테와의 조그마한 사건은, 밤 늦게 두 남매가 작별을 고했을 때 그녀가 심상치 않게 침착성을 잃고 내 눈을 보았을 때에 다시 떠올랐다.

뮌헨에서는 그 동안 내 작품의 연습이 시작되었다. 남자 주역으로는 무오트가 안성맞춤이었고, 소프라노도 게르트루트가 칭찬하고 있을 정도였으므로 별 문제가 없었으나 오케스트라와 합창이 문제였다. 나는 어머니를 돌보는 것을 친구에게 부탁하고 뮌헨으로 향했다.

도착한 날 아침, 나는 넓고 아름다운 슈바벤 가(街)를 향해 무오트가 살고 있는 조용한 집으로 갔다. 오페라에 대해서는 완전히 잊었으며 오직 무오트와 게르트루트에 대한 생각, 두 사람이 어떻게 지내고 있을까 하는 생각으로 가득 찼을 뿐이었다. 마차는 거의 시골 같은 골목의 작은 집 앞에서 멈추었다. 그 집은 가을의 수목 속에 있었으며, 길 양편으론 쓸어모은 단풍나무 잎이 수북이 쌓여 있었다. 나는 답답한 가슴으로 안으로 들어갔다. 집은 쾌적한 인상을 주었다. 하인이 내 외투를 벗겼다.

안내된 큰 방에서 임토르 씨 댁에 있던 커다란 옛 그림 두 장이 옮겨져 걸려 있는 것을 볼 수 있었다. 다른 쪽 벽에는 뮌헨에서 그린 듯한 무오트의 새 초상(肖像)이 걸려 있었다. 그것을 보고 있을 때 게르트루트가 들어왔다.

오래간만에 그녀의 눈을 보자 내 가슴은 다구 뛰었다. 그녀는 아주 성숙한 여인, 한 남자의 아내 얼굴로 완전히 변해 있었다. 그러나 옛 우정만은 잃지 않고 미소를 띠면서, 내게 손을 내밀었다.

"안녕하세요?" 하고 그녀는 친절하게 말했다. "어른이 되셨군요. 건강해 보이네요. 오랫동안 기다리고 있었습니다."

그녀는 여러 친구들에 대해서, 그녀의 아버지에 대해서, 그리고 나의 어머니에 대해서 물었다. 곧 분위기에 휩싸여 최초의 수줍음이 가시자 그녀는 다시 옛날 모습으로 돌아왔으며 뜻밖에 나의 거리감도 사라져 나는 좋은 여자 친구로서의 그녀와 이야기를 나눌 수 있었다. 해변에서 지낸 여름철의 일이며, 작업에 대한 이야기, 타이저 남매에 대한 이야기를 하고 끝내는 슈니벨 양에 대한 이야기까지 했다.

"그런데" 하고 그녀가 외쳤다. "마침내 당신 오페라가 상연됩니다! 기쁜 일이에요."

"네에" 하고 나는 말했다. "하지만 당신 노래를 가장 기대하고 있습니다."

그녀는 나를 보고 고개를 끄덕였다. "나도 그것을 즐거움으로 여기고 있어요. 난 자주 노래를 부릅니다만, 대개 혼자서 즐길 뿐이지요. 당신의 노래를 모두 부르기로 해요. 당신의 노래는 언제든지 내 곁에 있기 때문에, 먼지를 뒤집어쓰는 일은 결코 없답니다. 식사 때까지 기다려 주세요. 주인께서는 틀림없이 곧 돌아와서 오후에 당신을 지휘자에게로 안내할 것입니다."

우리는 음악실로 가서, 나는 피아노 앞에 앉고 그녀는 그 당시의 내 노래를 불렀다. 나는 차분한 기분이 되어 있었으므로 쾌활해지는 데 힘이 들었다. 그녀의 목소리는 보다 성숙해지고 확실해졌지만, 이전과 다름없이 경쾌하게 춤추듯 너울거려, 내 일생 최고의 날의 추억을 싣고 내 마음속으로 스며들었다. 나는 매료당해 건반 위에 몸을 구부리고, 낮게 옛 곡을 연주하면서 잠시 눈을 감고 귀를 기울였다. 잠깐 동안 과거와 현재가 구별할 수 없이 뒤얽혔다. 그녀는 나와 내 생활의 일부가 아니었던가. 우리들은 오누이같이 친한 친구처럼 가깝지 않았던가. 물론 무오트와 함께 부를 때에는 그녀는 다른 방법으로 불렀었다. 잡담을 나누면서 우리들은 잠시 즐겁게 앉아 있었다. 우리 둘 사이에 그 어떤 해명(解明)도 필요치 않다는 것을 느끼고 있었으므로, 서로 많은 이야기를 하지는 않았다. 그녀의 일상 생활이나 부부 사이의 상태에 대해서는 생각지 않았다. 그것은 나중에 직접 볼 수 있을 것이라 생각했다. 어찌 되었든 그녀는 자신의 궤도에서 벗어나지 않았고, 자신의 본성(本性)을 등지고 있지도 않았다. 설사 순탄하지 않은 생활을 참고 견디어 내고 있다 할지라도, 그녀는 고상하고 우아했다.

한 시간쯤 지나서 하인리히가 돌아왔다. 그는 내가 이곳에 있다는 것을 이미 듣고 있었다. 그는 곧 오페라에 대한 이야기를 시작했다. 내 오페라는 나 자신에게보다도 다른 사람들에게 더 중대한 것 같았다. 나는 그에게 뮌헨은 마음에 드는지, 형편은 어떤지를 물었다.

"어느 곳이나 마찬가지야." 그는 진지하게 말했다. "청중들은 내가 그들을 안중에 두고 있지 않음을 눈치채고 있기 때문에, 나를 좋아하지 않는다네. 처음 등장해서 바로 환영받는 일은 드물어. 언제든지 청중을 먼저 사로잡아 끌고 가지 않으면 안 돼. 그래서 인기는 없지만 성공은 하고 있지. 물론 비참한 상태로 노래를 부르는 때도 있어. 그것을 스스로 인정하지 않으면 안 돼. 그런데 자네의 오페라는 자네에게 있어서나 내게 있어서나 성공이야. 그것은 기대해도 좋을 거야. 오늘은 지휘자한테 가고, 내일은 소프라노 가수와, 그 밖에 누구든지 자네가 원하는 사람을 초대하기로 하세. 내일 아침에 오케스트라 연습도 있어. 자네가 만족할 것이라고 생각하네."

식탁에서 그는 게르트루트에게 지나치게 정중하게 대했는데 그 모습이 내게는 참으로 씁쓸하게 여겨졌다. 뮌헨에 머물면서 두 사람을 매일 보고 있는 동안 언제나 그랬다. 두 사람은 아름답고 멋진 한 쌍으로 어디를 가나 감명을 주었지만 두 사람 사이는 차가웠다. 게르트루트의 강함과 내적인 우월성이 그로 하여금 이 차가움을 정중함과 장중(莊重)한 형태로 바꿀 수 있도록 하는 것이라고 나는 생각했다. 그녀는 이 멋진 남자에 대한 열정에서 아직 깨어나지 못하고 있었으며, 사라진 애정이 되돌아오기를 바라고 있는 것 같았다. 어찌 되었든 그와 같은 사나이를 흐트러뜨리지 않도록 꼼짝없이 붙들고 있는 것이 바로 그녀였다. 친구 앞에서, 환멸의 여인, 이해받지 못하는 여인의 역을 스스로 맡고, 숨겨진 괴로움을 누구에겐가 내보이기에는, 그녀는 너무나 고상하고 훌륭했다. 다만 내게만은 그 괴로움을 감추지 못했지만, 내게 이해 또는 동정의 눈길이나 행동을 드러내 보이는 것까지도 견디지 못했을 것이다. 우리들은 시종 마치 그녀의 결혼 생활에 아무런 구름도 없는 것처럼 서로 이야기하고 행동했다.

이 상태가 언제까지 유지될지는 물론 의심스러운 일이지만 모두가 무오트에게 달려 있었다. 무슨 짓을 저지를지 도르는 괴팍스런 그의 성질이 지금 비로소 한 여성에 의해서 제어당하고 있는 것을 보았다. 두 사람 모두 가엾게 여겨졌으나 이러한 사태는 충분히 예상되었던 것으로 별로 이상하게 생각되진 않았다. 두 사람은 열정을 가졌고, 향수(享受)했던 것이다. 그리고 이제 체념을 배우고, 행복했던 때를 슬픈 추억 속에 안고 가느냐, 아니면 새로운 행복과 새로운 사랑으로의 길을 찾아 나서느냐 하는 시점에 서게 된 것이다. 어린아이가 생기면 아마도 두 사람을 다시 결합시켜 줄 것이다. 사라져 버린 사랑의 열정의 낙원으로 되돌아가지는 못할지라도, 함께 생활하고 서로 타협하는 새로운 선의(善意)로는 돌아갈 수 있을 것이다. 게르트루트에게 그러한 힘과 내적인 명랑성이 있다는 것을 나는 잘 알고 있었다. 하인리히도 그것을 발견할지에 대해서는, 나는 생각하려 하지 않았다. 최초의 강하고 아름답던 열정과 기쁨이, 불어닥친 폭풍우에 이미 사라져 버린 것은 나를 슬프게 했지만, 다른 사람에 대해서나 서로간에 대해서 변함없는 아름다움과 품위를 유지하고 있는 두 사람의 훌륭한 태도는 나를 기쁘게 했다.

무오트는 자기 집에 계속 머물기를 청했으나 나는 사양했다. 그는 나의 뜻에 맡겼다. 나는 매일 게르트루트를 방문했다. 그녀가 나의 내방을 기뻐하고, 나와의 잡담이나 음악을 즐기는 모습을 보는 것은 매우 유쾌한 일이었다. 받는 쪽은 나만이 아니었던 것이다.

오페라의 상연은 12월로 결정되었다. 나는 2주일 동안 뮌헨에 머물면서 언제나 오케스트라의 연습에 참석했다. 군데군데 삭제할 부분도 있었고 부조화를 지적하기도 해야 했지만, 내 작품이 훌륭한 사람들의 손에 들리어져 있는 것을 보았다. 남녀 가수들, 바이올리니스트들, 플루트 주자(奏者)들, 악장, 합창 단원들이 내게서 나왔으나 오히려 이제 서먹서먹해지고 내 것이 아닌 채 그 자체로서 생명을 호흡하고 있는 내 작품을 연습하는 것을 보는 것은 기묘한 느낌을 주었다.

"보고 있게나." 하인리히 무오트는 때때로 이렇게 말했다. "머지않아 자네는 세평(世評)의 공기를 감당키 힘들 만큼 호흡하게 될 것이니까. 자네를 위해서 성공하지 못하도록 빌고 싶을 정도야. 성공을 하면, 사냥개 떼들이 자네를 뒤쫓을 것일세. 자네는 곧 고수머리와 육필(肉筆) 사인만으로 장사를 할 수 있게 될 거야. 또 어리석은 대중의 숭배가 얼마나 품위있고 사랑스러운 것인가도 알게 될 것이네. 자네의 부자유스러운 다리에 대해서도 벌써 모두가 떠들고 있어. 그러한 것들이 인기를 부르는 거야."

꼭 필요한 연습과 시연(試演) 후에 나는 출발하고, 상연 며칠 전에 다시 오기로 했다. 타이저는 상연에 대해서 끝도 없이 물었다. 그는 오케스트라의 세밀한 점에까지 많은 것을 생각하고 있었는데, 그것은 내가 거의 주의하지 않았던 점들이었다. 그는 나 자신보다도 더 커다란 흥분과 불안을 갖고 공연을 기대했다. 그와 누이동생을 그 상연에 초대하자, 그는 뛸 듯이 기뻐했다. 그러나 어머니는 겨울철의 여행과 흥분을 원치 않았다. 그것은 오히려 잘된 일이었다. 나 역시 점차 긴장되어 잠들기 위해서는 매일 밤 붉은 포도주가 필요했다.

겨울은 빨리 왔다. 우리들의 작은 집은 쌓인 눈 속 깊숙이 묻혔다. 어느 날 아침 타이저 남매가 마차로 나를 데리러 왔다. 창에서 손을 흔드는 어머니의 전송을 받으며 마차는 출발했다. 타이저는 두터운 목도리를 두르고 여행 노래를 불렀다. 긴 기차 여행 동안, 내내 그는 크리스마스 휴가 여행을 즐기는 소년 같았다. 아름다운 브리기테는 좀더 안정된 기쁨으로 빛나고 있었다. 또한 그들과 길동구가 된 나도 마냥 기뻤다. 나는 안정을 잃고, 선고를 기다리는 사람처럼 곧 일어날 일에 접근해 갔다.

그것은 우리들을 정거장까지 마중나온 무오트도 바로 깨달을 수 있을 정도였다.

"첫 무대에 겁을 먹고 있군!" 하고 그는 유쾌하다는 듯 웃었다. "다행스러운 일이야. 자네는 역시 음악가이지 철학자는 아니야."

그의 말은 적중하고 있는 것 같았다. 나의 흥분은 상연 때까지 계속되어 밤이면 잠을 자지 못했다. 여러 사람들 중 무오트만이 안정되어 있었다. 타이저는 흥분으로 안절부절 못하면서 연습 때마다 찾아와서 끝도 없이 비평을 했다. 내 옆에 웅크리고 앉아서 귀를 세우고, 어려운 부분에서는 주먹으로 높이 박자를 잡고, 칭찬도 하고, 머리를 흔들기도 했다. 그리고 최초의 오케스트라 연습 때엔 큰 소리로 "거기에 왜 플루트가 없지?" 하고 외쳤기 때문에 지휘자는 화가 나서 그를 노려보았다.

"플루트는 삭제해야만 했어." 나는 미소를 지으면서 설명했다.

"그 플루트를? 삭제했다고? 도대체 왜? 그런 바보 같은 짓이! 정신차려, 그 친구들은 자네의 전주곡을 망치고 있어."

나는 웃으면서 그를 제지해야만 했다. 그만큼 그는 열중하고 있었다. 그러나 전주곡 중에서 가장 좋아하는 중음(中音) 바이올린과 첼로가 시작되는 부분에 이르자, 눈을 감고 의자 등받이 깊숙이 기대면서 떨리는 손으로 내 손을 꽉 쥐었다. 그리고 나중에 부끄러운 듯이 속삭였다. "그 부분에서는 눈시울이 뜨거웠어. 그것은 참으로 아름다워."

소프라노 역의 노래는 아직 듣지 못하고 있었는데 처음으로 듣는——다른 목소리로 불리어지는——그 노래는 기묘하기도 하고 슬프기도 했다. 가수는 잘 불렀다. 나는 바로 그녀에게 칭찬의 인사를 했으나 내심으로는 게르트루트가 최초로 불렀던 오후의 일을 회상했다. 그리고 팔아 버린 소중한 물건을 다른 사람의 수중에서 발견할 때와 같은, 차마 입 밖에는 내지 못할 서글픈 불만감을 맛보아야만 했다.

　그 무렵 나는 게르트루트를 거의 만나지 않았다. 그녀는 그저 미소를 띤 눈으로 나의 흥분을 지켜 보고 있을 뿐이었다. 타이저 남매와 함께 그녀를 방문했을 때 그녀는 아름답고 고상한 부인을 감탄의 눈길로 쳐다보는 브리기테를 쾌활한 애정으로서 맞아 주었다. 그 이후로 소녀는 아름다운 부인에게 열중하고 찬미했으며, 타이저도 거기에 맞장구를 쳤다.

　상연 전 이틀 동안의 일은 이젠 확실한 기억이 없다. 내 심중은 완전히 혼란되어 있었다. 거기에다 갖가지 다른 소란이 더해졌다. 어떤 가수는 목이 쉬고, 또 다른 가수는 큰 역을 맞지 못한 것에 화가 나서 마지막 연습 때엔 차마 볼 수 없는 태도를 취했다. 지휘자는 내가 지적하면 할수록 더욱더 틀에 박힌 형태로 냉담해졌다. 무오트만이 때때로 내 편이 되어 그러한 다툼에 침착한 미소를 던졌다. 이러한 상태에서는 불티처럼 이리 뛰고 저리 뛰면서 흠만을 들추어 내는 선량한 타이저보다 무오트 쪽이 훨씬 고마웠다. 휴식 시간에 호텔에서 답답한 기분으로 말없이 함께 있을 때, 브리기테는 외경과 동시에 다소의 동정심을 갖고 나를 바라보았다.

　마침내 그 이틀도 지나고 상연 날 밤이 왔다. 극장이 가득 메워지는 동안 무엇을 하는 것도, 그렇다고 주의를 주는 것도 아니면서 무대 뒤를 서성거리던 나는 막이 오르기 직전 무오트에게로 갔다. 그는 이미 의상을 입고, 소음을 피해 한쪽 구석 작은 방에서 천천히 반 병쯤 되는 샴페인을 마시고 있었다.

　"한잔하지 않겠나?" 그는 친절하게 말했다.

　"괜찮아. 자네는 그것으로 흥분이 가라앉는가?"

　"뭐? 밖의 소란 말인가? 언제나 저렇다네."

　"아니, 샴페인 말이야."

　"아니 괜찮아. 이것을 마시면 안정이 돼. 무엇인가 하려 할 때에는 반드시 한두 잔 한다네. 자아, 가세. 시간이 됐어."

　나는 안내원에 의해서 특별석으로 안내되었다. 그곳에는 이미 게르트루트와 타이저 남매, 극장 간부 한 사람이 있었다. 그 사람은 미소를 지어 내게 인사를 했다.

그리고 곧 두 번째 벨이 울렸다. 게르트루트는 정답게 나를 보고 고개를 끄덕였다. 내 뒤에 앉아 있던 타이저는 내 팔을 붙잡고 꼬집었다. 극장은 어두워졌다. 밑바닥으로부터 나의 전주곡이 엄숙하게 내 쪽으로 올라왔다. 이제는 이미 나도 안정이 되었다.

내 작품이지만 이미 나를 필요로 하지 않고, 그것 자체의 생명을 지닌 음악이 시작되어 내 앞에 정다우면서도 낯설게 울려 왔다. 지나간 날의 기쁨과 고심(苦心), 잠들지 못했던 밤들, 그 무렵의 열정과 동경, 그것들이 격리되고 변장(變裝)되어 나와 마주 대했다. 마음속에 감추어진 추억 어린 시절의 흥분이, 자유롭게 극장 안 수천 명의 낯선 사람들의 마음에 들려고 울렸다. 무오트가 등장했다. 그는 조심스러운 톤으로 노래를 시작하여 점점 고조되어 목청껏 예의 어두운 격정으로 몰고 갔다. 여자 가수는 높고 떨리는 밝은 가락으로 답했다. 그리고 게르트루트의 나는 새처럼 가벼운 목소리가 아직 내 귀에 또렷이 남아 있는 부분이 불려졌다. 그 부분은 그녀에 대한 경의의 표시였으며, 내 사랑의 비밀스러운 고백이었다. 나는 시선을 그녀의 조용한 맑은 눈으로 돌렸다. 그 눈은 내 마음을 이해하는 듯 정답게 인사했다. 일순간, 나는 내 청춘의 기쁨과 고통이 익은 과일의 델리키트한 향처럼 마음에 와 닿는 것을 느꼈다.

이때부터 나는 안정이 되어 관객의 입장에서 보고, 또 들을 수 있었다. 끝없이 이어지는 갈채 속에 남녀 가수가 막(幕) 밖으로 나와 인사를 했다. 무오트는 자주 불려 나왔는데, 불이 켜진 객석을 향해서 차갑게 미소 짓고 있었다. 작곡자도 모습을 보이라는 재촉을 받았으나, 나는 너무나 취해 있었고, 안정되게 숨어 있는 장소에서 다리를 절면서 나갈 기분은 나지 않았다.

한편 타이저는 아침 해처럼 나를 껴안고, 상대방의 요청도 없었는데 극장 간부의 두 손에 악수를 했다.

축하연이 마련되었다. 실패했을 경우에도 축하연은 우리들을 기다리고 있었을 것이다. 우리는 마차를 탔다. 게르트루트는 남편과 함께, 나는 타이저 남매와 함께. 마차 안에서의 짧은 시간, 그때까지 입을 열지 않던 브리기테가 갑자기 울기 시작했다. 그녀는 처음에는 마음을 억제하고 격정을 참으려고 했으나, 이윽고 두 손을 얼굴에 대고 눈물을 흘렸다. 나는 아무 말도 하지 않으려 했다. 그러나 타이저가 똑같이 입을 다물고 누이동생에게 한마디도 하지 않는 것은 의아스러웠다. 그는 단지 누이동생의 등에 팔을 올려놓고, 어린아이를 달래듯이 부드럽게 위로의 말을 중얼거렸을 뿐이었다.

잠시 후 악수와 축사와 건배의 말들이 오가자 무오트는 비꼬듯이 눈을 가늘게 뜨고 나를 보았다. 모두들 나의 다음 작품에 대해서 열심히 물었으나, 내가 그것을 종교 음악이라고 말하자 실망했다. 그리고 나의 다음 오페라를 위해서 잔을 맞부딪쳤으나, 그것은 오늘까지 씌어지지 않고 있다.

밤 늦게 모임에서 빠져 나와 침상에 누웠을 때에야 비로소 나는 브리기테에게 무슨 일이 있었느냐, 왜 울었느냐 하고 타이저에게 물을 수 있었다. 그녀는 벌써 잠들어 있었다. 타이저는 나를 살피듯이 잠깐 놀라면서 쳐다보곤 고개를 흔들었다. 그리고 다시 물을 때까지 휘파람을 불면서 못 들은 체했다.

"쿤, 자네는 역시 바보로군. 그것도 눈에 보이지 않는." 그는 타박하듯이 말했다. "아무것도 눈치채지 못했단 말인가?"

"아무것도."

나는 차츰 진상을 깨달으면서 대답했다.

"그럼, 말하겠네. 그 아이는 이미 오래 전부터 자네를 사랑하고 있다네. 물론 내게도 자네에게도 말한 적은 없어. 그러나 나는 눈치채고 있었지. 솔직하게 말하면, 이것이 그 어떤 결과를 낳는다면 나도 기쁘겠네."

"그건 난처한데!" 나는 정말로 슬퍼하면서 말했다. "그렇지만, 오늘밤 일은 도대체 어떻게 된 거야?"

"심하게 운 것 말인가? 자네는 어린아이로군. 우리가 아무것도 눈치채지 못했다고 생각하는가?"

"도대체 뭐야?"

"저런, 저런! 자네는 아무 말도 할 필요가 없어. 지금까지도 말하지 않은 것은 좋아. 그렇지만 무오트 부인을 그처럼 뚫어지게 보지 않았더라면 좋았을 거야. 이제 알았겠지?"

나는 그에게 나의 비밀에 간섭하지 말 것을 당부했다. 나는 그를 신뢰했다. 그는 손을 슬쩍 내 어깨 위에 올려놓았다.

"자네가 지난 2, 3년 동안 우리에게 입을 다물고 있던 여러 가지 일을 나는 모두 생각해 낼 수가 있네. 나도 예전에 똑같은 경험을 했으니까. 우리 손을 꼭 잡고, 아름다운 음악을 만들세. 누이동생도 마음을 고쳐 먹겠지. 자아, 악수를 하세. 오늘은 정말로 좋았어! 그럼 집에서 만나세! 나는 누이동생과 내일 일찍 떠나겠네."

이렇게 헤어졌지만, 그는 곧 되돌아와서 다짐하듯이 말했다. "다음 상연 때에는 다시 플루트를 넣지 않으면 안 돼. 알겠나?"

기쁜 날은 끝났다. 우리들은 각자 흥분된 마음을 품고 오랫동안 잠자리에서 깨어 있었다. 나는 브리기테에 대해서 생각했다. 그녀는 오랫동안 내 옆에 있었다. 그러나 나는 그녀와 좋은 친구 관계 이상을 갖지 않았으며, 또 원하지도 않았다. 마치 게르트루트가 나를 대하던 것과 마찬가지로 브리기테가 다른 여성에 대한 나의 사랑을 확인했을 때의 기분은, 내가 무오트의 집에서 게르트루트의 편지를 발견하고 피스톨에 탄알을 장전했을 때의 기분과 같은 것이리라. 그것은 심히 나를 슬프게 했지만, 나는 미소를 짓지 않을 수 없었다.

나는 며칠 더 뮌헨에 체재했으나, 그 동안 대개 무오트의 집에서 보냈다. 그것은 이미 우리 세 사람이 처음으로 함께 피아노를 치고, 노래를 불렀던, 그 처음 무렵의 오후와 같은 단란은 아니었다. 그러나 상연의 잔광(殘光) 속에 그 시절에 대한 무언의 회상이 일어, 무오트와 게르트루트 사이에도 때로는 밝은 빛이 빛났다. 작별을 고하고 밖으로 나온 나는 잠시 겨울 수목 사이의 조용한 집을 올려다보던서 앞으로도 종종 방문하리라 생각했다. 그리고 그 안의 두 사람을 새로이 영원히 맺어 주기 위해서라면 자신의 약간의 만족과 행복을 기꺼이 포기하겠다고 마음먹었다.

8

집으로 돌아오자, 하인리히가 예언했던 대로 성공의 평판이, 많은 불유쾌하고 더러는 우스꽝스러운 결과를 수반하여 나를 맞았다. 오페라를 대리인에게 위임함으로써 일의 번거로움은 쉽게 피할 수 있었으나 그 밖의 방문객, 신문 기자, 출판업자, 부질없는 편지 같은, 갑자기 유명해진 이름의 보잘것없는 무거운 짐에 익숙해지고, 최초의 환멸로부터 정신을 바로잡기까지에는 시간이 걸렸다. 유명해진 이름에 대해서 사람들은 묘한 방법으로 그 권리를 주장하는 것이다. 그러한 경우, 신동(神童)이든 작곡가든 시인(詩人)이든 강도, 살인범이든 다르지 않다. 어떤 사람은 사진을 요구하고, 어떤 사람은 필적을 요구하는가 하면 또 어떤 사람은 돈을 강요하기도 한다. 음악을 전공하는 젊은이들은 빠짐없이 작품을 보내 와서, 민망할 정도로 아첨과 함께 비평을 청한다. 그러고는 이쪽에서 회답을 하지 않거나 솔직한 평을 하거나 하면, 숭배자는 갑자기 무례해져 화를 내고 복수심에 불탄다. 잡지는 그 사람의 초상(肖像)을 인쇄하려 하고, 신문은 그의 생활이나 그의 출생, 외모를 대서 특필한다. 동급생은 옛날의 관계를 상기시키고, 먼 친척은 종형(從兄)이 유명해질 것을 몇 년 전부터 이미 예언했었다고 주장한다. 나를 당황하게 하고 난처하게 만든 이런 종류의 편지 중에는, 나를 흥겹게 만든 슈니벨 양의 편지와 오랫동안 잊고 있었던 어떤 사람의 편지도 있었다. 그것은 아름다운 리디였다. 그 썰매타기에 대한 것은 전혀 말하지 않고, 완전히 변함없는 옛 여자 친구의 입장에서 씌어진 편지였다. 그녀는 고향에서 음악 교사와 결혼을 했다. 내 작곡 모두에 아름다운 헌사를 첨가하여 당장 보내 주기를 바란다며 그녀의 주소를 덧붙였고 그녀의 사진도 동봉되어 있었는데, 낯익은 얼굴이 늙어 거칠어 보이는 사진이었다. 나는 될 수 있는 대로 친절하게 회답을 썼다.

그러나 이러한 사소한 일들은 모두 흔적도 없이 사라져 버리는 일이 아니던가. 우아하고 세련된 사람들과 사귀게 된 것은 물론 훌륭한 성공의 빛나는 결실이다. 그러한 사람들은 입으로만이 아니라 마음속에 음악을 갖고 있었다. 그러나 그것도 나의 실제적인 생활에 직접적인 관계는 없었다. 나의 생활은 예전처럼 정적을 유지하고, 그 후에도 거의 변하지 않았다. 나의 극히 친한 친구의 운명이 어떻게 전개되어 갔는지를 이야기할 일이 남아 있을 뿐이다.

임토르 씨는 예전에 게르트루트가 집에 있을 때만큼 손님을 접하지는 않았으나 그의 집에서는 3주에 한 번씩 많은 그림에 둘러싸여 선발된 실내악의 밤이 개최되었다. 나는 빠짐없이 참석하였고 때때로 타이저도 데리고 갔다. 임토르 씨는 다른 때에도 찾아 달라고 줄곧 말했다. 그래서 나는 이따금 저녁 무렵에——그것은 그가 좋아하는 시각이었다——그의 검소한 사무실로 찾아갔다. 그곳에는 게르트루트의 초상화가 걸려 있었다. 노신사와 나 사이는 점차로 외관상으로는 냉정하지만, 깊은 이해에 다다라, 서로 터놓고 이야기를 나누고 싶은 심정이 되어 있었기 때문에 우리들의 대화는 자주 서로의 마음 가장 깊은 곳의 일에까지 미쳤다. 나는 뮌헨에서의 일을 이야기하고 게르트루트 부부의 관계에 대해서 어떤 인상을 받았었는지에 대해서도 숨기지 않았다. 그도 동의했다.

"아마도 잘되어 가겠지만" 하고 그는 탄식하며 말을 이었다. "우리들로서는 어떻게 할 수가 없어요. 다만 여름이 되면 딸아이가 두 달 동안 이곳에 머물 예정이니까 그때를 기대할 수밖에. 뮌헨으로 딸아이를 찾아가는 일은 드뭅니다. 찾아가는 것을 좋아하지 않아요. 딸아이는 매우 기특하게 해나가고 있으므로, 흐트러뜨리거나 마음을 약하게 만들거나 해서는 안 됩니다."

게르트루트의 편지에는 아무것도 새로운 뉴스는 없었다. 그런데 부활절 무렵, 아버지 집으로 돌아와 나를 방문해 주었을 때의 그녀는 몹시 여위고 숨이 답답한 듯 보였다. 격의가 없고 애써 아무렇지도 않은 것처럼 행동하고 있었으나, 그 진지한 눈에서 심상치 않은 절망의 빛이 감돌고 있는 것을 종종 확인할 수 있었다. 나는 나의 새로운 작품을 그녀를 위해서 연주해 들려주지 않으면 안 되었는데, 무엇이든 불러 달라고 부탁하자, 그녀는 고개를 흔들고 거절하면서 내 얼굴을 보았다.

"다시 언젠가." 그녀는 애매하게 말끝을 흐렸다.

우리는 모두 그녀의 상태가 좋지 않은 것을 확인했다. 임토르 씨는 그녀에게 계속 함께 있자고 제의했으나 받아들여지지 않았다고 후에 내게 고백했다.

"따님은 그를 사랑하고 있습니다." 나는 이렇게 말했다.

노신사는 어깨를 움츠리고 근심스럽게 나를 쳐다보았다. "나로서는 결코 모르겠네요. 그러한 불행에 빠지게 되면 누구라도 난처하게 됩니다. 그렇지만 딸아이는, 자신은 그를 위해서 그와 함께 있는 것이다, 그는 완전히 엉망진창이 되어 불행해졌기 때문에, 그 자신이 생각하고 있는 이상으로 자신을 필요로 하고 있는 것이라고 말했어요. 그는 자기에게는 아무 말도 하지 않지만 그의 얼굴에 씌어 있다고, 딸아이는 말합니다." 그리고 노인은 목소리를 낮추어 아주 낮은 소리로 얼굴을 붉히면서 말했다. "그는 아마 술을 마시는 모양이에요."

"언제나 조금은 마시고 있었습니다" 하고 나는 위로하듯 말했다. "하지만, 그가 만취한 모습은 아직 본 적이 없습니다. 그는 자신을 소중하게 여기는 사람이지만, 신경질적이어서 자신을 억제하지 못합니다. 그러나 다른 사람을 괴롭게 하는 이상으로 아마도 자신의 본성 때문에 고민하고 있을 것입니다."

두 사람의 아름답고 훌륭한 인간이 남 몰래 얼마나 고민하고 있었는지, 아무도 몰랐다. 두 사람이 서로 사랑하지 않게 되었다고는 생각지 않는다. 그러나 본성을 곰곰하게 생각해 보니, 두 사람은 맞지 않았다. 두 사람은 흥분하고 고조되었을 때에만 마음이 통했다. 명랑하고 진지하게 생활을 받아들인다거나 자기의 본성을 분명하게 자각하고 느긋하게 호흡하는 것들을 무오트는 전혀 알지 못했다. 게르트루트는 그의 격정과 심사

(深思), 그의 소침(消沈)과 재기(再起), 자기 망각과 도취에의 부단한 갈증 같은 것을 단지 참고 동정할 뿐이어서, 바꿀 수도 같이 맛볼 수도 없었다. 이리하여 두 사람은 서로 사랑하고는 있었지만, 침착할 수는 없었다. 그는 게르트루트에 의해서 평화와 만족에 달했다는 남 모르는 희망을 배신당한 데 반해, 그녀는 자신의 의지와 희생도 쓸모가 없고, 자신이 그를 위로하고 그의 파멸을 구원하지 못한 것을 보고 괴로워하지 않으면 안 되었다. 이렇게 해서 두 사람의 감추어진 꿈과 애절한 소망은 파괴되고, 그 위에 희생과 위로에 의해서 함께 있을 수 있었던 것이다. 그러나 두 사람이 그 일을 해내고 있는 것은 기특한 일이었다.

여름에 하인리히가 게르트루트를 아버지 집으로 데리고 왔을 때, 처음으로 나는 그와 만났다. 그는 그녀에 대해서나 나에 대해서 전에 없이 친절하고 신중했다. 그녀를 잃는 것을 그가 얼다나 두려워하고 있는지를 잘 알 수 있었다. 그는 그녀를 잃고서는 견디지 못할 것이라고 나는 느꼈다. 그러나 그녀는 몹시 지쳐 있었으므로 자신을 회복하고, 힘과 마음의 평형을 회복하기 위해 오로지 안식과 조용한 나날만을 원하고 있었다. 우리들은 우리집 뜰에서 그다지 덥지 않은 하루 저녁을 보냈다. 게르트루트는 어머니와 브리기테 사이에 앉아 소녀의 손을 잡고 있었으며, 하인리히는 장미 사이를 조용히 거닐었다. 나는 타이저와 함께 테라스에서 바이올린 소나타를 연주했다. 게르트루트가 조용히 쉬면서 한때의 평화를 호흡하고 있는 모습, 브리기테가 아름다우나 괴로워하는 부인을 따르며 다가앉아 있는 모습, 무오트가 고개를 떨구고 조용한 걸음으로 나무 그늘 사이를 이리저리 거닐면서 귀를 기울이고 있는 모습, 그것은 사라질 수 없는 한 폭의 그림으로 내 마음속에 남았다. 나중에 하인리히는 슬픈 눈길로 나를 보며 농담처럼 말했다.

"세 여인이 나란히 앉아 있는데, 행복스러워 보이는 사람은 자네 어머님뿐이더군. 우리도 저런 식으로 나이를 먹고 싶군!"

그리고 나서 우리들은 서로 뿔뿔이 헤어져 여행을 떠났다. 무오트는 혼자서 바이로이트(독일 남동부 바이에른 주의 도시)로, 게르트루트는 아버지와 함께 산으로, 타이저 남매는 슈타이어마르크(오스트리아 지방)로, 나는 어머니와 함께 다시 북해(北海)로 떠났다. 북해에서 나는 종종 해안을 거닐며 바다에 귀를 기울였다. 그리고 몇 년 전, 청춘 초기에 생각했던 것처럼 놀라움과 두려움을 갖고, 슬프게도 어리석게 얽혔던 일들을 생각했다. 사랑은 때로는 허무한 것, 서로 호의를 갖고 있는 사람들이 그냥 지나쳐 각자의 불가해한 운명을 살아가며 아무리 서로 가까워지고 도우려 해도, 마치 의미가 없는 슬픈 악마 속에서처럼 돕지 못하는 것이라는 상념이 스쳐 갔다. 또 청년과 노년에 관한 무오트의 이야기를 종종 생각하면서, 내 생활도 언젠가는 단순 명료해질 수 있을까 하는 호기심을 품었다. 이야기 중에 내가 그러한 일에 대해서 언급하자, 어머니는 미소를 지으면서 정말로 만족스러운 얼굴을 지었다. 어머니는 타이저에 관한 일을 상기시키면서 나를 부끄럽게 만들었다. 타이저는 아직 나이가 어린데도 자신의 분수를 알 만큼 성숙했으며, 모차르트의 멜로디를 입술에 올리면서 어린아이처럼 거북스럽지 않은 생활을 하고 있었다. 그것은 연령에 의하지 않는다는 것을 나는 잘 알고 있었다. 아마도 우리들의 괴로움과 무지는, 이전에 로에 선생이 이야기하던 병에 지나지 않을는지도 모른다. 아니면 그 현자(賢者)도 타이저와 같은 어린아이였든지.

그러나 어찌 되었든 나의 사색으로는 어떻게 풀 길이 없었다. 음악이 나의 영혼을 움직일 때에는, 말을 사용하지 않고도 모든 것을 알 수 있었다. 일체의 생명 속에서 깨끗한 조화를 느끼고 일체의 사상(事象) 속에 숨겨진 의미와 아름다운 법칙을 알 수 있을 것 같은 생각이 들었다. 설사 그것이 잘못된 것이라 할지라도 나는 그 속에서 살고, 또 행복했다.

게르트루트는 여름 동안 남편과 헤어져 있지 않았던 편이 좋았을지도 모른다. 그녀는 회복되기 시작하고 있었으며, 가을이 되어 여행에서 돌아온 후 만났을 때에는 실제로 건강이 좋아졌고, 저항력도 생긴 것처럼 보였다. 그러나 이 원기가 회복된 것에 대해 걸었던 희망은 착각이었다. 게르트루트는 수개월 동안 아버지 밑에서 행복하게 지냈다. 그녀는 마음껏 휴식할 수 있었고, 피곤한 사람이 잠자리에 들게 되면 곧 잠에 몸을 맡기듯이, 안도의 숨을 쉬면서 하루하루 다툼이 없는 조용한 상태에 몸을 맡겼다. 우리가 생각했던 것 이상으로, 그녀가 자각했던 것 이상으로 그녀는 이미 몹시 지쳐 있었던 것을 이제야 알았다. 드디어 무오트가 그녀를 맞으러 오기로 되어 있는 날이 다가오자, 그녀는 무기력한 불안에 빠져 잠을 이루지 못하면서 좀더 오래 아버지 옆에 있게 해달라고 애원했다.

새로운 힘과 의지를 갖고 무오트에게로 돌아가는 것을 즐거움으로 여기고 있으리라고 믿고 있던 임토르 씨는 물론 다소 놀랐다. 그러나 그는 반대하지 않고, 차라리 후일의 이혼 준비로서 당분간 장기간의 별거를 하는 것이 어떻겠느냐는 제의를 신중하게 암시했다. 그러나 그녀는 거기에 대해서는 몹시 흥분하며 반대했다.

"저는 그분을 역시 사랑하고 있습니다!" 하고 그녀는 격렬하게 소리쳤다. "그분을 등질 생각은 절대로 없습니다. 단지 그 사람과 함께 생활하는 것이 대단히 피곤하여 좀더 회복될 때까지 조금만 더, 아마도 2, 3개월가량 쉬고 싶을 뿐입니다."

임토르 씨는 애써 딸을 안정시켰다. 아버지로서 자식을 좀더 자기 옆에 두는 일에 그는 조금도 반대하지 않았다. 그는 무오트에게, 게르트루트는 아직 아파서 좀더 집에 있기를 원하고 있다는 내용의 편지를 썼다. 유감스럽게도 무오트는 이 소식을 가볍게 받아들이지 않았다. 별거하고 있는 동안, 아내에 대한 갈망이 극도로 강해졌기 때문에 그는 아내의 귀가를 기대하고, 그녀를 완전히 되찾아 자신의 것으로 만들려는 선의의 의욕에 불타고 있었던 것이다.

그런 그에게 임토르 씨의 편지는 심한 환멸을 안겨 주었다. 무오트는 즉석에서 장인에 대해 의심을 가득 담은 심한 회답을 썼다. 무오트는 이혼을 바라고 있는 장인이 자신에게 책략을 꾸민 것이라고 생각했다. 그래서 당장 게르트루트를 만날 것을 요구했다. 아내를 되찾을 수 있다고 확신하고 있었던 것이다. 노인은 그 편지를 들고 나를 찾아왔다. 우리들은 어떻게 해야 좋을지 오랫동안 숙고했다. 게르트루트가 지금 격동(激動)을 견디어 낼 수 없다는 것은 분명했기 때문에 바로 남편을 만나는 것은 피

326

하는 편이 마땅하다고, 우리 두 사람은 결론지었다. 임토르 씨는 이를 몹시 우려하면서, 내게 게르트루트가 좀더 쉴 수 있도록 무오트를 설득해 달라고 부탁했다. 그렇게 했어야 했음은 지금의 나로서도 이해가 간다. 그러나 그 당시 나에게는 한 가지 걱정이 있었다. 내가 무오트의 장인에게 신뢰를 받고 있으며, 무오트 자신이 내게 털어놓지 않으려 했던 그의 일신상의 일을 알고 있다는 사실을 그에게 알리는 것은 위험하다고 생각되었던 것이다. 그리하여 나는 임토르 씨의 제안을 사양하고, 노인의 편지로서 끝내기로 했지만 사태는 전혀 개선되지 않았다.

뿐만 아니라 아무 예고도 없이 불쑥 무오트가 찾아와서, 그의 사랑과 거의 억제하지 못하는 심한 오해로 우리 일동을 놀라게 했다. 간단한 편지의 왕래에 대해서 아무것도 몰랐던 게르트루트는, 역시 예기치 않았던 남편의 방문과, 그 분격에 가까운 흥분에 갑작스런 충격을 받아 얼이 빠지고 말았다. 내가 전해 듣지 못한 번거로운 장면이 벌어졌으나 나로서는 무오트가 함께 뮌헨으로 돌아가자고 게르트루트를 강요했다는 것밖엔 모른다. 그녀는 어쩔 수 없이 따라갈 각오를 보였지만, 지쳐 있고 아직 휴식이 필요하니까 좀더 아버지 옆에 있게 해달라고 부탁했다. 그러나 무오트는, 너는 나에게서 도망치려고 하고 있다, 아버지로부터 꾀임을 당하고 있다고 하면서 그녀를 꾸짖고, 그녀가 부드럽게 설명을 하면 할수록 더욱 의심이 깊어져 분격(憤激)의 발작으로 흥분하여 이성을 잃고, 당장 자기에게로 돌아오라고 명령했다. 그러자 그녀의 자존심은 심하게 반발하여, 더 이상 그의 말을 듣지 않겠다고 냉정하게 거절하면서, 무슨 일이 있어도 이곳을 떠나지 않겠다고 선언했다. 이 장면에 대해서는 다음날 아침 일종의 화해가 이루어져, 무오트는 부끄러워하면서 후회하고 그녀의 요청을 모두 승낙했다. 그리고 나에게는 들르지도 않고 떠나 버렸다.

그 사실을 들은 나는 깜짝 놀라, 처음부터 두려워하고 있던 불행이 찾아왔다고 생각했다. 이성을 잃고 추한 장면을 연출한 후로 게르트루트가 쾌활함과 집으로 돌아갈 원기를 되찾을 때까지는 오랜 시일이 걸릴 것이며 그 동안에 무오트는 거칠어져서 그녀를 그리워하면서도 한층 멀리할 위험이 있다고 나는 생각했다. 잠시 동안 행복하게 지냈던 집에서 혼자 지내는 일을 그는 결코 오래 견디지 못하고, 자포자기가 되어 술을 마시면서 그렇지 않아도 그의 뒤를 쫓는 여자들을 끌어들이고 말 것이다.

그러나 파란은 일어나지 않았다. 그는 게르트루트에게 편지를 쓰고, 다시 한 번 용서를 빌었다. 그녀는 동정과 친절을 담은 회답을 보내 인내를 촉구했다. 그 무렵 나는 그녀를 만나지 않았다. 이따금 그녀에게 노래를 부르도록 권했으나, 그녀는 언제나 고개를 흔들었다. 그래도 피아노 앞에 앉아 있는 일은 드물지 않았다.

언제나 어떤 힘과 명랑함과 평온함으로 충만해 있는 그녀를 보아 왔던 나는 이 아름답고 고상한 여성이 두려움으로 감정의 밑바닥으로부터 흔들리고 있는 것을 보는 것은 이상하기도 하고 불쾌하기도 했다. 이따금 그녀는 우리 어머니를 찾아와서 친절하게 우리들의 동정을 묻고, 어머니와 나란히 회색 안락의자에 앉아서 잠시 잡담을 나누려고 애썼다. 나는 찢기듯 아픈 마음으로 그녀의 목소리를 듣고, 억지로 미소지으려고 애쓰는 그녀의 얼굴을 보았다. 나도, 그 누구도 그녀의 고뇌를 알지 못했다. 우리들은 겉으로는 그것을 마치 단순한 신경 쇠약과 같은 것으로 생각하고 있었는지도 모른다. 때문에 나는 내가 알아서는 안 될 표명되지 않은 비탄이 분명하게 씌어져 있는 그녀의 눈을 차마 볼 수가 없었다. 우리는 마치 만사가 변함이 없는 것처럼 이야기하고, 생활하고, 서로 지나쳤다. 그러나 서로 부끄러워하고 피했다.

이 슬픈 감정의 혼란 한복판에서 때때로 갑작스러운 고열(高熱)처럼 '그녀의 마음은 이미 남편의 것이 아니다. 해방되어 있다. 지금이야말로 그녀를 다시 찾아 나의 것으로 만들어 어떤 폭풍우가 몰려와도, 어떤 괴로움이 닥쳐와도 내 품속에서 그녀를 지켜야 할 때다'라는 생각이 나를 사로잡았다. 그럴 때마다 나는 방에 틀어박혀 갑자기 새롭게 이해하게 되고 그리워진 내 오페라 중의 열렬한 구애(求愛)의 음악을 연주했다. 온몸을 태우는 그리움과 목마름의 밤들을, 청춘과 충족시킬 수 없었던 욕망의 고뇌를 다시 한 번 맛보아야 했다. 그것은 그녀에 대한 갈망으로 불타올라, 최초의 단 한 번의 키스를 하던 순간처럼 강렬한 것이었다. 그 입술이 다시 내 입술 위에서 불타오르며 수년간의 안정과 체념을 순식간에 살라 재로 만들어 버렸다.

게르트루트 앞에 있을 때만 내 내면의 불꽃은 가라앉았다. 설사 내가 이성을 잃고 비열하게 자신의 욕망만을 좇아 친구인 그녀의 남편을 돌보지 않고 그녀의 사랑을 구하는 짓을 한다 할지라도, 괴로워하면서 끈질기게 고통에 매달려 있는 이 아름다운 여성의 눈길 아래에서는 동정과 신중한 위로 이외의 접근은 모두 부끄럽게 되고 말았을 것이다. 괴로워할수록, 그리고 희망을 상실할수록, 그녀의 자존심은 더욱 높아져 접근하기가 어려웠다. 훤칠한 모습의 그녀는 짙은 금발의 아름다운 머리를 이제까지 와는 달리 똑바로 귀족적으로 세우고 있었다. 그리고 그녀를 보호하려는 누군가의 극히 미세한 몸짓에도 민감하게 반응하며 극구 거부했다.

이 침묵의 수주일 동안은 아마도 내 일생 중 가장 괴로운 시기였으리라. 한편에는 가까이 있으나 손에 넣을 수 없고, 혼자 있으려 하는 그녀에게 접근할 길도 없는 게르트루트가 있는가 하면 또 다른 한편에는 나를 사랑하고 있음을 내가 알고 있는 브리기테가 있었다. 그녀와는 한동안 멀어졌다가 다시 점차로 부담없는 교제가 시작되고 있었다. 이 모든 청춘들 사이에 늙은 어머니가 있었다. 어머니는 우리들의 고뇌(苦惱)를 보고 모든 것을 헤아리고 있었지만, 내가 완강하게 입을 다물고 있고, 내 신상에 대해 한마디도 하려고 하지 않았기 때문에 굳이 물으려고 하지 않았다. 가장 괴로운 일은 가장 가까운 친구들이 파멸의 길을 걷고 있음을 분명히 알고 있음에도 불구하고, 그것을 알고 있음을 알아차리게 할 수도, 또 어떻게 해줄 수도 없는 채 애절하게 방관만 하고 있지 않으면 안 되는 일이었다.

게르트루트의 아버지는 어느 누구보다도 심하게 괴로워하고 있는 것 같았다. 수년 전 그를 처음 알게 되었을 때 현명하고 건강하며 조용하고 쾌활한 노신사였던 그는 이젠 늙고, 가라앉은 목소리엔 침착성이 사라졌으며 농담도 잃어버린, 불안에 찬 가엾은 모습으로 변해 있었다. 11월의 어느 날, 나는 그를 위로한다기보다는 서로운 소식을 듣고, 희망을 얻기 위해서 그의 집을 방문했다.

사무실에서 나를 맞은 그는 값비싼 잎담배를 권하며, 정중하고 가벼운 어조로 말을 시작했으나, 그런 투의 말을 유지하기가 힘이 들었기 때문에 곧 그만두고, 슬픈 미소를 띤 채 내 얼굴을 보면서 말했다. "상태를 듣고 싶겠지요? 안 되겠어요, 쿤 씨. 안 되겠어요. 딸아이는 우리가 알고 있는 이상으로 참아 온 모양이에요. 그렇지 않다면 좀더 빨리 회복되었을 것입니다. 나는 헤어지는 쪽으로 마음을 굳히고 있습니다만 딸아이는 귀담아들으려고 하지 않는군요. 딸아이는 그를 사랑하고 있다고, 적어도 말은 그렇게 하고 있습니다. 그러면서도 그를 두려워하고 있는 거예요. 그래서는 안 됩니다. 딸아이는 병이 들어, 눈을 감은 채 아무것도 보려고 하지 않습니다. 모두가 자신에게 상관하지 말고 기다려 주면, 틀림없이 잘될 것이라고 생각하고 있습니다. 그것은 물론 신경 쇠약이지요. 내가 보기엔 병세가 점점 깊어지는 것 같습니다. 남편에게로 돌아가면 학대당하지나 않을까 하고 두려워하고 있어요. 그런데도 그를 사랑하고 있다고 생각하고 있는 것입니다."

그로서는 딸의 마음을 알 수가 없는 난처한 심정으로 사태를 바라보고 있었다. 그러나 나는 잘 알고 있었다. 그녀의 괴로움은 사랑과 자존심 사이의 싸움이었다. 그녀가 두려워하는 것은 그로부터 얻어맞는 것이 아니었다. 그녀는 그를 이미 존경할 수 없게 된 것을 두려워하고 있었다. 그녀는 괴롭게 기다리는 동안 다시 힘을 얻을 수 있기를 바라고 있었다. 그녀는 그를 제어하고 억누르고는 있었지만, 그 때문에 지쳐 버렸고 더 이상 자신의 힘을 유지할 수가 없게 된 것이다. 그것이 그녀의 병이었다. 한동안의 별거로 지금은 그녀 또한 그를 그리워하고 있기는 했지만, 부부 공동 생활의 새로운 시도가 순조롭지 못할 경우 그를 완전히 잃게 될까봐 두려워하고 있었다. 나는 지금에야 비로소 너 건방진 사랑의 공상이 얼마나 보람없는 맹목적인 것인가를 확연히 깨달았다. 게르트루트는 남편을 사랑하고 있으며 다른 사람과는 결코 행로를 같이하지 않을 것이다.

임토르 씨는 내가 무오트와 친하다는 것을 알고 있었으므로, 무오트에 대해 이야기하는 것을 피했다. 그러나 그는 무오트를 증오하고, 어떻게 그런 사나이가 게르트루트를 유혹할 수 있었는지 이해하기에 고심했다. 그에게 있어 무오트는 죄없는 사람을 감금하고 놓아 주지 않는 마법사였다. 열정이라는 것은 언제나 하나의 수수께끼로서 설명하기 어려운 것이다. 미인박명(美人薄命), 더없이 훌륭한 인간은 종종 자기 자신을 파멸시키는 사람을 사랑하지 않으면 안 되는 일들, 그것은 유감스럽게도 확실한 사실이었다.

이러한 우수(憂愁)에 잠겨 있는 내게 무오트의 짧은 편지가 하나의 구원처럼 찾아왔다. 그는 다음과 같이 써 보냈다.

사랑하는 쿤이여! 자네의 오페라는 지금 도처에서, 아마도 이곳에서보다는 더욱 성황리에 상연되고 있겠지. 그러나 자네가 다시 한 번 이곳에, 이를테면 내가 자네의 역을 두 번 노래하는 내주에라도 와 주면 고맙겠네. 자네도 알다시피 아내는 병중이네. 나는 이곳에 혼자 있어. 사양하지 말고 내 집에서 묵도록 하게. 그러나 아무도 데리고 오지 말기를.

자네의 벗 무오트로부터

그는 좀처럼 편지를 쓰지 않는다. 불필요한 편지는 절대로 쓰지 않는다. 때문에 나는 즉시 출발할 결심을 했다. 그는 틀림없이 나를 필요로 하고 있는 것이다. 나는 잠시 그 사실을 게르트루트에게 알릴 것인지를 생각했다. 그의 편지는 막다른 국면을 타개할 좋은 기회가 될지도 모르며, 그녀는 그에게 보낼 편지나 정답고 부드러운 말을 나에게 부탁할지도 모른다. 또는 그에게 와 달라고 말하든가, 아니면 함께 가자고까지 말할지도 모른다. 그러나 그것은 단지 내 생각에 그치고 실행되지는 않았다. 나는 출발 직전 그녀의 아버지를 방문했을 뿐이었다.

습기차고 궂은 날씨의 쓸쓸한 늦가을이었다. 뮌헨에 접어들자 차창 밖으로 첫눈에 덮인 가까운 산이 보였다. 시가지는 음산하고 비로 인해 엉망이었다. 나는 곧장 무오트의 집으로 갔다. 모든 것이 일년 전과 변함없이 똑같았다. 사환도, 방도, 가구의 위치도 똑같았다. 그러나 모든 것이 거칠고 공허해 보였다. 게르트루트가 항상 신경을 쓰며 가꾸던 꽃도 없었다. 무오트는 부재 중이어서 사환이 나를 방으로 안내하고, 짐을 푸는 것을 도와 주었다. 나는 옷을 갈아입고 음악실로 내려갔다. 이중창 밖에서 나무 흔들리는 소리가 들려 왔다. 나는 과거의 시간 속으로 빠져들었다. 그곳에 앉아서 그림을 바라보며 책을 뒤적거리고 있자, 내 마음은 슬픔으로 한층 고조되어 이제는 어떻게 할 수가 없다는 생각을 금할 수 없었다. 부질없는 생각을 떨치기 위해 내키지는 않았지만 피아노 앞에 앉았다. 그러고는 마치 과거의 행복을 다시 불러올 수 있을 것처럼 예전의 결혼식 서곡을 쳤다.

바쁘게 걷는 무거운 발걸음 소리가 옆방에서 들려 왔다. 하인리히 무오트가 들어왔다. 그는 내게 손을 내밀고, 지친 모습으로 나를 쳐다보았다.

"미안하네" 하고 그는 말했다. "극장에 볼일이 있어서 말이야. 나는 오늘 밤 노래를 불러야 하네. 자아, 식사를 하도록 하지."

그는 앞서서 나갔다. 그는 많이 변해 있었다. 넋이 나간 듯한 눈동자에 기운없는 모습으로 극장에 대한 것 외에는 이야기를 하지 않았다. 다른 이야기는 원치 않는 것 같았다. 식사 후 우리가 별말없이 묵묵히 노란 등의자에 마주 앉았을 때에야 그는 이야기를 시작했다.

"자네가 와 준 것은 고맙네! 오늘 밤에는 특별히 잘 불러 보겠네."

"고맙네" 하고 나는 말했다. "그런데 자네 안색이 좋지 못하군."

"그런가? 그러나 유쾌하게 지내세. 나는 일시적인 홀아비가 아닌가. 잘 알다시피."

"그러세."

그는 나를 보며 슬그머니 말을 꺼냈다. "자네 게르트루트에 대한 것은 아무것도 모르는가?"

"별로 알지 못하네. 그녀는 여전히 신경 쇠약으로 잠을 잘 못 잔다고 하더군."

"응, 그 이야기는 그만두세. 그녀는 자네들이 있는 곳에서 안전하게 보호되고 있을 테니."

그는 일어서서 방을 거닐었다. 아직도 무슨 말인가 하고 싶은 듯, 눈치를 살피면서 의심스러운 눈으로 나를 지켜 보았다. 그러나 그는 끝내 아무것도 묻지 않았다.

"예전의 로테가 다시 나타났네" 하고 그는 새삼스럽게 말을 꺼냈다.

"로테가?"

"응, 그 무렵 자네를 찾아가서 하소연했던 그 여자 말이야. 그녀가 결혼해서 이곳에 와 있어. 아직도 내게 흥미가 있는지 정식 방문을 했어."

그는 다시 교활한 눈빛으로 나를 쳐다보았다. 내가 깜짝 놀라는 것이 재미있다는 듯 그는 웃었다.

"그래서 자네는 그녀와 상대를 했는가." 나는 주저하면서 물었다.

"상대를 했다고 자네는 생각하는군! 아니, 쫓아 보냈어. 그런데 실례. 쓸데없는 이야기를 했군. 나는 엉망으로 지쳐 있다네. 그래도 밤엔 노크를 해야만 돼. 용서해 준다면 난 저쪽에서 한 시간쯤 누워서 자고 싶네."

"좋고말고 하인리히, 천천히 쉬도록 하게. 나는 잠깐 시내에 나갔다 오겠네. 차를 좀 불러 주지 않겠나?"

나는 또다시 이곳에 말없이 앉아서 수목들 사이로 불어오는 바람 소리를 듣고 있기는 싫었다. 그래서 정처없이 시내로 나간 나는 알테 피나코테크(뮌헨의 미술관. 고전 미술품을 소장하고 있다)에서 반 시간 정도 음침한 회색 불빛을 받고 있는 옛 그림들을 보았다. 그리고 폐관 후엔 카페에서 신문을 읽었다. 높은 유리창 너머로 비에 젖은 거리를 바라보는 일 외엔 좋은 생각이 떠오르지 않았다. 어떻게든 이 냉랭한 분위기를 뚫고 하인리히와 모든 것을 숨김없이 이야기하겠다고 결심했다.

돌아와 보니 그는 기분이 좋아져서 미소를 짓고 있었다.

"잠이 부족했던 거야." 그는 기운차게 말했다. "완전히 기운을 차렸어. 잠깐 연주해 주게나, 응? 될 수 있으면 서곡으로."

그가 그렇게 갑자기 달라진 것이 너무 놀랍고 또한 기뻐서 나는 그의 뜻에 따랐다. 연주가 끝난 후에 그는 예전처럼 아이러니와 가벼운 회의 (懷疑)를 섞어 잡담을 하는 등 그의 기질을 유감없이 발휘하여 다시 내 마음을 완전히 사로잡았다. 우리들이 만난 초창기 무렵이 내 머리에 떠올랐다. 저녁때 집을 나설 때, 나는 무의식중에 뒤돌아 보면서 물었다. "개는 이젠 없나?"

"없어. 게르트루트가 싫어해."

우리는 잠자코 극장으로 마차를 몰았다. 나는 악장에게 인사를 하고, 자리를 얻었다. 실로 오래간만에 귀에 익은 음악을 다시 들었으나 지난번과는 모든 것이 변해 있었다. 나는 혼자 특별석에 앉았다. 게르트루트는 없다. 무대 위의 가수들도 모두 다른 사람으로 짜여 있었다. 그는 정열과 힘을 갖고 노래하였다. 관객들은 이 욜의 그를 좋아하는 모양으로, 처음부터 활기를 띠고 그 분위기에 빨려들었으나 나에게는 그의 열기가 과장되고, 그의 목소리는 흥분되어 있어서 거의 조잡스럽다고까지 생각되었다. 최초의 막간(幕間)에 나는 내려가서 그를 찾았다. 그는 자기 방에 앉아서 샴페인을 마시고 있었다. 두 마디, 세 마디 나누는 동안에도 그의 눈은 술에 만취된 것처럼 불안정했다. 무오트가 옷을 갈아입고 있는 동안 나는 악장을 찾아갔다.

"무오트는 아픈 것이 아닙니까? 말씀해 주십시오." 나는 이렇게 부탁했다. "그는 샴페인으로 기운을 내고 있는 것처럼 보입니다. 아시다시피 그는 제 친구입니다."

악장은 의아하게 나를 보았다. "그가 아픈지 어떤지 나는 모릅니다. 그러나 그가 자신을 파괴하고 있는 것은 분명합니다. 거의 만취되어 무대로 나오는 일도 적지 않습니다. 마시지 않으면 그의 연기는 서툴고, 노래도 제대로 되지 않습니다. 이전에도 그는 언제나 등장 전에 샴페인을 한잔 마셨습니다만, 지금은 한 병 이하를 다시는 일이 없을 정도가 되었지요. 당신이 충고를 하시겠다면…… 하지만 별 도움은 되지 않을 겁니다. 무오트는 무리하게 자신을 파괴하고 있는 거죠."

무오트가 나를 데리러 왔다. 우리는 근처에 있는 음식점에서 저녁 식사를 했다. 그는 어느 새 또다시 녹초가 되어 무뚝뚝하고, 진붉은 포도주를 끝도 없이 마셨다. 그렇게 하지 않으면 잠을 자지 못하는 모양이었다. 마치 이 세상에 자신의 피로와 수면에 대한 욕망 이외의 것이 있다는 것을 극력 잊으려 하고 있는 것처럼 보였다.

집으로 돌아가는 마차 속에서 잠깐 눈을 뜬 그가 내게 웃음을 보이면서 소리쳤다. "이봐, 내가 없어지면 자네 오페라는 소금에 절여 두게. 그 역은 나 이외에는 아무도 못 불러."

다음날 그는 불안정한 눈과 잿빛 얼굴로 늦게까지 일어나지 못하며 녹초가 되어 있었다. 아침 식사 후 나는 그를 꾸짖으며 경고했다. "자네는 자신을 죽이고 있어." 나는 슬픔과 분노를 터뜨리며 말했다. "자네는 샴페인으로 기운을 차리고 있는데, 물론 나중에 그 보상을 하지 않으면 안 될 것이라는 것을 잘 알고 있겠지. 자네가 왜 그런 식으로 하고 있는지 이해할 수는 있어. 자네가 혼자 몸이라면 나는 아무 말도 하지 않겠네. 그러나 자네는 아내에 대해서, 안팎으로 똑같이 더럽혀지지 않는 남자다운 행동을 할 책임이 있어."

"그래." 그는 힘없이, 외관상으로는 나의 열성에 흥겨워하는 태도로 미소를 지었다. "그래서 그녀는 도대체 내게 어떤 책임을 지우고 있는 건가? 그녀는 도대체 기특하게 행동하고 있는 건가? 그녀는 자기 아버지에게로 가서 나를 혼자 놓아 두고 있어. 그녀가 정신을 차리지 않는데, 왜 내가 정신을 차리지 않으면 안 된다는 말인가. 우리들 사이가 이미 완전히 끝장이 났다는 것은 모두가 알고 있어. 물론 자네도 알고 있어. 게다가 나는 노래하는 광대 역을 연기하지 않으면 안 되는 거야. 그러한 짓은 이렇듯 공허하고 권태로운 기분으로는 해나갈 수가 없는 거야. 나는 모든 일에 싫증이 나 있지만, 예술이 가장 싫어졌어."

"그래도 자네는 다른 방법으로 시작하지 않으면 안 돼. 무오트! 만일 자네가 행복해지고 싶다면 말이야. 그런데 지금의 자네는 정말로 비참해. 노래를 하는 것이 무리라면 휴가를 얻게나. 바로 얻을 수 있을 거야. 노래를 불러 버는 돈 같은 것은 전혀 필요치 않지 않은가. 산이든 바다든 어디로든 가게나. 그리고 건강을 회복하도록 하게. 또 제발 그 바보 같은 술만은 끊도록 하게. 그것은 바보 같은 짓일 뿐 아니라 비겁해. 그것은 자네도 잘 알고 있어!"

그는 웃었다. 그러나 곧 차갑게 말했다. "좋아. 그런 말을 한다면, 자네 한번 나가서 왈츠를 추어 보게! 틀림없이 자네에게 좋은 효력이 있겠지. 다리가 불구라는 것 따위는 생각지 말아야 돼. 그런 것은 생각 탓이라고 하고 말이야!"

"그만두게." 나는 화가 나서 말했다. "자네의 경우와 내 경우가 다르다는 것은 자네도 잘 알고 있지 않은가. 나는 할 수 있다면 크게 기뻐하면서 춤을 추겠어. 그런데 출 수가 없는 거야. 그러나 자네는 마음만 돌리면 충분히 좋아질 수가 있어. 술은 절대로 그만두지 않으면 안 돼!"

"절대로라고, 쿤. 웃기지 말게. 내가 변함없이 술을 끊지 못하는 것은 자네가 춤을 추지 못하는 것과 같아. 이럭저럭 나의 생명을 연장시켜 주고 기가 죽지 않도록 해주는 것을 버릴 수는 없어. 이해해 주겠나. 술을 마시는 것은, 구세군 또는 어디에선가 좀더 좋은, 오래 지닐 수 있는 만족을 발견하면 그때 끊을 수 있는 게 상도(常道)야. 내게도 그러한 것이 있었어. 그것은 여자였지. 그러나 내 아내는 내 것이면서 나를 버렸기 때문에, 나는 더 이상 다른 여자와 교섭을 가질 수 없는 거야. 결국……."

"그녀는 자네를 버린 것이 결코 아니야! 다시 돌아오네. 앓고 있을 뿐이야."

"자네는 그렇게 생각하겠지. 그녀 스스로도 그렇게 생각하고 있어. 그것은 알고 있어. 그러나 그녀는 돌아오지 않다. 배가 침몰하게 되면 쥐들은 이미 그 전에 배에서 도망치는 것이 상례야. 배가 부서진다는 것을 쥐들이 아는 것은 아니야. 단지 기분 나쁜 전율에 휩싸여 도망치지. 머지않아 다시 되돌아온다는 갸륵한 생각을 갖고는 있지만."

"아아, 그런 이야기는 그만해 두게. 자네는 이미 몇 번이나 인생에 대해서 절망했지만, 또 헤치고 나오지 않았나."

"물론 그랬지. 그거야 위안을 주거나 마취(麻醉)시키는 것이 있었으니까 그렇게 할 수가 있었던 거야. 어떤 때에는 그것이 여자였고, 어떤 때에는 친한 친구였네. 그래, 자네도 그 작용을 해주었어. 때로는 음악, 때로는 극장의 박수 소리. 그런데 지금은 이미 그런 것들은 나를 기쁘게 해주지 못해. 그래서 나는 술을 마시는 거야. 우선 두세 잔 마시지 않으면, 나는 노래를 부를 수가 없어. 생각할 수도, 이야기할 수도, 살 수도, 견딜 수도 없는 기분이 되는 거야. 우선 두세 잔 마시지 않으면. 지금은 요컨대──설교가 특기(特技)인 모양인데──그만해 두게. 12년쯤 전에도 이러한 일이 있었지. 그때 어떤 사나이가 내게 계속 설교를 한 거야. 어떤 여자의 일에 대해서였는데, 그 사나이는 나의 가장 친한 친구였어."

"그래서?"

"그래서 나는 너무나 귀찮아 그 친구를 쫓아 버렸지. 실은 그로부터 오랫동안 친구가 없었어. 자네가 나타날 때까지."

"그건 잘 알아."

"그렇지?" 하고 그는 부드럽게 말했다. "그러니까 자네 좋을 대로 하는 거야. 그렇지만 자네까지 도망치는 것은 좋지 않아. 나는 자네가 좋아. 그래서 자네를 한번 기쁘게 해주려고 한 가지 생각한 게 있네."

"그래, 도대체 뭔데?"

"자네는 내 아내를 좋아해. 적어도 좋아했었어. 그녀를 좋아하지. 많이 좋아해. 그래서 오늘 밤에는 한번 우리 둘이서만 아내에게 경의를 표하고 축하를 하세. 그 이유는 있어. 아내의 초상화(肖像畵)를 부탁해 놓았네. 그녀는 봄 동안 계속 화가에게 갔었지. 나도 종종 그곳에 갔었어. 그러고 나서 그녀는 여행을 떠났는데, 그림은 거의 완성되어 있었어. 화가는 다시 한 번 그녀가 와 주기를 원했지만, 나는 더 이상 기다릴 수가 없어서 그림을 그대로 달라고 부탁한 거야. 그것이 일주일 전이야. 마침내 그 그림이 액자 속에 넣어져 어제 도착했어. 바로 보여 주어야 했지만, 장중하게 하는 편이 좋으니까 말이야. 물론 샴페인이 서너 병 없어서는 안 되지. 재미도 뭣도 없어. 자네도 좋은가?"

그의 농담 뒤에 감추어진 감동, 아니 눈물까지도 내 온몸으로 스며들었다. 나는 별로 마음이 내키지 않았으나 쾌히 찬성했다. 나로서는 완전히 잃어버린 여성, 그리고 무오트로서는 완전히 잃어버렸다고 생각되는 여성을 위한 축하 준비가 되었다.

"자네, 그녀의 꽃을 기억하고 있나?" 그는 내게 물었다. '나는 꽃에 대해서는 모르네. 꽃 이름도 몰라. 그녀는 언제나 흰 것과 노란 것과 빨간 것을 섞어 꽂곤 했지. 자네 모르겠나?"

"응, 조금은 알고 있어. 왜?"

"그 꽃을 사다 주게. 마차를 불러 줘. 그렇지 않아도 나는 시내에 나가야 하니까. 아내가 여기에 있는 셈치고 하세."

이렇게 해서 그는 또 여러 가지 일들을 생각해 냈다. 그것으로 미루어 그가 얼마나 깊이, 끊임없이 게르트루트를 생각하고 있는지를 충분히 알 수 있었다. 그 사실은 내게 기분좋기도 하고 슬프기도 했다. 그녀를 위해 그는 이미 개도 기르지 않고, 고독하게 지내고 있었다. 여자 없이는 견디지 못했던 그였는데! 그런 그가 그녀의 초상을 부탁해 놓고 내게 그녀의 꽃을 사라고 명령했다! 그는 가면을 벗어 버린 것 같았다. 그 얼굴은 그 이기적이고 고집스러운 표정 뒤에 숨겨져 있던 어린아이의 얼굴이었다.

"그러나 초상은 지금이나 오후에 보는 편이 좋겠군. 그림은 뭐라고 해도 낮의 빛으로 보아야 해" 하고 나는 이의를 제기했다.

"무슨 말을 하는 거야. 내일 천천히 볼 수가 있어. 아마도 좋은 그림이겠지만, 결국 그것은 우리에게는 아무래도 좋아. 그것을 보기만 하면 되는 것이니까."

식사 후 우리들은 마차를 타고 시내로 나가 물건들을 샀다. 특히 국화 한 다발, 장미 한 바구니, 흰 라일락 서너 묶음을 샀다. 동시에 그는 R시에 있는 게르트루트에게 많은 꽃을 보낼 것을 생각해 냈다.

"꽃은 아름다운 것이로군." 그는 차분하게 말했다. "게르트루트가 꽃을 좋아한 이유를 알 수 있겠어. 나도 꽃은 좋아. 다만 이런 것을 정성스럽게 보살필 수가 없을 뿐이지. 여자가 보살펴 주지 않으면, 내 주위는 언제나 난잡해서 분위기가 나빴던 거야."

저녁때 음악실엔 새로운 초상화가 걸리고 그 위에 비단 천이 덮여 있는 것을 볼 수 있었다. 우리는 축하 잔치를 벌였다. 무오트는 우선 결혼식 서곡을 듣고 싶다고 했다. 내가 그것을 연주하자 그는 초상화의 천을 걷어 냈다. 우리는 잠시 말없이 그 앞에 서 있었다. 밝은 여름 옷차림을 한 게르트루트의 전신상(全身像)이 그려져 있었다. 맑게 갠 눈으로 정답게 우리들을 보고 있었다. 잠시 후에 겨우 우리는 서로 마주보고 손을 잡았다. 무오트는 라인 포도주를 두 개의 잔에 넘치도록 가득 따랐다. 그리고 초상화를 향해서 고개를 끄덕였다. 우리는 그녀를 생각하면서 그녀를 위해 건배했다. 그 후에 그는 그림을 조심스럽게 껴안고 밖으로 나갔다.

나는 그에게 어떤 노래든 한 곡 불러 달라고 청했으나 그는 부르려 하지 않았다.

"아직 기억하고 있나?" 그는 미소를 지으면서 말했다. "내 결혼식 전, 함께 보냈던 그 하룻밤을. 지금 나는 다시 혼자라네. 한 번 더 잔을 부딪쳐 조금 유쾌하게 지내세. 자네의 타이저가 있었으면 좋겠는데 말이야. 그는 나나 자네보다 유쾌하게 노는 법을 알고 있어. 집에 돌아가면 안부나 전해 주게. 그는 나를 싫어하고 있지만 그래도……."

그는 즐거울 때면 언제나 신중하고 조심스럽게 쾌활한 태도를 보였듯이 지금도 그런 상태로 지나간 일을 내게 상기시키기 시작했다. 이미 오래 전에 잊어버렸을 것으로 여겨지던 사소하고 우연한 일까지 모두 그의 기억 속에 그대로 살아 있다는 사실에 나는 놀랐다. 내가 그와 마리온, 크란츨, 그리고 다른 많은 사람들과 함께 보낸 최초의 밤이며, 그 날 우리들의 싸움까지 그는 잊지 않고 있었다. 그러나 게르트루트에 대한 것만은 이야기하지 않았다. 그녀가 우리들 사이에 들어온 이후의 일에 대해서는 일체 그는 언급하지 않았다. 그것은 내게도 다행스러운 일이었다.

나는 이 예기치 않았던 즐거운 시간을 기뻐하며, 잔소리도 하지 않고 좋은 포도주를 듬뿍 마실 수 있게 했다. 그가 그러한 기분에 젖기가 얼마나 힘든 일인지, 또 한 번 그러한 기분이 들면 그것을 얼마나 소중하게 지키는가를 나는 잘 알고 있었기 때문이다. 물론 그러한 기분은 술 없이 오지는 않았다. 그리고 그 기분은 오래 지속되지 않으며, 내일이면 다시 나빠지고 무뚝뚝해진다는 것도 나는 알고 있었다. 그러나 모순투성이기는 하지만 현명하고 명상적인 그의 관찰에 귀를 기울이자, 내 마음속에도 따스함과 명랑하다고 해도 좋을 만한 기분이 솟아올랐다. 그는 그럴 때에만 지니는 아름다운 시선을 가끔 내게로 던졌다. 그것은 마치 금방 잠에서 깨어난 사람의 눈길처럼, 한참 꾸고 있는 꿈속에서 나오는 것처럼 생각되었다.

그가 잠자코 생각에 잠겨 있을 때, 나는 예의 접신론자가 말한 고독의 병에 대해서 그에게 이야기하기 시작했다.

"그래?" 그는 악의없이 말했다. "둘론 자네는 그것을 믿고 있는 거로군? 자네는 본래 신학자가 되었더라면 좋았을걸."

"왜? 그런데, 거기에는 다소의 진리가 있어."

"물론이지. 현명한 사람들은 때때로, 모든 것은 공상에 지나지 않는다는 것을 입증해 보이네. 나도 이전에 그런 책을 여러 차례 읽은 적이 있어. 그러나 그런 것은 아무런 소용이 없어. 절대로 아무 소용이 없다고 말할 수 있어. 이러한 철학자가 쓴 것은 모두 언어의 유희에 지나지 않아. 그것으로 다분히 자신을 위로하고 있는 거야. 어떤 사람은 같은 시대의 사람들을 싫어하고 개인주의를 생각해 내지. 또 어떤 사람은 혼자서는 해나갈 수 없으니까 사회주의를 생각해 내지. 우리들의 고독감도 일종의 병인지 몰라. 그러나 그렇다고 해서 어떻게 할 수도 없는 거야. 몽유병도 하나의 병이야. 그러기 때문에 그런 친구는 정말로 물받이를 기어 올라가기도 하지. 그렇다고 해서 그 친구를 깨운답시고 큰 소리로 부르면, 그 친구는 떨어져서 목이 부러질 뿐이야."

"그것은 또 조금은 다른 얘기가 아닐까?"

"그런 것은 아무래도 좋아. 나는 내가 옳다고는 생각지 않아. 다만 지혜 같은 것으로는 어떻게 할 수가 없다는 거지. 두 가지 지혜가 있을 뿐이야. 그 중간 것은 모두가 잔소리에 지나지 않아."

"두 가지 지혜란 무엇인가?"

"먼저, 불교도(佛教徒)와 기독교도가 말하는 것처럼 이 세상은 불완전하고 불쌍한 것이야. 그렇게 생각하면 금욕(禁慾)하고, 일체를 단념하지 않으면 안 돼. 그것으로 만족할 수 있을 것이라고 나는 생각해. 금욕자는, 사람들이 생각하는 정도로 그렇게 고통스러운 생활을 하고 있는 것은 아니야. 또는 지금과는 반대로 세상과 인생은 좋은 것이며 옳은 것인지도 몰라. 그렇다고 하면, 생활을 같이하고, 그 후에 조용히 죽을 수가 있어. 그것으로 끝이니까……."

"그래, 자네 자신은 어느 쪽을 믿는가?"

"그것은 누구에게도 물어서는 안 돼. 대부분의 사람들은 날씨에 따라, 건강에 따라, 또는 호주머니 형편에 따라 양쪽을 모두 믿고 있어. 그리고 정말로 믿고 있는 사람도 그것에 따라서 살지는 않아. 나도 그래. 나는 불타(佛陀)와 마찬가지로 인생은 공(空)이라고 믿고 있어. 그러나 나는 감각에 유쾌하도록, 감각이 중요한 것인 것처럼 살고 있어. 좀더 즐거워지면 좋을 텐데."

우리가 그녀를 위한 그 축연을 끝낸 때는 아직 그렇게 늦은 시각은 아니었다. 오직 하나의 전등이 켜져 있는 별실(別室)을 지날 때, 무오트는 내 팔을 잡고 불을 모두 켜고는 게르트루트의 초상화에서 막(幕)을 걷어 냈다. 우리는 다시 한 번 정답고 밝은 얼굴을 지켜 보았다. 그리고 그는 그 위에 다시 천을 덮고 불을 껐다. 그는 내 방까지 따라와서 읽고 싶으면 읽으라면서 두세 권의 잡지를 책상 위에 놓았다. 그리고 악수를 하고 낮은 목소리로 "잘 자게!" 하고 말했다.

나는 자리에 누워, 반 시간 정도 그에 대한 생각으로 잠들지 못했다. 그가 얼마나 충실하게 우리들의 우정의 사소한 체험까지 빠짐없이 기억하고 있는가를 생각하고 나는 감동하여 부끄러워졌다. 우정을 표시하는 일이 서툴렀을 뿐, 그는 그가 사랑하고 있는 것에 대해서 내가 생각하고 있는 것 이상으로 깊이 집착하고 있었던 것이다.

잠이 든 나는 무오트와 오페라와 로에 선생이 뒤죽박죽으로 섞인 꿈을 꾸었다. 눈을 떴을 땐 아직도 한밤중이었다. 꿈과는 아무런 관계도 없는 공포 때문에 잠이 깬 것이었다. 흐릿한 네모진 창이 희미하게 회백색으로 밝아지는 것이 보였다. 나는 가슴이 답답한 고통을 느끼며 일어나 앉아 완전히 잠을 깨고 머리를 맑게 하려고 했다.

그때, 내 방문을 급하게 두드리는 소리가 났다. 나는 뛰쳐 일어났다. 추웠다. 불을 켜지 않았던 나는 불을 켰다. 밖에는 아무 옷이나 급하게 걸친 듯한 모습의 심부름하는 소년이 서 있었다. 그는 놀라서 넋 나간 눈으로 겁을 먹은 채 나를 쳐다보았다.

"와 주세요." 그는 숨을 헐떡이면서 작은 목소리로 거듭 말했다. "와 주세요! 뜻하지 않은 일이 일어났습니다."

나는 벽에 걸려 있던 가운만을 걸친 채 그 소년을 따라 계단을 내려갔다. 그는 문을 열고, 비켜 서며 나를 안으로 들어가게 했다. 작은 등나무 탁자 위에 서 있는 촛대에서는 세 개의 굵은 촛불이 타고 있었다. 옆에는 어지럽게 흩어진 침대가 있었고 그 위에는 친구 무오트가 엎드려 있었다.

"똑바로 눕혀야만 돼." 나는 작은 소리로 말했다.

소년은 가까이 다가오려고 하지 않았다.

"곧 의사가 올 것입니다." 그는 더듬거리면서 말했다.

그러나 나는 그에게 거들 것을 명령하고 무오트의 몸을 바로 눕혔다. 그의 얼굴은 하얗게 비뚤어져 있었고 내의는 피투성이가 되어 있었다. 바로 눕히고 이불을 덮어 주자 그의 입이 약하게 꿈틀거렸다. 눈에는 이미 빛이 없었다.

소년은 무어라 열심히 설명하기 시작했지만, 나는 아무 말도 들으려고 하지 않았다. 의사가 왔을 때 무오트는 이미 죽어 있었다. 아침 일찍 나는 임토르 씨에게 전보를 쳤다. 그러고는 조용히 돌아와 죽은 사람의 침대 옆에 앉아서, 창밖의 나뭇가지 사이로 불어가는 바람 소리를 들으면서, 비로소 내가 이 불쌍한 사나이를 얼마나 사랑하고 있었는가를 똑똑히 알았다. 그를 불쌍하게 여길 생각은 들지 않았다. 그의 죽음은 그의 삶보다 편안할 것이기 때문이다.

저녁에 나는 정거장으로 나가서 임토르 씨가 기차에서 내리는 것을 보았다. 그의 뒤를 따라 검은 옷을 입은 키 큰 부인이 내렸다. 나는 두 사람을 죽은 사람이 있는 곳으로 안내했다. 무오트는 옷이 입혀지고 관(棺) 속에 옮겨져 어제의 그 꽃다발 사이에 누워 있었다. 게르트루트가 몸을 굽혀 그의 창백해진 입술에 입을 맞추었다.

우리가 무덤 옆에 섰을 때, 울어서 얼굴이 부은 한 아름답고 키 큰 부인이 장미꽃을 들고 혼자 서 있는 것이 눈에 띄었다. 로테였다. 그녀는 나를 보고 고개를 끄덕였다. 나는 미소를 지었다. 그러나 게르트루트는 울지 않았다. 창백하고 여윈 그녀는 냉정하고 엄숙하게, 바람 속에 안개처럼 흩날리는 가랑비를 응시하고 있었다. 그리고 흔들리지 않는 뿌리 위에 자라고 있는 어린 나무처럼 꼿꼿이 서 있었다. 그러나 그것은 비상 방위(非常防衛)에 불과했다. 이틀 후, 죽기 직전 무오트가 보냈던 꽃다발이 도착했을 때 그녀는 그 꽃더미 위에 쓰러졌다. 그 후 오랫동안 그녀는 모습을 드러내지 않았다.

9

내가 진정으로 슬픔을 깨달은 것은 후의 일이었다. 언제나 그랬던 일이지만, 죽은 친구 무오트에 대해서 내가 범했던 무수한 부당한 일들이 떠올랐다. 그러나 누구나 자신에게 가장 심한 부당함을 범하는 것은 역시 그 자신이다. 그것은 죽음에 의해서 처음으로 범해진 것도 아니다. 나는 그러한 일들을 여러 차례 생각했다. 운명에 무엇인가 분명치 않은, 불가해(不可解)한 것이 있다고는 생각되지 않았으나 모든 것이 무참하고 냉혹했다. 나 자신의 일생도 결국, 게르트루트나 다른 많은 사람들의 일생과 똑같은 것은 아닐까. 운명은 친절한 것이 아니다. 인생은 변하기 쉽고 잔혹하며 자연에는 자비도 이성도 존재하지 않는다. 그러나 그 농락을 당하는 우리들 인간 속에는 자비와 이성(理性)이 존재한다. 우리들은 설사 극히 짧은 순간이라 할지라도, 자연이나 운명보다 강할 수 있는 것이다. 우리는 필요할 때에는 서로 가까워지고, 서로 이해의 눈길을 주고받으며 서로 사랑하고, 서로 위로하며 살 수가 있는 것이다.

어둡고 깊숙한 곳의 마음이 잠자고 있을 때 왕왕 우리들은 보다 많은 것을 할 수가 있다. 우리들은 잠시 신(神)이 되고, 명령하는 손을 내밀어, 그 이전에는 존재하지 않던 것, 완성되면 그 자체로서 생존을 계속할 수 있는 것을 만들 수가 있다. 우리들은 소리나 언어, 또는 다른 부서지기 쉬운 무가치한 것들에서 장난감을, 의미와 위안과 친절로 충만된 선율을, 그리고 우연이나 운명의 눈부신 유희에서 아름답고 영원히 꺼지지 않는 곡(曲)을 만들 수가 있다. 우리는 마음속에 신(神)을 간직할 수가 있다. 때로 마음속이 신으로 가득 차 있을 때 신은 우리들의 눈으로 우리를 보고, 우리들의 언어로 신을 모르는 사람들에게, 또는 알려고 하지 않는 사람들을 향해서 말을 건다. 우리들은 생활에서 완전히 벗어날 수는 없지만, 우연을 능가하여 고통까지도 비틀거리지 않고 볼 수 있도록 마음을 형성하고 닦을 수는 있다.

이렇게 해서 나는, 하인리히 무오트가 땅에 묻힌 후에도 수없이 그를 소생시켜 생전보다도 슬기롭고 애정어린 이야기들을 그와 나눌 수 있었다. 때가 와서, 노모(老母)가 병상에 눕고, 돌아가시는 것을 나는 보았다. 또 아름답고 쾌활한 브리기테 타이저가 죽는 것도 보았다. 그녀는 몇 해씩이나 기다리고 고뇌를 이겨낸 후 어떤 음악가와 결혼했으나, 최초의 출산(出産) 때 생명을 빼앗겼던 것이다.

게르트루트는 고인(故人)이 화해와 구애 표시로서 보낸 꽃다발을 받던 때에 그녀를 엄습했던 괴로움을 이겨냈다. 나는 매일 그녀를 만나고 있지만 그 일에 대해서는 서로 약속이나 한 듯 이야기하지 않았다. 그녀는 자신의 봄을 실낙원처럼 보는 것이 아니고, 옛날 여행시에 보았던 먼 골짜기처럼 보고 있는 것이라고 나는 생각한다. 그녀는 그녀 특유의 힘과 쾌활함을 되찾아 다시 노래를 부르게 되었다. 그러나 죽은 사람의 차가운 입술에 마지막 키스를 한 후로 다시는 남자와 입맞추지 않았다. 그녀가 건강하고 깔끔한 본래의 아름다움으로 빛나게 된 후, 세월이 흐르는 동안 한두 번, 내 마음은 그녀를 쫓아 그 금제(禁制)의 길을 걸어 보면 왜 안되는가를 생각했다.

나는 그 답을 알고 있었다. 그녀는 내 친구다. 내가 안정되지 않은 쓸쓸한 때를 보낸 후에, 정적을 벗어나 노래나 소나타를 만들면, 그것은 먼저 우리 두 사람의 것이리라.

무오트가 한 말은 옳다. 사람은 나이를 먹으면 청년 시절보다 만족한다. 그러나 그렇다고 해서 나는 청년 시절을 타박하려고는 생각지 않는다. 청춘은 모든 꿈 속에서 화려한 노래처럼 울려 오고, 그것이 현실이었던 때보다도 한층 더 청순한 가락으로 울리니까. *

헤르만 헤세론(論)

로테 퀼러(철학박사·독문학자)
황윤석(서울대 교수·독문과) 옮김

여태껏 나온 가장 훌륭한 헤세 전기는 1927년 위고 발(Hugo Ball)이 써낸 전기다. 그때까지만 해도 시인의 작품으로는 〈황야의 이리〉까지밖엔 나와 있지 않았다. 헤세의 마지막 창작 시기에 나온 작품들인 〈지와 사랑〉, 〈동방 순례〉 및 〈유리알 유희〉 등을 위고 발은 알지 못했던 것이다. 그럼에도 시인을 "찬란한 낭만주의 대열의 마지막 기사(騎士)"라고 묘사한 그의 전기는 오늘날 시인의 전작품을 앞어 두고도 수긍치 않을 수 없다. 서로 모순된 모습으로 나타나고 있는 정신의 다양한 형식들을 파악하고 개관하려 했던, 저 낭만주의적 보편성과의 유대를 〈유리알 유희〉 역시 명료하게 지니고 있는 것이다.

헤세는 몇 년 연상의 호프만슈탈(Hofmannsthal), 릴케 및 토마스 만과 함께 같은 시인 세대에 속한다고 볼 수 있으니, 그들은 개성의 모든 차이에도 불구하고 반자연주의(反自然主義)라는 공통의 흐름을 이루고 있었고 형이상학적이고도 비합리적인 현실들을 섬세하게 연관시켜 놓은 데서 새로운 길을 모색했던 것이다. 헤세에게 있어서는 이 길이 과거로 통한다. 스스로 그렇게 느꼈던 것처럼, "시대를 가르는 분기점에 태어난"(IV, 644, 〈한 시인을 방문함〉: 인용문 다음의 괄호 안에 든 숫자는 1957년 주르캄프 출판사에서 나온 전7권의 헤세 전집 권수와 페이지를 가리킴. 인용문의 출처가 되는 작품, 에세이 또는 회고문의 제목은 역자에 의해 추가로 부기됨) 그는 낭만주의를 포함하는 저 마지막의 위대한 문화시대에 대해 경외와 사랑의 마음을 쏟았다. "날이 갈수록 점점 멀어져 막 사라져 버릴 참이었던"(Ⅳ, 644, 〈한 시인을 방문함〉) 저 문화시대의 황혼을 그의 어린 시절에만 해도 그는 함께 맛본다고 생각했다. 전통 흠모와 전통 집착은 그의 본질과 그의 작품들의 결정적인 특성이 되고 있다. 물론 이러한 전승된 유산의 흠모는, 이 유산이 그의 양친에게서 생생하게 작용하고 있었던 그 형식과는 명백한 모순을 일으키며 발전되어 갔다. 그러한 대결적 탐구 자세는 그의 전 생애를 통해 계속되며 여러 가지 형태로 작품 속에 반영되어 있고, 그로 하여금 개성적이고도 진보적이며 선별적인 태도로, 전승된 것을 비판적으로 받아들이도록 해주고 있다.

연속성과 전통에 민감한 헤세적 감수성은 특출한 역사 의식의 표현으로 오해될 수도 있을 것이다. 그러나 역사에 대한 그의 관계는 원래부터 그에게 고유한 것이 아니라 그가 경탄했던 야콥 부르크하르트(Jacob Burckhardt)를 통해 비로소 일깨워졌고 발전된 것이었다. 그의 전통 흠모는 전승된 유산 속에 있는 본체를 지향하는 것이며 종교성에 그 근거를 두고 있다. 수세기를 두고 독일 정신사상 결정적인 사건들이 일어났던 슈바벤 지방, 더 나아가 부계 쪽으로나 모계 쪽으로 똑같이 뿌리를 내리고 있었던 경건주의적 색채의 프로테스탄티즘, 끝으로 "인도(Indo)적 정신의 어떤 것을"(Ⅶ, 419, 〈즐겨 읽던 책〉) 고향으로 가지고 왔던 선교사로서의 양친 및 조부모의 세계 개방성, 이런 것들이 헤세가 성장하고 있던 세계를 결정해 주던 요소들이다. 그것은 그 자신의 말처럼 "독일적이면서도 기독교적이고, 슈바벤적이면서도 국제적인 세계"(Ⅶ, 439, 〈아델레에게 보내는 편지〉)이고, "그 자체 일치되어 있는 온전하고도 건강한 총체적 세계"(Ⅶ, 440, 위의 글)다. 이 성장 단계의 시초에 헤세는 문학과의 최초의 의식적 해후를 체험한다. 횔덜린의 시 〈빵과 포도주〉 중에서 밤의 도래(到來)를 그리고 있는 첫 연의 마력과 신비에 감동되어, 그를 "어쩌면 시인으로 만들어 주었을(Ⅳ, 147, 〈뉘른베르크 여행〉) 순간을 경험하는 것이다. "내가 열세 살 되던 해부터 내겐 한 가지 사실이 명백해졌으니, 그것은 시인(詩人)이 되든가 아니면 아무것도 되고 싶지 않다는 사실이었다"(Ⅳ, 147)라고 그는 〈간략하게 쓴 이력〉(1925)에서 말하고 있다.

〈낭만의 노래〉(1899), 〈한밤중의 한 시간〉(1899), 〈헤르만 라우셔의 유작과 시〉(1901) 같은 자신의 작품들을 최초로 발표한 것은 1895년에서 1904년 사이의 서적상 시절이다. 후기 작품들의 주테마들이 여기서 이미 살며시 나타나 있지만, 그러나 그 언어는 완전히 감상과 자기 반영에 내맡겨진 채 "온통 불만스럽게"(Ⅰ, 57, 〈한밤중의 한 시간〉) 뵈클린(1827~1901. 자연의 신비력을 그리려고 했던 스위스 화가)적 분위기의 시대 취미에 맞춰 흘러가고 있다. 자신의 체험을 보다 자유롭게 형태화하는 돌파구의 마련은 소설 〈페터 카멘친트〉(1904)에서 비로소 이루어진다. 이 소설이 성공함으로써 그는 이제 자유 문필가로서 생활할 수 있게 되었다. 제1차 세계대전까지 포함하는 첫 창작 시기에 나온 작품들에서는, 비록 사실주의 문학 전통, 특히 고트프리트 켈러(Gottfried Keller)의 영향으로 초기 작품들의 신낭만주의적인 염세적 애수가 점차 사라져 가고 있기는 하지만 젊은 호프만슈탈에게서처럼 독자적인 예술가로서의 발전에는 이르지 못한다. 어린 시절과 소년 시절의 경험의 여파가 계속 남아, 특히 소설 〈수레바퀴 아래서〉(1906)와 〈크늘프〉(1915)의 무대가 되고 있는 슈바벤의 소도시 세계, 게르버자오의 묘사에서 다시 살아나고 있다.

제1차 세계대전 중 헤세는 내적 및 외적 생존의 위기에 빠져 들어가며, 그 위기의 결과를 자신의 인생의 거의 완전한 붕괴로 느낀다. 그러나 그것은 동시에 그의 주창작 시기를 열어 준다. 그때까지 시인의 사유와 감정이 슈바벤의 평화로운 고향 세계에 너무도 매여져 있어서 깊은 불안에 빠진 시대를 뚜렷이 묘사해 줄 수 없었다면, 이젠 그만큼 더 격렬하게 현대의 모든 문제들이 부각되어 나타나 새로운 방향을 잡도록 강요한다. 이제부터 그의 문학은 모든 인간 실존의 불확실성에 대해 증언할 뿐만 아니라, 인생의 의미와 가치를 인정하던 자세가 너무도 교란되어 그 모든 토

348

대가 흔들리고 있는 것처럼 보이는 문화시대 안에서 인간 실존이 받고 있는 특수한 위협에 대해서도 증언한다. 그럼에도 불구하고 그의 작품이 전체로서는 '모든 가치의 전도(顚倒)'와 '허무주의의 발흥'의——자신에게 가장 많은 영향을 준 인물들 중의 하나가 니체라고 헤세는 생각했다——주류 속에서 움직이고 있지 않음은, 그의 강한 전통 의식의 덕이요 또한 스스로 자기 생애의 "다행스런 사태들" 중의 하나라고 생각한 "자연성이라는 위대한 유산"(Ⅶ, 500, 서신들 중 〈B씨에게 보냄〉)의 덕이다. 3기(期)에 걸친 헤세의 모든 창작 시기의 작품들에 공통적인 점은 그 두드러진 자전적 성격이다. 헤세 자신이 자기의 산문 문학을, 그 모두가 "똑같은 운명을 가리키며"(Ⅶ, 253, 〈자신의 선집에 붙이는 한 시인의 서문〉), 자기 실현의 제단계를 의미하는 "영혼의 전기(傳記)"(Ⅶ, 303, 〈어떤 일하던 날 저녁〉)로 이해하고 있다. 학교에서 실패하고 비참하게 파멸해 가는 〈수레바퀴 아래서〉의 기벤라트나, 방랑에 미친 뜨내기 크눌프나, 예지를 찾는 인도의 싯다르타나, 자신의 개성화 때문에 괴로워하며 신경 쇠약증에 걸린 황야의 이리나 또는 삶에 도취된 골드문트는 얼핏 보면 버릇없는 농촌 소년 카멘친트와는 거의 공통점이 없는 것처럼 보인다. 그럼에도 헤세에게는 그들 각각이 모두 그의 "테마의 변형"(Ⅶ, 493, 1930년 7월의 편지, 〈어떤 독자에게〉)을 의미하며 그 테마는 바로 그 자신인 것이다. 그에게는 그 모두가 명백히 알아볼 수 있는 동질성을 지니고 있는 인물들이며 '누구나가 다 다른 인물의 형제'인 것이요, 모두가 결정을 내리는 주체로서의 그를 가리키는 인물들인 것이다. 전통 집착과 함께 헤세 작품에서 결정적인 특성이 되고 있는 이러한 자전적 경향은 이미 고전주의와 낭만주의 시대 이래 독일의 소설 예술을 특징지우고 있긴 하나 20세기에 들어와 몇몇 작가들에게서 점증하고 있는 주관화를 통해 강화되고 있다. 이러한 주관화는 그들의 작품에 대단히 개인적인 고백적 성격을 부여해 준다. 이러한 전통 집착적 의미에서의 '현대적' 시인들이라는, 보다 좁은 범위에 헤세가 속하는 것은 그 자신 자주 말한 바 있는 "괴로움에의 천품"(Ⅶ, 624, 1940년 2월 20일의 편지, 〈G. G. 씨에게〉), "준엄하고도 자학적인 진실에의 사랑"

(Ⅰ, 93, 〈헤르만 라우셔〉) 때문이다. 18세기의 경건주의적 심리학에서 연유한 것으로 보이는 이러한 진실에의 사랑으로 그는 감추어진 영혼의 움직임을 끊임없이 추적하는 것이다. 헤세는 스스로를 "괴로워하는 자"(Ⅶ, 534, 1932년 편지, 〈요르단 박사에게〉)요, "시인이요, 탐색자며 고백자"(Ⅶ, 773, 1950년 12월 편지, 〈어떤 늙은 독자에게〉)요, "은거자며 외롭게 세상을 등진 자"(Ⅳ, 141, 〈뉘른베르크 여행〉)라고 부른다. 이렇게 '괴로워하는 자'의 체험과 통찰은 그의 시대에 살면서 괴로워하는 자들의 체험과 통찰을 반영해 주려 하는 것이고, 그러한 체험과 통찰이 그 주관성을 극복해 지성적으로 정직하게 문학으로 변형됨으로써 비로소 모범적인 의미를 얻는 것이다.

헤세의 저술이 갖는 자전적 경향은 그의 생애의 마지막 18년 동안에 나온 산문에서 숨김없이 나타난다. 자기의 생애와 작업을 총결산한 그의 마지막 위대한 작품 〈유리알 유희〉(1943)가 나온 뒤, 헤세는 일생 동안 탐구해 온 테마들을 이젠 다만 조용히 암시하면서 언제나 관찰적이며 간절한 바람의 태도로 그의 젊은 시절의 인물들과 경험들에 관심을 보인다. 몇 개의 산문 작품을 묶어 펴낸 1955년에 나온 책의 제목은 《간절한 바람》이라 했다. 그러나 많은 것을 시사해 주는 자기 해석과 자신의 작품에 대한 자세한 주석 역시 그의 노년기의 산문에서 찾아볼 수 있다. 〈회고기〉, 〈후기 산문집〉, 〈관찰〉, 〈회장(回章)〉 및 〈일기의 편편(片片)들〉 등의 제목으로 주르캄프판 제4권과 제7권에 모아 놓은 산문들이 그것이다.

헤세가 갖는 독특한 문제들을 언제나 새롭게 변화된 형식으로 형태화시켜 주는 근본 체험이 무엇인지 알아본다면, 시인 자신의 해석 그대로 "종교적 충동"이 그의 생애와 그의 작업의 "결정적인 특색"(Ⅶ, 497, 1930년 12월 17일의 편지, 〈빌헬름 쿤체에게〉)을 이루고 있음이 드러난다. 경건한 가문의 인습적 신앙 형식을 깨뜨리고 나온 후 이제 시인의 길은 괴로움 속 깊숙이 빠져든다. 처음부터 자기 자신에 대한 회의와 함께 나타난 종교적 회의는 불안과 고독과 방황의 느낌을 일으키며, 이런 감정들은 이미 초기 작품들의 근본 분위기에서도 특징적인 것이 되고 있다. 세계대전

시와 일치하는 그의 생애의 커다란 위기의 시기에 이러한 종교적 회의는 그로 하여금 "혼돈에로 눈길"(IV, 480, 〈간략하게 쓴 이력〉)을 돌리게 하니, 전승된 질서와 가치 평가에의 신뢰는 완전히 흔들려 버리고 세계는 결코 화해할 수 없는 모순으로 찢겨져 나타난다. 헤세의 주작품들은 그의 근본 문제, 즉 신앙으로 인해 야기되는 고민을 그때그때의 인생 단계에 상응해서 여러 가지로 해결해 보려는 시도였다고 해석할 수 있다. 그러나 결정적 해결이란 끝까지 이루어질 수 없는 것이요, 언제나 새로운 형태로 문제의 주변을 맴돌 뿐이다. 삶의 커다란 모순들이 극복될 수 있고 동시에 자신의 삶의 의미에 대한 모든 문제가 가라앉을 수 있는 신(神)의 체험이 바라는 바 목표다. 이 테마는 〈페터 카멘친트〉에서 이미 표현되어 있지만 ——"우수에 잠기게 하는 오랜 갈망……, 신(神)의 가슴에 안겨 내 자그마한 인생을 무한하고 영원한 자와 합의시키고 싶은 갈망"(I, 289)——그러나 그것은 주인공의 모든 인생 환멸을 보상해 주는 소박한 농촌적 생활 감정으로 빗나가고 만다.

1918년 헤세는 융(1875~1961. 스위스의 심리학자·정신병학자)의 제자 한 사람에게서 심리 분석 치료를 받아 전쟁 중 야기된 신경 쇠약 증세의 위기를 극복하는데, 자신의 내면으로의 이러한 치유적 자성(自省)의 문학적 결실로 태어난 것이 1919년 에밀 싱클레어라는 가명으로 출판되었고 일인칭 형식으로 씌어진 소설 〈데미안〉이다. 그것은 불안에 사로잡혀 있고 혼란된 정신의 소유자인 십대 소년의 이야기다. 소년은 내면적으로 자유로운 젊은이로 성장해서 침착하게 세계대전에 출정한다. 소설의 본래적 사건이 벌어지는 곳은 자신의 영혼의 영역이다. 그 속에서 심화된 모든 체험은 일련의 꿈에서 의미 심장하게 재현된다. 그러나 여기에서도, 제기된 문제를 피해 개인적인 것에로, 내면성 속으로 도피하고 있음은 오인될 여지가 없다. 이 책은 젊은 전쟁 세대에겐 계시와 같은 영향을 미쳤으니, 그것은 당시 널리 퍼져 가고 있던 정신 분석의 인식을 받아들이는 데 예민했던 점도 부분적인 연유가 된다. 〈에밀 싱클레어의 젊은 시절에 대한 이야기〉라는 부제가 붙어 있는 이 책에서는 정신 분석의 인식이 신비적

직관으로부터 차용되어 작가 자신이 만들어 낸 상징과 하나로 녹아 합쳐
져 있었다. 전쟁 세대가 이 책에서 특히 감명을 받았던 것은 그들 자신의
정신적 곤경이 고백적으로 숨김없이 솔직하고 강렬하게 표현되어 있었다
는 점이다. 기독교와 시민적 모럴의 전통적 교의에서 해방되어 신과 인간
의 새로운 상(像)에 도달하려는 싱클레어의 통찰이 그들의 변화된 생활
감정과 일치했던 것이다. 이러한 새로운 세계상(世界像)의 토대를 이루고
있는 것은 헤세의 모든 주저(主著)에 반복되어 나타나고 있는 양극성(兩極
性)의 체험이다.

에밀 싱클레어는 두 개의 세계 안에서 불안에 사로잡힌 이중 생활을 영
위한다. 그 하나는 명료하고 질서 정연한 그의 가문의 도덕적이고도 '밝
은 세계'이고, 다른 하나는 타락과 죄악으로 꾀어 내는, 하녀들과 견습공
들의 어두운 뒷골목 세계다. 이러한 고통스러운 이중 생활로부터 데미안
이 그의 나이 어린 친구를 끌어 내어, 두 개의 반쪽 세계들을 하나의 통
일체로 보고 한쪽도 다른 쪽과 마찬가지로 성스럽게 지키라고 그에게 가
르친다. 신적인 것과 악마적인 것을 자체 속에 합일시키는 신비적 직관론
(그노스틱)에서의 신성(神性), 아브락사스(Abraxas)에서 그들은 그들의 신
내지 세계 체험에 대한 상징을 발견한다. 그것은 모순들의 역설적 합일에
대한 헤세의 최초의 문학적 표현이며, 이러한 합일은 뒤이어 〈싯다르타〉,
〈황야의 이리〉, 〈지와 사랑〉의 중심 테마가 되고 있다. 신성 아브락사스
를 존경하는 자는 자신의 새로운 계명에 순종하게 되니, 옛 기독교적 계
명이 극도의 개성적 윤리 앞에서 물러나고 만다. 그 윤리의 핵심을 이루
는 것은 스스로를 찾아 완전히 실현시킬 의무인 것이다. "자기 자신에로
의 길"(Ⅲ, 102, 〈데미안〉의 서문)이 싱클레어의 일생의 과제가 된다. 그는
여태까지 의식 못한 채 남아 있었던 영적(靈的) 심연의 세계와 그 관련성
을 밝힘으로써 이 과제를 해결하려고 한다. 그는 자기 스스로를 인식하고
시대가 처해 있는 정신적 상황, 즉 옛 유럽이 멸망의 시기에 다다랐음을
인식함으로써, 자신의 사명에 '눈을 뜨게' 된다. 현세와는 인연을 끊는
것, 내면으로의 길을 걷는 것, 스스로를 실현시키는 것, 이것이 전쟁으로

352

야기된 혼란과 전도(顚倒)에 대한 헤세의 대답이다. 사회적 혹은 정치적 현실에 대한 책임은 거부되고 있으니, "미래를 어떻게 만들어 나가야 할까 하는 걱정은 우리 낙인 찍힌 자들이 할 일이 아니었다"(Ⅲ, 238, 〈데미안〉의 제7장). 이러한 태도가 어느 정도까지 기진맥진한 전쟁 세대의 요구와 일치했으며 또 이 소설에 대한 그들의 열광을 설명해 주는지, 혹은 그것이 다만, "우리 각자가 완전히 자기 자신이 되라는 그것만을 의무요 운명으로"(Ⅲ, 238, 위의 책) 보라는 요구에 지나지 않았던 것인지는 규정하기가 어렵다.

자기 실현이라는 테마와 연관해서 헤세는 하나의 운명 개념을 전개하고 있으니, 그 개념은 〈데미안〉에서 인용되고 있는 노발리스(1772~1801. 독일의 시인·소설가)의 말, 즉 "운명과 마음은 동일한 개념의 이름들이다"라는 말에 직접적으로 관련된다. 운명이란 자신의 마음속에, 본질 속에, 성격 속에 이미 감추어져 포함되어 있는 것이다. 내면으로부터 원하지 않았던 것은 아무것도 외부로부터 인간에게 닥쳐들지 않는다. 그래서 누구나 자신의 운명을 자신으로부터 끌어내 살아가는 것이며 동시에 그 운명을 자신에게로 끌어당기는 것이 된다. 〈1920년의 일기〉에서 그는 이러한 생각을 계속 추적하고 있으며 거기서 그는 그 자신의 혈통의 중요한 특징으로 양친가의 종교를 들고 있다. "종교 개혁적·종파적 정신이 함유된 이러한 짐"을 자신이 "원했고, ……선택했으며 스스로 저지른 것"이라고 묘사하고 있다. 〈요양객〉(1925)에서는 그 똑같은 생각을 질병과 재난과 죽음에 적용하면서 그것들을 "심적인 데서 연유하는 것으로, 영혼에서 태어난 것으로"(Ⅳ, 24) 설명하고 있다. 이러한 심리적 숙명론에서는 의지의 자유를 인정할 여지가 전혀 없는 것처럼 보이고, 그래서 헤세는 의지의 자유를 "환상"(Ⅳ, 19, 〈요양객〉)으로 이해하는 것이다. 그러나 의지의 자유는 자기 인식과 자기 실현을 위한 절대적인 전제가 되기 때문에, 그는 '진지하게 열정적으로' 이 환상에 집착한다. "우리는 어쩌는 수 없지만 그러면서도 책임은 우리에게 있다"(Ⅳ, 403)라고 〈황야의 이리〉에서 말하고 있다. 그 주인공은 "고독을 자기의 운명으로"(Ⅳ, 186, 〈황야의 이리〉의 서문) 인식하지만 그 운명은 동시에 해방을 위한 수천의 가능성을 이끌어 오는 것이다. 이러한 명백한 모순들은 하나의 포괄적인 전체를 믿는 헤세에게는 다만 표면상으로만 해결 불능일 뿐이다. 왜냐하면 이 모순들은 그것들을 지양시켜 주는 신성한 세계 단일성의 체험에서 그 불화해성을 잃어버리기 때문이다.

단일성의 체험, 그것은 헤세의 가장 중요한 테마들 중의 하나다. 다른 테마들과 다양하게 서로 얽혔음에도 불구하고 또한 이 체험이 개개 작품들에서 형태를 얻는 여러 가지 형식들에도 불구하고, 언제나 똑같은 근본 문제의 극복이 문제가 되고 있음은 의심의 여지가 없다. 즉 주인공들이 여러 가지 상이한 길을 통해 도달하려는 하나의 목표가 문제되고 있는 것이다. 단편 소설 〈클라인과 바그너〉(1920)에서 자살로 끝나는 범죄자에게는 단일성의 체험이 자기 자신의 인식과 또한 자신의 운명의 실현과 일치하고 있다. 〈황야의 이리〉에서의 하리 할러는 이러한 체험에 이르지는 못하지만 그쪽으로 가고 있는 도중이니, 불멸자들과의 해후에서 그는 "마술 극장의 의미를 감동적으로"(Ⅳ, 415, 〈황야의 이리〉의 마지막 부분) 예감한다. 〈지와 사랑〉에서 골드문트는 일생 동안 "영원한 어머니"의 비밀을 뒤쫓는다. "세상의 가장 큰 대립들"이 "평화 조약을 맺은"(Ⅴ, 191, 〈지와 사랑〉의 제12장) 것은 영원한 어머니에게서이기 때문이다. 〈유리알 유희〉에서는 교육주(州) 카스탈리엔에서의 명상으로 세계의 양극성을 극복하는 데에 이른다.

헤세는 단일성 속에서의 이원성의 지양이라는 이 테마를 위해 언제나 새로운 이미지와 말을 찾는 일에 지칠 줄을 모른다. 그에게 있어 인류의 최고의 말이란 "이러한 이원성이 마적(魔的)인 표징 속에 표현되어 있는"(Ⅳ, 114, 〈요양객〉 중 '회고') 금언들이다. 세계의 단일성은 인식의 목표이자 동시에 종교적 체험인, 즉 "내 생각으로는 이 세상의 어떤 것도 세계 전체가 하나의 성스러운 단일성이라는 생각만큼 그렇게 깊은 것은 없으며, 그 어떤 생각도 그것만큼 그렇게 성스러운 것은 없다"(Ⅳ, 63, 〈요양객〉 중 '네덜란드 사람').

354

이러한 최고의 종교적 체험은 인류 발전의 세 단계 중 마지막 단계에서 비로소 가능하다는 것이 헤세의 생각이다. 〈신학(神學) 한 토막〉(1932)이란 논문이 설명하고 있듯, 인간에로의 길은 낙원에서와 같은 어린아이의 순결이라는 첫 단계에서 선과 악의 인식이라는 둘째 단계에 이르고 그럼으로써 죄와 절망에 빠진다. 이 절망은 파멸에서 끝나 버릴 수도 있고 세 번째 단계에서 단일성의 체험이라는 구제에 이를 수도 있다. 두 번째 단계에서 현 존재의 모순이 체험되며 신앙 갈등이 일어나고 고통스러운 자기 인식의 과정이 시작된다. 이 과정이 자기 실현으로까지 진전되고 그다음 세 번째 단계에서 ‘탈자아(脫自我)’에 이름으로써 이 과정이 극복된다. 자신으로부터의 구제, 그것은 동시에 내면에서 성취되는 신과의 합일이며 높여진 단계에서 자아의 재탄생에 이르는 길이다. 이러한 생각이 모든 신비적 종교와 중세 기독교적 신비설의 중심점을 이루고 있었다. 그러나 자신의 내면에로 침잠하여 자아를 소멸시키고 신과의 합일에 이른다는 헤세의 생각은 어떤 일정한 종교 형식에 매여 있는 것은 아니다. 그것은 자아가 모든 삶의 근저에서 형태없이 작용하고 있는 신성과 신비적 합일을 이룸을 의미한다. 서양적인 신앙 형식으로 체험되든 동양적인 신앙 형식으로 체험되든 간에, 그것은 헤세에게는 모두가 다 참여하는 하나의 ‘기적’이다. 그것은 “기독교 신학자들이 은총이라는 아름다운 이름을 붙여 준 기적이요, 저 신성한 화해의 체험이요, 무저항의 체험이며, 기꺼운 협화의 체험이다. 그것은 바로 기독교적인 자아의 귀의요 혹은 인도적 단일성의 인식인 것이다”(Ⅳ, 64, 〈요양객〉 중 ‘네덜란드 사람’).

세계 단일성의 체험에서의 참다운 인류 발전이라는 이 테마가 가장 설득력 있게 문학적 형태를 띠게 된 것은, ‘하나의 인도(印度) 문학’이라는 부제가 붙어 있는 소설 〈싯다르타〉(1922)에서이다. 에밀 싱클레어의 자기 실현의 단계가 자신의 최초의 인식 및 확인이라는 형식에 머물러 버려 미숙하고 잠정적인 면이 있는 반면, 브라만(인도의 최고 계급인 승려 계급)의 아들이 가는 길은 수많은 자기 발전의 단계를 거쳐 결국 그의 생애의 막바지에 세계 단일성의 환상 속에서 자신의 완성에 이른다. 젊은 싯다르타는 집을 떠난다. 브라만의 교훈과 양친의 사랑만으로는 정신과 마음을 만족시킬 수 없었기 때문이다. 고행을 신조로 하는 사문(沙門)들에게서 그는 '위대한 비밀'을, 다시 말해 욕망과 충동의 극복을 체험할 수 있기를 바란다. 그는 그들에게서 명상의 기술과 육체의 완전한 지배를 습득하지만 자아로부터의 구제인 열반의 경지에는 이르지 못한다. 그의 친구인 고빈다와 같이 불타 고타마의 제자가 되지는 못한다. 왜냐하면 "누구도 교훈을 통해서 구제에 이르지는 못하기"(Ⅲ, 643, 〈싯다르타〉의 제1부 중 '고타마') 때문이다. 누구나 자신의 길 위에서만 구제에 이를 수 있는 것이다. 이미 싱클레어에게 삶의 원칙으로 되었던 것이 이제 싯다르타에게도 계명이 되니, "오로지 혼자서만 판단을 내려야 하고 선택해야 하고 거부해야 하는"(Ⅲ, 644, 위의 글) 것이다. 자신의 인생 법칙에 대한 숙고, 즉 그의 '각성'의 경험이 있은 뒤, 그는 인생이라는 학교를 거친다. 사랑의 기술을 배우기도 하고, 끊임없이 생의 유희에 몸을 바치는 '소인들'에게서 재산도 얻고 권력도 얻는다. 그러나 곧 그는 자신이 윤회(輪廻), 사문 속에 빠져들어가 있음을 깨닫는다. 탄생과 죽음과 재탄생의 영원한 윤회 속에서 언제나 되풀이되는 현세에의 열정적인 몰두가 그것이다. 그는 '소인들'에게서의 그의 생이 하나의 극복된 성장 단계임을 의식하게 된다. 그래서 그는 새로이 '각성'을 경험하며, 이 각성이 그로 하여금 어떤 뱃사공의 제자가 되도록 한다. 거기 강가에서, 영원한 "존재자요 영원한 생성자"(Ⅲ, 699, 〈싯다르타〉의 제2부 중 '뱃사공')의 상징으로서의 강에 대한 통찰이 그의 마음속에 원숙하기에 이른다. "단일성의 관념을 생각해 낼 수 있고 단일성을 느끼고 흡입할 수 있는 것"(Ⅲ, 716, 〈싯다르타〉의 제2부 중 '옴〔Om〕')이 그것이다. 세계의 모순들이 해결되고 세계 구조의 근저가 밝혀지니, "그의 자아가 단일성 속으로 흘러 들어간"(Ⅲ, 721, 위의 글) 것이었다. 그는 싯다르타라는 그의 이름에 욕됨이 없게 했으니, '목표에 도달한 자'가 된 것이다. 그의 영혼이 우주 속에 살고 있듯, 하나가 된 열반과 윤회가 그의 각성한 영혼의 우주 속에 살게 된 것이다. 서양적인 유산과 동양적인 유산이 이 소설 속에서 서로 연결되어(마치히는 이 소설을 그 엄격하게 가꾸어진 언어와 율동적인 구성을 이유로 들어 "산문으로 씌어진, 고전적으로 형태화된 시"라고 불렀다) 시적인 치환을 통해 변화된 새로운 형식으로 나타나고 있다. 종교적인 단일성 체험이 갖는 특수한 점은, 인도적 교훈에서처럼 인간에게 지워진 윤회의 고통을 깨뜨리고 고양된 의식 속에서 삶을 지양하는 데에 있는 것이 아니라, 신적인 총체성 속으로의 복받은 몰입에 있으며 총체성 속에서 안정을 얻는 데 있다. 그것은 유럽적인 사유와 감정에 일치하는 것이니, 헤세가 니체에게서 받은 영향과 마찬가지로 가장 큰 영향을 받았음을 인정하고 있는 괴테의 체험과 비슷한 것이다. 즉 '인간의 모든 노력의 목표는 주님 안에서의 영원한 안정이기 때문'인 것이다.

이 소설은 기독교적인 것을 가르치는, 사랑에의 고백으로 흘러들고 마지막으로 "물밀듯 밀려드는 형상들 위에서 미소짓고 있는 단일성"(Ⅲ, 732, 〈싯다르타〉의 마지막 부분)을 마법으로 불러내듯 묘사하면서 끝난다. 싯다르타는 '교훈'을 달라는 그의 친구 고빈다의 간청에 대해, 진리란 전달될 수 있는 것이 아니며 세계는 모든 순간에 다 완전한 것이지만 그에게 결정적인 것으로 보이는 것은 다음과 같은 것이라고 대답한다. 즉 "세계와, ……모든 존재를 사랑과 경탄과 경외의 마음으로 바라볼 수 있는 것"(Ⅲ, 729, 〈싯다르타〉의 마지막 부분)이 그것이다. 신적인 총체성에의 귀의를 수반하며 그것을 완성하는 이러한 사랑은 헤세 자신에게 있어 그의 '싯다르타'가 갖는 고유하고도 본질적인 면인 것이다.

인도적(印度的) 문학이 나올 수 있었던 성숙과 조화의 상태에 이어 그 반작용으로서, 빠져 나갈 길 없는 시대적 정신 상황에 대한 새로운 고뇌가 뒤따랐다. 작품에의 그 반영이 〈황야의 이리〉(1927)인즉 여기서 그 고뇌는 〈데미안〉에서보다 더욱 깊이, 그리고 넓게 파고들며 형태화되어 있다. 〈싯다르타〉에서는 인간의 구제가 어디서 발견될 수 있는가라는 문제에 대해 마무리지어진 긍정적인 대답이 주어져 있는 반면, 〈황야의 이리〉에서는 믿음의 상실로 특징되는 우리 시대를 부정적으로 폭로하고 있다. 그럼에도 불구하고 바로 "불치의 시대"(Ⅶ, 457, 〈감사의 말과 도덕적 관찰〉)에 대한 비판에서 헤세적 신앙 동경의 양태를 명확히 읽을 수 있다. 형식상으로 보면 〈황야의 이리〉는 점차 해체되어 가고 있는 소설이라는 장르, 혹은 근본적인 변화를 겪고 있는 변형된 소설 형식의 하나이며 그럼으로써 그 나름대로, 양립할 수 없는 요구들에 시달리는 현대적 인간의 절망적인 상황을 반영해 주고 있다. 하리 할러가 자기의 원고를 맡겼던 익명의 대도시 시민인 편자(編者)의 서문이 작품의 서두를 이루고 있고 또 테마를 제시해 주고 있으니, 문화 위기 속에서의 인간이 그 테마다. 황야의 이리인 하리 할러의 수기가 서문에 뒤따르는 주부(主部)를 이루고 있는데 이 주부 사이에 다시 일종의 에세이 형식의 '황야의 이리에 관한 논문'이 삽입되어 있다. 두 부분에는 모두 '미친 사람들에게만'이라는 아이러니컬한 모토가 붙어 있다. 사건이 연속되는 전통적 의미에서의 이야기 줄거리란 거의 없다. 서문과 수기와 논문기 묘사하고 있는 바는 "엄청난 시대병(時代病)"(Ⅳ, 205, 〈황야의 이리〉의 서문 끝부분)이요 황야의 이리인 오십대 신사의 고뇌다. 그는 예술가로서, 사회의 아웃사이더로서 대도시의 가구 딸린 셋방에서 외롭게 살아가는 자다. 그는 친구들을 얻게 되고 그들을 통해 아편의 황홀경에 빠지며 그 뒤 한 '마술 극장'에서 깊은 자기 인식에 이르고 결국 자기 구제를 위해 정신의 세계에로, '불멸자들'에게로 향하도록 교시받는다.

"자살자의 삶"(Ⅳ, 203, 〈황야의 이리〉의 서문 끝부분)을 영위하는 황야의 이리에게 문제되는 것이 에밀 싱클레어와 싯다르타에게서와 마찬가지로 자기 영혼의 구제라는 사실은 이미 서문에도 명백히 나타나 있고 수기와 논문에도 반복되고 있다. 고독하고 영락한 삶의 지옥에서, 방안에 쌓인 원고 뭉치와 책더미 앞에서, 카페의 조그만 대리석 테이블 곁에서 재즈 음악과 화류계 여인들이 지껄여대는 소리를 들으면서 그는 자신의 고뇌의 원인을 분명히 의식하니, 그것은 곧 "의미없이 되어 버린 인간의 삶에 새로운 의미를 주고 싶은 갈망"(Ⅳ, 210, 〈황야의 이리〉 중 '하리 할러의 수기' 첫부분)인 것이다. 손에 쥐어진 논문 속에서 하리 할러는 자신의 본질이 분석되어 있고 자신의 병이 진단되어 있을 뿐만 아니라 자기를 구제할 수

358

있는 길이 암시되어 있음을 발견한다. 이 길은 이미 〈데미안〉과 〈싯다르타〉에서 제시되었던 바로 그 길인 것이다. 세부적 표현에 이르기까지 일치하고 있다는 사실이 여전히 그 똑같은 문제가 거론되고 있음을 증명해 준다. 구제적 신앙 체험에 이르는 참된 인간 발전의 문제가 그것이다.

"고통스럽게 확장된 영혼 속으로 결국 세계 전체를"(Ⅳ, 250, 〈황야의 이리〉) 받아들이는 것이 하리 할러의 과제다. 그러나 싯다르타가 도달했던 바 그 자신의 완성은 황야의 이리에게는 멀고먼 목표로 남는다. 그는 자기 인식의 아랫단계들을 넘어서서 고뇌의 길에서 전진을 했지만, 에밀 싱클레어에게 해결책으로 여겨졌던 바의 저 자기 자신의 "완성과 형성"(Ⅳ, 232, 〈황야의 이리〉 중 '황야의 이리에 관한 논문')은 그에겐 더 이상 필생의 과제가 되지 못한다. 왜냐하면 바로 가능성의 한계점에까지 밀고 나간 이러한 자기 실현, "극단에까지 이른 개성화"(Ⅳ, 238, 위의 글)야말로 그를 끝없는 절망에 빠뜨리고 죄의식과 죽음에의 동경을 갖게 하는 장본인이기 때문이다. 그러나 구제에 이르기 위해서 그는 보다 심원한 자기 해후를 경험하지 않으면 안 된다. 그럼으로써 그는 자기 본성의 양면, 즉 그 행복의 가능성과 고뇌의 가능성을 극도에 이르기까지 시험해 봤던 동물적인 면과 정신적인 면을 구별하게 될 뿐만 아니라, 이리와 인간으로의, 충동과 정신으로의 이러한 양분이 "적당히 단순화시킨"(Ⅳ, 242, 〈황야의 이리〉 중 '황야의 이리에 관한 논문') 분류에 지나지 않음을 인식하게 되어야 하고, 자신의 삶이 "쌍을 이루고 있는 수많은 양극들 사이에서"(Ⅳ, 243, 위의 글) 흔들거리고 있는 존재로서의 삶임을 이해하게 되어야 한다.

〈데미안〉에서의 연속된 꿈이 행했던 과제를 넘겨받은, 시공(時空)을 초월한 화랑인 '마술 극장'의 도움으로 그는 "혼란한 자기 영혼 안을 깊숙이 들여다보고 자아를 완전히 의식하기에"(Ⅳ, 240, 위의 글) 이른다. '마술 극장'은 또한 하리 할러에게 '불멸자들'이 살고 있는 영원한 세계에로 통하는 길을 열어 준다. 그 세계는 괴테도 모차르트도 속해 있는 세계이며, 그 "신성한 금빛 자취"(Ⅳ, 212, 〈황야의 이리〉 중 '하리 할러의 수기' 앞부분)가 순간적으로 살며시 비쳐오르는, 그의 일생 동안 자주 보아 온 세

계다. 1914년에 씌어진 〈황야의 이리에 붙이는 후기〉에서 헤세는 그의 작
품을 특히 이러한 "긍정적이며 밝고, 초개인적이며 초시간적인 신앙세계"
(Ⅶ, 413, 〈관찰〉)라는 관점으로부터 이해하고자 한다. 따라서 이 작품은
'결코 절망한 한 인간의 책'이 아니라 '한 신앙인의 책'이라는 것이다.
자기의 주인공으로 하여금 "어지러운 마지막 혼돈 속에서도 계시와 신의
근접"(Ⅳ, 219, 〈황야의 이리〉 중 '하리 할러의 수기')을 바라게 하고 보다 굳
건한 구제에의 확신을 갖게 하지만 그러나 지고의 목표에는 도달하지 못
하게 하는 그런 신앙인이라고 덧붙여 갈할 수 있을 것이다. (……)

　헤세는 자기의 시대를 독특하고 독창적인 문학을 만들어 낼 능력이 없
는 시대라고 생각한다. "우리 시대에는 하나의 형식, 하나의 문제, 하나
의 고전문학"(Ⅳ, 157, 〈뉘른베르크 여행〉)이 유효하게, 혹은 의미있게 형성
되어질 수 없다고 확신하며, "자신의 고난과 자기 시대의 고난을 가능한
한 솔직하게 고백적으로 표현한다"(Ⅳ. 156, 위의 글)는 점에 '과도기 문학
의 가치'가 있다고 본다. 그가 이러한 확신을 갖게 된 데에는, 그 자신의
시작(詩作)의 동인(動因)이 미적 성격에 있다기보다는 종교적·철학적 성
격에 있다는 사실도 함께 작용했을 것이다. 그의 해석자들이 주로 그의
문학 속에 포함되어 있는 '고백'을 그들 연구의 대상으로 삼았다는 점도
작가의 의도를 따르는 셈이 된다.

　황야의 이리가 겪는 자살적 세계의 고통으로써 인생의 한 단계 전체에
걸친 고뇌와 고통이 견뎌내어진 셈이고 철두철미 문학화된 셈이다. 마지
막 세 번째의 창작 시기, 즉 성숙의 시기가 시작된다. 1930년 한 예술가
를 중심으로 하는 새로운 소설이 탄생하니, 에른스트 쿠르티우스(Ernst
Robert Curtius)가 헤세의 '가장 아름다운 책'으로 생각하는 〈지와 사랑〉이
그것이다. 적당한 내적 및 외적 균형과 조화미는 이 '이야기'(헤세 자신
이 이 소설에 붙인 부제)를 〈싯다르타〉와 비견할 수 있게 한다. 작품의
근저에 놓여 있는 주테마는 또다시 인생의 저 거대한 양극성이다. 그러나
〈황야의 이리〉에서는 정신과 생의 대립이 하나의 영혼 속에서 견뎌내졌던
반면, 이제는 그것이 분리되어 두 인간에게서 전개된다. 즉 정신을 받드

360

는 수도원장 나르치스와 정열적으로 삶에 헌신하는 예술가 골드문트가 그 두 사람이다. 헤세에게 정신은 아버지 세계에 속하며, 반면 본성, 감성, 무의식은 어머니 세계에 속한다. 아버지 세계와 어머니 세계라는 이 두 개념으로, 이미 〈데미안〉 이래 헤세의 세계상(像)이 되고 있고 〈클링조르의 마지막 여름〉과 〈황야의 이리〉에서 발견되던 관념들이 다시 받아들여지고 확장된다. 그러나 창작 시기상 중기에 보였던 격심한 긴장은 극복되어 나타난다. 아버지 세계는 더 이상 그 엄격한 권위를 갖고 위협하지 않으며, 감성의 어머니 세계는 그 사악과 죄악성을 잃어버렸다. 나르치스와 골드문트 사이의 우정에서 두 세계는 화해의 축배를 든다.

사건이 벌어지는 때는 역사적으로도 지리적으로도 애매한 세속화된 상상 속의 중세다. 이 점에, 현상 뒤에 숨겨져 있는 의미를 위해 시공의 질서와 한계를 뒤로 물러서게 하는 헤세의 경향이 표현되어 있다. 이러한 경향이 가장 눈에 띄게 나타나고 있는 것이 '마술 극장'의 안출과 그 외 〈동방 순례〉(1932)에서이다. 이 소설에서 20세기의 동방 순례자들은 세계의 모든 위대한 인물들과 함께 공간적으로나 시간적으로 얽매임이 없이 순례의 길에 오르며, 그렇게 함으로써 유일하게 의미를 갖는 나라, 즉 정신의 나라의 현실을 직관하게 해준다.

〈지와 사랑〉은 마리아브론 수도원에서 시작된다. 여기서 두 수도원 학생간에 우정이 싹튼다. 이 우정에선 나르치스가 주도적 입장에 서지만, 곧 골드문트는 '각성'에 압도되어 자기 인식에 이르게 되고 자신과 나르치스 사이에 깊숙이 뿌리 내리고 있는 차이를 인식하기에 이른다. 그 차이는 곧 "모성적 혈통과 부성적 혈통 사이의, 영혼과 정신간의"(Ⅴ, 69, 〈지와 사랑〉 제5장) 차이다. 골드문트는 수도원을 떠난다. 그는 '사랑스러운 모든 것' 뿐만 아니라 '두렵고 몽롱한 모든 것' 역시 존재하고 있는 어머니 세계 속으로, "불가사의한 사랑의 눈으로 몽롱하게"(Ⅴ, 65, 위의 글) 그를 쳐다보는 어머니 세계 속으로 깊숙이 잠겨 들어간다. 편력 도중 그는 수많은 사랑의 모험 속에 빠지며, 정당 방위이긴 하지만 살인자가 되고 결국 한 성모 마리아의 입상(立像)에 접하고서 자신 속에 꿈틀거리는 예술가적 재질을 발견한다. 한 주교좌의 도시에서 그는 한 목판 조각가의 견습생이 된다. 나르치스의 모습을 닮은 성 요한의 상을 완성한 뒤에 그는 다시 편력의 길에 오른다. 그러나 이번엔 모든 삶의 근원인 근원모(根源母, Urmutter)를 더욱 절실하게 체험하고자 하는 의식적인 탐색의 길이다. 근원모 자체의 용모를 조각하고자 하는 목표를 세웠기 때문이다. 자기를 잊어버릴 정도로 뜨내기 생활에 몸을 맡기면서 그는 새로이 여인들의 마음을 현혹시키고 흑사병을 체험하며, 한 신분 높은 사람의 애인을 자기 애인으로 삼아 체포된다. 그러나 그 동안 수도원장으로 오른 친구 나르치스를 통해 구조되어 수도원으로 귀환하게 된다.

헤세의 친숙한 테마들이 모두 이 소설에서 다시 취급되고 있는데, 세계의 양극성, 아버지 세계와 어머니 세계, 정신과 삶, '의미'의 탐색, '영원한 어머니'에로의 길, '각성'과 '자기 실현', 예술성과 남자들간의 우정 등이 그것들이다. 그러나 이런 테마들은 헤세가 걸어온 내면적 생애에 상응해서 더욱 발전되어 있고 어느 정도 명료한 모습을 띠고 나타나 있다. 정신과 삶은 더 이상 적대적으로 대립되는 것이 아니라, 친구간인 나르치스와 골드문트 사이처럼 팽팽한 긴장을 내포하고 있긴 하지만, 이젠 서로를 보충하는 것이 되고 있다. 인식에로의 길은 이젠 더 이상 나르치스가 걷고 있는 것과 같은 정신을 통해서만 이르는 것이 아니라 골드문트가 걷고 있는 것과 같은 감성을 통해서도 이를 수 있는 것이다. 골드문트는 그의 예술성을 통해서, 동시에 정신의 영역에도 관여하는 것이다. 그는 그의 불안한 방랑 생활에서 "사랑스럽게 흘러가 버리는 무의미한 인생을 정신의 힘을 빌어 의미있는 것으로 변화시키고 싶은 갈망에"(Ⅴ, 201, 〈지와 사랑〉 제13장) 가슴 죄다가, 급기야 예술이야말로 이 갈망을 충족시켜 줄 수 있고 아버지 세계와 어머니 세계의 화합이 예술 속에서 이루어진다는 사실을 명백히 깨닫게 되기 떠문이다. 그러나 예술은 심원한 대립을 융합시켜 줄 수 있을 뿐만 아니라 또한 시간과의, 무상(無常)과의, 죽음과의 투쟁에서 가장 큰 희망이 된다. 시간의 극복이라는 테마는, 헤세의 혈통이 갖는 전통을 포괄하면서도 동시에 변화시키는 하나의 독자적인 신앙 세계로의 그의 여정에서 일생 동안 그의 마음을 움직여 왔던 테마들 중의 하나다. 그 때문에 이 테마들은 언제나 다른 방식이긴 하지만 서로 연관되어 있었고 여러 형태로 나타난 그의 전작품 세계를 일관되게 관류하고 있다. (……)

〈황야의 이리〉에서는 시간의 극복이라는 이 테마가 스스로 개성화에서 오는 하리 할러의 괴로움과 결부되어 나타나고 있다. '마술 극장'에서의 상영이 시작되기 전에 파블로는 친구인 황야의 이리에게 서로 연관되어 있는 그의 여러 가지 괴로움이 무엇인지를 명백하게 밝힌다.

> 의심의 여지 없이 당신도 이미 오래 전부터 알아차리셨겠지만, 시간의 극복이니, 현실로부터의 구제니 하는 것은, 또 당신이 당신의 그 동경에 어떤 다른 이름을 붙이든 간에, 그것은 바로 소위 당신의 개성이라는 것에서 벗어나고자 하는 소망 이외의 다른 아무것도 뜻하는 것이 아니오(Ⅳ, 370, 〈황야의 이리〉).

이로써 파블로는 앞으로 일어날 사건에 대해 그로 하여금 마음의 준비를 하도록 하니, 황야의 이리는 이제 시간도 공간도 현실도 또 피상적으로 체험한 개성도 모두 지양되는 가운데, 고통스럽게 경험한 제약이 마적(魔的)으로 깨뜨려져 버리는 것을 보게 된다. (……)

〈지와 사랑〉에서 헤세는 시간과 무상에 관한 문제를 좀더 깊이 파고든다. 하리 할러처럼 환상적으로, 역설적으로 현실을 벗어나 도약하는 것으로는 충분하지 못하다. 세계와 현실의 내부에서 극복이 이루어져야 한다. 골드문트는 그것이 예술에서 가능함을 인식한다. 그에게 있어 예술이란 "무상의 극복"(Ⅴ, 278, 〈지와 사랑〉 제17장)을 의미하는 것이라고 친구 나르치스에게 고백한다. 왜냐하면 '인생이라는 바보짓과 죽음의 무도로부터' 오래도록 남아 지속되는 것, 그것이 예술 작품이기 때문이라는 것이다. 예술 작업에 협력하는 것은 '무상한 것을 거의 영원화시키는 것'이라는 것이다.

〈유리알 유희〉에서는 무상에서 오는 괴로움이 "무상이라는 연극"(Ⅵ,

196, 〈유리알 유희〉중 '연구 시대')이 되어 버리는 식으로 모든 고통과 동경에 정신이 스며들어 있다. 몰락과 죽음은 그 가차없고 취소할 수 없는 두려운 모습을 잃어버렸다. 왜냐하면 "학문의 기호와 공식 속에도, 〈유리알 유희〉의 신비스런 표현 속에도"(위의 글) 중요한 모든 것이 계속 살아 남아 그것이 동시에 세계 신비의 비유가 되기 때문이다. "하나의 소나타에서 장조가 단조로 이행하는 것 모두, 하나의 신화나 하나의 예배가 변화하는 것 모두, 모든 고전적 예술 표현이 모두 세계 신비의 내부에로 통하는 직통길 이외의 다른 아무것도 아니며, 이 세계 신비의 내부에서는 들이마시고 내쉬는 숨 사이에서, 하늘과 땅 사이에서, 음과 양 사이에서 왕래하는 가운데 부단히 신성한 것이 이루어지고 있다"(Ⅵ, 97, 위의 글)라고 요제프 크네히트는 인식한다. 이로써 원은 완결되었고 탐색은 종결되었으며 세계 단일성의 새로운 마지막 환영(幻影)이 획득되었다.

  엄청난 세계 대립의 체험은 헤세에게 이 대립들을 "필연적인 것이면서도 동시에 환상으로"(Ⅳ, 114, 〈요양객〉의 마지각 장 '회고') 인식케 하는 동경을 갖는다. 그는 그것을 "인생의 양극을 맞굽히는 것"(Ⅳ, 115, 위의 글)이라고 부른다. 이 표현은 시인의 모든 중요한 테마들과 함께 그의 시에서도 되풀이되어 나타난다. 헤세는 수백 편의 시를 썼고 이 시들은 그의 전집 1957년판에서 대략 전작품의 12분의 1을 이루고 있다. 이 시들은 언어와 운율 형식에 있어 독창적이 되지 못한다. 괴테와 낭만주의를 본받아 고통스럽고 절실하며 그리움에 사무친 기본 음조로 가득 차 이미 주어져 있는 것을 모방하고 있다. 이 시들을 빼어나게 해주고 있는 것은 그 뛰어난 음악성이다. 헤세 시의 특징을 드는 일은 이 논문의 테두리 안에서는 생략해도 좋을 것이다. 그의 생애와 작품의 주테마들과 연관해서 볼 때 이 시들은 산문과의 차이점을 아무것도 내포하고 있지 않기 때문이다. 헤세는 그의 시에서도 세계의 양극성을 형태화로써 극복하는 일에, "인생이라는 멜로디의 두 가지 목소리를 기록하는 일에"(Ⅳ, 115, 〈요양객〉의 마지막 장 '회고') 성공하지 못할 것임을 안다. 그럼에도 그의 동경은 언제나 그쪽을 지향할 것이며, 그는 점점 더 의식적으로, 또 심원하게 아버지 세계와 어머니 세계라는 양대 세계에의 파악을 통해 이 목표를 향해 나아갈 것이다.

〈지와 사랑〉 이후 헤세는 골드문트가 그의 전생애를 바친 바 있는, 감성적으로나 정신적으로 피조물적 삶의 근원 속으로 파고드는 일에서 손을 뗀다. 만년의 작품 〈유리알 유희〉에서 그의 사유와 시작(詩作)의 내용을 이루고 있는 것은 정신에 의해 다스려지는 존재 형식의 가능성 문제다.

이 문제는 정신적 엘리트라는 관념과 밀접하게 연관되어 있고 이미 〈데미안〉에서도 나타나고 있다. 에밀 싱클레어는 기독교 교회로부터 전향한 뒤에 일종의 "사유와 개성의 공동체"(Ⅲ, 159, 〈데미안〉의 제3장)의 일원이 될 용의를 갖춘다. 그는 그런 공동체가 지상에 존재할 것이라 추측하며, 그의 친구 데미안을 그 공동체의 "대표자 혹은 사자(使者)"(Ⅲ, 160, 위의 글)라고 느낀다. "각성된 자 혹은 각성하고 있는 자들"(Ⅲ, 236, 〈데미안〉의 제7장)의 '연맹'에 그가 받아들여지는 것과 동시에 그의 인생의 최초의 실현인 에바 부인과의 해후가 이루어진다. 특수한 종류의 정신적 엘리트라는 이러한 초기의 복안이 훗날 〈동방 순례〉에서는 모든 시대, 모든 나라에서 나온 선택된 개개의 탁월한 정신의 소유자들로 이루어진 하나의 '연맹'이라는 문학적 구상으로 전개된다. 이들은 동방으로의 순례, 즉 내면적인 "빛의 고향"(Ⅵ, 15, 〈동방 순례〉의 제1장)으로의, "영혼의 고향이자 청춘"(Ⅵ, 24, 〈동방 순례〉의 제1장)으로의 순례를 통해 이른바 현실 밖에서 이 현실 일반을 비로소 의미 심장한 것으로 만들어 주는 것이다.

〈유리알 유희〉(1943)는 '동방 순례자들에게' 바쳐진 것이고 그로써 두 작품 사이의 관련성이 명확히 드러난다. 즉 자율적이요 정신적인 나라의 존재와 그 체험이 그것이다. 〈동방 순례〉에서는 개개인이 그들의 영적·정신적 가상의 현실 속에 있는 이 나라를 향해 나아간다. 〈유리알 유희〉는 하나의 포괄적인 세계상을 그려 보려는 헤세의 마지막 위대한 시도라고 볼 수 있는데, 이 세계상의 중심점을 이루고 있는 것이 바로 정신에 의해 다스려지는 삶이다. 즉 학자들의 나라 교육주에서의 개개인은 완전히 계급 제도 속에 편입되어 있고 학문과 명상과 미의 숭상에 바쳐진 삶을 영위하며 유리알 유희라는 의식을 행함으로써 최고의 문화 형식에 참여한다. 〈유리알 유희〉에 대해 동방 순례자들이 갖는 의미는 작품 속에서 그들이 명확히 교육주 구성원들의 조상(祖上)으로 받들어지고 있다는 사실을 통해 더욱 강조된다. 그들이야말로 "스스로 정신을 포기하고 품위를 잃었으며 돈으로 매수될 수 있는"(Ⅵ, 89, 〈유리알 유희〉의 서문) 시대인 우리 세기의 문화 위기 속에서도 음악 학자들과 공동으로 "좋은 전통과 규율의, 방법과 지성적 양심의 핵심"(Ⅵ, 95, 위의 글)을 지키는 자들이요, 이 핵심에서부터 새로워진 정신적 삶이 자라나 카스탈리엔(Kastalien)이라는 교육주를 만들어 내는 것이다.

　〈유리알 유희〉는 표면상의 역사적 증언들을 적당히 수집해 놓은 형식을 취하고 있다는 점에서 〈황야의 이리〉와 비교할 만하다. 즉 이 작품 역시 세 부분으로 구성되어 있는데, 유리알 유희의 명수(名手)인 요제프 크네히트의 전기와 그의 유고(遺稿)가 그것이다. 그러나 이러한 '역사적' 증언들은 과거에서 나온 것이 아니라 미래에서 나온 것이며, 어떤 이상상(理想像)의 성격을 띤 상태를 실현되어진 것으로 그리고 있고 그것이 곧 이 작품이 '유토피아적'임을 증명해 주는 것처럼 보인다. 그러나 헤세는 교육주 카스탈리엔을 먼 훗날 있을 역사적 상태의 선취로만 이해하려고 하지는 않는다. 유토피아의 형식을 취한 것은 '편의상' 그렇게 한 것뿐이라고 그는 말한다. 카스탈리엔은 "그 실현의 정도에는 차이가 있지만 이미 지상에서 자주, 명료히 볼 수 있었던 영원한 플라톤적 이념"(Ⅶ, 641, 한 친구에게 보낸 1944년 2월의 편지)이기 때문이라는 것이다. 이러한 확신은 〈유리알 유희〉의 신조에서의 '어떤 것들'에 대한 얘기와는 모순되는 것처럼 보인다. 즉 '그것들은 그 존재가 증명될 수도 없고 있을 것 같지도 않지만' 시인과 그를 따르는 독자들의 간절한 염원을 통해 '존재에, 그리고 생겨날 수 있는 가능성에 한 걸음 더 가까워진다'는 것이다. 이로써 벌써 헤세의 〈유리알 유희〉 구상에 특징적인 상대화 현상, 즉 스스로의 가정을 상대화시키는 현상이 나타난 셈이다. 묘사에는 독특한 시간적 관점이 사용되고 있는데, 크네히트의 전기 작가는 자기 자신의 시대인 22세기로부터 유리알 유희의 명수의 생애를 뒤돌아볼 뿐만 아니라, 유리알 유희의 역사적 발전을 서술함에 있어 그가 자세하게 분석하고 있는 우리 시대인 20세기도 뒤돌아보고 있다. 이러한 세 개의 시간적인 측면들, 즉 전기 작가의 측면과 크네히트의 측면이 작품의 3부에서 크네히트에 의해 집필된 또 다른 세 개의 이력을 통해 확장된다. 이 이력들은 각각 다른 역사적 과거 시점에 속하고 있다.

작품의 주부를 이루고 있는 것은 요제프 크네히트의 전기인 전12장이다. 여기서는 유리알 유희가 특수한 관점이 되고 있는데, 그 관점 밑에서 이 인생이 관철되고 있다. 음악의 재질을 타고난 소년이 향리 학교에서 발굴되어, 공동체를 위한 후진을 기르는 카스탈리엔의 엘리트 학교로 선발되어 간다. 재산이 없어야 하고 독신이어야 함을 규칙으로 하는, 수도 승적이면서도 세속적인 이 공동체를 규정해 주는 것은 독단적인 교의가 아니라 보편적인 문화 관념이다. 이 공동체는 "나라 안의 모든 교육과 모든 정신적 조직체들을 관장한다"(Ⅵ, 135, 〈유리알 유희〉의 '요제프 크네히트의 전기' 중 '소명'). 엄격한 계급 제도 안에서 요제프 크네히트는 최고의 직인 유희의 명수직까지 오르지만 카스탈리엔의 생활 양식에 깊은 갈등을 느껴 결국 카스탈리엔 밖에서 어린 시절 친구의 외아들을 교육시키는 데 몸을 바치기 위해 공동체를 떠난다. 그의 새로운 삶의 첫날 그는 산속 호수에서 익사한다. 두 개의 커다란 문제권에 헤세 일생의 모든 테마들이 다시 받아들여지고 있다. 문화의 분석 및 비판과 교육주 카스탈리엔의 가능성 및 소망 가치에 대한 문제가 그것이다. 이 교육주는 "현세와는 분리된 완벽성"(Ⅶ, 702, 〈지크프리트 운젤트에게 보낸 1949~950년의 편지〉) 가운데서 지속적인 정신적 삶에 몸을 바치는 교육주다. 문화의 분석과 비판은 제1차 세계대전에서 그의 세계상이 흔들려 버린 이래 헤세가 언제나 몰두했던 문제다. 〈데미안〉에서 '각성된 자들'은 "숨길 수 없는 정신의 황폐화"(Ⅲ, 238, 〈데미안〉의 제7장)를 인식하고 옛 유럽의 멸망과 동시에 그 갱신 및 재생을 예언한다. 〈황야의 이리〉는 문화 위기의 발생에 대한 헤세적 관점에 따라 두 시대, 두 문화와 종교들이 서로 '교차하고' "모든 자

명성, 모든 도의, 모든 안녕과 순결이 사라져 버리는"(Ⅳ, 206, 〈황야의 이리〉 중 서문 끝부분) 곳에서는 인간의 삶이 '지옥'으로 되어 버린다는 것을 보여 주고 있다.

〈유리알 유희〉에서는 시대의 정신적 상황이 특히 두 개의 커다란 부분, 즉 역사적 서언의 첫 부분에서와 교육청에 보낸 크네히트의 회장(回章)에서 논술되고 있다. 완전히 변화된 후세를 위한 토대를 이룰 20세기가 보다 높은 위치의 새로운 정신적 자세로부터 그 정신 생활이 거의 이해될 수 없는 것으로 보이는 '잡문적인' 혹은 '호전적인 시대'로 그려지고 있다. "책임없이 급작스럽게 만들어진 대량 산물"(Ⅵ, 91, 〈유리알 유희〉의 서문)인 '잡문들'이 정신계를 특징지우고 있고 '소름끼치는 전쟁들과 내란들이' 정치계를 특징지우고 있다. 20세기에 있어서의 "정신 생활의 불안정과 불순성"(Ⅵ, 93, 위의 글)이 "표면상의 승리와 번영의 시대의 종말에 갑자기 허무를 마주 대한 정신을 엄습한 경악의 징후"(위의 글)로 해석되고 있다. 정신의 소생과 순화라는 과정을 거친 뒤에, 이 과정에는 동방 순례자들도 "심적 도야와 경건한 마음과 경외의 염"(Ⅵ, 96, 위의 글)을 가꿈으로써 협력하는 것인데, 이제 엄격한 교육이 필연적이라는 인식이 관철되고 이 인식에 따라 교육주 카스탈리엔이 생겨나게 된다. 그러나 비록 카스탈리엔이 정신에 의해 다스려지는 삶이라는 헤세의 문화 이상을 실현시켜 주는 것이긴 하지만, 카스탈리엔의 절대적인 소망 가치에 대한 문제는 그 가능성에 대한 문제와 마찬가지로 그의 작품 구상으로부터 명백한 해답을 얻을 수 없는 문제다. 한편으로는 작품의 신조에 명시된 바와 같이 카스탈리엔은 점차 그 실현에 접근되어야 하는 것이요, 다른 한편으로는 실현된 것으로 상상된 카스탈리엔의 이상적 세계를 그 상대성과 무상의 면에서 보여 주고 있다. 카스탈리엔적 정신성의 가장 섬세화된 최고의 형식인 유리알 유희조차 "모든 형상이나 다원성을 넘어 자신 속에 통일된 정신에의, 그러니까 신에게로의 접근을"(Ⅵ, 112, 〈유리알 유희〉의 서문 끝부분) 가능하게 해주었던 "일종의 보편어(普遍語)"(Ⅵ, 111, 위의 글)를 형성해 내긴 했지만, 그럼에도 자기 표현과 자기 기쁨에 사로잡힌 채 그치기 때문이다. "우리 문화의 모든 내용과 가치들을 포괄한 유희"(Ⅵ, 84, 〈유리알 유희〉의 서문 첫부분)로서의 유리알 유희도 하나의 유희인 채로 그친다. 카스탈리엔적 세계는 크네히트 자신을 통해서 가장 격렬하게 상대화되고 있다. 그에게는 이 세계가 '초월화된' 삶의 단계가 되어 버렸고——'단계'라는 개념과 '초월화'라는 개념은 만년의 헤세에게 인간의 삶에 대한 가장 중요한 관념들에 속한다——그는 이러한 단계에서 빠져나와 새로운 봉사, 새로운 책임에 들어서게 된다. 그러나 이러한 봉사에의 책무도 바로 저 '고귀한 가치들의 세계'에서부터 나오는 것이니, 헤세가 "일생 동안의 작업의 대부분에서 경고적으로 표현하려고 애썼던"(Ⅶ, 707, 한 소녀에게 보낸 1950년 1월의 편지) 세계가 그 세계인 것이다.

□ 연 보

1877년　7월 2일 시인의 고장 슈바벤의 뷔르템베르크 소재 소도시 칼프에서 아버지 요하네스 헤세(1847~1916)와 어머니 마리 군데르트(1842~1902) 사이의 장남으로 태어남. 에스토니아(러시아령 공화국의 하나. 발트 3국 중 가장 북쪽에 위치함) 출신의 아버지 요하네스는 스위스의 신교(新敎) 전도사로 인도에서 활동하다가 병 때문에 귀국하여 후에 칼프 시(市)의 헤르만 군데르트 목사가 주관하는 복음 출판 사업에 적극적으로 참여함. 아버지 군데르트가 전도사로 파견되어 있던 인도 남서부 지방에서 태어난 어머니는, 원래 영국인 선교사 찰스 아이젠바이크와 결혼하였으나, 28세 때에 남편이 죽자, 32세 되던 해에 당시 아버지의 조수로 있던 요하네스 헤세(당시 27세)와 재혼하였으며, 전 남편과의 사이에는 두 아들이 있었음. 헤세의 형제로는 누이 아델레(1875~1949), 동생 파울(1878년에 출생하여 그 해에 사망), 게르트루트(1879~1880), 마룰라(1880~1953) 그리고 한스(1882~1935)가 있음.

1881년 ~ 1886년 양친과 함께 바젤에 이주하여 그곳에 거주.

1883년　아버지가 스위스 국적을 얻음.

1886년　다시 칼프로 돌아감. 여기서 1889년까지 실업 학교에 다님.

1890년　신학교 시험 준비를 위해서 괴핑겐의 라틴어 학교에 입학. 이어서 뷔르템베르크 국가 시험에 합격함으로써 신학자(목사)가 되기 위한 첫 관문 통과. 이를 위해 아버지는 뷔르템베르크 국적을 얻음.

1891년 말브론 신학교 입학.

1892년 신학교를 도망쳐 나옴. ‘시인이 되지 못하면 아무것도 되지 않겠다’는 결심이 그 이유였음. 신경 쇠약으로 자살 기도. 바트 볼에 있는 목사 크리스토프 블룸하르트(그는 ‘마귀를 쫓는’ 능력으로 이름난 목사였음)에게, 다시 렘스탈에 있는 정신 요양원으로 보내짐. 11월에 칸슈타트 김나지움에 입학.

1893년 10월에 학업 중단. 에스링엔의 서점원이 되었으나 이틀 만에 그만둠.

1894년 ~ 1895년 칼프 소재 페로트 시계 공장에서 실습.

1895년 ~ 1898년 튀빙겐에 소재한 헤켄하우어 서점에서 점원 및 조수로 일함.

1899년 처녀 시집 《낭만의 노래(*Romantische Lieder*)》와 산문집 《한밤중의 한 시간(*Eine Stunde hinter Mitternacht*)》 발간. 가을에 바젤의 R. 라이히 서점으로 옮겨 감.

1901년 최초의 이탈리아 여행을 함. 〈헤르만 라우셔의 유작과 시(Hinterlassene Schiften und Gedichte von Hermann Lauscher)〉 발표.

1902년 《시집(*Gedichte*)》 발간. 원래 어머니에게 헌정하기 위한 시집이었으나, 출간 직전에 어머니 사망.

1903년 서점을 그만두고 두 번째 이탈리아 여행을 떠남.

1904년 〈페터 카멘친트(Peter Camenzind)〉 발표. 평전(評傳) 〈보카치오〉와 〈아시시의 프란츠〉를 발표했음. 이 해에 마리아 베르누이(1868~1963)와 결혼하여 보덴 호(湖) 부근의 가이엔호펜으로 이주. 그녀는 헤세보다 아홉 살 연상으로 바젤의 유명한 수학자 가정 출신. 그녀와의 사이에 세 아들 브루노(1905~), 하이너(1909~) 그리고 마르틴(1911~1968)이 있음.

1906년 〈수레바퀴 아래서(Unterm Rad)〉 발표.

1907년 중단편 소설집 《이편에서(*Diesseits*)》 발간. 1912년까지 월 2회 발행되는 잡지 《3월(*März*)》 편집.

1908년　단편집《이웃 사람들(*Nachbarn*)》발간.

1909년　취리히, 독일, 오스트리아로 강연 여행을 떠남. 빌헬름 라베
　　　　(W. Raabe) 방문.

1910년　장편《게르트루트(*Gertrud*)》발간.

1911년　시집《도상에서(*Unterwegs*)》발간. 뫼리케(E. Mörike) 시집을 편
　　　　집. 가이엔호펜 생활과 부브 생활에 환멸을 느껴 화가 한스 슈
　　　　투르체네거와 함께 여름에 인도 여행을 떠나 연말에 귀환.

1912년　가족과 함께 스위스의 수도 베른으로 이사. 단편집《우회로(迂
　　　　廻路, *Umwege*)》발간.

1914년　화가 소설《로스할데(*Rosshalde*)》발간. 전쟁 발발과 더불어 입
　　　　대를 자원했으나 군무 불능 판정을 받고, 베른의 독일 포로 후
　　　　생 사업에 적극 가담. 극단적 애국주의에 반대하는 비평을 발
　　　　표하여 매국노라는 비난을 받음.

1915년　《크눌프(*Drei Geschichten aus dem Leben Knulps*)》발간. 시집《고
　　　　독한 자의 음악(*Musik des Einsamen*)》과 단편집《길가에서(*Am
　　　　Wege*)》발간.

1916년　단편〈청춘은 아름다워라(Schön ist die Jugend)〉발표. 아버지의
　　　　죽음, 막내아들 마르틴의 중병, 아내의 정신병 악화와 입원,
　　　　자신의 신병 등이 겹쳐 정신적 위기에 빠짐. 다음해까지 정신
　　　　분석학자 C. G. 융의 제자인 랑의 치료를 받음.

1919년　〈귀향(Die Heimkehr. Erster Akt eines Zeitdramas)〉발표. 싱클레어
　　　　라는 필명으로〈데미안(Demian)〉발표. 이 작품으로 폰타네 문
　　　　학상을 수상하지만, 원래 신인 작가에게 수여되는 상이기 때문
　　　　에 헤세는 자기 이름을 밝히고 이 상을 반려함. 이어서《동화
　　　　집(*Märchen*)》, 단편집《작은 정원(*Kleiner Garten*)》그리고 정치
　　　　평론집《차라투스트라의 복귀(*Zarathustras Wiederkehr. Ein Wort an
　　　　die deutsche Jugend von einem Deutschen*)》등을 발간. 이 해 봄
　　　　헤세는 처자와 헤어져 홀로 남 스위스의 몬타뇰라로 이주하여

집필에 전념. 그 후 죽을 때까지 이곳에 머물렀음. 또한 이 해 부터 1922년까지 리하르트 볼테레크와 공동으로 월간지 《생명의 절규(*Vivos Voco*)》 편집.

1920년　시와 수필에 자신이 그린 수채화를 삽입한 시화집 《방랑(*Wanderung*)》 및 《화가의 시(*Gedichte des Malers*)》 발간. 몬타뇰라로 거처를 옮기면서부터 수채화를 많이 그렸음. 단편집 《클링조르의 마지막 여름(*Klingsors letzter Sommer*)》 발간.

1921년　《혼돈 속으로의 조망(*Blick ins Chaos*)》, 《시선집(*Ausgewählte*)》 그리고 《테신에서의 수채화 11점(*Elf Aquarelle aus dem Tessin*)》 발간.

1922년　《싯다르타(*Siddhartha. Eine indische Dichtung*)》 발간.

1923년　《싱클레어의 비망록(*Sinclairs Notizbuch*)》 발간. 부인 마리아와 정식으로 이혼.

1924년　철강업자인 테오 벵어와 여류 화가인 리자 벵어의 딸 루트 벵어(1897~)와 결혼.

1925년　《요양객(*Kurgast*)》과 《픽토르의 변신(*Piktors Verwandlungen*)》 발간. 토마스 만을 방문.

1926년　기행과 자연 풍물에 대한 감상을 모은 《그림책(*Bilderbuch*)》 발간. 프로이센 예술원 회원에 피선(1930년에 탈퇴).

1927년　《황야의 이리(*Der Steppenwolf*)》 발간. 루트 벵어와 이혼.

1928년　수상록 《관찰(*Betrachtungen*)》, 시집 《위기(*Krisis*)》 발간.

1929년　시집 《밤의 위안(*Trost der Nacht*)》과 산문집 《세계 문학 문고(*Eine Bibliothek der Weltliteratur*)》 발간.

1930년　장편 《지와 사랑(*Narzis und Goldmund*)》 발간.

1931년　체르노비츠 출신의 예술사가 니논 돌빈(1895~1966)과 결혼. 1919년 이래 살아오던 카사 카무치의 집을 떠나, 취리히의 친구 한스 C. 보드머가 지어서 헤세에게 제공한 새 집으로 이사. 〈유리알 유희(Das Glasperlenspiel)〉 집필 시작.

1932년   《동방 순례(*Die Morgenlandfahrt*)》 발간.

1933년   단편집 《작은 세계(*Kleine Welt*)》 발간.

1934년   시선집 《생명의 나무에서(*Vom Baum des Lebens*)》 발간.

1935년   《우화집(*Fabulierbuch*)》 발간. 동생 한스 자살.

1936년   전원 시집 《정원에서의 시간(*Stunden im Garten*)》 발간. 고트프리 트 켈러 상(賞) 수상.

1937년   《회고기(*Gedenkblätter*)》, 《신시집(*Neue Gedichte*)》 그리고 어린 시절의 회상기 《불구 소년(*Der lahme Kind*)》 발간.

1939년   이 해부터 1945년까지 헤세의 작품은 독일에서 출판되는 것이 금지됨. 1942년 이후부터는 주르캄프 사(社)와 합의하여 취리 히에서 헤세 전집이 단행본으로 계속 발간됨.

1942년   이때까지의 시를 모아 시집을 전집으로 발간.

1943년   《유리알 유희》 발간.

1945년   시선집 《꽃가지(*Der Blütenzweig*)》, 동화집 《꿈의 발자취(*Traumfährte*)》 그리고 1907년경에 쓰어진 미완성 소설 《베르톨 트(*Bertold*)》 발간.

1946년   전쟁과 정치에 관한 시사 평론집 《전쟁과 평화(*Krieg und Frieden*)》 발간(1944년에 죽은 친구 로맹 롤랑에게 바쳐진 것 임), 괴테 상과 노벨문학상 수상.

1947년   고향인 칼프 시의 명예 시민이 됨.

1950년   브라운슈바이크 시가 수여하는 빌헬름 라베 상 수상.

1954년   《헤세-롤랑 서신 교환집》 발간.

1955년   서독 출판협회로부터 평화상 수상.

1956년   헤르만 헤세 상 제정.

1962년   몬타뇰라의 명예 시민이 됨. 8월 9일 뇌출혈로 몬타뇰라에서 사망. 이틀 후 아본디오 묘지에 안치됨.

옮긴이 소개

서울대 독문학과 졸업.
독일 뮌헨에서 독어독문학 연구. 한국독어독문학회 부회장,
서울대 인문대학장보, 독어독문학과장 역임.
독일 학계 시찰(DAAD 초청, 1982). 한국카프카학회 회장.
그리스 답사 여행(1984). 현 서울대 인문대 독문학과 교수.
역서 :《파우스트》《양철북》《수레바퀴 아래서》
　　　《죽음에 이르는 병》《실종자》《심판》 등.
저서 :《문학과 소외》(독문학 평론집) 등.

페터 카멘친트·게르트루트

1988년 2월 15일	초판	1쇄	발행
1998년 10월 20일	2 판	1쇄	발행

지은이　헤 르 만　헤 세
옮긴이　박　환　덕
펴낸이　윤　형　두
펴낸데　**범 우 사**

등 록　1966. 8. 3.　제 10-39호
121-130　서울시 마포구 구수동 21-1
대표 717-2121·2122 / FAX 717-0429

＊ 파본은 교환해 드립니다

ISBN 89-08-07033-8　04850
ISBN 89-08-07000-1　(세트)

범우비평판
세계문학선

범우 비평판 세계문학선이
체계화·고급화를 지향하며
새롭게 다시 태어나고
있습니다.
작가별로 고유번호를
부여하고 완벽하게 보완해
권위와 전문성을 높이고,
미려한 장정으로
정상의 자존심을
지켜나갈 것입니다.

汎友古典選

1 유토피아 T. 모어 / 황문수
2 오이디푸스王(외) 소포클레스 / 황문수
3 명상록·행복론 M. 아우렐리우스·L. 세네카 / 황문수·최현
4 깡디드 볼떼르 / 엄기용
5 군주론·전술론(외) N. B. 마키아벨리 / 이상두(외)
6 사회계약론(외) J. J. 루소 / 이태일(외)
7 죽음에 이르는 병 S. A. 키에르케고르 / 박환덕
8 천로역정 J. 버니언 / 이현주
9 소크라테스 회상 크세노폰 / 최혁순
10 길가메시 서사시 N. K. 샌더스 / 이현주
11 독일 국민에게 고함 J. G. 피히테 / 황문수
12 히페리온 F. 횔덜린 / 홍경호
13 수타니파타 김운학 옮김
14 쇼펜하우어 인생론 A. 쇼펜하우어 / 최현
15 톨스토이 참회록 L. N. 톨스토이 / 박형규
16 존 스튜어트 밀 자서전 J. S. 밀 / 배영원
17 비극의 탄생 F. W. 니체 / 곽복록
18-1 에 밀 (상) J. J. 루소 / 정봉구
18-2 에 밀 (하) J. J. 루소 / 정봉구
19 팡 세 B. 파스칼 / 최현·이정림
20-1 헤로도토스 歷史 (상) 헤로도토스 / 박광순
20-2 헤로도토스 歷史 (하) 헤로도토스 / 박광순
21 성 아우구스티누스 고백록 A. 아우구스티누스 / 김평옥
22 예술이란 무엇인가 L. N. 톨스토이 / 이철

23-1 나의 투쟁 A. 히틀러 / 서석연
23-2 나의 투쟁 A. 히틀러 / 서석연
24 論語 황병국 옮김
25 그리스·로마 희곡선 아리스토파네스(외) / 최현
26 갈리아 戰記 G. J. 카이사르 / 박광순
27 善의 연구 니시다 기타로 / 서석연
28 육도·삼략 하재철 옮김
29 국부론(상) A. 스미스 / 최호진·정해동
30 국부론(하) A. 스미스 / 최호진·정해동
31 펠로폰네소스 전쟁사 (상) 투키디데스 / 박광순
32 펠로폰네소스 전쟁사 (하) 투키디데스 / 박광순
33 孟子 차주환 옮김
34 아방강역고 정약용 / 이민수
35 서구의 몰락 ① 슈펭글러 / 박광순
36 서구의 몰락 ② 슈펭글러 / 박광순
37 서구의 몰락 ③ 슈펭글러 / 박광순
38 명심보감 장기근 옮김
39 월든 H. D. 소로 / 양병석
40 한서열전 반고 / 홍대표
41 참다운 사랑의 기술과 허튼 사랑의 질책 안드레아스 / 김영락
42 종합탈무드 마빈 토케이어(외) / 전풍자
43 백운화상어록 석찬선사 / 박문열
44 조선복식고 이여성

▶ 계속 펴냅니다

 범우사 서울시 마포구 구수동 21-1
전화 717-2121 FAX 717-0429

범우 사르비아문고

선배들도 범우사르비아문고로
교양을 쌓고 지식을 살찌웠습니다.
범우사르비아문고는 하루아침에 기획되고
제작된 것이 아닙니다.
15년의 세월 동안 갈고 보완하면서
청소년의 필독도서로 확고히 자리잡은
'청소년도서의 대명사' 입니다.

범우사 서울시 마포구 구수동 21-1
전화 717-2121 FAX 717-0429

범우학술·평론·예술

한자 디자인 한편집센터 엮음
독서의 기술 모티머 J. / 민병덕 옮김
한국 정치론 장을병
여론 선전론 이상철
전환기의 한국정치 장을병
사뮤엘슨 경제학 해설 김유송
현대 화학의 세계 일본화학회 엮음
신저작권법 축조개설 허희성
방송저널리즘 신현응
독서와 출판문화론 이정춘·이종국 편저
잡지출판론 안춘근
인쇄커뮤니케이션 입문 오경호 편저
출판물 유통론 윤형두
통합적 마케팅 커뮤니케이션 김광수(외) 옮김
'83~'97 출판학 연구 한국출판학회
자아커뮤니케이션 최창섭
현대신문방송보도론 팽원순
국제출판개발론 미노와 / 안춘근 옮김
민족문학의 모색 윤병로
변혁운동과 문학 임헌영
조선사회경제사 백남운
한국정치의 이해 장을병
조선경제사 탐구 전석담(외)
한국전적인쇄사 천혜봉
한국서지학원론 안춘근
현대매스커뮤니케이션의 제문제 이강수
한국상고사연구 김정학
중국현대문학발전사 황수기
광복전후사의 재인식 I, II 이현희
한국의 고지도 이 찬
하나되는 한국사 고준환
조선후기의 활자와 책 윤병태
신한국사의 탐구 김용덕
독립운동사의 제문제 윤병석(외)
한국현실 한국사회학 한완상

아동문학교육론 B. 화이트헤드
한국의 청동기문화 국립중앙박물관
겸재정선 진경산수화 최완수
한국 서지의 전개과정 안춘근
독일 현대작가와 문학이론 박환덕(외)
정도 600년 서울지도 허영환
신선사상과 도교 도광순(한국도교학회)
언론학 원론 한국언론학회 편
한국방송사 이범경
카프카문학연구 박환덕
한국민족운동사 김창수
비교텔레콤論 질힐 / 금동호 옮김
북한산 역사지리 김윤우
한국회화소사 이동주
출판학원론 범우사 편집부
한국과거제도사 연구 조좌호
독문학과 현대성 정규화교수간행위원회편
겸제진경산수 최완수
한국미술사대요 김용준
한국목활자본 천혜봉
한국금속활자본 천혜봉
한국기독교 청년운동사 전택부
한시로 엮은 한국사 기행 심경호
출판물 판매기술 윤형두
우루과이라운드와 한국의 미래 허신행
기사 취재에서 작성까지 김숙현
세계의 문자 세계문자연구회 / 김승일 옮김
불조직지심체요절 백운선사 / 박문열 옮김
임시정부와 이시영 이은우
매스미디어와 여성 김선남
눈으로 보는 책의 역사 안춘근·윤형두 편저
현대노어학 개론 조남신
교양 언론학 강좌 최창섭(외)
통합 데이타베이스 마케팅 시스템 김정수
문화간 커뮤니케이션의 이해 최윤희·김숙현

서울시 마포구 구수동 21-1
전화 717-2121 FAX 717-0429

범우한국문예신서

범우사 서울시 마포구 구수동 21-1
전화 717-2121 FAX 717-0429